石川久美子
遠藤集子
倉住薫
近藤信義
坂根誠
島村幸一
鈴木崇大
関口一十三
高桑枝実子
田中美幸
綱川恵美
森朝男
山口直美
山崎健太
横倉長恒

古橋信孝・居駒永幸【編】

古代歌謡とはなにか

読むための方法論

Kodai Kayou Towa Nanika : Yomutame No Houhouron

笠間書院

古代歌謡とはなにか　読むための方法論◆目　次

序論——古代歌謡研究の新地平を目指して 001◆居駒永幸

I 歌謡の生態

伝承について考える——武蔵国の防人歌を中心に 007◆近藤信義
はじめに／歌の伝承と類歌／武蔵国の防人歌／伝承の歌／おわりに——伝承

記紀の結婚伝承と歌謡 021◆森 朝男
巡行と出逢い／相手方の拒絶と求婚の蹉跌／所顕しと名告り

宮古島狩俣の史歌、ニーラーグ——男性歌唱者「アーグシュー」が謡う視点から 035◆島村幸一
はじめに——男性歌詞者を主体とするウタ／宮古島狩俣のニーラーグ／まとめ

「泳の宮」の伝承歌——万葉集巻十三と記紀の世界 056◆倉住 薫
はじめに／「行靡闕矣」の訓読／「日向かひに　い行き靡かふ大宮」／景行紀との関連／「泳の宮」伝承／おわりに

070◆綱川恵美
渡唐儀礼とウタの場——男女の視点から
はじめに／男性たちのウタ——王府儀礼／女性たちのウタ——「踊合」を中心に／おわりに

Ⅱ　歌謡と物語（歴史・神話）

089◆山崎健太
髪長比売——方法論としての歌謡分析
序／分析素材と方法の提示／表現様式の持つ意味／記紀の現れよう／コンテクストの中で／結び

108◆石川久美子
古代歌謡が語る応神の時代——交通網の整備と文物の渡来
はじめに／文物の渡来／交通網／宇治という要所／〈うた〉が語る応神の時代の歴史

129◆山口直美
王権の始まりを記す——伊須気余理比売の役割について
はじめに／伊須気余理比売／妻求ぎ／皇位継承／結びにかえて——系譜語りとして

Ⅲ　歌謡から和歌へ

149◆横倉長恒
齊明天皇「建王悲傷歌群」の語るもの
はじめに／古代文学研究史素描（「事件」を巡って）／「皇孫建王悲傷歌群」の問題点／齊明「五月悲傷歌群」の語るもの／終わりに

181◆高桑枝実子
記紀歌謡と万葉集――挽歌成立の問題として
はじめに／記紀歌謡の哀惜表現／万葉挽歌との比較

196◆鈴木崇大
詠歌と伝承と――山部赤人の場合
はじめに／長歌の表現／反歌の表現／讃歌の形式／赤人と伝承／おわりに

210◆田中美幸
有間皇子歌群に関する一考察――山上憶良歌を中心に
はじめに／有間皇子挽歌群／鳥翔成／一四五番歌の作歌年代／ヤマトタケルと有間皇子／有間皇子挽歌群の意義／まとめ

Ⅳ　対論　歌謡の人称

琉球の神歌の「名乗り」表現——一人称表現、三人称表現を中心に　231◆島村幸一
はじめに／宮古島狩俣の神歌の「名乗り」表現／オモロの「名乗り」表現／まとめ

歌謡の人称の仕組み——神歌の叙事表現から　243◆居駒永幸
はじめに／タービの表現様式／叙事表現と一人称／人称の混在の発生／記紀歌謡の人称／結び

コラム
タームの共有ということ——趣旨説明　261◆近藤信義

V　研究史

研究史——方法について　267◆古橋信孝
戦後研究史年表

「「歌謡」と「和歌」」研究史　297◆遠藤集子
はじめに／研究史概観／歌謡と和歌の差異——妻問いの歌を例として／おわりに

311◆坂根　誠
「民謡」研究史
はじめに／近代以前／明治期／大正期／昭和期／公共放送と刊行物／おわりに

324◆関口一十三
「童謡」研究史
童謡とは／研究史の流れ／今後の展望／【「童謡」参考文献一覧】

343◆石川久美子
「時人」研究史

349◆島村幸一
「オモロ」研究史——仲原善忠の研究を中心に
はじめに／仲原善忠の戦後のオモロ研究／仲原善忠の戦前のオモロ研究／まとめとして

365◆森　朝男
コラム
六、七十年代のこと

Ⅵ　歌謡研究概観

370◆山崎健太
綱川恵美
古代歌謡の範囲／総論／歌のありよう、テーマ——大歌・禁忌・神婚・歌垣・国見・村建て（島建て）・英雄叙事・葬送歌・旅歌／歌の表現、様式

Ⅶ　古代歌謡研究会記録

左開 (3) ◆研究会開催記録
(4) ◆古代歌謡研究会に向けて……古橋信孝
(6) ◆古代歌謡研究会便り
◆執筆者紹介

序論——古代歌謡研究の新地平を目指して

「古代歌謡」とは何か。その用語概念は決して自明ではない。かなり曖昧な解釈のもとに用いられてきたと言ってよい。例えば、古代歌謡と万葉和歌を截然と別けることはおそらく不可能であろう。『万葉集』に古代歌謡と認定しうるものが見られるからである。従来、結局は便宜的に『古事記』『日本書紀』（以下、記紀）及び『風土記』所載の歌をもって古代歌謡としてきた。しかし、古代歌謡が古代にうたわれていた歌謡を指すならば、記紀所載の歌すなわち記紀歌謡はそれとまったく一致するとは言えなくなる。うたわれる歌謡とよまれる歌、さらにそれを書いた歌詞のあいだには大きな違いが想定されるからである。

そこで土橋寛氏は古代歌謡と記紀歌謡の関係を次のように説明する。

記紀その他の文献の物語の中に挿入されている歌には、独立歌謡（民謡・芸謡・宮廷歌謡）が物語に結合されているものと、物語を背景として創作された物語歌、つまり物語述作者が作中人物の歌を代作したものとがあり、このほかに書紀には時人の歌、及び童謡・謡歌と称する特殊な社会的歌謡がある。

（日本古典文学大系『古代歌謡集』一九五七年、解説）

厳密に言えば、古代歌謡は独立歌謡と社会的歌謡とするのである。土橋・前掲書は古代歌謡の世界を明らかにするには「物語に結びつけられている歌の実体を究明すること」が必要だと述べる。独立歌謡の場合、古代歌謡が物語に「転用」されて記紀歌謡になったという論理である。この見解は記紀歌謡を独立歌謡と物語歌に分け、記紀から古代歌謡を取り出すというきわめて体系化された立論で、その後の古代歌謡研究に大きな影響を与えたことは事実である。

しかし、この論理には二つの問題がある。第一は物語の中の記紀歌謡が独立歌謡とみなされる場合、それはそのまま古代歌謡と認定してよいのかという点である。例えば、歌垣の民謡として「肥前国風土記」逸文所載の杵島曲が挙げられている。

霰降る杵嶋の岳をさがしみと草取りがねて妹が手を取る　こは杵嶋曲なり。

『古事記』の女鳥王物語と『万葉集』巻三にはこの類歌があり、土橋・前掲書は女鳥王物語の歌を「霰降る」の歌の改作とする。だが、歌垣歌謡はことごとく短歌体で、その表現には「手を取る」系と「寄り来ね」系が認められる。私見によれば、七世紀後半から八世紀前半にかけて国府・郡衙の官人と民衆の歌垣世界との接触、交流によって歌垣の発想をもつ短歌体和歌が生成されていく状況があった。従って、肥前国の杵嶋曲から古事記歌謡へという方向ではなく、この例に関しては中央から地方へという伝播過程なのである（拙稿「日本古代の歌垣――「歌垣」「歌場」「嬥歌」とその歌――」『歌の起源を探る　歌垣』二〇一一年十二月）。この一例からも、記紀歌謡をそのまま民謡などの古代歌謡と見なすことはできない。

記紀歌謡から古代歌謡の姿を復元し、その表現を解読するには方法が必要である。その方法を明確に示したのは古橋信孝氏の『古代歌謡論』（一九八二年）『古代和歌の発生』（一九八八年）である。古橋氏は両書において文学の始源に「神謡」の概念を立て、生産叙事や巡行叙事などの神謡の様式が物事の起源をうたう表現としてあったとする文学発生論を展開した。歌の叙事という方法によって古代歌謡の表現の論理が解明されたのである。この古橋理論の成果は記紀歌謡や万葉和歌の新しい注釈を生み出していくであろうし、さらにまた従来の読みを見直す新たな方法が模索されていくであろう。

第二の問題は歌と散文の関係である。土橋・前掲書では、記紀歌謡とは物語述作者が独立の古代歌謡を記紀の物語に転用したものであり、物語歌として改作、創作したものも含むということになる。しかし、転用とか改作、創作というのは古代歌謡を恣意的に物語に結合しうることになるから、なぜ沙本毘古と沙本毘売の物語に歌がないのかとか、軽太子と軽大郎女の物語はなぜほとんど歌によって進行するのかという疑問が起こる。転用や改作、創作では論理的説明にならない。そこで歌と散文を読み解く新たな方法が求められることになる。

記紀歌謡は散文とともに記された国家や天皇の歴史叙述としてあるから、神話・物語や歴史などの由縁をもつ歌という側面から見ていく必要がある。叙事を表し、あるいはそれを内在する歌としてとらえるのである。それは歌の叙事から歌と散文の表現空間を読み解く方法を示している。筆者はその方法によって記紀の歌と散文が相互に創り出す表現世界を明らかにしうると考えている（『古代の歌と叙事文芸史』二〇〇三年）。

右に述べてきたことは、ここ三、四十年間の記紀と古代歌謡の研究状況について筆者が認識するところである。それを踏まえて言えば、古代歌謡研究が現在直面しているのは、古代歌謡を古代の表現としてとらえ直すという第一の課題と記紀の歌と散文による表現世界を読み解くという第二の作業である。誤解を恐れずに言い換えれば、表現論と作品論である。従来、それは別々に扱われる傾向が見られたが、むしろ両者は連続し関連する課題として究明すべきである。古代歌謡研究の新地平はこのような方向性において開かれていくはずである。

この方向性は本書の執筆者が事前の「古代歌謡研究会」で議論し検討してきたところでもある。研究会は武蔵大学の古橋信孝氏が大学院生とともに立ち上げ、國學院大學、東京大学、明治大学、立正大学などの大学院生や教員が加わって二〇一一年に始まった。毎月一回の研究発表とともに、各大学の大学院生がそれぞれ「民謡」「童謡」「時人の歌」「歌謡と和歌」「おもろ」の研究史を担当し、二年間にわたって検討した。一九四五年以降の研究史の方法について古橋氏が新しい視点から報告し、宮古島狩俣に伝わる神歌の人称について島村幸一氏と筆者による対論も行われた。奄美沖縄からの知見も含めて古代歌謡を普遍的に考えようとしたのである。

二年間の研究会活動の中で、古橋氏からその成果を研究書にまとめる企画が出された。それが本書の出発点である。近藤信義氏、森朝男氏、横倉長恒氏も大学院生と同じように研究報告を行い、本書の執筆者に加わっているところが本書の特色の一つになっている。本書の構成は次の通りである。

Ⅰ歌謡の生態

Ⅱ歌謡と物語（歴史・神話）

Ⅲ歌謡から和歌へ

Ⅳ対論　歌謡の人称

Ⅴ研究史

Ⅵ歌謡研究概観

Ⅶ古代歌謡研究会記録

Ⅰは古代歌謡を古代の表現として読む論、Ⅱは歴史・神話叙述としての歌謡と物語の論、Ⅲは古代歌謡と万葉和歌の表現の質に及ぶ論である。記紀歌謡には三人称から一人称に転換する例が見られるが、Ⅳは人称の混在という問題を沖縄の歌謡から考えようとし、Ⅴは古代歌謡の研究史を再検討することで課題把握を深めるという意図である。Ⅵは古代歌謡研究を概観するものであるが、研究用語の解説という意味もある。Ⅶは事務局から毎月出されていた会報を抜粋して掲載するもので、研究会活動や討論の状況がわかるようになっている。

以上が本書の内容と特色である。そこには気鋭の若き研究者たちが古代歌謡研究の新地平を目指して討論した成果を見ることができる。なお、「古代歌謡研究会」はその後「古代文学表現研究会」に移行して研究活動を継続している。

（居駒永幸　記）

I　歌謡の生態

伝承について考える

――武蔵国の防人歌を中心に

近藤信義

はじめに

〈伝承〉という用語は古典文学研究者にとってキーワードのひとつといってもよいだろう。とりわけ古代文学のジャンルでは作品が成り立ってくる背景を想像するとき必然的に伝承の問題を思考回路に組み込まざるを得ない。韻文であろうと散文であろうと、口承の時代から書承の時代への変化の過程を想像すれば、当然出会わなければならない思考の要素といえる。ここでは伝承の実際として提出できるのでは、と思える事象を取り上げてみたい。

古代和歌の領域には、類歌（同類・類想・類句）の問題が存する。この空間・時間を越えて存在する問題をどのように具体的に説明することができるか。ある歌・歌句のもつ位相の説明である。そのような事例として、万葉集の東国歌（東歌・防人歌）の世界をとりあげてみる。

同じ東国を歌の生産拠点としつつも、巻十四の東歌と巻二十に含まれる防人歌とは、作歌動機に明確な違いがある。万葉集の防人歌は天平勝宝七歳（七五五）の召集時の歌という具体性があり、また、防人歌の収集者も時の兵部少輔大伴家持であったことも明確である。そして彼のその資料が万葉集に送り込まれている。対して、東歌はその収集者、収集年代、ともに不明である。

この東歌・防人歌の中には類歌がしばしば見出されることも特色のひとつである。それらは他巻との関係の中にも見出される。なぜそのような事象を持つのか。従来からも注目されているが、その説明は確かなものはないのが実状である。ここでは具体的な一つの事例をきっかけにしてこの問題を考えて見よう。

一　歌の伝承と類歌

防人歌の概観

防人制度が確立したのは大宝律令の制定（七〇一）によって、軍団兵士制が確立し、この制度の中に組み込まれたことによる。しかし、「防人」はすでに大化改新（六四六）の詔中にも見え、実際的には白村江の敗戦（六六三）後に整備されたと考えられている。したがって防人の制度の始まりは令制以前の軍団の組織化の時代があり、以降ほぼ百年の運用期間を持ち、その間東国兵士の派遣をめぐっていくつかの変遷があったことが知られている。ともかく万葉集に載る天平勝宝七歳（七五五）はその二年後（天平宝字元年＝七五七）には東国からの防人は廃止されているから、実質最後の交代期に当たっていた。

このほぼ百年の間、防人は海縁・辺境の拠点において戦闘体験を持たなかった。制度下におけるこの状況は交代期の防人の意識の上でも重要な意味があろう。戦闘がしばしば起きる状況下で軍務に就くという場合とは大きな違いがあったことと思われ、防人歌読解上に加味すべき要素と思われる。また、この長期にわたる防人の制度運用期間において、東国諸国が派遣業務を行っていたことが考えられる。古代史研究家の見解では、防人は令制当初から東国から徴集することを原則としていた（岸俊男「防人考――東国と西国」（『日本古代政治史研究』）と説かれている。ただし東国防人が差し止められていた期間もある。また軍防令の解釈・理解は法政史的な面から瀧川政次郎（「万葉集と防人の制」『万葉律令考』）に詳しい。それらによって、防人全体の規模は約三千人であること。毎年三月に一千づつの交替があったようであること、およびその本郷帰還にあたって通過する諸国が正確にその兵員数を確認し対応していたことなどが知られるようになった。これらの成果と近年の古代文学における諸説の紹介と検討は鉄野昌弘『防人歌再考――「公」と「私」――』（万葉集研究第33集 平成24 塙書房）に詳細かつ明解な整理がある。

兵士としてのアイデンティティ

右の成果を踏まえた上で、古代の兵士達が持っていたであろうところの、兵士としての自己認識について触れておきたい。たとえば軍防令（『律令』日本思想大系・岩波に拠る）のなかの二つの規定をみよう。

8　凡《およ》そ兵士の上番せむは、京に向はむは一年、防《ばう》に向はむは三年。行程計《かぞ》へず。

14　凡そ兵士以上は、皆歴名《りやくみやう》の簿《ふ》二通造《つく》れ。並に征防遠使《しやうばうをんし》の処所顕《あか》せ。仍りて貧富の上中下三等注せよ。一通は国に留《とど》めよ。一通は年毎に朝集使《でふじふし》に附《つ》けて、兵部に送れ。若し差《さ》し行《や》ること有らむ、及び上番せむとき、国司簿《ふ》に拠《よ》り、次《ついで》を以て差《さ》し遣《や》れ。其れ衛士防人郷に還《かへ》らむ日には、並に国内の上番免《ゆる》せ。衛士は一年、防人三年。

たとえばこれらを勘案するに、律令下において兵士として兵役に従事することは正丁（男子二一才～六〇才＝戸令6）の義務であり、兵士として名簿に登録されることによって、いずれ順にしたがって上番し、衛士もしくは防人の任務（衛士一年、防人三年）が課せられる場合の規定である。また、任務を遂行して帰郷した兵士は、次の軍団組織に差される場合、任務遂行期間分、猶予免除期間が設けられていたことが知られる。つまり連続的な兵役は課せられていないということである。また、正丁は兵士として差される日のために平時に個々の武具を含む戎具（弓・弦・征矢・大刀・砥石など）の備え（軍防令7）が求められている。

これらの規定を若干覗いてみるだけでも、律令下の男子が担わなければならない任務は明確に存し、兵士たるべく必然的、かつ自然に自己認識が迫られていたのであって、ここから逃れることは原則的にはないことがわかる。つまりこうした枠組みが律令下の正丁に填められているのであって、この規定は受け入れざるを得ない仕組みになっている。これらは防人を論ずるに当たっての前提でもある。こうした了解が防人を差点する諸国に存し、したがって実際的に兵士が担うべき目的・行軍・任地・任務・生活等のノウハウはきわめて現実的に対応できる状態にあったろうことが想像されるのである。

その上で万葉集における天平勝宝七歳次の防人達の周辺を考慮してゆく必要がある。つまり諸国は確立した制度の長期間に亘る運用の中ですでに十分に累積された対応法があったろうことが想像されるのである。ただし、差点される個々の兵士達の心情は一律ではあり得るはずはなく、その前途の不安感、後顧の憂い、解決できない事態の焦燥感、あきらめ等に襲われることは当然受けとめるべきものがあろう。つまり、個々の防人をとりまく周辺的状況は多様にあるのである。そこに防人歌に対して考慮すべき問題が浮上してくることと思われる。

天平勝宝七歳二月

難波の集結地に防人の検校の任にあった兵部少輔大伴家持のもとに東国十国の防人歌（84首）が集められ、ただし拙劣歌（82首）は棄てられた。他に昔年防人歌九首、これらに加えて、大伴家持自身の防人の心情に添った長歌三首短歌六首、検校担当役の三首があり、これらが巻二十の資料となった。

巻二十の諸国防人の到着日と上進歌のあり方はつぎのようである。

2/6	遠江	7	（拙劣歌11）	2/14	下野	11	（拙劣歌7）
2/7	相模	3	（拙劣歌5）	2/16	下総	11	（拙劣歌11）
2/9	駿河	10	（拙劣歌10）	2/22	信濃	3	（拙劣歌9）
2/9	上総	13	（拙劣歌6）	2/23	上野	4	（拙劣歌8）
2/14	常陸	10	（拙劣歌7）	2/29	武蔵	12	（拙劣歌8）

昔年防人歌　9（内8首は磐余諸君の抄写による）

二　武蔵国の防人歌

伝承という視点にもどってみよう。諸国防人は二月中に難波に集結することが求められていたが、右の表にあるごとく武蔵の国は二月の末のぎりぎりになって到着している。この武蔵の国の防人歌には特色がある。他国は通常防人の立場の上位のものから配列（岸俊男前掲書）されると云われるが、ここではその扱いがない（伊藤博『万葉集の歌群と配列 下』）。また、防人本人の歌のみではなく、妻の歌が記録されているところなどである。歌と左注を見よう。

枕《まくら》太刀《たし》腰に取り佩《は》きま愛《かな》しき背《せ》ろがめき来《こ》む月《つく》の知らなく　（四四一三）

右一首、上丁那珂郡桧前舎人石前《いはさき》之妻《め》大伴部真足女《またりめ》

大君の命《みこと》かしこみ愛《うつく》しけ真子《まこ》が手離《はな》り島伝《づた》ひ行く　（四四一四）

右一首、助丁秩父郡大伴部小歳《をとし》

白玉《しらたま》を手に取り持《も》して見るのすも家《いへ》なる妹《いも》をまた見てももや　（四四一五）

右一首、主帳荏原郡物部歳徳《としとこ》

草まくら旅行く背《せ》なが丸寝《まるね》せば家《いは》なるわれは紐解《ひもと》かず寝《ね》む　（四四一六）

右一首、妻椋椅《くらはし》部刀自賣《とじめ》

赤駒《あかごも》を山野《やまの》にはがし捕《と》りかにて多摩の横山徒歩《かし》ゆか遣《や》らむ　（四四一七）

右一首、豊嶋郡上丁椋椅部荒虫《あらむし》之妻《め》宇遅部黒女《うぢべのくろめ》

わが門《かど》の片山椿《かたやまつばき》まこと汝《な》れわが手触《ふ》れなな土に落ちもかも　（四四一八）

右一首、荏原郡上丁物部廣足《ひろたり》

家《いは》ろには葦火《あしふ》焚《た》けども住みよけを筑紫に至《いた》りて恋《こふ》しけ思《も》はも　（四四一九）

右一首、橘樹郡上丁物部真根

草まくら旅の丸寝《まるね》の紐《ひも》絶《た》えば我《あ》が手と付《つ》けろこれの針《はる》持《も》し　（四四二〇）

右一首、妻椋〈椅〉部弟女《おとめ》

わが行《ゆ》きの息《いき》づくしかば足柄の峰延《みねは》ほ雲を見とと偲《しの》はね　（四四二一）

右一首、都筑郡上丁服部於田

わが背《せ》なを筑紫へ遣《や》りて愛《うつく》しみ帯《おび》は解《と》かななあやにかも寝《ね》も　（四四二二）

右一首、妻服部呰女《あざめ》

足柄のみ坂《さか》に立《た》して袖ふらば家《いは》なる妹はさやに見もかも　（四四二三）

右一首、埼玉郡上丁藤原部等母麻呂《ともまろ》

色深《いろぶか》く背《せ》なが衣《ころも》は染《そ》めましをみ坂給《たば》らばまさやかに見む　（四四二四）

右一首、妻《め》物部刀自賣《とじめ》

二月廿九日、武蔵國 部 領《ことりづかひ》防人使掾正六位上安曇《あづみ》宿祢三國《みくに》進歌數廿首

但拙劣歌者不取載之

左注の書式

右の各歌の左注に注意すると、防人自身の歌と、妻の歌が記載され、それを異なった書式で表していることがわかる。例えば四四一三の「桧前舎人石前之妻大伴部真足女」は防人本人であるところの「桧前舎人石前」の歌は無く、妻の「大伴部真足女」の歌のみが記録されており、その場合の書式である。四四一七も同様のタイプで「椋椅部荒虫」が防人であってその妻が「宇遅部黒女」であり、その妻の歌が記録されていて防人本人の歌はない。この場合、本人の歌が提出されなかったことは考え難く、つまり妻の歌を添えて提出したゆえに、妻の歌が記載される機会を得たのであって、提出の初期段階において妻の歌のみが提出されるという機会があったとは考えがたい。したがって夫であるところの防人本人の歌は拙劣歌の扱いによって削られたと考えられよう。

四四一六の「妻椋椅部刀自賣」は前の四四一五の「荏原郡物部歳徳」の妻であるとする場合の書式である。この一対となる組み合わせは四四一九と四四二〇、四四二一と四四二二、四四二三と四四二四の四組がある。また、四四一四は防人本人の場合のタイプで、四四一八と二首がある。つまり防人本人の単独歌は二首となる。

さらに書式内を見ると、武蔵の国の場合、12首の中で6首が妻の歌、6首が防人の歌であったことになる。この妻の歌の多さは他国にはなく、さらに組み合わされた歌の内容を見ると、問答的に対応していると見なせるの

は四四二三と四四二四のみである。これは足柄のみ坂における袖振りの儀礼をテーマにして歌が交わされているが、作歌の場は出身地における出発時であろう。他の三組は互いを思いやっての歌ではあるが相互の歌の歌詞上に緊密さが欠けている。このことは、たとえば送別時に歌を交換、もしくは贈答しあう状況・習慣が想定できるものの、防人本人の歌は難波において到着時に製作し提出した可能性が高い。

こうした一組ずつのあり方からみれば単独の、つまり対を持たない歌四四一四・四四一八も本来的には対があったのではないかと推察しうる。しかもその歌の場は出発時の防人達の個々の出身地の状況の中で歌い交わされていたのではと想像され、これは武蔵の国の全体の送別時の習慣がここに表れているように思われる。これが他国の防人歌と異なり、交わした妻の歌を帯同し難波において上進するというあり方となって表れているのではないだろうか。

妻の歌

武蔵の国の場合の防人歌の進歌方針が、基本的に夫婦一対の歌を記載するというところにあったのではないか、と思えてくる。したがって、一首単独のものは対を拙劣歌とされて削られたもの、さらに二組の歌が拙劣歌として削られて残らなかったと考えられる。これは左注には書き分けがあること、作者名の氏名記述が正確を旨としていることなどから類推できることである。

右を整理すると武蔵国の場合、上進責任者の部領使「掾正六位上安曇宿祢三國」は十組分二〇番を進歌したのであろう。しかし拙劣歌と判定されたものが八首あった（この数は他国と比べても大体同程度の進歌数であり、拙劣歌の歌数も同程度と見なせる。掲載された歌数などの全体的傾向は平均的である）。拙劣歌と判定された場合、妻の歌だけが残った場合もあるので部領使は書式を改めて再提出した、つまり清書したことが考えられ、丁寧・慎重な扱いがみられる。このように妻の歌が多く残された理由は一つには部領使安曇宿祢三國に、歌に対してこのような扱いをさせる何らかの理由が武蔵の国の場合にあったゆえではないか、と想像される。

それは少なくとも二つの方向を想定してみることができる。たとえば、防人達が出発にあたって妹・妻と歌を交換し合う習慣があるということを三國が熟知していたというあり方、さらに武蔵国の方言に対する興味を持っていたことなど。ともかく部領使三国の裁量を注目すべきとみなす方向である。

あるいは次のような類推もできる。部領使の歌の扱いは武蔵国の場合の前例を踏んでいるという可能性である。これは諸国それぞれの場合も、長い年月の累積があり、そこに進歌の手法も拠るべき前例・方法が構築されていたと考えるのである。つまり、上進時において諸国に統一した書式などはなく、あるのは国毎の書式というものではないかとみるのである。したがって部領使はそれに基づいての作業であり、天平勝宝七歳の諸国の防人歌上進のありようはそれに従っているものを見せているとみるのである。

部領使三国の防人歌への取り組む姿勢の独自性を評価すべきか、あるいは伝統の書式か、さらに検討を要する問題と思える。

三　伝承の歌

右の武蔵国防人歌の表現について検討してみよう。基本的に一対の組み歌であるという視点で見ると、行旅に向かう男と家郷にあって待つ女、の立場を踏まえた歌であることを外れるものはない。このモチーフの明確さは防人歌の特徴の一つでもある。そうした歌々にあって個別の歌の表現の歌語的要素は万葉集全体の羇旅歌にみられるものと共有する要素が強い。たとえば「白玉」「草枕」「丸寝」「紐・帯」「赤駒」「偲ぶ」「解く」「み坂」「袖

振る」などが取り出せる。また、表現の様式性という視点でも、たとえば
・四四一四の「大君の命かしこみ」はその類句は防人歌のみではなく、万葉歌に汎用されている。また表現内容も四三二八（相模国防人歌）と類似して同様式とみなせる。
・四四一七は妻が夫の行旅に駒を持たせずに徒歩で行かせることを悔いている歌であって、こうした旅の夫に準備の行き届かなかったことを詫びるような思いは、巻十三問答の部（三三一四〜三三一七）に「或本歌」をもって掲載されている。つまり旅と馬の組み合わせは旅のモチーフなのである。
・四四二〇は旅行く夫の手元に妻の心得として針仕事の一式を持たせての歌と思われ、いかにも妻らしい心配りが歌われており、防人の妻ならではと思わせるが、これもたとえば巻十八の四一二八〜四一三二の大伴池主と家持との書簡の贈答とその歌において、「針袋」を題材にして遠隔にある者同士の消息のモチーフとなっているのを見れば、その汎用を想像することができる。
・四四二一は家郷の妻へ、偲ぶ縁とすべきものとして境界の山の雲を指示する歌であって行旅の夫らしい心遣いが表れている。しかし、このモチーフも万葉歌においてたとえば巻二挽歌の人麻呂の妻の歌二二五、巻十一寄物陳思の中の二四五二、巻十二悲別歌の中の三二〇九、巻十四東歌相聞の中の三五一〇〜三五二〇など多くの例を見出すことができる。
・四四二三は峠での祭祀が必ず家郷の妻との交信の場となることを前提とするもので、その「袖振り」は旅ならではのモチーフとなる行為である。これも万葉歌には頻出し、たとえば巻二の相聞の中の人麻呂歌一三二・一三四、巻七雑歌の中の一〇八五、巻十一寄物陳思の中の二四八五、巻十四東歌相聞の中の三四〇二、などがあげられる。

右は荒い指摘ながら防人歌がその立場ならではの状況を踏まえた必然性のある表出ゆえの説得力のある歌々で

はあるが、その素材・モチーフ・表現様式は必ずしも独自なものとは云えず、むしろ旅の歌としての汎用性の中にあるという性質を見出せるのである。

昔年防人歌

武蔵国防人歌との共通性というあり方の例として取り上げておこう。

防人《さきもり》に行くは誰《た》が背《せ》と問ふ人を見るが羨《とも》しさ物思《も》ひもせず　（四四二五）
天地《あめつし》の神に幣《ぬさ》置《お》き斎《いは》ひつついませわが背《せ》なあれをし思《も》はば　（四四二六）
家《いは》の妹《いも》ろわを偲《しの》ふらしま結《ゆす》ひに結《ゆす》ひし紐の解《と》くらく思《も》へば　（四四二七）
わが背なを筑紫は遣《や》りて愛《うつく》しみ帯《えひ》は解《と》かななあやにかも寝《ね》む　（四四二八）
馬屋《うまや》なる縄《なは》絶《た》つ駒の後《おく》るがへ妹が言ひしを置《お》きて悲しも　（四四二九）
荒《あら》し男《を》のいをさ手挟《たば》み向ひ立ちかなるましづみ出でてとあが来《く》る　（四四三〇）
笹《ささ》が葉のさやぐ霜夜に七重《ななへ》着《か》る衣《ころも》に増《ま》せる児《こ》ろが肌《はだ》はも　（四四三一）
障《さ》へなへぬ命《みこと》にあれば愛《かな》し妹《いも》が手《た》まくら離れあやに悲《かな》しも　（四四三二）

右八首昔〈年〉防人歌矣　主典《さくわん》刑部少録正七位上磐余伊美吉諸君《いはれいみきもろきみ》抄写
贈兵部少輔《せいふ》大伴宿祢家持

抄寫

左注にあるごとくこの八首は磐余伊美吉諸君が抄《ぬ》き写《うつ》して家持に贈ったものである。この「昔年」の防人歌の資料からさまざまな情報を取り出すことができる。

まずは「昔年」がどのくらいの隔たりがあるものか不明で、しかも八首は昔年のある年の資料なのか、あるいは複数年にわたる資料からの「抄寫」なのか不明だが、防人歌の上進には前例があったこと、その累積された歌もしかるべき官職の人は閲覧しようとすればでき、かつ「抄写」しようとすればできたということである。

当面の問題としては、防人歌には防人の妻の歌が上進されていたという、武蔵国の場合の前例があったことは注目されてよい。右の四四二五・四四二六・四四二八の三首は妻の立場の歌である。国々に上進時の書式というものがあったことを認めるとすると、拡大的に昔年防人歌の女（妻）の歌の場合も武蔵国を出所とするものであったという可能性もある。

このような女の歌の中における、とりわけ四四二八歌の存在は興味深い問題を孕んでいる。再度並記してみる。

わが背なを筑紫へ遣りて愛《うつく》しみ帯《おび》は解《と》かななあやにかも寝も　妻服部呰女（四四二二）

わが背なを筑紫は遣りて愛しみ帯《えひ》は解かななあやにかも寝む（四四二八）

この二首は正に類似歌である。服部呰女《あざめ》は先行する防人歌をほとんど正確に暗誦していたことが浮かび上がってくる。類似の歌を創作したとは考え難い。夫である都筑郡上丁服部於田の歌に対して、妻は防人の古歌をもって答えとしたと言うことである。夫の歌との密接な対応関係が感じられないのだが、歌のこうした状況はどのように生まれているのであろうか。

諸注釈の見解は、たとえば「当時民間に伝承されていた古謡を夫への答え歌とした」（沢瀉注釈）（鴻巣全釈）（新全集）、「何処の国かわからないが相当に流布していたのだろう」（武田全註）、「四四二二は四四二八に殆どそのままに見えるから、呰女はそれを知って居て自分の歌のやうにして歌ひ、人々がもてはやし記憶してゐたので部領使も気づかずに提出したのであらう」（土屋私注）、「民謡化していた歌をそのまま誦詠したのであろうか。四四二八を借用誦詠したものか」(新大系)、「小異歌、広く伝承していた歌か」(多田全解)など、およそこのような見方がされている。

右には民謡と見たり古謡と見たりきわめてあいまいな前提といわねばならないが、まとめれば既存の歌を皆女が用いたとする見解になると思われる。そうした見解を了解しつつも、しかし伝承の歌のあり方の一つの条件としてこれが女の歌であるということに思いを致すことが重要なのではないか、と思うのである。

おわりに——伝承

伝承媒体としての女の位置

武蔵国の場合と、昔年歌の場合と再度その歌のありかたを状況的に考えてみれば、防人達は妻の歌を携えていた。したがって進歌を要請されたとき妻との一対を提出した。その場合、家郷で一対となっている場合と、難波において対を完成させた場合が考えられよう。取捨の判断は受けるものの家郷で対となった場合は、家郷の妻によって保存・管理される必然が生まれる。難波において詠作した防人自身の歌は、採歌された場合でもそれらが役所に報告され蓄積されて資料となるものの、それが流布されたり持ち出されて伝播する機会は全く希有なことであろう。天平勝宝七歳と昔年の防人歌はこの希に該当する。

それに対して家郷における防人の妻と夫の出立時の一対の歌は、その妻が伝承の主体となってその地に伝播流布する機会を持つだろう。歌の作り手である防人の妻ゆえに、別離の日に歌った歌をその地域に流しやすいという機会を持っていた。実態的には歌垣など人々の集まる場が考えられるがこの問題はここでは措いておこう。女から女へ伝承される機会が地域的に生み出されると云う状況、つまり地域に伝承されやすい環境にあったということは想像しやすいのではないか。

　夫の歌も、妻を介して伝承される機会を持つと言う場合も当然考えられる。ただし防人歌の通常のあり方、すなわち歌が難波において詠まれるという事態のあることを考えると、男の歌はむしろ家郷の地には残りにくいのはむしろ当然であろう。反して女の歌は家郷に残る。つまり四四二八歌が東国武蔵国の都筑郡（現横浜市の保土ヶ谷・旭・緑の各区周辺）には防人の妻の歌として流布伝播していた、つまり伝承歌の位置にあったことを示している。そうした先行歌を知る中に呰女がいたことを証しとしている。

　右に見るように女を軸に、防人歌が地域に累積し、伝承される機会を持っていたことが想像され、そこに類歌の表れる要因があったと思われるのである。

以上

記紀の結婚伝承と歌謡

森　朝男

記紀の結婚伝承（多くは天皇・皇子らの）からは、〈巡行→偶会→求婚→蹉跌→成功（所顕し）〉といった展開を一つの類型として抽出しうるように思われる。その観点から、その類型の起源にも目を向けながら、結婚伝承に伴う歌謡の表現に解読を加えてみたい。

一　巡行と出逢い

神々や天皇が巡幸や遊覧の途中に嬢子と出逢って求婚する、という話型は多く見える。迩々芸と木花之佐久夜毘売《このはなのさくやびめ》、神倭伊波礼毘古《かむやまといはれびこ》（神武）と伊須気余理比売《いすけよりひめ》、品陀和気《ほむだわけ》（応神）と宮主矢河枝比売《みやぬしやがはえひめ》、大長谷若建《おほはつせわかたけ》（雄略）と赤猪子《あかゐこ》の出逢い等々、さらには須佐之男と櫛名田比売《くしなだひめ》、大国主と須勢理毘売《すせりびめ》、火遠理《ほをり》と豊《とよ》玉毘売《たまびめ》などの出逢いもそれに近く、万葉集巻頭歌における雄略天皇と菜を摘む嬢子の出逢いも、その類型であることになろう。

そのうち品陀和気の所伝は、次のようになっている。

一時、天皇近淡海国《ちかつあふみ》に越え幸でまし時、宇遅野《うぢの》の上に御立ちしたまひて、葛野《かづの》を望けて歌曰ひたまはく、

千葉の葛野を見れば百千足る《ももちだる》家庭《やには》も見ゆ国の秀《ほ》も見ゆ（記四一）

とうたひたまひき。故、木幡村に到りし時、麗美しき嬢子、その道衢《ちまた》に遇ひき。尓に天皇其の嬢子に問ひて曰りたまひしく。「汝は誰が子ぞ。」とのりたまへば、答へて曰ししく。丸迩比布礼能意富美《わにのひふれのおほみ》の女、宮主矢河枝比売ぞ。」とまをしき。天皇即ち其の嬢子に詔りたまひしく、「吾明日還り幸でまさむ時、汝が家に入り坐さむ」とのりたまひき。…（古事記中）

この行幸の所伝は続いて、翌日天皇を我が家に歓待して比売が杯を献じると、それを持たしめたまま天皇が、嬢子を得た歓びを歌って二人の婚儀が成立したとしている。ここに国見と土地の嬢子との結婚が語られるのは、この行幸を天皇の国まぎの型にはめたものであることを示していよう。その歌謡は次のとおりである。

この蟹や　何処の蟹　百伝ふ　角鹿《つぬが》の蟹　横去らふ　何処に到る　伊知遅島《いちぢしま》　美島《みしま》に著《と》き　鳰鳥《みほどり》の　潜《かづ》き息づき　階だゆふ　佐佐那美路《ささなみぢ》を　すくすくと　我がいませばや　木幡の道に　遇はしし嬢子　後姿《うしろで》は　小楯ろかも　歯並みは　椎菱なす　櫟井《いちひゐ》の　丸迩坂《わにさ》の土《に》を　端土《はつに》は　膚赤らけみ　底土《しはに》は　丹黒きゆゑ　三つ栗の　その中つ土《に》を　かぶつく　真火には当てず　眉画《まよが》き　濃《こ》に画き垂れ　遇はしし女人《をとめ》　かもがと　我が見し子ら　かくもがと　我が見し子に　うたたけだに　対《むか》ひ居るかも　い添ひ居るかも（記四二）

冒頭より十句ないし十四句までは蟹を詠んだ歌句で、この伝承には合致しない。あるいは「後手は　小盾ろかも　歯並は　椎菱なす」をも蟹の嬢子の形容とすれば二十句までは、蟹の歌で、角鹿（敦賀）の蟹が楽浪路をたどって木幡で蟹の嬢子に出逢う歌とも取れる。そこまで来れば全体を蟹の歌と見ることさえできよう。どう見るにしろ、この歌謡の素地は蟹の道行にある。それが元来どんなものであったかについて、記紀歌謡評釈に、万葉集「乞食人詠」の蟹の歌（16・三八八六）に類する芸能歌謡と見たのが妥当と思われる。

こうした芸能歌謡が、どうして天皇の行幸と求婚の伝承に容易く結合するのか。そもそもこの歌謡の蟹はいかなるものなのだろうか。角鹿から楽浪路を経て木幡に達する道は、やがて宇治から綴喜・相楽・奈良山を経て大和に達する。角鹿から宮廷に運ばれるか、楽浪から久世あたりにかけて根を張る和迩氏へ運ばれるかした蟹を題材として、和迩氏において芸能化されたもの（評釈や古代歌謡全注釈はこの話を和迩氏の伝承と説く）かと思われる。道行は叙事形式として様々に応用されて行くが、その始原に神の来訪を語る「巡行叙事」があった（古橋信孝『古代和歌の発生』東大出版会　一九八八）。天皇の国まぎの道行は、神来訪の延長の意義を背負っていよう。天皇の道行に国見や妻問いが加わるのもそれと呼応している（来訪した神は良い土地を見出し、神の嫁たる巫女に迎えられる）。おそらくはそうした伝承の論理の中で、遠来の神を蟹に戯画化した芸謡が、言寿《ことほ》きの主体を天皇に換えて、天皇の土地ぼめや求婚の嬢子ぼめに転換させたのであろう。

いざ子ども　野蒜《のびる》摘みに　蒜摘みに　我が行く道の　香ぐはし　花橘は　上枝《ほつえ》は　鳥居枯らし　下枝《しづえ》は　人取り枯らし　三つ栗の　中つ枝の　ほつもり　赤ら嬢子を　いざささば　良らしな（記四三）

これは記紀に、応神天皇が日向の髪長比売《かみながひめ》を太子大雀《おほさざき》に与える豊楽の席の歌謡と伝承されるものだが、叙述形式は野を行く道行で、花橘を見出すことに繋げて嬢子ぼめを展開している。道行と国見を重ねた叙事文脈の痕跡が残っている。

長距離の道行を詠むものに対し、このように野を遊行する道行の叙事形式もあったらしい。神倭伊波礼毘古（神武）が伊須気余理比売に出逢う伝承（古事記中）の「倭の　高佐士野を…」（記一五）などをはじめ、いくつかそれを思わせる例があり、万葉集巻頭歌もそれである。それらは歌垣との繋がりを思わせる。歌垣の伝承形式、さらには歌垣という習俗そのものも、道行の果てに偶然に異性を見出すという、この叙述の型に現れた古代的な思考法に、先導されて成立したものかもしれない。

この型を支える古代的思考法とは、男女の出逢いが晴《はれ》のものであり、それゆえに偶然性に支配されているものだということである。初めに引いた品陀和気の伝承でも、「麗美しき嬢子、道衢に遇ひき」と、「遇ふ」の主語を相手の嬢子に置いた叙述が、偶然の出逢いであることを示している。神と出逢う叙述形式なのである（森「逢ふ」『古代和歌と祝祭』有精堂出版　一九八八。初出一九八二）。記紀における神々や天皇の婚姻譚は、相手の美貌を聞いて「喚上《めさ》」げる型と、出掛けて逢う型とに分かれ、さらに後者は定まった相手を訪問する型と、道で「偶会」する型とに分けられるという（戸谷高明「古事記における発想と表現の類型」『古事記の表現論的研究』新典社　二〇〇〇。初出一九七二）。「喚上」型が王権の権力的豪族支配から行われるものであるのに対し、「偶会」型は、性質上、相手方の拒否もありうる不安定なもののはずである。天皇の求婚の伝承に、なぜこの不安定な型がいくつも存在するのか。結婚をめぐる古代的思考法、すなわち伝承の型、が強く働いていることも想像されるが、王権と豪族の婚姻に潜む対立関係がこれに象徴されるといった側面がある。節を改めて次にそれにふれる。

二　相手方の拒絶と求婚の蹉跌

求婚や結婚の伝承には、しばしばその蹉跌が描かれる。八千矛神は沼河比売の家の戸の前に一夜立ち明かした（記上）。大長谷若建（雄略）は春日の袁杼比売《おどひめ》と道に出逢うが、逃げ隠れられる（記下）。それに似る大帯日子《おおたらしひこ》（景行）の印南の別嬢《わきいらつめ》への求婚は、別嬢の強力な拒絶に遇っている（播磨国風土記賀古郡）。倭建は婚儀の席で美夜受比売《みやずひめ》の月の障りを見咎めて嘆きの歌を詠むが、比売のとりなしの答歌によってようやく婚に至る（記中）。古事記がこの世における最初の結婚として伝承する伊邪那岐《いざなき》・伊邪那美《いざなみ》二神の結婚も、女神の方から先に声をかけたことが子生みの失敗の原因となって、改めて男神の方から声をかけ直すことになっているが、これもその例の一つに数えてよいだろう。

こうした諸々の伝承は、男女間の親和関係の成立が稀ごと（晴の営み）であることを示している。男女の結合は性の禁忌の観念によって、ことさら強く晴の側に区分されたのだ。成立するにしても一旦の蹉跌の後に結実するのである。話型としても、対立や蹉跌を前提にしてこそ親和は親和たりうるわけだから、これは王権の婚を離れてもそうであったと思われるが、王権をめぐる結婚においては、一般的な結婚に伴う「稀ごと」観念のうえに、さらに豪族との対立とそれを超えての親和という意味あいを付加したものになっているに違いない。

是の豊楽の日、亦春日の袁杼比売、大御酒を献りし時、天皇歌曰《うた》ひたまひしく、
水灌《みなそそ》く　臣の嬢子　秀罇《ほだり》取らすも　秀罇取り　堅く取らせ　下堅く　弥《やが》堅く取らせ　秀罇取らす子（記一〇三）
とうたひたまひき。此は宇岐《うき》歌なり。尓に袁杼比売、歌を献りき。其の歌に曰ひしく、
やすみしし　我が大君の　朝とには　い倚り立たし　夕とには　い倚り立たす　脇机《わきづき》が下の　板にもがあせを（一〇四）
といひき。此は志都《しつ》歌なり。（記下）

これは大長谷若建（雄略）の豊楽の伝承の一部である。先に天皇の求婚に際し逃げ隠れて逢わなかった袁杼比売が、ここで天皇に献酒の儀を果たしている。この日の豊楽は「長谷の百枝槻の下」でなされたが、右の献酒に先立って三重采女の献酒があった。その酒杯に槻の葉が浮いた粗相があって天皇の怒りを買うが、采女のとりなしの歌で治まった。雄略天皇は激情の人だが、袁杼比売が逃げ隠れて逢わなかった日にも、天皇は激情を表す歌を詠んでいる。したがってこの豊楽は天皇の二たびの怒りが鎮まる宴であったことになる。

袁杼比売は、雄略紀元年の後宮関係記事の注記では采女とされるが、ここでは天皇の婚の対象となっているこ

とが明らかである。三重采女と並んで、この伝承には中央・地方の家から天皇に奉仕した女たちの、対立と和合が象徴的に描かれる。采女の天皇への奉仕も、擬制的な天皇の婚であったと見てよいだろう。問題はその場が豊楽（恐らくは新嘗に伴うところの）、即ち宴であることである。婚の成立を宴の場における女の側からの献酒というかたちで語る伝承は、倭建と美夜受比売の例、前掲応神天皇と宮主矢河枝比売の例、同じく応神天皇が心に掛けた髪長比売を太子大雀（仁徳）に娶せる例などに見える。

宴は対立を止揚して和合を作る仕掛けであった。それは宴が晴の営みであることを意味しているが、歌垣は宴と同質な関係にあったと考えられる。宴が和合の方に重きを置くのに対し、歌垣は掛け合い歌の応酬によってむしろ対立を際だたせるようにも思われるが、掛け合いは和合を内在させるか、または最終的に和合に至ることを仮想したものであることによって、対立を保証したものだったと言えそうである。その仮想に守られるから、対立のまま終ってもよかったのだろう。歌垣の掛け合いの様相を示す古代資料が乏しいので分からないところも多いが、近年調査の進む中国少数民族の歌垣の諸報告（工藤隆・岡部隆志『中国少数民族歌垣調査全記録1998』大修館書店　二〇〇〇。その他）を参考にすると、歌詞には対立的、協調的の双方が混在し、相対して歌掛けすることの中で両者間には協調関係が成立しているようにも見える。

次の伝承は、そのような歌垣の対立と協調（和合）を内包しあう関係から、是非読み解いてみる必要がありそうだ。

太子、物部麁鹿火《あらかひ》大連の女《むすめ》影媛を聘《あと》へむと思ほして、媒人を遣して、影媛が宅に向はしめて会はむことを期《ちぎ》る。影媛、曽《いむさき》に真鳥大臣の男鮪《しび》に奸されぬ。太子の期りたまふ所に違はむことを恐りて、報して曰《まう》さく、「妾《やつこ》望《ねが》はくは、海石榴市《つばきいち》の巷に待ち奉らむ」とまうす。…期りし所に之きて、歌場《うたがき》の衆に立たして、影媛が袖を執へて、躑躅《たちやすら》ひ従容《いさな》ふ。俄《しばらく》ありて鮪臣、来りて、太子と影媛との間を排《おしはな》ちて立てり。是に由りて、太子、影媛が袖を放ちたまひて、移廻《うつりむ》きたまひて前に向《すす》みて、立ちて直に鮪に当《むか》ひたまふ。歌ひて曰《のたま》はく。

　潮瀬の　波折《なをり》を見れば　遊び来る　鮪が鰭手《はたで》に　妻立てり見ゆ（紀八七）

鮪、答歌して曰さく、

　臣の子の　八重の韓垣　ゆるせとや御子（八八）

太子歌ひて曰はく、

　大太刀《おほたち》を　垂れ佩《は》き立ちて　抜かずとも　末果たしても　会はむとぞ思ふ（八九）

鮪臣、答歌して曰さく、

　大君の　八重の組垣　懸かめども　汝《な》を編ましじみ　懸かぬ組垣（九〇）

太子歌ひて曰はく、

　臣の子の　八節《やふ》の柴垣　下動《とよ》み　地《なひ》が震《よ》り来ば　破《や》れむ柴垣（九一）

太子影媛に歌を贈りて曰はく、

　琴頭《ことがみ》に　来居る影媛　玉ならば　吾が欲る玉の　鰒白珠（九二）

鮪臣、影媛が為に答歌して曰さく

　大君の　御帯の倭文服《しつはた》　結び垂れ　誰やし人も　相思はなくに（九三）

太子、甫めて鮪の曽に影媛を得たることを知りぬ。悉に父子の無敬《ゐやな》き状を覚りたまひて、赫然《おもほて》りて大きに怒りたまふ。此の夜、速に大伴金村連の宅に向《い》でまして、兵《いくさ》を会《つど》へて計策《はか》りたまふ。大伴連、数千の兵を将《ゐ》て、路に儌《た》へて、鮪臣を乃楽山《ならやま》に戮しつ。（武烈紀）

先に鮪臣と関係のできていた影姫は、太子（武烈天皇）の求婚の使者に接し、「海石榴の巷に待ち奉らむ」と答える。前節に引いた戸谷論文の分類によって言えば、これは「喚上」型の、返答に否応のない求婚を、「偶会」

型に切り替えたことになる。歌垣の、対立と和合が包み合う場の論理によって、公然と拒絶を表明しうる位置を得ようと目論んだのである。歌垣の場では、鮪臣が二人の掛け合いに割って入った。掛け合いは太子と鮪との間で展開することになるが、最後の贈答に顕著な如く、鮪の立場は原則的に影媛の代理の歌い手にあったと見られる。代理的な歌い手の登場ということが、実際の歌垣に存在した可能性もないとは言い切れないが、一連の歌謡はなまの歌垣に起源を持つものと考えるよりも、「臣の子」「御子」「影媛」の呼称が含まれる点などからして伝承のものと見るべきであろう。この歌群・説話の古事記の所伝（袁祁王と平群志毘の応酬）を考察して、それを〈宮廷叙事歌〉とする説（居駒永幸『古代の歌と叙事文芸史』Ⅲ・第二章　笠間書院　二〇〇三。初出二〇〇二）に従い、この日本書紀の所伝も同様に見ておきたい。ただ、前段の「垣」をめぐる即興的なやりとりには、歌垣の掛け合いの呼吸を想像させるものがある。

右の伝承では歌垣が終った後に、太子は大伴金村に命じて鮪臣を誅殺している。歌垣が日常とは異なる「晴」の営みであることを、この伝承は明瞭に示している。なぜなら、歌垣における男女の誘いと拒絶の応酬という対立は、それが究極的に男女の親和に向かうものとの前提に立つがゆえに、あるいは対立が日常的な諸付帯条件を無化して性としての男・女の向き合いであるがゆえに、約束ごととして許されているからである。この場を離れればその対等な向き合いは支えを失う。常陸国風土記童女松原の歌垣の伝承に見えるように、場を離れてなお向き合い、朝の光に射すくめられた男女が、松に姿を変えざるをえなかったのも同じ理屈である。

この伝承（古事記の方の所伝も併せ）における歌垣の後の誅殺には、歌垣の「祭祀の論理」を褻（日常）の場で衝き破るものがあり、太子には共同体的論理を超える「大悪」としての、「古代英雄」の位置があるとも説かれた（三谷邦明「歌垣の歌」『記紀歌謡』早大出版部　一九七六）。これは古代王権の婚姻伝承の問題性に届く指摘である。右の引用は、影媛の「海石榴の巷に待ち奉らむ」との申し出に特に注目したいがために日本書紀によったが、古事記の所伝もそこを除けばほぼ同様で、歌垣の後に誅殺が行われている。王権の婚の伝承が、歌垣の像を基礎にしたと思われる野での出逢いをはじめ「偶会」型をかなり取り込んでいるのは、豪族を服属させることの成否を豪族の娘との結婚の成否という語り方を通して語ろうとし、しかもその成否を出逢いの場における天皇の力量として描こうとする論理が存在したからであろう。ことに古事記にこの型の求婚譚が著しいのは、古事記が「喚上」型に象徴される完成された強力な王権の姿よりも、諸豪族の力と拮抗する王権の姿をこそ描こうとしているからだろう。

　この視覚からもう一つ注目される伝承例は、古事記の神倭伊波礼毘古《かむやまといはれびこ》（神武）の、大和の土着神である三輪の神の娘伊須気余理比売《いすけよりひめ》への求婚譚である。古事記の当該伝承の文脈によれば、予め正妃として定めた相手なのだから「喚上」型によるべきところなのに、「高佐士野」での偶会（歌垣を思わせる）の求婚によっている。これは伊波礼毘古の大和土着勢力平定の完成としてこの結婚を語ろうとしたから、成否を賭した「偶会」型求婚形式をあえて採ったのであろう。ただし求婚における天皇の力は、野を行く七嬢子の先頭を伊須気余理比売と見破ったことだけで、成功に決定的な力を発揮したのは歌の応酬に勝った先導者大久米であるが…。伊波礼毘古王権と三輪の間には対立が存在したことが古事記のこの伝承の文脈の奥には潜んでいる。その点については、当芸志美美《たぎしみみ》の反乱伝承が三輪と結んでのものだった可能性と併せて、別稿（「伊須気余理比売をめぐる歌謡伝承」『国語と国文学』二〇一二年五月号）に詳述した。参照願いたい。

三　所顕しと名告り

ところでこの「偶会」型の求婚譚は、その後に所顕しの所伝を付帯させるのが、その形式であったらしく思われる。応神天皇と宮主矢河枝比売の伝承では、出逢いの折、天皇が翌日の訪問を約す。家に帰った比売は委細を父に語った。父は「是は天皇に坐す那理。恐し、我が子仕へ奉れ」と言い、家にしつらいを施して天皇を迎え、宴を張る。男（婿）が女の家を訪問しその両親と対面し認知を受ける、後世の物語などに見える所顕しの一般例に、これは近いかたちを見せたものである。迩迩芸と木花之佐久夜毘売の出逢いの例もこれに近く、求愛を受けた佐久夜毘売は返事を保留し、父大山津見神から返事させる。天皇の場合にはこうした所伝や物語は多くはないが、神倭伊波礼毘古が、高佐士野の出逢いの後、伊須気余理比売の「狭井河の上」の家に出掛け、「一宿御寝し」たと記されるのも、この例に数えてよいだろう。父の承諾は語られていないが、後に伊須気余理比売が入内した時、その一夜のことを追憶して、伊波礼毘古が次の歌を詠んだと伝える。

芦原の　しけしき小屋《をや》に　菅畳　いや清《さや》敷きて、我が二人寝し（記一九）

この歌の第五句は次の万葉歌にも通じる。

大船の津守が占《うら》に告《の》らむとはまさしに知りて我が二人寝し（万葉2・一〇九）

この歌の詠み手大津皇子は、ライバルの草壁皇子の恋する石川女郎と関係を持ったことが、津守通の占いによって露顕した時にこの歌を詠んだ。自分と女郎との関係が既成の事実であることを宣言したのである。これは所顕しである。伊波礼毘古の歌の場合は、後に追憶するという文脈に置かれているが、前掲別稿にも述べたとおり、本来は、二人が確かに結ばれたことを男の口から宣言した、所顕しの歌であったのだろう。

「ところあらはし」という語は、辞書類には通ってくる男に女の家を顕し示す意味だと説かれることが多いが、それは平安の物語類の例から推定したもので、正しくないだろう。この語は平安期以降にしか使用例が見出せないが、「ところ」は貴人を数える助数詞として用いられる。神を数える語にもなる。そのことからすれば、本来は神が所在や素姓（どこそこのいかなる名の神か）を明らかにすること、あるいは祭る側がそれを言い顕すことに原意があり、神婚をかたどってなされる結婚儀礼における、男の素姓顕しを意味することになったものであろう。とすれば、男が「我が二人寝し」と表明することは、自分がこの女を妻にした男だ、と名告る意味になる。詳細は旧稿（「名告る・名立つ」『古代和歌と祝祭』有精堂出版一九八八。初出一九八六）に既に説いた。

伊波礼毘古の場合も、品陀和気の場合も、野や道を行きつつ「偶会」した嬢子に求婚している。後者の場合は、翌日家を訪ね、宴席で矢河枝比売の献酒を受けたのが所顕しであるが、その時の品陀和気の歌謡（前引）の中に、「斯もがと　我が見し子ら　斯くもがと　吾が見し子に　うたたけだに　向かひ居るかも　い副ひ居るかも」と詠まれている。難解語「うたたけだに」はひとまず措くとして、今この席に矢河枝比売と対座し、契りの献酒を受けていることの表明が、嬢子を得たことの宣言に相当する。

次のような歌も、所顕しの歌、またはそれを発想の基底に含んだ歌と見ることができる。

1天なるや　弟棚機《おとたなばた》の　頂《うな》がせる　玉の御統《みすまる》　御統に　穴玉はや　三谷　二渡らす　阿治志貴高《あぢしきたか》　日子根《ひこね》の神
　そ（記六）

2赤玉は　緒さへ光れど　白玉の　君が装《よそひ》し　貴くありけり（記七）
　沖つ鳥　鴨著《ど》く島に　我が率寝《ゐね》し　妹は忘れじ　世の尽《ことごと》に（記八）

3つぎねふ　山城女の　木鍬《こくは》持ち　打ちし大根　根白の　白腕《ただむき》　枕かずけばこそ　知らずとも言はめ（記六一）

4女鳥の　わが大君の　織ろす服《はた》　誰が料《たね》ろかも（記六六）
　高行くや　速総別《はやぶさわけ》の　御襲料《みおすひがね》（記六八）

1は天若日子の再来と見紛われた兄の名を「同母妹《いろも》高比売命」が顕す歌。高日子根・高比売に同母兄妹婚関係があったとも、高比売が高日子根神の祭祀者の位置にあったとも、古事記所伝の形成の奥に潜む思惟を想像することができる。2は海と陸に境を隔てた豊玉毘売と火遠理命の贈答で、贈歌は男の風姿を讃え、答歌は「率寝」

の事実を表明する。3も2の答歌と同じ趣旨になる（別れ行く石之比売を追う大雀命の歌）。4は大雀と女鳥王の贈答であるが、贈歌の問いかけを誘いとして、女が答歌に男の名を明かすのだから、答歌は1と同様のものとも見られる。

1や4の答歌には、婚の歌としていえば自分と婚した男の素姓を、祭祀の論理からいえば自分に憑依した神の素姓を明かす意味になる。4の答歌に衣服のことをいうのには、神衣を捧げる巫女の祭の影が揺曳する。神語第二歌の「八千矛の　神の命」（記三）、同第四歌の「八千矛の　神の命や　我が大国主」（記五）、さらには神語を祖型に置く万葉集巻十三の泊瀬の妻問い問答の答歌「隠りくの　泊瀬小国に　よばひせす　我が天皇よ」（万葉13・三四一二）などもそれらに有縁のものと見られる。

さらに重要なことは、これらから天皇賀歌への道筋があったと考えることができる点である。すなわち右の1などは巫女が神を讃えて、その威容と名を言い表すものであるが、天皇の即位、巡行（出遊）、儀礼の場への出御は、神の示現をかたどる。したがって臣下や民や豪族の子女が、その出現を言寿いだり、服属の意を表したり、求婚に承諾を与えるのは、神をたたえて奉仕の意を表明することに、構造的に通じる。先に引いた春日の袁杼比売の「やすみしし　我が大君の　朝とには　い倚り立たし　夕とには　い倚り立たす…」（記一〇四）もそれであり、次のような天皇賀歌もその流れにあると見うる。

やすみしし　我が大君の　隠ります　天の八十蔭《やそかげ》　出で立たす　御空を見れば　万代に　斯くしもがも　千代にも　斯くしもがも　畏みて　仕へ奉らむ　拝《をろが》みて　仕へ奉らむ　歌献《うたづ》きまつる（紀一〇二）

これは正月の祝賀儀礼に臣下の前に姿を現した推古天皇を、大臣蘇我馬子が讃えた歌である。続いて天皇がこれに答えて蘇我氏の忠誠を褒める歌を詠んでいる。

天の原振り放け見れば大君の御寿は長く天足らしたり（万葉2・一四七）

これは天智天皇の不予の時に大后の奉った歌である。天皇賀歌の形式を下地にしたものであろう。趣意は馬子の歌に似る。

高光る　日の御子　やすみしし　我が大君　あらたまの　年が来経れば　あらたまの月は来経ゆく　諾《うべ》な諾な諾な　君待ち難に　我が著《け》せる　襲《おすひ》の裾に　月立たなむよ（記二八）

これは婚の蹉跌を女の方からとりなす歌であるが、冒頭に相手を讃える四句を置いて、男の素姓を言い顕す。婚をめぐる贈答歌に賀歌の成句が入り込む理由を思うべきである。

訪れ出現する神や求愛する男の方から名告りによって所顕しをする（素姓を顕す）歌は乏しいが、万葉集巻頭歌は、その例になるであろう。

籠《こ》もよ　み籠持ち　掘串《ふくし》もよ　み掘串《ぶくし》持ち　この岳《をか》に　菜摘ます児　家聞かな　名告《の》らさね　そらみつ　大和の国は　おしなべて　我こそ居れ　しきなべて　我こそ座《ま》せ　我こそは　告らめ　家をも名をも（万葉1・一）

「この岳に　菜摘ます児」には巡行・偶会の形跡が見える。続いて求婚と所顕し（名告り）がなされる。求婚と名告りの間の飛躍を説明することに従来の研究は集中してきたが、〈巡行→偶会→求婚→蹉跌→所顕し〉といった本論が想定してきた「偶会」型求婚伝承の展開形式からすると、この叙事法の成立する必然性はあったのである。女の側の逡巡や拒絶が求婚の蹉跌をもたらしつつ、しかし男を誘導するものでもあったことは、右に引いた倭建に対する美夜受比売の歌からも理解され、また前記2、4の相手や周囲の誘導によって所顕しに進んでいる例、来目部小楯《くめべのおだて》の誘導によって弘計王（顕宗）が自らの素姓を歌に明かす例など、所顕しが誘導によって実現するものであることからも理解される。また万葉集巻十二の海石榴市の、歌垣の歌を思わせる問答歌において、名を問われた女が、

たらちねの母が呼ぶ名を申さめど路行く人を誰と知りてか（万葉12・三一〇二）

と、男の名告りを優しく誘導するかに見える歌を返しているのも参考になる。雄略天皇歌も、前半と後半の間に女の拒絶や巧みな逆襲があり、それが脱落してこの形のものになったとするのが考え易いが、求愛に次いで相互に名告りがなされるという展開の叙事法の伝統があったとするなら、初めからこのままの歌形であったとも考えうる。この歌は天皇の大和の国の王者たる宣言の歌とするために、天皇の名告りを短絡的に置いて強調した印象があるけれども、神婚が神の示現を意味したように、求婚の場において男の素姓が露わにされ、天皇の場合には新たな天皇の誕生を物語る形式となった、という経緯があったのだろう。そのような経緯を前提にすると、こうした歌も無理のない歌として受容されたのであろうと納得される。

（注）古事記・日本書紀の引用は、歌謡を含めともに日本古典文学大系本の訓読文によった。

宮古島狩俣の史歌《しか》、ニーラーグ

——男性歌唱者「アーグシュー」が謡う視点から

島村幸一

はじめに——男性歌詞者を主体とするウタ

琉球弧で謡われる神歌のなかには、男性歌唱者によって謡われるウタがある。沖縄本島浦添市西原、沢岻、宜野湾市大山、南城市仲村渠、百名に伝わるアマウェーダといわれる正月に謡われるウタ、伊平屋・伊是名島に伝わる旧暦七月、八月に謡われるティルクグチがそれである。アマウェーダは稲作の神話を謡う生産叙事歌で、『日本民謡大観　沖縄奄美　沖縄諸島篇』の「アマウェーダ」の解説には「浦添市沢岻と（南城市）仲村渠、百名に伝承された旋律はいずれも同系のものと思われる。（途中省略）各地のアマウェーダは主に男性が歌う」とある[1]。伊波普猷の名著『をなり神の島』（楽浪書院、一九三八年）に入る「南島の稲作行事について」には、真和志村識名（現在の那覇市識名）に伝わる「アマーオェーダー」を「玉城亀と云ふ、当時五十九歳の慶応二年生れの老人」から習ったと記し、「私は見たことはないが、或る田舎では種子取《たんとり》の時に、ニクブク（猫掻《ねこがき》の御蓙《ござ》）を敷いて、下、男たちが、ずらりと居並んで、この歌を合唱し、「北《にし》のあぶし枕しち」と唱へると、一斉に右に傾き、「南《はえ》のあぶし枕しち」と唱へると、一斉に左に傾く、といったやうな動作をすることだ[2]」（傍点筆者）とある。伊波が聞いた「或る田舎」がどこか不明だが、アマウェーダが男達によって謡われて、しかも動作が伴う芸能になっていることが分かる。

この芸能化した動作は、下野敏見が『タネガシマ風物誌』で記録している種子島向井里で行われている正月の行事「チイナビキ」と類似する。『タネガシマ風物誌』によると、向井里では正月元旦「十三軒の人々はその若水を各自の家に迎えてから、本家の向井正夫氏宅に集まって」、幾度かの杯を取り交わした後、「司会の相伴人が、「ことしは雨もよく降って水も多かった。カラ立ちもはじめから、ワザワイカよくて、実入りもよかった。そこで西の風がソヨソヨ吹けば、東のほうに畦を枕に申す」というと、全員、体を東側に倒してネキの人のひざを枕に寝るのである。しばらくして、「オヤオヤ、風は、東の風に変わり申した。稲の穂は皆、西の方さな倒れ申した」と、声がかかる。一同、起き直って、こんどは西の方に上体を倒して寝るのである。やがて、「これで式は終わり申した」という声で、全員、起き上がって正座。こんどは「めでたぶし」という独特のメロディの祝賀歌を斉唱する」とある。「チイナビキ」とは、「チイは露、ナビキはなびくで、つまり稲の穂がよくできて垂れさがった上に、露がかかって一方へなびく、という意味である」という[3]。この共通した動作は、どのような伝播の問題が背後にあるのか興味深いが、本稿で関連するところでいえば『タネガシマ風物誌』にはその時の写真も載せられていて、この行事も男達によって行われていることが分かる[4]。

ティルクグチは伊平屋・伊是名の各集落によって少しずつ伝えられる詞章に違いがあるが、来訪神と考えられるティルクミ・ナルクミがムラを訪れ米作りを神授し、その米で作った神酒をティルクミ・ナルクミに捧げて祀ろうという内容のウタであると考えられる。

『日本民謡大観　沖縄奄美　沖縄諸島篇』に記される「ティルクグチ」では「歌い手に特定の資格はないが、

男性が多い」とあり、ティルクグチが古風なかたちで伝承されていると考えられる伊平屋村の田名では「仲里家では、田名ヌサーと呼ばれる男性神役が同家の祖霊（神棚）に向かって座し、独唱する」ことから謡い始められるという。(5)『やんばるの祭りと神歌』「伊平屋村の柴差とティルクグチ」でも「田名のティルクグチの場合と同様に、これらの歌が男たちによってうたわれ、ムラの各家をうたいまわっていくという形態は共通している」とある。(6)さらに、ティルクグチにかかわる注目される記述は、『伊平屋村史』に記される我喜屋のティルクグチについてのもので、「ノロ神はテルコ口を聞くものでないといわれ、殿内の行事をすませると、テルコ口行事が始まらない前に、島尻に行って島尻アサギで行事をすませた。その日は島尻で一泊して、島尻のテルコ口の始まらない前に帰るが、そのときも部落のテルコ口行事が終っているかどうかを、上松原でその情況を見て、終っておれば帰ってくる」という記事である。(7)ここでは、ティルクグチが「ノロ神」がかかわらないウタであることが強く意識されていることが分かる。それと関連して考えられることは、ティルクグチの詞章に「てるくみが　云ふ事　なるくみが云る事　口《くち》まさゝ　あやびーん　事まさゝ　あやびーん」（テルクミ・ナルクミがいうことは、霊験ある言葉です。テルクロ　田名村）が出ることである。(8)この詞章は、ほとんどの集落のティルクグチにみられるが、『おもろさうし』においてもオモロ歌唱者（男性）が謡うオモロにもこの表現があり、「一あかわりぎや　おもろ口正《くちまさ》しや　あもの」（第五―二五三他）、また「一　おもろ殿原《とのばら》よ　するの口正《くちまさ》しや」（第八―四〇五他）というかたちで表れる。オモロにでるこれらの表現はオモロ歌唱者特有の詞章であることから、本来的に神の側に立つ存在ではないオモロ歌唱者が、自ら名乗ってウタを権威付けるための表現であると考えられる。(9)これが、男性歌唱者が謡うティルクグチにも出ることは注目される。

沖縄本島に伝わる男性歌唱者を主な担い手とするアマウェーダやティルクグチは、いずれも稲の生産を叙事するウタであるが、八重山に伝わる旧暦一〇月を中心とする吉日を撰んで行われる、「種取り」（播種儀礼）で主に謡われる稲の生産叙事歌謡、稲ガ種子アヨーも、男性を中心とする歌唱者によって謡い始められるウタである。宮良安彦「八重山歌謡「あよう」の特質」によれば、稲ガ種子アヨーを謡う「苗代人数達は、十名ほどの男性の集団であり、女性は、田圃での願いごとには、参加しない。威部ぬ前での祈願に続いて、苗代人数達は、「稲が種あよう」「米神酒あよう」「山樫木あよう」を手拍子で謡う」（登野城の事例）という。(10)『竹富町古謡集』第一集に載る西表島古見の事例でも「この歌は、年に一度の米の種子取祝いの時に謡われる。古見村では、種子取の日（吉日）に三日二晩にわたって水に付けておいた種籾を村の男衆が一斉にそれぞれの苗代に播く。播種を終えた苗代衆はそれぞれの苗代の「火の神」の神棚にどっしりと趺座して「稲が種子あよー」を謡い苗の生育を祈願する」という。(11)男性（集団）が主な担い手であるウタが、いずれも稲の生産叙事歌謡であることは偶然なのか。『日本民謡大観　沖縄奄美　八重山諸島篇』は、「97 稲が種子アヨー（石垣市大川）」の解説で「この歌の内容は八重山各地のもののほとんどが大同小異であり、伝承の問題を考えるうえで重要である。この歌がこのように広く一定して伝えられたのは、人頭税制下における米作の強調という問題とも深く関連しながら、存したものと思われる」と記している。(12)これは八重山各地で伝わる稲ガ種子アヨーの詞章が均一的である問題を、近世期の琉球王府の稲作を推奨する政策と絡めて捉えた興味深い指摘である。この問題を男性歌唱者を主体とする歌群の問題と合わせて考えれば、例えば、沖縄本島中部知花に伝わる五月御祭り《ウマチー》、六月御祭りに謡われる「ウムイシンカ」という男性集団で謡われるウムイも視野に入ってくる。このウムイは、『おもろさうし』第二十二—一五二九の一節目に相当するウタで、これが「稲之穂祭」である五月御祭りと、「稲之大祭」である六月御祭りで謡われる。(13)

『おもろさうし』第二二「公事《みおやだいり》おもろ御双紙《さうし》」（四六首、尚家本）は、詞書きから「稲の穂祭之時おもろ」九首（一五〇八〜一五一六）、「稲の大祭之時おもろ」一二首（一五一七〜一五二八）、「知念久高行幸之御時おもろ」一七首（一五二九〜一五四五）、「雨乞の時おもろ」一首（一五四六）、「昔神世に百浦添御普請御祝ひの時」三首（一五四七〜

一五四九)、「唐船すらおるし又御茶飯之時」一首（一五五〇）、「祝ひの時《とき》」三首（一五五一～一五五三）で構成されているが、稲の「穂祭」、「大祭」が都合二一首であり、これが第二二の多くをしめていることが分かる。しかも、「知念久高行幸之御時おもろ」一七首も「知念」が稲の発祥地とされる場所、久高島が稲を除いた五穀の発祥地とされる場所で、そこへの行幸の際に謡われるとされるのが、これらのオモロである。第二二のオモロには、相当程度、稲作儀礼にかかわるウタが多いといえる。[14] 「ウムイシンカ」によって謡われる知花のウムイは、この「知念久高行幸之御時おもろ」一七首の冒頭歌「首里御城御打立之御時」に謡われるオモロに相当する。これが知花において「稲之穂祭」である五月御祭りと「稲之大祭」である六月御祭りで謡われるのは、王府儀礼における五穀の発祥地への行幸で謡われることに対応している。すなわち、『おもろさうし』第二二「公事《みおやだいり》おもろ御双《さう》紙《し》」は、『琉球国由来記』巻二「官職位階職之事」に記される「御唄」（「おもろ主取」等）の「職」である「稲穂祭／稲大祭／渡唐衆御茶飯／唐船洲新下（筆者注、「すらおるし」のこと）／雨乞」の場で謡われる「御唄」と重なるものであり、近世期の王府の公事で謡われるオモロ（『おもろさうし』第二二）が、男性歌唱者である「おもろ主取」達によって担われていたのである。[15] 稲作にかかわるアマウェーダ、ティルクグチや稲ガ種子アヨー、さらに知花のウムイが男性歌唱者を主体としているのは偶然ではなく、これらが稲作儀礼にかかわるウタだからではないのか。つまりは、王府の「稲之穂祭」「稲之大祭」で謡われるオモロが、オモロ主取によって担われていたことと関連して、これらも近世期の王府公事の影響下にある村落の男性歌唱者が、稲作儀礼にかかわるウタを担った可能性があったのではないかと推測される。もちろん、五月御祭り（稲の穂祭）、六月御祭り（稲の大祭）や他の稲作儀礼にノロをはじめとする神女等がかかわり、神女が神歌を謡う事例は広くみられる（みられた）ところだが、前述した男性歌唱者が関与する神歌が稲作儀礼歌に集中しているのは、今後課題とすべき問題である。

宮古島狩俣のニーラーグ

さて、本論で取り上げる宮古島狩俣に伝わる神歌、ニーラーグは、狩俣の有力な元である大城元の男性集団ファーマー〈子孫《こまご》が変化した語。男性の氏子〉のアーグシュー（歌唱集団）によって、元旦の正月願いや一月一五日の元願い、旧暦六月の夏プーズ〈収穫祭〉で謡われるウタである。[16] しかし、居駒永幸はこれに加えて旧暦九月の里ウプナーと呼ばれる「個人家で行われる小さな共同体の祭り」でも謡われることを指摘し、謡われる家は「大城元の神の子孫につながると考えられており」、これらの家でニーラーグが謡われる理由があることを述べている。[17] これは、ニーラーグのウタの性格を考える上で重要な指摘である。ニーラーグは、前述してきたような稲の生産叙事を内容とするウタではない。ウタは、狩俣集落の創成と「歴史」を謡っていることを内容としている。そのような点で、もうひとつの男性歌唱者によるウタといえる。しかも、興味深い点は、ニーラーグが神女が謡う神歌、タービやフサと共通する主人公（神や英雄）を謡っていることから、二つの神歌の構成や表現を比較できる点にある。詳しくは後述するが、『おもろさうし』においては神女が謡うと考えられる「神女オモロ」と男性歌唱者が謡う「歌唱者オモロ」では、共通するテーマや表現を持ちながらもそれぞれに異なるテーマや表現を持っていることが窺われる。[18] 同様の問題が、男性集団が謡うニーラーグと神女が謡うタービとフサとの間にも存在することが考えられる。

ニーラーグは、五つのパートからなる。第一パート（10節）の内容は、天の赤星・ティダ（太陽）の子の真主、ティダの大按司豊見親・上の子の真主、山のフシラズ・アオシバの真主がいた。そして、真屋のマツメガが生まれたというもの。神の名を謡いあげる「神ナーギ」的な詞章で、「神ナーギ」から始められるタービの表現形式とも重なる。ここには神の系譜、序列があると考えられるが、それらの神の関係は具体的に謡っていない。(19) 以下、紙面の都合もあり、ニーラーグの第一パートと第五パートの冒頭部と最終部だけを引く。

狩俣祖神《うやがん》のニーリ（一）

1　てぃんぬ　あかぶしゃよ　　天の赤星（太陽）よ
てぃだなうわ　まぬシよ　　ティダ（太陽）の子の真主よ
とぅんとぅなぎ　とぅゆま　　〈囃子、トントナギ鳴響もう〉
2　てぃだぬ　うぷージ　とぅゆみゃよ　　ティダの大按司豊見親よ
ういなうわ　まぬシよ　　上の子の真主よ
3　しらてぃやま　ビーゆぬシ　　シラテ山に居る主の
ふんむジん　ビーゆぬシ　　クニ杜に居る主の
4　やまぬ　ふーしらジよ　　山のフシライよ
あうシばぬ　まぬシよ　　アウ芝の真主よ
（途中省略）　　（途中省略）
8　んまぬかん　うみゅぷぎ　　母の神のお陰で
やぐみがん　うみゅぷぎ　　恐れ多い神のお陰で
9　ゆらさまイ　うみゅぷぎ　　許されるお陰で
ぷがさまイ　うみゅぷぎ　　満たされるお陰で
10　みやくとぅが　いなぎ　　ミヤコ（この世・この集落）が永遠にある限り

シまとぅゆが　いななぎ

狩俣祖神《うやがん》のニーラーグ（五）

1 うぷぐシく　まだまが
んきゃとぅゆみゃ　まだまが
2 いチぬふぁや　なさチみ
ななぬふぁや　なさチみ
3 いチぬふぁぬ　なかから
ななぬふぁぬ　なかから
4 ゆまさイば　んまらし
とぅゆんふぁば　んまらし
（途中省略）
107 うりがにぬ　ありばどぅ
んなま　みゃーくがみまい
108 ゆまさイが　ぱいや
とぅゆんしゅーが　ぱいや
109 うかギやしゅー　んでゃー
いんギやしゅー　んでゃー

シマが永遠にある限り

大城真玉が
昔鳴響む真玉が
五人の子を生んで
七人の子を生んで
五人の子の中から
七人の子の中から
世勝りを生まれるようにし
鳴響む子を生まれるようにし
その根が有るからぞ
今のミヤコ（この世・この集落）まで
世勝りの栄え（子孫）は
鳴響む主の栄えは
お陰の主だ
縁起の主だ

ティダの大按司豊見親・上の子の真主は、タービ6「ティラの大按司のタービ」で「びきりゃがん／さむりゃがん」(男神／侍神)と謡われる男神である。タービ6にはティラの大按司が冬の三月、ウフラ(大蔵が転じた語か)の中で仮宿をとって百十の神は「ピさらシビ声／マーりゃシビ声」を足に豆ができるまで謡って、立派な願いをとらせ、「はーふたイ　さシ」(頭二人のサス)は私が見立てたサスであり、口曲がりをとらずに(言葉を間違えないで)よみあげよと謡っている(タービ6の12〜26)。タービの内容は、ティダの大按司豊見親が大城元の男達(アーグシュー等)の始祖であり、ウヤガン(冬祭り)でフサを謡うフサの主は、自分が認めた者であるというものである。

山のフシラズ・アオシバの真主は、タービ5「山のフシラズ」で謡われる。フシラズは、「まいにゃうふやまんざ」(前の家大家万座)に小さな家を造り、「うふぐふむとぅ」(大城元)にティダの大按司豊見親が幼いので月三月になるまでに家を建てようとするが(あるいは、家を建ててから。「なぎゃぎでぃがらよ」の解釈による)死んでしまうと謡われる。注目点は、タービが謡われる順序は「山のフシラズ」が先で「ティラの大按司のタービ」が後であるのに対して、ニーラーグはそれが逆になっていることである。生まれた順序では、山のフシラズが先であることがタービ等からも分かり、タービの謡う順序がそれに対応していると思われるが、ニーラーグはティダの大按司豊見親を優先させていると解釈される。さらにもうひとつの注目点は、ニーラーグ第一パート「8　んまぬかん　うみゅぷぎ　やぐみがん　うみゅぷぎ　9　ゆらさまイ　うみゅぷぎ　ぷがさまイ　うみゅぷぎ　10　みやくとぅが　いななぎ　シまとぅゆが　いななぎ」は8・9はタービと共通する詞章だが、「10　みやくとぅが　いななぎ　シまとぅゆが　いななぎ」(ミャーク〔この世・この集落〕がある限り／シマがある限り)はニーリ独自の詞章であることとである。さらに、居駒が指摘しているように『平良市史　(民俗・歌謡)』(第七巻、平良市史教育委員会、一九八七年)ではこの後に一〇節の詞章が続いている。[20] それは「11　トヨントーリ　ウラマゼ(鳴響んでいておられませ）ミヤガズトーリ　ウラマゼ（盛んでいておられませ）12 ユムトゥヌ　ウプカン（四元の大神）ユイビマヌ　カミャロズ（四威部間の神主）13 トゥユン　ウプグスクン（鳴響む大城に）ヤグミ　サトゥンナカン（恐れ多い里中に）14 フラマガヌ　ンミヌヨ（子孫の皆はよ）ムムユダヌ　ンミヌヨ（百枝の皆はよ）15 ヤグミサヤ　シラガヨ（恐れ多さを知らないか）ウカギサヤ　シラガヨ（お陰さを知らないか）16 ヤグミサヤ　アラマイ（恐れ多さはあられて）ウカギサヤ　アラマイ（お陰さはあられて）17 タスキヌスヌ　ミウプギ（助け主のお陰で）マウディヌスヌ　ミウプギ（詣で主のお陰で）18 ウヤストゥガ　ムティウバ（舅姑の分を）ミヤストゥガ　ムティウバ（甥姪の分を）19 タシキトゥーリ　ウラマゼ（助けていておられませ）ミヤガズトゥーリ　ウラマゼ（盛んでいておられませ）20 トヨントーリ　ウラマゼ（鳴響んでいておられませ）ミヤガズトーリ　ウラマゼ（盛んでいておられませ）」というもので、今日まで始祖神は鳴響んでいると謡っている。実はこの第一パートの最終部は、第五パートの最終詞章「107 うりがにぬ　ありばどぅ／んなま　みゃーくがみまい　108 ゆまさイが　ぱいや／とぅゆんしゅーが　ぱいや　109 うかギやしゅー　んでゃー／いんギやしゅー　んでゃー」（その根があるからこそ／今のミャーク〔この世・この集落〕まで、世勝りの栄え〔子孫〕／鳴響む主の栄え〔子孫〕は、お陰の主だ／縁起の主だ）と対応していると考えられる。すなわち、第一パートの最終詞章は、第五パートの最終詞章と呼応した関係にある詞章であると理解され、狩俣集落（ミャーク）の創成から現在までが謡われている表現になっている。これは、神の事績を「ゆんとゆま」（よみ鳴響もう）と始め、「ヨんとぅたん」（よみとった）、「んきゃぬたや　とぅたん／にだりまま　ヨたん」（昔の力をとった、根立てのままよんだ）と謡い終え称える神女が謡うタービとは、明らかに異なる表現だといえる。[21] タービは神の事績（神話）をその始原のままに謡い蘇らせ賞賛している神歌であるが、ニーラーグは、これまでの神や英雄の働きを称えて現在の集落（ミャーク）の繁栄を謡っている。この点が、大きな違いである。なお、ニーラーグにでる真屋のマツメガを、タービ・フサは謡っていない。

第二パート（15節）は、大城真玉《ウブグシク》はマバルマ、真山戸、世勝りを生み、そして、シシメガ、マカナシ、マバラジという神の誘い子（夭折した子）を生み、次にマジマラという子を生んだというもの。布織りの名人、マジマラまでに至る「神ナーギ」的な詞章であるが、「チギんな」（次には）「んまらし」（生まれるようにし）というように系譜が明確に表現された詞章になっている。

第三パート（40節）は、マジマラ（真津真良）は、布織りに勝れその名声は沖縄まで届いた。それで、下地や平良から布を奪おうとして攻めて来たが、マジマラの甥の真屋の真誇りがそれを撃退し、その名声は沖縄まで轟いたという「歴史」が謡われている。マジマラは、フサ1「真津真良のフサ」で謡われている。注目すべきは、このフサにはニーラーグ後半の真屋の真誇を謡った部分がなく、マジマラ自身が「ういんがみ／なかびがみ」（上まで、中辺まで）、「にイでゃがみ／かなやがみ」（ニッジャまで、カナヤまで）、「にシまがみ／しらジがみ」（根島まで、シラ地まで）に鳴響んだ布織りの名人だと謡っているだけである。ここにも、フサは神々の世界を謡ったウタであるのに対して、ニーラーグでは、マジマラの名声が現実の空間である沖縄まで鳴響んでいると謡う違いがある。そして、フサには下地・洲鎌、平良から略奪にきた者達と戦う英雄、真屋の真誇りにかかわる詞章がないのである。フサは、始祖神マジマラの讃美で終わっているのに対して、ニーラーグは男神（英雄）が登場する「歴史」になっている。この「下地や平良から布を奪おうとして攻めて来た」勢力を稲村賢敷は与那覇勢頭豊見親とするが、藤井貞和は目黒盛豊見親とする。[22] 稲村が与那覇勢頭豊見親としたのは、下地を重視したからだろう。藤井は平良を重視し、目黒盛豊見親に狩俣から仕える女性が出たことを理由にしている。しかし、ニーラーグは時代を異にする二つの勢力からの狩俣の侵犯が謡われている可能性が考えられる。口承の表現は、歴史の重層性がひとつの表現に反映する場合がある。例えば、仲宗根豊見親の「八重山入の時、あやぐ」がオヤケアカハチ「征伐」と与那国の鬼虎「征伐」が重ねられて謡われている。これと同じ問題が、ニーラーグにもあるのではないか。ただ、いずれにしても藤井が、「歌謡はむしろ侵略者を「打ち攘った」かのようにうたっている」と記しているのは重要である。(23)史実ではなんらかのかたちで狩俣が宮古の統一者の支配下に入ったにもかかわらず、ニーラーグは侵略を退けたかのように謡っている。この問題は、『おもろさうし』に島津の侵攻を呪詛しそれと戦うオモロがありながらも、琉球側の敗北を謡っていないということと重なっている。ウタは史実を謡っているのではなく、外部からの侵略に対してどれだけ戦ったかということが重要だったのではないか。それが、共同体を支えるウタの表現であるのではないかと考えられる。特に、史実が敗北である場合はそうだといえる。『おもろさうし』では、第一と第三はともに聞得大君のオモロであるが、第一に首里王府の八重山侵略を謡うオモロがあり、それに対置して第三には島津の琉球侵入を呪詛するオモロがある。つまりは、侵略戦争の勝利のウタと外敵と戦ったというウタは、ウタの問題としては等値であるということである。

ところで、ニーラーグと関連する神歌はタービがほとんどであるが、唯一の例外がこのマジマラを謡う「真津真良のフサ」である。一般的にタービが神の勝れた事績を称える神歌であるのに対して、フサは理不尽な死等を遂げた始祖等の鎮魂を謡うという意味合いが強い神歌である。(24)しかし、そのなかにあって「真津真良のフサ」は始祖神の讃美で終わる特異なウタである。それ故に、マジマラを謡う神歌がフサであってもニーラーグで謡うとも考えられるが、居駒はフサの中にあって「真津真良のフサ」だけが、唯一、ニーラーグの第二パートにあるような系譜を謡う（よむ）神歌である点に注目して、「この特殊性は、マーズマラが神々の時代から手勝りという女酋の時代へ、すなわちそれは英雄の時代なのであるが、そのような時代の転換点に位置するからにほかならない」と述べている。(25)あるいはまた、「真津真良のフサ」の背後にはニーラーグで謡うような外部勢力からの侵犯、さらには侵犯によるマジマラの悲劇というような「歴史」があるのかもしれない。それがフサで謡われる理由であり、同時に内容がマジマラの讃歌になっている故に、ニーラーグで謡われるとも考えられる。真屋の真誇りは

ター ビ11「真屋の真誇りのタービ」があるが、このタービには神の事績の部分がなく、残念ながら真屋の真誇りがどのような神であったか分からない。

第四パート（68節）は、大城殿は井戸を掘りその祝いをするために神酒をつくり盛大に祝いをして、名声が轟いたという内容である。大城殿はタービ8「大城殿のタービ」があるが、これも残念なことにタービにはその事績がなく、どのような神であるか分からない。ただ、宮古島のような低い島の集落において切実な問題である水の確保という点に注目すれば、「払い声」や志立元と仲嶺元で謡われる「舟んだき司のタービ」が、女神の水源地を求め歩くウタになっているのに対して、ニーラーグは英雄大城殿の井戸開鑿のウタになっているという点で明確な違いがある。神女の神歌は水源地を求めることによる村立てであり、男性歌唱者の神歌は井戸開鑿による村の建設という表現になっている。これが、歌唱主体が異なる神歌の表現の大きな違いに繫がっていると考えられる。しかも、興味深いのは大城殿が井戸を開鑿する開始の表現は、フサ「3　磯殿《いそどぬ》のフサ」「7　兼久大按司《がにくふじ》なやいのフサ」「8　兼久大按司《がにくぷあじ》のフサ」にもみられ、さらには広く宮古八重山の歌謡にみられる常套表現であるということである。この表現は、宮古諸島のウタにあっては多くが英雄的な人物（男性）が、ある行動を始める際の常套的な表現（5〜16）である。以下に示す常套表現の「7　みジとぅりゃり　やらび／8　さしむちく　あていな」は、家の下僕に言っている表現であり、この家が裕福な家でその主は神や英雄の立場に立つ人物であることを示す。この常套表現が、八重山諸島のウタでは多くが女性が主人公として謡われるウタの行動を始める時の常套的な表現としてある。(26) その常套表現の箇所を以下に引く。

狩俣祖神《うやがん》のニーラーグ（四）

5　シとぅむてぃん　うきてぃ　　　早朝に起きて

6 あきさるん　うきてぃ
明け方に起きて

7 みジとぅりゃり　やらび
水をとれ、童

8 さしむちく　あてぃな
柄杓を持ってこい、幼児

9 みジゆ　なうさまでぃ
水をどうなされるのか

10 さしゆ　いきゃさまでぃ
柄杓をなになされるのか

11 てぃシみすでぃ　やらび
手を洗おう、童

12 いからすでぃ　あてぃな
腕を洗おう、幼児

13 ならみゃイば　んきゃぎ
自分の御飯を召し上がり

14 うんさぐば　みゃイでぃ
御神酒を召し上がり

15 んきゃぎ　わしがらや
召し上がったからには

16 みゃイでぃ　わしがらや
召し上がったからには

ジラバ56　やぐじやまじらば（石垣島白保）

1 大石垣　きたむれぬ　やくんじやま
大石垣の慶田盛のヤグンジャマ（女名）

2 朝むでに　朝花に　すりんちより
早朝に朝端に元気よく起き

3 水むちくー　さちむちくー　わるべま
水を持ってこい柄杓を持ってこい、童よ

4 水むちき　さちむちき　なゆしゅでよー
持ってきて柄杓を持ってきて、どうする

5 うむてしめ　手しめるんで　わるべよまー
顔をきれいに手をきれいにしよう、童よ

6 身なでして　手しめてから　なゆしゅでよー
身撫でして手をきれいにして、なにする

第五パート（109節）は、最大のパートである。大城真玉は五人・七人の子を生み、その中の世勝りは狩俣の親になるように育てられ、船頭になって布を積んで南島に交易にいった。[27] そこで、布を売り船を造って布を積み込んで宮古島に戻ってきた。宮古島の統治者である仲宗根豊見親から称えられ、今度は積み荷を積んで沖縄まで航海し国王に捧げ物をして、その名声は今日まで轟いているという内容である。

世勝りの名は、タービ13（大城元）、タービ25（仲嶺元）に「根の世勝りのタービ」がある。タービの世勝りは「びきりゃがん／さむりゃがん」（男神／侍神）であるが、交易者ではなくシマに入る疫病を追い払う神である。この点が、大いに異なる。この第五パートの交易者の表現は、アーグ「四島の主」などと同じである。「四島の主」は、主人公が八重山に船を造りに出かけていき帰ってくるというウタであるが、八重山の女性との出会いも謡われていて婚姻圏の拡大も同時に謡われている。第五パートには、八重山の女性との出会いは謡われていないが、タービ「7 八重山《やーま》ウシメガのタービ」はティラの大按司豊見親が八重山に出かけていき、ウシメガを娶ってくるウタになっている。「四島の主」を置いてみれば、内容的にニーラーグの第五パートとタービ7とは近い関係にあるウタであり、ティラの大按司豊見親と世勝りとは近いイメージの神（人物）である。ティラの大按司豊見親は、タービにおいては「5 山のフシラズ」「6 ティラの大按司《ぶじが》のタービ」「7 八重山《やーま》ウシメガのタービ」というかたちで連続して謡われる。神の事績を個別に称えるタービではあるが、ティラの大按司豊見親に限れば一連の繋がる神話（物語）があることが考えられる。これが、ニーラーグの第五パートの背景にあるのではないか。いずれにしても、これらには宮古島の首領は交易者であり、船を造りに八重山に出向き、そこで物を仕入れて商売を行い豊かになるという宮古島の英雄像があると考えられる。[28]

ニーラーグの全体の内容的な展開は、狩俣（大城元）の始祖神等の出現・誕生から（第一・第二パート）、狩俣集落の外部からの侵犯による苦難の克服（第三パート、女神マジマラから英雄真屋の真誇りに主人公が移る）、英雄大城殿の井戸開鑿による狩俣の建設（第四パート）、英雄世勝りの交易による狩俣の発展（第五パート）ということになる。各パートの内容上の関連は、第一パートは始祖神の名揚げ（カンナーギ）的な内容、第二パートは第三パートと連続しており、第五パートがやはり大城真玉が子神を生む展開から始まるという点で第二パートと第五パートとはパラレルな展開になっている。すなわち、第二パートは第三パートと連続し、大城真玉が生んだ女神（マジマラ）を称える内容、第五パートは大城真玉が生んだ英雄（世勝り）の活躍という内容になっている。つまり、ニーラーグには大城真玉を直接の始祖神とする考え方があるように思われる。そして、その間に第四パートの狩俣集落を建設した英雄、大城殿の物語が謡われるという構成である。全体が、狩俣（厳密にいえば、大城元）の創成期、女神を主人公とする時代から男神・英雄を主人公とする時代を謡い、ニーラーグが謡われる狩俣の現在までが謡われるという展開になっている。ただし、ニーラーグは、神女等（アブンマやサス）が謡う一人称の神歌（タービやフサ、ピャーシ）やアーグ、伝承等を素材にしていると考えられるが、神女等が謡う理想とする泉探しと穀物等の渡来を内容とする村落の創成の神話（「舟んだき司のタービ」）を謡わない。これは「舟んだき司のタービ」が大城元のタービではなく、志立元と仲嶺元のタービであることと関係しよう。つまりは、ニーラーグは大城元の神や英雄によって構成された狩俣の神話であり「歴史」だということである。

まとめ

ニーラーグは、神女の神歌が謡わない「天の赤星・ティダ（太陽）の子真主」を冒頭に謡い、「山のフシラズ」に優先させて「ティダぬ大按司豊見親」を先に謡う（神名揚げする）。これは、ニーラーグが太陽神に連なる男神（英雄）の存在を強調するウタだからではないか。このことは『おもろさうし』において、神女オモロが「吾《あ》がかい撫《な》でたゝみ子《きよ》」「吾《あ》が成《な》さい子王《きよわう》にせ」「君《きみ》ぎや守《まぶ》りよわるたゝみ」等とヲナリ神の立場で国王を謡うのに対して、オモロ歌唱者は「英祖《ゑそ》にや末《すへ》てだ」「首里のてだ」「てだ子《こ》」というように、国王をてだ（太陽）と謡うことと繋がる問題があると考えられる。

神女等が担う神歌は、自らが祀る神の事績（主にタービ）や鎮魂（主にフサ）を謡うことがテーマであり、集落の「歴史」を謡うことが中心のテーマではない。ニーラーグは神女等がタービやフサで謡う神や英雄を謡った神歌といえるが、しかし大きく異なるのは、それらの神や英雄の事績を繋いで集落の「歴史」にしている点にある。その繋ぐ部分が明確に表れているのが、第三パートの女神、真津真良（マジマラ）から英雄、真屋の真誇りに主人公が移る箇所である。「真津真良のフサ」には英雄、真屋の真誇りは登場しないが、これに英雄を登場させ、集落を外部の侵犯から守ったと謡うのがニーラーグである。ニーラーグはさらに、女神の水源地を求め歩く村立てに対置される英雄大城殿の井戸開鑿による村の建設、さらにティラの大按司豊見親と重ねられる交易者、世勝りの活躍を謡い、今日の狩俣の繁栄を謡っている。子孫の誕生や布織り等の女神を主人公とする神話から男神・英雄を主人公とする狩俣の外敵からの防禦と建設、外部社会との交易による集落の発展等の「歴史」を謡ったウタがニーラーグである。しかし、その「歴史」はウタの担い手（男性）である大城元（狩俣集落の中心となる元）のファーマー〈男性の氏子〉の視点である。神女等が担う神歌は、自らが祀る神の事績（主にタービ）や鎮魂（主にフサ）を謡うために、神や英雄を繋ぐ集落の「歴史」に展開しなかった。一方、大城元（狩俣集落の中心となる元）のファーマーは、特定の神や英雄を祀る立場に立たないために、神々や英雄達を繋ぐ「歴史」を編むことができたのだといえる。ニーラーグは、そのような立場にある男性歌唱者が創出し謡った神歌だといえる。狩俣では、神女等がタービやフサで神や英雄の神話と鎮魂をウタとして保持し謡う一方、大城元のファーマーによって、集落の「歴史」がニーラーグ（史歌）として保持され謡われているのである。

狩俣において、このように集落の神話と「歴史」がウタとして保持されているのは、『宮古島旧記』（雍正五年〈一七二七〉本）に収録される「あやく」（アーグ）一〇首の内、特に宮古島の統治者、仲宗根豊見親に関わる事績を謡った五首の「あやく」が、仲宗根豊見親とその嫡子の二代に及ぶ「歴史」を謡っている史歌であることと対応するのではないか[29]。それが、宮古島独特の歌謡世界だと考えられる。仲宗根豊見親二代にわたる「歴史」は、どのような人々に担われていたのか。仲宗根家一門の男性歌唱者がその担い手だったとしたならば、一層興味深い問題になる。

(1) 『日本民謡大観　沖縄奄美　沖縄諸島篇』（日本放送協会、一九九一年）。

(2) 伊波普猷『伊波普猷全集』第五巻（平凡社、一九七四年）。

(3) 下野敏見『タネガシマ風物誌』（未来社、一九七五年）。なお、「チイナビキ」の「チイ」が「露」だという問題は、露の霊的な力に及ぶ問題になろう。

(4) 実は、伊波が記したアマウェーダと下野が紹介した「チイナビキ」との関連性の指摘は、小野重朗の「畔枕考」で既になされている。小野は、奄美大島の龍郷町秋名で旧暦八月に行われるシチョガマも「まことに大がかりな「畔枕」の野外の演出といえよう」と記し、「畔枕」の言葉の広がりを琉球各地の歌謡ばかりではなく、広く本土の田植え唄までを視野に入れて、この語の琉球の歌謡における定着を論じている。

(5) 注1に同じ。

(6) 名護市史編纂室『やんばるの祭りと神歌』（名護市教育委員会、一九九七年）。『伊是名村史』下巻「伊是名島におけるティルク祭の過程と現況」（伊是名村史編集委員会、二〇一〇年）でも「旧八月十一日午後八時頃から行われる。組躍がさかんであった時代は、その演者たち、あるいは区長を司祭とする代表団が、その集落の根所で最初に祭り始めをした。各組（班）でも各戸を巡回して、霊前に正座して、音頭取りに続いて復唱する」とある。

(7) 『伊平屋村史』（伊平屋村史刊行委員会、一九八一年）。

（8）玉城政美・外間守善『南島歌謡大成Ⅰ　沖縄篇上』（角川書店、一九八〇年）。

（9）「『おもろさうし』の神女」（拙著『『おもろさうし』と琉球文学』笠間書院、二〇一〇年）、「まみちけがおもろ口正《くちまさ》しや　あ物」（拙著『コレクション　日本歌人選　おもろさうし』笠間書院、二〇一二年）。

（10）宮良安彦「八重山歌謡「あよう」の特質」（『八重山文化論集』八重山文化研究会、一九七六年）。

（11）竹富島古謡編集委員会『竹富島古謡集』第一集（竹富町教育委員会、一九八一年）。

（12）日本放送協会『日本民謡大観　沖縄奄美　八重山諸島篇』（日本放送出版協会、一九八八年）。

（13）上江洲均「知花の祭祀とその組織」（『琉球政府立博物館館報』琉球政府立博物館、一九六九年）。

（14）知念久高への行幸は、国王等が穀物発祥の地を訪れて行われる農耕祭祀であるばかりではなく、「琉球開闢」の地への巡行儀礼、前代の王統である第一尚氏所縁の拝所への参拝とその所縁の神女から祝福を受ける儀礼、また旧暦二月を年の始まりとする新年を迎える儀礼等の複合した意味合いを持つ可能性があると推定される（拙論「久高島行幸のオモロ―「久高島由来記」（『恵姓家譜』）とかかわって―」『立正大学大学院文学研究科紀要』第二八号、二〇一二年）。

（15）「歌唱者のテクスト―安仁屋本『おもろさうし』―」（拙著『『おもろさうし』と琉球文学』笠間書院、二〇一〇年）。

（16）新里幸昭「狩俣部落の神祭りと年中行事」（外間守善・新里幸昭『南島歌謡大成Ⅲ　宮古篇』角川書店、一九七八年）。なお、以下引く宮古島狩俣の神歌は同書による。

（17）居駒永幸「宮古島狩俣のニーラーグ―アーグ主の伝承を中心に―」（『明治大学人文科学研究所紀要』第四六冊、二〇〇〇年）。

（18）「『おもろさうし』の神女」「神女オモロと歌唱者オモロ」（拙著『『おもろさうし』と琉球文学』笠間書院、二〇一〇年）。

（19）なお、神歌の外側には、これらの神々については幾つかの異なる伝承がある。上地太郎『狩俣民俗史』自家版、発行年不明は、テラヌプズ（女神）の所に男神（蛇）が忍んできて懐妊し、マヤーマツミガが生まれたとする。ただし、内田順子『宮古島狩俣の神歌』思文閣出版、二〇〇〇年によれば、狩俣の神女等はテラヌプズは男であり、ンマヌカン（母の神）との間に子が生まれたとする。この神女の認識は「てぃだぬ　うぷージ」を「びきりゃがん／さむりゃがん」（男神／侍神）と謡うタービの内容と一致する。また、『琉球国由来記』では豊見赤星テダナフラ真主（女神）の所に男神（蛇）が忍んできて懐妊し、ハブノホチテラノホチ豊見という男子と山ノフセライ青シバノ真主という女子が生まれたと記す。さらに、本永清「三分観の一考察―平良市狩俣の事例―」（『琉大史学』第四号、琉球大学史学会、一九七三年）には、ンマテダ（母ティダ）は山ノフセライ（娘神）を連れて狩俣に降り、その後、男神（蛇神）が通ってきてンマティダが懐妊するという伝承も記されている。

(20) 注17の論文の指摘。居駒は『南島歌謡大成Ⅲ　宮古篇』に入るニーラーグ（狩俣吉蔵テキスト）の方が、「独自性」のあるテキストだとしている。ニーラーグが、大城元のアーグシューが謡う神歌であることを考えれば、『平良市史（民俗・歌謡）』にある一〇節の詞章はあった方がいい。一九二二年（大正一一）に鎌倉芳太郎が調査した記録（久貝戸助伝）にも、一〇節の詞章が確認される（池宮正治「宮古狩俣のニーリ―五十年前のノート―」『沖縄地方の民間文芸』福田晃編、三弥井書店、一九七九年）。居駒の指摘どおり、『平良市史（民俗・歌謡）』のウタが本来の伝承に近いと考えられる。

(21) 拙論「琉球孤の神歌の人称表現―宮古島狩俣の神歌から―」（『口承文芸研究』第三四号、日本口承文芸学会、二〇一一年）。

(22) 稲村賢敷『宮古島旧記並史歌集解』（至言社、一九七七年）、藤井貞和『古日本文学発生論』（思潮社、一九七八年）。

(23) 注22の藤井貞和『古日本文学発生論』。

(24) 谷川健一・福田晃・古橋信孝・岡本恵昭「座談会　鎮魂の思想史（南島文学の発生から）」（『季刊　自然と文化』第四八号、日本ナショナルトラスト、一九九五年）、古橋信孝「巫歌と史歌―宮古島」（『岩波講座　日本文学史　琉球文学、沖縄文学』第一七巻、岩波書店、一九九六年）、居駒永幸「宮古島狩俣の神歌体系―タービ・フサ・ニーラーグの様式から―」（『明治大学人文科学研究所紀要』第五四冊、二〇〇四年）。なお、居駒論文は、表現様式の上からもフサの特徴を捉えた論である。

(25) 注24の居駒論文。

(26) 宮古諸島にも女性が主人公になるウタの表現にこの常套句がでる。クイチャー「15ユナウンの姉《あに》ガマ（狩俣）」（他にクイチャー20・37）がそれである。一方、八重山諸島のウタは本文で述べたとおり女性が主人公になるウタがほとんどだが、ユンタ「216　いんしがーぬ金盛ゆんた（黒島）」は、男性「金志川」が主人公になったウタである。ただし、このウタは宮古島の英雄、金志川豊見親を謡ったウタであり、宮古島でも謡われている。そのようなことからこれを除くと、この常套句がでる八重山諸島で謡われているウタは女性が主人公になっていることが分かる。また、宮古島の「15ユナウンの姉《あに》ガマ（狩俣）」等の女性が主人公のウタでも、この主人公に対しては必ず「ゆかりョーシが　ふぁーやりば」（富貴な者の子であるので）というように貴人として謡われている。この点も宮古諸島のウタと八重山諸島のウタには、大きな表現上の違いがあり、両島のウタの表現をめぐる位相が窺える。

（27）先に引用したニーラーグ（五）の「2　いチぬふぁや　なさチみ　ななぬふぁや　なさチみ」「4　ゆまさイば　んまらし　とぅゆんふぁば　んまらし」だが、人を〈生む〉という場合は通常の方言は〈産《な》す〉（「なさチみ」の「なさ」）が使われる。それに対して、世勝りは〈生まらす〉（「んまらし」）という表現になっている。『南島歌謡大成Ⅲ　宮古篇』は、この点に留意した口語訳になっていないが、富浜定吉『宮古伊良部方言辞典』沖縄タイムス社、二〇一四年によれば「んまらす」は「①生まれるようにする。②砂糖・酒・みそを上手につくる。③商談を成立させる」とあり、世勝りが単に誕生したという意ではなく、勝れた人物になるように育てるという意が表現されていると考えられる。

（28）「南島歌謡にみる交易―宮古島と八重山を中心に―」（拙著『『おもろさうし』と琉球文学』笠間書院、二〇一〇年）では、「四島の主」についての歌謡を中心に宮古と八重山のウタにみる交易関係を考察した。

（29）拙論「『宮古島旧記』（雍正五年本）に記されたアヤグ―「地方旧記」の歌謡世界―」（『琉球　交叉する歴史と文化』勉誠社、二〇一四年）。

「泳の宮」の伝承歌

――万葉集巻十三と記紀の世界

倉住　薫

はじめに

万葉集の巻十三には、美濃の国の「泳の宮《くくり》」への道行きの様子を歌った三二四二番歌がある。(1)

ももきね　美濃の国の　高北の　泳の宮に（八十一隣之宮爾）　日向かひに　行靡闕矣　ありと聞きて　我が行く道の　奥十山　美濃の山　なびけと　人は踏めども　かく寄れと　人は突けども　心なき山の　奥十山　美濃の山（三二四二）

当該歌は、「泳の宮」の噂を聞きつけ出かけて行くが、道険しく行く手をさえぎる「奥十山」が「心なき」、すなわち、人の心を理解しないことへの嘆きを詠む歌である。当該歌に詠まれる「泳の宮」は、万葉集では孤例であり、他には日本書紀の景行天皇条に一度登場するのみである。当該歌の中で、危険な道を行く理由とされる「泳の宮」は、その姿を明瞭に描くことができない。それは「行靡闕矣」の訓が未確定だからであるとされ、先行論では「行靡闕矣」の訓読の問題が議論の中心となってきた。

本論では、「行靡闕矣」の訓読を検証し、当該歌が景行紀の「泳の宮」伝承とどのように結びついているのかを明らかにしていきたい。

一　「行靡闕矣」の訓読

当該歌の「行靡闕矣」の訓が決定しない理由を、「闕」の訓読の困難さに求めることができよう。「闕」は、万葉集において、六二番歌題詞で「三野連　名闕」と、欠字を示す文字として記されるのみである。「行靡闕矣」の訓読を解釈の俎上にのせたのは、松田好夫である。[2] 松田は、当該歌の「闕」を六二番歌題詞と同じく欠字の注記と見て、さらに、当該歌と景行紀の求婚伝承との関連を根拠に、本文から「手弱女」が脱落したとして「行き靡ける　手弱女を」（「行靡　手弱女矣」）と訓読する。[3]

だが、この歌句には諸本の異同がなく、「手弱女」の三文字が脱落した可能性はきわめて低い。[4] やはり「行靡闕矣」の本文を尊重した訓読を行うべきではないか。事実、諸本の訓読は、「ゆきなひかくを」で一致しており、拾穂抄や代匠記はこの訓を採用している。代匠記では「ゆきなひかくとは容儀をいへり。靡曼のすかたをほむるなり。」（初稿本）、「アリク姿ノタヲヤカナルヲ以テ美人ヲ呼ナリ」（精撰本）と述べ、「泳の宮」を歩く女性の姿と捉える。代匠記は「闕」を、「欠く」の意を借りて「靡く」の延音「なびかく」と訓むのだが、それでは、意味が不明瞭なままとなる。対して、「闕」の文字の意義を解釈と結びつけたのが、次の童蒙抄である。

闕の字は殿闕楼閣など云ひ、みやと讀む字なれば、まふづ宮とか、仕ふる宮とか讀べき也

童蒙抄では、「行靡」を「まふづ」「仕ふる」と訓むことへの説明がないが、「闕」の文字を「楼閣」と結びつける指摘は重要である。[5]

「闕」は、『説文解字』に「闕　門観也」とあり、「闕」が上部に楼台をもつ「門」とされる。さらに「宮衛令」十一の宮中内周辺の警護に関する規定にも、

凡そ宮墻《くうしやう》の四面の道の内には、物積《つ》むこと得じ。其れ宮闕《くうくゑち》に近くして、臭《くさ》く悪《あ》しき物焼き、及び哭声通《こくしやうつう》すること得じ。

とあり、「闕」が古代の宮に備わっていた「門」であることが分かる。(6) その他、日本書紀にも、以下のように「闕」が用いられている。(7)

1其の宮は、城闕《じやうけつ》崇華《たかくかざ》り、楼台《ろうだい》壮麗《さかりにうるは》し。（神代紀・第十段一書第一）
2遂《つひ》に海西《わたのにし》の諸国《くにぐに》の官家《みやけ》をして、長《なが》く天皇の闕《みかど》に奉《つか》ふること得《え》ざらしめむ。（欽明五年二月）
3清明心《きよきあかきこころ》を用《も》ちて、天闕《みかど》に事《つか》へ奉《まつ》らむ。（敏達十年閏二月）
4冬十月の丁酉《ていいう》の朔にして己酉《きいう》に、小墾田《をはりた》に宮闕《おほみや》を造《つく》り起《た》てて、瓦覆《かはらぶき》にせむとす。（斉明元年十月）
5蝦夷・隼人《はやひと》、衆《ともがら》を率《ひきゐ》て内属《まゐきしたが》ひ、闕《みかど》に詣《まゐ》でて朝献《ものたてまつ》る。（斉明元年是歳）
6秋七月の辛巳《しんし》の朔《つきたち》にして甲申《かふしん》に、蝦夷二百余、闕《みかど》に詣《まゐ》でて朝献《ものたてまつ》る。（斉明四年七月）
7若《も》し国家《あめのした》に利《かが》あらしめ百姓《おほみたから》を寛《ゆたか》にする術《みち》有《あ》らば、闕《みかど》に詣《まゐ》でて親《みずか》ら申《まを》せ。（天武九年十一月）

1は、海宮訪問の場面の「闕」である。「城闕」は、兼方本訓に「カキヤ」とあり、海宮の高く荘厳な「門」を表している。3は「天闕」、2567は「闕」を「みかど」と訓み、4は「宮闕」を「おほみや」として朝廷を指している。これら日本書紀の例からは、「門」の尊称であった「御門」が、天皇の居所を表す語となっていたことが分かる。そこから、当該歌の「闕」も宮殿に備わった「門」の意を示す語と認定できるのではないだろうか。

「闕」を「宮」の意とする童蒙抄の解釈は、その後の多くの注釈書にも採用される。(8) 新訓・全註釈・窪田評釈

は「行きなむ宮を」、全訳注・全歌講義は「い行き靡かふ　大宮を」と訓み、また井村哲夫は「行靡《なめくは》しき　闕《たかどの》を」と訓んでいる。(9) 井村は、「行靡」を「行《なめ》(並め)方《かた》・形《かた》」クハシキの意とするが、「行靡」は、万葉集の用字を考えると「行き靡く」をもととした訓読のみが可能であり、「行きなむ」「なめくはしき」の蓋然性は低い。

また「闕」の字義は「門」であり、さらに天皇の居場所を示す語ともなるのである。その点では、井村の指摘するように、「闕」と「たかどの」とは意味上では重なり合う。だが、訓読としては、日本書紀4の例の、「宮闕」に付された「おほみや」の古訓を尊重したい。「闕」一文字を「おほみや」と訓む例はないが、当該歌の「行靡闕矣」は、「い行き靡かふ大宮を」と訓読するのが穏当であろう。

二　「日向かひに　い行き靡かふ大宮」

用例の検討を通じて、「行靡闕矣」を「い行き靡かふ大宮を」と訓む可能性を指摘してきた。次いで、「大宮」とは、どのような「宮」であるのかを考察してみたい。

この「大宮」は、「日向かひに(日向爾)　い行き靡かふ」と形容されるが、歌句の意は読み取りにくい。「日向爾」とはどのようなことを意味するのだろうか。この歌句に関しても、訓読と解釈とが定まってはいない。たとえば、古義や総釈は「日月爾」の誤りとるが、諸本に誤字はなく首肯しがたい。また、万葉考・全註釈・窪田『評釈』・私注は、意を汲んで「ひむかしに」と訓むが、訓読としては不適切であろう。旧訓に従って「ひむかひに」と訓むのが妥当であるが、解釈は「天子南面」をもとにした「北」(代匠記初稿本)、東西を軸とした「西」(代匠記精撰本・略解・口訳)、「日にむかって」(集成・全歌講義)などと、分かれてしまっている。

この「日向かひに」の理解には、以下の例が参考となるのである。

・景行紀十七年三月

十七年の春三月の戊戌《ぼしゅつ》の朔《つきたち》にして己酉《きいう》に、子湯縣《こゆのあがた》に幸《いでま》し、丹裳小野《にものをの》に遊《あそ》びたまふ。時に東《ひむがしのかた》を望《みそこなは》して、左《さ》右《いう》に謂《かた》りて曰《のたま》はく、「是《こ》の国は直《ただ》に日出《ひい》づる方《かた》に向《む》けり」とのたまふ。故《かれ》、其の国を号《なづ》けて日向《ひむか》と曰《い》ふ。

・『釈日本紀』巻八所引「日向国風土記」逸文⑩

（日向の国の風土記に曰ふ）

纏向《まきむく》の日代《ひしろ》の宮《みや》に御宇《あめのしたをさめたま》ひし大足彦《おほたらしひこ》の天皇《すめらみこと》の世《みよ》、児湯《こゆ》の郡《こほり》に幸《いでま》し、丹裳《にも》の小野《をの》に遊びたまひき。左右《さう》に曰《の》りたまはく「この国の地形《くにがた》は直《ただ》に扶桑《ひのもと》に向けり。宜《よろし》なへ日向《ひむか》と号《なづ》くべし」とのりたまふ。

景行紀・「日向国風土記」逸文の記事は、ともに景行天皇の国見による「日向国」の地名起源にまつわる伝承である。「日向国風土記」逸文の「扶桑」は『説文解字』に「榑桑　神木　日所出也」とあり、「日向」は、「直く日の出づる方」「直に扶桑」に向くことから名づけられたと分かる。「日向」という地名と、「日向かひ」という状況とを直接的に解釈を結びつけることは早計であろうが、当該歌の「大宮」が日に向かって建っていると理解できるのではないだろうか。

さらに、当該歌では「日向かひに　い行き靡かふ大宮を」と歌われている。「靡かふ」は、「靡く」の未然形に継続・反復の意の助動詞「ふ」が下接した語であり、「靡き続ける」意を示す。たとえば、

天の川水陰草の秋風になびかふ見れば時は来にけり　（⑩二〇一三）

の例がある。七夕歌の二〇一三番歌は、天の川の辺に生える「水陰草」が秋風に靡いていることが歌われている。この七夕歌で注目すべきは、「靡く」対象が明示されていることだ。当該歌にあてはめると「泳の宮」である「大宮」が、靡き続けていることになるのである。「大宮」は「日向かひに　い行き靡かふ」のだから、日に向かって靡く、すなわち、日の光に照らし出される「大宮」として造形されているのであろう。

ひとまず、「日向かふに　い行き靡かふ大宮」という、太陽に照り輝く宮であることを聞き、険難な山道を「泳の宮」を求めて行く歌が、当該歌なのであると、言うことができよう。

三　景行紀との関連

岐阜県可児市にその遺称地がある「泳の宮」だが、伝承としては、当該歌と景行紀に登場するのみである。当該歌の「泳の宮」を景行紀の伝承と結びつけるか否かは、議論が分かれてきた。例えば、全集は、

恋人の姿を一目見たいという内容の民謡であろう。…中略…あるいは、「景行紀」四年条の…中略…泳宮くくりのみや」に滞在した、という説話をふまえた歌とも思われる。

と、伝承から独立した歌と伝承をもとにした歌との、二つの見方を併記している。

そこで本章では、当該歌と景行紀の伝承とのつながりを、どのように捉えればよいのか考えていきたい。当該歌では、「泳の宮」は「日向かひに　い行き靡かふ大宮」すなわち太陽に照らされる宮の姿が詠まれるが、景行紀には以下の「泳の宮」の物語が記されている。

・景行紀四年二月条

四年の春二月の甲寅《かふいん》の朔《つきたち》にして甲子《かふし》に、天皇、美濃《みの》に幸《いでま》す。左右《さいう》奏《まを》して言《まを》さく、「茲《こ》の国《くに》に佳人《かほよきをみな》有《あ》り。弟《をと》媛《ひめ》と曰《まを》す。容姿《すがた》端正《きらぎら》し。八坂入彦皇子《やさかのいりびこのみこ》の女《みむすめ》なり」とまうす。天皇、得《え》て妃《みめ》とせむと欲《おもほ》し、弟媛が家《いへ》に幸《いでま》す。弟媛、乗輿《すめらみこと》車駕《みゆき》すと聞《き》き、則ち竹林《たかはら》に隠《かく》る。是《ここ》に天皇、弟媛を至《いた》らしめむと権《はか》りて、泳宮《くくりのみや》に居《ま》します。泳宮、此《ここ》には区玖利能弥揶《くくりのみや》と云《い》ふ。鯉魚《こひ》を池《いけ》に浮《う》けて、朝夕《あしたゆふべ》に臨視《みそこなは》して戯遊《あそ》びたまふ。時に弟媛、其《そ》の鯉魚の遊《あそ》ぶを見むと欲《おもほ》して、密《ひそか》に来《きた》りて池を臨《みそこなは》す。天皇《すめらみこと》、則《すなわ》ち留《とど》めて通《め》す。爰《ここ》に弟媛以為《おもひたま》はく、夫婦《をふとめ》の道は、古

も今も達《かよ》へる則《のり》なり。然るを吾におきては便《たより》あらず。則ち天皇に請《こ》ひて曰さく、「妾《やつこ》、性《ひととなり》 交接《とつぎ》の道《みち》を欲《ほり》せず。今《いま》し皇命《おほみこと》の威《かしこ》きに勝《た》へずして、暫《しばら》く帷幕《ゐばく》の中《うち》に納《め》されたり。然《しか》るを意《こころ》の不快《よろこびざ》る所《ところ》にして、亦形姿《またすがた》も穢陋《きたな》し。久《ひさ》しく掖庭《えきてい》に陪《つかへまつ》るに堪《た》へじ。唯《ただ》し妾《やつこ》が姉《あねはべ》有り。名《な》を八《や》坂入媛《さかのいりびめ》と曰《まを》す。容姿麗美《すがたうるは》しく、志《こころざし》 亦貞潔《いさぎよ》し。後宮《きさきのみや》に納《め》したまへ」とまをす。天皇聴《ゆる》したまふ。仍《よ》りて八坂入媛を喚《め》して妃《みめ》としたまふ。七 男 六《ななたりのひこみこむたりの》女《ひめみこ》を生《う》む。

景行天皇が、美濃へ行幸した際、美人との評判を聞きつけ、八坂入彦皇子の女、弟媛に求婚する。景行天皇は「泳の宮」に鯉を放って、竹林に隠れた弟媛を誘い出そうとしたが、弟媛は「妾、性交接の道を欲せず」と、景行天皇との婚姻を拒絶し、姉である八坂入媛を推挙した。その後、八坂入媛と景行天皇とは婚姻を成し、七男六女が誕生するのである。弟媛と景行天皇との物語で登場する「泳の宮」は、美濃行幸のための仮宮であろう。訓注「泳宮、此には区玖利能弥揶と云ふ」が付された「泳の宮」は、「くくりの宮」と訓む。「くくる」ことを名にもつ「泳の宮」は、井泉に因む宮名であり景行紀の物語内容とも関係するといえる。この「くくる」は、万葉集では以下のように用いられている。

水くくる玉に交じれる磯貝の片恋のみに年は経につつ　（⑪二七九六　作者未詳）

しきたへの枕ゆくくる涙にそ浮き寝をしける恋の繁きに　（④五〇七　駿河采女）

二七九六番歌は、水底に沈む貝を「水くくる玉」とし、五〇七番歌は、枕からあふれ出す涙に浮いて寝るような尽きぬ恋の思いを詠んでいる。このように「くくる」とは、水に潜ることでもあり、水があふれることとも関連している。

また、「くくる」の語に関連する物語が、日本書紀にある。

・神代紀　第五段一書第十

其《そ》の妹《いも》と泉平坂《よもつひらさか》に相闘《あひたたか》ふに及《いた》りて、伊奘諾尊の曰《のたま》はく、「始《はじ》め族《うがら》の為《ため》に悲しび及思哀《またしの》ひけるは、是吾《これあ》が怯《をぢな》きなりけり」とのたまふ。時に、泉守道者《よもつちもりひと》が白《ま》云《を》さく、「言有《みことあ》り。曰《のたま》はく、『吾汝《あれいまし》と已《すで》に国を生《う》みき。奈何《いかに》ぞ更《また》生《い》かむことを求めむや。吾《あ》は此《こ》の国に留《とど》まらむ。共に去《い》ぬべからず』とのたまふ」とまをす。是《こ》の時に、菊理《くくり》媛神《ひめのかみ》も白《まを》す事《こと》有り。伊奘諾尊聞《きこ》しめして善《ほ》めて、乃ち散去《あら》けたまふ。但《ただ》し親《みづか》ら泉国《よもつくに》を見たまへり。此既《これすで》に祥《よ》からず。故、其の穢悪《けがれ》を濯《すす》ぎ除《はら》はむと欲《おもほ》し、乃ち往《ゆ》きて粟門《あはのと》と速吸名門《はやすひなと》とを見す。然《しか》るに此の二門《ふたつのと》、潮《しほ》既《すで》に太《はなは》だ急《と》し。故、橘之小門《たちばなのをど》に還《かへ》り向《むか》ひて払《はら》ひ濯《すす》ぎたまふ。時に水《みづ》に入《い》りて磐土命《いはつちのみこと》を吹生《ふきな》し、水《みづ》を出《い》で大《おほ》直日神《なおひのかみ》を吹生したまふ。又《また》入りて底土命《そこつちのみこと》を吹生し、出で大綾津日神《おほあやつひのかみ》を吹生したまふ。又入りて赤土命《あかつちのみこと》を吹生し、出でて大地海原《おほつちうなはら》の諸 神《もろもろのかみたち》を吹生したまふ。不負於族、此には宇我邏磨概茸《うがらまけじ》と云ふ。

伊奘諾尊と伊奘冉尊とが対決し、泉平坂で離別する場面である。泉守道者は、伊奘諾尊に伊奘冉尊が「国生みは既に終わったので、自分は黄泉国に留まる」と言ったことを伝える。この時、菊理媛神も伊奘諾尊に申し上げることがあったと書かれている。菊理媛神の言葉の内容は記されておらず、どのような神であるかは判然としない。新編全集の頭注は、以下のように述べる。

「菊」は「竹・筑・笁」などと同じ「屋」韻であること、また「菊池、久々知《くくち》」（和名抄）、「菊麻《くくま》国造」（旧事紀）の地名の例によって、古韻はククであったといえる。それで「菊理媛」をククリヒメと訓める。その名義は漏《く》リ媛で、黄泉国と地上の国との間を漏れ流れて境に立つ女神の意か、あるいは最終的に二神の争いをまとめる「括《く》る」の意をもつ女神か、不明。

新編全集の指摘のように、「菊理媛」は「ククリヒメ」と訓める。新編全集では、境を漏れ出る神あるいは、総括する神であるか、とするのだが、ここで示唆的なのは、折口信夫の指摘である。(11)

其言ふ事をよろしとして散去したとあるのは、禊を教へたものと見るべきであらう。くくりは水を潜る事である。

折口は、菊理媛神は、「穢悪」を祓うために伊奘諾尊が行った禊を教えた神であると考えている。「くくる」は確かに、「手の股より漏きし子」と、手の指の間から漏れたことを意味することもある。だが、菊理媛神の場面では、「水」が祓に用いられており、水に関連する語と考えることに説得性はあるだろう。

「くくる」と水との関係を確認してきたが、もう一度景行紀の「泳の宮」伝承について検討してみたい。弟媛は、景行天皇の求婚を拒否するが、「泳の宮」の池の鯉を見にやってきはする。景行紀において「泳の宮」は、鯉を放った池、つまり弟媛と景行天皇との出会いの場に因んだ宮の名である。美濃で評判がたつほどの「佳人」である弟媛は、天皇の求婚を受け入れることなく、姉を妃として推挙する。姉である八坂入媛は、のちに景行天皇の皇后となり成務天皇を生む。〈隠り妻〉である弟媛と出会い、氏族名で呼称される姉八坂入媛の入内の契機の場となったのが、「泳の宮」であった。天皇系譜へとつながる、美女と天皇との出会いが「泳の宮」の名とともに伝承され続けていたのだろう。

巻十三の当該歌も、こうした「泳の宮」伝承にもとづき発想された歌と考えられるのではないだろうか。

四　「泳の宮」伝承

ここまで「泳の宮」は、景行紀の伝承すなわち景行天皇と弟媛との池での求婚譚にもとづく宮の名であったことを指摘してきた。最後に、巻十三の当該歌三二四二番歌が、どのような「泳の宮」を歌った歌であるのかを考察していきたい。

「泳の宮」は、当該歌において「日向に　い行き靡かふ　大宮」、日に照らし出される宮と詠まれている。宮と日との関連は、以下の古事記歌謡のような、宮ほめの詞章が参考となる。[12]

纏向の　日代の宮は　朝日の　日照る宮　夕日の　日光る宮　竹の根の　根足る宮　木の根の　根延ふ宮　八百土よし　い杵築きの宮　真木栄く　檜の御門　新嘗屋に　生ひ立てる　百足る　槻が枝は　上つ枝は　天を覆へり　中つ枝は　東を覆へり　下枝は　鄙を覆へり　上つ枝の　枝の末葉は　中つ枝に　落ち触ばへ　中つ枝の　枝の末葉は　下つ枝に　落ち触ばへ　下枝の　枝の末葉は　在り衣の　三重の　子が　捧がせる　瑞玉盞に　浮きし脂　落ちなづさひ　水こをろこをろに　是しも　あやに畏し　高光る　日の御子　事の　語り言も　是をば　（九九）

これは、雄略記の歌謡である。長谷の百枝槻の下での酒宴の際、三重の采女が、葉の入ったままの杯を天皇へと献じ、天皇は激怒する。三重の采女は、杯に入った葉にちなんで天皇の治世を讃えた歌謡を歌い、罪を許される。この九九番歌謡は、「纏向の　日代の宮」という景行天皇の宮を讃美し、その治世を雄略天皇が受け継ぎ、満ち足りたものであることを歌っている。景行天皇の宮を「朝日の　日照る宮　夕日の　日光る宮」と朝日・夕日が照り輝く宮であり、「竹の根の　根足る宮　木の根の　根延ふ宮　八百土よし　い杵築きの宮」と竹や木の根が根を張る堅牢な宮でもあると、日代の宮の照り輝く外観と建造の強固さによって讃美するのである。

当該歌の「日向に　い行き靡かふ　大宮」もまた、宮ほめ表現として位置づけることができるだろう。当該歌は、景行天皇と弟媛との出会いの場である「泳の宮」を日の光に照り輝く宮として歌う。それは、美濃の国で「佳人」として評判の高かった弟媛のいた「泳の宮」への憧れと、景行天皇の仮宮であった「泳の宮」への讃美の二つの意味があるに違いない。「佳人」との出会いと景行天皇の宮跡への期待を胸に、美濃の国の高北の「泳の宮」へと「我」は歩みを進める。だが、「心なき」「奥十山」は、「踏めども」「突けども」、「靡」くことはなかったのである。

では、「泳の宮」伝承を歌う当該歌は、どのように誕生したのであろうか。古橋信孝は「弟媛のものとして伝承されているかもしれないし、その伝承をふまえてよまれたものかもしれない」と述べる。[8]弟媛自身の歌と見るのは、当該歌の表現から難しいが、景行紀伝承を背景とした歌であることはこれまで述べてきた通りである。

一方、窪田評釈は「吉蘇路の険難に悩む人」「多分京の官人」によって歌われた歌とする。また、全注は、「この道を往来する官人たちによって可児駅に宿泊した夜などに歌われたのではなかろうか。」と述べる。美濃を越える道の厳しさを歌うのは、注釈書の指摘通り旅行く官人のように思われる。だが、「日向かひに」という宮ほめに立脚した表現は、官人の視点のみから誕生したとは考えがたい。加えて、当該歌が、相聞的抒情を含み持つことも看過すべきではない。当該歌は、「泳の宮」への行く手をさえぎる「奥十山　美濃の山」に対し「我」は「なびけ」という。「なびく」は万葉集において、藻や植物、そして黒髪に用いられることが多く、当該歌のように「山」に対して用いることは珍しい。当該歌の他には、

……いや遠に　里は離りぬ　いや高に　山も越え来ぬ　夏草の　思ひしなえて　偲ふらむ　妹が門見む　なびけこの山　（②一三一）

柿本人麻呂の石見相聞歌の一三一番歌とその或本歌一三八番歌のみである。石見相聞歌では、別れてきた妹がいるであろう「門」を見たいからさえぎる「この山」に「なびけ」という。妹を強く求める思いが「なびけ」という叫びとなっている。当該歌においても、障害となる「奥十山　美濃の山」を「なび」かそう「寄」らそうと、踏んだり突いたりするのであろう。しかし、「心なき山」である「奥十山　美濃の山」は動くことはない。「山」を「なび」かせようとする「我」を拒絶するのは、「心なき山」なのである。

8　額田王、近江国に下る時に作る歌、井戸王の即ち和ふる歌

味酒　三輪の山　あをによし　奈良の山の　山のまに　い隠るまで　道の隈　い積もるまでに　つばらにも

見つつ行かむを　しばしばも　見放けむ山を　心なく　雲の　隠さふべしや　（①一七）

反歌

三輪山を然も隠すか雲だにも心あらなも隠さふべしや　（一八）

9心なき雨にもあるか人目守る乏しき妹に今日だに逢はむを　（⑫三一二二）

10心なき鳥にそありけるほととぎす物思ふ時に鳴くべきものか　（⑮三七八四）

8は、「三輪山」への視界をさえぎる「雲」を「心なき」ものとし、9では、妹のもとへ行く障害となる「心なき雨」を詠み、10は、「物思い」を邪魔するように鳴く「ほととぎす」を「心なき鳥」と言っている。「心なし」とは、つまり思いに応えることのない自然物へ人が向けた嘆きなのである。

当該歌でも、山を「なび」かすことを求める相聞的心情と「心なき山」とを対照的に詠み、「我」の「泳の宮」行きへの執着を強く印象付けている。当該歌は、相聞的表現を用い「愛しい人」つまり弟媛のいる光輝く「泳の宮」を求める「我」の道行きを歌うのである。このように相聞的心情によって巡行する作中主体である「我」は、景行天皇自身に他ならない。

「泳の宮」への憧れを歌う当該歌の誕生には、巻十三の全体の問題とも関わってくるだろう。巻十三の歌については、はやく賀茂真淵が指摘している。万葉考別記で、巻十三を、巻一・巻二に次ぐ古い巻であり、巻一・二と同じような性質をもつ歌であると述べた。巻十三古撰集説は、広く受け入れられることとなり、私注では、巻十三を「大体民謡の範疇に属すべきもの」とする。だが、伊藤博は、

作者不明集とか民謡的歌集だとかまた古い時代の歌を集めた巻とかいうような点にあるのではなくて、宮廷歌謡集、いわば宮廷社会のさまざまな機会における歌の台本として巻十三が出発しかつ定着した点に起因することを示すのではないか。

と述べる。[14]伊藤は、巻十三の歌について、歌の制作時期の問題ではなく、「宮廷歌謡」という歌の性質の問題として論じている。当該歌と景行紀との関連を考えるならば、極めて重要な視点を提示していると言えよう。加えて、巻十三には、当該歌の他にも記紀の伝承とつながりをもつ歌が多くあるのである。[15]
つまり、当該歌もまた、宮廷社会を基盤として創出された歌なのではないだろうか。

おわりに

巻十三の三二四二番歌の「日向爾　行靡闕矣」は、「日向かひに　い行きなびかふ　大宮を」と訓読することを述べてきた。当該歌で詠まれる「泳の宮」は、景行紀の「泳の宮」伝承をもとにし、日の光に照らされる「大宮」として造形されている。それは、「我」すなわち、景行天皇が道険しくとも、弟媛を求めてたどりつきたい宮なのである。景行天皇の「泳の宮」への巡行を歌う当該歌は、万葉集巻十三が記紀の世界そして宮廷とのつながりを示す歌でもあるのだ。

（1）万葉集の引用は『新編日本古典文学全集』による。
（2）松田好夫「万葉集「行靡闕矣」考―巻十三・三二四二の本文」（『万葉』二二、一九五七年一月、後に『万葉研究の新見と実証』（桜楓社、一九六八年一月）所収）
（3）澤瀉久孝『万葉集注釈』も、松田の説に従っている。
（4）井上通泰『万葉集新考』は、「行靡闕矣」を「佳麗児矣」、古義は「行麻死里矣」の誤写とするが、諸本に異同がないことから、両説とも従えない。
（5）万葉考は、本文を「行紫闕矣」とし「イデマシノミヤ」と訓む。「泳の宮」付近にある「行宮」のことと理解している。
（6）「宮衛令」の引用は「律令」（『日本思想大系』）による。
（7）日本書紀の引用は『新編日本古典文学全集』による。
（8）付訓してない注釈書（大系・全集・新編・和歌大系・新大系・釈注・全注・全解など）もある。
（9）井村哲夫「「行靡闕矣」考続貂」（松田好夫先生追悼論文集『万葉学論攷』美夫君志会、一九九〇年四月）
（10）風土記の引用は『新編日本古典文学全集』による。
（11）折口信夫「水の女」（『折口信夫全集』二、中央公論社、一九九五年三月）
（12）古事記の引用は『新編日本古典文学全集』による。
（13）古橋信孝「ククリヒメ」（『歴史読本』新人物往来社、二〇一一年一一月）
（14）伊藤博「宮廷歌謡の一形式」（『国語国文』一九六〇年三月、後に『万葉集の構造と成立』上（塙書房、一九七四年九月）に所収）
（15）以下に記紀と対応すると思われる巻十三の歌番号と「　」に重なる表現、記紀の該当箇所を挙げる。
三二二七・三二二八・三二二九―「葦原の瑞穂の国」天孫降臨
三二三九―崇神紀歌謡・壬申の乱
三二四七―「沼名川」天の真名井神話
三二六三左注―「古事記を検するに曰く、「件の歌は、木梨之軽太子のみづからまかりし時につくるといへり」」
三三一三―古事記二番歌謡・日本書紀九六番歌謡
三三三一―日本書紀二番歌謡

渡唐儀礼とウタの場
――男女の視点から

綱川恵美

はじめに

琉球における進貢貿易による中国への旅は、福州から北京まで約三千キロの行程を一年余りかけて往復する中国大陸の大旅行であった。琉球王国から中国への進貢は、一三七二年に察度が入貢して以来、五百余年にわたって継続された。この間、明・清代には国王を冊封するために中国は冊封使を派遣し、琉球は進貢使を派遣した。琉球ではそうした進貢に際して、様々な儀礼や行事がおこなわれた。それらを本論文では、「渡唐儀礼」とよんでいる。そうした交渉や交流の担い手として役割を果たしていたのが、進貢使を軸とする渡唐使節であった。渡唐使節の公務日記、王府の文書等の資料から、渡唐儀礼とウタの場を男女の視点から考察していくのが本論文の試みである。

一　男性たちのウタ——王府儀礼

首里城玉庭《ウナー》において中国へ渡航する使節や乗組員らが国王から壮行の宴を賜る「御茶飯《ウチャヤファン》」という儀礼がある。近世期の渡唐使節の公務日記である「田里筑登之親雲上渡唐準備日記（以下「田里筑登之親雲上日記」）」[1]（道光三〇、一八五〇年）には、進貢貿易の準備過程が細かく記述されており、公務的な事柄の中に渡唐儀礼に関連する記事がある。「田里筑登之親雲上日記」の道光三〇年六月二七日の記事には、次のように記されている。

> 一今日御茶飯被成下候。言上相済候段、兼テ両大宿方より通達有レ之候付、五ツ時前、朝衣冠ニ鎖之側へ、王舅ハ御評定所、里之子た御取次申上、吉辰成、御庭并於二下庫理一段々御規式有レ之、南之御殿御番所ニテ、御茶飯被二成下一候。且又於二御庭一段々御規式相済、退城。直ニ王舅御宅并大唐船方役者中宅へ、最寄を以罷通、御祝儀申上、七ツ過時分致二帰宅一火之神并霊前へ拝礼仕候事

この記事からは、渡唐使節が最高の礼装である「朝衣冠」で、儀式に臨むことや、儀式中の役割別の動き、儀式後の行動が示される。この記事だけでは「御茶飯」の具体的な儀礼の内容は知ることはできない。『琉球国由来記』にも、「渡唐衆御茶飯」の儀礼が行なわれていたことが記され、その具体的な内容を知ることができる。[2]

> 於二玉庭一、綱作之儀、言上相済、渡唐衆被二差出一、下知ニテ、船子綱作中、御唄親雲上・勢頭部、各謡二御唄一也。綱作調、真正面浮道ニ飾置也。渡唐人員、於二御番所一、三司官一員、御鎖之側・那覇里主・御物城之中一員、長史一人、相伴ニテ、賜二御料理・神酒一。有位之佐事・五主ハ、御番所下座ニテ、鎖之大屋子・那覇筆者一人、相伴也。無位之佐事・五主・船子ハ、君ボコリニテ、御料理賜レ之。御酒・神酒ハ、君ボコリノ前、於二左右之御庭ニ一、勢頭衆下知ニテ、賜レ之ナリ。且渡唐衆、御暇乞言上有レ之。御玉貫一対、当衆

御番所ニ持参。三司官ニ申達シ、著座之人員賜レ之。有位之佐事・五主ハ、御通也。三司官ヨリ、御使ノ当ニ、悉皆之御礼詞有レ之也。聖主、真正面御轎倚出御。御使者・大夫・那覇役、於二玉庭一、旅歌ニテ、旗振相済、御使者。悉皆ノ御礼、御鎖之側取次、三司官へ申上ラレ、言上相済、旅歌ニテ、綱を先に拘サセ、被二罷下一也。儀式委細、見二当・勢頭御双紙一。故略書レ之也。

「御茶飯」の儀礼の中で綱作りが行われる中、「御唄」（オモロ）がうたわれること、料理やお酒が振る舞われること、国王が正殿の正面に出御して姿を見せること、その際に玉庭《ウナー》で旗を振りながら「旅歌」がうたわれていることがわかる。まず早朝に渡唐使節が登城、首里城の正殿前広場の御庭で綱作りの合図とともに船子たちが綱を作る。その間おもろ主取らが「御唄」（オモロ）をうたう。作られた綱は正殿正面からまっすぐに延びる、神聖な道である「浮道」に置かれた。渡唐使節らは御番所で料理や酒を振る舞われ、さらに役人クラスでない船員もそれぞれ所定の場で饗宴をうけた。饗宴が終わり、唐衣装を着た国王みずから正殿の正面に姿をあらわすと、渡唐使節らは「旅歌」をうたい、「旗」を振る。それらの儀礼が済むと、一同は「旅歌」をうたい鉦（ドラ）を鳴らしながら、船綱を先頭にかかえながら首里城を去っていくといった流れである。さらに、島村幸一は、山内盛彬氏の『琉球王朝古謡秘曲の研究』と『琉球国由来記』、『大島筆記』にみえる「御茶飯」に関する記事を照合して、御茶飯の儀礼の内容を詳細に描き出している[3]。その中で、綱作りの際におもろ主取によってうたわれるオモロは「あかずめづらしやのふし」であること、旗振りの際にうたう旅歌は「旅御前風節」（琉歌）であることを指摘している。このとき旅歌をうたうのは「慶良間出身の船頭」であったという。

このときの「あかずめづらしやふし」のオモロが『おもろさうし』[4]にある。第二十二は「みおやだいりおもろ御双紙」といわれ、王府儀礼に関するオモロを集めた巻であるが、第二十二―一五五〇には「唐船すらおるし又御茶飯の時」という詞書きが付されており、次のようにある。

あかずめづらしやがふし
　一飽《あ》かず珍《めづ》らしや
　出《い》ぢら数《かず》
　お見守《みまぶ》てす　走《は》りやせ
　又君《きみ》の珍《めづ》らしや

このオモロは、「飽《あ》かず珍《めづら》しや」という神女が、航海に出るごとに、その船や船員を霊的に守護する状態をうたっている。第十三―一八四のオモロには、「一かゑふたの親《おや》のろ／親御船《おやおうね》よ　守《まぶ》りよわ／舞合《まや》ゑて／見守《みまぶ》て（す）　走《は》りやせ」とあり、与論島の神女である「かゑふたの親《おや》のろ」が船を守護して、安全な航海を見守るといった内容のオモロがある。神女の航海守護の表現として「見守《みまぶ》てす　走《は》りやせ（見守って　海を走らせよ）」の用例は多く出る。

次に、旅歌であるが、『琉球国由来記』に「旅歌」の歌詞は記されていない。しかし、山内盛彬の『琉球王朝古謡秘曲の研究』には、首里城での饗宴が終わり退出する際に歌われた「旅御前風節」、家族縁者によってクェーナとともにうたわれた「旅歌」の歌詞が記されている。これによると「旅歌」は八八八六音の琉歌の詩形を持つウタであることがわかる。王府儀礼である「御茶飯」や、渡唐使節のいる家で旅の安全を祈願する儀礼の中で、琉歌はうたわれていた。『南苑八景』には、旅中のつらさや故郷を離れたさびしさを詠んだ「羇旅」とは別に、旅の安全を願うウタを「旅歌」としてまとめ、「羇旅」と「旅歌」は区別されている。(5)

「旅御前風節」の琉歌は山内が一首採譜している。「田里筑登之親雲上日記」では、「五主共旅歌三味線三節諷」（三月三日）、「五主共旅歌三節三味線相添諷」（五月四日）などの記事がみえ、「旅歌」は一節ではないと考えられ、島村は、『琉歌百控』「乾柔節流」中にある「旅嘉謝伝風節」の琉歌は二首あると指摘している。(6)

たんちゆかれよしや撰て差召る　御船の縄取は風や真艫
（本当に幸多き船出は吉日をお選びになっさている　船の綱をとって船出をすると順風の風が吹く）
一の帆の帆中吹つゝも御風　聞得大君の御筋御風
（一の帆の帆中を吹く包むような順風は聞得大君の霊力が吹かせる風である）

後者の琉歌には、最高神女である聞得大君がうたわれている。聞得大君から地方のノロに至る神女たちは、琉球の各聖地（御嶽）などで琉球船の航海安全を祈願していた。神々への祈願者としてだけではなく、聞得大君は航海守護神そのものとしても崇敬され、このウタにはそれがよくあらわれている。

また池宮正治は「渡唐船の準備と儀礼」の中で、「旅歌三味線というのは、かじゃで風節で歌われる『旅の時の歌』であると述べ、つまり旅歌とは、「旅御前風節」、「旅嘉謝伝風節」等をさし、先の二首に加えもう一首紹介している。[7]

首里天きやなし百とまでちやうわれ　旅の行きもどり拝ですでら
（国王様、いつまでもおわしませ。旅の往復にも徳を拝し、恵みに浴しましょう）

「航海に関わる琉歌は非常に多く、王府の航海に関係する儀礼の場や祝宴の場で、また集落の年中行事や旅に出た家の家族がいる家の行事のなか等で歌われる[8]」とあるように、琉歌が歌われるのは王府儀礼だけでなかった。佐喜眞興英の「シマの話」（一九二五年）によると、現在の宜野湾市にある新城の集落では、「（家族親族が旅行者を見送ったあと）我家に帰っては家族親族相集まりクワイナ歌を歌うて海上安全を祈った[9]」という。佐喜眞は、そのときに歌われたクェーナを八首採録しているが、その形式を見てみるとそれは短詩形の琉歌である。その内容を見てみると、御茶飯の儀式の中でも歌われると想定される「旅嘉謝伝風節」の「たんちゆかれよし」の琉歌を含め、旅人からの手紙を乞い願い、旅人の無事を願う気持ちが描かれる「大和いめ着かは誇いの声の御状や／

肝急じ召そち持たち給ぼれ(10)」などがある。女の霊力《セヂ》が男兄弟に寄り添うかたちで守護するヲナリ神信仰を表した琉歌として有名な「お船のたかともに白鳥がゐちやうん／白鳥やあらぬ思姉おすじ(11)」も採録されている。村落でも、旅人を送り出した家族が航海安全を願いうたっていた。

二　女性たちのウタ――「踊合」を中心に

旅する者にとっても、見送る者にとっても、旅人が無事に帰ってくるということは最大の関心事である。旅立つ男性がいれば、それを見送り、安全を祈願する女性の存在がおのずと浮かび上がってくる。「田里筑登之親雲上日記」にも、女性の存在が記述されている。渡唐儀礼が行われた日に女性たちが鼓を打ち、踊るという記述がいくつか見られる。例えば、道光三〇年五月八日の記事は、渡唐儀礼の一つで渡唐使節が首里城で、国王、王妃に面謁して旅の祝福を受ける「旅御拝《たびみはい》」が行われる日であるが、その日の「附」には以下のようにある(12)。

一女共、鼓打躍候儀、御欠略ニ付テハ、大宿役者中相逢吟味之上、勢頭御案内を以、鼓ハ差留、手打躍させ候也

このような記事は、他に三平等《みひら》の大あむしられが渡唐使節を引きつれ、聞得大君御殿にて聞得大君から旅の安全と祝福を受ける「三平等之御立願」（六月一八日）、「御茶飯」（六月二七日）、首里城内で渡唐使節が中国皇帝へ呈上する国王の礼的忠誠を示す「表文」を奉ずる儀式である「上表渡」（八月二一日）、「乗船」（九月一五日）に見ることができる。いずれも、渡唐儀礼の中でも特に、王や王妃、聞得大君、三平等の大あむしられに旅の祝福や祈願を賜る儀礼の記事の「附」に記述されている。「琉球資料」の「諸事倹約取締ニ関スル書類」（同治八年か）の内、「御欠略付旅衆江申渡候条々(13)」には、次のようにある。

一右同（唐行之方）、三平等御願、上表、御茶飯、内証願、出船、板敷払、初而左右聞候時、女躍之儀、深更
　迄相懸候而者不㆓相済㆒事候条、其心得を以、可㆓相祝㆒事
　附。北京宰領并佐事、五主内証列之者者鼓を打躍候儀、一向召留候事

この記事によると、「田里筑登之親雲上日記」の「三平等之御立願」、「御茶飯」、「上表渡」、「乗船」に加え、「内証願」、「出船」、「板敷払」、「初而左右聞」の時に、「女躍之儀」があるようである。「板敷払」について、東恩納寛惇は「旅衆船出の時はにぎやかに祝し、三日の間、畳を揚げ板敷の上にてくわいにやを唄び囃し立てる風習があった。板敷払と云ふのは三日目の竟宴の事かと思われる」と注している。[14]また酒井卯作『琉球列島民俗語彙』には、奄美諸島の喜界島で「祝いの翌日、料理方を中心として行う慰労宴」とある。さらに薩摩では「元服、婚姻、祭りの後祝い」、長崎県五島では「婚礼の翌日に親戚の主人以外の者や手伝いの衆を招いて張る酒宴」などとある。[15]先の記事は唐行き、つまり中国への旅についてのものであるが、同様に大和への旅についての記事も見られる。[16]

一右同（上国之方）、三平等之御願、内証願并乗初、出船、板敷払、初左右聞候時、女躍之儀、深更迄相懸候
　而者不㆓相済㆒事候条、其心得を以可㆓相祝㆒事
　附。琉球館手代并太工内証列之者者鼓を打躍候儀、一向召留候事

これは、「唐行之方」の記事に対応していて、「上国之方」とは大和旅のことをさす。「御茶飯」、「上表渡」は渡唐儀礼の特有の儀礼であるので、大和への旅のときには見られないが、それ以外の時は中国への旅も大和への旅も同様に「女躍之儀」があったことが確認できる。また、先に挙げた「田里筑登之親雲上日記」の「旅御拝」の記事にみえる「鼓打躍候儀」では、鼓の代わりに、手拍子としていた。この記事の「附」には、使節の中でも役人クラスではない従者や船子の位の者たちの身内の女性たちが鼓を打つことは差し控えよ、といった内容が記

されている。このような王府の通達からは、女性たちの踊りは深夜に及ぶので、音が響く鼓を打つことは憚られたのだろうと推測できる。倹約を迫られる情勢の中で、祝宴や祭祀の簡略化がすすめられたことや、外国人宣教師等への配慮がうかがえる。「田里筑登之親雲上日記」には、「女性方鼓打をとり候也[17]」、「女性方手打躍候也[18]」と、鼓と手拍子の両方が散見される。

それでは、「女躍之儀」の内容とは一体どういうものであったのだろうか。「伊江親方日々記[19]」の嘉慶十八年六月二日の記事を見てみる。

一二日、親方誕生日ニ而、上下やしき中其外女子共相招祝候事、
一蒲戸相中衆師匠亀島里之子親雲上・垣花里之子・今帰仁里之子・仲村里之子・其外勤学当間し・知念しなと下やしきニ被罷居候付相招候付、晩方ハ皆々被罷出緩々祝候而被罷帰候事、
一旅おとりつゝミ打三返手打候而、かゑな三度いたし候事

伊江親方の息子である親方が大和へ旅に出かけている最中、当人の誕生日に親族、女子たちを屋敷に招いて祝宴を催している場面が描かれる[20]。クェーナについては後で詳しく述べる。これは「御欠略付旅衆江申渡候条々」の以下の記事と一致する[21]。

一旅衆之方、在旅中正月初歳日、五月・九月朔日、且誕生日之時、多人数相招相祝候儀、時節柄相応不レ致候間、祖父母、親子、兄弟、伯叔父母、甥姪、孫、従舅姑、聟親同前恩儀有レ之方迄如何ニも人数減少を以相招、馳走方も何分軽相調相祝候儀者令二免許一、其外者一切禁止之事
附。本文定之内、唐両先島行者五月朔日、上国之方ハ九月朔日、帰帆年ニ限可二相祝一之処、取違一統五月九月共祝候由不レ宜候間、以来其差分を以□相祝事

「伊江親方日々記」は、旅中にある当人の誕生日の祝いであるが、同様の祝宴は、「正月初歳日」、中国、先島

行きのときには五月朔日、大和に出かけるときには九月朔日に行われていたようである。『大島筆記』には、「九月九日菊ヲ玩ヒ相祝事日本ノ如シ此日狂言ナドスル事アリ総シテ正五九月ヲ祝月トス」[22]とある。祝いの月であることと、帆船の航海にとって五月と九月はそれぞれ帰帆の時期にあたっているためであろう。また続けて「御欠略付旅衆江申渡候条々」に以下のようにある。[23]

一右同（旅衆之方）、女躍之儀、深更迄相懸候而ハ不㆓相済㆒事候条其心得を以可㆓相祝㆒事

附

一女躍之儀、雑歌　持（杯カ・ママ）謡候而者不㆑宜候間、如何ニも律儀にして旅歌くはいな　持（杯カ・ママ）可謡事

この記事の「附」の部分に注目したい。「女躍之儀」において「雑歌」をうたうのはふさわしくないので、「旅歌くわいな」をうたうよう限定している。先の「伊江親方日々記」の記事中に、「旅おとりつゝ、ミ打三返手打候而、かゑな三度いたし候事」とあるのと合致する。つまり「女躍之儀」にはクェーナがうたわれていたのである。クェーナとは、沖縄の古謡の一ジャンルで、語義については、クイナとよばれる鳥の鳴き声に由来するという説と、囃子詞の〈こいな〉によるという説がある。[24]農耕儀礼や豊穣予祝、雨乞い、新築祝い、航海安全の期待もしくは約束する内容のものが多い。沖縄本島だけにこの名称があり、しかも沖縄本島全域にある。なかには聞得大君の新任式である御新下りの時、聖地斎場御嶽への巡礼の行列の道中にこれを歌い、これを道グェーナといった。[25]

男性たちの旅の平安を祈るため、女性たちが一晩中歌い踊るという記録はいくつか見いだせる。小野重朗『南島歌謡』によると、「明治の中期頃まで、首里や那覇では遠方へ旅している人の家で正月、五月などの二十三夜には婦人たちが集って、旅行者、航海者の安全を祈り、このクェーナ（うりづみくわいにゃ）など幾つかのクェーナを歌い円陣を作って進みながら簡単な踊りを踊ったという。「くわいにゃ根《に》」といわれる古老の音頭取りが長

い章句を諳んじていて、皆それについて歌うもの(26)」だったという。

首里では女性たちの踊りを「踊合《ウドゥエー》」といった。『沖縄語辞典』には、「旅の祝いをする家で親戚の女たちが集まってする踊り。手を打ち、旅歌（クェーナ）などを歌いながら輪になって回る(30)」とある。見里春の『踊合(28)』（一九七六）に詳しく、踊合の順序は以下のようであったという。

1　旅歌三節（「ダンジュ嘉例吉」「首里天加那志」「一の帆の帆中」の三節）の歌唱
2　旅グェーナの歌唱
3　早足の円陣行進にあわせてヤラシーの歌唱
4　円陣行進でダンジュカリユシの歌唱
5　ハエーグェーナの歌唱
6　ヤラシーの歌唱（二度目）
7　旅歌三節の歌唱（二度目）
8　節グェーナ（「ウリジングェーナ」「大城グェーナ」「屋良グェーナ」「兼城グェーナ」）のうちの一曲の歌唱
9　ヤラシーの歌唱（三度目）
10　ダンジュカリユシの歌唱（二度目）
11　早足の円陣行進に合わせてヒーヤー踊りの早口での歌唱
12　納めの歌の歌唱

一番最初にうたうとされる「旅歌三節」は、先にも挙げた「たんちゆかれよしや撰て差召る／御船の縄取は風や真艫」、「首里天きやなし百とまでちやうわれ／旅の行きもどり拝ですでら」、「一の帆の帆中吹つゝも御風／聞得大君の御筋御風」の三節の琉歌ではなかったかと想定される。二番目に歌う「旅グェーナ」、三番目にうたわれる「ヤラシー」は短い節を二〇〇節以上に渡って歌い上げていくものである。渡口真清『麻氏兄弟たち』には、「出帆した後一族親類の女達が集って板敷でヤラシーを踊って順風帰帆を祈ってくれた。「唐へ行った」（冥界に行った意味にもなる）人の家族をなぐさめるためだった[29]」とある。また、「御欠略ニ付旅衆江申渡候条々」には、「一晩方出船初左右聞候ハ、夜入候而もやらし歌壱度ハ免許之事[30]」とある。「女躍之儀」を制限する通達の中で、一晩中かけてうたう「やらし歌」は出船と左右聞の際には、一度はうたってもよいとの指示である。旅の出立ちを祈願するためのウタとして「ヤラシー」がうたわれていたのである。「ヤラシー（首里）[31]」の一部分を挙げてみる。

（省略）

51　昔《んかし》から　　昔から
52　けさしから　　けさし〈昔〉から
53　しぢまさて　　シヂ〈霊力〉勝って
54　ゆうまさて　　良く勝って
55　うみないが　　思姉妹の
56　うみとじゃび　　思弟者部の
57　守《まぶ》る神《かん》　　守る神
58　守るしぢ　　守るシヂ
59　しゅしたりが　　主したりが
60　やくみが　　役思いが
61　拝でいめる　　拝んで参る

62　しでていめる　　孵でて参る
63　みまぶように　　見守るように
64　みまうように　　見守るように
65　あねりわど　　そうあればこそ
66　かねりわど　　こうあればこそ
（以下、省略）

このヤラシーは五六八節ある。旅グェーナも二八七節と大変長い節である。引用部分は、男性たちの旅を、ヲナリ神が守護するといった内容がうたわれている。全体では、旅の準備から無事に帰ってくるまでの理想的な姿をうたっている。

「節グェーナ」とは、「ウリジングェーナ」、「大城グェーナ」、「屋良グェーナ」、「兼城グェーナ」の四つのクェーナのことで、そのうちの一曲を歌唱するという。これらのクェーナは、最後の数節が、一家の主人や子息の長寿と旅の安全を願うウタとなっている。

「ウリジングェーナ」は、ウリズンの頃によく育った芭蕉を切って、その繊維で芭蕉布を織ることを克明に歌ったグェーナである。ウリジンとは、旧三月の頃の大地が潤い、植物の育ちの盛んになる季節をいい、若夏（ワカナツ）に引続く旧四月の頃と対語をなして用いられる。最後の四節を挙げてみる。

28　うり召《め》しよち里之子　　それを召して里之子
百二十歳御願　　百二十歳の御願いを
29　綾《あや》じゃ羽生《ばにみ》るじょある　　綾差羽が生えるまでもと
白じゃ羽生るじょある　　白差羽が生えるまでもと

30　御願しゃらはあんじょある　御願いしたらそうある
願て居らはうりじょある　願っていたらこうある
31　あんじょあるどう　そうあるぞ
うりじょあるどう　こうあるぞ

前半部分で、芭蕉布の紡織過程をうたい、某里之子（旅立つ人の名前）の大和行きの御公事の着物を作ることがうたわれる。そして最後の四節で、それを着て長寿安全の祈願をすれば願いがかなうようとうたうのである。つまり「ヲナリ神である女兄弟等が、旅に出たヱケリに贈った芭蕉衣が理想的な紡織過程を経て作られた着物であることを謡うことにより、その芭蕉衣を称え、それを着るヱケリの長寿と旅の安全を言祝いだウタ[35]」になるのである。

「大城グェーナ」は、前半部分は新築儀礼のウタである。このクェーナも最後の数節は「ウリジングェーナ」と同様の展開をしている。では、新築儀礼や、紡織のウタがどうして、旅の安全を祈る場でうたわれていたのであろうか。島村幸一は、〈生産叙事[35]〉の「後半部分の表現は前半部分に比べると多様に展開するところに特徴がある[34]」と指摘するように、前半部分は、〈生産叙事〉の形式をもったウタとしてあり、後半部分に、ウリジングェーナや屋良グェーナと同様に、一家の主または子息の長寿と旅の安全を願うといった表現の展開になっている。「後半の基本的な展開は、〈生産叙事〉によって謡われたものを、神や、神の立場にある者に捧げるという展開とるウタであると考えられる」という[36]。小野重朗は、ウリジングェーナを解説する中で、「航海安全は添加されたもの」であるといっている。まずは女性の紡織のウタであったものが、最後にはそれを身につける男性の長寿と旅の安全が歌いこめられていくのである。そこには人々の生活と密接に関わった願いがあらわれているのだろう。

おわりに

王府儀礼の一つである「御茶飯」の場と、そこでうたわれるウタについて具体的に検討した。その儀礼の中では、オモロ、琉歌がうたわれていたことが明らかである。祭祀の場とウタがはっきり示せる好例である。男性の祭祀の場にて、オモロがうたわれているが、その内容は、神女の霊的な力が、船や船人を守護するというものである。第二十二―二八のオモロに、「司子《つかさこ》　ゑ／吾《あ》は　祈《いの》て　走《は》り居《よ》る　ゑ」とある。久高島の久高ノロである「司子《つかさこ》」が祈って船を走らせるといった意で、これは神女がうたったオモロだろう。『おもろさうし』全体を通して数多くうたわれているのは神女たちである。それはつまり、神女たちがオモロの中心的なうたい手であり、オモロを支えているといえる。[37] 男性たちの旅の安全を祈願する女性たちのウタと場についても、「旅嘉謝伝風節」の琉歌に最高神女である聞得大君がうたわれていることも、その根底にあるのは、ヲナリ神信仰である。今回は、王府儀礼と首里の「踊合」を中心に見てきたが、旅や航海に関する儀礼やウタは琉球弧全体の多岐にわたっている。他地域の状況を明らかにしていくのが今後の課題である。

（1）渡名喜明「資料紹介　田里筑登之親雲上渡唐準備日記（一）（二）」（『文化課紀要』第一号、二号　沖縄県教育委員会文化課　一九八四、一九八五年）以下、「田里筑登之親雲上日記（一）（二）」とする。引用の際、適宜句読点、訓点を付した。

（2）『定本　琉球国由来記』（角川書店　一九九七年）四三頁。

（3）島村幸一『『おもろさうし』と琉球文学』（笠間書院　二〇一〇年）六四一頁。

（4）『おもろさうし』にある歌謡をオモロとする。オモロの原文は尚家本を底本とし『定本おもろさうし』（角川書店　二〇〇二年）から引用、外間守善・西郷信綱『日本思想大系十八　おもろさうし』（岩波書店　一九七二年）を参考にして漢字・濁点を当てたが、私意により一部を改めた。
（5）前城淳子「琉歌〈旅歌〉の諸相」（『日本東洋文化論集』第十五号　琉球大学法文学部　二〇〇九年）四二頁。
（6）島村前掲書、六四四頁。
（7）池宮正治「渡唐船の準備と儀礼」（『第七回中琉歴史関係国際学術会議　中琉歴史関係論文集』中琉文化経済協会出版　一九九九年）五四二頁。
（8）島村前掲書、六四五頁。
（9）佐喜眞興英「シマの話」（日本民俗文化資料集成編『南島の村落』三一書房　一九八九年）三七七頁。
（10）前城前掲書、五九頁。見里春『踊合』（文唱堂　一九七六年）三三二番にもみえる。
（11）『琉歌全集』一〇六六番。
（12）「田里筑登之親雲上日記（一）」一一九頁。
（13）「琉球資料一三」（『那覇市史　資料篇　第一巻十　琉球資料（上）』那覇市役所　一九八九年）九八頁。
（14）池宮前掲書、五四一頁。
（15）酒井卯作『琉球列島民俗語彙』一五〇頁。
（16）「琉球資料一三」九九頁。
（17）「田里筑登之親雲上日記（一）」一三〇頁。
（18）「田里筑登之親雲上日記（二）」四〇頁。
（19）沖縄県文化振興会公文書館管理部史料編集室『沖縄県史　資料編七　伊江親方日々記』（沖縄県教育委員会　一九九九年）以下、「伊江親方日々記」とする。
（20）「伊江親方日々記」三六一頁。
（21）「琉球資料一三」九九頁。
（22）『大島筆記』国会図書館所蔵写本二冊。（巻二）
（23）「琉球資料一三」九九頁。

(24)『沖縄大百科事典（上）』九三四頁。
(25)池宮正治「琉球文学概論」（『岩波講座　日本文学史　第十五巻琉球文学、沖縄の文学』岩波書店　一九九六年）
(26)小野重朗『南島歌謡』（日本放送出版協会　一九七七年）八二頁。
(27)『沖縄語辞典』（大蔵省印刷局　一九七五年）五七六頁。
(28)見里春『踊合』（文唱堂　一九七六年）
(29)「麻氏兄弟たち」（自家版　一九七〇年）二三三頁。
(30)「琉球資料一四」一一一頁。
(31)『南島歌謡大成　Ⅰ沖縄篇上』三二一～三三一頁。
(32)同右、三三三～三三四頁。
(33)島村前掲書、五三三頁。
(34)島村前掲書、五四七頁。
(35)古橋信孝『古代和歌の発生』（東京大学出版会　一九八八年）。「〈生産叙事〉は本来始原の神授の製法をうたうことで、そのものが神のもの、つまり最高にすばらしいものであることを表現したものだった」としている。
(36)島村前掲書、五四八頁。
(37)『おもろさうし』第一の巻が「聞得《きこゑ》大君《ぎみ》がおもろ首里王府の御双紙《さうし》」、第三「聞得《きこゑ》大君《ぎみ》加那志《がなし》おもろ御双紙《さうし》」で、最高神女の聞得大君を謡った巻である。第四、第六の巻もそれぞれに神女の名前がついた巻である。

Ⅱ

歌謡と物語（歴史・神話）

髪長比売
――方法論としての歌謡分析

山崎健太

序

居駒永幸氏に次のような論がある。

歌は基本的に一人称発想の心情表現であるが、両書（記紀）にあっては歴史的な出来事の場面としてある。歴史的な場面における登場人物の心情表出であると同時に、歴史的な場面の説明になっている。～中略～歌は抒情とともに叙事を担う事になる。言い換えれば、歌自体が歴史叙述の機能をもつということである。

（「古事記の歌と散文の間―歌の叙事の視点から―」『古事記年報』二〇〇八年一月）

いわゆる「歌謡転用論」[1]や、それに対する反動として隆盛をみた『古事記』内部の論理に従ってのみ歌謡を理解すべきとする立場[2]に対しての新たなパラダイムの提示と言える。「歌謡転用論」に対する批判はここでは繰り返さない。しかし、それに対する反動は、逆に記紀の歌をコンテクストに封じ込める結果に終わらなかったか。コンテクストによる状況の制約の中でしか解釈しようとしない態度は、歌の表現実態の多くを取りこぼしてきた。

そも、歌の表現はまずそれとしてあり、それがコンテクストに置かれる、というのが偽らざる実態であろう。論者はコンテクストや、『記紀』がそれぞれに持つ論理構造を無視しようと提案するものではない。歌そのものが持つ表現様式に徹底して寄り添い、そうして得られた知見をテキストの論理の中で捉え直す、『古事記』内の歌のち密な解釈の方法を提起しようと試みるに過ぎない。

本論では、「応神記」において大雀命[3]が髪長比売[4]を応神より賜る際の歌謡と、それに伴う散文部分を分析してゆく[5]。

仁徳が髪長を応神より賜るという記述は紀にもみえ、記と類似の歌謡群を含む。これを対照させながらそのあらわれようの差異を検討してゆくことは、『古事記』における歌謡の現れようを論理化してゆくための一つのアプローチとなり得るであろう。

一　分析素材と方法の提示

まず、記紀の本文を所伝、歌謡ともに引く。『古事記』の引用は西郷信綱『古事記注釈』、『日本書紀』は新日本古典文字全集によるが、一部私意により改めた。又、歌謡部分はすべて仮名表記とし、論の都合上記号を付した。なお、『日本書紀』歌謡の歌詞で『古事記』歌謡と差異のある形で現れている箇所には□を付した。

・『古事記』「応神記」より

天皇、日向国《ひむかのくに》の諸県君《もろあがたきみ》が女、名は髪長比売、其の顔容《かほ》美麗《よ》しと聞こし看して使ひたまはむとして喚上《めさ》げたまひし時、其の太子《ひつぎのみこ》大雀命《おほさざきのみこと》、其の嬢子《をとめ》の難波津に泊てたるを見て、其の姿容《かたち》の端正《うるは》しきに感でて、即ち建内宿禰大臣に誂《あとらへ》へて告《の》りたまひしく、「是の日向より喚上げたまひし髪長比売は、天皇の大御所《おほみもと》に請ひ白《まを》して、吾に賜はしめよ」とのらしき。爾くして、建内宿禰大臣、大命《おほみこと》を請へば、天皇、即ち髪長比売を以て其の御子に賜ひき。賜へる状《さま》は、天皇、豊明《とよのあかり》を聞し看しし日に、髪長比売に、大御酒の柏を握《と》らしめ、其の太子に賜ひき。爾に、御歌曰《みうたよ》みたまひしく、

1　いざこども　のびるつみに　ひるつみに　わがゆくみちの　かぐはし　はなたちばなは　ほつえは　とりゐがらし　しづえは　ひととりがらし　みつぐりの　なかつえの　ほつもり　あからをとめを　いざささば　よらしな

又、御歌曰みたまひしく、

2　みづたまる　よさみのいけの　ゐぐひうちが　さしけるしらに　ぬなはくり　はへけくしらに　わがこころしぞ　いやをこにして　いまぞくやしき

如此歌ひて、賜ひき。故、其の嬢子を賜はりて後に、太子歌曰ひたまひしく

3　みちのしり　こはだをとめを　かみのごと　きこえしかども　あひまくらまく

又、歌曰ひたまひしく、

4　みちのしり　こはだをとめは　あらそはず　ねしくをしぞも　うるはしみおもふ

とうたひたまひき。

・『日本書紀』「応神紀」十一年冬十月条より

是の歳に人有りて奏して曰さく、「日向国に嬢子有り、名は髪長媛といふ。即ち諸県君牛諸井《うしもろゐ》が女なり。是、国色之秀者《かほすぐれたるひと》なり」とまをす。天皇悦びたまひて、心裏に覓さむと欲《おもほ》す。

十三年の春三月に天皇専使《もはらのつかひ》を遣して髪長媛を徴さめたまふ。秋九月の中《うち》に、髪長媛日向より至《まゐいた》れり。便ち桑津邑に安置《はべ》らしめたまふ。爰に皇子大鷦鷯尊、髪長媛を見《みそこなは》すに及り、其の形の美麗《うるは》しきに感でて、常に恋ふる情有り。是に天皇、大鷦鷯尊の髪長媛を感でたまふを知ろしめして、配《あは》せむと欲す。是を以て、天皇、後宮に宴《とよのあかり》したまふ日に、始めて髪長媛を喚し、因りて宴席《とよのあかりのゐしき》に坐《はべ》らしめたまふ。時に大鷦鷯尊を撝《め》して、髪長媛を指し、乃ち歌して曰はく、

A　いざあぎ　のにひるつみに　ひるつみに　わがゆくみちに　かぐはし　はなたちばな　しづえらは
ひとみなとり　ほつえは　とりゐがらし　みつぐりの　なかつえの　ふほごもり　あかれるをとめ
いざさかばえな

是に大鷦鷯尊、御歌を蒙りて、便ち髪長媛を賜ること得しを知りて、大きに悦びて報歌《かへしうた》たてまつりて曰したまはく

B　みづたまる　よさみのいけに　ぬなはくり　はへけくしらに　ゐぐひつく
かはまたえのひしがらの　さしけくしらに　あがこころし　いやうこにして

大鷦鷯尊、髪長媛と既に得交《まぐは》ひて慇懃《ねもころ》なり。独り髪長媛に対ひて歌して曰はく

C　みちのしり　こはだをとめを　かみのごと　きこえしかど　あひまくらまく

又歌して曰はく

D　みちのしり　こはだをとめ　あらそはず　ねしくをしぞ　うるはしみもふ

概略するに、記紀ともに「仁徳が応神より髪長という女を賜る」という話を類似の歌謡を含みながら記述しているにすぎない。以前に、折口氏の説明を引きながら、歌謡が並べられるだけで、その歌謡の持つ表現様式が担

保する叙事が語られ得る構造を指摘した事がある。(6) 記紀の当該個所は、1～4、A～Dの類似の（元は共通の、と考えてよかろう）歌謡が担保する叙事を、記紀がそれぞれの論理に従って採録したと考えるのが自然であろう。逆にいえば、その現れようの差異にこそ、それぞれのテキストの語ろうとしているものの本質的な差異が表れている事になる。従って、ここから所伝と歌詞それぞれに現れている差異をピックアップしてゆく。歌詞の差異を指摘しながら歌謡として持つ表現様式を考察することを第一段階とし、その歌謡が差異のある所伝の中にそのように現れている理由を考察することを第二段階とする。

二　表現様式の持つ意味

順に、1とAからみてゆく。歌詞の中で大きな意味を持ち得る差異としては、まず、「いざこども」と「いざあぎ」という呼称の違い、「あからをとめ」と「あかれるをとめ」という助詞の「り」の有無という二点を指摘できる。

「いざこども」といっても、「いざあぎ」といっても、呼びかけの表現である事は動かないが、「あぎ」というのは少なくとも一般的な名詞ではあるまい。ただ、応神が仁徳を「あぎ」と呼称する例は「応神記」、三皇子の治める所を決める段にも見え、

天皇詔、佐耶岐、阿芸之言、（自レ佐至レ芸、五字以レ音）如我所思（新全集）

というように「さざき」が「あぎ」と言い換えられていることが確認できる。「応神→自身の皇子としての大鷦鷯」の呼称として「あぎ」という音が用いられるという事実は動かない。つまり、全体に呼びかける呼称と、個別具体的な呼称との差異ということになる。

「あから」は動詞「あかる」の変形であろう。

　月待ちて家には行かむ我が插せる赤ら橘影に見えつつ（18　四〇六〇）

に見える表現と同様に、橘に関する叙述部分からの転換で「をとめ」の形容として出てきた語であろう。ただし、それがAでは「あかれる」という形で完了存続の助動詞「り」をわざわざ伴っていることに注意したい。即ち、ただ「あからをとめ」と謡った場合には「つややかな生命力にあふれた紅顔の娘」一般を謡っているにすぎず、具体的な指向性は強く持ち得ないが、宴席に侍らせた女を指さし、「あかれるをとめ」と謡うのであれば、「あそこにいる、つややかに紅くなった〝あの〟娘」という具合に強くその指向性を示すであろう。この「り」は、先に挙げた四〇六〇の「挿せる」橘、

　島山に照れる橘うずに刺し仕へまつるは卿大夫たち（19　四二七六）

の「照れる」橘などと同じく、その場面への共時性が強く働く効果を持っている。

その他の歌詞の差異と表現上の意味を概括しておく。「しづえ、ほつえ、みつぐり」という構造の、上下の順番が入れ替わっている点、「しづえ」を「ひとみなとり」なのか「ひととりがらし」なのか、という点も、上下を省いて中を取ることを謡う構造の中で、同じ「下」をはじく理由を言葉が多少違えど、同様の理由ではじく事を示しているのであるから、表現として異なっていると考えなくてもよいであろう。結句の差異として現れている「いざささば　よらしな」「いざさかばえな」であるが、「いざ」の後になにがしかの動詞の未然形＋ばの形になっていることまで共通であり、

「いざ　ささば」「いざ　さかば」

という類似の句構成を見出すことができる。残る「よらしな」と「えな」も、

「よらし、よろし≒えし」（宜し、良し）

と考えれば、

「いざ　さす or さく（未然形）＋ば　よらし or えし＋な」

という共通の構造が見て取れる。「さす」という動詞は後段2歌謡の分析でも触れるが、女性の占有に関わる動詞であろう。「さく」は用例もなく、意味がつかみがたいものの、「さす」と同様、性的占有に関わる動詞と解しておく。

すなわち、表現を踏まえたうえで考えると、1Aはともに「性の占有の勧誘」という表現様式を持つものの、個別具体的な「あぎ」という呼称の使用、助動詞「り」の使用などにより、Aは、状況への歌詞の翻訳がなされ易い形、即ち、散文脈に還元できる形であらわれていると思しい。翻ってみると、1がAほどには散文脈に還元しやすい形で現れていないことへの合理的説明も必要とされよう。これは第二段階において考えるものとし、2Bの分析に進む。

続いて2Bの歌詞をみてゆく。「ぬなは」と「ゐぐひ」に関する叙述の順序が入れ替わるのは特に重要な差異とはしない。「ゐぐひ」から始まる叙述には大きな差異が生じているため、その検証はもちろん必要であろうが、表現上は差異がない「ぬなは」に関する記述も、諸註釈書をみると2とBでその示す内容を違えて解釈しているものがほとんどである。表現の意味の検証を行う必要があろう。

その表現構造を確認するに、2において「ぬなはくり　はへけくしらに」は「ゐぐひうちが　さしけるしらに」と共に「わがこころしぞ　いやをこにして」の説明叙述となっている。「ゐぐひうちが　さす」というのは違和感を覚えないでもないが

三香の原布当の野辺を清みこそ大宮所［一云　ここと標刺し］定めけらしも（6一〇五一）

葛城の高間の草野早知りて標刺さましを今ぞ悔しき（7　一三三七）

我が宿に植ゑ生ほしたる秋萩を誰れか標刺す我に知らえず（10　二一一四）

など、「標をさす」のが場所、或いは女性の占有を示す一般的表現であるところを見ると、「ゐぐひうちが　さす」というのも土地占有、ひいては女性占有の表現だと見るのは自然な解釈と言え、それに続く「ぬなはくりはふ」も同じく女性占有に関する叙述であると見るのは穏当な解釈であると言える。ただ、諸注「延ふ」は手を伸ばす意として、「じゅんさい採りが手を延ばす[7]」に右ならえで解釈してしまっているあたりは疑問を呈さざるを得ない。そもそもが「はふ」だけで用いて「手をじゅんさいに延ばす」とすること自体、苦しい用法であることは、この立場をとる注釈書も認めるところである。意味確定のために、万葉集における「延ふ」の用例を何点か[8]挙げてみる。

礒の上に根延ふむろの木見し人をいづらと問はば語り告げむか（3　四四八）

石上布留の早稲田を秀でずとも縄だに延へよ守りつつ居らむ（7　一三五三）

衣手に水渋付くまで植ゑし田を引板我が延へまもれる苦し（8　一六三四）

紫草の根延ふ横野の春野には君を懸けつつ鶯鳴くも（10　一八二五）

うつたへに鳥は食まねど縄延へて守らまく欲しき梅の花かも（10　一八五八）

藤波の咲く春の野に延ふ葛の下よし恋ひば久しくもあらむ（10　一九〇一）

あしひきの山田作る子秀でずとも縄だに延へよ守ると知るがね（10　二二一九）

天にはも五百つ綱延ふ万代に国知らさむと五百つ綱延ふ（19　四二七四）

延ふ葛の絶えず偲はむ大君の見しし野辺には標結ふべしも（20　四五〇九）

こうしてみると自動詞としての用法と他動詞としての用法があることがはっきりとする。一八二五（これは直前「の」を主格と取るか連体格と取るかでどちらともとれるのであるが）、一九〇一、四五〇九をみると「延びる」意の自動詞であり、四四八、一六三四、一八五八、二二一九を見ると、「延ばす」「張り巡らす」意の他動詞として現われている。

ここで、「ぬなはくり」を動作主体として「はふ」を動詞とした場合、「ぬなはくり」という人間が「延びる」のでは勿論おかしいであろうから自動詞としては捉え得ず、他動詞として捉えた場合には目的語がないために、何を「延ばす」、あるいは「張り巡らす」のかわからない。しかし、これを「じゅんさいとり」が「手を延ばす」という解釈はおそらく却下されるであろうことは用例から確認できると言えよう。というのは、一八二五、一九〇一、四五〇九などに見るように歌の中で思いを対象に延ばす意、或いはその比喩として「延ふ」が用いられているときには、植物を中心とした比喩が取られ、(9)「その植物のように」思いが延びる、という構造が見て取れるのであり、「人間が手を延ばす」のを「思いを延ばす」譬えに取っている例は見受けられず、この解釈は「延びる、延ばす」という「延ふ」の訳語と、「手を延ばす」という慣用的な表現に引きづられた考え方なのではないかと言えるのであって、もうすこし「延ふ」の用例に密着したところで合理的な解釈を考えるのが良い。

ここで再度他動詞としての「延ふ」の用例を見てみると、一三五三、一八五八、二二一九、四二七四に見るように「縄」を張って、或いは一六三四のように「鳴子」を張り巡らして占有を示し、他者に取られないように守る意があることが確認できる。

ここで歌の表現に戻ってみると、この前の段では「ゐぐひうちが　さしけるしらに」という形で、「占有の情報を知らなかった」ということが示されていたことが確認できる。これを分析する時に少しふれたが、そもそも「ゐぐひうちが　さす」というのはおかしな話であって、「ゐぐひうちが　打つ」というのであば、目的語が省略されてもさほどの違和感は覚えないが、本来であれば「杭」あるいは「標」（どちらも実質はほとんど同じ棒状のものであろうが）を「刺す」という形でなければ文法上、目的語がない不自然な状態であろうことは間違いない。しかし、「ゐぐひうちが　さす」という表現はその様な文法上の不自然さがあってもなお比喩している内容が「占有」に関わるものであると想定しやすいものであったから問題とされなかったにすぎず、ここで「ぬなはくりはふ」という表現と比較してみるとまるで類似の文法的弱点を持っていることがはっきりとすると言えよう。逆にいえば、ここで「延ふ」を「（縄などを）張りめぐらして占有を主張する」意だとすると、同様に「ゐぐひうちが　さしけるしらに」「ぬなはくり　はへけくしららに」で、「占有を知らなかった」とする句が、同様の文法的構造をもって並列されるということになる。もちろん他動詞として「延ふ」を捉えた時に、その目的語が欠けているというのがこの理解の学問的弱点であることは承知しつつも、同様の文法的弱点を抱え、かつ同様の比喩的意味を持つ前段が存在すると云うのは、かえって、この理解を支える強力な証左とはいえまいか。

この見解に立って2全体を眺めると、この歌謡が

山守のありける知らにその山に標結ひ立てて結ひの恥しつ（3　四〇一）

と非常に似た表現の構造をもっていることが理解できる。四〇一は「占有の情報を知らずに、女性に対するアクションを起こしてしまい、恥ずかしい」という並びであるが、2はその占有の情報を知らない、という譬えを二重に繰り返し、アクションを起こす部分はないが、自身に対する評価として「いやをこにして　いまぞくやしき」と結ぶ。その意識のありようと歌としての展開の仕方は共通でありながら、「しらに」という点を強調して繰り返す点や、自分がその情報を知らずにどういったアクションをしたのかという説明が脱落するあたり、2はその表現構造が拡散的であるといえる。逆に見れば、2の表現が必要な情報を備え、第三者にも理解できるよう整理されてゆくと、四〇一のような形に収斂されていくであろうことも又看取されるであろう。そうしたことから見て、2の歌意としては「占有の情報を知らずに、恥ずかしい」といった意識を想定しておけば大きく外れて

はいないものと考えられる。中西進氏に、1、2、を指して「ヲコ歌」とする議論がある。[10]歌垣において女を得た者が歌う「勝ち歌」の系譜と、敗れた側が歌う「負け歌」の系譜があり、1、2、は負け歌、ヲコ歌であり、3、4、の勝ち歌と対をなすものとする論である。表現から考えるに、1、を負け、ヲコ歌と考えるのは無理があるものの、2の持つ表現構造がそういった面を持つという指摘自体は真っ当なものであろう。

ただ、Bの「ぬなはくり　はへけくしらに」なると、同じ表現でありながら、解釈に大きな振れ幅が生じてくる。「ぬなは」「ゐぐひ」に関する記述がどういった内容の比喩として「あがこころし　いやうこにして」につながっているのか捉え難いのである。

これは、Bの所伝の現れようとも関係がある。論者は、まず歌謡の表現をそのものとして捉える前に、コンテクストの中に置いた解釈を付す事に意味があるとは考えないが、仁徳が応神に対して「大きに悦びて報歌《かへしうた》たてまつりて」とされる所伝と合わせた時に、「あがこころし　いやうこにして」という歌謡の結び方そのものが整合性の取りづらい形として現れている事は間違いない。この状況を乗り越えるための策として取られているのが「父応神天皇が気を配ってくれていたのも知らないで自分は馬鹿だった」(『新全集』)という解釈であり、これは一見、「大きに悦びて」という状況の中での「いやうこにして」という部分の歌詞のみの解釈としては整合性が取れているように見える。しかし、歌謡全体の表現の問題として考えてみると何も解決されていない。「ゐぐひ」以下の表現を見ると、「ゐぐひつく　かはまたえの」は「ひしがら」を導くものと取れるから、実質上は「ぬなはくり　はふ」と「ひしがらの　さす」という二つの情報を知らなかったことを「わがこころしぞ　いやうこにして」と評価しているととれる。諸注ここから、「ひしがらの　さす」を菱の茎が伸びる意として父天皇の心配りが伸びている表現と取り、それと対応する「ぬなはくり　はふ」を、おそらく「はふ」に「延びる」意があることからであろうが「ぬなはくり」を「ぬなは」そのものを指すとして、じゅんさいが延びている様子を、父応神天皇の心配りが伸びている比喩表現ととらえる。しかし、「ぬなはくり」が「ぬなは」そのものである、という文法的に破格の事柄に関して合理的な説明は未だなされておらず[11]、その比喩構造の指摘には従い難い。もっと根本的な問題を指摘するのであれば、2の表現分析において指摘した通り、「ひしがらの　さす」の「さす」も占有に関わる動詞であろうし、「ぬなはくり　はふ」も占有の表現である事が考えられる。そうすると、そもそも歌の表現構造としては、二つの比喩で現れた占有に関する情報を知らずに、自分が愚かであった、という内容しか持ち得ないのである。「いまぞくやしき」という結句の有無も、「くやし」という自己の不行為への後悔（多田一臣『万葉集全解』語注より）という評価を最後に加えるか否かという問題であるから、歌の表現構造自体は動きようがない。従って、2B共に四〇一に通ずる表現構造を持っているが、その結句が落ちた形でBが現れている、とすることができる。異なる所伝の中でそれをどのように捉えられるかは第二段階に譲る。

残る3C4Dであるが、歌詞の異同に関して言えば助詞の脱落や同義の語の形の差異としてしか現れておらず、歌謡そのものに関しては同じものと言ってよいであろう。その表現が示し得る歌意のみ確認しておく。ただ、歌詞の表現としては多く問題を残さないのがこの二組の歌謡である。女が「かみのごと　きこえしかども　あひまくらまく」「ねしくをしぞも　うるはしみおもふ」と歌っているのであるから、女と共寝をしたことを歌ってその領有を宣していると解して問題ない。唯一問題となりうるのが「みちのしり　こはだをとめ」である。これを、「この話の中にあるのであるから「こはだ」は日向の国の何処かである」という立場（『全注釈』など）と「「こはだ」を「木幡」とし、「道の後」を「山城路の道の後」として、木幡の高名な乙女との共寝を謡ったもの」とする立場（中西進、前掲書など）とがあるが、本論の立場としては、それをこの段階で云々することには意味がないと考える。どちらに説得力があるか、などというレベルの問題ではない。即ち、「こはだ」という何処であるか比定できない要素が現れている時に、表現から歌の内容を考えてゆくという手法を一時的とはいえ放擲し、コンテクストという歌謡にとっての外部からその要素についての判断を下すという事は、自らの方法論の否定そのものと考えるからである。従ってこの段階においては、「かみのごと　きこえしかども」とある表現に依って、なにがしか高名な女に関して、その領有を宣している歌謡であると断ずるにとどめる。

三　記紀の現れよう

先に示した方法に従い、ここまで確認してきた1～4、A～D歌謡の表現が意味するところを、所伝の中に戻してやることで、それぞれのテキストがどのような事柄を語ろうとしているのかの分析に入る。まず、とりかかりとして、散文脈に還元できる形で歌詞が現れているとしたAが、所伝の中にどのようにあらわれているか確認する。

Aの所伝として、1と大きく違う形で現れているのは、応神の歌い方である。応神は宴席に髪長媛を侍らせ、仁徳を自身の側に呼び寄せたうえで髪長媛を指さしてAを歌う。1の現れようの様に、女をそばにやってただ歌うのと、指さして対象を明示しなが歌うのとでは、どれだけ歌詞をその場の具体的な状況に翻訳しうるか、という点で、歌謡の解釈に決定的な開きが生じてくる。しかもAの歌詞の中で、呼称は具体的に歌いかける対象である仁徳を指す使用例のある「あぎ」となり、さらに、具体的に指差している状況の中で存続の助動詞を使って「あかれるをとめ」を「いざ　さかばえな」と強い指向性をもって誘いかける。つまり、Aは所伝と合わせて、個別具体的に大鷦鷯に向かって「あそこにいるあの女」を占有せよ、と歌っているという記述をなしていると言ってよい。

翻って1をみると、応神は仁徳のそばに女を遣った上で、「全体に呼びかける性の勧誘歌」を歌っているにすぎない。2とBの所伝の現れようがまるで違うのも当然である。記では応神が12双方を歌わなければ「賜へる状《さま》」を語った事にならない。Aを謡われた仁徳は「御歌を蒙りて、便ち髪長媛を賜ること得しを知」るのである。2はもちろん、1と併記されることで『古事記』が語りたいものを示し得る論理の中に現れているであろうし、当然、BはAがそうであるように、所伝の中に歌詞を還元し得る形で現れていると考えねばならない。そも、記紀共にその文脈では、髪長は父天皇、応神の女なのである。記の文脈では、仁徳は父の女と知った上で武内宿禰に父天皇へ女を賜るよう請わしめるのであるが、紀の文脈においては桑津邑にいる髪長を見て「其の形の美麗《うるは》しきに感でて、常に恋ふる情有り」という状態になるだけであって、父の女だと知っているという記述はない。そういった状況の中で、父天皇によって具体的に「自分（あぎ）」に「あの女」を「いざ　さかばえな」という歌を受けた仁徳が、「占有の情報を知らずに自分は愚かであった」という内容を歌うのである。これは、父天皇がすでに占有していた女であった事を知らずに（恋をして）自分は愚かであった、と歌っている事にはなるまいか。すくなくともそのように考えた方が、「心配りが伸びているのもしらずに」などと歌の表現形式をまるで無視した解釈を施すよりもはるかに合理的であろう。

その後、仁徳は髪長との共寝を果たし、CDの「女の領有を宣する歌」を歌う。

簡単に整理すると、『日本書紀』のこの段は、具体的に指向性をもって歌われたAを受けて、仁徳が父応神のその女の占有を知らずに自分が愚かであった、という歌を返した後に、実際の共寝を経てからその領有を歌で確認する、という構造になっている。この中で、歌謡は所伝の語るところとずれが無い形で現れている。Aの「あぎ」や「り」もそうであるし、Bが2と違って「いまぞくやしき」という結びをもたないのもそうであろう。CDも、実際の共寝を経なければ歌われないのである。全て、歌謡は散文脈に従う形で現れていると言えばよいであろうか。本論の目指すところは『古事記』の歌謡の論理の析出ではあるが、『日本書紀』のありようの一端がここに見えるという事は言ってよさそうである。

『古事記』に戻ると、対照的に、散文脈と歌謡の現れようには一見緊密性が無いようにも思える。12を歌うことで応神は仁徳に髪長を賜った、とするのであるが、その歌い方や歌詞は散文脈には回収しえない。先に指摘したが、応神はただ「全体に呼びかける性の勧誘歌」と、「女の占有の情報を知らず、自身が愚かで悔しい」という所謂「ヲコ歌」を歌ったと記述されるだけであるし、仁徳は共寝も語られておらず、ただ女を賜っただけの状況で34「女の領有」を歌う。ただ、逆にいえばこれだけで「応神が女を賜ること」「仁徳が女を領有したこと」を示しえているとするのが、『古事記』の語りのありようなのだと考えなければ、本文がこれだけで成立している事の説明がつかない。「性の勧誘歌」と「ヲコ歌」という12の表現様式が、「応神が自らの女を仁徳に与えた」という叙事を、「女の領有を宣する」34の表現様式が「仁徳が髪長という女性を領有した」という叙事を担保するのだと考えるのが良い。

四　コンテクストの中で

ここまでに12、34の歌謡がどのような表現様式を以て叙事を支えているかということを論じてきたが、最後に、そのような歌謡の表現形式に支えられた叙事が、『古事記』というテキストの総体の中でどのような意味をもちうるのかを考察しておきたい。これはつまり、冒頭に概略した「仁徳が応神より髪長という女を賜る」という話が『古事記』の文脈の中でいかな意味を持つのか考察するということである。

そも、仁徳は下巻冒頭に現れる聖帝であり、その人物の結婚が語られるということは、系譜的な意味をもたねばならない事は必然である。髪長との結婚という点を系譜的に位置付けるのであれば、「日向の女」という点は無視できないであろう。『古事記』の中で、「日向」の女との結婚ということで考えると、まず、日向に降臨したホノニニギは笠沙の御前で逢った神阿多都比売を妻とし、神武は日向において阿多の小椅君の妹、阿比良比売を妻としている。ホノニニギの妻「カムアタラヒメ」という呼称の内、「神」の字は美称であるため、実際には「アタラヒメ」がこの乙女の名称であり、神武が娶っている女性が「阿多、アタ」の「アヒラヒメ」であることを考えると、ホノニニギ、神武ともに「アタ」「アヒラ」という隼人の支配地の地名を名に負う女性を娶っているということになる。景行は日向の美波迦斯毘売を妻としており、応神も、髪長比売とは別に日向の泉長比売を妻としている。さらに言えば、雄略が妻問うた時に、「日に背いて幸行」することを「甚恐し」として、自ら「日に向かって」参上して雄略の妻となった若日下部王は、その母が髪長比売であることも合わせて考えれば、これもまた「日向」の女であると言えよう。

このように見てみると、皇統にとって、「日向」の女との婚姻というものが特殊な意味を持っていることは明らかである。特に、此処に見た例の中で考えても、ホノニニギは降臨した天孫として国つ神に君臨する役割を負い、神武は東征して大和王権の開祖となるべくして位置づけられる。「景行記」は倭建の一代記のように現れているが、その名称である「大帯日子淤斯呂和気」は、新全集に注がある通り、皇子女の名称として別系統である「タラシ」と「ワケ」を双方含む構成となっており、二つの系統を統合する系譜的位置を占めているものと考えられる。応神は勿論河内王権の開祖であるし、雄略は下巻において多くの歌謡を以てその事跡を顕彰される大王である。このように、『古事記』の系譜上、重要視される存在の天皇が、日向の女との婚姻をなしていることには着目すべきであろう。逆にいえば日向の女との婚姻を語られるということが即ち、大王としての資格を保障されるという構造も考えられるわけで、即位前に髪長比売との婚姻が叙述されるということには、仁徳が次代の大王としての資格を得たことを明示する意味があったと考えられる。(12)そもそも、この話の出発点から考えてみる。本来ならば父天皇に属する女を要求するという行為は天皇の権威に対する侵犯とも言えよう。「景行記」にオオウスが兄比売、弟比売をせしめてしまった話があるように、必ずしも絶対の禁忌と考えるには及ばないが、景行はそれに対して代わりに献上された女性を召さないということで不服の意を表し、オオウスに女性を取られた事を認める態度をとるわけではない。対して応神は12を歌うと記述されることで、仁徳による女性の占有を認めることが示される。これは仁徳の「聖帝」としての資格獲得のための「日向乙女」への求婚に、現天皇という権威からの承認を与えるものだと考えられよう。つまり、オホサザキの日向乙女への求婚という、次代の聖帝としての資格獲得のための行為が、ただそれだけであるのではなく、当代の天皇という権威も承認するところのものであることを示すための装置として、12歌謡が担保する叙事が機能するのである。

さらに髪長比売賜わった仁徳が、34を歌ったと記述されて「女の領有を宣した」ことが語られるのは、日向乙女との婚姻という次代の大王としての資格を仁徳が獲得したことを示すのだと考えられよう。34歌謡の担保する叙事が、『古事記』というテキストが仁徳に要求する資格獲得の保障装置として機能するのである。

結び

ここまで、歌謡の現れように密着して表現様式の示すものの看取に始まり、それが所伝と合わせてどのように機能し得るのか、また、そのようにして示された叙事が『古事記』という総体のなかでどのように機能し得るのか、ということを段階的に考察してきた。これらの考察は、ともすれば全く反対の順番で考えられてきたように思う。冒頭や論の途中で触れてきたように、そういった論じ方の中で多く歌謡の表現の実態は置き去りにされてきた。どこに問題があったかと言えば、端的に方法論の欠如であると言わざるを得ない。論者も、『古事記』というテキストの構造を論じきりたいと切に願う者の一人である。ただし、不用意な前提を置き、バイアスを懸けた所からテキスト分析を始めて、その前提の証明に戻るというような循環論法に依ることを有効な手段と考えない。我々の前にはまず表現がそれとしてある。その分析から積み上げられる所にしか依らないのが学問的な態度と言えよう。論者は歌謡という表現形式を、その手掛かりの一つとして選択しているに過ぎない。

本論は歌謡の表現の分析に始まったが、その表現様式の担保する叙事が『古事記』というテキストをいかにして支え得るのか説明したつもりである。歌謡が担う叙事に依って帝位の正当性を獲得した仁徳は、さらにこの後、「応神記」のなかで吉野国主の献歌によってさらなる帝位の正当性を保障される[13]。中巻末尾に、吉野と日向という王権にとっての二つの周縁から、帝位の正当性を、歌謡の担保する叙事によって保障された仁徳は、下巻冒頭に全ての所伝に歌謡を伴う語られ方をする聖帝として登場する。こうした仁徳のありようを、歌謡の現れようから論じきることが、『古事記』というテキストの語りの構造を明らかにすることに接続しているとの展望と、その為には表現に密着する現在の方法を徹底してゆく必要があるという意識を合わせて示して論を閉じたいと思う。

最後に、この論は二〇一二年四月に古代歌謡研究会にて発表した内容を基にし、会を運営される古橋信孝、居駒永幸両先生に大きく影響を受け、また、指導教官である多田一臣先生のご指導も賜って、方法論的に整理されてきたものであることを付記しておく。他にも、同会において多くの先生方のご指導を仰ぎながら、方法が未熟であるのは論者の責と思われたい。

(1) 土橋寛氏など。
(2) 神野志隆光氏、身崎壽氏など。
(3) 記紀により「オホサザキ」の表記が異なるため、便宜的に本論中では仁徳と呼称する。
(4) オホサザキと同じく、本論中では便宜的に髪長と呼称する。
(5) 記紀の中にある歌を、口誦のレベルまで想定して「歌謡」と呼ぶ立場があるのは承知しつつ、以後の論では便宜上、単に記紀内部の歌表現を他のテキストの歌と区別する名称として「歌謡」という言葉を用いる。それに伴う散文部分を「所伝」と呼称する。
(6) 拙稿「笹葉に　打つやあられの―歌謡の担う叙事に関して―」『国語と国文学』二〇一三年五月号
(7) 土橋寛『古代歌謡全注釈　古事記編』角川書店　一九七二年　以下『全注釈』
(8) これ以外にも一三五、一八〇四、一九八五、三〇六七、三三八一等がある。
(9) 三三八一は例外で植物の比喩を取らないが、これも鳥が比喩構造の中心となっている。
(10) 中西進「応神天皇」『大和の大王たち』角川書店　一九八六年
(11) 「全注釈」「新全集」が試みているが、無理な説明に終わっている。
(12) 中西進前掲同書にも「本来この説話の立脚点は「日向」の娘との結婚という点にあったと思われる」とある。
(13) この内容は二〇一一年、上代文学会秋季大会において発表。未稿。

古代歌謡が語る応神の時代
――交通網の整備と文物の渡来

石川久美子

はじめに

『古事記』は応神の時代に十一首の〈うた〉を記載している。[1]『古事記』に収録される三十三代の天皇のうち、十首以上の〈うた〉を収録しているのは、神武、景行、応神、仁徳、允恭、雄略である。よって応神の時代は、『古事記』の中で〈うた〉の多い時代ということができる。

私は〈うた〉から歴史を見るという方法を立て、各天皇の時代を考察している。それは〈うた〉こそが実際に古くから伝えられている言語表現だからである。もちろん〈うた〉ではない言語表現、具体的には説明部の言葉も古くからあるが、それは途中で消えていったり、変わってしまうものである。[2]『古事記』『日本書紀』において伝えられている〈うた〉が同じであるにも関わらず、その説明部が異なるのはそのためである。古くから伝えられている〈うた〉は、歴史書である『古事記』に収録されている。したがって〈うた〉が『古事記』おいて担っているのは、まさに「歴史」であるといえる。そう考えれば、歴史書である『古事記』に一一三首もの〈うた〉

があることが説明できる。その歴史は『古事記』が意図する「歴史」になるが、本稿ではそのような歴史を〈うた〉から読み解いてみたい。[3]〈うた〉は応神の時代のどのような歴史を語っているのだろうか。

応神の時代の〈うた〉を並べてみると、酒の〈うた〉が二首並んでいる。何故並んでいるのだろうか。その二首を見てみよう。

A　吉野の白檮《かし》の上に、横臼《よくす》を作りて、其の横臼に大御酒《おほみき》を醸《か》みて、其の大御酒を献《たてまつ》りし時に、口鼓《くちつづみ》を撃《う》ちて、伎《わざ》を為《し》て、歌ひて曰はく、

49　白檮《かし》の生《ふ》に　横臼《よくす》を作り　横臼に　醸《か》みし大御酒《おほみき》　美味《うま》らに　聞《きこ》しもち飲《を》せ　まろが父《ち》

此《こ》の歌は、国主《くにす》等《ら》が大贄《おほにへ》を献る時々に、恒《つね》に今に至るまで詠《うた》ふ歌ぞ。

B　秦造《はだのみやつこ》が祖・漢直《あやのあたひ》が祖と、酒を醸《か》むことを知れる人、名は仁番《にほ》、亦の名は須々許理《すすこり》等と、参《ま》ゐ渡り来たり。故《かれ》、是《こ》の須々許理《すすこり》、大御酒《おほみき》を醸《か》みて献《たてまつ》りき。是《ここ》に、天皇、是の献れる大御酒にうらげて、御歌に曰《い》はく、

50　須々許理《すすこり》が　醸みし御酒《みき》に　我酔《ゑ》ひにけり　事無酒《ことなぐし》　笑酒《ゑぐし》に　我酔ひにけり

如此《かく》歌ひて、幸行《いでま》しし時に、御杖《みつゑ》を以て、大坂の道中の大き石《いは》を打てば、其の石《いは》、走り避りき。故《かれ》、諺に曰はく、「堅石《かたしは》も酔人《ゑひひと》を避《さ》る」といふ。

49は吉野の国主が天皇に献上した際にうたった〈うた〉、50は渡来したススコリによってつくられた酒を飲んだ天皇がうたった〈うた〉である。

49は「白檮《かし》の生《ふ》に　横臼《よくす》を作り　横臼に　醸《か》みし大御酒《おほみき》」とある通り、酒造の生産過程が示されており〈生産叙事〉歌といえる。[4]そしてこれは、吉野の国主が「大贄《おほにへ》」を奉る際の〈うた〉の起源になっている。[5]一方50は、渡来したススコリによってもたらされた新しい醸造法の起源が示されている。ススコリが天皇に酒を献上した際

の〈うた〉の起源であるといっても同じである。この〈うた〉に関して古橋信孝氏は、次のような見解を示している。[6]「事無酒《ことなぐし》」はことを起こさない酒、つまり災いを及ぼさない酒の意であり、「笑酒《ゑぐし》（栄酒）」は繁栄をもたらす酒の意にとれる。それは災いのないことの逆からの表現であり、「事無酒《ことなぐし》」とほぼ同意である。したがって「堅石《かたしは》も酔人《ゑひひと》を避《さ》る」の諺は、酒を飲んで酔った（呪力を身につけた）人には、災いも向こうから避けていくということを意味している。

このように49、50は、吉野の国主が伝える酒造法、渡来したスコリによって伝えられた醸造法という酒の造り方の違いが示され、二首ともそれぞれの献上の起源を語っている。しかし酒造の違いが示されていることには、どのような意味があるのだろうか。この問題は応神の時代全体の問題であることを思わせる。まず渡来の問題から考えてみよう。

一　文物の渡来

『古事記』においてどのような文物が渡来しているか整理してみる。

時代	場所	文物（人）
垂仁	常世国	ときじくのかくの木実、縵《かげ》八縵《やかげ》、矛《ほこ》八矛《やほこ》　＊多遅摩毛理《たぢまもり》がもたらす
応神	新羅 百済	①新羅の人が「渡《わたり》の堤《つつみ》の池と為《し》て、百済池を作りき」。→池の造成技術 ②牡馬《をま》壱疋《ひとつ》、牝馬《めま》壱疋→馬、馬の飼育技術 ③横刀《たち》、大鏡

		④和邇吉師《わにきし》（「賢《さか》しき人」）→家庭教師、論語十巻→儒学、千字文一巻→漢字（文字） ⑤韓鍛《からぬち》（人・名は卓素《たくそ》）＝韓の鍛冶→鍛冶技術 ⑥呉服《くれはとり》の西素《さいそ》の二人→裁縫技術 ⑦秦　造《はだのみやつこ》が祖《おや》→治水事業の技術、漢直《あやのあたひ》が祖→文筆技術、酒を醸《か》むことを知れる人（名は仁番《にほ》または須々許理《すすこり》）→醸造技術
*応神の時代に「昔」と記載。	新羅	天之日矛《あめのひぼこ》（国子）とその妻（妻にとっては祖国） 珠二貫《ふたつら》、浪振るひれ、浪切るひれ、風振るひれ、風切るひれ、奥つ鏡、辺つ鏡 →航海呪術、技術　*玉つ宝（出石《いづし》神社の神宝）、天之日矛《あめのひぼこ》がもたらす。
允恭	新羅	八十一艘分の貢物、波鎮漢紀武《はちにかにきむ》（人）→「深く薬方《くすりのみち》を知れり」→薬、薬の処方技術
雄略	呉	呉人 *もたらしたものは不明。その人を住まわせたところを「呉原《くれはら》」と名付ける。

垂仁の時代、橘が「常世国」からもたらされているが、それは具体的な場所を示しているわけではない。したがって『古事記』は、応神の時代に初めて渡来物があったと語っている。允恭の時代の①は貢ぎ物であるから、渡来のものとは言い難く、雄略の時代に呉の人が来ているが、その人がもたらしたものが語られているわけではいない。要するに応神の時代に渡来の文物が集中しており、以前も以降も、渡来の文物はほとんどないのである。

1　鍛冶技術

応神の時代の⑤に鍛冶技術が渡来したことが見えるが、次の〈うた〉と関わる可能性がある。

C　吉野の国主等《くにすら》、大雀命《おほさざきのみこと》の佩《は》ける御刀《みはかし》を瞻《み》て、歌ひて曰はく、

48　誉田《ほむた》の　日の御子　大雀《おほさざき》　大雀　佩《は》かせる大刀《たち》　本吊《もとつる》ぎ　末振《すゑふ》ゆ　冬木の　素幹《すから》が下木の　さやさや

『記紀歌謡評釈』は「本吊《もとつる》ぎ　末振《すゑふ》ゆ」を「本も末もツルギにしてフユ」とし、フユは「ミタマノフユで神威の発動」と見て「本も末もよく切れて神威を発揮する」と解釈している。[7] また新編日本古典文学全集は「さやさや」は「音のさわやかな形容。ここでは皇子の大刀のゆらめきと素幹《すから》が下木（冬、葉の落ちてしまった大木の下に生える木）のさまとを重ねてほめる」としている。[8] つまり吉野の国主の〈うた〉は大雀（仁徳）の太刀讃めと読める。しかし何故ここに太刀讃めの〈うた〉があるのだろうか。この太刀が使われたことが語られているわけではないから、太刀の功績が讃えられたとは考えにくい。すると渡来した鍛冶技術によって造られた、新たな太刀そのものを讃えているということなのではないか。王権は渡来の文物を受け入れることでその権威を強め、さらに王権の外側にいる吉野の国主という山人によってそれが讃えられることにより、その権威は増すのである。

2　「徳」

また④和邇吉師《わにきし》、論語十巻、千字文一巻が渡来している。ワニキシは、応神が「賢《さか》しき人」を求め、それにふさわしい者として渡来した。ちなみに『日本書紀』（十五年八月条、十六年二月条）では応神がワニという博士を求め、ウヂノワキイラツコに「諸《もろもろの》 典籍《ふみ》」を習わせたとある。したがってこのワニキシも、ウヂノワキイラツコのいわば家庭教師と考えられる。というもの応神は、

X　「大山守命《おほやまもりのみこと》は、山海《やまうみ》の政《まつりごと》を為《せ》よ。大雀命《おほさざきのみこと》は、食国《をすくに》の政を執《と》りて白《まを》し賜《たま》へ。宇遅能和紀郎子《うぢのわきいらつこ》は、天津日継《あまつひつぎ》

を知らせ」

と命じており、ウヂノワキイラツコを次期天皇に指名していたからなのである。そして論語の渡来は、国を治める思想である儒学の渡来を示している。儒学の根本理念は「仁」と「礼」であるが、儒教的思想に基づいた態度は「徳」と呼べるだろう。この「徳」は「徳有《ま》します天皇なり」とあるように、[9] 王者の資格として必要なものになる。さらに千字文の渡来は漢字（文字）の渡来を意味している。[10] 漢字が使えることは、律令官人にとっては必要不可欠なことである。要するに④和邇吉師《わにきし》、論語、千字文という三種の渡来は、帝王学に通じるという点でまとめることができるのである。

ここではその「徳」について詳しく見ていこう。ウヂノワキイラツコが身につけた「徳」が大山守命（異母兄）の反乱に見える。

オホヤマモリは応神の命に背き、「天《あめ》の下《した》」を取ろうとした。そこでオホサザキとウヂノワキイラツコはオホヤマモリを討とうとする。ウヂノワキイラツコは「執檝者《かぢとり》」に変装し、共に船に乗るオホヤマモリを宇治川へ落としてしまう。そして、

D　其の骨《かばね》を掛け出《いだ》しし時に、弟王《をとみこ》（ウヂノワキイラツコ）の歌ひて曰《い》はく、

52　ちはや人　宇治の渡に　渡り瀬に　立てる　梓弓檀《あづさゆみまゆみ》　い伐《き》らむと　心は思《も》へど　い取らむと　心は思《も》へど　本方《もとへ》は　君を思ひ出　末方《すゑへ》は　妹《いも》を思ひ出　苛《いら》なけく　其処《そこ》に思ひ出　愛《かな》しけく　此処《ここ》に思ひ出
い伐《き》らずそ来《く》る　梓弓檀《あづさゆみまゆみ》

と続く。「梓弓檀《あづさゆみまゆみ》」はオホヤマモリを指し、「君」は天皇である父親、「妹《いも》」はオホヤマモリの妻を意味している。直接手を下そうと心では思うけれど、「君」や「妹」のことが思い出され、哀れで直接手を掛けられないとうたっている。荻原千鶴氏は「思ひ出」という詞章に注目し、「本方《もとへ》は　君を思ひ出　末方《すゑへ》は　妹《いも》を思ひ出」は、ウ

ヂノワキイラツコを「突如として襲った圧倒的な情動作用」を意味し、「それに抗するすべがないこと」を示しているという。[11] また居駒永幸氏は「愛《かな》しけく」をオホヤマモリに対する慈しみととり、「敵にもかかわらず兄への情愛を見せる」と述べている。[12] 要するにウヂノワキイラツコは情に重きを置く者として描かれていると読めるのである。このように情を汲み、それを行動に反映させることは、まさに「徳」である。

さらにウヂノワキイラツコとオホサザキがそれぞれ皇位を譲り合っていることも「徳」を示している。[13]

そして応神も「徳」を備えた天皇として描かれている。オホサザキは、応神が日向から呼んだカミナガヒメに心奪われてしまい、天皇にこの女を譲ってくれるよう、臣下のタケウチノスクネを通じて懇願した。すると応神は、

44　いざ子ども　野蒜《のびる》摘みに　蒜《ひる》摘みに　我《わ》が行《ゆ》く道の　香細《かぐは》し　花橘は　上《ほ》つ枝《え》は　鳥居枯《とりゐが》らし　下枝《しづえ》は
人取り枯し　三つ栗《ぐり》の　中《なか》つ枝《え》の　ほつもり　赤ら嬢子《をとめ》を　誘《いざ》ささば　宜《よら》しな

とうたい、自分が見い出したすばらしい女を息子に「誘《いざ》ささば　宜《よら》しな」と勧め、譲ったのである。[14]

応神、ウヂノワキイラツコの死後、オホサザキが皇位を継ぐことになった。そして「徳」が発揮されることになる。オホサザキは国見をして人々の困窮を知り、救済したからである。オホサザキは諡を「仁徳」といった。まさに渡来の儒学に端を発する「仁」、「徳」が受け継がれているのである。

二　交通網

文物が渡来するには、交通網が整えられている必要がある。〈うた〉はその歴史を語っているのだろうか。

まず次の〈うた〉を見たい。応神は近江国へ行く途中、「木幡村」（宇治市）で美しいヤカハエヒメに出会った。応神は女に翌日家に行くと言ったので、ヤカハエヒメの家では応神を迎える準備をする。そして当日、

F　大御饗《おほみあへ》を献《たてまつ》りし時に、其《そ》の女矢河枝比売命《むすめやかはえひめのみこと》に大御酒盞《おほみさかづき》を取らしめて、献りき。是《ここ》に、天皇、其の大御酒盞を取らしめ任《なが》ら、御歌に曰《い》はく、

43　この蟹や　何処《いづく》の蟹　百伝《ももづた》ふ　角鹿《つぬが》の蟹　横去《さ》らふ　何処《いづく》に至る　伊知遅島《いちぢしま》　美島《みしま》に著《と》き　鳰鳥《みほどり》の潜《かづ》き息づき　しなだゆふ　ささなみ道《ぢ》を　すくすくと　我《わ》がいませばや　木幡《こはた》の道に　遇《あ》はしし嬢子《をとめ》後姿《うしろで》は　小楯《をだて》ろかも　歯並《はなみ》は　椎菱《しひひし》如す　櫟井《いちひゐ》の　丸邇坂《わにさ》の土《に》を　端《は》つ土《に》は　肌赤らけみ　下土《しはに》は丹黒《にぐろ》き故《ゆゑ》　三つ栗の　その中《なか》つ土《に》を　かぶつく　真火《まひ》には当てず　眉画《まよが》き　此《こ》に画《か》き垂《た》れ　遇《あ》はしし女《をみな》　斯《か》もがと　我《わ》が見し子ら　斯《か》くもがと　我《あ》が見し子に　転《うた》た蓋《けだ》に　向ひ居《を》るかも　い添ひ居《を》るかも

とある。43では蟹が主人公である。それも「この蟹や　何処《いづく》の蟹」という問いに対して、「百伝《ももづた》ふ　角鹿《つぬが》の蟹」と答えることで主人公が明らかになっている。さらに「横去《さ》らふ　何処《いづく》に至る」と問いは続くが、その後は答えになっていない。以下は「我」という蟹の一人称語りでもって、巡行とその途中に見いだされた美しい「嬢子《をとめ》」（ヤカハエヒメ）が讃えられている。(15)しかしこの〈うた〉のうたい手は応神である。したがって『古事記』では、応神が「蟹」になっているのである。

同じように蟹を主人公とした、蟹の一人称語りの歌が『万葉集』（巻十六・三八八六）にある。(16)

押し照るや　難波の小江《をえ》に　廬《いほ》作り　隠《なま》りて居《を》る　葦蟹を　大君召すと　何にせむ　我《わ》を召すらめや　明《あき》らけく　我《わ》が知ることを　歌人と　我《わ》を召すらめや　笛吹《ふえふ》きと　我《わ》を召すらめや　琴弾《ことひ》きと　我《わ》を召すらめや

かもかくも　命《みこと》受けむと　今日今日と　飛鳥に至り　立てれども　置勿《おくな》に至り　突《つ》かねども　都久野《つくの》に至り
東《ひむがし》の　中《なか》の御門《みかど》ゆ　参り来て　命《みこと》受くれば　馬にこそ　絆懸《ふもだしか》くもの　牛にこそ　鼻縄《はななは》着くれ　あしひき
の　この片山の　揉む楡《にれ》を　五百枝《いほえ》剥《は》ぎ垂れ　天照るや　日の異《け》に干し　さひづるや　唐臼《からうす》に舂《つ》き　庭に立
つ　手臼《てうす》に舂き　押し照るや　難波の小江の　初垂《はつた》りを　辛《から》く垂れ来て　陶人《すゑひと》の　作れる瓶を　今日行き
明日取り持ち来《き》　我《あ》が目らに　塩塗りたまひ　腊賞《きたひはや》すも　腊賞すも

これは「乞食者《ほかひびと》」が蟹になって詠んだ歌である。蟹である私（「乞食者《ほかひびと》」）は天皇に奉仕するといっているが、「あしひきの　この片山の」以後、蟹の調理方法が示されている。天日干しし、唐臼と手臼で舂き、難波の塩を振り、目にも塩をかけて乾肉にするという。つまり歌は、蟹が海産物として料理に使われたことを示している。するとにおいて「蟹」が主人公となっているのも同じ理由ではないか。要するにツヌガ（ツルガ）の蟹は「大《おほ》御饗《みあへ》」において、海産物として料理されたのである。

そして43の「蟹」はツヌガ（ツルガ）から「伊知遅島《いちぢしま》」、「美島《みしま》」、「ささなみ道」、「木幡《こはた》の道」を通って木幡の村に至ったという。「伊知遅島《いちぢしま》」、「美島《みしま》」は注釈書類が指摘するように具体的な場所は不明だが、ツヌガから宇治に至るまでの場所にあたるといえる。「ささなみ道《ぢ》」は「大津から宇治方向へ出る道」と考えられている。[17] 要するに詞章は、ツヌガで獲れた海産物が木幡（宇治市）の地まで運ばれるルートを示しているのである。

ツヌガは、他に『日本書紀』（垂仁天皇二年是歳条）の割注に見える。崇神天皇の時代に大加羅国の王子が日本海を廻り、出雲を経てこの浦へやってきた。その王子は「額《ぬか》に角」があったので、「角鹿《つぬが》」と名付けたという。この話は、ツヌガが「古代朝鮮との交通の要地」であることを示している。[18] また『日本霊異記』（中巻第二十四）に次のような話がある。[19]

楢《なら》の磐嶋《いはしま》は、諾楽《なら》の左京の六条五坊の人なりき。大安寺の西の里に居住《すまひ》せり。聖徳天皇のみ世に、その大安寺の修多羅分《すたらぶん》の銭（講の費用として施入された基金）を三十貫借りて、越前の都魯鹿《つるが》の津に往きて交易《あきな》ひ、もちて運び超して船に載せ、家にもち来らむとする時に、たちまち病ひを得つ。「船を留め、ひとり家に来む」と思ひ、馬を借りて乗り来る。

近江の高嶋の郡の磯鹿《しが》の辛崎《からさき》に至りて、睠《かへり》みれば、三人《みたり》追ひ来る。後るるほど一町ばかりなり。山代の宇治の椅《はし》に至る時に、近く追ひ附き、ともに副《そ》ひ往く。磐嶋問ふ、「いづくに往く人ぞ」といふ。答へていはく、「閻羅王の闕《みかど》の、楢の磐嶋を召しに往く使なり」といふ。

イハシマは、荷をツヌガから琵琶湖までは陸路、琵琶湖からは船に乗せて運ぼうとするが、病になったため、船を置いたまま単身馬で唐崎へ、さらには宇治橋まで至っている。これはツヌガから宇治に至るまでのルートを示している。このルートは先の43の〈うた〉と同じとみなしていい。このようにツヌガは、背後には琵琶湖水運で京畿に連絡する交通上の要衝でもあったのである。[20]

一方『万葉集』（巻十三・三二四〇）には、平城京から平城山を越え、逢坂山を越え、唐崎へ北上するルートが示されている。これは「軽島《かるしま》の明宮《あきらのみや》」（奈良県橿原）に宮を置く応神が、どのように宇治へ至ったかを示している。万葉集が示すルートは「唐崎」においてツヌガからの道筋と重なる。これが古代、畿内から日本海へ抜けるルートと考えられる。そのうち、43は、日本海（ツヌガ）から木幡（宇治市）への交通路を示しているのである。[21]

このように応神の時代の〈うた〉を中心にしてみると、ツヌガを拠点にした日本海側から内陸へのルートができたこと、少なくとも整備されたことが読み取れる。つまり43の〈うた〉はその歴史を語っているのである。

2　瀬戸内海から内陸へ

瀬戸内海から難波を経て内陸へ入るルートもある。「一」で44の〈うた〉に関連し、オホサザキは応神が日向から呼んだカミナガヒメに心奪われてしまったことを説明した。カミナガヒメを初めて見た場面は「其の嬢子《をとめ》の難波津に泊《は》てたるを見て」とあり、カミナガヒメが日向から船で瀬戸内海を通り、難波に入ったと解せる。(22)このように地方の女がやってくるのは、『古事記』ではここに初めて見える。

また〈うた〉そのものとして語られているわけではないが、応神天皇条に次の話もある。新羅の国王の子であるアメノヒホコの妻は夫に罵られたことに腹を立て、

a 「吾《あ》が祖《おや》の国に行かむ」といひて、即ち窃《ひそ》かに小船《をぶね》に乗りて、逃遁げ度《わた》り来て、難波に留りき。

とあり、そして、

b 是《ここ》に、天之日矛《あめのひほこ》、其の妻《め》の遁《に》げしことを聞きて、乃《すなは》ち追ひ渡り来て、難波に到《いた》らむとせし間に、其の渡《わたり》の神、塞《ふさ》ぎて入れず。故、更に還《かへ》りて、多遅摩国《たぢまのくに》に泊《は》てき。

と続く。アメノヒホコの妻が船で難波に至ったということは、カミナガヒメの場合と同じく瀬戸内海を通って難波に入ったということになる。しかしアメノヒホコは「渡《わたり》の神」が行く手を塞いだため、(23)再び戻って但馬に入ったという。この話は瀬戸内海から難波へのルート、さらに日本海沿岸を通って但馬に入るルートを示していることになる。(24)これは外国、そして国内の国々が繋がっていることを意味している。ただしアメノヒホコのbの話を見れば、瀬戸内海を通って難波へ入ることはできなかったということである。またカミナガヒメの例を含め、瀬戸内海から内陸へ入るルートは、日本海側から内陸へのルートとは異なって〈うた〉で語られているわけではない。これは何を意味しているのだろうか。

bの話に象徴されるように、瀬戸内海を通って内陸へ入るルートはまだ不安定ということなのではないか。それが〈うた〉で語られていない理由である。後述するように、それは次の仁徳の時代を待たなければならない。(25)

アメノヒホコがもたらしたものを見てみよう。「一」の表に示したように珠二貫《ふたつら》、浪振るひれ（波を起す領巾）、

浪切るひれ（波を鎮める領巾）、風振るひれ（風を起す領巾）、風切るひれ（風を鎮める領巾）、奥つ鏡（沖つ鏡・航海安全に呪力をもつ鏡）、辺つ鏡（岸辺《へ》つ鏡・同上）の玉つ宝である。[26] 割注に「此《これ》は、伊豆志《いづし》の八前《やまへ》の大神ぞ」とあり、新潮日本古典集成は『延喜式』を踏まえ、出石《いずし》神社がこの八種の神宝を神として祭ったことを指摘している。これらは航海安全や航海呪術（技術）に関わるものである。要するに応神の時代、アメノヒホコによって新しい航海呪術（技術）が渡来したことが語られているのである。まさに外国と繋がる航海（交通）に関わるものなのだ。

一方で応神の時代には「海部《あまべ》・山部・山守部・伊勢部を定め賜《たま》ひき」という事績があり、さらに「海人《あま》、大贄《おほにへ》を貢《たてまつ》りき」と見える。[27] 要するにこの時代に海部の民が統括され、その技術（呪術）が掌握されたことが語られているのである。ちなみに山部についてもいえば、冒頭49の〈うた〉で見たように、山人である吉野の国主が太刀を讃め、酒を「大贄《おほにへ》」として献上しており、山部の民も統括されたことが示されている。『古事記』における「大贄《おほにへ》」はこの二カ所しかない。[28] このことは皇子のオホヤマモリが指名された「山海《やまうみ》の政《まつりごと》」に一致している。

このように応神の時代には、渡来の航海呪術（技術）や海部の民の技術（呪術）が掌握され、瀬戸内海から内陸へのルートは不安定なところを残しながら整序され、一方で先に見た通り、日本海から内陸へのルートは完成したという歴史が語られているのである。

3　『古事記』の事績と『播磨国風土記』

このような応神の時代の事績は、『播磨国風土記』に登場する天皇、皇后の中で応神が三十五場面あり、次に続く神功の八場面に比べて圧倒的に多いことと関係する可能性が高い。[29]

先に触れた「客神《まらひとのかみ》」とよばれるアメノヒホコは九場面も見えるが、[30] アメノヒホコ以外の神々の渡来としては、「筑紫の豊《とよ》の国の神」、「倭の穴无《あなし》の神」、「出雲の大神《おほかみ》」、「葦原の志挙乎《しこを》」などがある。これは、その神々を信仰する人々の移動を意味している。また『播磨国風土記』（託賀《たか》の郡）には「宗形《むなかた》の大神《おほかみ》」のオキツシマヒメが、土地の神である「伊和《いわ》の大神《おほかみ》」の子を妊娠したという話もあり、海人との繋がりも見える。「伝承」という観点から見れば、これは交通網の整序に伴って地域伝承は影響を受けるということを意味しているのではないか。具体的にいえばこのようなことだ。一つに、播磨では交通網の整備によって人々（神々）が移動し、その土地で新たな伝承が生まれるということ、そしてもう一つは、交通網が整備されたことによって人がよそへ行ったり、他の地域の人と接する機会が増え、よその地域伝承が播磨へ入ったり、逆に播磨の地域伝承が外へ出たりするということである。『播磨国風土記』には、『古事記』の伝承と同じようにアメノヒホコが渡来したことや応神の時代に百済の人が渡来する話があるが、この歴史伝承の重なりは交通網の整備に因ると考えられる。

そして播磨における交通路といえば、明石である。『万葉集』には次の歌がある。

天離《あまざか》る鄙《ひな》の長道《ながち》ゆ恋ひ来《く》れば明石の門《と》より大和島見ゆ　（巻三・二五五）

これは旅の帰路の歌であるが、明石は瀬戸内海航路における要所（境界的な場所）であった。だからこそ、ここで歌が詠まれるのである。

したがって『播磨国風土記』に応神が最も多く見えるのは、播磨が明石という瀬戸内海航路における要所をもち、その航路を含めた交通網を整えたのが応神であったこと、また応神の時代の交通網の整序によって従来の伝承が影響を受けたり、新たな伝承が生まれたためと考えられる。

三　宇治という要所

応神天皇条最初に見られる〈うた〉は次のものである。

G　天皇、近淡海国《ちかつあふみのくに》に越え幸《いでま》しし時に、宇遅野《うぢの》の上に御立《みた》ちして、葛野《かづの》を望《のぞ》みて、歌ひて曰《い》はく、

42　千葉の　葛野《かづの》を見れば　百千足《ももちだ》る　家庭《やには》も見ゆ　国の秀《ほ》も見ゆ

応神は明宮《あきらのみや》（奈良県橿原）から近江の国へ行く際、「宇遅野《うぢの》」（宇治）で北西にあたる山城の「葛野《かづの》」を遠く見やって〈うた〉をうたった。宇治という地名は『古事記』においてここに初めて登場する。この〈うた〉は「葛野《かづの》を見れば」「家庭《やには》も見ゆ　国の秀《ほ》も見ゆ」とあり、国見歌である。何故ここに国見歌があるのだろうか。国見歌は見られた土地がすばらしいものだと表現する様式である。しかしそれだけではない。『万葉集』に、

天皇の香具山に登りて望国《くにみ》したまひし時の御製歌

大和には　群山《むらやま》あれど　とりよろふ　天の香具山　登り立ち　国見をすれば　国原は　煙《けぶり》立ち立つ　海原は
鷗《かまめ》立ち立つ　うまし国そ　蜻蛉島《あきづしま》　大和の国は　（巻一・二）

という歌があり、「大和には　群山《むらやま》あれど」と、大和に多くある山の中でも香具山が選ばれた山であると示されていることから、見ている土地もすばらしい地であるといえる。この場合、大和と近江の間にある宇治野が、応神の国見によって「家庭《やには》も見ゆ　国の秀《ほ》も見ゆ」という人々が暮らす豊かな葛野に通じる要所としての「宇治」になったと語られている。つまり宇治という交通の要所としての「宇治」の成立である。それが、宇治が『古事記』に初めて見られる理由である。

宇治という地に関して、秋山元秀氏は次のように述べている。(31)

日本に弥生時代から始まった新たな動向は、ここ（五世紀）に至って大和政権と呼びうる一つの権力によって国内が政治的な統一に向かう時期を迎える。大和から山城へという流れを作る背景はここにある。大和川水系と淀川水系は、もともとは別個の文化の流れによって涵養されていた。その分水嶺である奈良山を突破した力は、大和側の政治的成熟による圧力であろうが、淀川水系と大和川水系は上流で結ばれ、河内（難

波）・大和・山城を結ぶネットワーク、すなわち畿内の原型が形成される。さらにそれを基盤とし、丹波、近江、伊賀などの隣接地域へつながる線が伸び、周辺の地域を結んでより大きなネットワークが構成される。これが日本古代の地域構造の原像であり、その構造を構成する支柱や支点が、水路であり陸路であり都市なのである。

宇治という地点がなぜ重要な意味をもってくるのか、なぜ宇治橋が架けられなければならなかったかは、実はこの原像に深くかかわっているのである。

要するに淀川流域と大和川流域を統合し、地域のネットワーク、すなわち「日本古代の地域構造」をつくるには、宇治をおさえることが必要だった。それは五世紀に至って「奈良山を突破した力」によって可能になり、その構造を支えるのが水路や陸路といった交通網であったという。

この指摘は、まさに『古事記』における応神の〈うた〉が語る歴史と一致している。四世紀末から五世紀初頭の天皇といわれる応神は、奈良山を越えて宇治野に入り、[32]そこで国見をした。『古事記』は、その国見歌によって宇治という要所が成立したと語っている。これは応神の時代に語られている交通網の一環を表しているのである。

四　〈うた〉が語る応神の時代の歴史

「はじめに」で挙げた吉野の国主と渡来したススコリの酒の〈うた〉は、応神の歴史を象徴している。応神の時代は交通網が整えられ、文物や人の渡来が活発になったことが語られていたからである。そして整えられた交通網を繋ぐ要所が宇治であった。[33]応神の国見歌がそれを象徴している。『古事記』において宇治はここに初めて見られるが、国見歌以後宇治は、ウヂノワキイラツコ、オホサザキがオホヤマモリを討った舞台として登場する。このときウヂノワキイラツコは直接手をかけず、「船・檝《かぢ》は、さな葛《かづら》の根を舂《つ》き、其の汁の滑《なめ》を取りて、其の船の中《うち》の簀椅《すばし》に塗り、蹈《ふ》むに仆《たふ》るべく設けて」オホヤマモリを水中へ落とした。真葛の根から滑りを取ってそれを船の底の簀の子に塗り、踏めば滑って倒れるように仕掛けたというのは、船や川という水上に関わる戦術である。これも「二―2」で述べた、海部の民の技術を掌握したというこの時代の歴史と関わるだろう。ちなみに宇治は、壬申の乱でも戦場の舞台となった。「瀬田、宇治、山崎と、一つの河流の上下につらなる要衝に、内乱は終局を迎え[34]」、勝利したのはまさに大海人皇子だったのである[35]。

こうした応神の事績を踏まえて時代は仁徳の時代へと移る。仁徳は「徳」を受け継ぎ、水上交通の要所である難波に宮を置き、難波の堀江を掘って河水を海に通すことをした。そして小椅江《をばしのえ》を掘り、当時の海岸線の要所とされる住吉《すみのえ》の津を定めた[36]。それは、応神の時代に瀬戸内海航路が不安定であったことを受けてのことである。仁徳の時代に瀬戸内海側の航路が整い、安定したのである。それはまさに仁徳が瀬戸内海を眺めて、

54　押し照るや　難波の崎よ　出《い》で立ちて　我《わ》が国見れば　淡島《あはしま》　淤能碁呂島《おのごろしま》　檳榔《あぢまさ》の　島も見ゆ　離《さけ》つ島見ゆ

と、国見歌をうたっていることに象徴されている。

また仁徳はクロヒメを召したが、それは吉備の「海部直《あまべのあたひ》」の娘であった。そして『古事記』において川を遡ることが初めて明瞭に表現として見えるのは、この時代である[37]。

難波の高津に宮を置く仁徳の皇后イハノヒメは、紀伊国に行っていたが、難波の大渡で天皇がヤタノワカイラツメを召し入れたと聞き、たいそう恨み怒った。そこで、

Y　宮に入り坐《ま》さずして、其の御船を引き避《さ》りて、堀江に泝《さかのぼ》り、河の随《まにま》に山代に上り幸《いでま》しき。此の時に、歌ひ

て曰《い》はく、

58　つぎねふや　山代河を　河上り　我《わ》が上れば　河の上《へ》に　生ひ立てる　烏草樹《さしぶ》を　烏草樹の木　其《し》が下《した》に　生ひ立てる　葉広《はびろ》　斎《ゆ》つ真椿《まつばき》　其《し》が花の　照り坐《いま》し　其《し》が葉の　広り坐《いま》すは　大君ろかも

とある。皇后は宮へは帰らず、船を綱で引いて難波の堀江を遡り、さらに「河」（淀川）を遡って山代に入ったという。58でも「山代河」を遡ったとうたわれている。

「遡る」ということが『山背国風土記』（逸文）の賀茂社の由来に見える。

カモノタケルノツノミは神武東征の先頭に立ち、大和国の葛城の峰にいたが、岡田鴨神社へ遷り、さらに「山代の河」の流れに随《したが》って下り、「葛野の河」と「賀茂の河」が合流する地点まで行った。そして「賀茂の河」を「上《のぼ》り坐《ま》して」久我《くが》の北の山麓に鎮座した。

このような神の呪力に見合うのは、人の特別な技術である。そのような技術（呪力）を持っているのは海人や水手であり、そういう人たちが川を遡ったり、水上に関わる。したがって皇后が水上交通を利用して紀伊から山代まで赴くことができたのは、まさに海部の民を掌握した応神の歴史を受けてのことなのである。(38)

このように仁徳の時代は応神の時代と密接に繋がっているといえる。この問題は、枯野の歌が『古事記』では仁徳の時代に、『日本書紀』では応神の時代に記載されていることと関係するかもしれない。

（1）本稿では、歌謡を「〈うた〉」と表記し、万葉集以降のうたを「歌」と表記する。記紀の〈うた〉の歌数、歌番号は、高木市之助『上代歌謡集』に従った。なお『古事記』、『日本書紀』の本文は、特に断りがない限り新編日本古典文学全集による。

（2）古橋信孝「神謡（神語り）と神話」『神話・物語の文芸史』ぺりかん社　一九九二年

（3）詳しい方法、見解については石川「古代歌謡が語る景行時代の歴史―ヤマトタケルをめぐって―」（『武蔵大学人文学会雑誌』第四十四巻第三号、二〇一三年二月）を参照されたい。またこの方法によって明らかにした景行、仁徳、雄略時代の歴史については、それぞれ、石川前掲論文、「古代歌謡が語る歴史―石之日売歌謡群と万葉集―」（『武蔵大学人文学会雑誌』第四十三巻第二号　二〇一一年十一月）、「古代歌謡が語る雄略の時代―『天語歌』を中心とした景行の時代との関連―」（『国語と国文学』第九十巻第七号　二〇一三年七月）において論述している。

（4）〈生産叙事〉とは、神から教えられた生産過程を表現として再現することによって、その豊かな生産と最高の美味しさを保証するものである。詳しくは古橋信孝「生産叙事」『古代和歌の発生』東京大学出版会 一九八八年。

（5）なお古橋信孝氏はこの〈うた〉が、吉野の国主にとって酒造りの起源をうたう神謡であることを踏まえた上で、それが大和朝廷の神話・歴史に位置づけ直されたものと指摘している。注（4）同論文。

（6）古橋「ススコリの呪文歌」注（4）同書。

（7）山路平四郎『記紀歌謡評釈』

（8）新編日本古典文学全集『古事記』。括弧内引用者。

（9）『日本書紀』雄略天皇四年二月条

（10）千字文の成立は六世紀とされ、時代の合わないことがいわれるが、応神の時代に千字文が渡来したと『古事記』が位置づけていることに意味がある。その意味については以下述べていく。

（11）荻原千鶴「『君を思ひ出　妹を思ひ出』―宇遅能和紀郎子（菟道稚郎子）の造形」『文学』第十三巻第一号　岩波書店　二〇一二年一月

（12）居駒永幸「蟹の歌―応神記・日継物語の方法」『文学』第十三巻第一号　岩波書店　二〇一二年一月

（13）『古事記』神武天皇条に兄カムヤヰミミが、敵を殺した弟のタケヌナカハミミ（カムヌナカハミミ）に皇位を譲る話がある。しかしこれは反逆者を殺した者が天皇になるという考えに因っている。

（14）天皇が召そうとした女を譲り受けたオホサザキに、次期「天皇」としての資格が与えられた可能性がある。それは先の48の〈うた〉でオホサザキが「誉田《ほむた》の　日の御子」と呼ばれていることと関係している。「日の御子」とは、太陽神アマテラスの子という意味であり、天皇としての資格呼称になっている。（石川「古代歌謡が語る景行の時代―ヤマトタケルをめぐって―」〈注（3）論文〉）したがってXで見た通り、散文では次期天皇はウヂノワキイラツコとなっているが、〈うた〉ではオホサザキにこそ次期天皇の資格が与えられているのである（居駒永幸氏は48の詞章によって日継がオホサザキに移ることを暗示していると述べている。〈「蟹の歌」注（12）論文〉）。これは〈うた〉の語る歴史と散文の語る歴史のよじれを示している。伝承としては先に〈うた〉がある。よって問題は、〈うた〉はオホサザキを次期天皇としているのに、何故『古事記』の散文は応神がウヂノワキイラツコに皇位継承権を与えたと語っているのかという点にある。

ここには儒学思想が関係している。『礼記』（曲礼上第一）に「年長ずること以て倍なれば、則ち之に父事《ふじ》し、十年以て長ずれば、則ち之に兄事《けいじ》し、五年以て長ずれば、則ち之に肩随《けんずゐ》す」（新釈漢文大系）と見えるように、儒学には年が大きく離れていている場合だけでなく、五つ年上であってもその者を敬えという教えがある。つまり散文は、皇位継承権を与えられたウヂノワキイラツコが、年上のオホサザキを敬っていることを明示しており、この時代に渡来した儒学思想の浸透を主張しているのである。それが〈うた〉とのよじれを起こしている。そしてこのような儒学思想が浸透することによって、時代は「近代」へと向かう。

(15) これは古橋氏のいう〈巡行叙事〉の様式である。詳しくは「巡行叙事」〈注（4）同書〉参照。また「櫟井《いちひゐ》の」から「真火《まひ》には当てず」までが、生産過程をうたう〈生産叙事〉部になる。古橋氏は「生産叙事」〈注（4）同書〉において、〈生産叙事〉部を「眉画《まよが》き　此《こ》に画き垂れ」まで含めているが、それはこの部分まで入れないと眉の生産であることがわからないためだろう。しかし生産過程としてはやはり「真火《まひ》には当てず」までと考えられる。

(16) 万葉集は、多田一臣『万葉集全解』（筑摩書房　二〇〇九～二〇一〇年）による。

(17) 新編日本古典文学全集『古事記』

(18) 新編日本古典文学全集『日本書紀①』

(19) 本文は新潮日本古典集成による。

(20) 日本歴史地名大系『福井県の地名』。なお浅香年木氏は、七世紀中葉の時点で、越と近江を結ぶ「海つ道」「湖《うみ》つ道」が、渡来系の新しい知識や技術が濃厚に分布する特殊な地域群として王権に見なされていたことを指摘している（「北の海つ道」門脇禎二編『古代文化と地方』文一総合出版　一九七八年）。

(21)さらに応神より一代前の仲哀記には、ツヌガの神であるイザサワケがタケウチノスクネの夢に現れ、この時御子であった応神に名を与えようとし、それに応えた証としてイルカを与える話がある。これは応神がツヌガの神に従い、神は喜んで贈り物をしたということであるから、応神はツヌガの神に受け入れられたということになる。要するにツヌガを拠点としたルートの準備がなされていると考えられる。

(22)『日本書紀』（応神天皇十三年九月条）では、割注にカミナガヒメが船でやってくる様子が詳しく書かれている。

(23)「渡《わたり》」とは明石海峡か。

(24)浅香年木氏は、仏教や道教などが古代の日本に伝えられた道を以下の二本（一、朝鮮海峡から渡って筑紫から瀬戸内海を通る道、二、日本海を横切って越から近江に入る道）と指摘している。注(20)同論文。

(25)アメノヒホコの話は『古事記』において唯一「昔」のものとして位置づけられている。つまり「昔」の伝承が〈うた〉と同じ価値をもったということである。また〈うた〉がないのは、外国航路だからかもしれない。応神の時代の日本海航路、仁徳の時代の瀬戸内海航路のように国内航路は〈うた〉で語られるが、外国航路は〈うた〉で語られることはない可能性がある。

(26)括弧内の解釈は新潮日本古典集成によった。

(27)『日本書紀』（応神天皇三年十一月条）では、「処々《ところどころ》の海人《あま》、訕哤《さばめ》きて命《おほみこと》に従はず。〈訕哤、此《ここ》には佐麼売玖《さばめく》と云ふ。〉則《すなは》ち阿雲連《あづみのむらじ》が祖大浜宿禰《おやおほはまのすくね》を遣して、其《そ》の訕哤《さばめき》を平《たいら》げしむ。因《よ》りて海人の宰《みこともち》とす。」とある。

(28)神代に「速贄《はやにへ》」はある。

(29)その後は、景行が五場面と続く。

(30)ただし一つの話に二例見られる箇所がある。

(31)秋山元秀『宇治橋―歴史と地理のかけはし―』宇治市歴史資料館企画編集（宇治文庫5）宇治市教育委員会一九九四年。一行目括弧内引用者。

(32)このルートに関しては「二」で記した通りである。しかしこのルートを通っていなくとも奈良山を越えたことに変わりはない。

(33)『宇治拾遺物語』の序にあるように『宇治大納言物語』の編者である源隆国は宇治で人々を呼び集め、話を聞き記している。その話は日本のことだけでなく、インドや中国の話も入っていたという。したがって宇治は以後も国内外のものが集まる交通の要所であることが窺える。

(34) 注(31)同書

(35) 『日本書紀』(天武天皇元年七月辛亥条)には、近江方の奇策として次のような記載が見られる。「其の将《いくさのきみ》智《ち》尊《そん》、精兵《ときいくさ》を率《ゐ》て、先鋒《さき》として距《ふせ》く。仍《よ》りて橋の中を切断《きりた》つこと三丈を須容《いるばかり》にして、一の長板置き、設《たと》ひ板を蹋《ふ》みて渡る者有らば、乃《すなは》ち板を引きて堕《おと》さむとす」。智尊は、橋の途中を三丈(約九メートル弱)ほど切って長板を置き、板を踏む者がいれば、その板を引いて川に落とそうとしたという。倉本一宏氏は、これが『平家物語』をはじめ中世にも見られる戦術であることを指摘しているが(『戦争の日本史　壬申の乱』吉川弘文館　二〇〇七年)、川に人を落とすという戦術は、文献では先のウヂノワキイラツコのものがもっとも早く、起源になっているといえる。

(36) 森浩一氏はこのような仁徳の事績を総合的な「都市づくり」と位置づけている(『古代史おさらい帖』筑摩書房　二〇〇七年)。

(37) 前代の仲哀天皇条に「息長帯日売命《おきながたらしひめのみこと》、倭に還《かへ》り上る時に、人の心を疑ひしに因りて、一つ喪船を具《そな》へて」、「如《か》此《く》上り幸《いでま》しし」とあり、船で川を遡ったことが推察できる。

(38) 『万葉集』には筏だが、川を遡る例が「筏に作り　泝《のぼ》すらむ」(巻一・五〇)と見える。また巻十八・四〇五七の左注には「御船《みふね》の江《かは》を泝《さかのぼ》りて」とある。時代は下るが、『土佐日記』(二月九日条)には「船を引きつつ上れども、川の水なければ、ゐざりにのみぞゐざる」とあり、淀川を船を引いて上っていったことが記されている。このように川を上るには、川に添った、人が船を引きながら歩く道も必要になる。そういう意味で応神の時代は、道が整備された可能性もあるかもしれない。

なお村上桃子氏(「角鹿の蟹の歌」『古事記の構想と神話論的主題』塙書房　二〇一三年)は、仁徳条は航海の時代であり、その水上交通の時代の礎となったのが、仲哀、応神の時代であると指摘している。ただし村上氏は水上交通の問題をワニ氏との関係の中で考えており、本稿の方向性とは異なる。

王権の始まりを記す
――伊須気余理比売の役割について

山口直美

はじめに

『古事記』（以下「記」）の中巻は、神倭伊波礼毘古命の物語から始まる。神の時代から人の時代へと移り変わるが、神倭伊波礼毘古命及び神武天皇の名に「神」の一文字があることからも、上巻で語られた神々の物語を受け継ぐ流れが強く意識されているといわれる。神武記は、神倭伊波礼毘古命が東征を経て大和を平定し、神武天皇として畝傍橿原宮にて即位した後に、正妻となる伊須気余理比売との聖婚譚、皇位の正当な継承を語る反乱物語とで構成される。しかし、皇位継承争いは、神武崩御後の話であり、大后伊須気余理比売と御子たちの物語として描かれる。ここに、神武から神沼河耳へと皇位が受け継がれた経緯を示すわけだが、二つの説話の中心には伊須気余理比売の存在があり、この橋渡しをしていると言えるのではないか。そこで本稿では、伊須気余理比売に注目し、聖婚譚と皇位継承争いについて考察を試みたいと思う。

一　伊須気余理比売

東征を経た神武は、畝傍橿原宮にて即位をした。天皇の位を得たうえで、妻を得るための物語が始まる。神武は既に阿比良比売と婚姻関係にあり二人の子があったが、あらたに「更に大后と為む美人を求めし時」とあるように相応しい女性を探している。なぜ、阿比良比売ではなく、伊須気余理比売でなければならないのか。ひとつは、新たに統治する土地、大和の女性と婚姻関係を結ぶことで、土地の支配力を得る狙いがある。もうひとつは、阿比良比売が神の娘ではなかったところにある。大后となる女性を探すにあたり、臣下の大久米命は一人の女性について述べている。そこで重要なことは、神から生まれた娘であり、その娘との間に子をもうけることである。伊須気余理比売の出自について、「記」は次のように記している。

しかれども更に大后とせむ美人を求めたまひし時に、大久米命が白ししく、「ここに媛女有り。これ神の御子と謂ふ。その、神の御子と謂ふ所以は、三嶋の湟咋が女、名は勢夜陁多良比売、その容姿麗美しければ、美和の大物主神見感でて、その美人の大便る時に、丹塗矢に化りて、その大便る溝より流れ下りて、其の美人のほとを突きき。しかして、其の美人驚きて、立走伊須須岐伎。[1]

この記事は、伊須気余理比売が神の娘であることを語る場面である。所謂丹塗り矢型と呼ばれる話である。大物主が丹塗り矢に化け、勢夜陀多良比売のホトを付き、比売は驚いて「立走伊須須岐伎」と一字一音でその様子が記されている。この「伊須須岐伎」が伊須気余理比売の名前の根拠とされる。イススキの解釈は、「「立ち走り」は跳びあがること、イススクはあわてること。[2]」、「「走る」は「跳ねあがる」意。「いすすく」は「いすきいすく」の略で、身ぶるいすること。神霊が依り憑いたことによる姿態を意味する。[3]」と、諸注釈に示されている。

この様子から、つまり神がかりそのものを表すと考えることができる。中川ゆかり氏は、「伊須気」は「斎菅」を指すのではないかと指摘されている。(4)「余理」は言うまでもなく「憑り」であり、神霊の憑く神の巫女の名を示す。

また馬場光子氏は、この「走る」行為について、イザナギや石之比売を例にあげて「走る女」の巫覡性を指摘している。(5)伊須気余理比売という名から神から生まれた巫女であることがわかる。そして巫女ということが非常に重要な点となるのである。それを踏まえて高佐士野での問答歌を考えてみよう。

二　妻求ぎ

高佐士野での問答を中心とした場面は次の通りである。

ここに、七たりの媛女、高佐士野に遊べるに、伊須気余理比売その中にあり。しかして、大久米命その伊須気余理比売を見て、歌を以て、天皇に白して曰ひしく、

倭の　高佐士野を　七行く媛女ども　誰をし枕かむ（一五）

しかして、伊須気余理比売はその媛女等の前に立てり。すなはち天皇、その媛女等を見たまひて、御心に伊須気余理比売の最前に立てるを知らして、歌を以て、答へ曰らししく、

かつがつも　いや前立てる　兄をし枕かむ（一六）

しかして、大久米命、天皇の命もちて、その伊須気余理比売に詔りし時に、その大久米命の黥ける利目を見て、奇しと思ひて、歌ひしく、

あめつつ　ちどりましとと　など黥ける利目（一七）

しかして、大久米命答へて、歌ひしく

媛女に　直に逢はむと　わが黥ける利目（一八）

かれ、その嬢子、「仕へまつらむ」と白しき。ここに、その伊須気余理比売命の家、狭井河の上にあり。天皇、その伊須気余理比売が許に幸行して、一宿御寝ましき。

後に、その伊須気余理比売、宮の内に参入し時に、天皇御歌みしたまひしく、

葦原の　穢しき小屋に　菅畳　いやさや敷きて　わが二人寝し（一九）

しかして、阿礼ましし御子の名は、日子八井命。次に、神八井耳命、次に神沼河耳命。三柱。

阿比良比売ではなく伊須気余理比売を大后に選ぶことは、神の御子であること、なおかつ大和の地の女性であることに起因する。それは、前段で伊須気余理比売が大物主の御子であるとわざわざ記すことからも理解されるだろう。

すでに指摘されるように、この条より特定の人物を「天皇」と称すようになり、改めて人の世の始まりと位置付けられていると言えるだろう。

この一連の歌群において、中心となるのが一七番歌と一八番歌だろう。先行研究では、この二首を重視して断片的に論じられてきた節がある。ここでは、散文とともに、五首および御子の誕生で物語を閉じるのであるから、これらを一連のものとして考えることが必要であろう。

前半の二首では、「野を行く七人のおとめたちの中で、どの女性を妻とするか」という大久米命の問いかけに対して、伊須気余理比売が先頭にいることを承知の上で、「ひとまず前を歩く年上の女性にしよう」、と天皇の答えが歌によってやりとりされる。

この妻求ぎの舞台となる高佐士野について、場所は所在未詳といわれる。詞章に「倭」とあること、散文に狭

井河といった地名があることから、狭井河の辺りに広がる野ではないかとされる。神聖な出会いの空間とすると、「高い、日のよく当たる野、の意。[6]」といったように、具体的な地名を求めるよりも神話空間を想定することも可能だろう。

大久米命からどの女性を妻とするかと歌で問われると、神武天皇は偶然を装いつつ、先頭に立つ女性にしようと答えた。そこで大久米命が使いとなり、伊須気余理比売と歌を交わす。この場面では、神武天皇、大久米命、伊須気余理比売の三人により歌の応酬があるが、伊須気余理比売が妻となった直接の因は、一七番歌と一八番歌の問答に拠る。この歌は「黥ける利目」という言葉を巡るやりとりが核となっているが、問題が多く、どのように解釈するべきだろうか。

「黥」という字は、『日本書紀』に罪人へ科す罰として入墨をした記事等から、入墨をした目を指し、このような習俗があったのではないかと推定された。[7]しかし土橋寛氏は、「黥ける利目」を入墨をした目と解釈すると、「など黥ける利目」とする問いに、「直に逢はむと」という返しでは意味がとれず、求婚に応じた理由もわからないとして、「サケル」という言葉から「大きく開いた鋭い目の意[8]」と理解している。また、西郷信綱氏も、入墨と解釈するには「記」の語りの方法を見失うとした上で、「「さけるとめ」は、たんに大きく裂けた目というだけでいい。そしてそれが大久米命のことであるのは、大久米すなわち「大き目」であったせいに違いない。[9]」と述べている。この指摘は「久米」が「来目」とも表記されることからも興味深いものだろう。

一七番歌は、「雨燕」「鶺鴒」「千鳥」「頬白」と四種の鳥を列挙したものと『古事記伝』に示されて以来この説がとられている。またこれらの鳥には過眼線と呼ばれる目を縁取る鋭い羽毛の線があると指摘される。[10]鋭い目を持つ鳥たちを挙げ、なぜそのように鋭い目をしているのかを問う歌と考えてられる。これを受けて、直に逢うため、鋭い目をしていると答えたと思われる。ここでの問題は入墨をしているかどうかというより、鋭い目の方に重点があるのではないだろか。

目の呪力、見ることが古代において重視されていただろうことは言うまでもないだろう。それは、「面勝神」「目の人に勝ちたる者」と称される天宇受売神に代表されるように、呪的な力を示している。そもそもこの妻求ぎは、天皇の命のもと大久米命を介して行われており、この構図は天照大御神に指名される天宇受売神と通じるところがある。高佐士野に七人の娘がいることから、歌垣的場面を想定するよりも、国つ神に先立つ存在として描かれた猿田毗古を踏襲した、娘たちの代表である伊須気余理比売という描き方なのかもしれない。

目の問答が婚姻に繋がることについて、青木周平氏は、「伊須気余理比売と大久米命の目に対する問答が結婚に繋がるという倫理は「目合」という視点を介在して考えれば理解できる。[11]」と言及されている。「目合」という表現は三例あり、いずれも上巻に記されている。

①故、詔命のまにまに、須佐之男命之のもとに参到たれば、その女須勢理比売出で見、目合ひして、相婚して、還り入りて、その父に白して言ひしく、「いと麗しき神来ましつ。」（根の国訪問）

②しかして、詔「吾れ、汝に目合ひせむとおもふはいかに」と詔らししかば、答白「僕は得白さじ。わが父大山津見神ぞ白さむ。」と答え白しき。（木花咲夜毘売）

③しかして、豊玉毘売命奇しと思ひて、出で見る乃ち、見感でて、目合ひして、その父に白して曰ひしく、「わが門に麗しき人有り」（海幸彦と山幸彦）

直接会うということは、この場合では婚姻を意味する言葉となり性的関係を持つと捉えられる。神代での婚姻の描き方と通じていると考えることが可能だろう。さらに青木氏は「特に、豊玉毘売命と火遠理命、須勢理比売と須佐之男命の「目合」は、女性が結婚に主導権をもって語られた、数少ない用例であることも注目せねばなるまい。」と述べている。女性側に主導権があるという指摘は興味深い。

既に伊須気余理比売が巫女であることを述べたが、それを踏まえ考えると、高佐士野の問答がより鮮明になる。土橋寛氏の説では「記・紀」の片歌問答は全て物語歌としている。[12] そこで疑問となるのが、物語に即して述作者が創作した歌とした場合、なぜこの問答は一見すると意味のわからない応酬となるのだろうか。もちろん、解釈をする上で理解できないだけで、物語はつまずくことなく進んでいる。しかし現代において諸注釈がそれぞれ異なった説をあげ、解釈が定まらないことからも理解が難しい歌であることは間違いないだろう。この問答について、歌垣的場面を想定した歌のやりとりとも指摘されている。しかしそれだけでは、この場面で当該歌が歌われることを説明するには不十分だろう。伊須気余理比売は巫女である。そこで巫女のことば、つまりこの場合では一七番歌となるわけだが、ここでは意味よりも音が重要なのではないか。

片歌問答は謎解きの関係で成り立つが、この歌について森朝男氏は、たまたま「ちどり」が「千鳥」と解釈できたためではないかと指摘されている。[13] この詞章が多くの謎をはらんだまま現在も解釈を出来ずにいるのは当然のことである。おそらく本来は呪的な言葉であったものが、いずれかの時に「ちどり」を「千鳥」と解釈することから鳥の羅列としたのだろう。「あめつつちどりましとと」の語が呪文として考えると、[14] 伊須気余理比売の巫女という側面が注目される。そしてこの問答という歌の関係は、神の言葉↓解釈という託宣に模した図式で捉え直すことができるだろう。

この呪言に対して、大久米命の当意即妙な返しを持って妻を得ることができた。ここでは、天皇側よりも伊須気余理比売側に力があると考えてよいだろう。呪言を理解するために神の言語を理解しなければならず、妻に合わせた言語を選択している。この場面は伊須気余理比売が中心であり、既に挙げたように結婚の主導権が女性にある神代からの流れが感じられる。

この問答を経て、婚姻関係を結び、次の場面では聖婚、一宿孕みの要素が見られる。そこで歌われる一九番歌について、「葦原の　穢しき小屋」という語が違和感をもつ。土橋氏は、「この歌の述作者は、「菅畳いやさや敷きて」といかにも新婚初夜らしい、清々しい情景を描きながら、何ゆえに伊須気余理比売の家を「葦原の荒れた（穢い）家」など言うのか」としたうえで、「「葦原のシケシキ小屋」とは葦に蔽われて茂みの中に隠れている小家」であろうと思うのである。[15]」とする。これは、高佐士野と関連することでもあるが、西郷氏が「ここが天つ神の子・神武とこの国土の女・イスケヨリヒメとの聖婚の場面とすれば、「葦原の」という一句は当然、意味論的なふくみをもつ。[16]」と示唆するように、実体とは別の世界観が働いていると考えるべきだろう。「葦原」という語は、単独で用いられることはなく、葦原中国に代表されるように、他の語とともに用いられる言葉であり、用例が上巻に集中していることは宮岡薫氏による分析がある。[17]「葦原」の用例は中巻には神武記のに二例あるが、いずれも神武東征における高倉下への夢告にみられる。これはいずれも神話的空間を想定するべきであろう。同じく、歌に登場する「葦原」もこれに通じて考えるべきである。夢という異空間と同じく、歌も現実世界の空間を超越しえうるものだからである。

こうして一九番歌を経て誕生した三柱の御子たちが次の物語の中心となる。御子の誕生について、「記」の系譜記事では通常は「生御子」と記載されるが、この場合のように「阿礼」と記されることは異例だと言える。例えば、山路平四郎氏が「アル（下二）の連用形で、生まれる、現れるの意。神霊の出現に用いる語。[18]」と記すように、神や、神の御子の通常とは異なる誕生を意味していると指摘されている。これについては、特別な出生を意図した記載ではないとする見解もあるが、そうすると、なぜこの場面ではわざわざ「阿礼」と表されるのであろうか。「阿礼」は「記」の本文には説話として仲哀記に例が見える。応神の誕生である。

故、その政いまだ竟へたまはぬ間に、その懐妊みませるが産れまさむとしき。即ち御腹を鎮めたまはむとして、石を取りて御裳の腰に纏かして、竺紫國に渡りまして、その御子は阿礼ましぬ。（仲哀記）

息長帯日売命は、神がかりにより懐妊するという類を見ない例となっている。通常とは異なる出生を語る意味づけと言われるが、それを踏まえてもここで誕生する御子の特殊性の付与が伺える。(19)こうした巫女としての伊須気余理比売であるからこそ、次の段の皇位継承譚でも呪的な歌を残すことになる。

三　皇位継承

前段では伊須気余理比売との婚姻、御子の誕生が語られた。これに続いて、神武天皇の崩御後に起きた皇位争いが記されている。これは、神武天皇が東征以前に娶した阿比良比売の子である当芸志美々命と、大后である伊須気余理比売の御子たち、日子八井命、神八井耳命、神沼河耳命との異母兄弟間の争いであった。

故、天皇崩りましし後に、其の兄当芸志美々命、其の嫡后伊須気余理比売を娶りし時に、其の三柱の弟を殺さむとして謀りし間に、其の御祖伊須気余理比売患ひ苦しびて、歌を以て其の御子等に知らしめたまひき。歌ひて曰く、

狭井河よ　雲立ち渡り　畝火山　木の葉さやぎぬ　風吹かむとす（二〇）

又歌ひて曰く、

畝火山　昼は雲とゐ　夕されば　風吹かむとそ　木の葉さやげる（二一）

是に、其の御子聞き知りて驚き、乃ち当芸志美々を殺さむと為たまひし時に、神沼河耳命、其の兄神八井耳命に白ししく、「なね汝命、兵持ち入りて、当芸志美々を殺したまへ。」故、兵持ち入りて殺さむとせし時に、手足わななきて、殺したまはず。故しかして、其の弟神沼河耳命、其の兄の持てる兵を乞ひ取りて入りて当芸志美々を殺したまひき。故亦、其の御名を称へて、建沼河耳命とも謂す。

しかして、神八井命弟建沼河耳命に譲りて曰ししく、「吾は仇を殺すこと能はず。汝命既に仇を得殺したまひき。故、吾は兄にあれども上と為るべくにあらず。是を以て、汝命上と為りて天下を治めたまへ。僕は、汝命を扶け、忌人と為りて仕え奉らむ。」故、其の日子八井命は（茨田連・手島連祖。）神八井耳命は、（意富臣・小子部連・坂合部連・火君・大分君・阿蘇君・筑紫三家連・雀部臣・雀部造・小長谷造・都祁直・伊余国造・科野国造・道奥石城国造・常陸仲国造・長狭国造・伊勢船木直・尾張丹羽臣・島田臣等祖。）神沼河耳命は、天の下治めたまひき。

「記」には皇統を巡る争いがいくつか見られ、そのような反乱を語る最初の記事である。反乱物語は基本的に同世代間で繰り広げられ、この場合も例外ではない。当芸志美々命は天皇の亡き後、前皇后を娶り、三人の御子の殺害を謀った。その計画を伊須気余理比売は歌により御子たちに知らせ、これを知った御子たちにより当芸志美々は討たれた[20]。

ここでは伊須気余理比売の二首の歌により物語が展開する。一見すると叙景歌とも思われる当該歌から、御子は神意を読み解き争いに打ち勝つ様子が描かれている。このことから「童謡的」とも指摘されてきた。ここで注意が必要なのは、歌を聞くことが物語の契機になることである。前段で指摘した通り、伊須気余理比売は巫女的な女性であると考えられる。この説話と並び、童謡的と言われる崇神記の山代の幣羅坂の少女の歌（記二二）、履中記の大坂の山口で遇う女人。これらはともに巫女と思しき女に神が依り憑き、神意を伝えたと解される。同じように、巫女的な女性である伊須気余理比売だからこそ歌により神意を伝えることができるのだと思われる。

二首の歌は、ともに雲の解釈が問題となる。狭井河から広がる雲は、悪雲であり凶兆の現れと考えられてきた。しかし、狭井河は伊須気余理比売の本拠地であったことが前段に記されており、この場所から悪雲が立ちこめるとは考えにくいだろう。畝傍山が象徴するものは「畝火白檮原の宮」であり、王権の中心である。伊須気余理比売は御子たちを助けるために歌を用いているのだから、この雲は霊威に満ちた状態を表し、畝傍山の異変に対応しようとする雲であり、二つの場所が対比して歌われているものだと言える。

二首目は、「雲とゐ」の解釈が未だ説のわれるところではある。しかし、「昼」と「夕」という時を対比していると考えると、昼間は雲が留まり守られるが、夕方になると風が吹き荒れ木の葉がさやぐことが警告となる。「さやぐ」という言葉は、須佐之男の昇天の場面にみえる「山川悉く動み、国土皆震ひき。」という描写に繋がる表現であり、無秩序で混沌とした状態を表す語と考えられる。

伊須気余理比売は三人の御子たちに向けて歌を残している。これは本文に「歌を以て其の御子等に知らしめき」と有ることからわかる。だが、これを「聞き知りて驚き」、当芸志美々を殺そうと行動を起こしたのは、神八井耳命、神沼河耳命の二人の御子であり、日子八井命は説話部分には登場せず、系譜にその名が記されるのみである。これは、天照大御神、月読命、須佐之男命の三神の関係のように、日子八井命が抜け落ちたものと捉えることもできる。しかし、「三柱の弟を殺さむとして」と三人の御子への敵意が明確に記されており、欠落とは考えにくいだろう。ここでは、伊須気余理比売の歌の意図を拾い上げることができなかったと理解することができる。

この歌は単に迫る危機を伝えるものではなく、天皇として相応しいかを計るものだったと言いかえることもできるだろう。それぞれ御子の名を見てみると、日子八井命を除いて「耳」の字を含んでいる。「記」の名の付け方がそれぞれの能力や物語中での役割を反映していることを踏まえると、「耳」という名もそのままの能力を表しているといってよいだろう。つまり神八井耳命、神沼河耳命は歌を理解できる、聞くことのできる「耳」を持つことを示している。

「耳」の名を持つ神々は、天忍穂耳尊に代表されるように、優れた聴力を持つ様が描かれる。尾畑喜一郎氏は「耳」の名を持つ神々が託宣神に集中していることを指摘し、神の呪言である託宣とそれを解く関係である審神者に「耳」という特徴があると述べている。当該歌についても「危急を予言する託宣歌ではかつたとは、誰しも言ひきれないのではなかろうか。[21]」と控えめながら言及されている。古橋信孝氏は「〈聞く〉こと自体はその聞いたものに取り憑かれることだった。」とされ、聞いたことを判断する能力こそが聞く呪術であるとしている。また「耳」についても呪力を持ち、「耳は御霊だろう。つまり霊そのもの、霊の宿る所でもある」と指摘されている。[22]

一方で当芸志美々の名にも「美々」という名があることがわかる。「紀」では「手研耳」と表記されており、「美々」は「耳」を暗喩しているものと捉えてよいだろう。神八井耳命、神沼河耳命が聞くことのできる耳を持っていることに対して、当芸志美々の耳はどのようなものか。「たぎし」は「ぎざぎざした」といった意味に取られている。[23]このような点から諸注釈では「たぎし」は耳の曲がりくねっている様子と説明される。「耳」が曲がっている様子は、神意を聞ける耳ではないということを指している。同時に天下を治める人物として相応しいとはならず、皇位を継承する人物ではないという構造になる。当芸志美々は聞くことの出来ない耳を持つ人物であり、優れた耳を持つものに敗れる存在として描かれるのである。「記」の本文には、「耳」ではなく「美々」と記されることも、「耳」を持つものに相応しいとされることがなく、反乱を起こしたもの天皇家と対立する人物として慎重に「耳」の表記を避けていると推察される。同じく「命」という尊称も、冒頭では書かれるがその後は外されることも反乱者としての意味付けがあるだろう。

歌を聞き当芸志美々の企てを知った、神八井耳命、神沼河耳命は殺害しようと武器を取った。先を譲られた神八井耳命だったが、いざ討つ時になり「手足わななきて」殺すことができなかった。これを見て、弟の神沼河耳命がとどめを指したと記されている。歌を聞くだけでは王位を得ることはできず、勇敢な行動により敵を討った神沼河耳命が皇位継承者となった。本文には仇を討てなかったため上に立つべきではないと記載があり、武力による強さも天皇に求められるもののひとつだったと読み解けるだろう。これにより「建」の字を冠することからも、勇敢な天皇を称えるものだったと思われる。これは、雄略天皇が大長谷王という名から即位後に大長谷若建命と記されることと通じる。

天皇の妻は巫女である。巫女は神と人の間に立つ存在だから天皇が欲した。そのため神武記では皇統を語ることの中心に天皇より上、聖なる存在として、伊須気余理比売が据えられているのではないか。そもそも、新たに神の娘を妻に迎えなければならない最大の理由は、大和の勢力を手中に収めるためだけではなく、神の娘との間に正統な継承者を残すためである。そして当然ながらその子どもに継承させるようにすることが求められる。

四　結びにかえて――系譜語りとして

前半では天皇とその妻求ぎから一宿婚までを、後半では、神武天皇の次の皇位継承者の話を語っている。伊須気余理比売との問答では「目」の呪能が、皇位継承では「耳」の呪能がそれぞれポイントになっていたと言ってよい。

こうした場面構成に由縁は、伊須気余理比売が中心であることから呪性が語られている。つまり巫女を中心とした物語構成であることが背景にあるだろう。身体の特殊性が語られるのは、それが普通の人とは異なり、呪力の勝る人物だったからこそ、皇位につけたことを語る目的がある。他の人よりも秀でていることを証明する方法が呪力にあるからである。そしてこの場面では、歌を介して物語が展開していくことを踏まえておかなければならない。

高佐士野での歌、当芸志美々命反乱の場面での歌では、ともに本文に「以レ歌」とある。「以レ歌」という表現は、「記」では五例あり、そのうちの三例が神武記の当該歌にある。「記」では、説話の人物が歌を残す場合は、「歌曰」という記載が一般的であり、「以レ歌」の意味は、「歌によって」「歌で」ということになるが、用例が少ない上に神武記に集中していることになる。このことについて、宮岡薫氏は「さまざまな歌の場面において歌が中心的な位置にあることを示すもので、その手法は、歌の表現が重要な機能を果たすことを表明する」[24]と言及しているが具体的な説明がなく、ではなぜ「以レ歌」と用いられるかは触れられていない。しかし、「以レ歌」と記される理由は、伊須気余理比売には歌でなければ神意を伝えることができないことに由来する。神意を伝えるためには、人の言葉ではなく、神の言葉を使うため、それが歌となって現れるのである。それは、残りの二例を挙げても明らかである。「以レ歌」と記されるのは、七一番歌と七二番歌で、仁徳天皇と建内宿禰による鴈の卵を巡る問答である。この歌は琴を使用して歌うといった様子から非常に託宣的な性格をもつことは既に指摘がなされている通りであろう。[25]仁徳記の歌と通じるのは偶然ではない。「以レ歌」と歌を選択することは、ともに歌でなければならない意味がある。これこそが、伊須気余理比売が歌でなければ会話が成立せず、歌によって警告を発する由縁を明らかにしているのではないだろうか。

　武力と呪力を備える人物が王であり天皇として相応しいことは既に記した。天皇に即位するまでの雄姿を前半で語り、後半では、大后を得て、理想的な天皇像が引き継がれていくことが描かれている。皇統の始まりを記すことが神武記の役割のひとつと言えるだろう。しかし、後半場面においては神武天皇というよりも伊須気余理比売が中心となり語られている。

　「記」の最も重視していたことは、系譜であることは多く指摘されている通りだろう。どのように系譜が引き継がれ、いかに正当に皇統が継承されてきたかを語ることが「記」の目的そのものであった。それは、欠史八代と括られる天皇の記事を見ても、「天皇の名、皇居の所在地、后妃名、皇子女名、皇族を氏祖とする後裔氏族名、天皇の享年、陵墓の所在地の各項が組織的に記されている。[26]」と指摘されるように、正当な皇統を語るために求められた記述がそもそも系譜であり、物語はそれを補完する形でおさめられたとも言える。

初代天皇とされる神武天皇の条には、他の天皇条に見られる細やかな系譜はない。例えば、妻問いという話型はいくつも語られるが、正妻との婚姻譚は他の天皇には見えず、詳細な物語として、系譜語りが行われている。それは、初代の天皇であり、始まりを記すことを踏まえても当然だろう。欠史八代を経て崇神記から、再び説話の採録が始まるが、ここでも冒頭に系譜が語られる。そして必ず次代の天皇が明記される。「天の下を治めき」という言葉で統一される。

吉井巖氏の指摘によれば、当芸志美々を「娶」と記されることについて、系譜記事以外に使用した唯一の例でありきわめて異例だという。[27] これについて今まで言及はされていないが、神武記の説話が系譜そのものの役割を持つことを示している。

王権の始まりと位置付けられる神武記では、皇位継承がいかにして行われたかを記さなければならないだろう。とくに、『日本書紀』では皇統争いは綏靖即位前紀に位置しており『古事記』編纂意識は、編年体である『日本書紀』とは異なる区切りを持つ。これは人物ごとに編纂される形式の違いであることは間違いないが、同じく応神紀の大山守の反乱伝承や、目弱君による安康天皇の殺害も『古事記』とは異なり、それぞれ即位前紀に見受けられる。これは、天皇という人物を描くことを重要視していることに対して、『古事記』では、どのように皇統が引き継がれているかということを語る目的があるためだと言える。

「記」の場合は、次代の天皇を指名するところまで記す必要があった。「記」が王位の正当な継承と、皇統の系譜を記載することを目的としたことは明白である。神武記の構成は、武力による大和の平定と正当な後継者を記すことにある。妻を得るまでではなく、御子が誕生し、その御子が正当に皇位につく理由を記さなければなければ、皇統のはじまりを語ることにはならない。はじまりは当然起源のこと、そして正当に引き継がれ、永続性を有してつながっていくことを目的として語り始められることが神武記の人の代の始まりである。その中心に伊須気余理比売という巫女が据えられることで、皇統の橋渡しとしての役割を果たした。また巫女であるがゆえに、呪力を全面に押し出した説話で構成されている。この歌により伊須気余理比売が果たした役割は、子どもの身の安全を守ることではなくて、視野を広げると系譜を引き継ぐために正当な後継者である御子に対する歌である。伊須気余理比売の存在が、歌を介在しての物語を生みだすということができ、神武記の後半は、妻求ぎから皇位争いまでがひとつの繋がりで結ばれている。皇位の始まりを語るうえで、伊須気余理比売なくしては語る事はできず、伊須気余理比売の呪性を排除して理解することはできないのである。

---

(1) 本文は、西宮一民編『修訂版　古事記』（おうふう　初版二〇〇三年）に拠り適宜改めた。
(2) 西郷信綱『古事記注釈』巻二　平凡社　一九七五年
(3) 西宮一民校注『新潮日本古典集成　古事記』新潮社　一九七九年
(4) 中川ゆかり「神婚譚発生の基盤」『萬葉』一〇九号　一九八二年
(5) 馬場光子「走る女」『走る女—歌謡の中世から』筑摩書房　一九九二年
(6) 西宮一民校注『新潮日本古典集成　古事記』新潮社　一九七九年
(7) 『魏志倭人伝』ならびに『日本書紀』履中紀元年四月条、雄略紀十一年十月に刑罰として入墨を科した記事がある。また新潮古典集成『古事記』、岩波思想大系『古事記』ほか山路平四郎『記紀歌謡評釈』も問題のある句としつつ入墨と取る。
(8) 土橋寛『古代歌謡全注釈—古事記編—』角川書店　一九七二年
(9) 西郷信綱『古事記注釈』第二巻　前掲
(10) 西宮一民編『修訂版　古事記』前掲

(11) 青木周平「神武記・高佐士野伝承の神話的性格」『古事記研究—歌と神話の文学的表現—』おうふう　一九九四年

(12) 土橋寛『古代歌謡全注釈—古事記編—』前掲

(13) 森朝男「ことば遊びと歌ことば—ことばの誕生を演技するもの—」『古代和歌の成立』勉誠社　一九九三年

(14) 西宮一民校注『新潮日本古典集成　古事記』前掲

(15) 土橋寛『古代歌謡全注釈—古事記編—』前掲

(16) 西郷信綱『古事記注釈』第二巻　前掲

(17) 宮岡薫「神武記の歌物語的方法」『古代歌謡の構造』新典社　一九八七年

(18) 山路平四郎『古代歌謡評釈』東京堂出版　一九七三年

(19) 中川ゆかり氏（前掲論文）は、「伊須気余理比売もまたオキナガタラシヒメと同じく巫女で、カミによって懐妊して御子を生んだ、と考えられていたからではないだろうか」と興味深い指摘をされている。

(20) 詳細は拙稿「当芸志美々命反乱物語—予見のモチーフを中心に—」（『文芸研究論集』三十五号）において論じている。

(21) 尾畑喜一郎「神と神を祭るもの—耳を名とする神々と託宣と—」『古代文学序説』桜楓社　一九六八年

(22) 古橋信孝「聞くことの呪性」『古代和歌の発生—歌の呪性と様式—』東京大学出版会　一九八八年

(23) 西郷信綱『古事記注釈』第三巻　平凡社　一九八八年

(24) 宮岡薫「『古事記』『日本書紀』に共通する歌謡の場面—「以レ歌」の表現を中心に—」（『古代歌謡の展開』和泉書院　一九九五年）また、「歌による問答が伝達手段の唯一の方法とは考えられない場面にもかかわらず、歌が使用されていること」（「タギシミミの謀反伝承と歌謡」『古代歌謡の構造』）と、とらえているが「以レ歌」と記される場面は歌でなければならない場面だと考える。

(25) 居駒永幸「仁徳記・枯野の歌」『古代の歌と叙事文芸史』笠間書院　二〇〇三年ほか

(26) 神野志隆光「ほか」校注『古事記』（『新編日本文学全集』小学館　一九九七年）頭注に拠る。

(27) 吉井巌「帝紀と旧辞—娶るの用字をめぐって—」『天皇の系譜と神話　二』塙書房　一九七六年

Ⅲ　歌謡から和歌へ

齊明天皇「建王悲傷歌群」の語るもの

横倉長恒

はじめに

『古事記』「序文」の次の部分は、文字の創出には及ばないが、それに準ずる情報をもたらして貴重だ。

焉《ここ》に、舊辞の誤り忤《たが》へるを惜しみ、先紀の謬《あやま》り錯《まじ》れるを正さむとして、和銅四年九月十八日を以《も》ちて、臣安萬侶に詔りして、稗田阿礼《ひえだのあれ》の誦む所の勅語の舊辞を撰録して献上せしむといへれば、謹みて、詔旨《おほみこと》の随《まにま》に、子細《しさい》に採り摭《ひろ》ひぬ。然れども、上古の時、言意《ことばこころ》並びに朴《すなほ》にして、文を敷き句を構ふること、字《じ》に於《お》きて即ち難《かた》し。已《すで》に訓に因《よ》りて述べたるは、詞《ことば》心に逮《およ》ばず、全《また》く音を以ちて連ねたるは、事の趣更に長し。是《ここ》を以ちて今、或《ある》は一句の中に、音訓を交へ用ゐ、或《ある》は一事の内に、全《また》く訓を以ちて録《しる》しぬ。（日本古典文学大系本）

これは、日本人が漢字を用いて、「和語」を記録し始めた時の、具体的な在り様を示す。こうした工夫で、口承を基調とする歌までが書き取られ、現代に及ぶ。学びに始まり、工夫を付加する生き方の源流ともいえようか。

私は、この漢字による和語の記述法を「安萬侶の独創」と思い込んでいた。が、仏典にいう「南無阿弥陀仏」「南無妙法蓮華経」の「南無」に、「《仏教語。namas 梵の音写。敬礼《きょうらい》・帰依《きえ》信順の意》仏や菩薩《ぼさつ》・三宝などを敬い、帰依する気持ちを表すことば。なも。」(『日本語大辞典』講談社)等と記されるのを読み、誤解と知った。『日本書紀』(日本古典文学大系本)には、欽明十三年十月条に、「百済の聖明王、更《また》の名は聖王《せいわう》。西部《せいほう》姫《き》氏《し》達率《だちそち》怒《ぬ》唎《り》斯《し》致《ち》契《けいら》等を遣《まだ》して、釈迦佛《しやかほとけ》の金銅像一躯《かねのみかたひとはしら》・幡蓋《はたきぬがさ》若干《そこら》・経論若干巻《きやうろんそこらのまき》を献《たてまつ》る。」とあり、五五二年(五三八年との『上宮聖徳法王帝説』『元興寺縁起』の別伝もあるが)、仏典の初伝が判る。それは鳩摩羅什等の訳した「旧約仏典」とされ、漢訳の際、「漢字」の「表音性」が、既に方法化されていたようだ。漢字圏外の鳩摩羅什が、梵語(古代インド語)を漢字に置き換えた際の方法と理解される。「新訳仏典」は、玄奘がインドから帰国した六四五年以降に成り、漢字圏内に同様の方法があった可能性もある。仏典伝来が欽明期だとすれば、「推古紀」三十二年四月三日条の「百済の観勒僧《くわんろくほふし》」の「表《ふみ》」の如く、「夫れ仏法《ほとけのみのり》、西国《てんぢく》より漢《もろこし》に至《いた》りて、三百歳《みももとせ》を経《へ》て、乃《すなは》ち伝《つた》へて百済国《くだらのくに》に至《いた》り」、日本人の仏典受容という一連の経過の中に、安萬侶の気付きがあったと捉えるのが妥当だろう。

「記紀」によれば、無文字の世界に漢字が公式に伝わったのは応神十六年二月、百済から王仁《わに》が『論語』『千字文』等「諸《もろもろ》の典籍《ふみ》」を持参した二八七年のこととなる。特に『論語』は、長野オリンピックの直前、木簡が発見され、長野にも伝わっていたことが判る。文字と『論語』の導入はその後の古代日本を大きく変えた。「推古紀」十八年三月条の「高麗《こま》の王《きし》、僧《ほふし》曇徴《どむてう》・法定《ほふぢやう》を貢上《たてまつ》る。曇徴は五経《ごきやう》を知《し》れり。且《また》能く彩色《しみのもののいろ》及《およ》び紙墨《かみすみ》を作《つく》り、并《あはせ》て碾磑《みづうす》造《つく》る。」は、書承時代に向けての必須材料、「紙」「墨」の国産化の始まりと理解できる。推古十年十月条には、「暦《こよみ》の本《ためし》及び天文地理《てんもんちり》の書《ふみ》、并《あはせ》て遁甲方術《どんかふはうじゆち》の書《ふみ》」が伝わり、学んでいた。

折しも、「文字文化」の源流の一つを作った中国からの大学院留学生、王彦国君に、漢語と「和製漢語」の比較研究の結果、和製漢語が中国に渡り、建国に役立っている例が、既に八八二語確認されていると教わった。「言葉」という文化の蓄積を可能にした不可思議なものは、記憶に関わって人間の足跡を残し、それを辿って記述すればヒストリーを成すとされる。その言葉によって、明治以後は「歴史」という和製漢語さえ残した。「歴史」という漢語は、明治以前の中国の文献に数例発見されているようであるが、概念が同じ訳ではあるまい。この不可思議なるものの辿った経過を意識しながら、齊明天皇の「建王悲傷歌群」へ、「残る」「残す」をキーワードに分け入ってみたい。そこには、文学に於ける大転換、一つの「変容」があったと予想されるからだ。

一　古代文学研究史素描（「事件」を巡って）

放送大学の「近代の哲学」（中埜肇）を聞き、我々が現在使用している時代区分は、〝ルネサンス期、ギリシャの文化が再発見されたのをきっかけに生み出された〟と教わった。キリスト教を支えとしていた人々が、ギリシャ文化に出会うのは大きな出来事であったのに違いない。「ギリシャ文化の再発見」。イスラーム文化圏にそれが残り、それを機に、「神の栄光」を証明しようと、近代科学を生み出したとしたら、創造・保存・応用という一連のダイナミズムがもたらしたルネサンスの大いさが解る。その激動の時代に、その時を「現代」と当時発見された「ギリシャ文化が形成された時代」を、「古代」と名付けた。そして、「古代」と「現代」の間にあった「キリスト教の時代」を「中世」と呼ぶようになったというのが、講義内容であった。しかし、ルネサンスから二十世紀末の放送大学に至るまでには、ルネサンスを現代と捉えるだけでは説明できない状況が生まれている。例えば日本文学の時代区分は、概ね「古代（上代）—中古—中世—近世—近代—現代」と記される。修正してのことだろう。ここでも放送大学の「現代の哲学」（今道友信）に導かれた。西洋哲学界でもその問題が問われ続けていると。結果的に私は私なりに、時代区分とは、区分をしようとした「今」を現代として、「今」との相違を明らかにしながら、時間軸に人間の営みを押えようとする一つの方法なのに違いないと考えるようになった。しかし、「相違」は解るが、そこにあるのは、人間の生き様である。時代を越えて、現在に連なるものが通低しているようにも思える。人間以前から人間以後への時間軸を想定した時、問題になるのは「始発」である。あらゆるものごとに始発の時があり、そこからの変化が、「相違」として現れることになるだろう。エリアーデの「原初」でもよかった。「古代」には、「発生」を考える宿命が伴う。一つ一つのことについての「規範の発生」である。

幸いなことに、私は、『言語にとって美とはなにか』を手引書として文学研究の世界に入った。吉本は「わたしはまだ若く巨匠のようにかたることはできない」ので、「普遍的に語る」として、「文学は言語でつくった芸術だという、それだけではたれも不服をとなえることができない地点から出発し」ていた。

漱石や芥川から、急遽古代への道を辿ったのには、エリオットの『伝統と個人の才能』の力があった。「古代」と「現代」との相関関係を説いて説得力があった。『共同幻想論』が古代文学研究の方法論へと導いた。「伝統」と「個人の才能」は「共同幻想」と「個幻想」の関係として私には映り、正岡子規の『歌詠みに与ふる書』の「感情」の相対化に気付く。何故「子規の相対化」なのか。それは、当時、子規の明治時代の歌作りの考え方が、『万葉集』の研究に無前提に適用され、個性ある歌のみに焦点が合わされていたからだ。

子規の仕事の大きさは、和歌の伝統を問うて、新しい時代に相応しいものにしようと実践した所にある。『歌詠みに与ふる書』は、古代和歌を相対化し得るものと私は思う。その意義を今日的に纏めると、「感情を歌う」・「題材の自由」・「表現用語の自由」・「写生による表現」の四項目になると思われる。子規はこれとは別に、スペンサーの「文体論」から、「直接表現」と「間接表現」を学び、「古池や　蛙飛び込む　水の音」について、「悟った」と記す。松山では「ふかみ」を表現したものと学んでいたとも記す。このような明治時代の表現方法の転換は、本居宣長の『あしわけをぶね』を対置することで、はっきりする。

宣長は、『万葉集』を知り、『古今集』を知り、『新古今集』を知って、歌人の拠って立つべきものを、『古今集』と指定、表現用語は「雅語」に限定するとした。「新しい時代の新しい表現」を求めた子規には、それこそが問題で、子規自身が、「五七五七七」という伝統の音数律を踏襲したとしても、受け入れられなかった。従って、個人に属する「感情」に拘ったことは、子規にとっては当然のことだった。なぜならそれは、「写生」も含め、子規の「表現方法」だったからだ。しかし、『万葉集』の研究という立場から見ると、子規の提言は明治近代の表現論の一つではあっても、それ以上でもそれ以下でもなかった。ところが子規以後の人々がそれに共鳴し、言わば「明治の表現原理」「作歌原理」とも言うべきものを、『万葉集』の「研究原理」とした。その結果『万葉集』の探求に、「感情」に基く「個性」重視の偏りを来してしまった。それは、方法論としては「近代という眼鏡」にしかなり得なかった。それなのに、『万葉集』に、無前提に「個性」を求め、「写生」を求める方向はほとんど疑われなかった。私もその中にいた。その結果、『万葉集』に多く掲載された、どこか似ている歌は、「類想歌」「類歌」「類似歌」というだけの理由で蚊帳の外に置かれていた。『万葉集』の多数を占める「類想歌」が軽視されるのは、どう考えてもおかしい。何れか一方しか扱えないのは正に片手落ちとしか言いようがない。双方を扱える方法は、人間の在り様を内面に向かうベクトルと他者へ向かうベクトルを、一体として捉えようとした『古代和歌の発生』掲載の諸論文よって提示され、問題克服の切っ掛けとなったように、私の目には映る。

蓋《けだ》し、二十世紀の文学研究で最も画期的なことの一つは、「類歌性」を説明する手立てを得たことではないか。折口信夫は、アララギに投稿した複数の歌が、島木赤彦の手によって数首に統合されたり改作されてしまうという屈辱的な体験を経た大正の中頃、歌のルーツを求めて、沖縄に旅立った。

㈠「沖縄は日本及び支那と、奈何に交通があつたとしても、自体が、島であるだけに、過去の生活様式を豊富に残してゐる。その上、島の生活で、勢力を持つてゐるのは出来るだけ旧時代の様式を残す事に執する所の女神職であつた。村落生活の基礎はこゝにある。村民を動す神の意見も、こゝに発現するのであつた。だから、ある点考へると、日本の『古代』と、沖縄の『現在』とを比較しても、方法としてさしたる錯誤でないと思はれた。」(『折口信夫全集』第十五巻「地方に居て試みた民俗研究の方法」三二頁)とあるのは昭和十年の文章である。こうした直感を持って、折口は沖縄に渡り、祭りの場に存在した言葉が、リズムを伴って、大正の現代に生きている現実に遭遇した。文学の発生論は、この時新たな方向を辿る。確かに、発生論は早くに、『毛詩』序文の影響下、紀貫之により、『古今集』序文に記された。しかし折口以前の発生論は、原則、文献世界に歌の原型を探るものだった。折口が沖縄に目を向けたことで、歴史上始めて、「歌の発生」を「文献世界」から「口承世界」へと拡大して捉えようとする視点が生まれた。吉本隆明が折口を高く評価した一つのポイントである。

㈡「音声一途に憑《ヨ》る外ない不文の発想が、どう言ふ訣で、當座に消滅しないで、永く保存せられ、文学意識を分化するに到つたのであらう。恋愛や悲喜の激情は、感動詞を構成する事はあつても、文章の定型を形づくる事はない。又、第一、伝承記憶の値打ちが何処から考へられよう。口頭の詞章が、文学意識を発生するまでも保存せられて行くのは、信仰に関係して居たからである。信仰を外にして、長い不文の古代に存続の力を持つたものは、一つとして考へられないのである。信仰に根ざしある事物だけが、長い生命を持つて来た。ゆくりなく発した言語詞章は、即座に影を消したのである。」(『折口信夫全集』第一巻「国文学の発生(第四稿)「呪言から壽詞へ」一二四〜五頁)に示され、「永く保存せられ、文学意識を分化するに到つたのであらう」という問い掛けと、「第一、伝承記憶の値打ちが何処から考へられよう。口頭の詞章が、文学意識を発生するまでも保存せられて行くのには、信仰に関係して居たからである」という指摘は画期的だったはずである。こうした考えは、古橋によって、「文学の発生について問題にするに値する数少ない論のひとつは折口信夫だが、ずいぶんその名が引かれながら意外に折口の発生論は誤解されている。信仰起源説と自身が呼んでいるその発生論を解りやすくいえば、もし文学が個人の悲喜の感情から生まれたとするとそれがなぜ人びとに伝えられ残されて来たか説明できない、伝えられていったのはそうせねばならない絶対的なもの、信仰に関係していたからだ（「国文学の発生（第四稿）」）という論理である。」（『古代和歌の発生』一頁）という確信に引き継がれた。

㊂「文学の成立は、決して内容に対する反省でなく、形式から誘惑を感じる様になることにはじまる。つまり、他の目的の為に、維持伝承して来た詞章から言語的快感を享け、さうした刺戟の連続を欲する様になつて来ることを言ふのだ。実の處、今日我々の考へる文学は、誇張して言へば、極めて最近の発見であつた。かうした事情なのに、文学を古くから持ち、認めて居たなど、考へることが、既に間違ひなのだ。」（『折口信夫全集』第八巻「大和時代の文学」九四頁）。この問題提起に対する、著名な一葉研究者が語った否定的な一言が記憶から離れない。

吉本は『言語にとって美とはなにか』に於いて、「文学の自立」を説く。文学は文学の論理で説明されなければならないというもので、戦後間もなくの文学研究が、「政治と文学」に偏っていたことに対する問題提起でもあった。この理屈によれば、「文章の定型を形づくる」ということがどれ程重要なことか、駆け出しの心を揺さぶるに十分だった。「祭式詞章」の段階で、「言葉一般」のレベルを離れ、「定型」表現が生まれ得る可能性に言い及んでいたのに気付いたからだ。吉本の指摘する「言語でつくった芸術」、すなわち「言語表現」が、「祭式詞章」の中にあったということでもある。「言葉一般」に、「プラスアルファー」として、表現意識が加わったと見ることもできるし、「言葉の特殊性」としての「定型」を疎外したとも取れる。

言葉そのものに着目し、文学は文学の理論で新機軸をという時、口誦世界への切り口が無かったわけではない。『万葉集』に頻出する「言い継ぎ」「語り継ぎ」を重視すれば、何時かは踏み込まなければならない世界であった。「口誦」と記したが、これは『古事記』序文の稗田阿礼の「誦習」を意識してのことである。しかし、柳田国男が「口承文芸」という分野に分け入り、稗田の「誦習」の「誦」を用いず、「伝承」の「承」を用いたのを受けて、『『口承』の用字例は、確実に柳田国男先生が学術語として使ひ初められたものである」と記し、折口は柳田の「口承」に従う旨を記している（『折口信夫全集』第七巻四二四頁）。このように折口は、文献という、半ば動かし難い「根拠」の向こうに、「記録」に到る「記憶」を見ていた。

七百五十冊の書を土台に組み上げげられた文学の理論書『言語にとって美とはなにか』の後、『古事記』か『遠野物語』の何れか一冊あれば書けると、吉本は『共同幻想論』を提示し、明治以来使用され、「手垢の付いた」「観念」という言葉を「幻想」という言葉に置き換えて、人間の精神活動の領域に、「個幻想」「対幻想」「共同幻想」というタームを持って迫り、人間の幻想領域は、三つの何れかに還元できるという新たなメッセージを、先ず吉本の「少ない読者」へ送り出した。その末端で、正岡子規の「感情」を「個幻想」に置き換えれば、古代は「対幻想」「共同幻想」の何れかを手掛かりに探究できると直感した。「対幻想」に着目すれば、「相聞」の世界が広がる。「共同幻想」に着目すれば、「雑歌」の世界が見えて来よう。しかしその具体化がむずかしかった。

驚くべきは、ここに至るまで、「類歌性」を説明できるかもしれない論理が、既に小野重朗等によって組まれていたことだ。小野重朗の成果は、古橋信孝の紹介では、南島（沖縄）歌謡の世界に固有の表現のように見られるのだが、実際は沖縄以外の地でも、広く採取されることであることは、「生産叙事歌」（『増補南東の古歌謡』）を読めば判る。小野の仕事は、「類型」表現が何故生まれるのかを解明するに足る成果だった。小野の考えを引こう。

㈠「アマウエダーや打植祭では、人々が稲作りの過程の歌をうたい、または所作をする。これが本来は祭りの場に来臨する神によって歌われ、また所作されたのではないかと思われる。この場合、人々によって行われるというのと神によって行なわれるというのとでは、その内容と意味が大きく変わってくる。人々が行えばそれは神への願望であり要求であり予祝なのだが、神によっておこなわれれば、それは人々に教示することであり、授与することである。神が稲作りの過程を歌い、また所作することは、このようなやり方で稲を作るがいい、そうしたら豊作がもたらされるぞと教え約束することである。」(『小野重朗著作集』8・一六五〜一六六頁。一六七頁で、「西南日本」「中国地方」等の例を指摘している)。

㈡「稲が種あゆ」の機能として、幻視的に稲作の理想的な姿を歌うことによって豊作を予祝するといったやや実利的な理解は、ここで考え直す必要に迫られる。稲作叙事歌は本来、創造神が稲を作り始めた神話であり、これは必ずしも幻視的理想的な稲作を歌ったものではなくて、いろいろの障害を越えて稲を作り始めた神のことが歌われているのだからである。」(一八六頁)。

㈢「神話はただ語り伝えられるだけのものではなく、このように農耕の折目などの時にこそ語り歌わるべきものだった。」(同)。

㈣「南東の叙事歌の大きな基幹をなして存在する生産叙事歌はもともと、その生産の儀礼の場で、その生業の創始に関する創造神話を歌うものであったと結論づけてよかろうと思う。」(一九〇頁)。

物を生産する時に、その製法を神から教わったとし、物作りの現場で歌い続けられて来たという指摘は、独特で新しい。〔「稲が種あゆ」の機能として、幻視的に稲作の理想的な姿を歌うことによって豊作を予祝するといったやや実利的な理解は、ここで考え直す必要に迫られる。〕という発想の転換は、画期的だ。

それでは、古代の歌はどうすれば読めるのか。私は「対幻想」に関しては「相聞」と、「共同幻想」に関しては「雑歌」をと、その関係性を想定し、『万葉集』に多い「相聞歌」に狙いを定め、「歌垣」に関わる方向を辿った。しかし、ここからは、歌の、社会への広がりが見えて来ないように思われた(現在は、ずれてはいなかったと考えられるようになった。「残る歌」に対して「消える歌」を対置させる必要性を知ったからだ）。

実は、ここでも古橋が先行した。一つは、古代文学解明のキーワードを「共同幻想」に絞り、その典型を「神」に置いたことが大きかった。小野の「生産叙事」を逸早く生かしたこともそうだ。仮に小野の「生産叙事」が無かったら、古橋の「巡行叙事」は無かったかもしれない。小野は民俗の現象を「生産叙事」という構造として摘出し、古橋はそれを「様式」として古代文学研究に取り入れた。「神授の製法」は、先ず「神」の定義からという、折口信夫の遣り残した大きな課題を抽出し、その他の問題と共に、新たな解決の糸口が付け加えられた。その一つが、「巡行叙事」を巡る一連の考察である。私は「神謡の発生」にそこを見る。「人びとの共同体への幻想が同一であることを確認しないでは共同体は成り立たない。そこに神謡が要求されることになる。始祖の神がさすらいの果てに見出したすばらしい土地に村立てしたこと（Ⅱ-2「巡行叙事」参照）、物のこの世にもたらされた起源、またある物の製法の起源（Ⅱ-1「生産叙事」参照）、祭りの由来、結婚の起源など、村を成り立たせるあらゆるものを共同体の外に疎外してそこからもたらされたと語る神謡が文学の起源である。人びとはその神謡によって自分たちがこの村から離れては生きていけないことを確認することになる。このような神謡を文学の起源とし得るのは、人びとを日常から別の世界へ転移させる不可思議な力をもつこと、そしてそれを可能にする特殊なことばの秩序を神謡がもったからである。／しかし神謡は絶対的な矛盾をもって発生した。神謡は神のことばや行動の叙事であるにもかかわらず、人のことばに翻訳して語らねばならない。風の音や雲の流れ、神憑りした者の発する音などを人びとに理解しうるように意味化しなければならなかった。しかも完全に意味化してしまうと他の人のことばに紛れてしまうから、神のことばらしい装いをもたねばならない。しかし装いはどこまでいっても本物ではない。つまり神のことばを装ったものであっても、けっして神のことばではなかった。この矛盾を超えるには装いを絶対化するほかなかった。かといってそれで解決になるわけではないから、神謡は矛盾を内包したまま発生し、あり続けることになる。」（前掲書三頁）という論理は、類例が無い。古橋は「神の装い」を整理して、①接頭語、②重ね、③敬語、④枕詞、⑤音数律、⑥繰り返し、⑦旋律、⑧発声の仕方等を列挙し、こうした「神の装い」を、人間の用いる日常の言葉に対する、神の用いる非日常の言葉として区別し、そうすることで、古代の人々は見事に「神を表現している」と捉えた。神と人間が同じならば、同じ言葉を使えばよい。しかし神と人間は異なる。とすれば使用する言葉も違う。そこで神と人間を区別するために、古代の人々は日常では使用しない特別な言葉を用いて神を表わそうとした。こうして、折口の提唱した「文学の祭式詞章起源説」は、古橋の「表現論」の立場から績ぎ出された論理構成によって、見事に説明されたのである。そして言う。元々人間のものであった言葉を、神の言葉として装うのだから、必然的に「神の装い」は「変容する」と。

当時古橋理論を批判する言葉の一つに、「日本文学に沖縄文学を以ってするのは、木に竹を接ぐようなものだ」というものがあった。小野重朗の本を読んでいれば、そういう批判が成立しないことは理解出来たはずだ。そもそも古橋はそうした視点から批判される位置には居なかった。古代文学研究が、記載資料に根拠を求める伝統のやり方から口承資料の世界にも拡大された時、文学研究は「言語表現」の世界に拡張されて、「木」も「竹」も無くなったはずだし、論理的にどう押さえられるのかという次元にあったと見ることもできる。

さて、大鉈を振って歌の捉え方を巡る研究世界の「事件」を辿った。トーマス・クーンの言葉を借りれば、「パラダイム」の転換点を示し、脳裏に焼き付いているキーワードを例示し、持論を述べた。『万葉集』から遡り、「発生」という「始源」からの「変容」があったとすればどのような経過を辿ったのか、その一端を、齊明天皇の歌とその伝承過程に探って行く。

二　「皇孫建王悲傷歌群」の問題点

『日本書紀』齊明四年条には、「皇孫建王悲傷歌群」が次のように記されている。

①五月《さつき》に、皇孫建王《みまごたけるのみこ》、年八歳《としやつ》にして薨《う》せましぬ。今城谷《いまきのたに》の上《うへ》に、殯《もがり》を起《た》てて収《をさ》む。天皇《すめらみこと》、本《もと》より皇孫《みまご》の有順《みさをか》なるを以《も》て、器量《ことにあが》めたまふ。故《かれ》、不忍哀《あからしび》したまひ、傷《いた》み慟《まど》ひたまふこと極《きは》めて甚《にへさ》なり。群臣《まへつきみたち》に詔《みことのり》して曰《のたま》はく、「万歳千秋《よろづとせちあき》の後《のち》に、要《かなら》ず朕《わ》が陵《みささぎ》に合《あは》せ葬《はぶ》れ」とのたまふ。廼《すなは》ち作歌《うたよみ》して曰《のたま》はく、

今城《いまき》なる　小丘《をむれ》が上《うへ》に　雲《くも》だにも　著《しる》くし立《た》たば　何《なに》か歎《なげ》かむ　其一《それひとつ》（１１６）

射《い》ゆ鹿猪《しし》を　認ぐ《つなぐ》川上《かはへ》の　若草《わかくさ》の　若《わか》くありきと　吾《あ》が思《も》はなくに　其二《ふたつ》（１１７）

飛鳥川《あすかがわ》　漲《みなぎら》ひつつ　行《ゆ》く水《みづ》の　間《あひだ》も無《な》くも　思《おも》ほゆるかも　其三《みつ》（１１８）

天皇、時時に唱《うた》ひたまひて悲哭《みね》す。

②冬十月《ふゆかむなづき》の庚戌《かのえいぬ》の朔甲子《きのえねのひ》に、紀温湯《きのゆ》に幸《いでま》す。天皇、皇孫建王《みまごたけるのみこ》を憶《おもほしい》でて、愴《い》爾《た》み悲泣《かなし》びたまふ。乃《すなは》ち口號《くつうた》して曰はく、

山越《やまこ》えて　海渡《うみわた》るとも　おもしろき　今城《いまき》の中《うち》は　忘《わす》らゆましじ　其一《それひとつ》（１１８）

水門《みなと》の　潮《うしほ》のくだり　海《うな》くだり　後《うしろ》も暗《くれ》に　置《お》きてか行《ゆ》かむ　其二《ふたつ》（１１９）

愛《うつく》しき　吾《あ》が若《わか》き子《こ》を　置《お》きてか行《ゆ》かむ　其三《みつ》（１２０）

秦大蔵造萬里《はだのおほくらのみやつこまろ》に詔《みことのり》して曰《のたま》はく、「斯《こ》の歌《うた》を伝《つた》へて、世《よ》に忘《わす》らしむること勿《なか》れ」とのたまふ。

居駒永幸の『古代の歌と叙事文芸史』を手引きに、問題点を指摘したい。

1　「代作説」批判

居駒は「実作と代作の間」で、折口の代作論に始まる「実作と代作」の論に、折口の「第一義に於ける発唱者と見るべき者を作者と定めたのである。だから、伝達者の代作であるものも、其主君の作となる。」(『万葉集講義』二)を引き、齊明を「発唱者」としての作者、万里を「外来音楽に通じ、歌作の才をもって天皇に近仕する」ことを通し、「歌の伝唱を命じられた」「『発唱者』の位置に立つという意味で作者の可能性もあった」とした。しかし、「代作」を示唆するような記述があるのであれば別だが、そうしたものが無いのなら、『日本書紀』は、虚心に読まれるべきである。居駒の結論は従って、齊明は「発唱者」として「作者」であり、万里は「発唱者」として、「伝承者」とすべきなのではないか。しかも万里は「渡来系」の人物である。〝口承〟以上に、〝書承の可能性〟を宿しているはずだ。かつて古代文学会で発表したように、野中川原史満の歌も、代作論では『日本書紀』の主旨を見損なう恐れがあるものと考える。『日本書紀』大化五年三月是の月条の、「山川《やまかわ》に　鴛鴦《をし》二《ふた》つ居《ゐ》て　偶《たぐひ》よく　偶《たぐ》へる妹《いも》を　誰《たれ》か率《ゐ》にけむ　其一《それひとつ》」「本毎《もとごと》に　花《はな》は咲《さ》けども　何《なに》とかも　愛《うつく》し妹《いも》が　また咲《さき》出来《でこ》ぬ　其二《ふたつ》」が、何故「代作」なのか、私には理解できない。居駒の引いた「雄略紀」の「秦酒公」に関して記している「この記述は雄略天皇に諫言して過ちを悟らせるという太秦の始祖、秦造酒の顕彰譚と見られなくもないが」として置いてしまったことこそ重要なのではないか。満の「誰か率にけむ」と「何とかも　愛し妹が　また咲き出来ぬ」は、蘇我臣日向の讒言を信じて、岳父、倉山田石川麻呂を死へ追い遣った中大兄皇子にこそ向けられた「諫言」だったと私は想像する。これは、漢詩に付随すると考えられていた機能の一つ「諷諫性《ふうかん》」(『毛詩』「大序」「上以て下を風化し、下以て上を風刺し、文を主として譎諫し、之を言ふ者は罪無く、之を聞く者は以て戒むるに足る。故に風と曰ふ。」)・『説苑』巻九「正諫」等とある考え)を踏まえての記述と私は推測する。「諷諫」という言葉は、「天智紀」六年三月十九日条に「是《こ》の時《とき》に、天下《あめのした》の百姓《おほみたから》、都遷すことを願《ねが》はずして、諷《そ》へ諫《あざむ》く者多《ものおほ》し。童謡亦多《わざうたまたおほ》し。」とあり、似た記述は大化二年二月十五日条には「諫《いさ》むる者《ひと》は名《な》を題《しる》せとのたまひき。」「朕《わ》が廃《すた》れ忘《わす》るることを諌めよ。」等とある。「諫」は、『懐風藻』95で、三輪高市麻呂の作にも用いられている。

2 齊明歌解釈批判

更に居駒の論文を辿ると、「五月歌群の表現」について、「少なくとも斉明の歌」は「十月歌群などから見ても、心の内面の表現を獲得しつつある個性的な作者を思わせる」と捉え、「五月歌群の類型的表現」は、「斉明歌と類歌群の間は創作と影響の先後関係ではなく、歌の流布という歌謡的基盤においてとらえるべき」とした。「類歌性は、先後関係ではなく、歌の共同性による様式の問題としてとらえることができる」ともいう。その上で、「116の挽歌としての様式は、建王の魂の姿を見ようとする『雲』であり、それが見えないことへの『嘆き』に認められる。そのような挽歌表現の共同性において、十分に斉明の悲傷の心を伝える歌となっている」と断定する。117は、憶良の九〇五番歌の「若ければ」を根拠に、「若く」は「幼いことを意味する」とし、121の「吾が若き子」との関係については、「異なる歌の文脈として理解すべき」とし、「射ゆ鹿」のイメージ変化との関わりで、「斉明の哀惜の言葉として機能している」と指摘する。118についても、「行く水」に着目し、「恋の歌の類型的発想に拠っている」中から、「永続と死のアンビヴァレンスが生まれはじめているという点で、恋歌の類型から離れて斉明の悲傷歌たりえている」とする。私はこうした成果を多としながらも、117の「若くありき」を、建王に限定して解釈しなければならない理由は無いと考える。私は、「き」を過去の助動詞とは取らず、回想の助動詞と取り、齊明自身が、自らを回想し、「孫が生まれた時を思うにつけ、あの頃も、自分が若いなどとは思わなかった。今私には、孫が蘇って来るのを待つような時間は残ってないのに」との意を、「若くありきと　吾が思《も》はなくに」に込めたものと考える。

①は、元々「悲傷」がテーマだったのではないか。「天皇、本より皇孫の有順《みさをか》なるを以《も》て、器量《ことにあが》めたまふ。」という日常生活に、突然訪れた建王の死に際して、「故、不忍哀《あからしび》したまひ、傷み慟《まど》ひたまふこと極めて甚《にへさ》なり。」とあるだけなのだから。それを、「記紀」「歌謡」の世界だから、『万葉集』以前を想定すべきという先入観を持って接して来たのが、古代歌謡に対する一般的な関わり方ではなかったか。「悲傷」が無いと決めつけてかかるのがそもそもおかしい。人間の世界に「悲傷」の無い世界などあるまい。『日本書紀』記録者側の立場に立てば、そのように取るのが当然の成り行きであったろう。またそうした状況下にあったればこそ、大陸や半島からの文化を、すんなり受け入れることができたのに違いない。齊明は、「不忍哀《あからしび》したまひ、傷み慟《まど》ひたまふこと極めて甚《にへさ》なり。」という精神状態の中で、

今城なる　小丘が上に　雲だにも　著くし立たば　何か歎かむ　其一（１１６）

（今城にある小丘が上に、雲だけでもはっきり立つならば、何を嘆くことなどありましょうか。）

射ゆ鹿猪を　認《つな》ぐ川上《かはへ》の　若草の　若くありきと　吾《も》が思はなくに　其二（１１７）

（射られた鹿猪を、追い求めて行き当る、川辺に生える若草のように、孫が生まれた時を思うにつけ、あの頃も、自分が若いなどとは思わなかった。今私には、孫が蘇って来るのを待つような時間は残ってないのに。）

飛鳥川　張《みなぎら》ひつつ　行く水の　間も無くも　思ほゆるかも　其三（１１８）

（飛鳥川を激流が流れ続けて行くように、止むこともなく建王のことが思われることです。）

と歌ったということなのではないか。時間が経っても、齊明の心は癒えることなく、自ら歌った歌を思い出し、時時に唱《うた》っては、声に出して泣いたというのであろう。これは御祖母さんが、孫の死を悲しみ傷んだ歌以外の何ものでもない。この御祖母さんが朝倉宮で亡くなった時、息子の中大兄皇子は、「君《きみ》が目《め》の　恋《こほ》しきからに　泊《は》てて居《ゐ》て　かくや恋《こ》ひむも　君《きみ》が目《め》を欲《ほ》り」（一二三番）と「口號《くつうた》」った。子供が母親の死を歌った歌である。こ

れらは血を分けた肉親の死を歌って、死という事実に基づく。母齊明の死を歌った天智が亡くなった時、倭大后（一四七・一四八・一四九・一五三番歌）が、婦人（一五〇番歌）が、額田王（一五一・一五五番歌）が、舎人吉年（一五二番歌）が、石川夫人（一五四番歌）が歌った。これも事実に基づく。こうした歌は、いわゆる「挽歌」ではない。正しく「悲傷」の歌なのだ。しかし、次元の異なる歌もあった。死んで行く者の歌である。有間皇子（一四一・一四二番歌）の歌であり、大津皇子（四一六番歌）の歌である。これは、事実に拠らない。自分の死を想像しての歌である。有間の歌に関して「自傷」とあるのは、そうしか書けないものとして特異である。この「有間皇子事件」は、齊明の紀温湯行幸時の十一月の出来事だった。自らの死を先取りする作は、『文選』によって、五世紀の陸士衡の「挽歌詩」等へ遡ることができ、『万葉集』『懐風藻』以後は、多くの「辞世歌」「辞世句」が作られて一つの歴史を成す。大津の場合、『懐風藻』（日本古典文学大系本）は、「金烏《きんう》西舎《せいしゃ》に臨《て》らひ、鼓声短命《こせいたんめい》を催《うなが》す。泉《せん》路賓主無《ろひんしゅな》し、此《こ》の夕《ゆふへ》家を離《さか》りて向かふ」と記し、『万葉集』は、「百伝ふ　磐余の池に　鳴く鴨を　今日のみ見てや　雲隠りなむ」（四一六番歌）と記す。「官人」人麻呂も、皇子・皇女・采女等の死を歌い、行路死人の歌を残した。これらは、第三者の死である。「泣血哀慟歌」では「若児」（二一〇番歌）を歌い、石見では、自らの死さえも歌っていた。

居駒は②「十月歌群」について、秋間俊夫の「三首の背後に死者の鎮魂儀礼における遊部の祭儀と伝承歌謡を想定する」見方、１１９・１２０を「『死者自身の発することばの体裁をとった』死者の歌として解釈する」見方を、「示唆的」と評価しつつ、「斉明の立場からの悲傷の歌であることは動かし得ない」として、「海を渡ることが共通して」いて、「斉明の紀伊行幸と切り離せない関係」にあると指摘する。そして、「忘らゆましじ」は「建王の生前から殯まで続いてきた『今城の内』のことを振り返っている」とし、五月歌群の「今城なる」は十月歌群の「今城の内は忘らゆましじ」に「呼応」し、「回想するうたい方になっている」という。「後もくれに」

は、先の秋間や田辺幸雄の考えを踏まえ、「死者の国との境にある海坂の風景と見る時、『潮の下り海下り』の表現ははじめて理解される」とし、「死者は境界を隔てたあちら側の世界へ送り遣らねばならないという古代観念によるもの」で、「死者は境界を越えて他界に行き鎮まったとうたうことが葬歌と挽歌の共通の構造になっている」といい、120は「水門の潮が流れ下り、海が流れ下る海坂の向こうに幼い子を置き、その黄泉国を後ろにして難渋しながら行くことであろうか」となるという。最後の121は、田辺説を援用し、「121は120の結句を反復強調する点」を取り上げ、「121の独自なあり方」を、「歌曲的に完結する機能をもつ。歌曲的だということは、別の皇子の葬送儀礼でも（まったく同じ詞句でないにしても）うたわれることを意味する」とした。その上で「建王悲傷歌群六首」は「斉明の個的な抒情」を「表出する歌の水準」とし、「歌謡の類型性や共同性を越えて、斉明の悲傷歌であることを深く刻印する」と結論付けた。しかし「斉明の個的な抒情」が何故「残されることになったのかの説明が無い。「歌謡」「歌曲」と「神謡」との関係はどうなのか。

秋間の「遊部の祭儀と伝承歌謡」も、「遊部」がその職掌に於いて保持していたはずだから、齊明がどういう経路で「遊部」の歌と関係を持つことになったのか説く必要があろう。「遊部が一体何者であり、何をしたのかについては記録も少なく、研究もあまり進んでいないようだ」と認めながら、『令集解』「葬送釈」を引き、検証抜きに憶測を重ねているように思えてならない。秋間は「祭式との関係」に触れて、「記紀の天若日子の葬儀の記事に『日八日夜八夜を遊びき』とある全体をいう」とする。それではその内実はどうなのか。『遊部』という名前からすれば、そこには当然歌舞音曲が含まれていなければならず、またそれには女性が参加していたであろう」と、「東北地方では葬儀の一環として巫女の口寄せが行われてきた」との民俗学者の話まで記し、結論的には、「遊部の役わりは、全体としては、要するに死者の――とりわけ死せる天皇の――霊を無事ヨミの国へ送りつけることだったのである。遊部の奉仕がない場合、死霊は中有をさまよい、荒びて『凶癘魂』となる。」と記す。その上で、「遊部のことを『死者の歌』に関係づけていうと、（5）は『潮の下り海下り』と歌うことによって、『隔㆓幽顕境㆒』を神話的に実現し、かつ死者の怨念に表現を与えて死者を『ねぐ』のだと考えられる。また（4）の方は『おもしろき』『野中古市歌垣之類』を演じて、死者を『ねぎ』、死者をしてすみやかにあの世へ渡さんとするのだろう。（4）にはちょっと遊部のコマーシャル・ソングめいたところもあり、かれらの伝承歌にふさわしい。」と結論づける。しかしこの「『野中古市歌垣之類』」を「『おもしろき』」と結び付ける説明が無い。「歌舞音曲」についても、「『野中古市歌垣之類』」以外の接点は無い。「口寄せ」を引いて説くのであれば、「ねぐ」こと以上に、霊との交感を目的としたものとも解し得る。そればかりか、『令集解』自体が、「釈云」「古記云」「穴云」「在㆓古私記㆒」と記すに終始し、何が正しいのか全く判らない。「垂仁天皇」に託ける「遊部」の出自も、「記紀」以後の幻想としか言えまい。更には「天皇の霊」を「ヨミの国へ送りつける」とはどういうことか。建王は天皇ではない。「記紀」『万葉集』によれば、皇族は高天の原に「神上がる」はずである。仏教伝来以来、他界観に変化が起こり始め、「記紀」での「黄泉国」は伊奘諾尊が逃げ帰った世界になっていた。そうした中の齊明歌である。基本的なことを放置したままでの秋間の論には到底組みし難い。

3 『日本書紀』の潤色について

ついでに「漢詩」「漢文」による潤色等について記す。『日本書紀』の場合には、書き取って行く段階で、漢籍による少なからぬ潤色を被った可能性がある。勿論、意図的になされたという意味ではない。『日本書紀』の記載者は、その人が学んだ共同体の記載法に則っていたはずだから、書く文化を持たなかった日本人が、「書くべきこと」を決定し、書く文化の伝統を負った者がそれを書き取る時、そこには必然として生ずるズレがあったと推測できる。「孝徳紀」を例外に、『日本書紀』が正しい漢文で書かれているとすれば、「渡来人による記述」を認めざるを得ない。その可能性を示す例を幾つか挙げ、絶えざる検証の必要性を指摘して置きたい。

一つは、「童謡」等を以って記していること。『字統』は「〈天智紀〉などにみえる童謡も、中国の史書にみえる童謡と、同じ性質のものとしてあらわれている。」と指摘する。二つには、『日本書紀』や『続日本紀』に見える「災異」という言葉。『日本書紀』欽明二年七月条に、「災異は人に悟らしむる所以なり。」等とあり、『続日本紀』等にも散見する。『周漢思想研究』（「董仲舒研究」重沢俊郎）は、「災異説の趣旨は人君若し天意に悖る行為有れば天は災又は異を降ろして直接之を警告するから、人君は之に感じて自己の政治を改むべしと謂ふに在る。」（一九〇頁）、「君主が自然現象統制の能力有りとする考へは未開社会以来存在する。此の能力の喪失を以て君主の資格の喪失に等しいとする習慣すら稀でない。今董仲舒は此の旧来の信仰を哲学的に基礎付け、自然現象の変調を以て君主を責むるの道を開き、以て君権抑制の実を挙げむとするのである。」（一九二～三頁）と指摘する。三つには、「挽歌」や「相聞」等、漢語の受容に関わること。『万葉集』には「倭詩」（三九六七番歌題詞家持）とあり、天平十九（七四七）年には、日本の歌が、「漢詩」に対する「倭詩」と捉える向きがあったことが判る。『続日本紀』天平二（七三〇）年三月二七日条の「太政官奏」には、「諸蕃《しよばん》・異域《いゐき》、風俗《ふうぞく》同《おな》じからず。若《も》し訳語《をさ》無くは、事《こと》を通《かよは》すこと難《かた》けむ。仍《より》て、粟田《あはた》朝臣馬養《うまかひ》・播磨《はりま》直乙安《をとやす》・陽胡《やこ》史真身《まみ》・秦朝元《はだのてうぐゑん》・文元貞《ぶんのぐゑんてい》等五人に仰《おほ》せて、各《おのおの》弟子《でし》二人を取《と》りて漢語《かんぎよ》を習《なら》はしめむ。」と、「訳語」の役割が示される。「秦朝元」は『万葉集』三九二六番歌「家持の応詔歌」左注に名を残す。また『懐風藻』26、「釈辨正《しやくべんしやう》」伝に、「辨正法師《べんしやうほふし》は、俗姓秦氏《ぞくせいはたうぢ》。性滑稽《せいこつけい》、談論《だんろん》に善《よ》し。」「子に朝慶《てうけい》・朝元《てうげん》有り。」とあり、渡来人の系譜にあった「秦氏」が担った役割を語る。王仁来日の時は、菟道稚郎子が習い、王仁は書首の「始祖」となった。「敏達紀」元年五月条には、船史の祖王辰爾《わうじんに》が高麗の国書を読んで「殿《との》の中《うち》に近侍《はべ》れ」と命じられたとある。ここから、天皇に近侍する渡来系の人物を確認できる。このように、「渡来人」・「渡来系日本人」・「日本人（主に上流支配階級に属した人々）」の世界に、着々と築かれていた

「記載」時代への礎、「漢文から和文へ」の過渡期の出来事も確認して置く。四つには、漢詩文の影響下、表現内容が飛躍的に拡大されていた事実も押さえて置くべきものと考える。『懐風藻』に見られる「吉野仙境視」は明らかに道教による。「吉野川に遊ぶ」98・119等には「水智」「山仁」とあって『論語』「雍也」の、「柘吟」とあって、道教の影響を見ることができる。

かつて吉本は、漢字という表意文字で書き取る場合、書き手の恣意的な漢字の当て嵌めによって、口承されていた伝承の多様性が、一つの意味に限定される可能性に言及していた。私はこうした吉本の考えを、「吉本の足枷」として捉え、津田左右吉の文献批判とともに注意を喚起させられて来たが、こうしたことも広い意味での潤色と見なし得よう。このように『日本書紀』には、『日本書紀』編纂の前後、書承に関わって、「口承の内容」を変えかねない幾つかの条件が伴っていたことにも配慮する必要があろう。

三　齊明「五月悲傷歌群」の語るもの

「皇孫建王《みまごたけるのみこ》、年《とし》八歳《やつ》にして薨《う》せましぬ」の「薨」は原文では「皇孫建王、年八歳薨」とある。この「薨」は、『律令』（「養老律令」）「喪葬令」第廿六―15に「親王及び三位以上は薨《こう》と称《しょう》せよ」とあり、この規定が「養老律令」初出とすると、「薨」は、養老二（七一八）年編纂開始、七五七年施行のこの規定に基づくことになる。「天武紀」十年二月二五日条の「詔」、「朕《われ》、今《いま》より更律令《またのりのふみ》を定《さだ》め、法式《のり》を改《あらた》めむと欲《おも》ふ。」に遡ったにしても、齊明四年の記載にはなじまない。『日本書紀』完成の七二〇年との整合性として、「同時代性」として置く。しかるに天皇の死は「崩」と記して、「かむあがる」と訓まれ、この言葉は、草壁皇子「薨去」の際には、人麻呂が「天の原　岩門を開き　神上り　上りいましぬ　一ニ云フ　神登り　いましにしかば」（一六七番歌）と歌った。こうした表現は、

「記紀」、取り分け『古事記』神話に拠るものと思われ、天皇の「天降《あまくだ》り」が前提となる。「允恭紀」四年九月二八日条には、「詔《みことのり》して曰《のたま》はく、『群卿《まへつきみたち》百寮《つかさつかさ》及《およ》び諸《もろもろ》の国造等《くにのみやつこたち》、皆各《みなおのおの》言《まう》さく、『或《ある》いは帝皇《みかど》の裔《みこはな》或いは異《あや》しくして天降《あまくだ》れり』とまうす。然《しか》れども三才《みつのみち》顕《あらは》れ分《わか》れしより以来《このかた》、多《さは》に万歳《よろづとせ》を歴《へ》ぬ。是《ここ》を以《も》て、一《ひとつ》の氏蕃息《うぢうまは》りて、更《さら》に万姓《よろづのかばね》と為《な》れり。其《そ》の実《まこと》を知《し》り難《がた》し。故《かれ》、諸《もろもろ》の氏姓《うぢかばね》の人等《ひとども》、沐浴斎戒《ゆかはあみものいみ》して、各盟神探湯《くかたち》せよ』とのたまふ。則《すなは》ち味橿丘《うまかしのをか》の辞禍戸碑《ことのまがへのさき》に、探湯瓮《くかへ》を坐《す》ゑて、諸人《もろひと》を引《ひ》きて赴《ゆ》かしめて曰《のたま》はく、『実《まこと》を得《え》むものは全《また》からむ。偽《いつは》らば必《かなら》ず害《やぶ》れなむ』とのたまふ。盟神探湯、此《これ》をば区訶陀智《くかたち》と云《い》ふ。或いは泥《うひぢ》を釜《なべ》に納《い》れて煮沸《にわか》して、手《て》に攘《かきはつ》りて湯《ゆ》の泥を探《さぐ》る。或いは斧《をの》を火の色《いろ》に焼《や》きて、掌《たなうら》に置《お》く。是に、諸人、各木綿手繦《ゆふたすき》を著《し》て、釜《なべ》に赴《ゆ》きて探湯《くかたち》す。則ち実《まこと》を得《う》る者《ひと》は自《おの》づからに全《また》く、実を得《え》ざる者は皆傷《やぶ》れぬ。是を以て、故《ことたへ》に詐《うつは》る者、愕《お》ぢて、豫《あらかじ》め退《しりぞ》きて進《すす》むこと無《な》し。是《これ》より後《のち》、氏姓《うぢかばね》自づから定《さだま》りて、更《さら》に詐《うつは》る人《ひと》無《な》し。」とあり、「群卿《まへつきみたち》百寮《つかさつかさ》及《およ》び諸《もろもろ》の国造等《くにのみやつこたち》」が、それぞれに、「帝皇《みかど》の裔《みこはな》」、「異《あや》しくして天降《あまくだ》れり」と言い出し、「氏姓」が混乱したというのである。「天皇家」による「天降り」の独占を示す記録であり、天皇の超絶生を保証する根拠付けである。それをはっきりさせたのは「盟神探湯」だった。「探湯」は、『論語』（巻五季氏第十六）に「見テハ二不善ヲ一如クスレ探ルガレ湯ヲ。」とあり、『論語』によることが判る。孔子の求めた理想の体制、周王朝の封建体制をなぞって、日本の古代国家の在り様を、ピラミッド型の体制に求め、その頂点に立つ氏族、「天皇家」を位置づける役割を果たしている。いわば「天皇家」による〝天の独占〟である。

「天皇」という言葉は、そもそも漢語である。「すめらみこと」と訓んでも、「すめら」は「▽梵語で、至高・妙高の意の蘓迷盧 sumetu と音韻・意味が一致する。また、最高の山を意味する蒙古語 sumel と同源であろう。」（『岩波古語辞典』）と解説される。これによれば、仏教伝来以前にはあり得ない言葉となる。少なくとも「允恭紀」に記されたことの事実性は削がれる。『古事記』・『日本書紀』編纂時に、宮廷周辺に広まった新しい言葉であった可能性も否めない。津田左右吉の「スメラミコト考」は、北極星に負う「天皇大帝」を挙げる。天武の名前の一部には「真人」とある。道教にいう「仙人」の意らしい。吉野が仙境になったのも、天武に関わる面がある。しかし、こうしたことは、①の齊明歌からは遠い。これは、国家に関わる共同幻想と、国家の頂点に立つ「天皇家」の対幻想を、それぞれに捉えることで初めて見えて来ることなのではないか。従って、『日本書紀』に、①の「廼《すなは》ち作歌《うたよみ》して曰はく、」とあるのは、天武や天武周辺の人々が語り伝えていたことを、『日本書紀』の編纂に当って、「母親齊明が、甥の早世を『不忍哀《あからしび》したまひ、傷み慟《まど》ひたまふこと極めて甚《にへさ》なり』という心的状況下、『作歌《うたよみ》して曰』うたことを思い出し」、『書紀』に記録した時点での「薨」として置くのが至当だろう。

次は「殯」を。「推古紀」三六年九月二〇日条「比年《としごろ》、五穀《いつつのたなつもの》登らず。百姓《おほみたから》大きに飢《う》う。其《そ》れ朕《わ》が為《ため》に陵《みささぎ》を興《た》てて厚《あつ》く葬《はぶ》ること勿《まな》。便《ただ》に竹田皇子《たけだのみこ》の陵《みささぎ》に葬るべし。」が示唆的だ。この「厚葬の禁」は、『上宮聖徳法皇帝説』「天寿国繍帳亀背文」に記された「天寿国」と共に、従来の「他界」、「黄泉の国」を相対化する言葉として異彩を放つ（『シリーズ古代の文学6巻』「葬歌から挽歌へ」）。「天寿国繍帳亀背文」は「聖徳太子」の死（六二二年）に際し、「時に多至波奈大女郎、悲哀ビ嘆息きて」、推古天皇に、「我が大王は天寿国ノ中に生れたまふ応し」と伝えたと記す。これは仏教の影響下、従来の「葬法」「葬礼」では対処できない事態が、「厚葬の禁」に先立って発生していたことを示す。或いは、『論語』（巻四「先進」第十一）の、「顔淵死す。門人之を厚く葬らんと欲す。子曰はく、不可なりと。門人厚く之を葬る。子曰はく、回や、予を視ること、父の猶くせり。予子の猶くするを視ること得ざるなりと。我に非らざるなり。夫の二三子なり。」等の影響をも蒙っていた可能性もある。漢籍や仏典に学び、「人と人との関係」を重んじる価値観が勢いを増して来ていたようだ。こうした仏典による「他界観」の揺らぎと、漢籍による「人間関係」重視の考え方は、「文字文化」の必然として、「内省」の機運をも醸成し、異国との交流の中で耳にした「西土《もろこし》の君《きみ》」の「戒め」に学び、「大化改新」の「薄葬令」へと向かう。「幸徳紀」

大化二年三月二二日条には『魏志』「武帝紀」「文帝紀」に学んだとされる「薄葬令」制定への記述がある。「朕《われ》聞《き》く、西土《もろこしのくに》の君《きみ》、其《そ》の民《たみ》を戒《いまし》めて」、「『古《いにしへ》の葬《はぶり》』」（大陸の厚葬）は、「『諸《もろもろ》の愚俗《おろかひと》のする所なり』といへり」と、推古天皇の遺言と同様、「廼者《このごろ》、我《わ》が民《おほみたから》の貧しく絶《とも》しきこと、専《まづ》墓《たくめはか》を営《つく》るに由《よ》れり」の理由を掲げて、葬法の一新を図り、「王以上」から「庶民」に至るまでの「墓制」を規定した。「王以下」「庶民」の「殯《もがりや》」を禁止し、殉死・宝物の副葬・傷身哀悼等を「旧俗《ふるきしわざ》、一《もはら》に皆悉《ことごとく》に断《や》めよ」と、葬法の大改革が記される。この「王以下」の解釈が難しいが、『万葉集』に残る「殯宮挽歌」によれば、「王」への「殯」の禁止は除外されていたものと見られる。村落共同体では、葬法のこうした細かなクラス分けは期待できまい。「階層」の存在を周知させる方法として、この期の必然的な流れとみられる。従って、従来の「葬法」「葬礼」では対処できない状況が現に発生し、死の一つ一つが具体的に押さえられる時代にあったと言えよう。

しかも「大化改新の詔」には、「古《いにしへ》より以降《このかた》、天皇《すめらみこと》の時毎《みよごと》に、代《しろ》の民を置《お》き標《あらは》して、名《みな》を後《のち》に垂《た》る。其《そ》れ臣連《おみむらじ》等《たち》・伴造《とものみやつこ》・国造《くにのみやつこ》、各《おのおの》己《おの》が民《たみ》を置《お》きて、情《こころ》の恣《ほしきまま》に駈使《つか》ふ。」と、「情《こころ》の恣《ほしきまま》」が噴出する事態の存在を明かす記述と見ることもできよう。これは、数が少ないとはいえ、〝「私」の主張〟とみられる。また、変革期であったればこその、「伝承」についての新たな契機が生まれていたことを示唆する記述もある。「安閑紀」二年九月十三日条に、「別《こと》に大連《おほむらじ》に勅《みことのり》して云《のたま》はく、『牛《うし》を難波《なには》の大隅嶋《おほすみのしま》と媛嶋松原《ひめしまのまつばら》とに放《はな》て。冀《ねがは》くは名《な》を後《のち》に垂《た》れむ』」とあるのがそれだ。「名を垂る」ために、特権階層の一部の人が、多くの人々を恣に使っていたというのだ。既に折口が取り上げ、「此は、天子竝びに、非常に宮廷に近い親等の皇族に限つて行はれた事なのだ。つまり、自分の身の後に、自分の名が伝らぬ。どうかしてそれを伝へたいと言ふ考へから、かう言ふ団体の民を新しく組織して、一つの移動部落に、御自分の御名や、生涯の中の記念すべき出来事を、伝へさせておかれた。」（『折口信夫全集』「古代氏族文学」第八・七二頁）と指摘する。これは、〝新しい伝承の論理〟の出現と取れる。「大化改新の詔」では、

「改新」の必要性について、「国縣《くにあがた》の山海《やまうみ》・林野《はやしの》・池田《いけた》を割《さきと》りて、己が財《たから》として、争《あらそ》ひ戦《たたか》ふこと已《や》まず。或《あるひと》は数万頃《あまたよろづしろ》の田《た》を兼《か》ね并《あは》す。或《あるひと》は全《もは》ら容 針少地《はりさすばかりのところ》も無《な》し。調賦《みつき》進《たてまつ》る時《とき》に、其の臣連・伴造等《たち》、先《ま》づ自《みずか》ら収《をさ》め斂《と》りて、然《しか》して後《のち》に分《わか》ち進《たてまつ》る。宮殿《おほみや》を修治《つく》り、園陵《みささぎ》を築造《つく》るに、各己《おの》が民を率《ゐ》て、事に随《したが》ひて作《つく》れり。易《えき》に曰《いへ》らく、『上《かみ》を損《おと》して下《しも》を益《ま》す。節《したが》ふに制度《のり》を以《も》てして、財を傷《やぶ》らざれ。民を害《そこな》はざれ」といへり。』と土地を巡る人々の「改善しなければならない今」の在り様を指摘している。この「国縣《くにあがた》の山海《やまうみ》・林野《はやしの》・池田《いけた》」を巡っては、「己が財《たから》」とした「伝承」の存在さえ想像できる。〝土地の占有を根拠付ける伝承〟である。しかし、為政者（『日本書紀』編纂時の仮託とも見られるが）には、『易』の観点から許容し得ない状態と映っていたようだ。「公地公民制」「戸籍・計張」「班田収授之法」作成への論理である。

「或は数万頃《あまたよろづしろ》の田を兼ね并《あは》す。」の、「田」に注目し、「居住地」を巡る沖縄の「村立て神話」に擬えていえば、「己が財として、争ひ戦ふ」ことによって獲得された「田」についての伝承、〝田立て神話〟のようなものの発生さえも想定できよう。「田」に関わって想像される、「農耕時代」への展開が透けて来る。この「田」は、後々の「豊葦原《とよあしはら》の千秋長五百秋《ちあきながいほあき》の水穂国《みづほ》」（「神代記」一一一頁）幻想への途上を暗示すると共に、小野重朗の前掲資料に基づいていえば、農耕開始の原初には、神授の稲作を実施する場所として確保されたと見ることも可能なのではないか。しかもそれが「己が財として、争ひ戦ふ」ものであったことで、その先には「諸家」の成立を想定することもできるはずだ。「農耕」が進展する中で、小野の指摘するような「稲の叙事詩↓稲作の叙事詩」への「変遷と移行があったとかんがえられ」（一七四頁）るとしたら、「大化」以前の実態さえも透けて見えて来る。「稲作の伝来」については、『日本歴史02　王権誕生』（寺沢薫　講談社）が参考になる。

また、「稲そのものを神とするのは稲魂で、稲作を守護する神は田の神である」（同）とし、「『米ぬながね』を伝えていたのが奄美のユタという巫女であった」（一七五頁）とするなら、仏教導入時の物部・中臣氏の言い分、

「我が国家《みかど》の天下に王《きみ》とましますことは、恒に天地社稷《あまつやしろくにつやしろ》の百八十神を以て、春夏秋冬、祭拝《まつ》りたまふことを事《わざ》とす」とあるのも理解できる。また「蕃神《あだしくにのかみ》」（「仏像」）を得たことによる「国神」（天地社稷《あまつやしろくにつやしろ》の百八十神）の相対視は、それまでに明確な「人格神」が存在しなかったことを示し、仏像が、「人形《ひとがた》」を採って紹介されたことで、この後の日本に「現人神」をもたらした可能性も見えて来よう。仏塔こそ有れ、インドに仏像が現れるのには、アレキサンダー大王の遠征を要したらしい。ギリシャ彫刻がインドに影響して仏像が形成され、最果ての日本に、蕃神として受容された。仏教の導入が、仮に「仏塔」を介していたら、異なった展開をしていただろう。一方、「巫女」の系譜を遡れば、卑弥呼にも及ぶのではあるまいか。

この「大化改新の詔」が、例え『日本書紀』完成時の影響下にあったとしても、七二〇年時点での認識として、その時の一代前のことを想定し、記すこととしてそれなりの意味を認めても良いと私は思う。古代国家形成期の自分達の在り様を、その前の状態を想定することで捉え直せるという一つの考え方が見えるからである。

次に、①の「廼《すなは》ち作歌《うたよみ》して曰はく」、「天皇、時時に唱《うた》ひたまひて悲哭《みね》す。」を問い、死と歌との関わりを見る。『古事記』は、倭建命の葬礼を記し、「この四歌《ようた》は、皆その御葬《みはふり》に歌ひき。今に至るまでその歌は、天皇の大御葬《おほみはふり》に歌ふなり」（二二三頁）と特記する。しかるに、『古今注』（崔豹）は、「薤露蒿里並喪歌也。出二田横門人一。横自殺。門人傷レ之成二之悲歌一。言人命如二薤上之露一易二晞滅一也。亦謂人死魂魄帰二乎蒿里一。故有二二章一。」「至二孝武時一、李延年乃分為二二曲一。薤露送二王公貴人一。蒿里送二士大夫庶人一。使二挽レ柩者歌一レ之。世呼為二挽歌一。」と記す。「薤露」は、「王公貴人を送る」際、「蒿里」は「士大夫庶人を送る」際、「柩を挽く者が歌わされる」歌と解し得る。従って、「天皇の大御葬に」と、「王公貴人を送る」「士大夫庶人を送る」からは、「歌の用い方」に於ける共通性を引き出せる。「大御葬歌」と「挽歌」が、〝繰り返し歌われていた〟ということである。

死は、本来個別的なこと。その個別的な「死」に伴って「歌が用いられる」としたら、それぞれの死に相応しい歌が用いられるはずである。しかし、「天皇」と「王公貴人」「士大夫庶人」という身分に応じて、同じ歌が繰り返し歌われていたのなら、「歌の用い方」に関する限り、死は、個別のこととしては扱われていなかったことになる。こうしたことは、「死」を第三者の立場から見ることで得られた、「死」を巡る共同幻想の一つの在り様と位置付けられよう。従って、「挽歌」という『万葉集』の分類標目は、明らかな誤りを抱えていたことになる。今私の指摘したことが、『万葉集』編纂時にあったら、「挽歌」という漢語は採用されなかったのに違いない。『万葉集』の分類に、「挽歌」は元々馴染まなかった。『万葉集』に「挽歌」と分類掲載された歌が、他の人の死に際して繰り返し歌われた形跡は殆ど無い。だから「柩を挽く時作るところにあらずと言へども、歌の意《こころ》を准擬《なぞら》へて、故以《ことさら》に挽歌の類に載す」と異例の弁明を記したのだ。「挽歌」は『万葉集』限定の標目となり、『古今集』は「哀傷」を選んだのに違いない。『万葉集』の「挽歌」は、〝個別の死の意《こころ》〟を志向していたということである。

『魏志倭人伝』（岩波文庫本）は記す。「其の死には棺有るも槨《そとばこ》無く、土を封じて冢《つか》を作る。始め死するや停喪十余日、時に當りて肉を食わず、喪主哭泣し、他人就いて歌舞飲酒す。已に葬れば、挙家水中に詣《いた》りて澡浴《そうよく》し、以って練沐《れんもく》の如くす。」と。「喪主哭泣し」は、「天皇、時時に唱《うた》ひたまひて悲哭《みね》す」にも通じる。肉親の死は、具体的だ。だから連れ添いであっても、倭大后は「人はよし　念ひ息むとも　玉縵影に見えつつ　忘らえぬかも」（一四九番歌）と歌った。それに対して、「他人就いて歌舞飲酒す」は、『日本書紀』神代上五段一書第五の「一書に曰はく、伊奘冉尊、火神を生む時に、灼《や》かれて神《かむ》退去《さ》りましぬ。故《かれ》、紀伊国《きのくに》の熊野《くまの》の有馬村《ありまむら》に葬《はぶ》りまつる。土俗《くにひと》、此《こ》の神の魂《みたま》を祭《まつ》るには、花《はな》の時には亦《また》花を以《も》て祭る。又鼓吹《つづみふえ》幡旗《はた》を用《も》て、歌《うた》ひ舞《ま》ひて祭る。」の伊奘冉尊の死や、秋間が挙げた「記紀の天若日子の葬儀の記事に『日八日夜八夜を遊びき』とある」天若日子の死をも含め、これらの「死」は全て、「他者」「第三者」の死である。死に関わる様々な幻想やそれに伴う儀式は、身内の死からではなく、「他者」の死に関わって生み出されて来た可能性さえ示唆している。「他者の死」は、その周辺に様々な〝死の幻想〟をもたらし、人々を拘束する。ここにいう「歌」は、繰り返し歌われていた可能性が高い。「死」を「再生」への契機と捉える人々は、「死」に関わらない、「魂振り」に相応しい賑やかな歌を歌おうとしていたとも考えられる。しかし、「喪主」は「哭泣」していた。

次に、「群臣に詔して曰はく、『万歳千秋《よろづとせちあき》の後に、要ず朕《わ》が陵に合せ葬《はぶ》れ』とのたまふ。」の「合葬」について。「岩波古典文学大系本」「頭注」は、推古以前の三例を例示する。「宣化紀」四年十一月十七日条では「孺子」も合葬され、「孺子」について「蓋《けだ》し未《いま》だ成人《ひととな》らずして薨《う》せませるか。」と記す。推古は「厚葬」を禁じて「合葬」を選んだ。建王の死は「薄葬令」の後である。簡素化された「夫れ王《みこたち》より以上《かみつかた》の墓は、其の内《うち》の長《なが》さ九尺《ここのさか》、濶《ひろ》さ五尺《いつさか》。其の外の域《とめぐり》は、方《たたさよこさ》九尋《ここのひろ》、高《たか》さ五尋《いつひろ》。役《えよほろ》一千人《ちたり》、七日《なぬか》に訖《をはら》しめよ。」に従うはずであった。そこへ、齊明の「『万歳千秋《よろづとせちあき》の後に、要ず朕《わ》が陵に合せ葬《はぶ》れ』」との命である。自らの死後を意識してのことと取れる。宣化天皇の死に際し、注記に「皇后の崩《かむさ》りまし年《みとし》、伝記《しるしぶみ》に載《の》すること無《な》し。」とある皇后が、孺子と合葬されたと記す。語り継ぎを示唆し、意味ありげである。「未成人」と記し、「皇后の崩《かむさ》りまし年」を「伝記《しるしぶみ》に載」せてないと記された二人が、宣化天皇の死を受けて「合葬」されたというのには、三人を、一つの家族として葬ってやろうとする心、価値観の存在をも仄めかす。かつて目にした、アフリカのある村での葬儀の映像が想起される。幼い子供が、鳥の羽で体を飾られて葬られる場面である。傷身哀悼の風習もあった。大人は戸外の埋葬場所へ、未成年の幼子は、戸内に葬るのが彼等の作法だった。こうした行為の中に、「悲傷」の思いを見るのは誤りなのだろうか。

建王は、『日本書紀』天智七年二月二十三日条の「蘇我山田石川麻呂大臣《そがのやまだのいしかはまろのおほまへつきみ》の女《むすめ》有《あ》り、遠智娘《をちのいらつめ》と曰《い》ふ。」「一の《ひとりの》男《ひこみこ》・二《ふたり》の女《ひめみこ》を生《う》めり。其の一《ひとり》を大田皇女《おほたのひめみこ》と曰《まう》す。其の二《ふたり》を鸕野皇女《うののひめみこ》と曰す。」「其の三《みたり》を建皇子《たけるのみこ》と曰す。唖《おふし》にして語《まこと》ふこと能《あた》はず。」と記される。母親は「蘇我山田石川麻呂大臣の女有り、遠智娘《をちのいらつめ》と曰ふ。」とあるので、この「遠智娘《をちのいらつめ》」は、孝徳五年三月是の月条の「造媛《みやつこひめ》」に違いない。「古典文学大系本」頭注にも「美濃津子娘にも作る。蘇我山田石川麻呂の女。遠智娘ともいう。」とある。従って、建王は、ハンディキャップであったばかりか、母に先立たれていた。齊明は祖母であり、母親代わりでもあったろう。これは憶測に過ぎないが、この合葬は、「宣化紀」四年十一月十七日条にある、「孺子《わくご》」合葬を前例とした可能性がある。百二十年も前のことをと思うのは、我々現代人の印象に過ぎまい。但し、「薨《う》せませるか。」の「薨」が気になる。養老二年に編纂開始の仕事が、五年完成の『日本書紀』に反映されていたら、「宣化紀」の記事は七一七年以後の「伝記」となりかねない。

「天皇、時時に唱《うた》ひたまひて悲哭《みね》す」は、「建王の生前を追憶し、その早世を悼み、孫の死を自らの悲しみとして歌った歌」を、口承という伝統の方法で記憶し、「時時」、繰り返し「唱ひ」、「悲哭《みね》」したというのだろう。これは第三者へ伝えることの埒外にある行為と取れる。しかし、たまたま書承されたことで、現代に及んだのではないか。時間軸上で見るなら、人間が共同体を形成し、神謡によってそれを維持することで生産性を向上させ、他の共同体との関わり合いの中、限りない空間への広がりの果てに、口承では対処しきれない事態に直面して、「伝承」と「伝達」を書承に求める人間関係が生まれていたということなのではないか。

②では「天皇、皇孫《みまご》建王を憶《おもほしい》でて、愴爾《いた》み悲泣《かなし》びたまふ。乃ち口號して曰はく、」と、「秦大蔵造萬里《はだのおほくらのみやつこまろ》に詔して曰はく、『斯《こ》の歌を伝へて、世に忘らしむること勿れ』とのたまふ。」が重く響く。「冬十月の庚戌《かのえいぬ》の朔甲子《きのえねのひ》に、紀温湯《きのゆ》に幸す。」から文脈に沿って忠実に経過を辿ってみよう。「五月に、皇孫建王《みまごたけるのみこ》、年八歳《みとしやつ》にして薨《う》せましぬ。今城谷《いまきのたに》の上に、殯《もがり》を起《た》てて収《をさ》む。」とあるのは、殯宮に納めたということだろう。或いは殯に関わることを終えたということか。はっきりしないが、「群臣に詔して曰」うたことが、「万歳千秋《よろづとせちあき》の後に、要ず朕《わ》が陵に合せ葬《はぶ》れ」とあるのだから、「本葬」は無いことになる。従って、「齊明の思い」を推し量ると、皇孫の死に因

って陥った魂の動揺は、齊明自らが亡くなって、皇孫と共に「合葬」されるまで、鎮まらない理屈となろう。五月の歌はその意味で、建王を追慕することで、鎮まらない心を相対化し、鎮めとして自ら歌い、諌めとして自が歌を繰り返し「唱」ったと見ることもできよう。だから「時時に唱《うた》ひたまひて悲哭《みね》す。」ということになった。しかし「死」はやはり絶対である。相聞歌との違いである。相聞の世界は男女間の問題として、「相対的絶対」であると、確かサルトルが書いていた。生きていれば、事態は動くこともあり得る。しかし、死は固定なのだ。「冬十月の庚戌《かのえいぬ》の朔甲子《きのえねのひ》に、紀温湯《きのゆ》に幸す。」と、五か月の後に時間は跳ぶが、文脈的には「時時に唱《うた》ひたまひて悲哭《みね》す。」という状況は継続していたと取るべきだろう。そうだったとしたら、「紀温湯《きのゆ》に幸す」ことの目的も見えて来る。皇孫の死がもたらした「不忍哀《あからしび》したまひ、傷み慟《まど》ひたまふこと極めて甚《にへさ》なり」という「揺れて鎮まらない」心の状態を癒そうとしての旅ではなかったかと。しかしそれを決行すれば、当然、建王の亡骸を「殯」の場所に残すことになる。「天皇、皇孫《みまご》建王を憶《おもほしい》でて、愴爾《いた》み悲泣《かなし》びたまふ。」は、その時の齊明の思いだった。「即刻口號して曰はく」は齊明の鎮魂の試みだったのに違いない。そのように捉えれば、

山越えて　海渡るとも　おもしろき　今城の中《うち》は　忘らゆましじ　其一（１１８）

（山を越えて海を渡って行くとしても、今城でのおもしろかった様々なことは、忘れられましょうか。）

水門《みなと》の　潮《うしほ》のくだり　海《うな》くだり　後も暗《くれ》に　置きてか行かむ　其二（１１９）

（水門の、潮の下り海の下りを、紀州へと向かう時、建王の居所を暗くして、置いていけましょうか。）

愛《うつく》しき　吾が若き子を　置きてか行かむ　其三（１２０）

（可愛い私の幼子を、置いていけましょうか。）

と言うように、この三首はすんなりと収まる。「紀温湯」での「口號」とすると、無理な試みを余儀なくされる。出立に際しての歌とすれば、「紀温湯」に於いても歌い得る。五月の歌が「唱」われたように。因みに、『山路評

釈』は「紀温泉への行幸の途次」としている。それでは、こう歌ったことで、齊明の心は鎮まったのか。否である。それが達成されるのは「合葬」の時。しかし、もう一つの方法があった。「斯《こ》の歌を伝へて、世に忘らしむること勿れ」との指示の中に。「世に忘れさせないこと」に依る方法である。

この齊明歌の場合には、「秦大蔵造《はだのおほくらのみやつこ》萬里《まろ》に詔して曰はく」と、渡来系氏族「秦氏」の一人に託されている。その「秦氏」は前述した通りで、先学の多くが認める如く渡来系の人物とみられる。何故齊明の近辺に居て、この事態となったのか。それは、「仁徳紀」三十年九月十一日条の「舎人鳥山」が示唆する。『日本書紀』が「大化の改新」を「六四五年」に設定するこの時代、天皇に近侍する舎人集団の中に、渡来系の人材が組み込まれていても不思議ではない。王辰爾の例があった。たまたま「書承」に長けた渡来系の「秦大蔵造《はだのおほくらのみやつこ》萬里《まろ》」がいたのかもしれない。齊明も「書承」を命じたのではなかったのかもしれない。しかし「渡来系」の人々にとっての「世に忘らしむること勿れ」は、決して「口承」ではなかったはずだ。大げさにこれを評すれば、〝「口承」の、「書承」への委託〟ということになる。これは稗田阿礼の「誦習」が、安萬侶の「書承」に託されたのに似ている。この出来事は、「口承」が「書承としての漢文に託され」「書承としての和文」に至る道を辿る、一つの経過を語るものと言えまいか。そして最後の憶測。萬里の役割は果たされていた。『帝紀』『本辞』『旧辞』の何れかに、齊明の「斯《こ》の歌を伝へて、世に忘らしむること勿れ」は記されていたのではなかったか。仮に『古事記』が推古以後も記されていたら、それは当然天武によって「正実」として記録されていただろう。しかしその必要はなかった。天武にとっては、「口誦」こそが正統な伝承方法（二〇〇一年三月、古代文学会で研究発表）としてあったからだ。更にいえば、「齊明悲傷歌群」という、「舒明・齊明」の「天皇家」の家系に限られた「対幻想」の範囲にあったからである。政治経済に関わって、大和国全体に渡るような国家共同体を担う大規模な問題に対して、「口承」は役不足である。国家共同体を担う伝承は、漢文世界の正史として、『日本書紀』に委ねられる時代に入って行くこととなる。

それでは、齊明の揺らいで鎮まらない心は、伝承されて、鎮まったのであろうか。「是」である。しかし「合葬」に関しては結論を保留せざるを得ない。なぜなら、朝倉宮で亡くなった齊明は、大和に運ばれて、十一月七日、「天皇の喪を以て、飛鳥の川原に殯す。此より発哀る。こと、九日に至る。」とあるに止まり、「天智紀」六年二月二七日条には、「天豊財重日足姫天皇と間人皇女とを小市岡上陵に合せ葬せり。」と記され、合奏されたのは「間人皇女」だったからだ。皇孫建王については、杳として分らない。ただ「今城谷《いまきのたに》の上に、殯《もがり》を起《た》てて収《をさ》む。」と「天皇の喪を以て、飛鳥の川原に殯す。此より発哀る。こと、九日に至る。」が同じ飛鳥であったことが確認されるばかりである。「飛鳥川　漲《みなぎら》ひつつ　行く水の　間も無くも　思ほゆるかも」と歌っていたことで、殯の地を「飛鳥の川原」に結び付ける憶測は可能だが、そこまでである。

終わりに

私は、古橋の「神謡」を承けて、その「変容」の一つだけでも扱いたいと考えた。しかし、「神謡」からの「変容」をどの段階で捉えればよいのか、論理立てではまだ不十分だ。しかしそのルートは、次第に開けるのではないかと思う。古橋が指摘した、人間の作った最初の「共同体」としての「村」を、小野重朗の「生産叙事」を手掛かりに、「農耕」社会の在り様に結び付けられたら、「クニ共同体」とでも言うべき新たな状態が透けて見えて来るように思われるからだ。「村」と「村」の関係の中で、村を支える神が他の村（神）を駆逐し、神が神の上に立って、神の威力を更に高める一方で、神（村）が敗れてその力が見透かされ、人間の在り様が、表に現れて来る激動の時を想定すれば捉えられるのではないかという見通しがあるからである。それが古橋の言う「変容」に当たるのかどうか、わからないが、問い続けるつもりである。古橋の予想した「変容」からは程遠いにしても、齊明の「斯《こ》の歌を伝へて、世に忘らしむること勿れ」は、世間に言われている評価を越えて、大きな役割を負う事件となっていたことだけは確認し得たものと思う。それは、口承による記憶の世界を、書承による記憶の世界へバトンタッチする決定的な出来事の一つであった。共同体が拡大して、口承では対処できないほどに変貌し、書承による情報伝達の時代、言い換えれば古代国家共同体の形成に向かう過渡期の出来事であった。

記紀歌謡と万葉集

――挽歌成立の問題として

高桑枝実子

はじめに

かつての挽歌研究は、記紀歌謡から万葉挽歌への流れを考える《挽歌の源流考》という形が主流であった。そもそも挽歌研究に挽歌史という視点を初めて取り入れたのは、西郷信綱氏(1)による《女の挽歌》論であった。しかし、「原始の哭女《なきめ》」の伝統という歴史を説く《女の挽歌》論は抽象的な感が否めず、それに対するアンチテーゼとして、記紀歌謡から万葉挽歌への流れを見通す形の挽歌論が提示されてきたのである。その中で最初の体系的な挽歌研究は、青木生子氏(2)による挽歌論であったと言えよう。氏は、『万葉集』に於いて確立した挽歌の源流が記紀歌謡に於ける挽歌的な歌に見出されるとし、それらの歌を、生と死とが未分化の古代意識の中で死喪に際して古くから受け継がれてきた儀礼としての葬式歌(=「儀礼挽歌」・「古式挽歌」)と、死が生との訣別として意識された中で死者によせ個人の悲しみを純粋に歌う抒情歌(=「哀傷挽歌」・「抒情挽歌」)とに分け、一回性を持つ万葉挽歌の源流が後者であることを論じた。氏の論は、記紀歌謡と万葉挽歌との抒情的繋がりを説いたものと言える。これ以降の挽歌研究も同様に《挽歌の源流考》という形で進められていくが、次第に『古事記』の大御葬歌を挽歌の源流とする論調が主流となる。(3) そこで想定されたのは、固定化した葬歌が儀礼歌として歌われていた段階から、孝徳・斉明朝に帰化人によって新たな挽歌的歌謡が作られたことを契機として、死者個人に寄せて歌われる一回的・抒情的な万葉挽歌が成立するという挽歌史の流れである。ここで固定的・儀礼的葬歌として想定されたのが大御葬歌であった。それは『古事記』の所伝に、「是の四つの歌は、皆其の御葬《みはぶり》に歌ひき。故《かれ》、今に至るまで、其の歌は、天皇《すめらみこと》の大御葬《おほみはぶり》に歌ふぞ」とあることと、「なづき田を匍匐《はらば》ひ廻《めぐ》りて哭《な》き、歌為《うたよみし》て曰はく」と殯宮儀礼での所作を髣髴とさせる表現が見えるために四首が天皇の「大御葬」に於ける殯宮儀礼で歌われた歌と解釈されたことに由来する。(4) その結果、大御葬歌と『万葉集』の殯宮挽歌との繋がりが意識され、大御葬歌や孝徳・斉明紀の歌謡、万葉挽歌のすべてが「挽歌」と呼ばれ、一つの挽歌史を形成するものと見なされたのである。

このような挽歌研究のあり方を、大御葬歌の考察を通して批判したのが神野志隆光氏(5)である。氏は、死者を葬地に送り墳墓におさめることを指す「葬」と呪術的・魂ふり的儀礼である「殯」とを明確に区別した上で、大御葬歌四首を葬送儀礼に関わる歌と位置付けた。そして、挽歌は「儀礼の歌とは別に」「中国文学の媒介によって」成立した「新しい歌の領域」であり、「儀礼の歌とは異質な、死者を哀傷する抒情詩（一回的、求心的な文学としての歌）」として生成したものであると論じた。氏によって記紀歌謡と万葉挽歌との直接的関係が否定されてからは、挽歌研究に於いて記紀歌謡から万葉挽歌を見通すという通史的な方法は避けられるようになり、『万葉集』内部から挽歌の本質を捉える方法が模索されていく。

一方で、記紀の葬歌と万葉挽歌との繋がりを重く見る向きもある。古橋信孝氏(6)は、記紀歌謡から万葉挽歌が成立する過程を《葬の儀礼の確立→葬に関わる謡（＝記紀歌謡）の成立→抒情詩（＝万葉挽歌）の成立》という枠組みで捉え、記紀歌謡に見える葬の謡が万葉挽歌という抒情詩へと上昇するために重要だったのは「『あはれ』のような感動詞が内面を表出する言語として形容詞化し、内面描写をも可能にしたこと」であったと説く。また、居駒永幸氏(7)は、死者が境界の場所を経て他界に鎮まることを歌う万葉挽歌の構造が、境界の場所を経て死者の魂を他界へ送り鎮めることを歌う大御葬歌のあり方と通底することを指摘し、「万葉挽歌は死の嘆きを観念化したり抽象化したりして表現する哀傷挽歌への道を志向する一方で、死者儀礼における葬歌の表現を抜きがたく抱え込んだと言える」と考察する。古橋・居駒両氏が説くように、記紀歌謡と万葉挽歌には、表現及びその背後にある他界観に於いて共通性を見出せる。よって、記紀歌謡と万葉挽歌とを断絶した別個のものとして捉えるよりは、そこに何らかの繋がりや流れを想定すべきと思われる。そこで、本稿では古橋氏が提示した方法に倣って作者の抒情が表出される感動詞に着目し、記紀歌謡と万葉挽歌(8)との繋がり或いは違いを考察していきたい。

一　記紀歌謡の哀惜表現

本稿で着目するのは、文末の助詞「はも」「はや」である。両者は自立語ではないため正確には感動詞とは呼べないが、感動詞的な機能を有する。また、双方の機能は極めて良く似ているため、両者をまとめて考察の対象としていきたい。

まず、助詞「はも」は、文中にある場合と文末にある場合があり、双方で機能が若干異なる。文中にある場合は「夜**者《は》毛《も》**　夜のことごと　昼**者《は》母《も》**　日のことごと」（2一五五）のような対句表現に用いられることが多く、『時代別国語大辞典　上代編』に拠れば「連用の文節に接し、その語句を取り立てて示すとともに詠歎の気持を添える」意とされる。これに対し、本稿で取り上げる文末助詞としての機能については、同じく『上代編』は

「文末にあって体言に接し、極限的な状況における、愛惜のこもった詠歎をあらわす。過去のものや遠くにあるものへの愛惜をあらわすことが多い」と説明した上で、

ハモに上接する体言は、ハによって個性的な存在として取り立てられ、モの結合によって喚体表現の対象とされる。そのため、特別な、極限的な状況にある対象への詠歎になりやすく、かつそのような状況は、話し手と過去に特定の交渉があって現在は存在しないものや遠くはなれているものの表現に適しているのである。ハモに上接する体言が連体句によって説明修飾されているときは、その連体句の末尾に助動詞キヤラムがあらわれやすい。

と考察する。一方、助詞「はや」も「はも」と同様に文中にある場合と文末にある場合があり、双方で機能が異なる。文中にある場合は「親無しに　汝生《なれな》りけめや　さす竹の　君**波夜**《はや》無き」（紀・一〇四）のように「連用の文節について疑問あるいは推量の表現を構成する」（『上代編』）機能を持つ。それに対し、文末にある場合について『上代編』は「体言について、極限的な状況にある対象への強い感動をあらわす」意と説明し、「上代に限れば、既にないもの、まさになくなろうとするものへの愛惜といえる」と考察する。このように、「はも」と「はや」は共に、文末にある場合には極限的な状況にある対象への強い愛惜を表す感動詞的機能を持つのである。

それでは次に、「はも」「はや」が文末助詞として記紀歌謡に用いられた例を確認していきたい（「はも」「はや」に上接する体言を　で示した）。

A　神代記

かれ、阿治志貴高日子根《あぢしきたかひこね》の神は、忿《おもほで》りて飛び去りたまふ時に、その同母妹《いろも》高比賣《たかひめ》の命《みこと》、その御名を顕《あらは》さむと思ひて、歌ひしく、

天《あめ》なるや　弟棚機《おとたなばた》の　項《うな》がせる　玉の御統《みすまる》　御統に　穴玉《あなだま》**波夜**《はや》　み谷　二《ふた》渡らす　阿治志貴　高日子

根の神そ
この歌は夷振《ひなぶり》なり。　（記・六）

B

崇神記

かれ大毘古《おほびこ》の命、高志《こし》の國へ罷《まか》り往《い》ます時に、腰裳《こしも》着《け》る少女《をとめ》、山代《やましろ》の幣羅坂《へらさか》に立ちて歌ひしく、

御眞木入日子《みまきいりびこ》**波夜**《はや》　御眞木入日子**波夜**《はや》　己《おの》が命《を》を　盗み死せむと　後《しり》つ戸よ　い行《ゆ》き違《たが》ひ　前つ戸よ
い行き違ひ　窺《うかが》はく　知らにと　御眞木入日子**波夜**《はや》　（記・二二）

ここに大毘古の命、怪しと思ひて、馬を返して、その少女に「汝《いまし》が謂《い》へりし言《こと》は、何の言ぞ」と問ひたまへば、少女「吾言《あれものいは》はず、唯《ただ》歌をこそ歌ひつれ」と答へて、行くへも見えず、忽ちに失《う》せにき。

C

景行記

そこより入り幸《い》でまして、走水《はしりみづ》の海を渡ります時に、その渡《わたり》の神浪を興《た》てて船《みふね》を廻《もとほ》し、え進み渡りまさず。ここにその后《きさき》、名は弟橘比賣《おとたちばなひめ》の命白《まを》したまひしく、「妾《あれ》御子に易《かは》りて海中《うみ》に入りなむ。御子は所遣《まけ》の政《まつりごと》遂《と》げて、覆奏《かへりごとまを》したまはね」とまをして、海に入りまさむとする時に、菅畳《すがだたみ》八重、皮畳八重、絁《きぬ》畳八重を波の上に敷きて、その上に下《お》り坐《ま》しき。ここにその暴浪《あらなみ》自《おのづか》ら伏《な》ぎて、御船え進みき。かれ、その后歌ひたまひしく、

さねさし　相模《さがむ》の小野《をの》に　燃《も》ゆる火の　火中《ほなか》に立ちて　問ひし君**波母**《はも》　（記・二四）

かれ七日ありて後に、その后の御櫛、海邊に依りき。乃《すなは》ちその櫛を取りて、御陵《みはか》を作りて、治め置きき。

D

景行記

この時御病甚急《にはか》になりぬ。ここに御歌よみしたまひしく、

孃子《をとめ》の　床《とこ》の邊《べ》に　我《わ》が置きし　つるきの太刀《たち》　その太刀**波夜**《はや》　（記・三三）

歌ひ竟《を》へて、即ち崩《かむあが》りましき。かれ驛使《はゆまづかひ》を貢上《たてまつ》りき。

E　雄略紀（雄略天皇十二年十月条）

冬十月、癸酉《きいう》の朔にして壬午の日、天皇木工闘鶏《こだくみつげ》の御田《みた》〔一本に云ふ、猪名部《ゐなべ》の御田。蓋《けだ》し誤《あやまり》なり。〕に命《おほ》せて、始めて樓閣《たかどの》を起《つく》りたまひき。ここに御田、樓《たかどの》に登りて疾《と》く四面《よも》を走ること、飛び行くが若《ごと》くなりき。時に伊勢の采女有りて、樓の上を仰《あふ》ぎ觀《み》て、彼《そ》の疾く行くことを怪《あや》しみ、庭に顚仆《たふ》れて擎《ささ》げたる饌《みけ》を覆《こぼ》しつ。〔饌は、御膳《みけ》の物なり。〕天皇便《すなは》ち、御田その采女に奸《たは》けぬと疑ひたまひ、自《より》て刑《つみ》せむと念《おも》ほして物部《もののべ》に付《さづ》けたまひき。時に秦《はた》の酒の公《きみ》、侍坐《はべ》りき。琴の聲《ね》を以《も》ちて天皇を悟《さと》しまつらむと欲《おも》ひて、琴を横たへて彈きて曰《い》ひしく、

神風《かむかぜ》の　伊勢の　伊勢の野《ぬ》の　榮枝《さかえ》を　五百《いほ》經《ふ》る懸《か》きて　其《し》が盡《つ》くるまでに　大君に　堅く　仕へ奉《まつ》らむと　我《わ》が命も　長くもがと　言ひし　工匠《たくみ》**皤夜《はや》**　あたら工匠**皤夜《はや》**　（紀・七八）

ここに天皇、琴の聲に悟りてその罪を赦《ゆる》したまひき。

文末助詞「はも」「はや」を含む歌謡は右の五例の他、A・Bとほぼ同じ内容の歌謡が『日本書紀』にも載る。まず神代紀のAの歌謡は、『日本書紀』神代下第九段一書第一の歌謡（紀・二）(9)では「光儀華麗《よそほひうるは》しく、二丘《ふたを》二谷《ふたたに》の間に映《てりかかや》く味耜高彦根《あじすきたかひこね》を見た「喪《も》に會《つど》へる者《ひと》」の詠とあり、「或云」として味耜高彦根の妹下照媛《したでるひめ》が「丘谷《をたに》に映《てりかかや》く」のは兄であることを人々に知らしめんとして歌った詠という『古事記』と同じ内容が記される。右のAの歌謡について、旧大系『古代歌謡集』頭注は「ハヤは感動の助詞で、玉の美しさをほめた語。第一弾の『玉の御統』を繰り返して詠嘆し、その玉のように、美しい阿治志貴高日子根の神、と本旨に入る」と説明する。「はや」は「玉の御統」の「穴玉」の美しさを讃めた言葉で、比喩として阿治志貴高日子根の讃美表現となるのであ

り、歌の本旨に直接関わるわけではないということである。よって、Aの歌謡は冒頭から本旨に求心的に繋がる歌とはなっていないと言える。それは、神代紀の歌謡（紀・二）でも同じである。

一方、崇神記のBも、ほぼ同じ内容の所伝と歌謡が『日本書紀』崇神天皇十年九月条に載る。[10] Bの歌謡について、旧大系『古代歌謡集』頭注は「建波邇安の王の謀反を諷したもので、神が童女の口をかりて託宣した趣である。天皇に対して、敬語が用いていないのは、祖神の神託だからであろう」と説く。つまり、この歌謡は神託の言葉だという趣旨である。そのことを示すように、Bの歌謡の後には、歌謡を聞いた崇神が「汝《いまし》が謂《い》へりし言《こと》は、何の言ぞ」というように歌謡を「言」と聞き取ったが、少女は「言」ではなく「歌」だと答えたという所伝が続く。同様に『日本書紀』も、崇神が「汝《いまし》が言ひしは、何の辭《こと》ぞ」と童女に問うたのに対し、童女は「言《ものいは》ず。唯《ただ》歌ひつるのみ」と言って忽ち消えたという、ほぼ重なる内容の所伝を記す。このように崇神が少女の「歌」を「言」つまりは言葉と聞き取った要因は、この歌謡自体が「歌」というよりもむしろ普通の言語表現に近い形だったことにあるのではないか。このことには、「はや」が関わるように思われる。そもそも「はや」は歌だけではなく、日常の言葉にも使われる助詞である。例えば、景行記で倭建命が走水の海に没した弟橘比賣を哀惜した「阿豆麻《あづま》**波夜**《はや》」（『日本書紀』では「吾嬬《あづま》**者耶**《はや》」）の例や、『日本書紀』允恭天皇四十二年十一月条で帰国する新羅の使いが畝傍山・耳成山との別れを哀惜した「宇泥咩《うねめ》**巴椰**《はや》、弥弥《みみ》**巴椰**《はや》」の例からは、日常の言葉として「はや」が使われている様子が覗える。Bの歌謡は、これらの例と同様に「はや」が直接「御眞木入日子」という固有名詞に付くために、「歌」ではなく言葉のように聞こえたのだと推測できる。

次に、景行記のC及びDは、『古事記』のみに見える所伝と歌謡である。Cの歌謡について、新全集『古事記』頭注は「『問ふ』は、呼びかけること。倭建命が、窮地にあっても妻への思いを保ち続けたというつながりを確認する。「はも」は失われたものへの哀惜をいう。苦難の中で深く結ばれ合った者として相手を確認しつつ、それが失われることによってしか果たされない東征を、この歌は印象づけている」と述べる。相手が「失われる」というのは、弟橘比賣が海に没する直前にC歌謡を歌ったと所伝に語られるためである。つまり、Cの歌謡は弟橘比賣の辞世歌の位置に置かれていることになる。Dの歌謡も同じく、前後の所伝に拠れば、倭建命の辞世歌の位置に置かれている。例えば、新全集『古事記』頭注も、Dの歌謡について「『はや』は『あづまはや』の『はや』と同じ。大刀を、自分から離れてしまったものとして哀惜する。それは、美夜受比売への思いを込めたものであるとともに、大刀とともにあった、苦難を含む東征全体に対して向けられたものである。辞世というにふさわしい」というように、やはり辞世歌としての評価を下している。

　最後に雄略紀のEは、C・Dとは逆に『日本書紀』のみが載せる所伝と歌謡である。Eの歌謡は、旧大系『古代歌謡集』頭注が「ハヤは強い感動の助詞。そんなに忠実な大工であるのに、殺されるのは惜しい大工よ、の意」と述べるように工匠《たくみ》の死を強く惜しむものであり、結果として工匠は死を免れてはいるが、歌謡自体はC・Dと同様に人の死の間際に歌われたことになる。

　このように「はも」「はや」の用例を見てみると、C・D・Eの歌謡が、直接的に人の死に関わる、哀惜の思いが強く出た詠となっていることが分かる。これらの歌謡は共通して、「はも」「はや」に上接する体言が、助動詞キを伴う連体句（傍線部）によって修飾されているという特徴を持つ。これによって、C・D・E歌謡の「はも」「はや」の句は、『上代編』が述べたように、話し手と特定の交渉を持つ特別な対象への詠嘆となり得ているのだと思われる。例えばBの歌謡のように「御眞木入日子**波夜**《はや》」だけでは日常的な言語表現のレベルに止《とど》まり、具体的な状況を設定して特別な感情を表現する歌とはなり得ないのである。Aの歌謡も、「玉の御統」の「穴玉**波夜**《はや》」までは表現が繋がっても、それが比喩となり文脈が転換するため、冒頭から末尾の本旨まで求心的に繋がる歌とはなり得ていないことは先に述べた通りである。

以上、A～Eの歌謡の検証を通して、以下のことが分かる。まず、哀惜を表す文末助詞「はも」「はや」が、詠嘆の表現として体言に直接付されて歌に詠み込まれる段階があった（A・B）。その後、表現の技術が高まり、助動詞キを伴う修飾句を冠する体言に付されて詠み込まれるようになることで、極限的な状況にある特別な相手に対する哀惜表現として抒情の余地が生まれる段階へと表現が進歩したのである（C・D・E）。ここに、特別な人の死を哀惜する歌の成立を見ることが出来るだろう。

二　万葉挽歌との比較

次に、万葉歌に於ける「はも」「はや」の例を確認してみたい。『万葉集』に文末助詞として「はや」を用いた歌は全く無く、「はも」は二十七首に用いられる。そのうち、二十六首が短歌、一首が旋頭歌である。

先に確認したように、文末助詞「はも」は記紀歌謡に於いては特別な人の死を哀惜する歌に見られた。しかし、文末助詞「はも」を詠み込む万葉歌二十七首のうち、人の死を悼む内容の歌は、

①高光るわが日の皇子の万代《よろづよ》に国知らさまし島の宮**波母**《はも》　（2一七一　挽歌）

②かくのみにありけるものを萩の花咲きてありやと問ひし君**波母**《はも》　（3四五五　挽歌）

③出でて行きし日を数へつつ今日今日と吾《あ》を待たすらむ父母《ちちはは》ら**波母**《はも》〔一は云はく、母が悲しさ〕　（5八九〇　雑歌）

の三例のみである。①は巻二挽歌収載の「皇子尊《みこのみこと》の宮の舎人《とねり》らの慟《かな》しび傷《いた》みて作れる歌二十三首」（2一七一～一九三）の冒頭の一首で、作者は草壁皇子の宮の舎人であるが、姓名は不明である。また、②は題詞に「天平三年辛未《しんび》。秋七月に、大納言大伴卿の薨《みまか》りし時の歌六首」と記された六首（3四五四～四五九）のうちの一首で、四五八番歌の左注に「右の五首は、資人余明軍《よのみょうぐん》の、犬馬《けんま》の慕《したひ》に勝《あ》へず、心の中《うち》に感緒《おも》ひて作れる歌なり」とあること

から、大伴旅人薨去の折に、旅人に仕えた舎人の余明軍が詠じた挽歌だと分かる。また、③は題詞に「敬《つつし》みて熊《くま》凝《こり》の為に其の志を述べたる歌に和へたる六首　幷せて序」と記された長短歌六首（5八八六〜八九一）のうちの一首で、作者は山上憶良である。題詞に見える「熊凝《くまこり》」は、国司の従者として肥後国から都に向かう途上、病を得て没した若者の名で、③を含む六首は、熊凝が死に臨んで詠じた辞世歌として憶良が創作したものである。よって、③の話者は憶良自身ではなく熊凝ということになる。つまり、①②③の作者（又は、話者）は、舎人や従者など普段から歌を詠む立場に無い、ほぼ無名の人物であることが分かる。

二十七首のうちで、この他に名前が判明している作者も、春日蔵首老《かすがのくらのおびとおゆ》（3二八四　雑歌）、若湯坐《わかゆゑの》王《おほきみ》（3三五二　雑歌）、若宮年魚麿《わかみやのあゆまろ》（3三八七　雑歌）、大伴三依《みより》（4三八七　相聞）、大伴旅人の姓名未詳傔従《けんじゅう》（17三八九七）など歌人としては殆ど無名の人物が多く、『万葉集』に複数の歌を残す名の知れた歌人の作は、

④早河の瀬にゐる鳥の縁《よし》を無み思《おも》ひてありしわが児《こ》**羽裳**《はも》あはれ　（4七六一　相聞　大伴坂上郎女）
⑤富人《とみひと》の家の児どもの着る身無《な》み腐《くた》し棄《す》つらむ絁綿《きぬわた》ら**波母**《はも》　（5九〇〇　雑歌　山上憶良）
⑥高円《たかまと》の宮の裾廻《すそみ》の野《の》づかさに今咲けるらむ女郎花《をみなへし》**波母**《はも》　（20四三一六　大伴家持）

など少数例しか見られない。④は大伴坂上郎女が竹田庄から自宅に居る娘の大嬢に贈った歌であり、結句「わが児**羽裳**《こはも》あはれ」はわざと古めかしい歌い方をしているように見える。また、⑤は山上憶良による「老いたる身に病を重ね、年を経て辛苦《たしな》み、及《また》、児等《こら》を思《しの》へる歌七首」と題された長短歌（5八九七〜九〇三）の反歌で、左注に「天平五年六月丙申の朔にして三日戊戌の日に作れり」とあることから、誰かに謹上することを意図した作ではないことが覗える。また、大伴家持による⑥も、左注に「右の歌六首は、兵部少輔大伴宿禰家持の、独り秋の野を憶《しの》ひて、聊《いささ》かに拙《つたな》き懐《おもひ》を述べて作れり」と記された中の一首であり、どこかで披露することを意図した作ではないと思われる。つまり、④〜⑥はいずれも私的色合いが濃い、なかば砕けた作と言える。

二十七首のうち、逆に多いのは作者未詳歌であり、特に

・梯立《はしだて》の倉椅川《くらはしがは》の石《いは》の橋**者裳**《はも》　壮子時《をざかり》にわが渡りてし石《いは》の橋**者裳**《はも》　（7一二八三　旋頭歌　柿本人麻呂歌集）

・秋萩の花野の薄《すすき》穂には出でずわが恋ひわたる隠妻《こもりづま》**波母**《はも》　（10二二八五　秋相聞）

・しなが鳥猪名山《ゐなやま》響《とよ》に行く水の名のみ縁《よ》さえし隠妻《こもりづま》**波母**《はも》　（11二七〇八　寄物陳思）

・里中に鳴くなる鶏《かけ》の呼び立てていたくは泣かぬ隠妻《こもりづま》**羽毛**《はも》　（11二八〇三　寄物陳思）

などのような集団性の強い歌や、

・夕さればみ山を去らぬ布雲《にのぐも》の何《あぜ》か絶えむと言ひし児《こ》ろ**婆母**《はも》　（14三五一三　東歌）

・春の野に草食《は》む駒《こま》の口やまず吾《あ》を思《しの》ふらむ家の児《こ》ろ**波母**《はも》　（14三五三二　東歌）

などのような巻十四収載の東歌（計五首）、

・大君の命《みこと》かしこみ出で来れば吾《わ》の取り著《つ》きて言ひし子な**波毛**《はも》　（20四三五八　防人歌）

・小竹《ささ》の葉のさやく霜夜に七重《ななへ》かる衣に益《ま》せる子ろが肌**波毛**《はも》　（20四四三一　防人歌）

などのような巻二十収載の防人歌（計四首）に用例が偏る。このような作者の特徴を鑑みるに、文末助詞「はも」を用いた歌は、洗練された万葉歌のレベルに達していない稚拙で古風な歌であったと考えることが出来る。中央の有名歌人の作が圧倒的に少ないことも、その証左と言えよう。更に言えば、万葉歌に例が無い「はや」は、「はも」よりも更に稚拙で古臭い表現として、万葉歌の段階では既に切り捨てられてしまったものと考えられる。

また、先ほど確認したように、文末助詞「はも」を詠み込む二十七首のうち、人の死を悼む内容の歌は三例のみであるが、その代わりに、愛する人との離別や愛する人の不在を悲しむ相聞歌は多く見える。このことは、「はも」によって表現される愛惜の思いが、記紀歌謡の段階では人の死を哀惜する表現のレベルでであり得たが、万葉歌の段階では離別・不在を悲しむ悲哀の表現のレベルでしかあり得なくなっていたことを示すのであろう。

特に注目されるのは、文末助詞「はも」「はや」が記紀歌謡の段階では弟橘比賣や倭建命の辞世歌に用いられ、失われゆくものへの哀惜を歌う絶唱の表現として機能していたことである（C・D）。それらと比較すると、『万葉集』に於ける辞世歌は、

柿本朝臣人麿の石見国に在りて臨死《みまか》らむとせし時に、自ら傷《いた》みて作れる歌一首

・鴨山《かもやま》の岩根《いはね》し枕《ま》けるわれをかも知らにと妹《いも》が待ちつつあるらむ　（2二二三　挽歌）

大津皇子の被死《みまか》らしめらえし時に、磐余《いはれ》の池の般《つつみ》にして涕《なみだ》を流して作りませる御歌一首

・ももづたふ磐余の池に鳴く鴨を今日のみ見てや雲隠りなむ　（3四一六　挽歌）

などの例が示すように、自らにやがて訪れる死や周囲の状況などを言葉によって形象化し、より具体的な哀惜の思いを表現し得ている。記紀歌謡に較べて格段に高度で洗練された言語表現になっていると言えるだろう。

「はも」「はや」と同様の文末助詞という点で見てみると、『万葉集』の挽歌に於いては文末に「も」や「かも」が多く用いられる傾向が見える。[11] ただし、その場合には、

・ひさかたの天《あめ》見るごとく仰ぎ見し皇子の御門《みかど》の荒れまく惜《を》し**毛**《も》　（2一六八　挽歌）
・わが御門《みかど》千代永久《ちよとことは》に栄えむと思ひてありしわれし悲し**毛**《も》　（2一八三　挽歌）
・楽浪《ささなみ》の志賀津《しがつ》の子らが〔一は云はく、志我《しが》の津の子が〕罷道《まかりぢ》の川瀬の道を見ればさぶし**毛**《も》　（2二一八　挽歌）
・磐代《いはしろ》の岸の松が枝《え》結びけむ人は帰りてまた見けむ**鴨**《かも》　（2一四三　挽歌）
・青幡《あをはた》の木幡《こはた》の上をかよふとは目には見れども直《ただ》に逢はぬ**香裳**《かも》　（2一四八　挽歌）
・よそに見し檀《まゆみ》の岡も君ませば常《とこ》つ御門《みかど》と侍宿《とのゐ》する**鴨**《かも》　（2一七四　挽歌）
・沖つ波来《き》よる荒磯《ありそ》を敷栲《しきたへ》の枕と枕《ま》きて寝《な》せる君**香聞**《かも》　（2二二二　挽歌）

などのように詠嘆を表す役割に止まり、「も」「かも」自体に哀惜の意が込められるわけではない。万葉挽歌に於ける哀惜の思いは、記紀歌謡のように文末助詞に依存するのではなく、歌に詠み込まれる多様な言葉の繋がりによって表出されているのである。

ただし、「はも」「はや」に哀惜の思いを込める記紀歌謡と万葉挽歌とには、鎮魂の方法に於ける繋がりも見て取れる。「はも」は、『上代編』が「話し手と過去に特定の交渉があって現在は存在しないものや遠くはなれているものの表現に適している」と説くように、相手との過去の密接な交渉を思い出して、その喪失を哀惜する鎮魂方法をとる。例えば、弟橘比賣の歌謡（C）も、『古事記』には語られていない野火の難の折の倭建命と弟橘比賣との交歓を回顧し、永遠の別離を哀惜したものである。同様に、万葉挽歌に於いても、

・褻《け》ころもを春冬片設《ときかたま》けて幸《いでま》しし宇陀の大野は思ほえむかも　（2一九一　挽歌）
・黄葉《もみちば》の散りゆくなへに玉梓《たまづさ》の使を見れば逢ひし日思ほゆ　（2二〇九　挽歌）
・天数《あまかぞ》ふ凡津《おほつ》の子が逢ひし日におほに見しくは今ぞ悔しき　（2二一九　挽歌）
・わが背子を何処《いづち》行かめとさき竹の背向《そがひ》に寝《ね》しく今し悔しも　（7一四一二　挽歌）
・黄葉《もみちば》の過ぎにし子等《ら》と携《たづさ》はり遊びし磯を見れば悲しも　（9一七九六　挽歌）

などのように、助動詞キを用いて死者との過去の思い出を詠み込み、永遠の別離を哀惜する歌い方が多く見える。[12]挽歌にしばしば死者の「形見《かたみ》」が歌われることも、死者の思い出を詠むことに等しいと言えよう。記紀歌謡と万葉挽歌とは、死者を悼み慰撫鎮魂する方法に於いて確かに繋がっているのである。

一方で、述べてきたように、記紀歌謡と万葉挽歌の間には言語表現の習熟度に於ける明らかな差が存在する。よって、挽歌の成立には、多様な言葉の連鎖によって具体的・個別的な感情を表出し得るまでの言語表現技術の高まりが不可欠だったことが分かる。それは、何によってもたらされたのか。中国文学の影響によるのか、歌の

内部で徐々に表現が洗練され進化していったのか、この点についての考察は今後の課題としたい。

（1）西郷信綱「柿本人麿」（『詩の発生』未来社　一九六〇年）
（2）青木生子「挽歌の誕生」（『日本女子大学国語国文論究』一　一九六七年六月、後に『萬葉挽歌論』塙書房　一九八四年）
（3）伊藤博「挽歌の世界」（『解釈と鑑賞』四三七　一九七〇年七月、後に『萬葉集の歌人と作品　上』塙書房　一九七五年）、阿蘇瑞枝「挽歌の歴史―初期万葉における挽歌とその源流―」（『論集上代文学』第一冊　笠間書院　一九七〇年一一月、後に『柿本人麻呂論考』桜楓社　一九七二年）、塚本澄子「挽歌発生前史における葬歌の意義」（北海道大学国文学会『国語国文研究』五七　一九七七年二月、後に『万葉挽歌の成立』笠間書院　二〇一一年）など。
（4）西郷信綱「ヤマトタケルの物語」（『文学』三七―一一　一九三九年一一月、後に『古事記研究』未来社　一九七三年）、伊藤博　前掲注（3）論、阿蘇瑞枝　前掲注（3）論、守屋俊彦「倭建命の葬送物語」（『甲南国文』二一　一九七二年三月）など。
（5）神野志隆光「『大御葬歌』の場と成立―殯宮儀礼説批判―」（『上代文学論叢〈論集上代文学　第八冊〉』笠間書院　一九七七年一一月）
（6）古橋信孝「記紀と万葉―挽歌の成立の問題」（『万葉のことば〈古代の文学2〉』武蔵野書院　一九七六年）
（7）居駒永幸「境界の場所（上）―ヤマトタケル葬歌の表現の問題として―」（『明治大学教養論集』二四二　一九九一年三月）、「境界の場所（中）―死者のうたの発生、そして挽歌へ―」（『明治大学教養論集』二五一　一九九二年三月）、「境界の場所（下）―万葉挽歌の表現構造について―」（『明治大学教養論集』二五九　一九九三年三月）、後にすべて『古代の歌と叙事文芸史』（笠間書院　二〇〇三年）に所収
（8）本稿でいう「（万葉）挽歌」とは、『万葉集』巻二・三・七・九・十三の「挽歌」部に収載された歌々、及び、題詞や左注に「挽歌」と記された歌々のことを指す。人の死を悼む内容の歌であっても、右の範囲に含まれないものは「挽歌」とは呼ばない。

（9）ただし、『日本書紀』では歌詞が少し異なり、以下のような内容である。
天《あめ》なるや　弟棚機《おとたなばた》の　項《うな》がせる　玉の御統《みすまる》の　**穴玉《あなだま》波夜《はや》**　み谷　二《ふた》渡らす　味耜高彦根《あぢすきたかひこね》　（紀・二）

（10）ただし、『日本書紀』では歌詞が少し異なり、以下のような内容である。
御間城入彦《みまきいりびこ》播椰《はや》　己《おの》が命《を》を　死せむと　竊《ぬす》まく知らに　姫遊《ひめなそ》びすも　一に云ふ、大《おほ》き戸より　窺《うかか》ひて　殺《ころ》さむと　すらくを知らに　姫遊びすも　（紀・一八）

（11）第十八回古代歌謡研究会の折の古橋信孝氏の御教示に拠る。特に「かも」は、文中・文末、或いは詠嘆・疑問を問わず際立って多く用いられる傾向が見て取れる。その理由については、別稿で考察したいと考えている。

（12）第十八回古代歌謡研究会の折の居駒永幸氏の御教示に拠る。

＊『万葉集』の引用は、中西進校注『万葉集 全訳注原文付』（講談社文庫）に、また、記紀歌謡の引用は、日本古典文学大系『古代歌謡集』（岩波書店）に拠るが、一部私に表記を改めた箇所がある。また、歌謡部分（『古代歌謡集』該当部分）を除く記紀の本文の引用は、新編日本古典文学全集『古事記』『日本書紀』（小学館）に拠る。

詠歌と伝承と
——山部赤人の場合

鈴木崇大

はじめに

和歌形式の成立は舒明朝頃とされている。これは短句と長句の反復からなる古来のうたの形式を基体にし、それに恐らく漢詩の五言・七言の韻律を参考として整備された形式であったろう——成立当初、和歌は宮廷詩であった。時代が下るに従い和歌は中央の権力機構全体に浸透してゆく。律令体制確立期には名もない下級官人までもが詠歌を行っていたと覚しい。

それでは、中央の言語たる和歌が地方の伝承を詠作の対象とする時、それはどのような様相を示すことになるのであろうか。本論は山部赤人の真間テゴナ歌（3・四三一～四三三）の分析を通じ、和歌と地方伝承の接触に於ける動態の一例を考察するものである。

一　長歌の表現

葛飾《かつしか》の真間娘子《ままのをとめ》の墓《はか》を過《す》ぎし時《とき》に、山部宿禰赤人《やまべのすくねあかひと》の作《つく》れる歌《うた》一首〔并《あは》せて短歌。東《あづま》の俗語《くにぶりことば》には「かづしかのままのてご」と云《い》ふ〕

①古《いにしへ》に　ありけむ人《ひと》の　倭文機《しつはた》の　帯解替而　伏屋建《ふせやた》て　妻問《つまど》ひしけむ　葛飾《かつしか》の　真間《まま》の手児名《てごな》が
②奥《おく》つ城《き》を　こことは聞《き》けど　真木《まき》の葉《は》や　茂《しげ》りたるらむ　松《まつ》が根《ね》や　遠《とほ》く久《ひさ》しき
③言《こと》のみも　名《な》のみも我《われ》は　不所（可）忘　（3・四三一）

反歌

我《われ》も見《み》つ人《ひと》にも告《つ》げむ葛飾《かつしか》の真間《まま》の手児名《てごな》が奥《おく》つ城《き》ところ　（3・四三二）
葛飾《かつしか》の真間《まま》の入《い》り江《え》にうちなびく玉藻《たまも》刈《か》りけむ手児名《てごな》し思《おも》ほゆ　（3・四三三）

先ずは長歌から、便宜的に三つの部分に分けて順番に見ていく。

第一の部分①では「古にありけむ人」である男の求婚の様が提示されるが、特に「倭文機の　帯解替而」は複数の解釈が出されている。諸説を確認しておくと、多くは「古にありけむ人」とテゴナとが（共寝の為に）互いの帯を解き交わしたと解釈しているが[1]、これを序詞とする説[2]や男が自分の帯を取り替えたとする説も[3]ある。確かに集中には、

さ寝《ね》初《そ》めて幾《いく》だもあらねば白栲《しろたへ》の帯《おび》乞《こ》ふべしや恋《こひ》も過《す》ぎねば　（10・二〇二三）
我《わ》が背《せ》なを筑紫《つくし》へ遣《や》りて愛《うつく》しみ帯《おび》は解《と》かななあやにかも寝《ね》も　（20・四四二二）

という例があるように聞き手が「オビトキカヘテ」と耳にした時、それは共寝を暗示させる表現として聞いたよ

うにも思われ、また「帯」ではないが、当該部分と類似した、

高麗《こま》錦《にしき》紐《ひも》解《と》き交《か》はし（紐解易之）天人《あまひと》の妻問《つまど》ふ宵《よひ》ぞ我《われ》れも偲《しの》はむ　（10・二〇九〇）

という歌もある。しかし坂本信幸氏は原文「帯解替而」の「替」の集中の全用例を検討し、

すべて字義に沿った交替・交換する意の例ばかりで正訓字としての用法であり、「互いに〜する」意の借字として用いた例は一例も見えない。カヘテは、原文の表記どおり「替へて」と解すべきであり、「交へて」ではあり得ない。

と述べ、「古にありけむ人が、妻なる女性と貞節の誓いのもとに結び合った帯をすら自ら解き替えて、つまり妻を捨ててまで求婚したと解すべき」とした説(4)に従いたい。

猶述べておけばこの「倭文機の帯」は、

古《いにしへ》の倭文機帯《しつはたおび》を結《むす》び垂《た》れ誰《たれ》とふ人《ひと》も君《きみ》には益《ま》さじ　（11・二六二八）

という歌に見られるように、「古に　ありけむ人の」の「古」に関わる語、即ちテゴナ伝承の古代性を暗示する意味をも担っているのであろう。

第二の部分②に移る。この部分に就いては井上さやか氏の研究(5)がある。氏は従来当該歌が人麻呂の近江荒都歌（1・二九）を敷衍してテゴナの墓所が見えないことを慨嘆するものとして解釈されてきたこと、「真木の葉や　茂りたるらむ　松が根や　遠く久しき」の前半を原因推量とし、後半も併せて対句として扱われてきたことに疑義を呈する。そうして助詞「や」を語法と用例から再検討し、疑問の係助詞の基本的用法と捉えるべきこと、また「檜（真木）」と「松」とは漢籍に於いて墓所に植えられる木としての意味があったことを指摘し、「近江荒都歌が滅びてしまったものを〝見えない〟ことで表そうとしたのに対し、当該歌は時を隔ててなお〝見える〟ことへの感動を表そうとしたと考えられる」と述べる。

しかし、氏の説にはその直前の「真間の手児名が　奥つ城を　ことは聞けど」の逆接の持つ意味に就いての視点が欠けているように思われる。「ことは聞けど」に後続する句が景の表現であることに徴すると、その「聞けど」の中に「見れど」が含み込まれていると捉えるべきであり、「真間のテゴナの墓をことは聞くが（そうして見るが、その墓は見えない）」と補って解釈しなければ、「聞けど」という逆接が意味を成さなくなる。そうして、「（その理由は）真木の葉が茂っているからであろうか、松の根が遠く久しくなってしまったからであろうか」と問うていると解釈すべきである。即ちこの部分は右の現代語訳の（　）の部分が省略されているのだが、その省略を可能にしているのは「聞けど」の凝集力に他ならない。

「真木の葉や　茂りたるらむ　松が根や　遠く久しき」は、井上氏も述べるように「整斉された対句形式」ではない。「真木の葉」が「茂」っていること、「松が根」が「遠く久し」くなっていることは表面的には長い時間が経過したことの表現であり（それは冒頭の「古に」とも響き合っていよう）、実際には「奥つ城」が朽ち果てていることを朧化した表現であろうが、その意味は「遠く久しき」という句を持つ「松が根」に重心が置かれている。また、この「松が根」は、「茂」っている「真木の葉」と同じく「奥つ城」が見えないことの表現なのであれば、古く『略解』が指摘したように、松が老いて根が盛り上がり、墓を隠したようになっているという意味も含まれていよう。空中からは「真木の葉」が、地上からは「松が根」が「奥つ城」を隠しているというのである。しかしそれは実景ではあるまい。「真木」は「檜・槙・杉などの建材となる立派な木と説明されるが、「マ」は接頭辞で神の世界の木であることを示す」（『全解』）植物であり、他方「松」は、集中では「待つ」と掛詞的に用いられることも多いが、

茂岡《しげをか》に神《かむ》さび立《た》ちて栄《さか》えたる千代松《ちよまつ》の木《き》の歳《とし》の知《し》らなく　（6・九九〇）

神《かむ》さびて巌《いはほ》に生《お》ふる松《まつ》が根《ね》の君《きみ》が心《こころ》は忘《わす》れかねつも　（12・三〇四七）

あしひきの　八峰《やつを》の上《うへ》の　樛《つが》の木《き》の　いや継《つ》ぎ継《つ》ぎに　松《まつ》が根《ね》の　絶《た》ゆることなく　あをによし　奈良《なら》の都《みやこ》に　万代《よろづよ》に　国知《くにし》らさむと……　（19・四二六六）

等のように長久性のイメージをも担う植物であった。これらを踏まえると、ここでの「真木」「松」はテゴナの墓所に対する讃美表現にも向かっていると言える。

　第三の部分③だが、最後の句は諸本に異同があり、「不可忘」と「不所忘」との二つの表記が存し、且つ「ワスラエナクニ」と「ワスラユマシジ」との二つの訓が行われてきた。『注釈』は、「所」の草体が「可」に接近することから、〝「所」→「可」〟の誤記はあり得るが、その反対の〝「可」→「所」〟は考え難いとして「不所忘／ワスラエナクニ」を採用した。『全注』や大島信生氏は更に他例を分析、「不所忘」説を補強したが、「ワスラエナクニ」の訓に異を唱えた。大島氏は集中の他の「ワスラエナクニ」の句を持つ歌（11・二五九七、12・三一七五）を踏まえ、

> 四三一番歌の結句をワスラエナクニとすると「真間の手児名の話だけでも名前だけでも忘れたいのに忘れられない」と解釈される。しかし、作者は真間の娘子の伝承を忘れようとしているのではない。むしろ、積極的に記憶に留めておこうとしている。[6]

と述べ、「ワスラユマシジ」の訓を採用した。稿者も『全注』・大島氏の説に賛同する。

　この部分は第二の部分②で詠まれたテゴナの墓が見えないことを承け、「（テゴナの墓は失われてしまったが、それでも）テゴナに関する伝承も、テゴナというその名も、私は忘れられないだろう」と歌い収める。テゴナを偲ぶ縁としての墓が失われても、それでも猶偲ばれるというのである。

郵便はがき

料金受取人払郵便

神田局
承認

1330

差出有効期間
平成28年6月
5日まで

101-8791

504

東京都千代田区猿楽町2-2-3

笠間書院 営業部 行

■ 注文書 ■

◎お近くに書店がない場合はこのハガキをご利用下さい。送料380円にてお送りいたします。

書名　　　　　　　　　　　　　　　　　冊数

書名　　　　　　　　　　　　　　　　　冊数

書名　　　　　　　　　　　　　　　　　冊数

お名前

ご住所　〒

お電話

読　者　は　が　き

●これからのより良い本作りのためにご感想・ご希望などお聞かせ下さい。
●また小社刊行物の資料請求にお使い下さい。

この本の書名＿＿＿＿＿＿＿＿＿＿＿＿＿＿＿＿＿＿＿＿＿＿＿＿

本はがきのご感想は、お名前をのぞき新聞広告や帯などでご紹介させていただくことがあります。ご了承ください。

■本書を何でお知りになりましたか（複数回答可）

1. 書店で見て　2. 広告を見て（媒体名　　　　　　　　　　　　）
3. 雑誌で見て（媒体名　　　　　　　　　　　）
4. インターネットで見て（サイト名　　　　　　　　　　）
5. 小社目録等で見て　6. 知人から聞いて　7. その他（　　　　　　　　　　　）

■小社 PR 誌『リポート笠間』（年２回刊・無料）をお送りしますか

はい　・　いいえ

◎上記にはいとお答えいただいた方のみご記入下さい。

お名前

ご住所　〒

お電話

ご提供いただいた情報は、個人情報を含まない統計的な資料を作成するためにのみ利用させていただきます。個人情報はその目的以外では利用いたしません。

二　反歌の表現

長歌では作中主体はテゴナの墓と聞いた場所に来たにも拘わらず墓それ自体は認めることが出来なかった。第一反歌ではそれでもその場所（「奥つ城どころ」）を「見つ」と詠み、更に「人にも告げむ」と詠む。当該歌群の意識の中心は、題詞にもあるようにテゴナの墓にあることがこの反歌で確認される。「奥つ城どころ」の「どころ」は、幾つかの注釈書が指摘しているように「……ドコロは遺跡を表し、その実体が既にない場所にいうことが多い」（『新全集』）という意味を持つものであろう。

ところで、この「我も」の「も」は何との添加を指しているのか。それは以下のように考えられる。即ち赤人以前にテゴナの墓所を見た者がおり、かかる人々を意識して彼は「我も」と言う。その先達は赤人にそれを「告げ」たのである。そうであればこそ赤人はテゴナの墓所を訪れたのであり、「こことは聞けど」と詠むことが出来たのである。赤人はテゴナの墓所を「見」、それをまた別の者（未だテゴナの墓所を見ていない者）に「告げむ」と言う。赤人に「告げ」られた者もまたテゴナの墓所を訪れ、「見」、「人にも告げ」ることになるであろう。かくしてそれは個人を超えた伝承の営みに連なることの意思表明なのである。長歌での「忘らゆましじ」は赤人個人の感懐の表現に留まっていたのだが、第一反歌ではそれを更に他者に広めていこうとしているのである（勿論それは飽くまでも表現の上での姿勢である）。

長歌・第一反歌共にテゴナの墓所を目にしての感懐と決意とを詠んでいた。それに対し第二反歌はテゴナの形姿が造型されるのだが、ここでようやくテゴナは具体的なイメージを与えられる。長歌の第一の部分①でもテゴナを描こうとはしていたが、それは間接的でしかない。しかし実はテゴナに就いて何を措いても先ず以て述べられるべき特徴は求婚されるということであった。一般的に言えば女性は求婚される存在ではあるが、テゴナに対する求婚は、先の坂本氏の引用にもあるように格別・異例であったからこそ——それがテゴナ伝承の大きな要素であったと想像されるのだが——それが彼女の特徴として最初に表現されたと理解したい。それは彼女の美しさを間接的にではあるが効果的に表し得ている。長歌冒頭では赤人はテゴナ伝承に即して彼女を表現したのに対し、この第二反歌では自由に想像力を用いたようにも見られるのだが、それは彼が聞き知ったテゴナ伝承に於いてはテゴナは具体的に描かれていなかったということかも知れない。

だが、その想像力、テゴナの造型は当代の様式に即したものであった。ここではテゴナは「玉藻」を刈っているのだが、集中「(玉)藻」を刈る人々は二つに分けられる。一つは貴族官人であり、一つは海人娘子である。

玉藻《たまも》刈《か》る海人娘子《あまをとめ》ども見《み》に行《ゆ》かむ船楫《ふなかぢ》もがも波高《なみたか》くとも　(6・九三六)

楫《かぢ》の音《おと》そほのかにすなる海人娘子《あまをとめ》沖《おき》つ藻刈《もか》りに舟出《ふなで》すらしも　(7・一一五二)

難波潟《なにはがた》潮干《しほひ》に出《い》でて玉藻刈《たまもか》る海人娘子《あまをとめ》ども汝《な》が名告《なの》らさね　(9・一七二六)

これやこの名《な》に負《お》ふ鳴門《なると》の渦潮《うづしほ》に玉藻刈《たまもか》るとふ海人娘子《あまをとめ》ども　(15・三六三八)

我《わ》が背子《せこ》を我《あ》が松原《まつばら》よ見渡《みわた》せば海人娘子《あまをとめ》ども玉藻刈《たまもか》る見《み》ゆ　(17・三八九〇)

菊川恵三氏は「後期万葉になると、海人は実体から離れ、旅の風景として美的に描かれるようになる」[7]と指摘し、それを受けて廣岡義隆氏も「歌中の「海をとめ」は、都人が脳裏に思い描いた幻想に過ぎず、一種の「歌語」ということになる」[8]と述べているが、当該反歌に於いてもテゴナは海人娘子に準じて観念的に造型されていると言えそうである。それは「古」の人としてではなく極めて同時代的なのである。テゴナを地方(鄙/東)の海辺のエキゾティックな女性として捉えた故に、海人娘子特有の行為である所の「玉藻」を「刈」るという演出が必要であったのであろうが、それは彼の想像力が当代の様式を超えられなかったということでもあろう。

三　讃歌の形式

当該長歌は、上にも触れたことだが、『代匠記』以来人麻呂の近江荒都歌との類似性が指摘されてきた。それは、第二の部分②と近江荒都歌の、

……天皇《すめろき》の　神《かみ》の命《みこと》の　大宮《おほみや》は　ここと聞《き》けども　大殿《おほとの》は　ここと言《い》へども　春草《はるくさ》の　繁《しげ》く生《お》ひたる　霞立《かすみた》ち　春日《はるひ》の霧《き》れる……　（1・二九）

の部分に就いて述べられたものであった。他にも両者の吉野讃歌の例に顕著であるように、赤人が人麻呂から多くを学び、影響を受けていることは周知のことである。清水克彦氏は人麻呂の高市皇子挽歌（2・一九九）や明日香皇女挽歌（2・一九六）の末尾に於ける「万代」まで「偲」ぶという表現に就いて、「「偲ふ」という言葉は、「語る」や「言ふ」とは違って、対象に対してすこぶる思慕的、讃美的なニュアンスを持っている」言葉であり、「ここで「万代（までに）」「偲は」うという人麻呂の意志の表現を支えているものは、今は亡き皇子や皇女に対する讃美の心なのである」と述べ、赤人の不尽山歌（3・三一七）の末尾、「語《かた》り継《つ》ぎ　言《い》ひ継《つ》ぎ行《ゆ》かむ　富士《ふじ》の高嶺《たかね》は」はそれを受け継いだものであると指摘している。(9)当該歌はテゴナ伝承やテゴナの名を「語り継ぐ」と直接に述べてはいないが、しかし同じ発想に基づいていよう。「言のみも　名のみも我は　忘らゆましじ」という句と「語り継ぎ　言ひ継ぎ行かむ」という句とはその未来性に於いて通じている。但し、当該歌の第一反歌では「我も見つ人にも告げむ」とはしているものの、長歌のこの「言のみも　名のみも我は　忘らゆましじ」という表現は私的な感懐に傾斜しているようにも見える。これは恐らくテゴナ伝承の持つ恋愛の要素が関わっていよう。即ち赤人もまた「古にありけむ人」に準じて讃美の念を相聞的に表現していると考えられる。

さて、当該長歌は、彼の不尽山歌の長歌（3・三一七）、伊予温泉歌の長歌（3・三二二）と全く同じ構成・構造を示していることが注目される。

A　天地《あめつち》の　分《わ》かれし時《とき》ゆ　神《かむ》さびて　高《たか》く貴《たふと》き　駿河《するが》なる　富士《ふじ》の高嶺《たかね》を
B　天《あま》の原《はら》　振《ふ》り放《さ》け見《み》れば　渡《わた》る日《ひ》の　影《かげ》も隠《かく》らひ　照《て》る月《つき》の　光《ひかり》も見《み》えず　白雲《しらくも》も　い行《ゆ》きはばかり　時《とき》じくぞ　雪《ゆき》は降《ふ》りける
C　語《かた》り継《つ》ぎ　言《い》ひ継《つ》ぎ行《ゆ》かむ　富士《ふじ》の高嶺《たかね》は　（3・三一七）

a　天皇《すめろき》の　神《かみ》の命《みこと》の　敷《し》きいます　国《くに》のことごと　湯《ゆ》はしも　多《さは》にあれども　島山《しまやま》の　よろしき国《くに》と　こごしかも　伊予《いよ》の高嶺《たかね》の　射狭庭《いさには》の　岡《をか》に立《た》たして　うち偲《しの》ひ　言偲《ことしの》ひせし　み湯《ゆ》の上《うへ》の
b　木群《こむら》を見《み》れば　臣《おみ》の木《き》も　生《お》ひ継《つ》ぎにけり　鳴《な》く鳥《とり》の　声《こゑ》も変《か》はらず
c　遠《とほ》き代《よ》に　神《かむ》さびゆかむ　幸《いでま》しどころ　（3・三二二）

便宜的にそれぞれ三つに分けて引用した。当該テゴナ長歌の三つに分けた部分①②③と併せて確認したい。①・A・a（以下、Ⅰ）では主題の由来（過去）を述べ、②・B・b（以下、Ⅱ）にてその現在の状態を示し、③・C・c（以下、Ⅲ）に於いて主題に対しての肯定的・好意的な推測や意志を表しているが、それは未来性の内に表される。即ち〈過去—現在—未来〉という構成になっている。歌の構造としては、ⅠとⅡの接続には作中主体の行為（「聞けど」「見れば」）が用いられ、Ⅱでは対句で景を描写し、ⅡとⅢの間で一旦文が切れ、Ⅲは（偶然か何れも三句であるが）短く全体を歌い収めている。

以上を踏まえると、これら三作品は何れも形式に則った作であるということが知られる。言い換えれば、この形式に当て嵌めれば讃歌が完成するということでもある。そういう意味からすれば、赤人にとっては、テゴナの墓所であれ、不尽山であれ、伊予温泉であれ、讃歌を詠むべき対象として等しかったということ、讃歌の対象となり得べき共通性を見出していたということになる。その共通性は何かというに、土地・場所＝トポスの特殊性——テゴナ歌に於いては伝承を抱え込んだ場所、不尽山歌に於いては稀なる佳景（しかし恐らくは単なる佳景に留まらず、神威や伝承をも孕んでいたであろう）、伊予温泉歌に於いては嘗て行幸のあった土地——ということになろう。

トポスの特殊性と述べた。それは、そこが観念的な意味を強く帯びているということである。しかしそれは歌に於いて中心となることはなく、現在の景（Ⅱ）の背景・根拠（Ⅰ）としての位置に留められる。そうして赤人は讃美を完成すべく現在（Ⅱ）から未来（Ⅲ）へと言葉を繋いでゆくが、表現の基盤は現在（Ⅱ）に置かれている。尤も現在の景（Ⅱ）は実景そのものとは言えず、寧ろ理念的な景、美的に構成された景ではあろうが、それが「見れば」「聞けど」という言葉から直接に表現されており、現在を担保していることは動かない。

彼のこの姿勢、〈いま・ここ〉に基盤を置くという姿勢は、恐らくは作歌の場ということが関わっていよう。即ちこれらの歌々は正にその主題となっている土地・場所で詠作披露されたものなのであろう。そうである以上、当該歌に就いて言えば、テゴナの伝承は現在の景の根拠として触れられることはあっても、それ自体は作品の主題とはなり得ない。

四　赤人と伝承

テゴナとは何者かということに就いて、大きく分けて二つの説がある。一つは在地の貧しい女性であるというもの[10]、もう一つは巫女であるとするもの[11]である。巫女説に与する高野正美氏は他説が成立しないことを次のように論じている。

一般に事件（出来事）そのものは日常茶飯のこととして無数にあるはずで、それらは一時的に噂として伝えられたとしても、伝説化される謂れはない。噂自体は一過性のものであって地域（共同体）の問題になりえないからである。伝説化の契機は個別的なモチーフではなく、共同体の問題に根ざしているとみてよい。当面の課題に即していえば、美女の死を哀惜するという問題だけではなく、その基盤に共同体で語り継がねばならない必然性があったということである。[12]

当該歌以外の高橋虫麻呂歌（9・一八〇七〜一八〇八）や東歌（14・三三八四〜三三八五）の存在によっても、下総国にテゴナに関わる伝承が行われていたこと、それが語り継がれていたことを推測させる。そもそも伝承とは「共同体の維持存続に関わって存在するものだった[13]」以上、共同体の成員にとっては自身のアイデンティティの一部でもあった。だが、中央から派遣されてくる国司等の官人にとっては在地の伝承は他者的なものでしかない。当然ながら彼等は伝承を語り継ぐ責務を持たない。寧ろそれを好奇心の対象として捉えることにもなろう。高橋虫麻呂の一連の伝説歌は、金井清一氏が論じたように[14]地方伝承を彼の周囲の貴族官人に紹介する一つの芸であったと考えられる。

ならば何故に赤人は「忘らゆましじ」「人にも告げむ」と詠んだのか。それに就いては先ず彼のその歌作が一つの特殊技能であったということを指摘しておかねばならない。ここで参考にしたいのが多田一臣氏の提示した〈歌よみ〉という概念である。

歌は禁忌の世界（神の世界や死者の世界などの異界）とかかわる表現としてあった。もちろん歌は、ある特定の状況のもとでは、だれもがうたいうるものとしてあった。しかし、禁忌の世界と触れあうという意味において、うたい手はまず特別な能力（ワザ）の持ち主でなければならなかった。うたうことの能力（ワザ）が広く認められ、歌によってその能力を発揮することが社会的な役割として要請されるようになった存在を、ここでは歌よみと呼ぶことにしたい。……おそらく歌人は、ある場所に赴いた時、あるいはある状況に出会った時には、歌よみとして歌を詠むことが役割としてもとめられたのである。[15]

或る特殊な地点・場所に差し掛かった時、その特殊性は主体に負荷をかけてくるのだが、詠歌はそれに対する主体の即時的な応答・対応に他ならず――かかる情況下での歌が現場性を持つ所以である――、その詠歌によって均衡が理念的に恢復されるのであった。それは現実的には旅の無事を祈るという意味を持っていたのであろう。伊藤博氏は当該歌に見られるような「「――を過ぎて――を見る」という題詞の本来の意味」を「羇旅の途次、物ボメをすること、つまり、旅の安全（行先の充足）を祈るタマフリの所作」だとして次のように述べる。

自然を讃えることは、その躍動する生命力を自己の体内に感染させて、より安全な旅を祈ることであったと思われる。家郷への思慕をうたうことは、家郷の生命力を招ぎ、それに合うことを祈って、安全な旅を期することであったと考えられる。そして、その対象が滅びたものであるばあいは、その霊魂を慰めたり威服したりすることによって、自己の安全を祈ったものと思われる。[16]

それ故にこそテゴナの墓所を訪れた〈歌よみ〉である赤人には彼女を讃美＝鎮魂せねばならない必然性、讃歌を詠作せねばならない必然性があった。そこで語り継ごうと表明すること、即ち対象をその未来性に於いて保証することは自分達の未来（それから先の旅の行程）の無事を願う心情の反映であったろうと考えられる。「忘らゆましじ」「人にも告げむ」という〈語り継ぎ〉に積極的に関わろうとする姿勢、その口吻にはかかる心情の強さが比例していよう。

更に言えば、〈過去―現在―未来〉という形式にて表現されている主題の内に主体の〈過去―現在―未来〉もまた包含されることになるのではないか。即ちこの形式では主題の来し方・行く末の長い時間が讃美的に表現されるのだが、その讃美は長久性・不変性に他ならず、そうであればこそその内に包含される所の主体の生きる短い時間もまた――それに保護されるように――安定が確保されるべきことになる。詠作者（とその一行と）の安定と無事とを祈る願いがこの形式の背後に存したように思われる。この形式を持つテゴナ歌・不尽山歌・伊予温泉歌が何れも都を遠く離れた地で詠まれていることがその傍証になりそうである。

但し、伊予温泉歌に於ける「遠き代に　神さびいかむ」は〈語り継ぎ〉とは若干異なっているが、これは王権伝承と地方伝承との差、官人である彼にとってのそれぞれの伝承に対する親和性の差であろうと考えられる。赤人が〈語り継ぎ〉に関わらなくとももともとよりその王権伝承は語り継がれてある以上、彼は意志ではなく推測に留まることが出来たのであろう。それは或いは、親和性と言うよりは自己が属している体制への信頼感とでも言うべきものかも知れない。

おわりに

赤人にとっては、否、赤人に限らず中央官人にとっては、地方伝承は無縁の説話に過ぎなかった。しかしながらそれが或る土地・場所に於いてそこを特殊なトポスとなし得る根拠であった以上、そこを通過する際若しくはそこに到達した際には詠歌（讃歌の詠作）が必要となったのであるが、その必要性は実際的であるが故に伝承それ自体は主題の中心とはなり得なかった。

赤人はかかる情況で詠歌を求められる〈歌よみ〉であったと覚しく、彼はその際に用いるべき形式を持っていた。寧ろ讃歌のこの形式性によって彼が〈歌よみ〉であったことが窺える。そうしてこのことは、彼の行幸従駕歌が殆ど常に「やすみしし　わご大君」という定型句を持つことと繫がっているのではないか。即ち赤人という歌人に於いて〈歌よみ〉であることと所謂〈宮廷歌人〉であることとの関聯性或いは類縁性が考察すべき問題となりそうだが、それは別の機会に譲る。

※『万葉集』の本文は多田一臣『万葉集全解』に拠ったが、一部私に改めた箇所がある。
（1）『全釈』『私注』『注釈』『旧全集』『講談社文庫』『全注』『新全集』『釈注』『和歌大系』『全解』『全歌講義』等
（2）『山田講義』『窪田評釈』『佐佐木評釈』『旧大系』『新大系』等
（3）『全註釈』等
（4）坂本信幸「伝説歌の女性」高岡市万葉歴史館編『高岡市万葉歴史館論集10　女人の万葉集』笠間書院　二〇〇九。また、坂本氏は「倭文機の帯解き替へて―山部赤人の真間の娘子の歌の解釈をめぐって」（『叙説』第二十二号　一九九五）に於いてより詳細にこの問題を考察している。
（5）井上さやか「墓と伝説―勝鹿真間娘子歌―」『山部赤人と叙景』新典社　二〇一一
（6）大島信生「萬葉集巻三　四三一番歌の結句について」『萬葉』一一九号　一九八四
（7）菊川恵三「人麻呂羇旅歌と遣新羅使人歌誦詠古歌」『国語と国文学』第七十八巻第三号　二〇〇一
（8）廣岡義隆『萬葉の散歩みち―上巻―』新典社　二〇〇八
（9）清水克彦「憶良の精神構造―「語り継ぐ」「言ひ継ぐ」をめぐって―」『万葉論集』桜楓社　一九七〇
（10）中西進「入水する女」『旅に棲む―高橋虫麻呂論』角川書店　一九八五、梶川信行「東国の赤人―真間娘子歌をめぐって―」『万葉史の論　山部赤人』翰林書房　一九九七、等
（11）折口信夫「眞間・蘆屋の昔がたり」『折口信夫全集　第廿九巻』中央公論社　一九五七、高野正美「巫女の死―真間手児奈―」『万葉歌の形成と形象』笠間書院　一九九四、等
（12）高野前掲論文
（13）森朝男「共同〈発表・討議・執筆〉によるシリーズ・古代の文学『伝承と変容』の企画・編集を終え総括風に」古代文学会編『シリーズ・古代の文学5　伝承と変容』武蔵野書院　一九八〇
（14）金井清一『万葉詩史の論』笠間書院　一九八四
（15）多田一臣「行路死人歌と伝説歌」『万葉歌の表現』明治書院　一九九三
（16）伊藤博「伝説歌の形成」『万葉集の歌人と作品　下』塙書房　一九七五

有間皇子歌群に関する一考察
――山上憶良歌を中心に

田中美幸

はじめに

有間皇子の挽歌群については先行研究が多数あるが、多くの問題を孕んでおり、未だ一定の解決は見られないまま今日まで至っている。その問題の多くは有間皇子が詠んだとされる二首の歌の表現が羇旅歌の様相を呈していることに起因する。しかし、この歌は追和歌を含む六首のまとまりであることから、歌群として捉え直して見ると別の側面が見えて来よう。中でも鍵となるのは一四五番の山上憶良の追和歌である。この歌の「鳥翔成」は難読とされてきており定訓はないのだが、この表記にこそ六首の歌群の構成の意味が集約されているのではないか。鳥が翔ることは死に際しての表現とされ、『古事記』ヤマトタケルの葬送の場面では白鳥となって飛んでいく姿が書かれている。この『古事記』ヤマトタケル伝承と有間皇子挽歌群には類似点が多く、そのことは先行研究でも指摘されている。本稿では、この類似は偶然のものではなく、憶良が意図的に成したものであることを述べ、そこから伺える憶良の挽歌の意識へと言及したい。

一　有間皇子挽歌群

『万葉集』における挽歌は巻二の相聞の後に初めて登場する部立であり、その冒頭に有間皇子の挽歌群が据えられている。今日まで、なぜ有間皇子の二首の歌が冒頭を飾るのかを中心に様々な問題点について論じられてきているが、題詞における「自傷」の二文字、二首の歌の表現が挽歌としてそぐわないものに見えること、そして、追和の四首を含む制作年代など様々な問題を多く抱えている。

有間皇子、自ら傷みて松が枝を結ぶ歌二首(1)

岩代の浜松が枝を引き結びま幸くあらばまたかへり見む（一四一）

家にあれば笥に盛る飯を草枕旅にしあれば椎の葉に盛る（一四二）

長忌寸意吉麻呂、結び松を見て哀しび咽ふ歌二首

岩代の崖の松が枝結びけむ人は反りてまた見けむかも（一四三）

岩代の野中に立てる結び松心も解けず古思ほゆ　未詳（一四四）

山上臣憶良の追和する歌一首

鳥翔成あり通ひつつ見らめども人こそ知らね松は知るらむ（一四五）

右の件の歌どもは、柩を挽く時に作る所にあらずといへども、歌の意を准擬す。故以に挽歌の類に載す。

大宝元年辛丑、紀伊国に幸す時に、結び松を見る歌一首　柿本朝臣人麻呂が歌集の中に出づ

後見むと君が結べる岩代の小松が末をまた見けむかも（一四六）

この六首の歌群については、これまで様々な見解が出されてきているが、どれも決定打に欠けており、これといった解決を見ていない。特に有間皇子の一四一・一四二番歌は題詞が直接的には一四一番歌にしか関わっていないように見える上に、一四二番歌は表向きには旅の途中での食事風景の歌としかよめないため、挽歌としての資質を疑う見解すら投げかけられてきている。しかし、一四四番の山上憶良歌の「追和」、「鳥翔成」に着目して考えると、この歌群には別の顔が見えてくるのではないか。

早く、窪田空穂の指摘に「上代の信仰として、死んだ人の魂は鳥の形となって、生きてゐた時心を寄せてゐた所へ自在に翔びゆきうるものとしてゐた。日本武尊の魂が、白鳥となって、伊勢より大和へ翔んだといふのは、最も有名な例で、ここもその心のものである[2]」とあり、大久保廣行[3]、村瀬憲夫[4]などにそれを展開した論がある。憶良が、ヤマトタケル伝承を下敷きにこれらの歌群を形成したととらえれば、古来より挽歌らしくないと言われた有間皇子の歌二首も挽歌としての役割を持ち得ることにもなるのではないだろうか。本稿では、まず、そのことについて検討し、憶良の挽歌の意識について述べてみたい。

二　鳥翔成

はじめに、憶良がヤマトタケル伝承を意識していたということについて検討する。

有間皇子歌群における憶良の一四五番歌には「鳥翔成」という難読語がある。訓はひとまず置いておくとして、そのおおよそはさきほどの窪田の指摘にあるとおり、死者が鳥となって飛んで行くことを意味している。以下に挙げるのは、『古事記』景行天皇条のヤマトタケルが死後に白鳥となる場面である。

……其れより幸行でまして、能煩野に到りましし時、国を思ひて歌曰ひたまひしく、

倭は　国のまほろば　たたなづく　青垣　山隠れる　倭しうるはし

とうたひたまひき。又歌曰ひたまひしく、

命の　全けむ人は　畳薦　平群の山の　熊白梼が葉を　髻華に插せ　その子

とうたひたまひき。此の歌は国思ひ歌なり。又歌曰ひたまひしく、

愛しけやし　吾家の方よ　雲居起ち来も

とうたひたまひき。此は片歌なり。此の時御病甚急かになりぬ。爾に御歌曰みしたまひしく、

嬢子の　床の邊に　我が置きし　つるぎの大刀　その大刀はや

と歌ひ竟ふる即ち崩りましき。爾に驛使を貢上りき。

是に倭に坐す后等及御子等、諸下り到りて、御陵を作り、即ち其地の那豆岐田に匍匐ひ廻りて、哭為して歌曰ひたまひしく、

なづきの田の　稲幹に　稲幹に　匍ひ廻ろふ　野老蔓

とうたひたまひき。是に八尋白智鳥に化りて、天に翔りて濱に向きて飛び行でましき。……

村瀬[5]は、傍線部「八尋白智鳥に化りて、天に翔りて濱に向きて飛び行でましき」が直接的に憶良に影響を与えた部分だとし、「憶良は、藤代坂で殺された有間皇子の魂が肉体を離れていく姿の中に、国思び歌を詠い終った倭健が八尋白智鳥に化って天翔っていく姿を重ね合わせてみていたのではないか」と述べている。また、大久保[6]は憶良が鳥を詠む必然性について、「憶良自身の思想にも求めなくてはなるまい」と述べる。憶良歌には確かによく鳥が表されるが（⑤八七六、⑤八九三、⑤八九八など）、それに加えて「好去好来歌」（⑤八九四）で「アマガケリ」という語を用いていることに注目される。

……諸々の　大御神たち　船の舳に〈反して、「ふなのへに」と云ふ〉　導きまをし　天地の　大御神たち　大和

の　大国御魂　ひさかたの　天のみ空ゆ　あまがけり（阿麻賀気利）見渡したまひ　事終はり　帰らむ日に
は　また更に　大御神たち　船の舳に　み手うち掛けて　墨縄を　延へたるごとく　あぢかをし　値嘉の崎
より　大伴の　三津の浜辺に　直泊てに　み船は泊てむ　障みなく　幸くいまして　はや帰りませ（八九四）

「アマガケリ」は『万葉集』中では孤例で憶良のみに使用が見られる。その意識下には『古事記』・『日本書紀』に見られる「天翔」があったのではないか。

一四五番歌の「鳥翔成」については古来、これをどう訓読するのか議論が重ねられてきており、現在では十を超える案が出ている。中でも有力なのは「ツバサナス」と「アマガケリ」、「トリトナル」の三つである。「ツバサナス」は仙覚が『万葉考』において付けているものだが、その根拠は記されていない。だが、『日本古典文学全集』[7]が「翔」の文字を「翅」の誤りか、とした上で、高知県において鳥を意味する「とりつばさ」の語例を出し、嬰児が死ぬと「とりつばさ」になるという民俗伝承を紹介して根拠としている。一方の「アマガケリ」は、佐伯梅友[8]が提唱したものであり、『続日本紀』では「天翔」と書いて「アマガケリ」と訓じ、神霊や人の魂について用いられること、また『万葉集』では唯一の例が山上憶良の「好去好来歌」（⑤八九四）にあること、巻二に「鶏鳴（アカトキ）」、「浦不楽（ウラサビ）」、憶良歌に「五十戸長（サトオサ）」、「情進（サカシラ）」などの義訓があることを挙げて、その訓の根拠としている。しかし、「鳥翔成」は一四五番歌のみ、「アマガケリ」は八九四番歌のみでそれぞれが『万葉集』中孤例であり、その検討は難しい。また、大久保[9]は『万葉集』中の用例から、「鳥」は複合形でなければ「トリ」と訓むべきであり、「成」はナスだけが唯一の訓とは限らず、これら二字は二音節で訓まざるを得ないことから「翔」は一音節となることを三字の訓の条件として挙げている。そして、「翔」がトブと訓じられており、「飛」と「翔」の訓の対応が認められることから、「ト」への転用も許容されるとして「トリトナル」の訓みを提示した。また、間宮厚司[10]もこれを支持し、『日本書紀』履中紀の「鳥往来羽田之汝妹者」の「鳥往来」が「トリカヨフ」と訓み、「鳥」と「通ふ」の主従関係が示されていることから「トリトナリアリガヨヒツツ」という訓の妥当性を論じている。「翔」をトと訓むことにやや不安が残らないでもないが、すでに述べたように憶良には鳥を詠み込んだ歌が多くあることは留意される。「鳥翔成」の訓はそれぞれに問題点を含んでおり、これといった解を見出すことは難しい。しかし、憶良が詠んだ歌に例があることや、後に述べるヤマトタケル伝承との関係からもここは「アマガケリ」と訓じるのが妥当ではないだろうか。

再び、ヤマトタケル伝承に焦点を戻すと、そちらでも「松」が表れていることに注意したい。ヤマトタケルの死の直前の、尾津の崎での部分である。

……尾津の前の一つ松の許に到り坐ししに、先に御食したまひし時、其地に忘れたまひし御刀、失せずて猶有りき。爾に御歌曰みしたまひしく、

尾張に　直に向へる　尾津の崎なる　一つ松　あせを　一つ松　人にありせば　大刀佩けましを　衣著せましを　一つ松　あせを

とうたひたまひき。……

村瀬[11]は、この箇所について

（筆者注・有間皇子とヤマトタケルの）両者が旅にあって松のもとで食事をし、無情の松により親しみの念をこめて呼びかけているところに共通性を見いだした。そして憶良は、景行天皇を始めとする冷淡な人間たちに対して、無情の松により親しみを抱いて歌っている倭健と、結び松にのみ望みを託さざるを得なかった有間皇子とを重ね合わせて一四五番歌を作った。

と述べる。ヤマトタケルは往路でこの一つ松に祈ったとは書かれていない。しかし、松の下で食事をする時、この地に忘れた刀が失われることなくその場にあるのを発見するのである。刀を「忘れた」ということからは往路

でも同じ場所で休憩をとったと推測できる。

そもそも、「尾津の崎」の「崎」とは突き出た場所を意味しており、すなわち境界である。そのような「一つ松」の下で休憩をとるのは、その場所が神霊の加護ある場所であり、そこで旅の安全を祈り、食事を神に手向けたりその場で食事をすることによって、霊力がより一層期待できるからであった(12)。境界における「松」の下では願掛けだけではなく、食事も重要な行為となってくるのである。そうなると、一四一番・一四二番は二首がそろって初めて成立するもので、題詞の「結松枝」とは松の枝に祈りを結ぶ行為を指しており、そこには松の下で食事をすることも含まれると考えられる。しかし、有間皇子自身がヤマトタケルを意識して歌を詠んだわけではなかった。松に祈り、そこで食事をするだけでヤマトタケル伝承が想起されるわけではない。「アマガケリ」と詠む憶良の一四五番歌があって初めて白鳥となったヤマトタケルの伝承と寄り添うものとなるのである。

三　一四五番歌の作歌年代

憶良が『古事記』のヤマトタケル伝承を基に有間皇子挽歌群を形成したと考えるときに疑問として浮かび上がるのが、果たして憶良には『古事記』を参照することができたのかどうか、ということである。また、一四五番歌の作歌年代も問題となる。憶良作歌年代については従来、紀伊行幸に憶良の名がある持統四年（六九〇）か、長忌寸意吉麻呂の名が記される大宝元年（七〇一）の紀伊行幸かで議論が重ねられてきた。憶良の一四五番歌の題詞に「追和」とあるのを素直にとれば、意吉麻呂の歌に和したものになり、大宝元年以降が作歌年代ということはひとまず間違いがなさそうだと言えよう。しかし、持統年代の行幸には意吉麻呂の名が見当たらず、また、大宝年代の行幸の際は憶良の名がないことに加えて、遣唐使少録に任命されているという問題を孕んでおり、どちらも作歌年代と決定することは難しい。さらに、『古事記』の成立は和銅五年（七一二）であるため、仮に大宝元年の成立と考えても、その間には十年ほどの隔たりがあることになる。

ここでいま一度、ヤマトタケルの一つ松の箇所に振り返ってみたい。この伝承は『古事記』だけでなく『日本書紀』にも以下のように記されている。

……日本武尊、是に、始めて痛身有り。然して稍に起ちて、尾張に還ります。爰に宮簀媛が家に入らずして、便に伊勢に移りて、尾津に到りたまふ。昔に日本武尊、東に向でましし歳に、尾津濱に停りて進食す。是の時に、一の劒を解きて、松の下に置きたまふ。遂に忘れて去でましき。今此に至るに、是の劒猶存り。故、歌して曰はく、

尾張に　直に向へる　一つ松あはれ　一つ松　人にありせば　衣著せましを　太刀佩けましを

『古事記』と異なるのは、往路での太刀紛失の出来事が記されていることと歌の表現である。『古事記』の歌では「尾津の崎」が詠まれるがそれがなく、また同じく『古事記』にはあった「あせを」という囃し詞が落とされているほか、太刀と衣の順番が逆になっている。居駒永幸[13]は、『紀』は七五調に整理し、その結果、地名句も省略したとの見方が成り立つ。記29（筆者注・『古事記』一つ松歌）の「太刀佩けましを　衣著せましを」が『紀』では逆になっているのも、太刀を結句に置いて強調する形に整理しているとも見られる。この歌、民謡からストレートに『記』『紀』の散文に取り込まれたとは考えにくい。ヤマトタケル物語の一つ松と太刀という叙事をもつ宮廷の歌と見るべきである。歌が歴史伝承であるゆえ、宮廷に伝えられるべき歌曲であったと言ってもよい。

と述べ、この一つ松の歌は宮廷歌であったとしている。

確かに歌の形が整えられていることから言って、この歌が元は宮廷歌であった可能性は高いと言える。そうな

ると、ヤマトタケル伝承の流布という点で『古事記』にこだわる必要はなくなるのだが、一四五番歌から考えれば、憶良の享受する伝承は『古事記』記載のものにかぎりなく近いものでなければならず、どちらにしろ、宮廷のヤマトタケル物語を知っていた必要があるということになる。ただ、憶良は養老五年（七二一）に東宮侍講に任命され、聖武天皇に進講していたことが『続日本紀』に記載されている。高野正美[14]の指摘に

類従歌林の成立を振り返ってみると、それが憶良の東宮侍講時代と推定される事、またその内容が宮廷関係の歌の注釈である事等からして、憶良の進講したのは古い宮廷歌についてではなかったかと思われる。（中略）つまり、類従歌林は憶良が聖武に進講するに際して編纂したものなのである。

とあり、これに寄り添えば憶良の進講していたのは宮廷歌だったため、憶良が宮廷に伝わるヤマトタケル伝承を知る機会は充分にあったと考えられる。また、菅野雅雄[15]は、憶良とともに東宮侍講になった塩屋連吉麻呂が有間事件で処刑された塩屋連鯯魚の縁者であると推測し、この際に有間事件のことを聞かされたことが追和の契機となったとして、養老五年を一四五番歌の作歌年代としている。このことに関しては推測の域を出ないものであるが、「追和」という形式を併せて捉えるとまた別の側面が見えてくる。

大久保廣行[16]は、「追和」について子細に検討し、『万葉集』中における追和歌の作者は大伴旅人・憶良の周辺もしくは大伴家持とその周辺の歌人に限られることを指摘する。それを踏まえて、憶良・旅人による追和歌（②一四五、⑤八四九〜八五二、⑤八六一〜八六三、⑤八七四・八七五）は、その歌詠の場に参加しなかった者の立場で（あるいはそれを装って）詠まれており、「いわば不参加者の代作とでも称すべき傾向を示」しており、それらは「あたかも歌群の披露を受ける享受者側の反応までも想定した詠みぶりである」ことを述べる。つまり、憶良が追和するにあたって、意吉麻呂歌が詠作されたと思われる宴の場に同席している必要はなくなり、意吉麻呂と同席したと考えられる場を考慮することも不要となるのである。そして、大久保は先の菅野の養老五年説について、憶良の

唐からの帰国後の作歌とわかる明確な年代が記される⑧一五一八の養老八年七月七日（ただし、養老八年（七二四）二月に神亀へと改元しており、養老五～七年の誤りと見られる）に近いこと、また巻二原型の形成時期の下限である養老五年[17]にも抵触しないことからこれを支持している。[18]

塩屋連吉麻呂によって憶良の追和の契機が引き起こされたとするのは魅力的な案ではあるが、やはり証拠に欠ける点が否めない。しかし、養老五年に憶良が東宮侍講となり、宮廷歌と深く関わることになったであろうこと、そして「追和」という形式が旅人周辺のみに見られることを踏まえれば、養老五年という作歌年は俄然現実味を帯びるのではないだろうか。憶良以降の追和歌は天平二年（七三〇）であり、養老五年からは九年という隔たりがあり長く感じられるが、持統四年や大宝元年よりは近く、その後家持へと継がれて行く追和の様式の発生年代としては適当であると言え、憶良が当歌群を形成していることにさほど問題はなくなって来よう。

四　ヤマトタケルと有間皇子

ではなぜヤマトタケルであったのか。その理由は『古事記』におけるヤマトタケルの描写にある。

……天皇、小碓命に詔りたまひしく、「何しかも汝の兄は、朝夕の大御食に参出来ざる。専ら汝ねぎ教へ覚せ。」とのりたまひき。かく詔りたまひて以後、五日に至りて、なほ参出ざりき。ここに天皇、小碓命に問ひ賜ひしく、「何しかも汝の兄は、久しく参出ざる。もし未だ誨へずありや。」ととひたまへば、「既にねぎつ。」と答へ白しき。又「如何にかねぎつる。」と詔りたまへば、答へて白しけらく、「朝署に厠に入りし時、待ち捕へてつかみ批ぎて、その枝を引き闕きて、薦に裹みて投げ棄てつ。」とまをしき。

ここに天皇、その御子の建く荒き情を惶みて詔りたまひしく、「西の方に熊曾建二人あり。是れ伏はず禮無き人等なり。故、其の人等を取れ。」とのりたまひて遣はしき。

景行天皇がヤマトタケルの兄である大碓命が食事に同席しないことを小碓命（ヤマトタケル）に「ねぎ教え覚せ」と命じたが、その後五日経っても姿を見せないので、天皇が兄を諭したのかと尋ねたところ、小碓命は「すでにねぎつ」と答える。その方法を問うと、朝、厠へ来た兄を待ち構えて捕らえ、手足をもぎ取って筵に巻いて投げ捨てたと答える。その荒々しさを目の当たりにした天皇は小碓命に西方征伐を命じたのであった。天皇のいう「ねぎ」と小碓命の「ねぎ」の捉え方の度合いが異なったために起きた悲劇と考えられるが、これによりヤマトタケルは兄殺しという罪を背負い、西へと遣られる。その後、熊襲を征伐し、都へと帰ってきたヤマトタケルはまたすぐに東征を命じられるのである。

……爾に天皇、亦頻きて倭建命に詔りたまひしく、「東の方十二道の荒ぶる神、及まつろはぬ人等を言向け和平せ。」とのりたまひて、吉備臣等の祖、名は御鉏友耳建日子を副へて遣はしし時、比比羅木の八尋矛を給ひき。故、命を受けて罷り行でましし時、伊勢の大御神宮に参入りて、神の朝廷を拝みて、すなはちその姨倭比賣命に白したまひけらくは、「天皇既に吾死ねと思ほす所以か、何しかも西の方の悪しき人等を撃ちに遣はして、返り参上り来し間、未だ幾時も経らねば、軍衆を賜はずて、今更に東の方十二道の悪しき人等を平けに遣はすらむ。これによりて思惟へば、なほ吾既に死ねと思ほしめすなり。」とまをしたまひて、患ひ泣きて罷ります時に、倭比賣命、草那芸剣を賜ひ、亦御嚢を賜ひて、「若し急の事有らば、この嚢の口を解きたまへ。」と詔りたまひき。

ヤマトタケルは西方から帰ってすぐに天皇に東方征伐を命じられたことに対して「天皇既に吾死ねと思ほす所以か」と倭比賣に泣きながら言う。それは、天皇から疎まれていることをヤマトタケル自身も感じていることを意味する。兄殺しという罪を背負って、ヤマトタケルは都から遠ざけられた罪人であった。

ここで有間皇子の出自と彼が引き起こしたとされる謀反事件について振り返っておく。有間皇子は孝徳天皇の第一子であり、皇位継承者でもあった人物である。父は斉明（皇極）天皇の同母弟であった。『日本書紀』によれば、皇極天皇四年（六四五）に乙巳の変が起き、皇極天皇は息子であった中大兄皇子に皇位を譲ろうとしたが、中大兄皇子はそれを固辞し、軽皇子（孝徳天皇）を推薦する。軽皇子は舒明天皇の第一皇子であった古人大兄皇子を推すが、古人大兄皇子が出家したため軽皇子が即位したという経緯がある。一旦は表舞台に立たなくなった皇極天皇と中大兄皇子だが、孝徳天皇の難波宮造営のあとで中大兄皇子が母である皇極天皇や臣下たちを連れて大和へ帰ってしまい、失意のうちに孝徳天皇は病気で崩御する。そして再び皇極天皇が即位するのだが、その後の皇位継承において障害となるのが有間皇子の存在であった。有間皇子は病気療養を理由に紀伊の牟婁の湯へと行く。『日本書紀』斉明天皇三年には、

九月に、有間皇子、性黠くして陽狂すと云々。牟婁温湯に往きて、病を療む偽して来、国の体勢を讃めて曰はく、「纔彼地を観るに、病自づからに蠲消りぬ。」と、云々。天皇聞しめし悦びたまひて、往しまして観さむと思欲す。

と、有間皇子が牟婁に行って療養のまねごとをしたと書かれている。そして、そのほぼ一年後に蘇我赤兄に唆されて謀反を決意したことが記される。

有間皇子の謀反事件についても、真偽のほどなど従来より論議が重ねられているが、皇室の歴史書である『日本書紀』に記されている以上、宮廷でも有間皇子は一度謀反を企んだ人物として認識されているとするのが自然である。真偽はこの際関係がない。宮廷の、聖武天皇へと続く皇位が受け継がれてきたという事実の前では有間皇子は罪人なのであった。舒明―斉明―天智という皇統の流れの中で、孝徳天皇が疎外されるのは難波宮からの集団帰京だけではなく、『万葉集』においても同じである。現に孝徳天皇の歌は一首も『万葉集』に収められて

いない。つまり、「罪人」という点でヤマトタケルと有間皇子は共通するのである。

さて、東へと向かったヤマトタケルはその帰路で国思歌をうたう。息吹山で神の怒りに触れたこともあってすでに瀕死であった。そして国思歌の三首目をうたったところで「此の時御病甚急かになり」、その後四首目をうたい、「歌ひ竟ふる即ち崩りましき」、つまり亡くなるのである。この光景はヤマトタケルが死に際してうたっていると捉えられ、自傷歌の様相を成していると言える。

有間皇子歌群では、題詞の「自傷」という語が問題とされてきた。それは、果たして皇子が護送中に歌を詠めるのかということ、また題詞がなければ歌の内容が羈旅歌と捉える方が自然であることから成されてきた議論である。しかし、憶良がヤマトタケル伝承を下敷きとして、題詞をも含めてこの歌群を形成したと考えるならば、「自傷」の文字が必要となる。否、むしろなくてはならないものとなろう。

また、有間皇子を巡る伝承には二段階あるようで、正史に語られない部分、つまり蘇我赤兄らによる陰謀に巻き込まれた可哀想な有間皇子、という伝承が意吉麻呂の二首の歌に滲み出ている。意吉麻呂や憶良といった官吏が皇子のことをうたうのはありえないという捉え方もあるが、それは旅の途中であるということが手がかりとなるであろう。罪人であったとしても、磐代の松を通る際にはその霊魂を鎮める必要が生じるからである。また、有間皇子の事件から四十年近く経っており、皇統を脅かす罪人としての存在よりも鎮魂の対象としての存在感のほうが増していたと考えられる。意吉麻呂が「反りてまた見けむかも」、「心も解けず古思ほゆ」とうたって有間皇子を鎮魂し、そこに憶良の一四五番歌が加わることで、ヤマトタケル伝承を思わせる有間皇子伝承を持った歌群が成立する。「人こそ知らね松は知るらむ」という表現もあることで、白鳥伝承だけではなく、松を人に見立てた一つ松伝承をも匂わせるのである。

しかし、一四五番歌は「あり通ひつつ見らめども」と詠まれており、皇子の魂がいまだ天を漂っていることを思わせる表現となっている。古代においては一般的にいつまでも死者の霊魂が漂っているというのは受け入れられないことであった。天智天皇挽歌でも倭大后が、

青旗の木幡の上を通ふとは目には見れども直に逢はぬかも（一四八）

と詠み、魂が天翔るさまを見えるけれども直接に会うことができないことを嘆いているが、大殯のときには額田王によって

かからむとかねて知りせば大御舟泊てし泊まりに標結はましを（一五一）

と、すでにその魂が天上世界へと旅立ってしまったことが詠まれている。このように、死者の霊魂は通常、ずっと地上に留まるのではなく、天にのぼっていくとされるのだが、一四五番ではそうなっておらず、いささか収まりが悪い。そこで、人麻呂歌集にあったという一四六番を載せることで皇子の魂に着地点を与えたのではないだろうか。「小松が末をまた見けむかも」と松の成長をうたうことは魂を鎮めることにつながり、行き場のない有間皇子の魂を天へと返す役割を果たすために付けられたのだと考えられる。しかし、一四六番歌が憶良によって付けられたとは言い難い。左注の問題があるからである。もしも憶良が一四六番までまとめていたとしたら、このような場所に左注が入るとは考えられないため、別人による歌群編成の可能性が高くなる。しかしこの左注により、挽歌群の一四五番までと一四六番の間には隔たりが生じており、ここに左注があることで逆に、一四五番までがひとまとまりであることを示す証拠ともなって一四六番は後に添えられたものだと考えることができる。つまり、左注までは憶良がまとめたもので、後の編者がそれを切り離すことができず一四六番歌だけ添えたのではないかと考えられるのである。

五　有間皇子挽歌群の意義

一方で憶良が一四五番のような歌を詠み、歌群を「挽歌」としてまとめた意義とは何だったのだろうか。先ほど、挿入場所が疑問だと述べた左注では「柩を挽く時作る所にあらずといへども、歌の意を准擬す」と、本来的な意味の挽歌ではないことが記されている。

もともと挽歌という部立が中国の文学によることはすでに多数の研究により明らかにされている。それが日本においては比較的新しい意識であったことも同様である。『万葉集』において使われている挽歌という語のうち、唯一使用者が明白なのが⑤七九四～七九九番、憶良作の日本挽歌であり、この題詞も憶良がつけたものとされる。[19]この題詞は「日本」とつけることで中国の挽歌に対する日本の挽歌の意味を表している。[20]

また、憶良には、

いざ子ども早く日本へ大伴の三津の浜松待ち恋ひぬらむ（六三）

という歌がある。これは題詞によれば唐において「本郷」を思ってよんだ歌である。「日本」の字は諸本に「日本」と記されており、すでに唐に対する「日本」という意識があったと考えられる。また、⑤八七六～八七九番には「書殿にして餞酒せし日の倭歌四首」と題される歌群がある。この歌の作者は明記されていないが、続く八八〇～八八二番の題詞に「敢へて私の懐を布ぶる歌三首」とあり、八八二番歌左注に「天平二年十二月六日に、筑前国司山上憶良謹みて上る」と記されていることに注目すれば、おそらく八七六番からの四首も憶良によるものであると見ていいだろう。⑰三九六七・三九六八番に付された書簡では漢詩に対する和歌の意味で大伴池主が「倭詩」の語を用いており、憶良同様、大陸の詩に対する日本の歌の意識があることが指摘できる。つまり、大陸にもともとあった挽歌を日本風にしたのが「日本挽歌」であり、憶良はわざわざ「日本」の語を入れたのだと考えられ、憶良の大陸に対する日本の挽歌を作るという意識が見てとれる。

『古事記』にも葬歌として死者を悼む歌はある。しかし、それは大御葬歌であり、皇族が崩御した際に歌われるいわば使い回し可能な歌であった。それに対して、挽歌はあくまでも「個」を鎮める歌である。古橋信孝は『万葉集』の時代は個人の私的な領域が表に出るようになった頃であり、特に天智以降の古代国家の確立期において皇族・貴族の政争が激しくなり、死を固有のものとして見る方向が強くなったために、異常な死を迎えた者たちの魂を鎮めることが求められ始めた結果、挽歌が生まれたと述べている。[21]

繰り返しになるが、有間皇子は孝徳天皇の皇子である。孝徳天皇は斉明天皇の同母弟ではあるが、舒明―斉明(皇極)―天智―天武という皇統の系譜からは外れた存在となり、『万葉集』に歌が一首も残らないことからも孝徳天皇が「皇統」の流れにおいて無視されていることが伺える。そのため、日本の挽歌としてヤマトタケルの死から葬送の場面を託した有間皇子の歌群を整えることで、憶良なりの日本の挽歌を作り上げ、その後の挽歌の指針としたのではないだろうか。

まとめ

以上、有間皇子自傷歌群をおもに一四五番山上憶良の追和歌から考察した。有間皇子の自傷歌二首には、「松」と「松の下での食事」が詠まれているが、それはヤマトタケルの尾津の一つ松とモチーフを同じくしており、有間皇子自傷歌群の意識の根底にはこの伝承があったものと思われ、そこに一四二番歌の意義を見いだすことができる。両者の立場は異なるが、ヤマトタケルも罪を背負っており、同じく罪人であった有間皇子は一四五番歌でヤマトタケル伝承に寄せられたのである。有間皇子の歌群はそれによって挽歌たり得ることとなる。題詞の「自傷」も同じで、ヤマトタケルの国思歌が自傷歌であったことに依ると考えられる。

有間皇子挽歌群は「松」と「食事」を詠む一四一・一四二番歌に、意吉麻呂が結び松を見て悲しみ詠む二首（一四三・一四四番歌）が続くが、それだけでは有間皇子の挽歌は成り立たず、「鳥翔成」の用字を持つ一四五番歌が加わることで初めて完成するのである。その作歌時期は『万葉集』中の追和歌の作者の偏りや、憶良の東宮侍講就任があることから養老五年頃と考えるのが妥当である。左注については、一四六番歌の前に据えられており疑問が残るが、憶良が「日本挽歌」を詠んでいることや「倭歌」の意識から挽歌の指針として有間皇子挽歌群を整えたのだと考えられ、憶良が付けたものだと言えるのではないだろうか。また、「ヤマトタケル伝承を下敷きとした有間皇子挽歌群」が一四五番歌によって成立すること、問題の左注がそのすぐあとにあることからも憶良が付した可能性が強くなるだろう。

このような歌群を憶良が整えた背景には、中国の挽歌に対する日本の挽歌、という新しい意識があった。伝統の葬歌はすでにあったが、それは儀式歌であり、個々の人間に対する歌ではなかった。そのような新しい意識を持って死者を悼む歌が挽歌であり、憶良にはより強く「日本の挽歌」作成の意志があったものと見る。有間皇子は異常死を抱えた皇子であり、鎮魂の必要もあった。憶良が挽歌という新しい部立の歌を作るに当たって、その対象にする相応の理由・伝承を抱えた、また抱えうる存在であったのが有間皇子だったのではないだろうか。

（1）以下、本稿の『万葉集』の歌の引用は木下正俊校訂『萬葉集』CD-ROM版（塙書房　二〇〇一年）に、『古事記』は『日本古典文学大系古事記・祝詞』（岩波書店　一九五八年）に拠る。ただし、必要に応じて私に改めた。

（2）窪田空穂『萬葉集評釈』東京堂出版　一九四三年

(3) 大久保廣行「「鳥翔成」歌」(『筑紫文学圏論　山上憶良』笠間書院　一九九七年)初出「初期憶良の方法―「鳥翔成」の訓をめぐって―」(『国文学　言語と文芸』第八一号　一九七五年)
(4) 村瀬憲夫「岩代の追和歌―山上憶良、悲劇性への志向―」(『紀伊万葉の研究』和泉書院　一九九五年)初出「山上憶良―悲劇性への志向―」(『和歌山大学教育学部紀要』〈人文科学〉第二五集　一九七六年)
(5) 注4に同じ。
(6) 注3に同じ。
(7) 小島憲之他『日本古典文学全集　萬葉集(一)』小学館　一九七一年
(8) 佐伯梅友「鳥翔成」(『短歌研究』第一二巻三号　一九四三年)
(9) 注3に同じ。
(10) 間宮厚司「「鳥翔成」(万葉集一四五番)の可能性」(『鶴見大学紀要　第二七号　第一部国語・国文学編』一九九一年)
(11) 注4に同じ。
(12) 永池健二「木に衣を掛ける―続・一つ松考序説―」(『民俗文化』第七号　一九九五年)
(13) 大久間喜一郎・居駒永幸編『日本書紀歌全注釈』笠間書院　二〇〇八年
(14) 高野正美「類聚歌林」(『古代文学』第六号　一九六六年)
(15) 菅野雅雄「磐代歌考再論」(『びぞん』第八三号　一九九一年)
(16) 大久保廣行「追和歌の創出」(『筑紫文学圏論　大伴旅人　筑紫文学圏』笠間書院　一九九八年)初出「筑紫文学圏の一方法―追和歌をめぐって―」(『美夫君志』第四七号　一九九三年)
(17) 伊藤博「持統万葉から元明万葉へ」(『萬葉集の構造と成立(下)』塙書房　一九七四年)
(18) 大久保廣行「有間追悼歌と「帥老」注記」(『筑紫文学圏論　大伴旅人　筑紫文学圏』笠間書院　一九九八年)初出「追和歌二題」(『国文学論考』第三〇号〈都留文科大学〉一九九四年)
(19) 武田祐吉『万葉集全註釈』改造社　一九四九年
(20) 熊谷春樹「挽歌と類従歌林」(『國學院雑誌』第七十五巻第十二号　一九七四年)
(21) 古橋信孝『古代都市の文芸生活』大修館書店　一九九四年、『万葉集―歌のはじまり』筑摩書房　一九九四年

Ⅳ

対論　歌謡の人称

［琉球の神歌の「名乗り」表現
［歌謡の人称の仕組み

琉球の神歌の「名乗り」表現

――一人称表現、三人称表現を中心に

島村幸一

はじめに

琉球の長詩形歌謡の冒頭部には、「名乗り」を示す詞章が多くある。この長詩形歌謡が、例えば庶民的人物を謡う八重山の物語歌謡のようなウタであると、謡う主体とそこに登場する人物との関係は基本的には異なることから、冒頭部の「名乗り」はウタの主人公を示す表現であると理解される。しかし、祭祀歌謡はどうなるのか。冒頭の「名乗り」表現が、一人称ででる場合、あるいは三人称ででる場合は、それを歌唱する者と「名乗り」表現の主体がどのような関係にあるかが、問題になってくるのである。この理解が、正確になされないとウタの理解も充分でなくなる。本稿は、拙論「琉球弧の神歌の人称表現――宮古島狩俣の神歌から――」(『口承文芸研究』第三四号、日本口承文芸学会、二〇一一年三月)[1]をふまえた上で、オモロにおける「名乗り」を考察する。

一　宮古島狩俣の神歌の「名乗り」表現

宮古島狩俣の神歌タービ、ピャーシ、フサの一部には、神歌冒頭の「名乗り」表現に「わんな」（私は）という一人称表現が登場する。狩俣集落の最高神、アブンマが先唱するピャーシは以下である。

例1　アブンマのピャーシ「根口声」（夏まつり）(2)

1 てぃんだおぬ　やぐみょーいぬ　みよぷぎ　　天道の恐れ多いもののお陰で
2 あさてぃだぬ　うやてぃだぬ　みよぷぎ　　父ティダ親ティダのお陰で
3 よぼちぃきぃぬ　よぼてぃだぬ　みよぷぎ　　ヨボ月のヨボティダのお陰で
4 にだりぬしぃ　やぐみかん　わんなよ　　根立て主恐れ多い神の私はよ
5 よぼむとぅぬ　よぼにびぬ　うぷかん　　ヨボ元のヨボ威部の大神
6 かんまやふぁ　ぬしぃさ　ぷゆたりるよ　　神は穏やか主は静かであるよ

（以下、省略）

内田順子はピャーシの第2節と第4節をアブンマ以外のサスが謡う場合は、第2節は謡わず、第4節を「にだりぬしぃ　やぐみかん　わんなよ」に替えて、「にだりぬしぃ　やぐみかん　とぅゆみゃよ」（根立て主恐れ多い神鳴響む者よ）と謡うという。アブンマが先唱するピャーシが第2節を謡うのは、「あさてぃだ」がンマヌカン（母の神）と交わって子孫を成したという伝承を持つ神であり、これが大城元に祀られていてアブンマが大城元を祀る神（神女）であるからである。また、アブンマが謡う第4節にでる一人称表現「わんな」は、まさにアブンマ自身が「にだりぬしぃ」であるンマヌカンの立場になっているからである。それを他のサス達（アブンマより下位の神女）が先唱する場合に「とぅゆみゃ」と謡うのは、これが「名をよみあげてあがめる神のひとりとして登場する」からである。つまりは、この場合の「わんな」という一人称表現は、大城元を祀る最高神、アブンマが立つことが出来る立場からの表現であり、「とぅゆみゃ」という表現は、下位にある神女が「にだりぬしぃ」を外部からの視点で称えた三人称表現であるということになる。

また、アブンマが先唱する〈例1〉の後半の詞章の一部は、以下のようになる（歌詞の初めに謡う「アジィラー」という囃子は省略している）。

311 んまぬかん　わんな　　母の神の私は
312 やぐみ　うふかんま　　恐れ多い大神は
313 ばむとぅが　おいん　　我が元の上に
314 うふむとぅが　おいん　　大元の上に

これに対して下位にあるサス、ヤマトゥンマが先唱するピャーシ（ヤマトゥンマのピャーシ（夏まつり））では、以下の様に謡う。

327 あまてらす　わんな　　天照らすの私は
328 あおみかみ　わんな　　大御神の私は

329 んまぬかん　みょーぷぎ　　母の神のお陰で
330 やぐみかん　みょーぷぎ　　恐れ多い神のお陰で
331 ゆらさまいぃ　みょーぷぎ　　お許しなさるお陰で
332 ぷがさまいぃ　みょーぷぎ　　満たしなさるお陰で
333 うふむとぅが　おいん　　大元の上に
330 にむとぅが　おいん　　根元（中心の元）の上に

アブンマとヤマトゥンマがそれぞれ祀る神の立場に立っているのは、アブンマが「311 んまぬかん　わんな／312 やぐみ　うふかんま」、ヤマトゥンマが「327 あまてらす　わんな／328 あおみかみ　わんな」と一人称で表現されていることで分かる。[3] さらに、下位にあるヤマトゥンマが謡うピャーシでは、アブンマが「313 ばむとぅが　おいん／314 うふむとぅが　おいん」と謡う箇所を「329 んまぬかん　みょーぷぎ／330 やぐみかん　みょーぷぎ／331 ゆらさまいぃ　みょーぷぎ／332 ぷがさまいぃ　みょーぷぎ」という詞章を入れ、「333 うふむとぅが　おいん／330 にむとぅが　おいん」と謡っている。すなわち、ヤマトゥンマは、329〜332の詞章を入れてンマヌカンを称え、アブンマが自ら祀る元である大城元を「313 ばむとぅ／314うふむとぅ」と謡うところを、ヤマトゥンマは外部から称える表現ともいえる「333 うふむとぅ／330 にむとぅ」と謡っているのである。これは先に述べたアブンマが「わんな」と謡う一人称表現を、ヤマトゥンマが謡う場合には、「とぅゆみゃ」という外部からの視点で称えた三人称表現で謡うこととも対応する問題でもある。さらに、その際に下位のヤマトゥンマの表現に「331 ゆらさまいぃ／332 ぷがさまいぃ」と敬語表現がでることも注目される。

狩俣の神歌にみられる一人称の「名乗り」表現、「わんな」が注目されなくてはならないのは、これが折口信夫がかつて「国文学の発生（第一稿）」で述べた「神、人に憑つて、自身の来歴を述べ、種族の歴史・土地の由来などを陳べる」「一人称式に発想する叙事詩」[4]に相当する文学が実際にみられるということであるが、さらに刮目すべきは、これが「一人称式に発想する叙事詩」の表現様式ともいえる形式として存在することである。「わんな」がでる神歌のひとつタービの基本様式は、神の名を揚げる冒頭部分の常套句の初め、謡い終える末尾部分の常套句の初め、さらに二つの常套句の間で展開する称える神の事績を謡う詞章の初めに「わんな」がでるという表現形式になっている。その冒頭部分の常套句の末尾は「オトもよん　とぅゆまい／うシきゆん　みやーがらい」（お供のよみを鳴響もう／お付きのよみを揚げよう）であり、末尾部分の常套句の終わりは「うとぅむゆん　とぅたん／うシきゆん　ゆたん」（お供のよみをとった／お付きのよみをよんだ）というもので、〈よもう〉と〈よんだ〉の間に称える神の事績を〈よむ〉かたちになっている。つまりは、一人称の「名乗り」表現、「わんな」は、それぞれのパートの初めの部分にあらわれ、謡う神女が自らが祀る神の立場に立つことを示す表現である。しかもそれが、特殊な語になっているのである。

一般的には北琉球方言（奄美・沖縄方言）のワ行と南琉球方言（宮古・八重山方言）のバ行は対応するかたちになっている。したがって、〈私〉をいう北琉球方言「ワン」は、南琉球方言では「バン」になる。先にあげた「313　ばむとぅが　おいん」（我が元の上に）の「ば」がそれになる。しかし、狩俣の神歌の一人称の「名乗り」表現に限っては、例外なく「ばんな」ではなく「わんな」である。「わんな」は「名乗り」表現以外にも用例は少ないがみられ、例えば「マギチミガ（仲嶺元）」というタービには「33　あたらしゅー　わんな／34　みチきしゅー　わんな」（33 担当している私は／34 守っている私は）というように、神の役割、存在を強調した詞章にあらわれる。「名乗り」表現の「わんな」もそうであるが、これは倒置表現にあらわれるかたちで、自らの立場、存在を強調した表現である。それが、通常の音韻ではない異なる音韻の特殊な語としてあるということである。これが、前述した「一人称式に発想する叙事詩」の表現様式とともにある一人称の「名乗り」表現、「わんな」である。この語は神（神女）の序列に基づく関係性の中で謡われる「とぅゆみゃ」というような三人称表現と対の関係にある語としてある。「わんな」は、宮古島狩俣の神歌にあらわれる一人称の「名乗り」表現である。

二　オモロの「名乗り」表現

オモロは、狩俣の神歌にみるような一人称の「名乗り」表現を持たない神歌である。しかし、多くのオモロにはウタの冒頭に「名乗り」と理解される神（神女）や人物が登場する表現がある。これが、謡う主体とどういう関係にあるかが問題になる。ただし、オモロには詞書きがほとんど付いていなく、謡われた状況が分からない。しかし、幾首かのオモロには詞書きが付いており、それが推測できる。そのひとつが、第十二―七三五と七三六である。(5)

万暦六年戊寅君手擦《きみてづ》りの／百果報事《もゝがほうごと》の時に十月十五日／癸《みづのと》の巳《み》の日《へ》に聞得大君《きこへぎみ》の／み御前煽《まへあお》りやへのみ御前《まへ》より／給申候

第十二―七三五
あふりやへがふし
一聞得大君《きこゑぎみ》ぎや
末《すへ》　選《ゑら》びやり　降《お》れわちへ
按司襲《あんじおそ》いしゆ　君《きみ》　誇《ほこ》て　ちよわれ

又鳴響《とよ》む精高子《せだかこ》が
真末《ませ》　願《ねが》て　降《お》れわちへ
（以下、省略）

第十二—七三六
一聞《きこ》ゑ煽《あお》りやへや
せぢ　勝《まさ》て　降《お》れわちへ
世持《も》つせぢ　按司襲《あぢおそ》いに　みおやせ
又鳴響《とよ》む国守《くにも》りや
けお　添《そ》わて　降《お》れわちへ
（以下、省略）

二首のオモロの詞書きは、「万暦六年」（一五七八）に行われた「君手擦《きみてづ》りの百果報事《もゝがほうごと》」に際して、聞得大君、煽りやへの両神女「より給申候」オモロであるという内容である。オモロは霊的力を高めた神女が、按司襲い（国王）にその力を付与する祭祀「君手擦《きみてづ》りの百果報事《もゝがほうごと》」の場に、降臨することを謡ったオモロだと考えられる。「君手擦《きみてづ》りの百果報事《もゝがほうごと》」にかかわる詞書きは、重複するオモロを含めて一九首に付くが、詞書きに「聞得大君《きこへぎみ》のみ御前煽《まへあお》りやへのみ御前《まへ》より給申候」とあるように、二首のオモロは詞書きと対応して「聞得大君《きこへぎみ》」と「煽《あお》りやへ」から始まるオモロになっている。このことは、一九首のオモロに例外はない。

オモロ以外に、オモロが謡われた場が想定できる資料がある。それは古琉球期に記された仮名書きの碑文である。「すゑつき御門の南のひのもん」はそのひとつで、碑文は尚清王が嘉靖二五年（一五四六）に首里城の南面の石垣を二重にしたのに伴って、首里城の東門である美福門の外側に新たに設けた継世門の南に建てた碑文である。その碑文の後半部分の一部が、以下である。(6)

31 また九月三日ひのとのみのへににるやの大	又九月三日丁の巳の日にニルヤの大
32 ぬしきみ〱の御のほりめしよわちへ	主・君々がお上りなさって
33 首里天つきのあんしおそいかなしみ御	首里天継ぎの按司襲い加那志が御
34 みつかいめしよわちへ御ゆわひしよわちへ	招待なさってお祝いなさって
35 御おもろ御たをいめしよわちやことそろて	御オモロを大主より下しなさったので皆揃って
36 みはいおかミ申候	御拝を致しました

この碑文にでる「御おもろ」と想定されるオモロが、第三―一〇〇（重複、第九―四九〇）である。

一にるや鳴響《とよ》む大主《ぬし》	ニルヤ鳴響む大主は
大島《だしま》鳴響《とよ》む若主《わかぬし》	大島鳴響む若主は
按司襲《あんじおそ》いしよ　せぢ　勝《まさ》て　ちよわれ	〔按司襲いこそはセヂが勝ってましますのだ〕
（途中、省略）	
又首里杜《しよりもり》　うち歩《あよ》で	首里杜にうち歩んで
真玉杜《まだまもり》　うち歩《あよ》で	真玉杜にうち歩んで

又英祖《ゑそ》にや末按司襲《すへあぢおそ》い
精高末王《せだかすゑわう》にせ
又雲子嶽《くもこだけ》　織《お》り上《あ》げて
煽《あお》りや端《はな》　積《つ》み上《あ》げて
（以下、省略）

英祖王の末の按司襲い（尚清王）が
精高末王にせが
雲子嶽を織り上げて
煽りや端を積み上げて

「にるやの大ぬし」（「にるや鳴響《とよ》む大主《ぬし》」）は、オモロでは他に第一―四〇（重複、第二二―一五二四）にしか用例がなく、しかも第三―一〇一に「又精継《すへつ》ぎぎや　見物板門《みもんいちやぢや》　げらへて」（精継ぎの美しい板門を造り整えて）等の詞章があることから、碑文にでる「御おもろ」は第三―一〇〇を想定して誤りないと考える。すなわち、碑文は第三―一〇〇の「詞書き」的な詞章と理解でき、第一二―七三五・七三六の詞書きとともに聞得大君や煽りやへ、ニルヤ鳴響む大主より賜ったとするオモロが、いずれもそれぞれの神（神女）が冒頭に登場するウタになっているのである。これらが、謡う主体とどういう関係にあるかという問題である。これらを、例えば冒頭の詞章が三人称表現であり、しかも「敬語」（「降《お》れわちへ」）が使われているということから、下位の神女等が謡っているという理解があると思われるが、重要な点は、三首のオモロはそれぞれの神（神女）より賜ったと記されていることである。オモロは、それぞれの立場から自らを三人称で示し、それを「敬語」表現で謡っている。

これをオモロ以外の例で示せば、八重山の節祭りに登場する来訪神、マユンガナシの「神詞《カンフツ》」があげられる。「神詞《カンフツ》」の各章段の末尾にでる定形の詞章（「下の村」[7]）は、「うーとーど、ういしぃま、かんぬしぃま、はら、ふうーゆぅ、まーゆぅば、きたんまでぃ、んにまでぃん、んてぃちぃきぃ、ちぃんんてぃおーる、まーゆんがなしいで、しぃさりー、とーど、しぃさーり」（ああ尊、上の島、神の島から大世、真世を桁まで棟まで満たし付け、積み満たしなさるマユンガナシと、申します）というものである。傍線部が各章段にでる定形の詞章だが、ここにマユンガナシが自らを三人称で語り、自らの行為を自称敬語ともいうべき「んてぃちぃきぃ、ちぃんんてぃおーる」（「おーる」が八重山方言の尊敬をあらわす補助動詞）と表現している。これが、マユンガナシの「神詞《カンフツ》」を示す表現である。前述したオモロの表現も、このようなものとして理解できるのではないか。「名乗り」表現としての一人称をとらない神歌の表現として、自らを三人称であらわし「敬語」表現をとる神の言葉の様式とでもいう表現があるのではないか。さらにもうひとつの例を示すと、組踊の名乗り表現「出様《でやう》ちやる者や」をあげることが出来る。「出様《でやう》ちやる者や」は、主人公や敵役になる主人公に準ずる者の名乗り表現であり、それらは主に按司、若按司等の位が高い人物である。例えば、「護佐丸敵討」でいえば敵役「あまおへ」、「忠士身替の巻」では「八重瀬の按司」、「波平大主」、「銘苅子」では「銘苅子」、首里の御使い「上使」、「孝行之巻」では「頭取」、「大川敵討」では「村原のひや（按司の頭役）」、「大城崩」では「若按司」、「万歳敵討」では「高平良御鎖」の名乗りにこの台詞が使われ、「大川敵討」などでも重要な役を担う「村原が妻乙樽《とじ》」であっても、この名乗りは使われない。一方、脇役的な人物、身分の低い人物の名乗りは、「今出《なまい》ぢるわ身《み》や」、あるいは単に「これや〜」であり、「間者《まるむん》」といわれる百姓身分の擬き役の名乗りは「とんぢたる者や」（「大川敵討」の「泊」）というように、明らかに名乗りの使い分けが組踊にはある。[8]「出様《でやう》ちやる者」の語義は様々に論争があるが、阿波根朝松がいう〈出でおわしたる者〉が妥当である。[9]「出でおわしたる」の〈おわす〉は『おもろさうし』にでる〈おわる〉〈おわす〉であり、マユンガナシの「神詞《カンフツ》」にでる「おーる」である。まさに、この表現も自称敬語を使っているのである。

実は、前述した「すゑつき御門の南のひのもん」や「屋良座杜城の碑文」（嘉靖三三年）には、聞得大君や君々が下したミセゼルが記されている。そのミセゼル部分の「敬語」は、オモロと同じく〈おわる〉（接続する動詞によって〈よわる〉〈わる〉となる）であるが、ミセゼル以外の地の文の「敬語」は〈召《め》しよわる〉（〈召す〉＋〈おわる〉）

である。この〈召《め》しよわる〉は、オタカベ（祝詞に相当する）の「敬語」表現でもある。すなわち、〈召《め》しよわる〉は、〈おわる〉という語で表す神（神女）の行為を示すウタ（ミセゼル・オモロ）の外側にある世界から描いた「敬語」表現、あるいはウタの担い手の外部にいる立場の者から描いた「敬語」表現だということになる。二つの碑文は、いずれも男性官人によって記されたものなのである。碑文にあらわれる〈おわる〉と〈めしおわる〉は、神（神女）の側の表現とその外部世界の側の表現を示しているといえる。(8)

まとめ

本稿は、一人称表現、三人称表現を中心とする琉球の神歌の「名乗り」表現を考えてみた。神歌の「名乗り」表現としての三人称表現は、「名乗り」表現が一人称表現の様式として成立している神歌における一人称表現と、同値であることを述べた。宮古島狩俣の神歌は、さらに人称表現や敬語表現等を視点とした分析を進める必要がある。すなわち、テクストとして狩俣の神歌を読む作業を進める必要がある。また、オモロについても三人称の「名乗り」表現を視点としてオモロを考察する必要がある。例とした三人称の「名乗り」表現を持つオモロは、『おもろさうし』に入るすべてのオモロにあるというわけではないと思われる。『おもろさうし』には、謡われる場や担い手等を異にする様々な層のオモロが混在していると考えられる。

（1）拙論は、主に外間守善・新里幸昭『南島歌謡大成　宮古篇』（角川書店、一九七八年）を資料にして、勝れた論考、内田順子『宮古島狩俣の神歌』（思文閣出版、二〇〇〇年）によりながら書いたものである。

（2）内田『宮古島狩俣の神歌』所収の「添付資料」。口語訳は、外間守善・新里幸昭『南島歌謡大成Ⅲ　宮古篇』

（角川書店、一九七八年）を参考にした。

（3）アブンマンとヤマトゥンマが謡う対句のつくり方も、注目される。下位のヤマトゥンマが謡うウタの対句が「あまてらす　わんな／あおみかみ　わんな」に対して、最高神、アブンマンが謡うウタの対句が、琉球歌謡一般にみられる五音を冒頭に打ち出す音数律に変化を付けた「んまぬかん　わんな／やぐみ　うふかんま」であることも興味深い。

（4）折口信夫『折口信夫全集』第一巻（中央公論社、一九九五年）。

（5）外間守善『おもろさうし』（岩波文庫、二〇〇〇年）。ただし、漢字のあて方、口語訳は一部私意による。

（6）『重新校正　中山世鑑』（沖縄県教育委員会、一九八三年）。口語訳は私意による。

（7）外間守善・宮良安彦『南島歌謡大成Ⅳ　八重山篇』（角川書店、一九七九年）。

（8）伊波普猷『伊波普猷全集』第三巻、平凡社、一九七四年。

（9）阿波根朝松「組踊名乗り「出様ちゃる者や」—語源新考（再論）—」『組踊研究』創刊号、一九六七年。

（10）拙論「『おもろさうし』と仮名書き碑文記」（島村幸一編『琉球　交叉する歴史と文化』勉誠出版、二〇一四年所収）。なお、「すゑつき御門の南のひのもん」で注目されるのは、引用の前段に「きこゑ大きみきみ〳〵のおれめしよわちへまうはらいの時に御せゝる御たをひめしよわちへ」（聞得大君・君々がご降臨なさって野祓いの時に聞得大君よりミセゼルを下しなされて）という聞得大君等による野祓いの儀礼が一ヶ月程前にあって、ニライの大主が登場する儀礼は、それに続くものだということである。ニライの大主は、海上からやってくる来訪神だと思われる。「おぼつ／かぐら」から〈降《お》れる〉聞得大君と海上から〈上《のぼ》る〉ニライの大主とは、その出自が異なる神である。儀礼はニライの大主の来訪後、さらに「長老《ちやうらう》・僧《そう》」等の仏者の「御石垣《いしがき》の御供養《くやう》」があることが記されている。この三者にわたる儀礼の展開も興味深い。

歌謡の人称の仕組み
——神歌の叙事表現から

居駒永幸

はじめに

歌謡の人称については、かつて八千矛神の「神語」などにおいて何度か考える機会があった（「八千矛神の婚歌——〈あまはせづかひ〉をめぐって」『古代の歌と叙事文芸史』、初出一九八七年）。しかし、それをテーマとして取り上げるまでには至らなかった。人称を表現様式として相対化しうる方法が見出だせなかったからである。その後、宮古島狩俣の神歌の調査を通して人称の混在を観察することができた。本論ではそれを基にして神歌における人称の混在について検討し、記紀歌謡にも及んで歌謡の人称を論じることにする。

歌謡の人称が問題になるのは、三人称から一人称へと変わる現象が『古事記』『日本書紀』所載歌に少なからず見られるからである。研究史を整理すれば、その説明として神懸かり説と演劇科白説に集約されるが、いずれも途中から人格が変わることに起因し、人称の転換として説かれることが多い。しかし、人称の転換が表れるかなら神懸かりや科白的表現とするのは順序が逆である。少なくとも表現そのものの仕組みを説明したことにはならない。そこで、人称の混在が発生する仕組みとその意味を表現そのものから考えてみる必要がある。

　その考察は宮古島狩俣の神歌を通して、以下具体的に行う。神歌に見られる叙事表現を検討することで、歌謡の人称への基本的な見方が立てられるはずである。そのような人称の仕組みからあらためて八千矛神の歌など記紀歌謡の人称とその意味を論じていく。

一　タービの表現様式

狩俣集落の神歌群は、祖先神を崇め豊穣を祈願するタービとピャーシの他、神や先祖の歴史に関するフサやニーラーラーグと呼ばれるものを基本とする。ピャーシは男女それぞれが歌唱するが、タービとフサは女性神役、ニーラーグは男性神役が担当する。しかも、神崇《たか》べのタービは歌唱する神女が厳格に決められていて、誰でもいいわけではない。神を祭る神女がその神を崇べるタービの歌唱に従事するのである。体系化された神歌群の中で、タービには三人称と一人称の混在が顕著に表れ、それがタービ特有の叙事表現となっている。

　それでは、人称の混在が発生する仕組みはどのようなものか。ここではまず、神の行動や事績に関する叙事部がない「仲屋《なかや》勢頭《しどうとう》鳴響《ゆ》み親《みやー》のタービ」を取り上げる。タービとして成り立つ最小限の要素を見ておくためである。

　タービの歌詞は、体系的に採録した外間守善・新里幸昭『南島歌謡大成Ⅲ宮古篇』（一九七八年）と部分的に記録した『平良市史第七巻・資料編5（民俗・歌謡）』（タービの担当は本永清、一九八七年）がある。ここで引用する歌詞・口語訳は基本的に前者のテキストによったが、後者のテキストや筆者の調査に基づいて解釈した箇所もある。なお、詞句の最初の数字はテキストに付された節の番号である。

A1 なかやしーどぅ　とぅゆみゃよー
とぅゆんしゅーがなシよー
〈くんどぅなぎ　とぅゆま（以下略）〉
2 んまぬかん　うみゆぷぎ
やぐみかん　うみゅぷぎ
3 ゆらさまイ　うみゅぷぎ
ぶがさまイ　うみゅぷぎ
4 ばが　にふチ　オコいよー
かんむだま　まコいよー
5 たかびふチ　オコいよー
びゅーきふチ　まコいよー
6 オともよん　とぅゆまい
オチきよん　みゃがらい
〈ふーしー　ふーしー（以下略）〉
B7 なかやしどぅ　とぅゆみゃよー
とぅゆんしゅーがなシ
8 んまぬかん　うみゅふぎ
やぐみかん　うみゅぷぎ
9 ゆらさまイ　うみゅふぎ

仲屋勢頭の鳴響《とよ》み親はよ
鳴響む主加那志よ
〈囃子。コンドナギ鳴響もう、の意〉
母の神のお蔭で
恐れ多い神のお蔭で
許されるお蔭で
満たされるお蔭で
わが根口のお声で
神の真玉の真声で
タカビ口のお声で
神座口の真声で
（神の）お供も鳴響《とよ》もう
（神の）お付きも名を揚げよう
〈囃子が替わる〉
仲屋勢頭の鳴響み親はよ
鳴響む主加那志
母の神のお蔭で
恐れ多い神のお蔭で
許されるお蔭で

ぷがさまイ　うみゅふぎ　　満たされるお蔭で
10 ばー　にふチ　オコい　　わが根口のお声で
かんむだま　まコい　　神の真玉の真声で
11 たーびふチ　オコい　　タービ口のお声で
びゅーぎふチ　まコい　　神座口の真声で
12 うとぅむゆん　とぅたん　　（神の）お供して申し上げた
オチきゆん　ゆたん　　（神の）お付きしてよんだ
13 んきゃぬたや　とぅたん　　昔の力〈霊力〉を申し上げた
にだりまま　ゆたん　　根立てたままよんだ

仲屋勢頭鳴響み親は狩俣のユームトゥ（四元）の中心ウタキ（拝所）、大城元の祖先神である。大城元につながる神々を祭るのは最高神女のアブンマ（大母）であるから、このタービを担当するのはアブンマで、旧三月の麦穂祭りと旧六月の夏穂祭りの時に歌唱される。アブンマはバサパニと呼ばれる神衣装を広げて頭上にかざし、小刻みに揺らしながらタービをよむ。その様子はあたかも神衣装に神が憑依するかのごとくである。仲屋勢頭鳴響み親という祖先神とその祭祀者であるアブンマという関係がここに見られる。狩俣の神女たちは神歌をうたうではなく、よむというが、その言い方には神歌を聖別する意識がある。

この歌詞はタービの中でもっとも短く、それゆえにタービ特有の、そして必要最小限の表現が見られる。前半のA（1～6）がカンナーギ（神名揚げ）の部分で、神名をあげてほめ称える表現である。B（7～13）はやはり神名に始まり、村立てへの回帰を意味する詞句で終わる。このようにカンナーギと村立て回帰の二部から成ることがわかる。なお、Aの6に付随するフーシーフーシーという囃子詞は、神衣装に息を吹きかけるような声であり、タービにのみ出てくる。呪的な声に聞こえるが、内容上の区切りを示す働きがある。

詳しくAを見ると、1は神名の三人称で始まる。2の「んまぬかん」は大城元に祭られる母なる太陽神を指し、その祭祀者がアブンマであり、アブンマ自身が「んまぬかん」になる。神と神を祭る者との重なりは4の「ばが　にふチ　オコい」を導き、一人称で神自身の原初の声を現出させる。5の「タカビ口」は神を崇べる意で、11「たーびふチ」とともに、これがタービであることを示す詞句である。

後半のBでは7～11がAのくり返しであるが、12と13においてBの収め句としての働きが明示される。神を祭るお供を称えるAの6はBの12と対応し、それを受けて収め句の13で「根立て」、すなわち村立てをして村を創始した神の世を現出させる。原初に回帰する呪的な言葉と言ってよい。これもタービの表現様式である。

もっとも短い「仲屋勢頭鳴響み親のタービ」を通して、三人称の神名提示と一人称で神の声であることを示す句を含みながら、カンナーギと村立て回帰の二部で構成されるタービの表現様式を確かめてきた。フーシーフーシーという呪的な囃子詞もまた、タービ特有の表現様式である。

二　叙事表現と一人称

これまで見てきたのはタービの基本的な表現様式である。次に、神の行動や事績に関する叙事部を持ち、人称の混在が顕著に見られる「根《にー》の世勝《ゆまさ》りのタービ」を取り上げる。

世勝りは大城元の祖先神であるから、そのタービを担当するのはアブンマであるが、四元の一つ、仲嶺元の水ヌ主（水の神）によってもよまれる。仲嶺元の祖先神とも見られたのであろう。しかし、叙事部に違いが見られるので、ここでは大城元の歌詞で考えていく。冒頭の「ういかノシかんま」はこの神の別名で、ウイカ主（学問の神）と呼ばれる神女がその祭祀を司る。史歌ニーラーグでは世勝りを大城真玉の七人の子の一人とする。

このタービの冒頭部（1〜19）は神名を示して始まる。

1　にーぬゆまさイがよー　　　根の世勝り〈神名〉はよ
　　うぃかノシ　かんまよー　　　うぃか主である神は
　〈うぃみゃーがり　ゆゆま（以下略）〉　〈囃子。上名揚がり名高くなろう、の意〉

これは前掲のAと同じく、根の世勝りの神名をあげて称えるカンナーギの始まりである。これを神の声による「タカビ口」、すなわちタービであること表明する句もある。末尾部（53〜60）もBと同様、53「にーぬゆまさイよ（根の世勝りは）／うぃかなシ　かんま」で始まり、

60　んきゃぬたや　とぅたん　　　昔の力〈霊力〉を申し上げた
　　にだてぃまま　ゆたん　　　根立てたままよんだ

で終わる。やはりBと同じく、神の世の言葉であることを保証する「にだりままゆたん」という収め句をもつ。それは明らかにタービの表現様式を示している。

このタービには神の行動や事績に関する叙事部（20〜52）がある。それはフーシーフーシーの次の節から33節分にわたって続き、aからeまでの五段からなる。これがタービの叙事表現である。そのうち最初のaとbを示してみよう。

a　20　にーぬ　ゆまさイざよー　　　根の世勝りは
　　　うぃかなシ　かんま　　　うぃか主である神は
　21　びきりゃーがん　やりば　　　男神であるから
　　　さむりゃがん　やりば　　　士神であるから

22 んまぬかん　とぅゆみゃどぅ
やぐみ　うぷかんどぅ
23 かんふみゃイ　とぅらまい
ういふみゃイ　とぅらまい
24 あーイっぞーが　ういん
っヴぁーらっぞーが　ういん
25 むむゆんま　だきゃい
やシゆんま　だきゃい
26 かいしょイ　わんどー
むどぅしょイ　わんどー
b
27 シまぬ　うふびじん
ふんぬ　かぎびじん
28 あーイなイがにが
わーらなイがにが
29 むむゆんま　だきゃい
やシゆんま　だきゃい
30 よーっヴぁいーチ　ぐばん
ひるなな　ぐばん
31 ぐばん　とぅりとぅりどぅ

母の神の鳴響《とよ》み親が
恐れ多い大神が
神踏み合い〈集まり〉をとられて
上踏み合いをとられて
東門の上に
上手の門の上に
百弓を抱いて
八十弓を抱いて
〈敵を〉追い返しているのはわたしだ
追い戻しているのはわたしだ
島〈部落〉の大干瀬〈地名〉に
国の立派な干瀬に
東成金《あがりなりかに》〈神名〉が
上手の成金〈神名〉が
百弓を抱いて
八十弓を抱いて
夜にも御番〈見張り番〉
昼にも御番
御番〈見張り番〉をとって

わび　とぅりとぅりどぅ　　　上部をとって
32　かいしょイ　わんどー　　追い返しているのはわたしだ
むどぅしょーイ　わんどー　　追い戻しているのはわたしだ

a20の「根の世勝り」「ういか主」の神名は、このタービの冒頭句と同じであり、叙事部はふた声からなる三人称の神名で始まる。神歌は一句とその言い換え句による二句一連の形式で進行するのを基本とし、それをふた声という。それによって世勝りの神はういか主とも呼ばれたことがわかるわけだが、aではその三人称の神名を主語とし、21には男神で士神とある。この神を勇猛な武力神とする句である。22「母の神」のもとに神々が集まって村を守り、入り口の24「東門」で25「弓」を持って外敵を追い返し、村を守っているのは26「わたしだ」と一人称で結ぶ。東門で弓を持って村を防御する勇猛な世勝りの姿が叙事表現を通して浮かび上がるのである。結びの一人称は世勝り自らを指し、三人称と一人称の混在が認められる。

bでは27「干瀬」で島を守る28「東成金」の神に変わり、29「弓」を持って30「番」をし、島を守っているのは32「わたしだ」と結ぶ。三人称の東成金の神で始まり、一人称で終わるのはaの構造と同じである。世勝りと東成金の関係はよくわからないが、ここには村の門で守る近き守護神と干瀬で守る遠き守護神という対比がある。おそらく守護神という類似の関係で連続して出てくるのであろう。従って、bの結びの一人称は東成金の神になる。昼夜、干瀬で見張りをしているというのはこの神の属性であり、行動・事績に関する叙事である。その行動の場面で一人称が表れる点は、aの26と同じく注目される。

このaとbはまったく同じ構造である。世勝り・東成金の神名を三人称で提示し、25・26と29・32の弓を持って追い返すという共通の叙事表現が続く。神の行動を示す叙事において場面が変わるのである。その場面とは神の行動が一人称表現によって眼前の事実として示されることを意味する。つまり、叙事の場面で一人称が表れ、神の行動は一人称で叙述されるという様式である。

三　人称の混在の発生

世勝りの行動と事績の叙事部は、さらに一人称をくり返しながらc～eの三段にわたって続く。その主体が世勝りの神であることは間違いなく、村人を悪霊や外敵から守る行動や事績が並べられて叙事が展開する。やや長いが、次に掲げてみよう。

c
33 にーぬシま　ういぬ　　根の島〈部落〉の上の
むとぅぬシま　ういぬ　　元の島〈部落〉の上の
34 ふぁーまがぬ　んみぬ　　子孫の皆が
むむぱいぬ　んみぬ　　百栄え〈子孫〉の皆が
35 あっシゆーちゃんがみゆ　　（年老いて）足が四つになるまで
ピさゆーちゃんがみよー　　足が四つになるまで
36 ゆなーんチ　たたばん　　真夜中の道に立っても
さなーんチ　たたばん　　どんな時間の道に立っても
37 あっシまうぬ　かんま　　足につきまとう神が
ぴさまうぬ　かんま　　足につきまとう神が
38 ばん　たシき　とぅりどぅ　　わたしの助けをとっているよ
かんだシき　とぅりどぅ　　神の助けをうけているよ

39 かいしョイ　わんどー　　追い返しているのはわたしだ
むどぅしョイ　わんどー　　追い戻しているのはわたしだ

d

40 やむとぅうに　うにぬ　　大和船船が
ぶりゃーうに　うにぬ　　群れ船船が
41 チキぐとぅが　ういん　　月ごとのうえに
まにぐとぅが　ういん　　月ごとのうえに
42 いんふさり　やふぬ　　海腐れの病気の
シー　ふさり　やふぬ　　潮腐れの病気の
43 んキなーいき　うりばん　　向かっていっているので
ニーなぬーり　うりばん　　乗りに乗っているので〈ただよってくる臭みを〉
44 むむゆんま　だきゃい　　百弓を抱いて
やシゆんま　だきゃい　　八十弓を抱いて
45 かいしょーイ　わんど　　追い返しているのはわたしだ
むどぅしょーイ　わんど　　追い戻しているのはわたしだ

e

46 にーぬシま　ういぬ　　根の島〈部落〉の上の
むとぅぬシま　ういぬ　　元の島〈部落〉の上の
47 ふぁーまがぬ　んみぬ　　子孫の皆が
むむぱいぬ　んみぬ　　百栄えの皆が
48 シんぬざーが　ういがみ　　墨の座〈学校〉の上までも

ふでぃぬざーが　ういがみ　　筆の座の上までも
49 ゆなーんチ　たたばん　　真夜中の道に立っても
さなーんチ　たたばん　　どんな時間の道に立っても
50 あシまうぬ　かんま　　足につきまとう神が
ピさまうぬ　かんま　　足につきまとう神が
51 ばん　たシき　とぅりどぅ　　わたしの助けをとっているよ
かんだシき　とぅりどぅ　　神の助けをうけているよ
52 たシきうイ　わんど　　助けているのはわたしだ
むどぅしょーイ　わんど　　戻しているのはわたしだ

c〜eには三人称の神名が出てこないが、aの冒頭の20「世勝り」は叙事部全体にかかる文脈と見られる。cでは村の子孫が年老いるまで、36「いつも道に立って（守護している）」というのが世勝りの行動を表すふた声である。その行動に及んだ時、38・39の「わたしが助け守っている」という世勝りを主体とする一人称叙事が発生する。

dもそれは同じで、44「弓を持って（守っている）」という神の行動の叙事から45「わたしだ」という一人称が発生してくる。41の口語訳では意味が通じないので、「港に着くたび」とする『平良市史』のテキストの方がよい。船から悪霊や病気が43「入り込んでくる」のを、弓を持って追い返しているのは「わたしだ」という一人称叙事である。「弓」のモチーフはabdに共通し、「弓」の場面に応じて一人称でよまれるという構造である。

「弓」に対してeでは49「道に立つ」というモチーフである。これはcと同じであるが、eには48「墨の座〈学校〉」と出てくる点が異なる。世勝りはういか主と呼ばれ、学問の神とも見なされているから、aの20「世勝り

／ういか主」のふた声にそれは対応している。学問の神として祀られる場所で、49「道に立って（守っている）」と世勝りの行動の場面に及んだ時に一人称叙事が発生する。

a～eの叙事部を見てくると、そこには整った様式があることに気づく。叙事部全体の始まりとして三人称の神名提示aがあり、「弓」と「道」のモチーフがbの後に交互に出てくるという様式である。そこに共通するのは、

かいしょイ　わんどー　　　追い返しているのはわたしだ
むどぅしょーイ　わんどー　　　追い戻しているのはわたしだ

というそれぞれの段の末尾句である。一人称の末尾句の前には必ず神の行動・事績に関する叙事表現があり、その場面で歌唱者は一人称でよむことになる。

それでは一人称が発生する構造は何か。その場面で神懸かりをするからとは考えられない。確かに神衣装を揺らしながら神にタービを捧げる所作は、神が憑依する姿を暗示するものではある。しかし、この整った表現様式は本人さえ覚えてないようなトランス状態から生まれてくるものではない。

表現そのものから考えれば、神の行動の場面では一人称になるという様式がタービという神歌にはあったと見るのが自然である。その理由は容易に理解できる。前述したように、タービは厳格に歌唱者が決まっている。四元それぞれの神女が祖先神を祭っているわけであるが、神と神を祭る神女との関係がその神の行動の場面で一人称表現を生み出すのである。狩俣の神女たちは神歌に対して「誰でもはできないよー」という言い方をする。それは、アブンマにしかよめないタービがあり、同様に志立元の祖先神のタービならそれを祭る役目のユーヌスという神女にしかよめないことを意味する。アブンマという神女はアブンマが祭る祖先神そのものと見なされ、またそのような立場になることがタービに一人称の表現を生み出す仕組みとしてある。

一人称は神を祭りの場に現前させる表現に他ならない。タービが神崇べであることからすれば、一人称は神をほめ称える表現と見るべきである。そして、それを聞く人々も神をありありと思い浮かべる表現として理解する。そこに人称が混在するタービの様式が成立する。神懸かりの一人称は文学の発生に想定される問題であって、文学の様式としての一人称表現とは区別する必要がある。言わずもがなではあるが、神歌タービの成立は聞く人々がその様式を理解しうる段階からである。

最後に、このタービの全体から人称の表現を整理しておこう。まず冒頭のカンナーギでは「世勝り」という三人称、叙事部では「わたしだ」という一人称、最後の村立て回帰の結びでは再び53「世勝り」の三人称表現が出てくる。タービの様式である三構造においてそれぞれの場面で人称が変わる。人称が転換するというよりは混在すると見た方がよい。そのような場面人称の仕組みが神歌タービの基本構造であり、人称の混在は神とその神を祭る神女との関係に成り立つ叙事表現の様式なのである。

四　記紀歌謡の人称

神の行動・事績を称え伝える神歌では、冒頭の三人称による神名提示に始まり、叙事部では神の行動の場面で一人称になるという表現様式を見てきた。それは神とその神を祭る者との関係において発生するのであり、一人称叙事は神をほめ称える表現であった。これは歌謡の人称の混在に対する基本的な見方になりうる。そこでこのような視点から、人称転換の問題として論じられてきた『古事記』の「神語」の第一歌、八千矛神の歌についてあらためて検討してみたい。

1　八千矛《やちほこ》の　神《かみ》の命《みこと》は

2　八島国《やしまくに》　妻娶《つまま》きかねて
3　遠々《とほとほ》し　高志《こし》の国《くに》に
4　賢《さか》し女《め》を　有《あ》りと聞《き》かして
5　麗《くは》し女《め》を　有《あ》りと聞《き》こして
6　さ婚《よば》ひに　有《あ》り立《た》たし
7　婚《よば》ひに　有《あ》り通《かよ》はせ
8　大刀《たち》が緒《を》も　いまだ解《と》かずて
9　襲衣《おすひ》をも　いまだ解《と》かねば
10　嬢子《をとめ》の　寝《な》すや板戸《いたど》を
11　押《お》そぶらひ　我《わ》が立《た》たせれば
12　引《ひ》こづらひ　我《わ》が立《た》たせれば
13　青山《あをやま》に　鵼《ぬえ》は鳴《な》きぬ
14　さ野《の》つ鳥《とり》　雉《きぎし》は響《とよ》む
15　庭《には》つ鳥《とり》　鶏《かけ》は鳴《な》く
16　心痛《うれた》くも　鳴《な》くなる鳥《とり》か
17　この鳥《とり》も　打《う》ち止《や》めこせね
18　いしたふや　天馳使《あまはせづかひ》
19　事《こと》の　語《かた》り言《ごと》も　こをば

この歌は1「八千矛の神の命は」と三人称でうたい出し、11・12「我が立たせれば」という神の行動の場面で一人称になり、最後に八千矛神を称える神聖な歌であることを表明する19の結びで終わる。従来、これを人称転換とする見方が一般的であった。土橋寛『古代歌謡論』（一九六〇年）によれば、「八千矛の神の歌が天語部によって伝承された物語歌」であって、「宮廷におけるホカイ人的存在」によって独演された「一人称発想の抒情的な歌」とする。つまり、ホカイ人的うたい手が三人称でうたい出し、途中から八千矛神の立場になって一人称に転換したというわけである。しかし、一人称を抒情的な歌とするのは近代の抒情詩観からの発想と言うほかなく、そこには古代の叙事表現への視点がない。

この歌詞を見ると、1の三人称の神名提示で始まる冒頭部は7「有り通はせ」まで続くと解される。8「大刀が緒もいまだ解かずて」において、沼河比売の家に場面が変わるからである。この8から神の行動の表現になり、11・12の対句に「我が立たせれば」という一人称が出てくる。嬢子の寝屋の戸をいまにも揺さぶり開けようとする高揚した場面である。一人称はそのような神の行動の場面に用いられ、神を現前させる意味をもつ。そこに敬語を伴うのは一人称が神をほめ称える表現としてあることを示す。それはタービの一人称叙事に見たことと共通する。従って、ここでも、三人称と一人称の混在は、場面に応じて人称が表現される、言わば場面人称ととらえることができる。

次の13〜15の、朝鳥が鳴く三連対では、嬢子との共寝が果せなかったことを示し、16・17で鳥に対する恨みをぶっつける。「打ち止めこせね（打ち殺して鳴きやめさせてくれ）」の依頼の相手は、18「天馳使」とするのがよく（青木紀元『日本神話の基礎的研究』一九七〇年）、それは八千矛神と沼河比売のあいだを行き来する「よばひの使」と見ることができる（居駒・前掲論文）。従って、7〜17が叙事部で一人称の文脈になり、18「事の語り言もこをば」の一句が独立した結びになる。

この収め句の働きは、前述した神歌タービの結び「にだりままゆたん（根立てたままよんだ）」に驚くほど重なり合う。タービの場合は村立ての神の世に回帰することで、神崇べの神聖な詞章であることを表明する意味があった。「事の語り言もこをば」にはそれと同じ働きが認められる。私解は「古事《ふること》（言）の語り伝えはこのように（申し上げます）」というものであるが、フルコトは藤井貞和『物語理論講義』（二〇〇四年）が言うように「古伝承、古叙事」と考えられるから、収め句は神々の世の古叙事をそのままうたい上げたという意味になる。タービの場合と同様、源初回帰によって歌の詞章の権威を示す働きをもつのである。

以上のことから、全体が、三人称の神名提示部と一人称の叙事部と源初回帰の収め句の三構造になることを確かめてきた。神歌タービと同じ構造である。記紀歌謡では叙事部の一人称が消失していく傾向にあるが、「神語」第一歌と同じ収め句をもつ歌が六首あることからもわかるように、この三構造は古態の歌謡様式としてあり続けたのである。

結び

人称の混在について、宮古島狩俣の神歌の一つであるタービの叙事表現を通して検証してきた。そこで明らかになったことは、冒頭の神名提示と神の行動の叙事部と末尾の源初回帰から成るタービの様式と構造である。この三構造において三人称と一人称の混在が発生する。つまり、人称は全体の文脈に統括されるのではなく、それぞれの場面に応じて表れるのであって、それを場面人称と呼んでみた。このような人称の混在は、叙事表現をもつ歌謡において普遍的に起こりうる現象であることが神歌の叙事表現から確かめられるのである。

神歌から導かれた人称の混在の仕組みは、記紀歌謡の人称転換に対して新たな視点を与える。人称が混在する八千矛神の「神語」第一歌もタービと同様の三構造であった。その叙事部に一人称が表れるのを見てきたが、これも八千矛神の行動をうたう叙事において表れる、場面に応じた一人称表現である。神の行動が一人称になるのは、祭りの場に神をありありと現前させるためであり、そのことが神をほめる表現にもなるのである。

記紀歌謡では、雄略紀の蜻蛉野遊猟歌（紀75）も天皇の行動をうたう叙事部に「我がいませば」「我が立たせば」の一人称句が表れる例である。ただこの歌の場合、冒頭が奏言句であり、末尾に「汝が形は」という二人称句があることから、三構造とは別の様式として扱わなければならないが、人称が混在する理由を、例えば演劇での役者の科白というような外部条件に求めるのではなく、叙事表現では人物を現前させる方法として一人称の表現を用いると見るべきなのである。

コラム

タームの共有ということ
——趣旨説明

近藤信義

古代歌謡研究を掲げて、複数の大学に所属する若手の研究者に呼びかけ研究会をスタートさせたのが平成二十三年六月だった。以来研究発表を月例のものとして継続してきている。当初の危惧の一つは各大学内の研究環境の中で展開されている方向性にはそれぞれの方法が学内的な了解の中にあることであって、その過程の中で用いられる言語・専門用語（ターム）はそれぞれ個性的に発達しており、それがかえって相互間の理解を妨げるのではないかということにあった。ならば相互の議論を進展させるためにはこれを克服して強くなろうという思惑を持った。そこで提案したことの第一段階は基礎的用語の共有を意図したテーマ別の研究史という方法であった。

沖縄の歌謡―立正大学　　歌謡と和歌―明治大学
童謡・時人―武蔵大学　　民謡―國學院大學

ひとまず右のようなテーマの分担（平成二十三年八月）が組まれた。これらのテーマはそれぞれのグループにとってしかるべき必然もあり、各グループの検討を踏まえての報告が期待されるところとなった。

テクニカルタームの共有は簡単なことではない。かってセミナー古代文学（古代文学会）の活動を開始し始めていた頃（昭和五十年代当初から）、吉本隆明の『共同幻想論』（昭和四十三年初版）が大きな影響力を持っていた。その共同幻想の解析方法に柳田国男の『遠野物語』が用いられていたこともあって、その理論を理解するための議論は多様かつ盛んであった。ちょうど文学発生論をわれわれも構築してみようという意欲から必読かつ必須の議論であったように思う。ただし、この魅力的な用語もそう簡単には受け入れ難く立ちはだかっていた。たとえば「共通観念」や「共通認識」、あるいは「神観念」、「信仰」などということばに置き換えられるではないか、他人のタームをわざわざ使う必要もあるまい、という考え方もあった。しかし、文学研究の用語としての、また発生論の論理構築のうえで「共同幻想」の用語は魅力的で強いインパクトがあった。だが、なかなかわが物として用いるのは躊躇されたし、容易にはなじめなかった。そんなときに古橋信孝氏が「とにかく使ってみようよ」と積極的に用語に挑んでいった。多分数年この用語の周辺は古代文学会内部で多用されたし、その一方で外からみれば違和感のある馴染みがたいことばをやたらと使う集団だとやや特殊に見えた時期もあったように思う。しかし、議論したり、論文中に用いて行く内に次第にこなれた感覚も出てくるようになり、やがて「共同性」というタームがもっとも使いやすいことばとして定着するようになってきていた。こんな経緯を思い出す。

今回の研究会の場合はいささか状況は異なっているが意図は先にのべたとおりである。互いに意見を交換していく場合の基層に、馴染んだことばを他者に馴染ませるための装置を作っておいてもよいのではないかということになろうか。

とりわけ「沖縄の歌謡」は島村幸一氏がライフワークとして現在進行形で取り組んでいる研究分野であ

る。古代文学の分野に琉球文学を取り込む実践を早くから積極的に進めてきたのは今回のメンバーでは古橋、森、島村、居駒の各氏であった。その「おもろ研究会」の驥尾に付した蝿のように私もいたのだが、依然として理解の遠いところにいる。ことばの難解さを越える努力が必要だ。たとえば「神女おもろ」と云ったとき、どのような歌をさすのか。また〈神女〉とは、いわゆる巫女という概念に置き換えるだけではなく、琉球固有の神女組織のあり方や、まして王府の神女の特異さもよほど丁寧な説明が必要に思う。また「おもろさうし」や島々の「神歌」が古代ヤマトの詩歌の古代的発想を照射する存在であることを思うにつけ、その歌謡を用語の解説とともに共有しうる環境が必要である。この研究会は絶好の機会を持っている。「歌謡と和歌」は居駒永幸氏が積極的に展開する現在進行形のテーマである。氏の基層には記紀歌謡研究があり、その注釈的作業を経過した上で、古代歌謡の発想を解明する手がかりを琉球祭祀研究に視野を広げて展開しその途上から、文学史的な観点を含め王権と和歌の関係を切り開こうとしている。島村氏との補完的関係も生じ、かつ、この研究会の主旨に最も近い。そうした研究状況下に関わっている若手の研究者の用語への意識に触れて行くことで、ここにも用語を共有する機会に恵まれることが見えてくる。

「童謡・時人」は古代歌謡の現場とその証人のような分野であり、謡も言辞も、まことに摩訶不思議な状況からわき上がってき、しかも意味の定かには判じがたいものでもある。これをどのような方向から解明しようとするのか、その手続き上の用語を共有することは、古代歌謡研究への基礎作業となろう。

「民謡」というタームは近代の万葉研究においてであることは了解されているものの、それをわれら古代歌謡研究にとって使い勝手のよい研究タームになるのか。その検討の必要はあろう。

個性的な研究はタームの開発を必然とする。それ故にそれに注目し理解し確認することがまずは基礎と思うのである。

V 研究史

研究史
——方法について

古橋信孝

読むには方法が必要である。特に古典文学にはそうだ。言葉や表現の仕方など、時代に特有のものである場合が多々ある。それを踏まえなければその社会の作品は誤読してしまう可能性が高い。ところがこれが難しい。この誤読はこの時代ではこういう意味というようにして置き換えれば解消するわけではない。そこから方法が問われることになる。その時代の表現として考えればその社会の感じ方や考え方、それをもたらすいわば世界観が踏まえられなければならない。そのためには歴史学、民俗学、宗教学、文化人類学など、複合的な視点が要求されることになる。私の方法を、文化人類学者の渡辺公三氏が「文学人類学」と呼んでくれたことがある。私は文学が中心で、人類学を目指しているわけではないが、まず古代社会を人類学的な見方で考えていることは確かだから、ありがたくその言い方をいただくことにした。

ここ二十年近く、今は方法の時代ではないという言い方がされ、作品そのものの精緻な読みに向かう傾向が強い。一九七〇年代後半辺から、欧米の見方が次々移入され、方法が軽くなったことがある。見方を変えれば別のものが見える程度のことが方法を軽くしたのだと思う。しかし特に古典文学は方法がなければ読めないのは、違う社会のものなのだから当然のことだ。私は若い頃、われわれの時代の感じ方や考え方で読むのは誤りで、その時代の考え方感じ方で読むことを主張してきた。そのために方法が必要だったのである。

しかし、われわれは現代に生きているわけで、方法をもつことは、現代の感受性が相対化され、われわれは普遍の側に立つことができる。そのとき、われわれは古代という時代のなかの読みと普遍の側からの読みと二重の読みを求められることになる。これは、時代と社会に閉じられる面と普遍の側に開かれる面という言語の本質的性格に対応している。

最近求められている精緻な読みとはどういうものだろうか。作品内に限定して普遍性の側に立って読むことらしい。それでは作品はある社会に生きた人間の営為であることが忘れられ、ただ分析するためのものになっていくだろう。そしてこれは周辺の作品や前代、後代との繋りを遮断していくことになっていき、研究を痩せ細らせていく。

というわけで、研究論文はつまらなくなった。たぶんそういう論文を書いている本人もつまらないのではないかと思う。作品内部に閉じて読むのも方法である。ならばやはりもう一度方法を考えたほうがいいのではないか。

そこで研究史を振り返ってみよう。そうすることで、文学研究が時代社会のなかでどのような方法をとってきたかを明らかにしてみたいのだ。いうならば、時代社会の関心が方法として研究にも反映しているのがみえる。そういうなかで自分たちの研究の位置を確かめてみることが新たな方法を導くことになるのではないか。

この研究史は古代歌謡研究会におけるレポートなので古代歌謡を中心として整理したものである。

また、この論は、研究史の総論にあたるもので、この後に「歌謡と和歌」「民謡」「童謡」「時人」の各研究史、そして章をあらためて歌謡研究を概観している用語解説がある。

一九四五〜六〇年

第二次世界大戦後、マルクス主義の解禁にともなって、一九四六年一月には民主主義科学協会が設立され、二月には歴史学研究会が天皇制を問題にした。大日本帝国を支えていた皇国史観という非科学的なイデオロギーを唯一の科学的な歴史の見方だったマルクス主義で批判しようとしたのである。そしてマルクス主義の階級史観は、労働者階級がいずれ政権を執るという「正当性」を根拠にして未来へ向かう見方だった。

そういうなかで、文学も歴史や社会から切れ離されているわけではないという見方から、研究の分野でも、六月に日本文学協会が結成された。機関誌『日本文学』の創刊は一九四九年になる。同人誌であるが、益田勝実らの『日本文学史研究』が一九四六年に創刊されている。これらはマルクス主義に立ち、「歴史社会学派」と呼ばれる方法をもった。

また一九四六年には朝日新聞社から『日本古典全書』の刊行が始まっている。歴史を科学的にみるためには古典を誰でもが読めるようにする必要があった。それを教養まで広げれば、一九五二年に『世界文学全集』、翌年に『世界思想大系』、一九五五年には『世界大百科』と刊行が続く。一九五〇年からの朝鮮戦争による特需で経済が急速に回復していき、生活が豊かになっていって、購買層が成立したのである。戦中に思想統制と耐乏生活を強いられたための文化への飢えもあった。一九五三年には『万葉集大成』『源氏物語大成』『古事記大成』と刊行が続き、古典研究の環境も整っていった。

歴史社会学派の主張の成果としては、西郷信綱『日本古代文学史』が一九五一年に出ている。階級社会のなかに文学を位置づけることで、文学を歴史的なものとすることができた。しかし階級に価値観を置き過ぎると、社会論になってしまう。文学は言語の芸術なのだから、文学の価値として論じねばならないだろう。文学は心の表現であり、どういう社会にも悩みはあるわけで、その悩みを、具体的には時代のものであっても、人間の悩む姿として普遍化してあれば、時代や社会を超えて共感を呼ぶわけで、すぐれた作品とすることができる。

結局歴史社会学派は文学理論をもてなかったため、作品を社会の問題を読むものにしてしまう傾向があり、衰退していった。

マルクス主義を労働者、農民から社会を見る見方と考えれば、支配階級ではなく、常民から見る柳田国男の民俗学と通じるところがないわけではない。大日本帝国は天皇を中心に据えて日本を考えたが、天皇はおいて、常民を中心に据えてみるとどうだろう。敗戦による自信喪失からの再起という面で、民俗学が価値を与えられたとしても不思議はない。『折口信夫全集』の刊行は一九五四年から始まっている。ただし折口は天皇を中心に置いているが。『柳田国男集』は一九六一年からと少し遅れる。マルクス主義の民衆に価値を与える思想は負の側からではあるが、民俗に関心をもたらすことになったと思われる。

朝鮮戦争の特需による豊かさは旅をブームにしていった。一九五〇年から二年にかけて、旅の雑誌が次々創刊されていっている。旅は地方の風土や民俗に対する関心でもある。戦中の疎開も地方への関心をもたらした。特に爆撃もされることのない僻地への疎開はたとえば横溝正史『本陣殺人事件』(一九四五年)、『獄門島』(一九四七年)などを生み出している。

この民俗への関心が民謡への関心を導き、ぞれが古代歌謡の研究と結びついていくのだが、一九五一年、歴史学から「歴史における民族の問題」が提起され、英雄時代論争が盛んになったことも、古代へ目を向けさせることになった。

古代歌謡の注釈が出されたのもそういう流れのなかであろう。武田祐吉『記紀歌謡全講』が一九五六年に刊行されている。

一九六〇年代

一九六〇年日米安全保障条約改定反対闘争があり、指導的な立場にあった共産党、社会党などの既成政党が指導力を発揮できず、また戦後の労働運動の高まりのなかでの三池炭坑の闘争に対しても同様で、政党政治への不信が出てきた。

一九六四年には東京オリンピックがあり、東京は方々で開発が行われ、風景が変わっていった。そのための公共投資など、経済的には成長する。そして観客として多数の外国人が来日し、身近に外国人を見る体験をもった。それは、競技に日本人が出れば応援したくなり、日本が自覚されていくことにもなった。安保闘争敗北後のことで、階級、労働者というような世界性とは異なる、ナショナルなものが宣揚されていくことになったのである。

そういうなかで、一九六五年、ベトナム戦争が始まる。この戦争は外国のことであり、自分の生活とは関係ないレベルで、戦争反対といういわば抽象的なスローガンを掲げて行動できる。それゆえ「ベトナムに平和を、市民連合」という新しい運動体が結成された。先に述べた政党への不信と結びついている。マルクス主義というイデオロギーによるのとは異なる、体制に対する批判の運動体である。

「歴史社会学派」はマルクス主義の図式的な当て嵌めの面が濃かったため衰退するが、文学も社会との関係にあることを示し、文学研究に方法を提起した点で後に大きな影響を与えた。文学独自の方法によって文学を自立したものとして考える方法は、むしろ「歴史社会学派」を経過することによってあらわれてくるのである。一九六一年に中西進『万葉集の比較文学的研究』は中国文学の影響によって『万葉集』の歌が成立することを論じた。日本人の心が素直に詠まれているふうの素朴なナショナリズム的読みを否定し、中国文学の素養を持つ知識階級を作者として考えねばならないこと、漢詩の文学的な表現が受容されていることなどを論じている。もちろんこれも方法である。

中西の比較文学的方法は作品がどのように成り立っているかという研究として、作品論と通じているが、その作品論が三好行雄『作品論の方法』（一九六七年）によって提唱される。秋山虔『源氏物語の世界』（一九六四年）もその流れにある。「作品論」は文学は作品として自立しているから、作品を理解する要素は作品内部にあり、したがって作品自体を分析することによって、何を語ろうとしているのか、どのように成り立っているのかなどが明らかになるとする。

この「作品論」が以降の文学研究を科学的なものとして押し上げていった。私自身は、一九六四年に東京大学文学部で秋山、三好両氏の講義を受けて、圧倒的な影響を受けた。

批評の分野で、吉本隆明『言語にとって美とは何か』（一九六五年）、『共同幻想論』（一九六八年）が出ている。『言語にとって美とは何か』において、吉本は、

文学作品の歴史の本質をうしなわずにわずかにあつかいうる方法は極端にいえばふたつに帰する。そのひとつは中心が社会そのものにくるような抽出であり、このばあいには個的な環境や生活史がその環のなかにはいってくることが必須の条件である。もうひとつはその中心が作品そのものに来るような抽出であり、そのばあいには環境や人格や社会は想像力の根源として表出自体のなかに凝縮される。

と文学史の視点を出している。「中心」といわれているのは、作品を位置づける方向の中心で、一つは社会の歴史性に向かう方向、もう一つは作品の中心にある作者に向かう方向である。表出に凝縮されている作者を歴史性として作品から抽出する方向といえばいい。その作家は作品の表現に凝縮されているといっているのである。「表出」という言い方をしているのは、表現する者の表現行為自体をいうためである。この吉本の文学理論はマルクス主義の芸術論である社会主義リアリズム論を批判することによって出てきた。

このようにして、一九六〇年代半ばに、文学は作品そのものの分析によってのみ論じられるという方向が明確

に打ち出された。以降の文学研究は、この作品論と『言語にとって美とは何か』を踏まえたかとどうかが決定的である。曖昧にされてきた文学の美を論ずる方法を示したからである。

「歴史社会学派」は益田勝実が『説話文学と絵巻』（一九六〇年）、『記紀歌謡』（一九六二年）、『火山列島の思想』（一九六八年）と、仕事をまとめている。『古事記』『日本書紀』『風土記』などから「民族の想像力」という捉え方を示し、その想像力を「ブレ抒情」という押さえ方するなど、作者個人に向かってしまうのとは異なる論を展開していった。一方西郷信綱は『古事記の世界』（一九六八年）を出して、構造主義的な捉え方を示している。

古代歌謡研究は、一九六〇年に土橋寛『古代歌謡論』が出て、民謡を取り込む方法を始めた。土橋は『古代歌謡と儀礼の研究』（一九六五年）も歌垣などにも目を向けている。注釈としては相磯貞三『記紀歌謡全注解』（一九六二年）も出ている。

一九七〇〜八〇年代

一九六八年から東京大学、日本大学を中心として全国学園闘争が始まり、一九七〇年日米安全保障条約改定反対闘争まで、いうならば政治の季節だった。東大では文学部は一年以上学生の自主管理下にあり、他学部もスト、自主管理などが行なわれ、一九七〇年度の入学試験は中止となった。

全国学園闘争の特徴はいわゆる各大学で全学共闘会議（いわゆる全共闘）を形成したところにある。東大では、各学部とも学友会で学生がストライキ決議をしていき、その上に全学共闘会議を作ったが、それは各学部を縛るものではなく、むしろ学友会を超えて、学生たちが集まり、全共闘の中心になった。つまり自分の意志で参加していった。したがって止めるのも自分の意志で、誰の非難を浴びることがなかった。そして大学院生も各研究科を超えて、全学闘争連合（全闘連）を作り、全共闘に参加した。国文科の院生は自治会を作り、文学研究と社会との関係、学の自立などについて議論していた。

文学研究のことなので整理しておく。文学も文学研究も自立したもので、直接政治とは関わらない。むしろ何があろうと、その自立を守ることに意味がある。では文学研究は社会や政治とまったくかかわりないといえるかというとそうでもない。たとえば国語の教科書作りにかかわったり、現在の教育をむしろ支えている役割を担っている。その意味で現在の体制を補完している。そういう自己をみつめなければならない、というようなことだったと思う。

七〇年代の日本文学研究は特に古代文学研究が大きく展開した。作品論を前提にしつつも、万葉集の歌は作品論が可能かというような問が深刻に問われた。私自身に引き寄せていえば、文学史を知りたくて詩の発生を考え、万葉集から読み始めたとたん、この類歌、定型だらけの歌集をどう読んだらいいか分からなかったから、作品論どころではなかったのである。和歌には作品論が通じないところがあると思った。いうならば近代文学とは異なる表現意識をもっていると思え、そこを明らかにしない限り古典は読めないと思えたのである。この分からないという想いが私にとって大きなモチーフとなったが、類歌、類型の多さは表現をどう捉えているかという社会を支えている観念の問題と考えられ、古代社会を知ろうとした。古代の世界観、そして考え方、感じ方をわかることで古代文学に近づけると思えたのである。岩波書店に勤め始め、たまたま最初の担当が思想大系の『おもろさうし』だった増井元が詩の発生を考えるなら沖縄の歌謡を読むべきだと、外間守善・新里幸昭編『宮古島の神歌』(一九七二年)を一緒に読んでくれた。一方農学部の院生で植物民俗学を目指していた故玉置和夫がフィールドにしていた沖縄八重山新城の豊年祭にしきりに誘ってくれたことがあり、結局宮古、八重山に行くようになった。それから主に八重山の村々を歩きまわり、祭を見たり、話を聞いたりし、沖縄関係の本を民俗学、文化人類学など何でも読んだり、また古典に対する感受性を養うため活字になっている古典類を次々読んだりしていくことになった。そしてそういうなかで構造主義的な考え方を身につけていったと思う。社会の原理を考え、神話を成り立たせる構造を考えていったのである。

このような思考の方向は私だけではなかったと思う。左翼思想が停滞し、身の回りから思想を構築し直そうという発想が民俗への関心を呼び起こした。文学発生論は、文学が他の芸術だけでなく、祭などに集約されるあらゆる観念と未分化な状態を考えることだった。つまり、文学だけでなく、それを生み出す社会も思考の対象になっていた。それこそが近代に対置される思想であると考えられたのである。最古の書物が『古事記』だとするならば、それは国家の歴史だから、国家以前の表現が知りたいということでもあった。

沖縄は一九七二年に復帰し、それにともない次々に沖縄関係の本が出版され、そういう思考を組み立てる資料となった。宮古島の狩俣に伝わる神謡を論じた藤井貞和『古日本文学発生論』（思潮社、一九七八年）もそういう本だ。

一九七〇年代に私が加入した古代文学会では、新しい研究の試みを求める研究運動としてセミナー運動が始まった。それは一年のテーマを決め、発表者を募り、その発表者とセミナー委員でそのテーマを巡って準備会を始め、夏期合宿のおいて発表討論が行われ、発表者が原稿化し、セミナー委員が読んでコメントし、書き直して本にしていくというハードなものだったが、新しい研究が今始まっているという緊迫感が全体を支えていた。

一方古代後期の平安文学研究でも物語文学研究会が三谷邦明、藤井貞和らによって結成され、若手研究者を集めた。

一九八〇年代に入ると、前田愛『都市空間の文学』（一九八〇年）に代表される記号論の方法で文学を論じることが起こった。小説の場面を構成する物、景などが都市空間において何かを象徴していることをみようという方法だが、作品の読みにうまくかかわらない場合もある。

発生論、様式論の成果は八〇年代に次々単行本になった。古橋信孝『古代歌謡論』（一九八二年）、『古代和歌の発生』（一九八八年）、三浦佑之『村落伝承論』（一九八七年）、森朝男『古代和歌と祝祭』（一九八八年）、近藤信義『枕詞論』（一九九〇年）などである。多田一臣『古代国家の文学』（一九八八年）も、国家以前を求めるモチーフを受け継いでいる。

古代歌謡では土橋『古代歌謡全注釈』「古事記篇」が一九七二年、「日本書紀篇」が一九七六年に出ている。

一九九〇年以降

一九九〇年はベルリンの壁が崩壊し、東西ドイツが統一されることから始まる。一九九一年にはソヴィエト連邦が崩壊し、ロシア共和国になった。そして一九九二年には欧州連合が創設される。世界の構図が激変した。日本では一九九三年に、非自民、非共産の八党の連立した細川内閣が成立した。そういうなかで、一九九五年、阪神大地震、オーム真理教による地下鉄サリン事件が起こる。いわば末世の感じである。そして二〇〇一年にはニューヨーク貿易センタービル他へのハイジャックされた航空機の突入があり、そのテロを実行したイスラム過激派のいるアフガニスタンへのアメリカを中心にした多国籍軍の攻撃、二〇〇三年の湾岸戦争と続く。

社会主義国と自由主義国という国を単位にした東西対立が終わり、イスラムと自由主義国との対立という国家と宗教に基づく集団との戦争になった。中沢新一は『緑の資本論』（二〇〇二年）で、不均衡の状態になり、弱い側が追いこまれた時どのようにその状態を打開しようとするかという問題として述べている。テロがいけないなどという観念的ないわゆる正論が覆うなかで、思考し続けている者の公平な発言である。この場合はキリスト教とイスラム教の不均衡だが、マルクス主義と資本主義、社会主義と自由主義、労働者と資本家というような対立が均衡でなくなった状態として二十一世紀が始まった。イスラムと資本主義国という構図自体、均衡として並べられるものではなく、不均衡そのものではないか。中沢の発言を「公平な発言」といったが、均衡状態はどちらが正しいといえばその側に立つことになるから、両方を見わたす公平な思考が求められるのである。逆にいえば、不均衡な社会は公平さが価値ではなくなるのである。こういう言い方は現代にぴったりといいたくならないでもない。

アフガニイタンも、イラクも今でもテロが続いている。イスラム諸国では、二〇一二年エジプトでは民衆の反乱が起こり、ムバラク政権が崩壊し、初めて選挙で大統領が選ばれ、「アラブの春」と呼ばれた。しかしイスラム色が濃く、長い間権力を握って多くの利権を持つ軍部がクーデターを起こし、大統領を解任した。またシリアでは長く続くアサド政権に対する反乱から内戦になっている。その混乱にはイスラム内の宗派の対立が絡み、外国の利権に基く支持が絡んでいる。中近東の混乱はしばらく続きそうである。

思想や学の問題も深く関係している。マルクス主義の衰退以降、共通の未来像がもてなくなっている。そのため知の再編が試みられ出した。それを象徴するのが『現代思想』(一九七三年創刊)だった。誌名の通り、次々に欧米の新しい思想を紹介していった。この知は未消化のまま古典にも当て嵌められ、これまでにない読みをもたらしたということもできる。しかしジェンダーにしろ身体論にしろ、読みを深化させるまでには至らなかったと思う。ジェンダー論は結局は構造を歴史的に見るということで、作品そのものを論ずる基礎になるものであるはずだが、そういう展開はない。

次々に新しい見方が移入され、その見方で古典を読むとちょっとした違う読みが示される。そして次へとなっていけば知は軽くなる。戦後に自己形成した世代にとって、知(思想)は存在とかかわるものだった。自分の居るべき場所、考える根拠としてあった。少なくとも私は自分が生きている場所として知の世界を選んだ。だから他のことはたいしたことには思えなくなった。そこからこの世をみつめ、批評、批判した。自分の価値を置く場としての知を守るためであった。

私は知に関わってしまった者は当然そういう思考をすると思っていた。なぜなら誰でも一端知にとらわれるとどこまでもいってしまうものだと思えたからだ。学者といわれる人たちは大部分はそうに違いないと長いこと思っていた。そうではないことを決定的に意識するのは一九九〇年代半ばあたりから、少子化による受験生の減少をいかにくい止めるかという議論が教授会などで真剣になされるのを聞いていているなかでだった。受験生を少しでも集める入試の多様化、もちろんそのための会議、教員の高校への派遣講義など大学教員は多忙になった。私はこういう時こそ大学教育を見直す機会であり、どういう教育を学生に与えられるかを中心に考えるべきだと考えたが、議論は常に現実にどう具体的に対応するかで終止した。そういう多忙さで、卒論指導が疎かになり、不合格になる学生が出ることまであった。教育だけでなく、知の退廃である。

方法という点でいえば、停滞の時代である。方法を考えることなく読むとしたら、作品内部に限定する他ない。そこで注釈的な作業が好まれることになる。しかし古典である限り歴史的な位置づけは避けられないし、読みには方法が必要である。というようにして、ふたたび方法に戻ってくる他ない。かくして、なるべく方法を問わないでできる作業、たとえば用字、そして周辺の読まれていない仏典との関係、考古学の成果の取り込み等々、作品の読みに直接結びつかない研究が行われる。

このような事態は社会主義国の崩壊以降という状況と深く関係する。マルクス主義が衰退して、世界は資本主義だけになった。一つの思想だけが世界を覆ったのである。イスラムは宗教だから、批判は思想的なものとして自立するのは難しい。宗教性がつきまとってしまうのだ。中沢のいう「不均衡」の状態である。対置すべき思想がない状況は議論もなくなる。あったとしても対症療法的に具体的にどうするかだけになる。根本的な批判はなくなり、ただ地べたを這い廻るだけだ。マルクス主義が正しいかどうかではなく、別の思想があることで、二つを見わたす必要が起こり、客観的な視座が作られていく。それが批評を生み出す。

学の世界も方法を問うことはなくなり、あるものを分析することに終止する。作品を限定してそのなかでだけ論じるという方向は無難に収めるものである。したがって研究は研究者たちに閉じられることになり、逆にいえば独占されることになっていく。

読む方法を問うたのは、古典に対し異質性、異和を感じたからだが、そういう感受性を封じ込めることになっている。その状況が現在も続いており、この研究会を発足される理由であった。

「童謡」の研究史で触れているが、一九〇〇年代以降、「東アジア」という視点からから見直す流れが提起され、中国における「童謡」まで戻る研究が行われるなどの動きがある。これも作品を取り囲む周辺の論である。作品の読みという基礎的でありつつ、最終的な到達点へどのように結びつけていくか、今後の問題だろう。

なおこの時期、品田悦一『万葉集の発明』(二〇〇一年)が目立つものであった。「発明」という言い方は気になるところだが、明治期に『万葉集』が「国民歌集」として「発明」されたというのである。いわばイデオロギー批判で、一九八〇年代から九〇年代に流行った。私たちには当たり前のことで、何を今更と思ったが、こういうことを一つ一つ確認していかねばならないのだろう。しかし自分の万葉集の読みを追究するか、近代の万葉研究史としてやるかしたほうがいいと思った。

古代歌謡関係では、大隈喜一郎・居駒永幸編『日本書紀「歌」全注釈』(二〇〇八年)が出ている。居駒は『古代の歌と叙事文芸』(二〇〇三年)を出した。島村幸一『おもろさうしと琉球文学』(二〇〇九年)も、琉球文学を表現から分析した労作である。

発生論からの仕事として近藤信義『音喩論』(一九九七年)は日本語の文学における音を「喩」として捉える画期的な論である。三浦佑之『口語訳古事記』は古事記に語りを取り込んで口語訳している。私は『日本文学の流れ』(二〇一〇年)を出して、一応念願の文学史を口語体と文語体の葛藤として書いてみた。「文体」と、「時代の関心」として歴史社会を押さえることで、文学の固有の歴史を示した。「時代の関心」は何をどのように「表現の対象」にするかで明らかにすることができる。二十代に文学史を知りたいと考えてから三十年以上かかって、ようやく見出した方法に基いている。

二〇一一年三月一一日、東日本大震災が起こった。そして福島の原発が危険な状態になった。その六月、古代歌謡研究会が発足した。

戦後研究史年表（『近代日本総合年表　第四版』を参考にした）

年	政治・世界	社会	文学・芸術・思想	日本文学研究（学術）
1945	4月米軍沖縄上陸 8月6日広島・9日長崎　原爆投下 15日戦争終結の詔勅放送 11月　日本社会党結成 12月　農地解放 （戦死者：47年政府発表陸海軍155万5368人　民間29万9485人）	11月　京都学生会議結成 都下学生連絡会議結成 12月『共産党宣言』刊行（工場に労働組合結成盛ん）	12月　新日本文学会議結成（新日文） （マルクス主義文献の刊行盛ん）	1937年　近藤忠義『日本文学原論』 1944年　石母田正『中世的世界の形成』 11月　歴史学研究会発足
1946	3月　政府、憲法改正草案発表（主権在民、天皇象徴、戦争放棄を規定。マッカーサー全面承認）	（政治学者の間で天皇制の論議盛ん）	1月『近代文学』創刊（平野謙、本多秋五、埴谷雄高、荒正人、小田切秀雄） 4月　野間宏『暗い影』（文学者の戦争責任論始まる）（文学政治論争） 5月『思想の科学』創刊（鶴見俊輔、和子ら）	1月　民主主義科学者協会（民科）設立 2月　歴史学研究会　天皇制の問題を取り上げる 6月　日本文学協会結成（「日本文学」） 12月「日本古典全書」（全116巻。～76年　朝日） 益田勝実ら『日本文学史研究』を始める

年	政治・世界	社会	文学・芸術・思想	日本文学研究（学術）
1946			6月 小田切秀雄「文学における戦争責任追及」 10月 平野謙「政治と文学」 11月 桑原武夫「第二芸術論」	
1947	5月 日本国憲法発布 8月 パキスタン・インド独立	7月「鐘の鳴る丘」放送開始（全790回）	3月 田村泰次郎『肉体の門』 6月 石坂洋次郎『青い山脈』 7月 太宰治『斜陽』	3月 民俗学研究所設立
1948		4月 新制高等学校発足 9月 全日本学生自治会連合結成（全学連） （ストリップショー盛況）	1月 小野十三郎「奴隷の韻律」 島尾敏雄『夢の中の日常』 4月「現代日本小説大系」（全63巻。～52年12月 河出）	1月 石田英一郎『河童駒引考』 4月 日本民俗学会発足（会長 柳田国男）
1949	4月 中華人民共和国	労働組合 35万4888、665万5482人 組織率 55・8％	（イタリアのネオリアリズムの映画作品が次々上映される） 11月 湯川秀樹ノーベル賞受賞	7月『日本文学』創刊

1950	1951	1952	1953
6月　朝鮮戦争（〜53年7月）（特需景気）	9月　サンフランシスコ条約。同時に日本平和条約、日本安全保障条約締結		12月　奄美諸島復帰
4月　日本戦没学生記念会（わだつみ会）結成 7月　日本労働総評議会結成 11月　公務員のレッドパージ始まる	（名古屋からパチンコ大流行始まる）	4月　NHKラジオ『君の名は』放送始まる（〜54年4月）	2月　NHKテレビ放送開始
8月　黒澤明『羅生門』 10月「サルトル全集」（全10巻、人文書院） （外国文学の翻訳盛ん）	1月　大岡昇平『野火』 カミュ『異邦人』 （実存主義流行）	11月「現代世界文学全集」（全46巻。〜54年　新潮社） 「昭和文学全集」（全60巻。〜58年　角川）	6月「世界大思想全集」（第一期31巻、二期39巻、河出） 8月「現代日本文学全集」（全99巻。〜59年　筑摩）
7月　八学会連合総合調査（後に九学会）民族学、人類学、考古学、民俗学、言語学、社会学、地理学、宗教学	5月　歴史学研究会〈歴史における民族の問題〉（英雄時代論争盛ん） 9月　日本文学協会〈文学における民族〉 10月　西郷信綱『日本古代文学史』	5月　上代文学会設立（国民文学論議盛ん） 12月　丸山真男『日本政治思想史の研究』	3月　万葉集大成（全32巻。〜56年） 6月　源氏物語大成（全8巻。〜56年） 7月　古事記大成（全8巻。〜58年） 11月　堀一郎『我が国民間信仰史の研究』 11月　岩波講座『文学』（全8巻） 『折口信夫全集』（全31巻、別巻1　中公）

年	政治・世界	社会	文学・芸術・思想	日本文学研究（学術）
1954		3月 第五福龍丸ビキニ水爆被災（水俣病公害表面化）	9月 黒澤明『七人の侍』ベネチア映画祭で銀獅子賞受賞 木下恵介『二十四の瞳』	4月 時枝誠記『日本文法 文語篇』
1955		4月 クレージーキャッツ結成	1月 山本健吉『古典と現代文学』 5月 平凡社『世界大百科事典』（32巻。～59年） 7月 石原慎太郎『太陽の季節』	5月『広辞苑』 7月 大塚久雄『共同体の基礎倫理』 10月 林屋辰三郎『古代国家の解体』
1956	12月 国際連合加盟 12月 日ソ通商条約締結	2月『週刊新潮』創刊（出版社による初めての週刊誌） 5月 売春防止法（太陽族）	1月 三島由紀夫『金閣寺』 7月 吉本隆明、武井昭夫「文学者の戦争責任」（戦争責任論盛ん） 8月「戦後への訣別―戦後は終わったか?」 11月 深沢七郎『楢山節考』	1月 全国大学国語国文学会設立 5月 武田祐吉『記紀歌謡全講』 9月 井上光貞『日本浄土教成立史の研究』
			8月 大江健三郎「死者の奢り」	5月「日本古典文学大系」（全100巻。～68年 岩波）

1957			11月　丸山真男『日本の思想』	7月　藤田省三『天皇制国家の支配原理』 11月　澤瀉久孝『万葉集注釈』（全20巻。〜77年　中公）
1958		6月　全学連、共産党から除名 6月　共産主義者同盟結成	9月　映画『死刑台のエレベーター』（ヌーベル・ヴァーグ）	5月　小泉久夫『日本伝統音楽の研究』
1959		3月　『週刊少年マガジン』発行 3月　『週刊少年サンデー』発行（週刊現代、週刊文春など、週刊誌ブーム）	7月　「近代日本思想史講座」（全8巻、別巻1巻、筑摩）	7月　『日本の歴史』（全12巻、読売） 11月　『世界の歴史』（全16巻、中公）
1960	6月　日米新安全保障条約締結	三池炭鉱争議 安保反対闘争 労働組合　4万1561、751万6316人	2月　橋川文三『日本浪漫派批判序説』 9月　島尾敏雄「死の棘」 10月　「日本現代文学全集」（全108巻、別巻2、講談社）	2月　益田勝実『説話文学と絵巻』 6月　林屋辰三郎『中世芸能史の研究』 10月　西郷信綱『日本文学の方法』（後に『国学の批判』）
1961		坂本九「上を向いて歩こう」　植木等、クレージーキャッツ「スーダラ節」流行	1月　小田実『何でも見てやろう』 4月　大岡信『抒情の批判』	1月　風巻景次郎『日本文学史の研究　上』（下巻は4月） 7月　柳田国男『海上への道』 11月　「古代史講座」（全13巻、学生社）

年	政治・世界	社会	文学・芸術・思想	日本文学研究（学術）
1962		（大学文学部女子学生比率37％）	4月　浦山桐郎『キューポラのある街』 6月　安部公房『砂の女』 8月　安藤次男『澱河歌の周辺』	3月　亀井孝『日本論の歴史』（全4巻、別巻1。平凡社） 5月　益田勝実『記紀歌謡論』 6月　相磯禎三『記紀歌謡全註解』 10月　東洋文庫（平凡社）刊行開始
1963		1月　『鉄腕アトム』テレビ放送始まる。	7月　谷川雁『原点が存在する』	1月　中西進『万葉集の比較文学的研究』 2月　『世界の歴史』（中公）
1964	10月　東京オリンピック			4月　日本民族学会『民族学』発行 12月　秋山虔『源氏物語の世界』
1965	2月　米軍北ヴェトナム爆撃開始 12月　日韓条約締結	1月　岡村昭彦『南ベトナム戦争従軍記』 4月　ベトナム平和と市民連合（べ平連）主催デモ	2月　「明治文学全集」（全100巻。～89年　筑摩） 5月　吉本隆明『言語にとって美とは何か』 6月　黒田喜夫『死にいたる飢餓』	11月　井上光貞『日本古代国家の研究』 12月　土橋寛『古代歌謡と儀礼』
1966		1月　早稲田大学　授業料値上反対闘争　大学本部占拠 11月　明治大学学生　大学、授業料値上げ反対、全学スト		2月　広末保『前近代の可能性』 4月　三好行雄『島崎藤村論』 10月　柴田実『中世庶民信仰の研究』

年				
1967		（全国の大学、授業料値上げなどで闘争が始まる） 労働組合5万5321、1047万5809人（最高数）	2月 アルジェリア映画『アルジェの戦い』 8月 岡本喜八『日本のいちばん長い日』	6月 三好行雄『作品論の方法』
1968		1月 東大医学部 医師法改正反対で自治会無期限スト 4月 日大 全共闘結成 6月 東大 文学部無期限スト（全国115大学で闘争）	1月 大江健三郎『万延元年のフットボール』 7月 羽仁五郎『都市の論理』 10月 岡本喜八『肉弾』 11月 今村昌平『神々の深き欲望』 12月 吉本隆明『共同幻想論』	1月 梅棹忠夫『文明の生態史観』 6月『定本柳田国男集』（全31巻、別巻5。～70年 筑摩） 7月 益田勝実『火山列島の思想』 7月 谷川健一編『日本庶民生活史料集成』（全30巻。～83年 三一） 9月 西郷信綱『古事記の世界』
1969		5月 全共闘を支持する大学教師200人の大学告発（安藤次男、折原浩、天沢退次郎ら） 10月 国際反戦デー、新宿に騒擾罪適用	7月 梅棹忠夫『知的生産の技術』 8月 山田洋次『男はつらいよ』第一作	
1970		11月 三島由紀夫 自刃 （公害訴訟拡大）	1月 アメリカ映画『イージー・ライダー』	3月 宮田登『ミロク信仰の研究』 5月「日本思想大系」（全67巻。～82年 岩

年	政治・世界	社会	文学・芸術・思想	日本文学研究（学術）
1970			2月 アメリカ映画『明日に向って撃て！』 2月 沼正三『家畜人ヤプー』	波） 6月 広末保『悪場所の発想』 12月 金達寿『日本の中の朝鮮文化』
1971		9月 成田空港反対闘争で警官三人死亡。 9月 日清食品カップヌードル発売 （日活 ロマンポルノ） （地方行政論議盛ん）	1月 古井由吉『杳子・妻隠』 11月 「新鋭作家叢書」（河出）	3月 谷川健一編『叢書わが沖縄』（全4巻、別巻1巻、三一） 1月 石母田正『日本の古代国家』
1972	5月 沖縄復帰 9月 日中国交正常化 6月 田中角栄 日本列島改造論		3月 高松塚古墳壁画発見	1月 土橋寛『古代歌謡全注釈 古事記編』 4月 藤井貞和『源氏物語の始原と現在』 5月 国文学研究資料館設置 10月 法政大学沖縄文化研究所設置 12月 『日本国語大辞典』（全20巻。～76年 小学館） 12月 外間守善、西郷信綱『おもろさうし』（思想大系）
	1月 ヴェトナム和平協定	漫画雑誌『ガロ』創刊	3月 小松左京『日本沈没』 12月 梅原猛『水底の歌』	1月 『現代思想』創刊 4月 村山七郎、大林太良『日本語の起源』 5月 岩崎武夫『さんせう大夫考』

年				
1973				7月　古橋信孝、松村雄二、林達也、山田有策『文学史研究』創刊（全5冊） 9月　佐竹昭広『民話の思想』
1974		自然食品ブーム 高校進学率　90％超		5月　吉本隆明『初期歌謡論』 6月　国立民族博物館創設
1975	4月　ヴェトナム戦争終結		5月　山口昌男『文化の両義性』	1月　西郷信綱『古事記注釈』（全4巻。〜89年　平凡社）
1976		（和洋式トイレの需要並盛ん）	3月　レヴィ・ストロース『野生の思考』（翻訳） 7月　吉本隆明『最後の親鸞』 10月　中上健次『枯木灘』 12月　川田順造『無文字社会の歴史』	1月　小野重朗『南島歌謡』 5月　小野重朗『南島の古歌謡』 6月　「新潮日本古典文学集成」（全96巻。〜87年　新潮社） 6月　池宮正治『琉球文学論』 8月　土橋寛『古代歌謡全注釈　日本書紀編』
1977　1977		（身体論盛ん） （タウン情報誌、ミニ雑誌盛ん）	9月　島尾敏雄『死の棘』	2月　久保寺逸彦『アイヌ叙事詩神謡聖伝の研究』 5月　口承文芸学会創設 5月　鈴木貞美『転位する魂　梶井基次郎』 9月　山下欣一『奄美のシャーマニズム』 12月　河合隼雄『昔話の深層』
1978		ファミリーレストラン盛況	6月　川満信一『沖縄・根からの問い』	6月　『南島歌謡大成』（全5巻。〜80年） 9月　藤井貞和『古日本文学発生論』

年	政治・世界	社会	文学・芸術・思想	日本文学研究（学術）
1979		（口裂け女の流言広がる）	2月 『昭和万葉集』（全20巻。～80年 講談社） アメリカ映画『ディア・ハンター』 イタリア映画『木靴の樹』	3月 『国史大事典』刊行開始（全15巻） 11月 山下欣一『南島説話の研究』
1980		4月 NHK「シルクロード」放送開始（～81年） （家庭内暴力、校内暴力社会問題に）	3月 村上春樹『1973年のピンボール』 8月 柄谷行人『日本近代文学の起源』	
1981			4月 谷川健一、鶴見和子ら、地方を通して地方の時代を考える全国シンポジウム開催	4月 国立歴史民族博物館設置 11月 第一回日本海文化を考えるシンポジウム開催
1982			7月 小松和彦『異人論』（文庫など大きな活字に）	1月 古橋信孝『古代歌謡論』 3月 福永光司『道教と日本文化』 8月 源氏物語についての初の国際学会開催（米インディアナ大学） 12月 前田愛『都市空間のなかの文学』
		4月 東京ディズニーランド開園	5月 『沖縄大百科』（全3巻、別巻1）	2月 網野善彦、谷川健一、坪井洋文ら編『日本民俗文化大系』（全14巻、別巻1、小学館）

1983	1984	1985	1986
			4月　チェルノブイリ原発事故
7月　任天堂ファミリーコンピュータ発売 （仏教関係図書の出版盛ん）	5月　NHK衛星放送開始 （いじめ社会問題に） （ビデオのレンタル人気） （演歌のヒット曲減少）	（ファミコン爆発的人気）	働く女性154万人、専業主婦を20万上回る 中学生登校拒否2万7926人、急増
9月　浅田彰『構造と力』 11月　中沢新一『チベットのモーツァルト』	3月　宮崎駿『風の谷のナウシカ』	・女流作家の活躍目立つ 小川洋子、中沢けい、三枝和子、山田詠美、増田みず子ら ・戦後生まれの批評家の活躍 加藤典洋、三浦雅士、川村湊、竹田青嗣、富岡幸一郎、鈴木貞美	
2月　「新編国歌大観」（全10巻、角川） 3月　吉田孝『律令国家と古代社会』	2月　網野善彦『日本中世の非農業民と天皇』 2月　小南一郎『中国の神話と物語り』	1月　古橋信孝『万葉集を読み直す』 11月　『保田与重郎全集』刊行開始（全36巻。〜89年）	7月　赤松啓介『非常民の民俗文化』

年	政治・世界	社会	文学・芸術・思想	日本文学研究（学術）
1987			5月 ピエール・クラストル『国家に抗する社会』（渡辺公三訳） 5月 俵万智『サラダ記念日』 8月 村田喜代子『鍋の中』 11月 大江健三郎『懐かしい年への手紙』	6月 三浦佑之『村落伝承論』 6月 おもろ研究会『おもろ精華抄』 12月 藤井貞和『物語文学成立史』
1988		『ちびくろさんぽ』絶版	1月 吉本ばなな『キッチン』	1月 多田一臣『古代国家の文学』 1月 古橋信孝『古代和歌の発生』 5月 森朝男『古代和歌と祝祭』 9月 長屋王邸から三万点の木簡出土 「新日本古典文学大系」刊行開始
1989	1月 昭和天皇崩御（昭和終わり、平成に） 2月 ハンガリー、複数政党を認める 6月 中国天安門事件 8月 ポーランド連帯政権	11月 総評解散（外国人労働者急増）	9月 古井由吉『仮往生伝試文』	8月 古代文学会、物語研究会、古代文学研究会の合同大会が沖縄で開かれる。 11月 三浦佑之『浦島太郎の文学史』

1990	1月～2月　湾岸戦争 10月　ドイツ統一	4月　小・中・高　日の丸掲揚と君が代斉唱を義務化 5月　京大医学部生体肝移植手術を承認（大学新入生、女子が男子を上回る） （労働組合組織率25％）	9月　神山睦美『家族という経験』	10月　近藤信義『枕詞論』 鈴木日出男『古代和歌史論』
1991	7月　ワルシャワ条約機構解体 8月　ソ連共産党解体 12月　ロシア共和国	大学進学率50％を超える		
1992	1月　欧州連合創設			5月　森朝男『古代和歌の成立』
1993	8月　細川護熙内閣成立（非自民、非共産8党連立）	4月　雲仙普賢岳噴火 5月　サッカーJリーグ初開幕	1月　多和田葉子『犬婿入り』（芥川賞）	2月　村井章介『中世倭人伝』
1994	6月　村山富市内閣成立（自民、社会、さきがけ連立）		1月　奥泉光『石の来歴』 5月　笙野頼子『二百回忌』 8月　京極夏彦『姑獲鳥の夏』	4月　古橋信孝『古代都市の文芸生活』

年	政治・世界	社会	文学・芸術・思想	日本文学研究（学術）
1995		1月　兵庫県南部地震 3月　サリン事件（オーム真理教） （パソコンブーム）		11月　兵藤裕己『太平記読みの可能性』
1996			1月　又吉栄喜『豚の報い』 7月　川上弘美『蛇を踏む』	7月　宮田登『民俗神道論』
1997		3月　文芸座休館（名画座）	1月　柳美里『家族シネマ』 7月　目取真俊『水滴』	2月　小松英雄『仮名文の構文原理』 12月　近藤信義『音喩論』
1998				6月　西條勉『古事記の文字法』 12月　多田一臣『古代文学表現論』
1999		女一人の出産　1・34人 老人人口　17・7％ リストラ盛ん 中高年の自殺が急増		
2000				
	9月11日　ニューヨーク貿易センタービルな		1月　中沢新一『カイエ・ソバージュ』（全5冊、〜	2月　品田悦一『万葉集の発明』 11月　山田有策『幻想の近代』（以下三部作）

2001	どにハイジャックの航空機突入 10月 米軍らアフガニスタン攻撃		04年）	
2002			5月 中沢新一『緑の資本論』	6月 三浦佑之『口語訳古事記』
2003	3月 イラク戦争		3月 養老孟司『バカの壁』	3月 居駒永幸『古代の歌と叙事文芸史』
2004	12月 スマトラ沖大地震、大津波			
2005	2月 CO_2削減の京都議定書発効			
2006		携帯電話9000万超える		
2007		1月 鳥インフルエンザ流行		
2008		2月「主婦の友」休刊（1917〜）		4月 大久間喜一郎、居駒永幸編『日本書紀【歌】全注釈』
2009	8月 裁判員制度による初公判 9月 民主党第一党に。鳩山由紀夫内閣		7月 小熊英二『1968年』	3月 島村幸一『「おもろさうし」と琉球文学』

年	政治・世界	社会	文学・芸術・思想	日本文学研究（学術）
2010				3月　古橋信孝『日本文学の流れ』
2011		3月11日　東日本大震災		6月　古代歌謡研究会発足
2012				4月　近藤信義『東歌・防人歌』 7月　島村幸一『おもろさうし』

「「歌謡」と「和歌」」研究史

遠藤集子

はじめに

本稿に与えられたテーマは、「「歌謡」と「和歌」」に関する研究史である。これを具体的に述べれば、「歌謡」と「和歌」がどのように区別されてきたのか、その研究史を辿るということになるだろう。『古事記』（以下『記』）・『日本書紀』（以下『紀』）や各国風土記、『万葉集』には、様々な長さや歌体の歌が記載されている。これらは同じ歌であっても、『記』・『紀』や風土記の歌は「歌謡」、『万葉集』の歌は「和歌」[1]と呼びあらわされるのが常である。「歌謡」・「和歌」といった呼称の違いから、両者にどのような差異が認められてきたのか、その流れを辿ることが本稿のテーマである。

「歌謡」と「和歌」について、概略的に述べておく。歌謡は、「謡」の字にあらわされるように音楽性を持ち、儀礼や労働などの「場」で一定の機能をもってうたわれる。つまり歌謡はうたわれる「場」に依拠しており、歌の表現も共同体に支えられている。これに対して和歌は、和歌独自の様式や表現構造を持つ。その様式と構造によって表現内容を理解することができるから、表現は普遍性に向かっている。両者を、歌を伝える社会との関係という視点から見れば、歌謡は社会に比較的閉じられており、逆に和歌は開かれているといえる。

両者の違いをひとまずこのように捉えておき、以下具体的に「「歌謡」と「和歌」」を論じた研究史を辿っていきたいと思う。ただし、あまりに膨大、多岐にわたるので、ここでは昭和三〇年代以降に限って取り上げることにする。

一　研究史概観

歌謡は個人の感情を歌い上げたものである、という考え方を「民謡（歌謡）抒情詩観」と言う。[2]江戸・明治期までは、『記』・『紀』に記載された歌謡は、所伝そのままにその歌を歌った個人が創作したものと考えられており、『記』・『紀』や『万葉集』の間で所伝が異なっていても、あまり疑問は呈されてこなかった。大正時代になると、『記』・『紀』の記述の信憑性を疑問視する津田左右吉があらわれ、神武天皇やヤマトタケルの物語の中の歌が後代の歌の付会であることを指摘した。しかしその一方で、『記』・『紀』の歌謡の中に民謡が混入していることを認め、民謡が「幼稚で素朴な私人的感情を歌つた[3]」ものであると述べており、江戸・明治期の見解も引き継いでいる。このように、歌謡に個人の私人的感情の吐露を認めるものが「民謡（歌謡）抒情詩観」であり、以後、和辻哲郎や高野辰之などに受け継がれていった。

土橋寛

・『古代歌謡論』三一書房、一九六〇年／『古代歌謡の世界』塙書房、一九六八年

土橋は口誦性を歌謡の特徴とし、文字文学としての和歌とは区別されるとする。和歌は、書斎の中で読者を意識するか否かにかかわらず、作者によって作られるものであるから、場の存在が歌謡と和歌の性格の相違を結果するものであるという。右に述べたような、歌謡が抒情詩であり作者の自己表現であるという抒情詩的歌謡観を否定し、「歌謡を抒情詩または「文芸」としてではなく、神話と同じように「文化」として見る立場に立ち、その「文芸的性格」ではなく、歌謡そのものの「文化的性格」を明らかにすること」[4]が研究の目的であると述べている。戦前、高木市之助は記紀歌謡を記紀から解放して検討することで、その民謡性が明らかになると説いた[5]が、土橋は高木の実体研究を引き継いでいる。『記』・『紀』に記載された歌（「物語歌（広義）」）には、物語と無関係な独立の歌謡が物語に結びつけられたもの（「独立歌謡」）や、作中人物の歌として物語の述作者によって作られたもの（「物語歌（狭義）」）があるから、まずこれらの歌の実体を一首一首明らかにする作業から始めなければならないとする。その歌の実体を「歌謡の社会的生態による分類法」（民謡／芸謡／宮廷歌謡／儀式歌と雑歌／物語歌／童謡と時人の歌）によって分類し、歌の生態的側面から歌謡を分類することが土橋の研究方法の特色である。

志田延義

・『日本歌謡圏史』至文堂、一九五八年

志田は、和歌が歌謡を本として分岐派生したものであるとし、歌謡から和歌への文学史を、「うたう」謡から「よむ」歌へと捉えている。「うたう」とは伝承する意味を含み、「よむ」とは物に書き付け、表記したものを「よむ」という個人的な創作の意味に近づかせたものである。また、前者が音楽的な曲節に依存するのに対して、後者は音数・句数の定律に依拠すると述べている。伝承から創作へ、集団から個へ、という志田が想定する文学史は、歌謡と和歌の区分を論じた基本となる見解である。

益田勝実

・『記紀歌謡』筑摩書房、一九七二年

歌謡を『記』・『紀』記載以前の姿に復元する高木や土橋の手法に否定的な益田は、「記紀の中の歌物語の成立は記紀編述の過程で生み出されたものではなく、すでにそれ以前に歌物語としてあり、伝承されていた、とみるべきではなかろうか[6]」といい、「歌謡劇時代」や「大王伝承」があったことを想定している。また、『記』・『紀』が編まれた時代が万葉とも重なって相互重複にあることに着目し、「先万葉集」と「抒情以前の抒情」（「前抒情」）という二つの概念によって記紀の歌謡の本質について論じている。

前者「先万葉集」とは「記紀のなかの万葉的部分」のことで、万葉と重なる時期に個人が歌い上げた、主として短歌形式の歌を指す。孝徳や斉明の時代の歌数首を挙げ、歌の背景になっている事件を引き合いに出しながら益田は論じている。この点について鈴木日出男は、「記紀の歌々のなかにはこのように、歌の外側にある事件や物語の経緯を引き込むかのようにして、その歌としての抒情性を確保している場合が少なくない」と述べ、抒情の質が「歌の外側の事実性と関わることで確保されるのであるから、和歌として自律的に成り立つ手前の段階であり、〈先万葉〉とされるゆえんである[7]」と指摘している。後者「抒情以前の抒情」は、「自己の抒情を自己のものとして提出しえなかった」段階のことをいう。真間の手児奈の歌四首を手児奈の同時代人ではなく、後人の手によって作られたものであると見て、伝承の中にはまりこみ、その感情をうたうという態度に着目する。「自身の抒情を根っからの自身のことばに委ねることは、まだ自由になしえず、伝承の物語にひたり込み、物語の中の人物に主情を移入することで、はじめて、自己の恋の悶えだの、嘆きだのを抒情しうる心的状況の段階」、すなわち、抒情発生以前の過渡期的な抒情の方式＝「前抒情」という概念を打ち立てている。

古橋信孝

・『古代和歌の発生——歌の呪性と様式』東京大学出版会、一九八八年／『古代都市の文芸生活』大修館書店、一九九四年／『万葉集——歌のはじまり』筑摩書房、一九九四年

古橋は、集団から個が確立することによって、集団的・呪術的な歌謡から個人の内面を表現する和歌が生まれたと捉える従来の見解を、近代的な文学観に依拠したものであると否定する。「ススコリの呪文歌」（『古代和歌の発生——歌の呪性と様式』東京大学出版会、一九八八年）では、応神記の歌謡「須須許理が　醸みし御酒に　我酔ひにけり　事無酒　栄酒に　我酔ひにけり」と、藤原清輔『袋草紙』の和歌「堅石やわがせせくりにくめる酒手酔ひ足酔ひ我酔ひにけり」とを取り上げ、その表現から和歌にも呪的な面があることを述べている。そして歌謡と和歌の相違点については、歌謡の表現はある共同体に限定された、その共同体の幻想に支えられて成り立つ度合いの深いものであるのに対し、和歌のそれは、共同体の多層化によってあらわれ出る「個別性」を普遍化するのに言葉の意味の面に委ねる度合いが深くなったものであるとする。

この点について、万葉集はなぜ読めるのかという観点からアプローチしたのが「言語論」（『古代都市の文芸生活』大修館書店、一九九四年）や「万葉集はどのようにして読めるか」（『万葉集——歌のはじまり』筑摩書房、一九九四年）である。言葉には、時代や社会を超えて通じるという普遍的な意味と、その時代や社会に特有の閉塞的な意味の相反する性質がある。歌謡が歌を伝えている社会に閉じられているのに対し、和歌は社会や時代に閉じられず、普遍性へと向かう働きを強めている。和歌の表現が普遍性を持ちうる理由に、和歌の成立の問題が関係している。日本が律令国家として成立するにあたり、日本という独自性が必要であり、漢詩ではない普遍的な日本の詩が要求された。そうして古来の歌謡を元にして、漢詩と対応する日本の詩として生まれたのが和歌であった。万葉の歌が殆ど五七の音数律を持つのは、おそらく漢詩の五言・七言の影響があったと古橋は指摘する。万葉集は普遍

的な立場にある貴族たちの歌であり、それが都の言葉で書かれているから、時代や社会を超えて読むことができるという。

森朝男

・『古代和歌の成立』勉誠社、一九九三年

森は、歌謡と和歌との差異を五音・七音の音数定型の形をとるか否かに置いている。和歌の成立は和歌様式の成立を示すから、和歌を個的な抒情表現の達成過程とする従来の見解だけでなく、和歌は様式の面から把握されるべきであると主張する。「歌が歌唱性を脱し、音響からも離れて（それが和歌の成立であるが）、言語独自で自立しようとするとき、言語そのものの韻律によって、欠落した音楽性を補わねばならなくなる。そこに定型の成立があった」と述べている。万葉和歌の歌の世界は、宮廷や貴族層の〈遊〉が根拠となって成立したことを森は指摘する。内野遊猟時の献歌を例に挙げ、〈遊〉の世界を目的化して存在の根拠としたのが宮廷であり、宮廷的であることは普遍的であることが要求されるから、和歌も形式的でなければならなかったとする。五音七音の音数型の和歌形式は、普遍性を実現しようとしたその表れであると述べている。

以上概観してきたように、「歌謡」と「和歌」の相違点は、口承から記載へ、集団から個へ、伝承から創作へといった観点から論じられてきた。和歌に個的な抒情を認めるか否かという点に未だ決着がついていないが、「歌謡」と「和歌」を分ける指標は五七の音数定型をとるか否かという点にひとまず集約できるだろう。そして、歌謡が共同体に閉じられるのに対し、和歌は共同体から開かれ普遍性に向かっているということも言えるとおもう。

いまなお大きな影響を与えている土橋の歌の実体推定の方法は、「作品を通して作者が語ろうとした意味を的確に理解すること、及びそれを前提としてその作品が生産された時代または社会において、どのような価値を持っていたかを明らかにすること[8]」が文学研究であるという、彼の文学観から生まれたものであった。歌そのものを見つめようとする土橋は独自の分類方法を構築したが、土橋の手法には次の二点の問題があった。第一に、土橋による歌の分類とその認定が適切か否かということ、そして第二に多くの歌を独自の分類に当てはめるため、カテゴライズはより細微なカテゴライズを必然的に生んだということである。これは、益田が「かりに本来民謡であったと見破ったもの同士が、われわれに与える印象において、またその具体的な構造において、あまりにも違うとすれば、やはりその違いが成立期の違い、担い手の違いとどうかかわるか、関心を寄せざるをえない[9]」と述べていることとも関わる。歌と散文との結びつきを重視した益田の「歌謡劇時代」・「大王伝承」論も、『記』・『紀』の起源を求めていく点では土橋と一致する。土橋も益田も、『記』・『紀』を解明するための手法が、結果的に『記』・『紀』から離れていく方向へと向かっていくという矛盾を抱えてしまったかのように見える。この状況を打破すべく登場したのが表現論であった。古橋や森の抱えた表現論は、表現の様式や原理に共通性を見出す研究手法を取る。歌が歌われた「場」や歴史性といった歌の外部にある要素を見るのではなく、歌の表現そのものを見定めようとしたのである。

「歌謡」と「和歌」を分けるもう一つの指標として、散文の有無が挙げられる。次項では散文の有無という観点から、『記』・『紀』歌謡と万葉和歌について述べてみたい。

二　歌謡と和歌の差異――妻問いの歌を例として

本研究会では、『記』・『紀』歌謡と万葉和歌を直接の研究対象としてきた。そこで、散文を持つ歌謡、散文を持たない和歌という視点から両者を眺めてみたい。『記』・『紀』の歌謡と万葉和歌の間には、歌の詞章が共通もしくは類歌関係にあるものがある。

①『記』二番歌

八千矛の　神の命は　八島国　妻娶きかねて　遠々し　高志の国に　賢し女を　有りと聞かして　麗し女を　有りと聞こして　さ呼ばひに　有り立たし　呼ばひに　有り通はせ　大刀が緒も　未だ解かずて　襲衣をも　未だ解かねば　嬢子の　寝すや板戸を　押そぶらひ　我が立たせれば　引こづらひ　我が立たせれば　青山に　鵺は鳴きぬ　さ野つ鳥　雉は響む　庭つ鳥　鶏は鳴く　心痛くも　鳴くなる鳥か　此の鳥も　打ち止めこせね　いしたふや　天馳使　事の　語り言も　此をば

②『万葉集』巻十三　三三一〇

こもりくの　泊瀬の国に　さよばひに　我が来れば　たな曇り　雪は降り来　さ曇り　雨は降り来　野つ鳥　雉は響む　家つ鳥　鶏も鳴く　さ夜は明け　この夜は明けぬ　入りてかつ寝む　この戸開かせ

①の『記』二番歌は、二～五番歌までの「神語」の中の冒頭の一首である。大国主神による八十神の追放、八上比売との結婚ののちにある「神語」は、八千矛神の恋の模様を語る。高志国の沼河比売のもとへ妻問いにやってきた八千矛神がうたう歌が『記』二番歌である。出雲から遠く離れた高志国に、賢く美しい女性がいると聞いて八千矛神はやってきた。沼河比売の眠る家の戸を押しゆさぶるが、中に入ることを許されぬうちに夜が明けて

しまう。類歌関係にある②の三三一〇番歌も、泊瀬の国に呼ばいに来た男がやはり共寝をしないうちに朝が訪れてしまったとあり、妻問いの初夜は共寝が果たされないという習俗があることを示している。『万葉集』巻十二には、「他国に　よばひに行きて　大刀が緒も　いまだ解かねば　夜そ明けにける」（二九〇六）という歌もあるので、このような妻問い歌の型の流布の可能性も考えられよう。詞章や歌の内容に共通性が見られる二首であるが、これらの歌を差異化するのは、散文の有無である。自明のことかもしれないが、『記』二番歌は歌によって物語の一端を担う。特に『記』の該当箇所には、歌に比して散文の分量が極端に少ないという特徴があり、大刀の緒も解かず、襲衣も脱ぐことなく、比売の家の戸をゆさぶるという八千矛神の妻問いの様子は、歌によって立ち現れてくるのである。『記』二番歌は、八千矛神の沼河比売への求婚を語る叙事の歌であるといえるだろう。「八千矛神」という固有名詞を含み、『記』の物語の進行を担うから、『記』との結びつきが強い歌である。

②の『万葉集』巻十三・三三一〇番歌は、三三一〇～三三一三番までの歌群の中の一首で、男女の妻問いに関する問答を歌うものである。『記』二番歌には散文による歌の背景の規定があったのに対して、万葉歌にはそれがない。つまり歌の表現からその内容を理解することが求められる。歌の冒頭に「こもりくの　泊瀬の国に」とあり、女の反歌の三三一三番歌が「川の瀬の　石踏み渡り　ぬばたまの　黒馬来る夜は　常にあらぬかも」と歌っていることから、男が川を越えて泊瀬の国にやってきたことが知られる。万葉歌の川を渡る表現は、異境へと行く行為であるという指摘があり[10]、古橋は当該歌と前掲二九〇六番歌を挙げて「他国への通い婚のうたは、神と神女の位置に男女を転移させるもの[11]」であると述べている。さらに、三三一三番歌の「黒馬」も万葉歌では限定的に使用されている。古代では黒馬が神馬として神聖視され、妻問い歌で「黒馬」がうたわれるのは、神の乗り物としてのイメージが付与されているからだと指摘されている[12]。また、三三一〇が「たな曇り　雪は降り来　さ曇り　雨は降り来」という天候の不順を歌うのは、それが妻問いをする男の苦労をあらわし、そのように歌うこ

とが女への愛情の深さにつながるためである。『記』二番歌にある出雲から高志の国への道のりの詞章も、八千矛神がたどった道であるということのみならず、遠方からの訪れを歌うことが沼河比売への愛情を示す表現となっている。このように、三三一〇番歌は、男を訪れる神、女を神女の関係に見立てる妻問い歌の類型を踏まえた歌であることがわかる。恋の歌の類型表現に則ってうたわれているため、歌の表現として普遍性を持つのだといえよう。

『記』二番歌、『万葉集』三三一〇番歌の類歌は、『紀』にも見られる。

③『紀』九六番歌

八島国　妻枕きかねて　春日の　春日の国に　麗し女を　有りと聞きて　宜し女を　有りと聞きて　真木さく　檜の板戸を　押し開き　我入り坐し　脚取り　端取りして　枕取り　端取りして　妹が手を　我に纏かしめ　我が手をば　妹に纏かしめ　真柝葛たたき交はり　鹿くしろ　熟睡寝し間に　庭つ鳥　鶏は鳴くなり　野つ鳥　雉は響む　愛しけくも　いまだ言はずて　明けにけり我妹

右は匂大兄皇子と春日皇女の唱和（『紀』九六・九七）のうち、匂大兄皇子が歌った歌である。前述の『記』・万葉の類歌との違いは、『記』と万葉歌が女との共寝を果たせなかったのに対して、『紀』は共寝に成功している点にある。益田はこれらの歌を比較して、『紀』では共寝が成功しているから「夜が明けたために望みが果たせなんだ、という「神話」のモチーフを守り抜こうとする古さが、もうない」というが[13]、モチーフの新旧ではなく、歌の表現の相違点を見てみたい。『記』の歌では、山→庭、雉→鶏と時間・空間的に朝の訪れの近さを感じさせる表現となっているのに対して、『紀』はその順番が逆になっている。これは朝の訪れを拒む心理のあらわれとされる[14]。また、夜が明けてしまったことへの感慨も、『紀』では「愛しけくも　いまだ言はずて」と、愛情を十分に言い尽くしていないうちに別れの時間が来てしまったことへと転換されている。土橋は、当該歌が『記』の歌詞を借用して繋ぎ合わせたことによりちぐはぐな点が目につくと言い、性愛も果たされているのに不満を述べるので欲張りな歌になっているというが、[15]飯泉健司はこの歌には『紀』の文脈に即した役割があるという。[16]応神・仁徳王朝最後の人物である春日皇女と、継体王朝最初の王子である勾大兄皇子との結婚は、旧王朝から新王朝への継承を意味する。しかしながら二人の間には子どもがいなかったので、皇女の薨去は前王朝の終焉とつながり、九六・九七番歌が別れを主題とするのもそれを示していると飯泉は指摘する。仮に歌を散文から切り離してみれば、「君が手枕　いまだ飽かなくに」（巻十一・二八〇七）のような、共寝を果たした後の朝が来る恨みを詠んだものと理解される。しかし、当該歌を『紀』の散文と合わせ読むことにより、モチーフの新旧を越えた歌の理解が可能となると言えよう。

『記』・『紀』、万葉の妻問いの歌で、共通の詞章を持つ三首についてみてきた。『記』・『紀』の歌謡は散文を持ち、歌も散文のように物語の進行を担っている。歌を『記』・『紀』から切り離してみるのではなく、『記』・『紀』を散文と歌によって構成されるものとして読む必要があるだろう。これに対して右に挙げた万葉和歌は、妻問いをめぐる男女の問答の歌群として独立している。『記』・『紀』のように散文の背景を持たないため、表現そのもののからの解釈が求められるが、類型表現を検討することによって歌を理解することができるのである。

おわりに

本稿では、歌謡と和歌のそれぞれの特徴、歌謡から和歌へと至る道筋はどのようなものかといった視点から、代表的な研究者の見解を取り上げてみた。歌謡と和歌の差異は共同体に依拠する度合いの差であり、歌謡の表現は歌を支えている共同体に閉じられる度合いが深く、逆に和歌は共同体から開かれるという性質を持つといえる。

最後に、今後の課題と展望を述べ、まとめとしたい。『記』・『紀』の成立に関する研究には、氏族伝承論という考え方が長く支持されてきた。氏族伝承論とは、『記』・『紀』に記載された各伝承は本来氏族が語り伝えてきた伝承を吸い上げたもので、それらが構成されることで『記』・『紀』が成立したという論である。右に挙げた土橋の研究も、その主眼は歌そのものの正体を探ることにあり、氏族伝承論の影響も確認できる。両者は『記』・『紀』の祖型となる伝承・歌を求めることに目的があるという点で一致する。土橋の研究手法は歌の実態を見出すという点で成果を得たが、「古代歌謡」と「記紀歌謡」とを同じレヴェルで考えていることに問題があった。我々は「古代歌謡」と「記紀歌謡」とを明確に差別化していかなければならない。古代に実際に歌われていた歌＝「古代歌謡」が、直ちに『記』・『紀』に記載された歌謡＝「記紀歌謡」になりうるのか。その表現に即してもう一度考える必要があるだろう。今残されているのは、『記』・『紀』の文脈の中に位置づけられた「記紀歌謡」である。歌と散文とを解離させることで見失いがちであった『記』・『紀』の文脈の理解を一層進めていかなければならないと思う。また、歌謡を歌う歌、和歌を読む歌と捉えた時に、『万葉集』は和歌集でありながら歌謡と見られる歌も記載している。はじめに述べたことと矛盾するようであるが、初期万葉歌など、『万葉集』には歌われていた歌も含まれている。これとは逆に、『記』・『紀』の中に「読歌」という歌曲名があり、読む行為を伴っていたと思われる歌があることからも、『記』・『紀』の歌を「歌謡」、『万葉集』の歌を「和歌」とする認定のしかたについても、引き続き考えていかなければならないだろう。

『記』・『紀』と『万葉集』は時代的にも重複しているから、『記』・『紀』から『万葉集』への道筋をつけることは簡単にはできない。結局のところ、歌一首一首に立ち返っていくしかないのだろうと思う。「古代歌謡」から「記紀歌謡」へ、「歌謡」から「和歌」へという大きな流れを追うと同時に、一首一首の個々の歌の表現を大切にする姿勢が求められているといえよう。

（1）『古今集』真名序に「和歌」、仮名序に「やまとうた」とあって、「からうた」と対応させていることから、平安期には「やまとうた」と「からうた」は対にあるものと考えられていたと思われる。さかのぼって記紀・万葉の時代はどうかと言うと、『万葉集』中に「和歌」の語が見えるが（巻一・十七番歌題詞など）、これらは「和ふる歌」である。漢詩に対応する日本の歌という意味での「やまとうた」は、管見では巻五・八七六～八七九の題詞「書殿餞酒日倭歌四首」にあるのみ。巻十七・三九六七の題詞にある「倭詩」もこれに加えてもいいかもしれないが、どちらにせよ時代は旅人や家持の頃であり、「からうた」に対する「やまとうた」の意識がどれほど通底していたのかは不明である。

（2）民謡（歌謡）叙情詩観については、土橋寛『古代歌謡論』第一章「古代歌謡研究の問題点」（三一書房、一九六〇年）や、曽倉岑「上代歌謡」（『上代文学研究事典』おうふう、一九九六年）を参照されたい。

（3）津田左右吉『文学に現はれたる我が国民思想の研究』洛陽堂、一九一六年

（4）土橋寛『古代歌謡論』三一書房、一九六〇年

（5）高木市之助「古代民謡史論」『吉野の鮎―記紀万葉雑攷―』岩波書店、一九四一年

（6）益田勝実「歌謡の諸相」『日本文学全史　上代』学燈社、一九七八年

（7）鈴木日出男「解題」『益田勝実の仕事3』筑摩書房、二〇〇六年

（8）土橋寛『古代歌謡の世界』塙書房、一九六八年

（9）益田勝実『記紀歌謡』筑摩書房、一九七二年

（10）大久間喜一郎「川を渡る女―但馬皇女をめぐって―」『古代文学の構想』武蔵野書院、一九七一年。初出は『国学院雑誌』六八―九、一九六七年十月

（11）古橋信孝『万葉集を読みなおす』NHKブックス、一九八五年

（12）居駒永幸「ぬばたまの黒馬の来る夜は―万葉恋歌における妻訪い歌の発想―」『明治大学教養論集』二二三、一九八九年三月

（13）（9）に同じ。
（14）大久間喜一郎・居駒永幸編『日本書紀【歌】全注釈』笠間書院、二〇〇八年
（15）土橋寛『古代歌謡全注釈　日本書紀編』角川書店、一九七八年
（16）（14）に同じ。

参考文献

居駒永幸『古代の歌と叙事文芸史』笠間書院、二〇〇三年

「民謡」研究史

坂根　誠

はじめに

『日本国語大辞典』第一版（日本国語大辞典刊行会、一九七二年）によれば、「民謡」は、

① 庶民の間に歌われる歌

② 民衆の、共同体による労働・儀礼などの集団の場において、そこに参加した共同体の成員の間から生まれ歌われる歌。農村の田植歌・米搗歌・麦搗歌・草取歌・茶摘歌・機織歌・馬子歌や漁村の舟歌・大漁節や新築・婚礼・長寿を祝う祝賀歌や神事・祭礼などに歌うものなどがある。広義には、遊女などの歌舞芸能を専門とする者の作った芸能、流行歌謡、さらに明治以後の詩人などによって創作されたものをも含めていう。

とされる。ここでの「民謡」は、共同体における成員の間から生まれ歌われる歌というあり方とともに、広義なあり方としての芸能・流行歌謡・明治以後の詩人による創作（＝新民謡）が示されている。本項では、狭義・広義の「民謡」がどの様な過程で規定されてきたかという点と、その古代歌謡研究における適用について考察する。

一　近代以前

日本における「民謡」の語の初出は、『三代実録』元慶四年（八八〇）五月二十三日条の、

廿三日丙子。授二肥後守従五位上藤原朝臣房雄正五位下一。先レ是、西国流言、新羅凶賊将二入侵寇一。朝議以二左近衛少将坂上大宿祢瀧守一、兼二任大宰少弐一。向レ彼之日、賜二随身近衛一有レ数。瀧守少弐秩満、仍以二房雄代一レ之。到レ府之後、流聞不レ整、随身近衛多致二陵暴一。其魁首左近衛采女益継、狡猾尤甚。房雄殺レ之、警候不レ厳、民謡間発。故遷二房雄於肥後守一、罷二其少弐之職一。今之進レ階、慰二其意一也。

とされる。新羅から賊が侵入してくるという西国の「流言」を取り締まる際に、藤原房雄が、益継を殺したところ、「民謡間発」とあり、房雄への反感から、その施政を批判するような内容の、童謡的な歌が民の間に広まったと解されている。

品田悦一（『万葉集の発明　国民国家と文化装置としての古典』新曜社、二〇〇一年）によれば、漢語としての「民謡」は、「中国古代の政治倫理思想と結びついた語」であるとされ、最古の例は『佩文韻府』（一七一一）に載る劉孝威（四九六～五四九）の詩「三日侍二皇太子宴一」であり、「楽飲盛二民謡一」と、宴席において民の歌が歌われたとある。

二　明治期

いわゆる民間の歌とされるものに対する呼称は、明治中期までにおいて風俗歌・俚歌・俗謡・巷謡などが一般

的であった。現代の用法に繋がる「民謡」は、Volkslieder（独語）またはFolk-Song（英語）の訳語として、明治二〇～三〇年代頃から用い始められた。その初出に関しては諸説あり、

①森鷗外『国民之友』一三五号　明治二四年（一八九一）
②森鷗外『しからみ草子』三五号　明治二五年（一八九二）
③森鷗外「観潮楼雑記」『かげ草』　明治三〇年（一八九七）
④小泉八雲（Lafcadio Hearn）『Glimpses of Unfamiliar Japan』（知られぬ日本の面影）　明治二七年（一八九四）
⑤小泉八雲（Lafcadio Hearn）「Old Japanese Songs」『shadowing』（影）　明治三三年（一九〇〇）

などが指摘されている。①は町田嘉章（佳声）（『日本民謡集』岩波書店、一九六〇年）の指摘、②は品田悦一の指摘だが、どちらもグスタフ・マイエル（G.meyer）の集めた「Griechsche Volkslieder」を「希臘の民謡」として鴎外が紹介する記事である。また、③は長井白湄の指摘であり、南欧と北欧の民俗音楽の比較を述べた鷗外の著書に、「Volkslieder」を「民謡」と訳した例が見られるとしている。鷗外は、ドイツの美学書の抄訳である明治三二年（一八九九）の『審美綱領』、明治三四年（一九〇一）の『審美極致論』においても「民謡」の語を用いているが、品田によれば、鷗外は「「民謡」の価値を称揚するたぐいの言説は一度も公にしたことがない。……この時点では試訳の域にとどまっていた」とされる。

「民謡」の初出を、鷗外の訳語にもとめる理解が一般的であるなか、市島春城は、盆踊唄や越後・紀伊・陸奥などの地方唄の歌詞を収録した④⑤を挙げ、小泉八雲の啓発が日本の民謡研究の端緒であるとするが（『回顧録　春城談叢　市島春城随筆集　第一一巻』クレス出版、一九九六年）、小泉八雲が「民謡」を訳語として用いたとする確証はない。

この後、鴎外に私淑した上田敏らによって、『帝国文学』誌上で多くの「民謡」に関する論考が行われ、明治二八～四〇年（一八九五～一九〇七）の期間に、計一五本の論考が提示される。特に、上田は、

一体、私は我邦音楽界の急務として、なるべく早く実行したいと思ふ事業がある。それは民謡の蒐集である。文明の普及と共に、山間僻地も自ら都会の俗悪なる諸分子を吸収して、醇朴なる気風の消滅すると共に、古来より歌ひ伝へたる民謡も全然滅亡しそうであるから……（「楽話」『帝国文学』一〇巻一冊、一九〇四年）

として、積極的に「民謡」の語を用いて論考を行った。品田は、上田を中心とする「民謡」の使用とその論考は、国民文学運動における「俗謡」に対する反省から生じたものとする。

品田によれば、明治中期における国民文学運動において、Volkslieder（独語）の訳語として「俗謡」を用いた結果、

日本の「俗謡」にあたるものは何かという基本的反省を欠いたまま、とにかくそれは国民性の精粋であり、よいものなのだという調子で論を進めた。彼らはこの観念的見地から、新体詩に新風を吹き込むべきことを提唱し、「俗謡」の天真爛漫な内容や自然な表現に学んでこの要求に応えよ、と繰り返し主張した。

とされる。

しかし「俗謡」の語のもつ「俗（＝卑俗）」の語義が、「農・漁村の伝承歌謡（盆唄・田唄など）よりも、都市の流行歌や花柳界の歌（端歌・都々逸など）のイメージ」と結びつき易く、都々逸調の新体詩の制作などを重視する立場は、「時に世間の顰蹙を買うことさえあった」とされ、上田を中心とする「民謡」の訳語を提示する立場は、このような「俗謡」に相対するかたちで、「農村・漁村の労働歌などの自然発生的な歌謡（と見なされるもの）」に「民謡」論の基点、国民音楽を大成するための基礎を置いた点で注目されるのである。即ち、上田の言う「民謡」は、単なる「庶民の歌謡」というものではなく、「印度楽高麗楽」などの外来文化の影響を受けることのなかった、「日本民族が特殊」の歌謡というものを指向するものであると言えよう。

上田とともに『帝国文学』誌上で「民謡」についての考察を行った志田義秀も、同様の見地に立つと考えられ

る（「日本民謡概論」『帝国文学』一二巻二・三・五・九冊、明治三九年（一九〇六）二・三・五・九月）。志田は、Kunst-poesie（芸術詩・技術詩）に対するVolks-poesie（民謡）という観点から論じ、国民文化の精粋されたものとしての「民間の俗謡」「地方唄」を規定している。

一方で、独語の言語のままVolksliederを用いる明治四二年（一九〇九）の東京音楽学校編『中等唱歌』、「地方の俚歌《イナカウタ》、流行歌」とする明治四三年（一九一〇）の北村季晴編『中等音楽教科書』（巻四）、Volksliedの訳語として「民歌」「国風歌」を用いる明治四五年（一九一二）の田村虎蔵編『教科書統合女学唱歌』、大正三年（一九一四）文部省文芸委員会編集の『俚謡集』などを見る限り、一般社会においては未だ「民謡」の語が定着しているとは言えず、昭和期を待たねばならない。

三　大正期

大正期に入っても晩年の上田による『小唄』（阿蘭陀書房、大正四年（一九一五））など、明治期からの論考の継続が見られる一方、高野辰之は、『日本民謡の研究』（春秋社、大正一三年（一九二四））の中で、「民謡」の中に神楽歌・催馬楽・今様・近世の流行歌・都々逸・ラッパ節・三味線の唱歌までも含める、広義の「民謡」の概念を示した。これは翌年に上梓された児山信一の『日本詩歌の大系』（至文館、大正一四年（一九二五））にもみられる立場であり、以後、「民謡」の概念の規定、特にその範囲が大きな論点として存することとなる。

右の様な広義の「民謡」の概念規定が用いられる一つの背景として、大正後半から昭和初期にかけての「新民謡運動」が挙げられる。竹内勉（『民謡 その発生と変遷』角川書店、一九八一年）によれば、「新民謡運動」の発端は、群馬県富岡市と長野県須坂市の工場であり、女性工員が卑猥な唄を口ずさみながら仕事を行っていることが、風紀上良くないという点から、富岡では作詞北原白秋・作曲弘田竜太郎で大正一〇年（一九二一）に、須坂では作詞野口雨情・作曲中山晋平で大正一二年（一九二三）にそれぞれ発表された小唄であるとされる。後者の「須坂小唄」は全国的な流行歌となり、以後、全国で「新民謡運動」が盛んとなる。

これらの全国的な運動によって生じた小唄に対して「新民謡」という呼称が用いられるわけだが、竹内は「新民謡」を、それまでの「民謡」に対するものとしての「新民謡」ととらえず、明治維新以後の西洋文化の流入に対する批判的な立場から生じた、日本文化の見直しという意味での「新民謡」であり、大正デモクラシーの生み出した民衆歌謡であるとしている。このように拡大していく「民謡」の枠組みに対するかたちであらわれるのが柳田國男を端緒とする、民俗学的な「民謡」の考察であろう。

四　昭和期

柳田は大正一三年頃から昭和一五年（一九四〇）において二五本以上の論考を行っており、昭和四年（一九二九）刊の『民謡の今と昔』（地平社書房）と、昭和一五年（一九四〇）刊の『民謡覚書』（創元社）がその論考の中心である。柳田は『民謡の今と昔』の中で、「民謡」という用語を用いる理由として、

現在地方の歌いものの中には、土に根をさして成長しなかったものが雑然として来たり加わっている。それを選分けて祖先の心情を尋ねてみようとする場合に、古くからあるもの、住民がみずから作ったものに、何か限られた名前がなくてはならぬ。

と述べたうえで、「民謡」を「平民のみずから作り、みずから歌っている歌」と定義している。先述の「新民謡」の創作運動の流行に関しては、

同じ文字を以て自作の詩に名づける人もあるようだが、それは我々のどうしようもないことである。もしこの全然別個のものを、誰かが混同するような懸念があるなら、こちらは民歌とでも改めた方がよいかもしれぬ

と「民謡」の概念の混同という懸念を示しているが、後に、『民謡覚書』の中で、

最初に「民謡」の範囲をきめることに、我々はちよつと苦労した。当世の詞客が筆を念して、作り出す麗篇にも亦同じ名を与へて居たからである。しかしそれも今は過去になつた。あれはただ民謡風の新体詩だと我々が言つたので、問題は片づいてしまうた。

と述懐している。

仲井幸二郎によると、柳田の定義した民俗学的な「民謡」とは、「集団感覚をもった、個性に乏しい唄」であり、そのゆえに、

民謡は民俗学の対象たり得るわけであり、それを通して日本人の意識の底にあった生活意識をつきつめてゆくことが可能である。民謡を通して、日本人の類型的な集団感覚をとらえることができるわけだ。

と理解されている（『芸謡の周辺2 折口信夫全集ノート編 編集余話（14）』一九七二年）。

柳田は、以上の「集団感覚」という観点から、歌われる場所・目的による分類を行った。これは高木市之助（『吉野の鮎』岩波書店、昭和一六年（一九四一））の民謡の定義――社会性・歌謡性・素朴性――にも見られるものであり、この「集団感覚」「社会性」という性質が、「民謡」の本質的性質の一つとして捉えられるようになる。

この「集団感覚」「社会性」を、「第一創作者の意識」の「民族意識」の中への融合という観点から捉えるとともに、その「民族意識」の中に見える「個人の芽生え」に価値を見出そうとした土屋文明の指摘（「短歌における文學遺産の問題――主として萬葉集に關して――」『文学』一九巻一一号、昭和二六年（一九五一））もあるが、以後の「民謡」

の理解の中心となるのは、柳田の指摘を踏まえ、歌われる場における主客の未分化という「民謡」の「社会性」についての有り様を提示した土橋寛の論考であろう。

土橋寛は、『古代歌謡論』（三一書房、昭和四六年（一九七一））において「民謡」を次のような性質をもつものとして定義した。

（1）歌の場の集団性
（2）歌い手と聞き手との未分化、ないし平等関係
（3）儀式歌と雑歌による集団的構成
（4）歌の目的ないし機能の現実性、功利性（儀式歌の呪術性、雑歌の行動指示性と社交性）
（5）素材に対する客観的、批判的態度
（6）場への依存性と即境的発想法

また土橋は、「民謡」を広義の抒情詩として捉えるが、主客の分化、心情の強調、歌の場からの独立などによって、より狭義の叙情詩に変質していくとし、『万葉集』防人歌や個人の心情があらわれていると見られる記紀歌謡に、「民謡」から狭義の抒情詩への変質過程を見ている。

以上の、柳田の「民謡」の分類を古代歌謡研究にもちいる土橋の特長は、その「民謡」の枠組みをより限定的に用いている点にあろう。『万葉集』東歌の研究から、「民謡」の定義を行った水島義治は、『萬葉集東歌の研究』（笠間書院、昭和五九年（一九八四））において、土橋の「民謡」の定義を「完璧に近いもの」と述べながらも、民俗学的な「民謡」の定義における、

　俚謡（労働および祝事に際する歌）
　踊唄（神事に際する踊りを伴う歌）

わらべ唄（口承によって伝えられた作者不明の歌）のうち、「俚謡」のみを「民謡」の定義に用いているという古代歌謡研究における問題点を指摘している。そのうえで、「民謡」の「民衆性（社会性）」とともに、「歌唱性」を重視する定義を行った。水島は東歌においては「歌唱性」が見られない点を指摘し、

歌唱性（歌謡性）と民衆性（集団性）は相即不離の関係にあるもので、歌唱性が認められない限り民衆性は認められないし、民衆性が認められないところには歌唱性は存しないのである。

と述べ、東歌を「民謡的であるとは言い得ても民謡であるとは決して言えない」としている。

一方、柳田よりはじまる「集団性」ないし「社会性」を重視する民俗学的な「民謡」の定義に、「芸謡」という点から、新たな分類を試みたのが折口信夫である。柳田の分類における問題点として指摘されるものは、先述の「新民謡」を民謡の枠から排するという意識による点からか、三味線奏者などの芸能者の手がはいったものを「民謡」の定義に含めないという点である。仲井幸二郎は前掲論文で、

われわれが、地域的な民謡として、庶民の生活に深いつながりを持つと感じているような唄にも、その変遷の途次に、芸能者の手の加わっているものが多いことは、いうまでもなかろう。芸能者によって芸能の唄として取り上げられたものが、また庶民の唄として定着を示したというものも、あり得たのである。

としているが、この芸能者によって生じる歌を、「芸謡」と定義し、「民謡」の分類に含めた端緒が折口である。

折口は大正一五年（一九二六）六月の信州南安曇郡教育委員会における講義（「室町時代の文学」）で、「芸謡」の語初めて用いたとされる（『折口信夫全集 一二巻（国文学篇 第六）』中央公論、一九五五年所収）。折口は、中世・近世の歌謡を「芸謡」と捉え、「芸謡」ではない「民謡」が世に残っていくことはないと指摘したうえで、（「民謡」に「芸謡」を含めなければ）芸術或は芸能的要素を多くもった民謡、つまり芸謡に属するものなどは、

其が如何に、民謡的でありましても、民謡の中に入れる事が出来ない。さういふ事も起こってくるのです

（『折口信夫全集　ノート編　第六巻』中央公論、一九七二年）

と述べ、「民謡」の定義における「芸謡」の意義を述べている。

仲井幸二郎は、「民謡」から「芸謡」、「芸謡」から「民謡」への変遷をみることが出来る諸例を踏まえ、変容の実態にふれてみたとき、何をもって民謡と定義するかに疑問と不安を感じさせられるのである。つまりは、現在の民謡はそのほとんどすべてが、その伝承途上において、何らかの形において芸謡化して、今日に存在しているということができると思われる。……近世以前にもその傾向はあったと考えられるが、ことに近世末期から明治・大正のころにかけて、一地域の民謡がその地域以外の人たちを意識してきたとき、芸謡化がはじまった曲目も多い。

とし、素朴な「民謡」から「芸謡」化という方向性だけでなく、「芸謡」から「民謡」が生じてくる過程を示した点で、折口の指摘する「芸謡」を含めた「民謡」の定義を評価している。

先述の土橋には、「民謡」と「芸謡」を明確に区別しながらも、「歌謡」という大きな枠組みによって折口の指摘を踏まえようとする意図をみることができる。

五　公共放送と刊行物

「民謡」という語が一般に用いられる以前は、これに代わる語として「俚謡」が用いられていたと考えられている。NHKの前身である東京放送局が「俚謡番組」を放送したのが大正一四年（一九二五）七月二〇日であり、この番組は昭和二二年（一九四七）七月三日まで続くこととなる。NHKが「民謡の時間」という番組の放送を

開始したのが、同年の七月七日のことであり、ＮＨＫにおいてはこの時より「民謡」を一般的名称として用いたと考えられる。

明治以降における「民謡」を集録した刊行物の始めは、明治三一年（一八九八）の大和田建樹編『日本歌謡類従 下巻』（博文館）であり、「地方唄」として地方から集めた唄を集録したものである。次いで明治四〇年（一九〇七）の前田林外編『日本民謡全集』（本郷書院）、明治四二年（一九〇九）の橋本繁編『日本民謡大全』（春陽堂）であり、これらが書名に「民謡」を用いた初期の刊本であるとされる。

土地の唄の収集は文部省にいても企画され、高野辰之の指導のもと、大正三年（一九一四）に『俚謡集』（三一書房）、翌年には『俚謡集拾遺』（六合館）が出版される。

大正末期から昭和初期における刊行物は、大正一一年（一九二二）の松本芳夫編『熊野民謡集』（郷土研究社）や、大正一三年（一九二四）の早川孝太郎編『能美郡民謡集』（郷土研究社）などや、昭和六年（一九三一）の広島高師付属小学校音楽研究室による『日本童謡民謡曲集』（柳原出版）、昭和一〇年（一九三五）の『続日本童謡民謡曲集』（柳原出版）、ＮＨＫの援助によって昭和一七〜三〇年（一九四八〜一九五五）に刊行された『東北の民謡（東北民謡集）』（日本放送出版協会）などが挙げられ、多く「民謡」の語を用いている。

おわりに

竹内勉によれば、「民謡」が一般に定着するのは、昭和二三年（一九四八）以後のことであるとされる。この概念の成立には、品田悦一の指摘する、上田敏や志田義秀らの国民文学運動における『万葉集』の国民歌集化が大きな役割を果たしていると考えられる。その一方で、大正後半から昭和にかけておこった北原白秋らの新民謡運動、それに対する形で成立する、柳田による民俗学的な「民謡」の分析と、それを受けた土橋らの研究も注目される。また、一般社会においては、大正末から昭和初期における「民謡」に関する刊行物、「新民謡」の普及、さらにNHKにおける「民謡の時間」の番組放送開始などが、「民謡」の語の普及に大きな役割を果たしていたと考える。

「民謡」は、明治期において、日本における詩歌の基礎を確立するにあり得べきものとしてつくられてきた枠組みとしてみることができる。また、「新民謡運動」に対するかたちではじまる柳田による民謡の定義や、土橋による古代歌謡における適用は、「民謡」の定義を厳密化したが、その過程においてより狭義なものへと定義されてきたという変遷もみることができた。

さらに水島の、「歌唱性」を「民謡」の本質的要素の一つとし、東歌を「民謡」ではなく「民謡的性質」をもつ歌であるとする指摘を鑑みると、「民謡」の概念の曖昧さが、その古代歌謡研究における適用を困難にしているとみることができる。

特に、水島の指摘する東歌は、全て定型の短歌体となっている点、東国各地にまたがる類歌の存在など、その編纂の過程も含め、中央官人の関わりをぬきに、その性質を検討することが困難であろう。また、土屋・土橋が用いる、個人の抒情歌と「民謡」という対比関係も、西洋詩学における抒情歌の概念と、日本におけるそれとの差異への理解無くしては成立しない。これらの問題が、古代歌謡における「民謡」という概念自体に疑義を投げかけているのは事実であろう。

近代化の過程における国民文学運動において創り出されてきた「民謡」の概念は、そこに日本古来の特殊性の存する「地方」を想定するという点で、一つの幻想としての概念であるとも言える。また、古代歌謡を「民謡」という枠組みで理解する際には、中央と地方の相対化における、地方の歌を総体的に示す「民謡」という概念は想定し難いという点に留意する必要があろう。今まで「民謡」的であると理解されてきた古代歌謡を、その流動性や類同性、方言の使用などを含む地方性といった個別の性質の問題として論じることが求められていると考えられる。

「童謡」研究史

関口一十三

一　童謡《ワザウタ》とは

古代歌謡に、童謡《ワザウタ》と呼ばれる一連の歌謡群がある。それらは現代の子ども向けの歌としての童謡《どうよう》とは異なり、未来を予兆し、あるいは政治的事件を諷刺する。

「童謡」は、もともと中国史書に見られるもので、『春秋左氏伝』に初めて見られる。中国史書には王朝交代に際してしばしば政治的風刺の要素を持つ歌が広まったことが記されており、「童謡」はその中でも特に児童の間で流行したものを指す。

しかし日本では、児童の歌に限らず、民衆の間で流行し広く歌われた風刺の歌謡で事件が起きる前兆とされたものを「童謡」あるいは「謡歌」と記し、ワザウタと訓じている。ワザウタという訓は、『日本書紀』古訓に依るが、平安前期に編纂されたとされる現存最古の漢和辞典『新撰字鏡』にも、「童謡」を「謡独歌ナリ。又徒歌ヲ謡ト為ス、是ナリ。和佐宇太。」とある。また、平安後期成立の漢和字書『類従名義抄』は「謳」「倡」もワザウタと訓んでいる。

一般に童謡《ワザウタ》というと、『日本書紀』の「童謡」「謡歌」を指すことが多いが、『古事記』『日本霊異記』等にも、予兆の歌という点で童謡《ワザウタ》の類と言える歌を見ることができる。それらを簡単に整理したものが左である。

◆「童謡」と表記する歌（十一首）

『日本書紀』　七首　皇極二年十月十二日、斉明六年是歳、天智九年五月、天智十年正月是月、天智十年十二月十一日（三首）
『続日本紀』　一首　光仁即位前紀
『日本後紀』　一首　大同元年四月七日
『続日本後紀』　一首　承和九年八月十三日
『日本三代実録』　一首　清和即位前紀

◆「謡歌」と表記する歌（三首）

『日本書紀』　皇極三年六月（三首）

◆その他、童謡《ワザウタ》の類とみられる歌

『古事記』　神武記、崇神記
『日本書紀』　崇神紀十年九月、皇極三年六月三日
『日本霊異記』　中巻三十三縁、下巻三八縁　など

本稿では「謡歌」と表記する歌や童謡《ワザウタ》の類とみられる歌に関する研究も含めて述べるため、表記をワザウタという訓で統一することとする。

二　研究史の流れ

戦後〜一九五〇年代

戦後のワザウタ研究の嚆矢は、管見の限りでは、小島憲之「書記述作の一面」（一九五一年）である。『日本書紀』に見られるワザウタが、未来を予兆する歌、あるいは政治的事件を諷刺する歌であること、そしてそれが中国史書の五行志に由来するものであるという我々のワザウタに関する了解の基礎は、この時点ですでに述べられている（この論文を含む小島の研究は、一九六二年に『上代日本文学と中国文学――出典論を中心とする比較文学的考察――』上中下巻としてまとめられた）。

小島の論文を皮切りとして、一九五〇年代、ワザウタに関してさまざまな論考が発表された。これは、記紀歌謡研究の隆盛と軌を一にするものだが、その意味で象徴的なのは、井出淳二郎「ことわざ」「わざうた」語義考」（一九五二年）である。

コトワザとワザウタの語義に関しては、古くは本居宣長が以下のように述べている。

和邪は、童謡、禍、俳優などの和邪と同くて、今の世にも、神死人霊などの祟るを、物の和邪と云是なり。（中略）かくて何事にまれ、人の口を仮て、神の歌はせたまふを和邪歌と云、言せたまふを言和邪とは云なり。（『古事記伝』巻十三）

ワザウタのワザを禍《ワザハヒ》・俳優《ワザオギ》等のワザと同根と解したものあるが、井出はこれに対し「しかし、なぜ同じ意味になるのか明らかに説明を加へた人はゐないやうに思ふ」として論考を試みたのである。

井出はまず、『日本書紀』の訓読の中からワザ、あるいはシワザと訓んでいる文字を拾い出して整理した。その結果、諺及び謡の字義に適した意は「俗」であるとした上で、

謡は肉声の歌、巷間に謡はれる徒歌で、俚謡・俗謡と云はれるものを特に「わざうた」と云う。素より作者の誰であるかわからないものである。（中略）従来しめっぽく呪術系統の文学として永く取り扱はれてゐた「ことわざ」「わざうた」が予の云ふが如くであるならば、それ自身はまことに明朗なものであって、諷刺とか凶兆とか云ふのはあとから因縁づけたものであると云ふべきである。（中略）書紀の場合では、民謡や恋歌が五行志風に童謡の名で記されただけであって、童謡そのものが民謡であり恋歌であったと解してよいと予は考へてゐる。述作者によってそれが採択されたものであって、童謡が特殊の文学であると考へる必要はない。童謡へ転換したのではなくて童謡がそのままの姿で記録されたと見てよいと思ふ。（中略）要するに予はその語義から見て「ことわざ」「わざうた」は、その本質において俗諺・俚諺そのものであると云ひたいのである。

（井出淳二郎「「ことわざ」「わざうた」語義考」）

とした。

ワザウタを「その本質において俗諺・俚諺そのもの」とする井出のような見解は、歌謡を記紀の説話から切り離して論じようとする当時の記紀歌謡研究の流れと方向性を同じくするものであった。

一九六〇年代

一九六二年に出版された相磯禎三『記紀歌謡全註解』は、書紀一〇七のワザウタの考説として、「元来、諷刺は上代人が好んで為したところであるから、我我はかかる付会的説明に患わされることなく、一度は説明と切り

離して、純粋の歌謡として眺めなくてはならない」と述べている。これは、戦後から五〇年代にかけて盛んになされた、歌謡を所伝から切り離そうという研究の流れを受けたものといえよう。

こうした時代の流れに対し、ワザウタとは「その歌謡のもとの性格の如何に拘わらず、述作者の解と結ばれてここに『童謡』の性格を帯びる」ものであると述べたのが、小島憲之である。

「歌謡そのままと歌謡ばなれ」（所伝と結ばれたままに解することと所伝を離れて解すること）の態度は二つとも存在すべき学的態度であり、その判定は現代の我々が何れかに左袒するほど容易ではない。つまり所伝と結ばれてゐた本来の「童謡」と、民謡などを借用して新しく所伝の中に挿入した「童謡」（編纂者の作為による述作と云へる）とがあり、その区別は判定しにくい。しかし、日本書紀に重なって童謡が多いことは、むしろ後者の場合が多かったのではなからうか。日本書紀の童謡は、中国史書のそれとは必ずしも一致しない。しかし史書の童謡記載の方法（童謡を注解する方法）は、そのまま日本書紀の方法につながる。即ち史書の方法をまねた点に、日本書紀の童謡の位置づけが考へられる。このやうな「あてはめ」（adaptation）は上代人の文学表現の一つの大きな傾向であって、これによって童謡が記載物として運良くも残ったわけである。学問的には勿論、「歌謡ばなれ」も必要である。しかし同時に、上述述作物の中にみられる歌謡（童謡なども含めて）の考察に於ては、「歌謡そのまま」の態度も捨て去るべきではない。これは述作者の表現意図に通ずる。

（『上代日本文学と中国文学』、上、第三篇第六章㈢童謡、一九六二年）

小島は歌謡を記紀の説話から切り離すこと（「歌謡ばなれ」）の必要性を認めたうえで、説話と結ばれたままで解する（「歌謡そのまま」）という方法の有用性も主張した。「歌謡ばなれ」により本文叙述から分離させた歌謡自体を比較検討することができるようになり、それは歌謡学の体系化を進めたが、一方で、当時の歌謡研究は本文との史的関連の分析が手薄になっていた。小島の「『歌謡そのまま』の態度も捨て去るべきではない」という提言は、古代歌謡研究全体に大きな影響を与えた。

また、古代歌謡研究史を語るにあたり、小島とともに欠かせない人物に、土橋寛がいる。土橋が六十年代後半にまとめた『古代歌謡の世界』（一九六八年）では、以下のように述べられている。

ワザウタは歌を聞いて将来に起こるべき出来事を予知する卜占ではありえないのであって、何らかの具体的な事件が起こった後に、その前に歌われていた歌謡をそれに結びつけて、事変を予言した歌であったと解釈した時、はじめて前兆の歌となるのである。つまり、ワザウタは、事変後の解釈によって発見された予言の歌であり、いわば逆立ちした前兆の歌である。書紀ではそのようにして「発見された予言」の歌を、予言の歌として作られたものであるかのように記述しているのであるが、そのような記述が、歌による予言の「信仰」（事実ではない）に基づくことは、いうまでもない。

（『古代歌謡の世界』、第四章、一　童謡・謡歌と時人の歌、一九六八年）

土橋はワザウタを「事変後の解釈によって発見された予言の歌」と考えることにより、歌謡をいったん独立歌謡と認知した上で、もう一度所伝のうちに位置づけ直すことに成功した。これにより、歌謡から書紀の述作者の表現意図の分析が可能になったのである。この方法は、ワザウタだけでなく、記紀研究の方法論史においても非常に画期的なものであった。

一九七〇年代

七〇年代には、ワザウタ関連の論文こそほとんど見られないものの、戦後～六〇年代の研究成果を受け、歌謡の注釈書が立て続けに出版された。

土橋寛『古代歌謡全注釈　古事記編』角川書店、一九七二年

益田勝実『記紀歌謡』日本詩人選、筑摩書房、一九七二年
山路平四郎『記紀歌謡評釈』東京堂出版、一九七三年
土橋寛、池田弥三郎編『歌謡Ⅰ』鑑賞日本古典文学、角川書店、一九七五年
土橋寛『古代歌謡全注釈 日本書紀編』角川書店、一九七六年

これ以前に出されていた注釈書は左の四冊のみで、七〇年代だけでその数を超す。

武田祐吉『記紀歌謡集全講』明治書院　一九五六年
土橋寛、小西甚一校注『古代歌謡集』日本古典文学大系、岩波書店、一九五七年
相磯禎三『記紀歌謡全註解』有精堂、一九六二年
高木市之助校注『上代歌謡集』日本古典全書、朝日新聞社、一九六七年

戦後から六〇年代にかけてというのは、ワザウタ論も含め、戦後からの歌謡研究の基礎が生成された時期であったが、七〇年代はそれらの研究が注釈書という形で一つの結実をみたといえる。以降、歌謡研究は各論的研究に移行し、歌謡全体を見据えた注釈書の出版は、二〇〇八年の大久間喜一郎、居駒永幸編『日本書紀〔歌〕全注釈』の登場を待つことになる。

一九八〇年代

八〇年代以降、歌謡研究は各論的研究に移行するが、同時に、ワザウタ研究もここで一つの転換を迎える。記紀歌謡以外のワザウタ研究の出現である。

記紀歌謡以外のワザウタに関しては、早くは戸谷高明の論考（「続日本紀以後の童謡」『国文学研究』一二号、一九五五年八月）があるが、ほとんど顧みられることがなかった。それが八〇年代になり、宮岡薫（「「続日本紀」童謡の表現

について」『甲南大学紀要　文学編』四〇号、一九八〇年。「「日本後紀」の童謡」『甲南大学紀要　文学編』四四号、一九八一年、など）や、今井昌子（「「日本霊異記」ワザウタ考――引用の方法」『日本文学』三一巻五号、一九八二年五月）など、記紀歌謡以外のワザウタや、ワザウタの類と見られる歌にまで研究の裾野が広がっていったのである。

一方、ワザウタとはそもそも何か、という根源の疑問に立ち戻った論文が再び見られるようになる。益田勝実「詩妖の思想――ワザウタ語源考」（『日本文学誌要』二三号、一九八〇年二月）は、中国の五行志に見られる「詩妖」という思想に着目し、「詩妖」を日本語に移したものがワザウタだとした。そして、「妖」は災いの未然の前兆的なものとしたうえで、

> 「詩妖」をウタワザと直訳せずに、ワザウタとよむのは、日本の方に「妖」というような抽象概念が確立していないことにもよるだろう。（中略）「童謡」の中国の史書でのありかたは、業《わざ》（行）のウタによりも、妖《あや》（怪）しのウタ・不吉のウタのほうに近い。（中略）中国の史書で、このように「謡」（『後漢書』）あるいは「詩妖」（『宋書』『晋書』）としてまとめられている妖災の大部分が「童謡曰」であるとすると、それらに接しつつ、童謡＝詩妖の観念が日本で固定していき、童謡＝ワザウタ＝詩妖の関係を経て、「童謡《ワザウタ》」の意訓が出現するのも自然のなりゆきといえよう。裏返しにいえば、「詩妖」の思想を媒介として、「童謡《ワザウタ》」の意訓がはじめてありうる。（「詩妖の思想――ワザウタ語源考」）

と述べている。

ワザウタという意訓については、井出のワザ＝習俗説をはじめとして様々な論考があったが、基本的にはワザという和訓から考えようとするものであった。それに対し益田は、中国の史書における「童謡」のありかたから「詩妖」という概念を導き出し、ワザウタという意訓をもう一度考え直そうとしたのである。

この「詩妖」という概念に触れている研究はほとんどないようだが、七〇年代で歌謡研究の基盤が一通り完成

した後に、再びこのような根源に立ち返る論考が出てきたことは、当時、歌謡研究のみならず、全体として発生論に関する研究意識が高まっていたことと連動している。

古橋信孝がワザウタを「浮遊する謡」とし、人びとの「不安の表現」と説明した（『日本文芸史』第一巻、河出書房新社、一九八六年）のも、その流れの中にあるといえるだろう。

古代国家の成立は、村落の側に秩序に位置づけきれないもの、秩序の外に余されるものを見出した。童謡とは国家にも村落共同体にも帰属できないものが謡として浮遊する姿であった。それは、謡自体が始原的にもつ呪力（非日常世界に転移させる力）ゆえ、不可解な妖しさを秘めて国家と村落の間をまさに浮遊した。もちろんそれは、人びとの心の、村落共同体的なものと国家的なものとの分離による不安の表現であった。

（『日本文芸史』第一巻［古代Ⅰ］、第一節　歌謡、Ⅱ　浮遊する謡）

古橋編の本書は、村落共同体という概念を立てることによって、古代文芸の表現の流れを把握していったのだが、それは古代文芸を始源から問う方法であった。

また、同じようにワザウタを社会の側から見たものとして、多田一臣の論考（『古代国家の文学　日本霊異記とその周辺』、三弥井書店、一九八八年）がある。多田は、

つまるところわざうたは一定の社会状況の中から必然的に生み出されたものであった。隠れた神の意志の顕現というその本来的意味が、単に事件の前兆、予兆を示すのみならず、批判・諷刺といった形で一種の政治性と結び合わされたことも、また必然であった。わざうたは、決して宮廷の史官や時の有識者たちの付会によって形成されたものではなく、広く民衆を含む社会集団の中から生み出されたものであり、その流伝の中心には巫覡や私度僧たちの活動が存在したのである。わざうたが一定の批判・諷刺をともなった形で、現実社会の中にうたわれていたことは、なによりも民間の側からの書である『霊異記』に記されたいくつかの

例によってもあきらかな事実であった。一方で、わざうたが『日本書紀』以下の宮廷の史書に登載されたことも、それが一種の「妖言」として批判・諷刺を含んでいたためにほかならず、それに対する政治当事者の過敏さがかかる形でわざうた登載を促したのである。考えてみれば史書に登載されたわざうたの例は無論のこと『霊異記』に記されたいくつかの例は、ことごとく政治的に混乱、動揺していた時期の所産であり、いわばわざうたの存在はそうした政治の混迷、動揺に対する民間側からの一つの鋭い反応を示すものでもあったのである。

（『古代国家の文学　日本霊異記とその周辺』Ⅱの一「わざうた——呪歌」）

と、ワザウタが巫覡の動向と不可分な形で成長を遂げていったことと関係させて、その発生を「広く民衆を含む社会集団の中から生み出されたもの」と述べる。

『古代国家の文学』本節は、「童謡覚書」（『古代文化』二九巻四号、一九七七年四月）、「わざうた——呪歌」（『国文学解釈と鑑賞』四五巻二号、一九八〇年二月）がまとめられたものであるが、ワザウタの類の歌にまで目を向けたうえで、社会の側からワザウタを考えており、一九八〇年代のワザウタ研究の象徴的論考であるといえる。

一九九〇年代

一九九〇年代に発表されたワザウタの論文はそれほど多くない。

その中で特筆すべきは、古橋信孝「恋歌の成立——歌垣・童謡・恋歌」（一九九六年）であろう。前述した『日本文芸史』でワザウタを「浮遊する謡」と定義付けた古橋は、ワザウタを古代歌謡から万葉集へと繋がるものとし、ワザウタを表現史的な視点から見るという新しい試みを行ったのである。

歌は場所と時間を限定してうたわれており、歌の意味もその場と時において容易に了解されていた。したがって、その場と時を離れることで、歌は不安定になる。歌垣の歌が関係ない場と時にうたわれれば、歌の意味の了解を失う。場と時を離れた歌は意味不明のままで漂うことになる。それは、きわめて不安な現象である。意味不明のものが目の前にあるからだ。それは、秩序が崩れている状態を示している。それゆえ、歌は意味を求める。それが歌が落ち着くことだから。そして、大きな事件が起こったとき、その不安は事件と結びつけられて解かれることになる。それがワザウタである。(中略) ワザウタの初出例、次の例が歌垣の歌であることは、歌垣の歌が場と時を離れたとき、表面的な意味は明らかでありつつ、意味不明の不気味さをもつものとして浮遊しやすいものであったこと象徴しているように思える。たぶん、歌垣の掛け合いの即興性、俗語性、謎性などがその要因であろう。(中略) 古代歌謡と呼ばれる歌は、この特定の社会に閉じられている性格が濃い。それも、歌が場所と時間に限定されているということでもある。そのような歌から万葉集にみられる恋歌に飛躍するには、歌が一旦共同体の意味から剥がされる必要があった。歌垣の歌がワザウタとして浮遊するとは、そういう事態であった。(古橋信孝「恋歌の成立——歌垣・童謡・恋歌」)

時間と場所に限定されている歌としては村落の神謡や歌垣の歌などが比定されるが、それらが記紀に取り込まれていく、つまり国家の謡や宮廷の謡へと変質していく中で、意味不明のものとして浮遊したのがワザウタであるという。そして、場所と時間に限定される歌(古代歌謡)が、場所と時間に限定されない歌(万葉集)の間に、「浮遊する謡」(ワザウタ)があるというのである。この論考は、ワザウタ論としてだけではなく、歌の文学史を考える上でも重要な示唆を与えるものである。

その他のこの年代の特徴としては、奄美・沖縄の文化、とくに琉球王国の文化を専門とする末次智の存在であろう。「神の流行歌——古代ワザウタ表現の外部性」(『四条畷学園女子短期大学研究論集』二七号、一九九三年一二月)、「ウタの機能——巫歌とワザウタから」(『講座日本の伝承文学』二、一九九五年六月) など、一九九〇年代から二〇〇〇年代にかけ、精力的に発表をしている。

二〇〇〇年代以降

二〇〇〇年代、再びワザウタの論文が書かれだすが、この年代の特徴としては、岸正尚「日中漢の童謡（わざうた）——古代東南アジアにおける文化受容の一側面」（二〇〇〇年）や、串田久治「予言に託す変革の精神——古代中国の予言と童謡」（二〇〇一年）など、諸外国のワザウタ研究が積極的に行われていることである。串田は二〇〇九年に大修館書店から『王朝滅亡の予言歌　古代中国の童謡』を出版しているが、これは「童謡《ワザウタ》」という言葉を題名に冠した、初めての単行本である。そういった点では記念すべき年代ではあるかもしれないが、こうした諸外国の「童謡」研究の盛行は、同時に、日本の古代歌謡におけるワザウタ研究の衰微を浮き彫りにしているともいえる。

三　今後の展望

以上、戦後から現在までのワザウタ研究の流れを見ていった。これらを簡単に概括するとすれば、一九七〇年代まででワザウタを含む歌謡研究の基盤が生成され、一九八〇年代以降はそれを踏まえた上で、各論が書かれるようになったが、続く一九九〇年代以降、歌謡研究自体の衰微と軌を一にしながら、ワザウタ研究も次第に勢いを失っていった、とまとめることができるだろう。こうして概観してみると、一九八〇年代以降、各論は発表されるものの、それに関する論争らしい論争が起きることはなく、当人以外でそれらの論考を受け継ぐ論文もあまりないことに気付く。

しかし、二〇〇八年、大久間喜一郎、居駒永幸編『日本書紀［歌］全注釈』（笠間書院）が出版された。歌謡の注釈書としては一九七〇年代以来である。そしてその流れを受け、二〇一一年七月に、古代歌謡研究会が発足した。若手による研究発表を中心としたこの会の活動は、下火になりつつあった歌謡研究に新たな息吹を吹き込むものである。

会には歌謡を専門とする者だけでなく、様々な分野の若手研究者が参加している。かくいう私も専門は『日本霊異記』であるが、古代歌謡と万葉集の間に「浮遊する謡」であるワザウタがあるという古橋の論考に、記紀（神話）と物語の間に位置する『日本霊異記』という説話集を考える新たな視点の可能性を見た。例えば、『日本霊異記』中巻三十三縁は、国を挙げて歌われたという意味不明の予兆の歌謡、いわゆるワザウタの類の歌の話を収めるが、「浮遊する謡」が生んだ話という、説話の発生の問題として考えてみたいと思っている。また、沖縄のおもろを専門とする者も会に参加しているが、『宮古史伝』の「西銘ノ司のアヤゴ」にワザウタと同じような伝承が伝えられているという。この発見も、今後の研究に新たな展開を生むだろう。

ここで交わされた活発な議論をきっかけに、ワザウタ研究を含む歌謡研究が、今後益々の発展を遂げることを願う。

【「童謡」参考文献一覧】

◎単行本

（一）歌謡の注釈書

・武田祐吉『記紀歌謡集全講』明治書院　一九五六年
・土橋寛、小西甚一校注『古代歌謡集』日本古典文学大系、岩波書店、一九五七年
・相磯禎三『記紀歌謡全註解』有精堂、一九六二年
・高木市之助校注『上代歌謡集』日本古典全書、朝日新聞社、一九六七年
・土橋寛『古代歌謡全注釈　古事記編』角川書店、一九七二年
・益田勝実『記紀歌謡』日本詩人選、筑摩書房、一九七二年
・山路平四郎『記紀歌謡評釈』東京堂出版　一九七三年
・土橋寛、池田弥三郎編『歌謡Ⅰ』鑑賞日本古典文学、角川書店、一九七五年
・土橋寛『古代歌謡全注釈　日本書紀編』角川書店、一九七六年
・大久間喜一郎、居駒永幸校注『日本書紀〔歌〕全注釈』笠間書院、二〇〇八年

（二）研究書

・小島憲之『上代日本文学と中国文学――出典論を中心とする比較文学的考察――』上、塙書房、一九六二年九月
・土橋寛『古代歌謡の儀礼と研究』岩波書店、一九六五年
・土橋寛『古代歌謡の世界』塙書房、一九六八年
・古橋信孝編『日本文芸史』第一巻、河出書房新社、一九八六年

・土橋寛『古代歌謡の生態と構造』塙書房、一九八八年
・古橋信孝『古代都市の文芸生活』大修館書店、一九九四年
・多田一臣『古代国家の文学　日本霊異記とその周辺』三弥井選書、三弥井書店、一九八八年
・居駒永幸『古代の歌と叙事文芸史』笠間書院、二〇〇三年
・串田久治『王朝滅亡の予言歌　古代中国の童謡』あじあブックス、大修館書店、二〇〇九年

◎論文

（一）主に「童謡」について論じているもの

〔一九五〇年代〕

・小島憲之「書記述作の一面」『芸林』二号、一九五一年
・井手淳二郎「「ことわざ」「わざうた」語義考」『国語国文』二一巻二号、一九五二年三月
・井手淳二郎「書紀の童謡」『愛媛国語国文』一号、一九五二年三月
・村中末吉「童謡の本質と語義」『熊本女子大学学術紀要』四巻二号、一九五二年一〇月
・志田延義「民謡・童謡――記紀の歌を中心として」『国文学　解釈と鑑賞』一八巻五号、一九五三年五月
・志田延義「伝承童謡」『国語と国文学』三〇巻一〇号、一九五三年一〇月
・土橋寛「皇極紀童謡の実体」『萬葉』一三号、一九五四年一〇月
・田辺幸雄「わざうた考」『萬葉』一四号、一九五五年一月
・戸谷高明「続日本紀以後の童謡」『国文学研究』一二号、一九五五年八月
・土橋寛「古代歌謡」『日本の民衆文芸』日本文学講座、東京大学出版会、一九五七年四月
・太田善麿「斎明紀童謡をめぐっての試論」『東京学芸大学研究報告』九号、一九五八年三月

・清田秀博「日本書紀の童謡「吉野の鮎」について――上代送葬歌の一首か」『和歌文学研究』七号、一九五九年三月

〔一九六〇年代〕

・神田秀夫「斉明紀童謡溯考」『国語と国文学』三七巻一一号、一九六〇年一一月
・伊丹末雄「斎明紀童謡試訓」『國文學　解釈と教材の研究』六巻一〇号、一九六一年八月
・戸谷高明「「わざうた」覚え書――中国史書の童謡を中心に――」『国文学研究』二五号、一九六二年三月
・福本巌次「「わざうた」雑考」『二宮女子短期大学紀要』三号、一九六三年十月
・山上伊豆母「諷歌の発生と童謡の本質」『日本歌謡研究』一巻一号、一九六四年五月
・山上伊豆母「「志多羅神」信仰とその童謡の史的考察」『風俗』四巻二号、一九六四年一二月
・山上伊豆母「『童謡』の成立と継承」『芸能史研究』九号、一九六五年四月

〔一九七〇年代〕

・増井元「《古代文学》論についての覚え書き」萬葉七曜会編『論集上代文学』第一冊、笠間書院、一九七〇年一一月
・富永邦雄「「童謡」の一考察」『日本文學論究』三〇号、一九七一年三月
・福田襄之介「童謡解」『岡山大学法文学部学術紀要』三一号、一九七一年三月
・富永邦雄「わざうたの一考察」『立教高等学校研究紀要』四号、一九七三年一二月
・山路平四郎「天智十年十二月の童謡について」『早稲田大学大学院文学研究科紀要』二〇号、一九七四年
・増井元「「わざ」の言語」五味智英先生古稀記念論文集刊行会編『五味智英先生古希記念　古代文学論集』笠間書院、一九七七年一一月
・多田一臣「童謡覚書」『古代文化』二九巻四号、一九七七年四月
・吾郷寅之進「日本書紀の童謡（読む）」『日本文学』二五巻一〇号、一九七九年一〇月

〔一九八〇年代〕

・多田一臣「わざうた――呪歌」『国文学解釈と鑑賞』四五巻二号、一九八〇年二月
・益田勝実「詩妖の思想――ワザウタ語源考」『日本文学誌要』二三号、一九八〇年二月
・今井昌子「『日本書紀』ワザウタの構造――皇極紀童謡を中心に」『日本古代論集』一九八〇年九月
・宮岡薫「『続日本紀』童謡の表現について」『甲南大学紀要　文学編』四〇号、一九八〇年
・宮岡薫「『日本後紀』の童謡」『甲南大学紀要　文学編』四四号、一九八一年
・今井昌子「『日本霊異記』・ワザウタ考――引用の方法」『日本文学』三一巻五号、一九八二年五月
・坂本信幸「童謡の方法」『國文學　解釈と教材の研究』二九巻一一号、一九八四年九月
・石川一成「'84短歌セミナー10――佐佐木信綱と童謡と短歌」『短歌研究』四一巻一〇号、一九八四年一〇月
・宮岡薫「『続日本紀』以後の童謡の表現――「大宮に直に向へる山部の坂」歌を中心に」『甲南大学紀要　文学編』六四号、一九八七年三月
・長田順行「ながた暗号塾―13―明紀童謡をどう読む――日本書紀と暗号――上――」『科学朝日』四七巻八号、一九八七年八月
・長田順行「ながた暗号塾―14―斉明紀童謡をどう読む――日本書紀と暗号――下――」『科学朝日』四七巻九号、一九八七年九月
・北村進「わざうた小考――解釈を記す歌、記さない歌について」『日本歌謡研究』二九号、一九八九年一二月

〔一九九〇年代〕

・末次智「神の流行歌――古代ワザウタ表現の外部性」『四条畷学園女子短期大学研究論集』二七号、一九九三年一二月
・沖森卓也「続日本紀の述作と表記」青木和夫［ほか］校注『続日本紀』四、新日本古典文学大系、岩波書店、一九

九五年六月
・末次智「ウタの機能――巫歌とワザウタから」『講座日本の伝承文学』二、一九九五年六月
・古橋信孝「〈古代歌謡〉恋歌の成立――歌垣・童謡・恋歌」『國文學　解釈と教材の研究』四一巻一二号、一九九六年一〇月
・宮岡薫「白壁王の即位と童謡の表現」『国語と国文学』七五巻五号、一九九八年五月
・宮岡薫「「光仁即位前紀」の構成と童謡」真鍋昌弘編『歌謡雅と俗の世界』和泉書院、一九九八年九月
・中川正己「皇極紀二年十月の童謡への接近」『資料館紀要』二七号、一九九九年三月
・居駒永幸「『続日本紀』以降の歌謡――儀式と饗宴の歌謡――」小野恭靖編『歌謡文学を学ぶ人のために』世界思想社、一九九九年一〇月

〔二〇〇〇年以降〕

・内藤磐「詩と史とのあいだ――記紀伝承におけるワザウタの位相」『古代文学の思想と表現』二〇〇〇年一月
・岸正尚「日中韓の童謡（わざうた）――古代東南アジアにおける文化受容の一側面」『短大論叢』一〇五号、二〇〇〇年一一月
・宮岡薫「清和即位前紀の構成と童謡」『甲南大学紀要　文学編』一二三号、二〇〇一年
・末次智「自覚するメディア――古代ワザウタの変遷」『叢書想像する平安文学』三、二〇〇一年五月
・串田久治「予言に託す変革の精神――古代中国の予言と童謡」『アジア遊学』二九号、二〇〇一年七月
・西條勉「和歌起源の普遍性について――楽府とワザウタの間」『国語と国文学』七八巻一一号、一九三六号　二〇〇一年一一月
・内藤磐「史より詩の自立へ――ワザウタにならなかった史」『早稲田大学高等学院研究年誌』四七号、二〇〇三年三月
・宮岡薫「『続日本紀』童謡の表現――「白壁・好壁」と「白壁・好壁」説の展開」『甲南大学紀要文学編』一二八号、二

〇〇三年
・早乙女牧人「「斉明紀の童謡」解釈――荷田春満説の位置付け」『國學院雑誌』一〇七巻一一号、一一九五号、二〇〇六年十一月
・末次智「童謡」『うたう』シリーズことばの世界、二〇〇七年十月
・稲生知子「光仁登極の〈神話〉――『続日本紀』にとっての童謡」『古代文学』四八号、二〇〇九年三月
・金英珠「童謡考――日韓の史書を中心に」小峯和明編『東アジアの古昔物語集――翻訳・変成・予言』勉誠出版、二〇一二年七月
・増尾伸一郎「讖緯・童謡・熒惑――古代アジアの予言的歌謡とその思惟」小峯和明編『「予言文学」の世界――過去と未来を繋ぐ言説』勉誠出版、二〇一二年一二月

「時人」研究史

石川久美子

戦後の「時人」研究は、歌謡注釈の中で武田祐吉から始まった。一九五六年、武田『記紀歌謡集全講』(明治書院)は、紀19歌(崇神天皇十年九月条)の注において「後人の批評唱和と見る方が適切と思われるものもある」とし、「この歌の場合でも、この物語が伝わっているあいだに詠まれた、むしろ後人の歌」と指摘している。さらに一九六二年、相磯貞三『記紀歌謡全註解』(有精堂)も同歌の注において、時人の歌は「その物語に関して、遙か後代の何人かが詠んだもの」であると述べている。ここには、事件当時からみると「後人」にあたる「時人」がうたい、その歌が編纂時の「今」に至るまで伝えられているという伝承の問題が意識されている。

一九六八年、土橋寛『古代歌謡の世界』(塙書房)は、「『童謡』『謡歌』『時人歌』という用語、及びそれらの記述形式は、漢籍に典拠を持つものであり、」「書紀の時人の歌六首は、すべて批評の歌であり、表現が直叙的であるという点で、中国の時人歌と異なるところはなく、しかもそれが書紀だけにあるということは、やはり漢籍の影響であることを物語っている」と指摘した。

土橋は『後漢書』(四三二年)張覇伝の、張覇が軍事力を使わずに賊を帰順させた時の「童謡」である「棄我戟、捐我矛。盗賊尽、吏皆休。(我が戟を棄て、我が矛を捐つ。盗賊尽き、吏皆休んず。)」と『晋書』(六四六年)王祥伝の、祥が徐州周辺の寇盗を討ち、国を安定させた時の「時人歌」である「海沂之康　実頼王祥。邦国不空　別駕之功。（海沂の康、実に王祥に頼る。邦国空しからず、別駕の功。）」を取り上げて、この二首が「讃美の歌」という「時事批評」の点で共通するとし、「中国の童謡には、予言の歌と時事批評の歌との二つがあり、後者は時人の歌、時人の語と重なりあう」が、同じ時事批評の歌を時に「童謡」、時に「時人歌」と呼ぶのは、『童謡』は神が人の口を借りて歌わしめたもの、『時人歌』は当時の人々自身が歌ったもの、という考えかもしれない」と述べている。このように土橋は『日本書紀』の「時人」の典拠を漢籍に求め、「時人歌」を「童謡」との関係の中で捉えようとした。それは新たな試みであった。

一九七三年、山路平四郎『記紀歌謡評釈』（東京堂出版）は、紀19歌の注において、「時人歌」が「その事件の締括りの役を果たし」、「その歌を選択した物語の語り手の心の窺えるもので、『書紀』における物語づくりの一つの手法」と述べている。この「語り手」という視点は、一九八五年、斉藤英喜「斉明紀における〈語り〉の問題——「時人」をめぐって——」（『セミナー古代文学'84——〈表現としての斉明紀〉——』一九八五年四月）へと繋がる。

斉藤は、『日本書紀』斉明天皇元年五月条に、

夏五月の庚午《かうご》の朔に、空中《おほぞらなか》にして龍に乗れる者有り。貌《かたち》、唐人《もろこしびと》に似たり。青き油《あぶらぎぬ》の笠を着て、葛城嶺《かづらきのたけ》より、馳せて膽駒《いこま》山に隠れぬ。午の時に及至《いた》りて、住吉の松嶺《まつのみね》の上より、西に向ひて馳せ去《い》ぬ。

とある話の異伝が『帝王編年記』（十四世紀後半）にあり、そこには「龍に乗れる者」の正体を「時人」が、

蘇我豊浦大臣霊也。人多死亡。此霊所レ為。云々。

といっているのを取り上げ、「時人」と明記がない他の『日本書紀』の文脈も「時人」が語っていたものがあると想定する。さらに歴史語りは「時人」の語りのようなものを含んでいると考えているようである。また斉藤は、出来事や事件の特殊性に注目し、「時人」がその正体を明らかにし、国家の側がそれを語ることにより、村

落の不安や恐怖を鎮めると述べている。さらにその語りをする「時人」に宗教者を想定している。要するに「時人」を村落共同体と国家の間に立つ人と見ているのである。

この斉藤論は、以下の古橋論と関係している。一九八六年、古橋信孝（『日本文芸史──表現の流れ　第一巻・古代Ⅰ』河出書房新社）は、村落共同体の表現である古代歌謡、国家の表現である和歌の間に「童謡」が置かれると指摘した。それは「童謡」が、村落共同体から国家へと統一がなされる過程に生み出されるものであり、うたを支えていた村落共同体から離れ、どこにも帰属できないで浮遊する謡とみなせるからである。そして「童謡」は、村落共同体的なものと国家的なものとの分離による人々の心の不安の表現であると考察した。「時人」の歌については、どこからともなくうたい出されて漂うという点で「童謡」と共通していると指摘し、例えば紀105歌（舒明天皇即位前紀条）のように表現としては恋謡であるものが、村落共同体を離れたとき、本来の謡の意味が不明になり、それが漂うことによってあたかも「社会時評であるかのような装い」をとることになったと述べている。要するに古橋は、歌は所属がなくなることによって社会批評に見える、という点に注目したのである。

「時人」が「歴史叙述」の方法として意識されるのは、九〇年代以降である。

居駒永幸「ヤマトタケル物語のうた」（『日本歌謡研究』三二号、一九九二年一二月）は、「時人のうたは、日本書紀の歴史叙述の方法が生み出した、王権の意を体する書き手の声」であると述べており、駒木敏「万葉歌における人名表現の傾向」（小島憲之監修、伊藤博、稲岡耕二編『万葉集研究』二〇集、塙書房、一九九四年）は、「不特定の第三者を意味する『時人』という表記は、物語ないし歴史叙述とともにある歌謡において、ことがらが進行する『場』に同時に存在しつつ、そこから離れた立場の者（歌い手）を暗示する記号である」と指摘している。駒木論を受け、今井昌子「『時人の歌』考」（『古代文学研究』五号、一九九九年九月）は、「歴史の真実」が「時人」の言葉や歌を通して語られると述べている。

また「歴史叙述」という言葉を使っているわけではないが、神尾登喜子「『日本書紀』編集考――歴史説明としての「時人」――」（『同志社国文学』三八号、一九九三年三月）は、「時人」の言葉は「伝承を伝承たらしめていく編集句」といっており、歴史叙述の方法とみなしていい。さらに松田信彦「景行天皇紀、時人の歌（紀24番歌謡）についての一考察」（『万葉古代学研究所年報』五号、二〇〇七年三月）も、「時人」の歌に「場面転換」を見ており、同様のことがいえる。

他のアプローチとしては、酒井陽「『時人』の諸相――〈ハナシ〉を担う人々――」（『古代文学』四一号、二〇〇二年三月）の、「時人」の言葉は当時の人々の「〈ウワサ〉」であり、これは「オフィシャルではない事件の真相として」『日本書紀』の編纂者が採用したと指摘しているものがある。

今後の可能性

「時人」は『古事記』には登場しない。これは『古事記』と『日本書紀』の歴史叙述の違いとしてみなすことができる。九〇年代以降「時人」を歴史叙述としてみる方向が登場しているが、この方向をより表現の問題として深めていくべきではないか。

これまでの研究史の中で、特に今後の「時人」研究の可能性を思わせるのは、「時人」に語り手を見ていた斉藤論である。この論を受け、語り物文芸の語り手にまで射程をのばし「時人」を考えることができるのではないか。つまり「時人」は、後の語り物文芸の語り手のように、事件や出来事を村落共同体の外側から見て語り継ぐ語り手ということである。ただし斉藤論は語り手としての「時人」に宗教者を見ており、「時人」論が歴史叙述の方向に向かわなかった。繰り返す通り、問題はあくまでも『日本書紀』がどう書いているかという歴史叙述の表現そのものなのである。

このように「時人」に語り物文芸の語り手を想定することは、先の古橋論が古代歌謡と和歌の間に「童謡」を置いたように、村落共同体の伝承と語り物文芸との間に「時人」の歌（語り）を位置づけられることを意味している。歌の展開と同じように、語りの展開を論じられる可能性がある。

「時人」を表現上の歴史叙述の方法という観点から考察する際、伝承という問題が鍵になると考えられる。西條勉『古事記の文字法』（笠間書院、一九九八年）が指摘しているように、『古事記』は口誦の文体を生かそうとしている。それに対して『日本書紀』は、例えば雄略天皇十八年条「秋八月の己亥の朔にして戊申」とあるように、中国の暦、すなわち普遍的な時間の中で出来事を叙述している。しかしこのような普遍的な時間の中に置かれることによって薄められるリアリティーがあるだろう。歌謡が収録されているのも、そのリアリティーを回復するための方法の一つと考えられる。そして「時人」もその方法の一つではないか。「時人」は歌をうたったり、名をつけたり、口誦性を色濃くもっているからである。そう考えると、「時人」が登場する場面とそうでない場面はどう違うのか、という問題になる。横田健一『日本書紀成立論序説』（塙書房、一九八四年）が、「時人」の用いられていない巻は「非常に中国の典籍に通じ、難解・華麗な語句を駆使して客観的な描写様式をとる」のに対し、用いられている巻は「わが国内の伝承をも採用しようという態度が濃厚である」と述べていることを合わせ、今後検討する必要がある。

「時人」を語り手とすれば、出来事を直接見て語り継ぐ人と考えることもできるし、後に出来事を聞いて語り継ぐ人とも捉えることができる。また伝承には、誰ということなく伝えられているものがあり、それを「時人」が収斂している場合も考えるべきだろう。そういう意味でも「時人」の歌（語り）には、本質的に伝承の問題が孕まれているといえる。

九〇年代以降、「歴史叙述」が方法として意識されるが、「時人」が『日本書紀』編纂者によって書き加えられたかどうかは確かではない。しかし伝承されてこなかったものが書かれることはありうるだろうか。このように伝承という視点でもって「時人」を改めて考察する必要がある。

参考文献

・阪下圭八『初期万葉』平凡社、一九七八年（初出「わざうたについて」『月刊百科』一八四・一八五号、一九七八年一・二月）
・牧野正文「崇神紀・出雲振根伝承における『時人』歌謡の機能——景行記との比較を通して——」『國學院大學大學院文学研究科紀要』二一輯、一九九〇年三月
・西宮一民「日本書紀の『時人の歌』の新釈」『皇学館大学紀要』三五輯、一九九六年一二月

「オモロ」研究史
——仲原善忠の研究を中心に

島村幸一

はじめに

オモロ研究史を大きくいえば、戦前のオモロ研究は伊波普猷が中心的な担い手であり、戦後の研究は仲原善忠が中心になって開始されたといえる。しかし、伊波と仲原のオモロ研究は繋がっているわけではなく、むしろ仲原は伊波を批判することで自らのオモロ研究を始めている。研究史を辿れば、仲原のオモロ研究は戦前に伊波の研究に導かれながら始められたといえるが、仲原の研究の枠組みは新おもろ学派といわれた世礼国男の研究に影響・啓発されている面が大きい。本稿は、仲原善忠のオモロ研究を中心にして、伊波のオモロ研究や世礼国男の研究にふれながら、戦後新たなかたちで出発した仲原のオモロ研究を考えようとするものである。

一　仲原善忠の戦後のオモロ研究

戦前において、オモロを直接のテーマにした研究をほとんど発表していなかった仲原善忠であるが、戦後を迎えると、あたかも伊波と入れ替わるようにしてオモロ研究を発表しだす。伊波が一九四七年八月に死去したその年に、仲原は柳田国男が編纂した『沖縄文化叢説』（中央公論社、一九四七年一二月）に「セヂ（霊力）の信仰について」を発表している。この論文は『おもろさうし』に用例をみる「せぢ」を分析して、セヂの本質（「人間世界の外に実在する非人格的―それ自身は無意志―の霊力と規定すべきもの」）に迫ろうとした意欲的な論文である。論文の最後に記した「附記」に「聞得大君御殿並御城御規式之次第」にみえる「おすじの御前、御火鉢の御前、金の美御すじの御前」の「おすじの御前」が、伊波の唱える「御筋」（「祖先の霊」）だとする説を批判している。仲原は「おすじ」はセヂ（「非人格的な霊力」）だと考えているのである。柳田編纂の『沖縄文化叢説』は冒頭に柳田の「編纂者の言葉」が載って巻末に柳田の論考「尾類考」が配され、幣原坦「沖の泡」、伊波「ウルマは沖縄の古称なりや」、東恩納寛惇「地割制」、折口「女の香炉」等、これまで活躍してきた本土在住の沖縄研究の主立った研究者が結集されており柳田の影響力の大きさを示しているが、「編纂者の言葉」には今度の戦争で「沖縄諸島の遺物典籍が、一朝の災害によつて散逸毀損し」、復活が容易でないことを述べ、戦争によって学問が中断した自分達も「一部の者が既に年老い、しかもまだ今までの成績を、有効に纏め上げるまでに進んで居なかつた為に、嗣いで起つ人々との連絡が取りにくく、あたら熱情を抱く若き学徒をして、再び我々と同じい最初からの労苦を、くり返さしめる懸念の有ることが、殊に悔恨の情を切ならしめる」と記している。柳田としては、戦争によって灰燼に帰した沖縄を憂い、戦争で中断した沖縄研究を復活するためにこれまでの研究を示して、後進の研究者に新たな道を模索してもらいたいと希望したのである。[1]仲原の「セヂ（霊力）の信仰について」の論の姿勢は、まさに柳田の意志を体現したような研究であったといえる。『沖縄文化叢説』の「あとがき」に島袋源七が「伊波先生が、最後の稿を本書に留めたまま、八月十三日、忽然として世を去られた」と記しているが、『沖縄文化叢説』はオモロ研究においても伊波から仲原へと研究の中心が交替する象徴的な書であったといえる。

その後仲原は、第一期『沖縄文化』第二号（一九四八年一二月）に発表した「おもろ評釈（一）」を皮切りに、本格的にオモロ研究を発表していく。「おもろ評釈」は第一期『沖縄文化』第二十六号（一九五二年一〇月）まで、九五首のオモロの注釈が連載されている。[2]その連載期間中に発表した「おもろの研究――おもろ研究の方向と再出発――」（『季刊　民族学研究』沖縄研究特集、第一五巻二号、一九五〇年一一月）は、副題が示すように戦後の新たなオモロ研究の方向性を提示した意欲に満ちた論文である。仲原はまず伊波の『おもろさうし選釈』と『校訂おもろさうし』を評価した後、比嘉春潮の文「（筆者注。伊波は）上京後（大正一三年以降）はオモロの中に民俗学的資料をさぐる方向に向かい、傍証資料を琉球国旧記や由来記に求めつつ南島の古代祭式に関する研究に没頭された」（『文化沖縄』通巻第一〇号、一九四九年一〇月）を引いた後、「オモロの解明に真正面から立ち向かうことは中止の姿となってしまった」と述べている。そして、数点にわたる伊波のオモロ研究を批判している。その一つはオモロの語義についてで、伊波の〈お杜〉説は誤りで〈思い〉が正しいとしている。また、オモロ名人といわれる者も「放浪詩人」ではなく、「歌唱または奏楽（拍子・鼓）の名人で、詩人と称すべき性質のものとは考えられない」とも批判している。あるいは、伊波が「ふし名」を「オモロの題名」としたことについて、「ふしは題名ではない」、「ふしは内容とは無関係なのが多いと考える」と批判している。さらに、仲原の伊波批判として最も根本的な批判は、この論文で展開されている「おもろの型とその基盤」と題される章で展開される論で、オモロを三層の歴史的な社会から生み出されたウタとする認識である。仲原は「オモロを生んだ社会」は「三要素（筆者注。「詞・

謡・舞」のこと）を持った純粋民謡」を生む「第一期（部落時代）」、「舞踊と離れまたは集団舞踊と結びつく歌謡」を生む「第二期（按司時代）」、「一、二の形式を持つ祭式用歌謡」を生む「第三期（王国時代）」を経ており、オモロは「その基盤となる社会を反映している」と述べて、伊波の「首里の身辺の女性達が任命せられる高級神職」のオモロを以て「一〇〇〇余首のオモロ歌謡群を代表させることは出来ない」と批判している。具体的には、「地方おもろ」が「第一期」の時代を反映したウタ、「ゑと・ゑさ等」が「第二期」の時代を反映したウタ、「神歌」（神女オモロと公事オモロ）が「第三期」の時代を反映したウタであり、「高級神職」のオモロは「第三期」の時代を反映したウタで、これをオモロの中心とすることは出来ないとするのである。この当否はともかくとして、仲原の批判はウタが一定の歴史的な社会の基盤の中から生み出されるという人文科学者（仲原の専門は地理学）らしい認識に立っており、仲原の伊波批判として最も根本的な批判になっている。おそらく、仲原はなんらかのかたちで歴史社会学派といわれる国文学研究の影響を受けたと思われる。実は、この仲原のオモロ認識は仲原のオモロ歌形論ともかかわっている。仲原は、オモロの基本形式は地方オモロに多い二節からなる短いウタであり、三節、四節、さらにそれ以上続く長い節のオモロは、「第二期」「第三期」の社会の中から生まれたウタだと考えているのである。つまりは、「折り返し」（反復部）は二節までであり、三節以降は「折り返し」が付かない歌形だとする認識とも繋がっている。詳しくは後述するが、外間守善の歌形論はこの仲原の論を踏襲したものである。

仲原の「おもろの研究――おもろ研究の方向と再出発――」は、これからのオモロ研究の方向性を提示した意欲に満ちた論文であった。そして、この論文はまさしく柳田が戦争で中断した沖縄研究を復活するためにこれまでの研究を示して、後進の研究者に新しい研究の模索の道を託した『沖縄文化叢説』に入った「セヂ（霊力）の信仰について」の延長にある論文であった。「おもろの研究――おもろ研究の方向と再出発――」が書かれた『季刊　民族学研究』沖縄研究特集号は、その年の二月にGHQが「沖縄に恒久的基地建設をはじめる」と発表し、翌年九月に「対日講和条約」（第三条により北緯二九度以南の沖縄・奄美などが米施政権下に入る）が調印された中で刊行された雑誌である。これには柳田国男の「海神宮考」、折口信夫「日琉語族論」も掲載されているが、「編集責任者」の金城朝永は「編集後記」で「こゝいらで、今日までの資料を整理した土台を一つの跳躍板として、今後進むべき大体の方針を定める時期にきているのではあるまいか。今一つ、沖縄の文化を、日本文化の中の変わり種と見做し、主として、その中から日本文化との類似点のみを拾い出して比べ合わせるが如き、従来の態度から脱却して、先ず、琉球文化なるものを、一つの独立した単位として取扱い、所謂大和文化の従属的地位から解放して、それに含まれている種々相を、今少し精密に分析して、我が国のみならず、広く遠く隣接周辺の諸邦との比較をも試みてみること、少なくとも、この二つの大きな高い観点から、今後の沖縄研究特集号の編纂は企画されたのではないかと推測している」と記している。仲原の新たなオモロ研究は、具体的には伊波のオモロ研究を乗り越えようとする研究であるといえるが、金城の「編集後記」と関連させていえば、「高い観点」からオモロ研究を琉球の文学（歌謡）研究として自立させ掘り下げていこうとする研究であったといえる。

仲原のオモロ研究は戦後突如として出現した観があるが、そうではない。金城朝永「最近の沖縄研究」には「沖縄人連盟の文化部の事業として新たに発足した沖縄文化協会は、昭和二十三年一月から毎月下旬の日曜日に、故伊波普猷氏校訂の「おもろさうし」をテキストとして、同人の比嘉春潮・仲原善忠・島袋盛敏・宮良当壮・金城朝永氏らが自宅持ち廻りで共同研究の例会を開いてゐる」（『民族学研究』第一三巻四号、一九四九年二月）と書かれている。「共同研究の例会」の中心が仲原であり、この研究成果が前述した仲原の九五首の「おもろ評釈」である。しかし、その「共同研究の例会」は実は昭和一七年から始まっていた。やはり、金城朝永の「沖縄研究史――沖縄研究の人とその業績――」（『季刊　民族学研究』沖縄研究特集、第一五巻二号）では、戦前のオモロ研究について

「東京では、伊波先生を離れて、仲原善忠氏（筆者注。肩書き等を省略。以下同）を中心に、比嘉春潮・島袋盛敏・八幡一郎・金城朝永の外に、台湾を引上げて母校一高に転任した、前記『南島』の編輯者須藤利一氏をも加え、同人比嘉氏宅で、昭和十七年から、やはり、オモロの研究会を開設した。これは現在の沖縄文化協会同人の例会の母胎をなすものである」と記している。仲原等のオモロ研究は、既にこの頃から伊波のオモロ研究を離れて独自な研究をしようとする機運が生まれていたのである。そして、この研究会は前述した戦後の沖縄文化協会のオモロ研究会の「母胎」だった。

二　仲原善忠の戦前のオモロ研究

池宮正治は「筆者が久米島在住の善秀翁に照会したところによれば」、仲原善忠が沖縄研究に入ったのは「『久米島史話』を通じてであること、その重要な資料の一つとなった『久米仲里旧記』の発見が一九三四、五（昭和九、十）年頃で、いくばくもなく善忠に送ったとのことである」と記している。[3]『久米島史話』（仲原善秀編）は一九四〇年に東京の海潮社から刊行されており、善忠も『仲里旧記』『具志川旧記』『君南風由来并位階且公事』や久米島関連のオモロを引いて「附録」を執筆している。善忠が記した「後記」には、「尚ほ伊波普猷先生には「おもろ」の手ほどきをして戴いた以来ずつと教示を受けて居」ると「感謝の意を」記している。当然ながら、仲原も伊波からの「手ほどき」を受けてオモロ研究を始めたのである。仲原が戦前に出した唯一のオモロ研究といえる『かゞり糸』（一九四三年）は、『おもろさうし』の第一一と第二一の重複関係を明らかにした研究であるが、戦後に出た『おもろ双紙の基本的研究第二集　おもろのふし名索引』（沖縄文化協会、一九五一年）には、この『かゞり糸』が「昭和十四年成稿」されており、これを「比嘉春潮さんが謄写刷りにして下さった」とある。[4]その「覚」の「九」に「私ガ此ノ仕事ヲ試ミタノハ伊波先生ノ慫慂ニ基クモノデアルガ、タマタマ南島第二輯ニ於テ世礼国男氏ガ第廿一ノ復元ヲ主張サレタコトガ起稿ノ機縁トナッテ居リ又同氏ノ案ヲ参考ニシタ所モアルノデ私トシテハ伊波先生ヘノ報告トナリ又世礼氏ノ労苦ニ敬意ヲ表スル次第デアル」とある。先の記事と合わせて考えると、『かゞり糸』は「昭和十四年」に「成稿」されていたが、『南島』（第二輯、一九四二年）に載った世礼国男の「久米島おもろに就いて」によって、「第廿一ノ復元ヲ主張サレタコトガ起稿ノ機縁トナッテ居リ又同氏ノ案ヲ参考ニ」、書き直されたということだろう。仲原がいう世礼の「第廿一ノ復元ヲ主張サレタコト」とは、同論の「（五）久米二間切おもろ双紙の錯簡と首里ゑとおもろ双紙の抹消」の冒頭部分、第二一と第一一は「順序の相違や大同小異のおもろが多いために、一見異なる双紙の如く思はれる。今、二双紙を仔細に比較してみるならば、前者に錯簡が甚しくてそう見えるのであつて、錯簡を正すならば、順序といひ詩章といひ、概ど全く一致して、後者は前者の中の一部分であることが解る」と記した箇所だと推測される。すなわち、世礼は第二一と第一一は同じ内容の双紙であり、第二一には錯簡があって不完全な本に見えるが、錯簡を正すと第一一は第二一の中に吸収される双紙であって第二一の復元が重要であると指摘している。この説は、正しい指摘である。[5] 仲原はそれに気がついて、世礼の具体的な錯簡の指摘を「参考」にして「昭和十四年」に出来ていた「成稿」を書き直したということである。『かゞり糸』の「覚」の「九」でも「伊波先生へノ報告トナリ」とあり、「手ほどき」を受けた伊波普猷の存在が窺える。しかし、同時に「又世礼氏ノ労苦ニ敬意ヲ表スル」とあるように、新おもろ学派といわれた世礼国男の研究が仲原に影響していることが分かる。仲原のオモロ研究は伊波に導かれたものといえるが、後の伊波批判に繋がる基盤は世礼国男のオモロを含む琉球歌謡研究に学んだところが大きいと考えられる。「おもろの研究――おもろ研究の方向と再出発――」にも、具体的には記していないが「新おもろ学派の功績」をあげている。

仲原に影響を与えたと考えられる世礼国男の研究としてまずあげられるのは、一九四〇年に『琉球新報』に八七回に亘って連載された「琉球音楽歌謡史論」（四月二日〜九月二一日か）と、その批評西城幽月「世礼氏の近業「音楽歌謡史論」を読みて」（『琉球新報』一〇月三日〜五日）に答えて書かれた「首里ゑとおもろ双紙抹消論その他東恩納・西城先生へ」（『琉球新報』一一月二日〜一三日）、及び前述した「久米島おもろに就いて」（『南島』第二輯、一九四二年）である。(6) 特に、「琉球音楽歌謡史論」は日本本土の歌謡、芸能研究を視野に入れて、オモロを含む琉球歌謡、琉球音楽・芸能全般に及ぶ勝れた見解が展開された論文である。紙面の関係からここではその全てに及ぶ紹介が出来ないが、伊波批判が記された「おもろの研究——おもろ研究の方向と再出発——」だけに限定してみると、オモロの語義を「思ひ説」とする点（第八回、四月一〇日）や「私はあかいぬこをおもろ作者といふよりは、寧ろ歌唱者ではなかつたかと考へてゐる」という指摘（第一〇回、四月一二日）、オモロの「節名はどこ迄も「節廻し」即ち曲名であつて、決して所謂題名—歌章の題目—ではない」という指摘（第一三回、四月二七日）等が「琉球音楽歌謡史論」の中に見られる。すなわち、オモロが三つの歴史的な社会を経て生み出されたという仲原の指摘以外は、基本的には既に世礼が「歌謡史論」で指摘しているのである。この外にも、「琉球音楽歌謡史論」で指摘されている「(イ) 神職おもろ (ロ) あすびおもろ (ハ) こねりおもろ (ニ) 地方おもろ (ホ) ゑさおもろ (ヘ) ゑとおもろ」というオモロの分類も、仲原は『おもろ新釈』（琉球文教図書、一九五七年）で「おもろの種類」を示しており、これも世礼の分類を多いに参考にしていると思われる。(7)

さて、ここにもう一つ仲原が世礼に大きく影響を受けた問題がある。実は、「琉球音楽歌謡史論」を批評した「世礼氏の近業「音楽歌謡史論」を読みて」の論者「西城幽月」は仲原善忠、その人だと推定されるのである。それは「おもろの研究——おもろ研究の方向と再出発——」の「注(25)」の中で「世礼国男氏も琉球古代《ママ》歌謡史論で、ふしの問題に言及し内容との無関係を強調している（途中省略）但し「なかぶし」を「国中の首里杜城」の中（なか）を取つたと云うのは誤りでこれは「ゐんことよたしゆ、あぢおそいてだとわかてだがふし」と同じで、久米二間切から送つて来た書き出しを、首里でへんしうする時、長い長い名だから「ながふし」としたもので、私が同論文の誤謬則ち巻十一は首里ゐとではない旨暗示した所、同氏は早速「首里ゐと抹殺《ママ》論」を発表して、私の批評に肯定的な回答をあたえた」と記している点である。これは「世礼氏の近業　「音楽歌謡史論」を読みて（二）」に書かれる「（筆者注。第一一「首里ゐとのおもろ御さうし」は）久米島おもろを俗謡として首里人が謡つたから「首里ゐと」と云つたのではなかろう」という西城の批評箇所にふれた記述であると思われる。西城の批評はほとんどがオモロも含めて久米島関連の記述に関連しており、西城の批評には「実はいろ〳〵と希望を述べたが、実の所私は世礼氏の論文は未だ五十二回迄しか拝見してゐないばかりか、これまでも一二回読み□した所」（三）があるとか、西城や東恩納の批評を受けて書かれた「首里ゐとおもろ双紙抹消論その他　東恩納・西城先生へ」にも「中央学界で重きをなしていゐられる両先生の御閲議」、あるいは「西城教授」などという記述があって、「西城幽月」は本土にいる高等教育に携わる人物であることが分かる。(8) 仲原は一九二四年（大正十三）に成城第二中学校教諭になり、翌年成城高等学校教諭、一九二八年には同学園の教授になっている。(9)「西城」は仲原が勤めていた成城に因み、「幽月」は「私は、郷土史については極めて浅薄な知識しかなくおもろに就いても素人にすぎない」などという謙遜故の、あるいは前述した「未だ五十二回迄しか拝見」いない時点で批評を書くことから付けたペンネームかもしれない。いずれにしても、仲原は世礼の「歌謡史論」を相当に適確に批評することが出来る実力をこの時期には持っており、また世礼に学んでいたことが分かる。

まとめとして

最後に仲原のオモロの歌形論にふれ、本稿を締めくくりたい。先に少しふれたが、仲原はオモロの歌形（「歌型」）を以下のように考えている。aとする「前後の二節からなり、後節の第一行目は前節の一行目の対句をすえ、二行目以下は、前節のオモロの二行目以下の繰り返しである」タイプ、bとする「第一句から、対句をつらね、折り返しのない」タイプ、cとする「右の二つを組み合わせた」タイプの三つである（『おもろ新釈』）。これを外間守善は踏襲して、aタイプを「オモロ形式」、bタイプを「クェーナー形式」、cタイプをaとbが合わさった「複合形式」としている。(10) 仲原は、反復部を持つオモロはaとする二節の短いオモロだけであり、bは反復部の元々ないオモロ、cはaタイプにbタイプが合わさったタイプのオモロだとしたのである。これは、前述したように仲原がオモロを「第一期（部落時代）」「第二期（按司時代）」「第三期（王国時代）」という三つの歴史的な社会の中から生み出されたウタであるという認識と繋がっている。すなわち、aは「支配関係の稀薄な部落時代のもので、農村共同体を基盤とする」社会が生んだオモロで、「地方おもろ」などに多くみられる二節の短いオモロ、bは「按司時代を基盤とするもの。社会はすでに階級分化が行われ、社会秩序の支柱は固有のシャマニズム的信仰を克服した武力」が優位な社会で、「ゑさおもろ」をこの社会が生んだオモロとして考えている。そのオモロは反復部のない、あるいは囃子詞だけが付くもので、これをこの時代の典型的なウタとして想定していると思われる。cは「小規模ながら統一王国が成立、王城中心の消費都市が成立」した社会で、「神女おもろ」や第七の「首里おもろ」、第二十二の「公事おもろ」、「ゑとおもろ」をこの時代が生んだオモロと考えている。

一方、仲原に影響を及ぼした世礼国男のオモロの歌形（「詩形」）分類は、「琉球音楽歌謡史論」では「普通の反復法」と二タイプの「特殊反復法」が示され、二年後に書かれた「久米島おもろに就いて」では、「歌謡史論」の分類をより詳しくして「普通反復法」「逐次反復法」「交互反復法」「局部反復法」「対句反復法」「囃子反復法」という六つの歌形を提示している。世礼の歌形分類は、一節だけのオモロを除いて原則として全てのオモロには各節に記載の省略があるが「反復」する詞章が存在するとしており、その「反復」する詞章がオモロによって六つに分類できるとする。六つの分類が合理的であるかは別としても、オモロの各節に「反復」する詞章があるとする世礼の考え方は、今日のオモロ研究では共通の認識になっている先駆的な論である。紙面の都合でそれを詳しく紹介できないが、後に筆者や波照間永吉がオモロの記載のあり方を検討して、「連続部」の一部であっても省略される記載があり、それを復元しながら「反復部」の想定がなされなくてはならないという主張も[11]、世礼の歌形分類にはふまえられている部分があって驚かされる。世礼と仲原の歌形分類の大きな違いは、はっきりしている。世礼は原則として全てのオモロの各節に「反復」があるとするのに対して、仲原は各節に「反復」があるのは二節だけの短いオモロのaタイプ（外間の「オモロ形式」）のみで、bには「反復」はなく、cには第二節までは「反復」はあるが第三節以下にはないとする点である。

この相違は、何故生じたのか。それは、仲原がaタイプのオモロを古いオモロとし、bタイプが次に生み出され、cタイプがその次に生み出されたと考えたからである。その考えの前提になったのは、実は世礼が「歌謡史論」で記した「（筆者注。「こわいにや」は）おもろが単純な一事象を、対句を連ねて叙したり、又は、一事件の各部分を断片的に述べたのとは甚だしく趣きを異にしている。（途中省略）事件の展開が表現され内容の豊富に盛られてゐる点、確かにおもろよりも進んだ新しい詩であることが解る」と記した、「こわいにや」がオモロより新しいウタとした論に影響されていると考えられる。さらには、世礼の論文には広く文献が読み込まれていることを考えると、この論の背景にはウタの内容にかかわる問題ばかりではなく、「おもろ」と「こわいにや」が登場する史料上の年代値も勘案されていると想定される。すなわち、文献史料上は「おもろ」が早く、「こわいにや」が出てくる史料は後代の文献である。仲原は世礼の「おもろ」と「こわいにや」の先後関係を記した論と、自らが立てたオモロが三つの歴史的な社会から生み出されたウタであるとする論とを合わせるかたちで、前述したオモロの歌形分類を示したと推測される。仲原は歌形論については、世礼の研究を引き継がなかったのである。

研究史的にみれば、仲原の研究を外間守善が踏襲したことにより戦後のある時期までオモロの歌形研究、ひいてはオモロの解読の停滞が生じてしまったことは否めない。しかし、オモロの一節の詞章が「対句部」(「連続部」)と「繰り返し部」(「反復部」)からなり、これを別けて解読すべきだとした小野重朗の「分離解読法」の提示がきっかけになって、戦前に提出された歌形研究は再び前進したといえる。[12]「分離解読法」は、「反復部」が各節に繰り返されるという認識が前提となったオモロ解読論である。小野は戦前に琉球文学の本格的な概説書といえる『琉球文学』(弘文堂、一九四三年)を出し、琉球文学にかかわる論考として「蒲葵の花(下)」(『沖縄教育』第二九一号、一九四〇年一一月、「蒲葵の花(上)」は未見)、「沖縄文学韻律考」(『文化沖縄』第四巻七号、月刊沖縄文化社、一九四三年七月)を出している。その小野が戦後、沖縄タイムス社からのインタビューの中で「私が沖縄に行ったのは昭和七年、たしか、二十二歳の時だった」と述べ、「私は昭和十三、四年頃からオモロにひかれ、二高女におられた世礼国男先生から手ほどきをうけた。その先生が琉球新報に「琉球音楽歌謡史論」という論文を書かれ、それを読んだのが、オモロに対する目覚めでした」と答えている。[13]小野の『琉球文学』には、「参考書」に「琉球音楽歌謡史論」があげられ、既に「分離解読法」に繋がるオモロ理解が示されている。小野は証言通り、世礼から学んでいるのである。[14]しかも、小野は「くわいにや的詩形」という考え方を提示して「くわいにや的詩形の歌謡はおもろと共に又はそれよりももつと古いと考へられる。むしろ、くわいにや的詩形が、沖縄歌謡の母胎をなすものであつて、おもろはこの詩形から分枝発達(くわいにや的詩形の囃子詞が長くなり抒情的即興的になつたのがおもろである）したもの」であると記している。小野は「こわいにや」を実体として考えたのではなく、あくまで歌形（「くわいにゃ的詩形」）としてと捉えたのであり、「こわいにや」は内容等から「おもろよりも進んだ新しい詩である」とは考えなかったのである。これが、小野の勝れた点であるといえる。研究成果からいえば、仲原はその小野に学ぶことが出来たはずだが今まで述べてきたように、仲原は小野の研究を採り入れていない。

それはともかくとして、証言にもあるように小野が新おもろ学派といわれた島袋全発から学んだのではなく、世礼国男から学んだことが大きかったのではなかったか。本稿はこれ以上論じる余裕はないが、「久米島おもろに就いて」には「この名称（筆者注。「反復法」）は、従来転《マ》読《マ》法（筆者注。「展読法」）と称せられた―島袋全発氏を中心とするおもろ研究会に依つて創意唱道された『おもろ双紙』の読法に基いて命名したものである。転読法と云ふ名称は、おもろ双紙の読法に限定されるもので、私はおもろといふ歌謡の立場から之に反復法なる名称と、次のやうな定義を与へてゐる。即ち、反復法とは第一章（聯）中の第二節（筆者注。第二行のことか）以下の或る部分を第二章（筆者注。第二節のことか）以下の同じ節（句）に於て反復歌唱するものである」とある。世礼の「反復法」は、島袋の「展読法」を一般の歌謡のひとつとしてオモロを解読する立場から捉え直そうとしていることが分かる。[15]島袋全発等と世礼国男とは同じ新おもろ学派といわれながら、関連した論文を発表した時期が七、八年ほど異なり、またその内容にも違いがある。いずれにしても、戦後のオモロ研究の出発時において中心的な役割を果たした仲原善忠も、戦前から勝れた琉球文学の解説書を出し、一九七〇年代に「分離解読法」を提出して新たなオモロ研究の契機を作った小野重朗にあっても、同じ時期に世礼からオモロ研究を学んだのである。この意味は大きい。すなわち、戦後のオモロ研究の礎は世礼国男によって切り開かれたのである。勝れた研究を残した世礼国男の業績については、改めて別に論じてみたい。

なお、本稿に連続して「オモロ研究史――いわゆる新おもろ学派を中心に――」（『沖縄文化研究』第四〇号、法政大学沖縄文化研究所、二〇一四年）を書いた。合わせて読んでいただければ幸いである。

（1）実は柳田の沖縄（研究）に対するこのような思いは、敗戦直前の一九四五年八月二日の『朝日新聞』に載る「若き後輩の為に」と題する記事に既にみられる。記事は、柳田が「沖縄玉砕」の悲報に接し自分が所蔵する蔵書を役立てる計画を立てているとしている。『沖縄文化叢説』刊行の目的は、「沖縄文庫準備」のための資金を作る目的でもあった（拙論「「島袋源七」研究—ある「沖縄学」研究者の足跡—」『立正大学大学院紀要』第三〇号、二〇一四年）。

（2）第一期『沖縄文化』は通巻第八号から『文化沖縄』と改題される。また「おもろ評釈」も通巻第二〇号から「おもろの研究」に名を替えて連載される。第一期『沖縄文化』の最終号は、第二七号（一九五三年二月）である。この連載は後に「おもろ評釈」として『仲原善忠全集』第四巻（沖縄タイムス社、一九七八年）に収録される。

（3）池宮正治「仲原善忠—おもろ研究の軌跡」（池宮正治『琉球文学の方法』三一書房、一九八二年）。

（4）『かゞり糸』の現物は確認していないが、『おもろのふし名索引』の奥付の裏には『おもろ双紙の基本的研究第一集　かゞり糸　第十一巻第二十一巻の比較研究』とある。なお、『かゞり糸』『おもろのふし名索引』は、仲原善忠・外間守善『おもろさうし　辞典総索引』角川書店、一九六七年の「付録」に翻刻されている。

（5）拙論「『おもろさうし』第二十一巻と第十一巻の重複—『おもろさうし』再編纂に関わって—」（拙著『『おもろさうし』と琉球文学』笠間書院、二〇一〇年）。

（6）「琉球音楽歌謡史論」は、『新沖縄文学』第二三号、第二四号（沖縄タイムス社、一九七二年、一九七三年）や『世禮國男全集』（野村流音楽会、一九七五年）の中に翻刻されているが、一九四〇年の『琉球新報』が揃わないためにいずれも完全な翻刻がなされていない。特に『全集』の翻刻は誤植が多く、その上、欠落している箇所の明示もなく、不正確である。なお、「琉球音楽歌謡史論」の連載は、第一回から三五回までが四月二日から五月一〇日まで、第三六回から六一回までが六月九日から七月四日まで、第六二回から八七回までが八月十日から九月二十一日かの三段階に亘った連載である。それぞれの最後の回（三十五回、六一回、八七回）には「未完」の記載がある。最終回だと思われる八七回にも「未完」の記載があることを考えると、世礼は「歌謡史論」を完成したものとしていなかったか。

(7)『おもろ新釈』は「(イ)地方おもろ(ロ)ゑさおもろ(ハ)ゑとおもろ(ニ)こねりおもろ(ホ)あすびおもろ(ヘ)名人おもろ(ト)神女おもろ(チ)公事おもろ」の八分類で、世礼より二分類多い。違いは、仲原は「名人おもろ」(第八)と「公事おもろ」(第二十二)を立てている点である。ただ、世礼は同論文の別の箇所で「神事典礼のおもろ」(仲原の「神女おもろ」と「公事おもろ」)、「地方おもろ」「ゑとおもろ」「おもろねやがり、あかいんこ頌歌」「こねりおもろ」とも分類している。

(8)東恩納の世礼批評(「賞賛の辞」と「御叱正」「御指導」)がどのようなものであったかは、『東恩納寛惇全集』にそれらしいものを確認出来ない。但し、世礼の文章から世礼が「にしの平等」「はへの平等」を「にしのこおり」「はへのこおり」としたことへの批判だったことや首里城の城門の一つである「みものおぢやう」について「教示」を請うていたことは推測できる。なお、西城の評の中に若くして亡くなった佐喜真興英へ対する高い評価を示した箇所があるが、仲原の論文に「佐喜真興英の業績について」(『おきなわ』第二巻六号、一九五一年)があってこれと照応している。

(9)『仲原善忠全集』第四巻(沖縄タイムス社、一九七八年)の「年譜」。「年譜」によると一九三九年に「本職及び兼職をやめ、講師になり」とあり、正確には一九四〇年の時点では「教授」を退いていたかもしれない。その事情についても、池宮は仲原の文章を引いて言及している(注2の論)。但し、成城学園教育研究所に保管されている職員名簿によると、少なくとも仲原は一九四四年まで正職員である。一九四五年は不明だが、一九四六年に非常勤講師になっている。

(10)外間守善「おもろ概説」(外間守善・西郷信綱『日本思想体系　おもろさうし』岩波書店、一九七二年)。

(11)拙論「オモロにおける「対句部」と「反復部」の想定について」(『地域と文化』第三一・三二合併号、ひるぎ社、一九八五年)、「類型表現からみるオモロの「連続部」「反復部」の想定」(『球陽論叢』同刊行委員会、ひるぎ社、一九八六年)。波照間永吉「オモロの対句部と「反復部」をめぐって―オモロの「反復」を中心に―」(『琉球方言論叢』同刊行委員会、一九八七年)、「『おもろさうし』の記載法―記載の省略とオモロの本文復元をめぐって―」(『文学』第五七巻一一号、一九八九年)等。

（12） 小野重朗「朝凪・夕凪のオモロ―分離解読法提唱―」（『沖縄文化』第三八号、一九七二年）、「オモロの抒情性と作者―分離解読法批判に答えて」（『文学』第四三巻、一一号、一九七五年）、「こねりオモロについて」（『沖縄文化』第四四号、一九七五年）等、いずれも小野重朗『南日本の民俗文化　増補南島の古歌謡』（第一書房、一九九五年）収録。

（13） 「小野重朗」（『沖縄タイムス』一九五八年一〇月一一日記事）。なお、インタビュー記事の中で興味深い点は、小野が一番親しかったのは「詩人の仲村渠」だと述べていることである。小野は仲村渠の刺激を受けて詩も書いていたとも述べている。戦前、沖縄において小野は歳時記や俳句、短編小説を『沖縄教育』や『文化沖縄』等に発表している。世礼は詩集『阿旦のかげ』（一九二二年）を世に出した詩人であり、世礼と小野の繋がりはまず文学創作者としての繋がりであったということかもしれない。

（14） 末次智「分離解読法への前哨―沖縄神歌学会の時代と小野重朗」（『小野重朗著作集5　月報』第一書房、一九九四年）も、世礼と小野の関係に言及している。

（15） 島袋全発が「展読法」を本格的に展開した研究は、「おもろさうしの読方―展読法の研究―」『沖縄教育』第一九八号、一九三三年十二月）である。他にオモロ関連の論文は「うらおそいのオモロより」（『創立五十周年記念誌　浦添尋常高等小学校』一九三三年十一月）、「オモロ研究の二大収穫　附「やりかさ」「おしかさ」の意義」（『琉球新報』一九三二年一一月十七日）、「中山世鑑のオモロ」（『琉球新報』一九三三年八月二一～二三日）等がある。

コラム

六、七十年代のこと

森　朝男

私は万葉集を専攻して、卒業論文には万葉集全体を年代的に追い、主題や表現の推移を見渡したような内容のことを書いた。その中で人麻呂につき巡游伶人説についてふれた部分があった。口頭試問の場で窪田章一郎指導教授から、「君は巡游伶人説を信じられますか」と尋ねられた。もちろん私も当時半信半疑だったと思うが、近代作家のありようとは異なる古典作家の存在様態がこれには凝縮しているようで、強く惹かれていた。その辺を指導教授の直截な試問にたじろがず十分に答えた自信はなかった。一九六四年のことである。

当時、国文学の民俗学的方法は台頭しつつあったが、折口は國學院や慶応以外では、あまり読まれず、全集は出ていたが全巻が並べてあったのは渋谷の大盛堂書店ぐらい、大学院に進学して見わたすと、折口に関心を持っていたのは三谷邦明さんと、沖縄から来た後に琉球文学の専門家になった池宮正治さんくらい。OBらにもいなかった。学会では折口学に基づいた発表には、折口学が問題にする幻想領域が実体と受け取られ、質疑はかみあわずいつも議論にならなかった。山路平四郎教授は折口を読んでいたが、私たちには、「國學院のお弟子たちも折口説に乗っかってものを言うのでなく、折口さんの説を丹念に論証する方に力を注いでくれるといいのだが」と言われたことがあった。我々学生に慎重な読みを促す気持ちから言ったのだったろう。その後七十年代頃と思うが、多くの、むしろ国文学畑でない人たちが折口学に注目し、文庫版の全集も出て読まれた。古橋信孝さんや藤井貞和さんが、文学の発生論を考え始め、この人たちは折口をきっと読んでいるなと思ったのもその頃だ。

万葉集に関心を持ったのは、歌に情熱が潜んでいるからだった。その情熱を古代性として取り出したかった。もちろん迷いや試行錯誤があったからその一点に集中してきたわけでもなかったが、古代歌謡も私にはその情熱をもっと豊かに秘めたもののように思えた。和歌に比べると不定型であったり、ことばに巧みでなかったりする。それは歌うことに伴う情熱以外の何物でもない荒々しさとして映った。歌垣とか宴とか、あるいはその奥に隠れている祭式や禁忌が、これを底支えしているとも思えた。それは私の胸中では、折口民俗学と繋がっていた。

先後の研究の大きな潮流として歴史社会学があり、古代の分野でも数々の研究が出た。北山茂夫・川崎庸之らの歴史家たちが万葉集にも発言していたが、多くは歌々を政治史的情況の中に捉えていて、けっこう読んだがあまり魅力を感じなかった。西郷信綱の『日本古代文学史』（初版）や『万葉私記』はすでに私の学部入学以前に刊行されていたのを、大学院進学前後に読んだ。前者には私はほとんどついて行けなかったが、後者は感銘を受けた。『詩の発生』も読んだ。これは、文学の発生情況を抱え、それと切り離せない古代文学の領域を、どう方法化するかというとりくみが感動的だった。私の中にはしかしその明晰さに距離を置きたいという、多分私のどうにもならない資質から出るものというほかにない気持ちもあった。でもその後

『古代人と夢』『古事記研究』等から多くを学んだ。一方山本健吉の『柿本人麻呂』が学部の頃出て、これは愛読書になった。大学院に入ると先輩たちから去年はサブゼミのような場で取り上げたと聞いて、残念に思ったことを思い出す。この本はT・S・エリオットと折口を基礎にした、近代的な個性主義に立つのとは異なる古典作家論であった。

七十年代中頃になって古代文学会は我々、当時三十歳代が主要なメンバーになり、多くの同世代の人たちと出会うことになった。古代の祭式について共同研究をしようということで、延喜式の神祇部を読む研究会を作ったり、古代文学会の夏季セミナーで発生論・様式論など、従来の研究対象の方から決められたテーマとは別に、方法の方から決めたテーマで共同研究をし、本にもするという流れができた。方法ということに特に意識的であった古橋さんが、テーマの設定など終始リードしてくれて、私も推進役の端に加わっていたが、むしろ蒙を啓かれることの方が多く、鍛えられたという印象が強かった。様式論の共同研究で学んだことは、私にはその後特に大きな結果をもたらした。

私的なつぶやきに終始し、しかも歌謡研究に焦点を絞った書き方にもならなかったが、研究史をふり返ることに繋がれば幸いである。

Ⅵ　歌謡研究概観

歌謡研究概観

山崎健太・綱川恵美

一　古代歌謡の範囲

当会は「古代歌謡研究会」と自らを呼称するが、その設立当初の問題意識に従って、研究する対象としての「古代歌謡」がどういった範囲を含みこむのか、そしてその呼称を如何なるものとして定義するのかを明示しておく必要がある。この段においては、当会の研究対象としての「古代歌謡」の範囲を示し、研究用語としての「古代歌謡」を当会がどのように定義するのかを示すものとする。その上で、範囲に含まれる主要な研究用語について、それらの具体的なありようと研究史上どのように扱われてきたのかをまとめ、今後の「古代歌謡」研究に資するものとしたい。

「古代歌謡」という言葉は、「記紀歌謡」、或いは「民謡」（※独立歌謡）という言葉と密着して捉えられてきた経緯がある。「古代歌謡」という概念がそのものとして研究の対象と捉えられたのが土橋寛に始まるからであろう。

それ以前、高木市之助の段階において、考察の対象はあくまで「記紀歌謡」とその内に見出せる「民謡的要素」であった。土橋は『古代歌謡の世界』（塙書房　昭和四三年）において、〈古代歌謡〉（土橋独自のものなので表記を分ける）という概念を立て、その為の考察の対象を「記紀、風土記の歌謡」と定めた。それらの中から真に「民謡」（土橋の定義による）であるものを抽出することによって、古代に実際に歌われた歌の実態を探ろうと試みたのである。土橋にとって、『古事記』『日本書紀』の歌謡は、実際に歌われていた歌を物語の中に組み込んだ「独立歌謡」と、物語を筆録する作者が場面に合わせて作成した「物語歌謡」とに分けられるものであり、その、「独立歌謡」なるものだけを実際に歌われていた歌謡として定義し、〈古代歌謡〉の実態の推定の材料とした。つまり、土橋にとって、自身の定義した「独立歌謡」だけが考察の対象となるべき、実際に歌われた〈古代歌謡〉であり、それらを「抽出する」母胎としてのみ「記紀と風土記の歌謡」を扱ったのだといえる。

実際に土橋の歌謡の分類には問題も多く残されており、「独立歌謡」のみが〈古代歌謡〉であるというその枠組みをそのまま受け入れるわけにはいかないのだが、土橋以後、彼の方法論を措いて、「独立歌謡」「物語歌」という分類用語のみが独り歩きして多く使われてきた。ただ、それらの用語は、「記紀歌謡」をテクストの中でどう読むかという各歌謡それぞれの問題を論じるに際し、その歌謡の実態の判定にのみ用いられることが多いようだ。「古代歌謡」そのものの定義に立ち入らず、「記紀歌謡」の読解のための手段として土橋の発明したこれらの用語が用いられることが繰り返された結果として、漠然と「古代歌謡」と「記紀歌謡」或いは「民謡、独立歌謡」といった研究用語が、その区分を曖昧にしながら用いられる現状があるのだといえる。

古橋信孝もまた、「古代歌謡」という研究概念を立てている。ただ、その範囲は土橋のものと大きく異なり、その著書『古代歌謡論』では、オキナワの「神謡」の表現の様式を分析することを、そのまま所謂「古代歌謡」の表現の分析と重ねている。これを可能にするのは、オキナワの村落に普遍的な「古代」を見出している古橋の理解である。古橋の定義する「古代」とは、「共同幻想」と「個幻想」とが互いを装いながら現れている時代ということである。そういったありようをしているオキナワの村落に現に生きている「神謡」を表現から分析することによって、「古代」の言語表現の様式そのものに近づくことができるとする。

琉球列島の歌謡を「古代歌謡」研究の資料として使用する方法は以前よりあるが、同じ日本語文化圏で、それらの表現様式が所謂「古代歌謡」に近似しているというだけでは、その必然性を明らかにしたとは言えない。藤井貞和は『古日本文学発生論』の中で、琉球歌謡と所謂「古代歌謡」を含む日本の古代文学との構造的共通点を具体的なレベルで論じることで、古代の日本の文学の発生そのものを論じようとした。居駒永幸は著書『古代の歌と叙事文芸史』で、「古代歌謡」ではなく「古代の歌」という概念を立て、その発生を探る方法として、琉球歌謡の表現様式がどのように生成されてきたかを論じている。居駒の議論は、歌の表現様式の発生を論じることで、歌そのものの持つ叙事性を明らかにし、「記紀歌謡」が、その叙事性を以てどのように記紀のテキストの語りに参与しているかを説明しようとしている。終局的に見ようとしている結論はそれぞれ異なるのであろうが、古橋、藤井、居駒に共通して言えるのは、琉球歌謡を、表現様式の発生のレベルで「古代的」であると捉えているということである。文学表現が「古代的」である、というのは定義が非常に難しい問題ではあるが、その社会の持つ文学表現が、その社会が共同して持つ発想、認識を踏まえなければ理解できない現れようをしている状態、と言えばよいであろうか。古橋の表現を用いて言うのであれば、文学表現のありようが、「共同体」の持つ「幻想」との関連を失っていない、文学表現が共同性を保ちえている、ともなろう。奄美沖縄に残る歌謡が、そういった社会のありようから発生してくる文学表現の様式を多分に含みこんでいるというのが、当会の研究対象としての「古代歌謡」に、奄美沖縄の歌謡を含む理由である。奄美沖縄の歌謡が、所謂一般的な「古代歌謡」たるところの「記紀歌謡」などの解釈に役立つから、というのではない。その歌謡の表現様式の中から「古代的」

なありようを探ってゆくという方法を、研究として共有してゆけるからである。もちろん、琉球歌謡の保存された近世~現代の琉球の社会のありようと、「記紀、風土記の歌謡」が筆録された古代日本の社会のありようは一元的な位相に捉えられるものではない。だが、大和の「古代歌謡」と琉球歌謡をともに論じる意義は大和の古代を研究する側から言えば、オキナワでは現に生きている「神謡」の表現構造を見てゆくことで、「古代歌謡」にはわずかにその断片を残して、歌を支えている歌表現を発生論的に捉える視座を持つことが確保される一方で、琉球歌謡を研究する側からすれば、現前している文学表現を相対化してゆく対象として大和の古代歌謡研究を捉える事ができる点にある。それぞれの文学表現研究を方法のレベルで相対化し得る者同士が隣接することは、どちらの研究にも大きく与するであろうことは疑えない。

翻って、一般に「古代歌謡」と捉えられる「記紀、風土記の歌謡」を見てみると、実際に、歌謡の歌詞そのものを解釈するだけでは合理的にテキストを理解できないものが、多く議論の俎上に上ってきていることがわかる。もちろん、それをどのように説明してゆくかというのは研究者各人の方法の問題であるが、そこに「古代的」社会への理解の欠落を見るのが当研究会の立場という事になる。そこにある言葉の理解からだけでは、現代人の理解の範疇を逸脱している表現のありようが許される、「古代的」な論理とは何であるのか、その論理はどのように生成されてくるのか。そういった表現が現前する事態を、古橋の表現で言えばそれは「共同幻想」の喪失（※読み手側の）であろうし、居駒の表現で言えば「歌の叙事」という概念の欠落（※同前）であろう。そこにどういった物を想定してゆくのかは各人の方法の問題であるし、会として規定するものではない。ただ、そういった「古代的」観念、論理を想定しなければ解釈できないであろう歌謡を含むテキストが、当会が「古代歌謡」を含むものとして研究対象にするところのものである。

具体的に挙げるとすれば、『古事記』『日本書紀』『風土記』『琴歌譜』『神楽歌』『催馬楽』の歌謡、奄美沖縄の琉球歌謡群ということになる。この研究用語概観においては、古代日本のものと琉球歌謡に関して研究用語の項を並立してある。互いを密に参照されたい。

（山崎）

二　総論

宮廷歌謡と記紀、風土記歌謡

「宮廷歌謡」とは、元は土橋『古代歌謡の世界』において歌謡の分類の一ジャンルとして立てられた項目である。字義どおりに言うのであれば、宮中に保存された歌謡、という分類になる。『琴歌譜』は宮中の大歌所に行われた歌謡の譜面であるから、時代は下るとはいえ、「宮廷歌謡」を伝えるものと見て間違いはない。従って、記紀にある歌謡が、『琴歌譜』に見える例などは、「宮廷歌謡」が記紀に使用されているとみてよい。具体的な例でいうと、『古事記』「允恭記」の軽皇子の歌謡として

天皇《すめらみこと》崩《かく》りましし後、木梨之軽太子《かるのひつぎのみこ》日継知らしめすに定まれるを、未だ位に即きたまはざりし間に、其の伊呂妹軽大郎女《かるのおほいらつめ》に姧《たは》けて歌曰《うた》ひたまひしく

あしひきの　山田を作り　山高《やまだか》み　下樋《したび》を走《わし》せ　下娉《したど》ひに　我が娉《と》ふ妹《いも》を　下泣きに　我が泣く妻を
今夜《こぞ》こそは　安く肌触れ

此は志良宜《しらげ》歌なり。

という記述が見える。これは『日本書紀』の同じ段にも類似の縁起を伴って見え、『琴歌譜』にもほぼ同一の歌詞である歌謡が、『古事記』とは異なる縁起を二つ伴って兹良宜歌という歌曲名で記される。字義通り、「宮廷歌謡」と考えるべきものである。

また、『琴歌譜』によるわけではないものの、具体的に宮中に行われていたことが確認できる歌謡も存在する。『古事記』「応神記」吉野国主献歌の段に

吉野の白檮の上に横臼を作りて、其の横臼に大御酒を醸みて、其の大御酒を献りし時に、口鼓を撃ちて、伎を為て、歌ひて曰はく

白檮の生に　横臼を作り　横臼に　醸みし　大御酒　美味らに　きこしもちをせ　まろが父

此の歌は国主等が大贄を献る時々に、恒に今に至るまで詠ふ歌ぞ

という記述があり、『日本書紀』応神天皇十九年の段にも吉野国樔からの土毛の献上の記事として、十九年の冬十月の戊戌の朔に、吉野宮に幸す。時に、国樔人来朝り。因りて醴酒を以て天皇に献りて、歌して曰さく、

白檮の生に　横臼を作り　横臼に　醸める大御酒　美味らに　きこしもちをせ　まろが父

とまをす。歌ふこと既に訖り、則ち口を打ちて仰ぎ咲ふ。今し国樔、土毛を献る日に、歌ひ訖りて即ち口を撃ちて仰ぎ咲ふは、蓋し上古の遺れるなり。

更に『政事要略』所引の、『西宮記』逸文、「辰日新嘗会豊明賜宴事」の中に吉野国栖の奏歌の歌詞として

賀芝乃不尓　与古羽須遠恵利天　賀女多於保美岐　味良居於世古世　丸賀朕

という記述が見え、これ等の歌詞がほぼ同一であることから、これが宮中において実際に歌われていた歌謡であることが確かめられる。さらに言えば、『古事記』の「其の大御酒を献りし時に、口鼓を撃ちて、伎を為て、歌ひて曰はく」という記述を見てみると、『日本書紀』にこの歌に伴う動作として「歌ふこと既に訖り、則ち口を打ちて仰ぎ咲ふ」とあるのと完全に一致していることまで確認できる。その後の叙述を併せて考えれば、これが記述された現在において、この歌謡と共に行われる動作が描写されたものらしい。『古事記』もまた「此の歌は

国主等が大贄を献る時々に、恒に今に至るまで詠ふ」としているのだから、『古事記』『日本書紀』双方の「今」においてこの歌謡は「歌ひ訖りて即ち口を撃ちて仰ぎ咲ふ」動作とともに宮中で奏されていたと理解できる。これも「宮廷歌謡」と考えるべきものであろう。

ここまで挙げたように、明らかに宮中で歌われていた、保存されていたことが確認できる歌謡であれば問題はない。議論になるのは、「宮中にあった」証拠を他の文献から探ることのできない歌謡である。具体的な例を見てみよう。『古事記』「仁徳記」女鳥王の段に

梯立の　倉橋山を　険しみと　岩かきかねて　我が手取らすも

という歌謡が見える。これは『風土記』『万葉集』に類歌があり、それぞれ、『肥前国風土記』逸文、歌垣の歌として

あられふる　杵島が岳を　峻しみと　草採りかねて　妹が手を取る　是は杵島曲なり

『万葉集』巻三、仙柘枝の歌として

霰降る　吉志美が岳を　険しみと　草取り放ち　妹が手を取る　（3　三八五）

という形になっている。土橋は『古代歌謡全註釈　古事記編』の中で

『古事記』のほうは、速総別王と女鳥王の逃避行の物語にこの民謡を取り入れるために、地名を「椅立の倉椅山」に改め、民謡の滑稽の手法である否定的転換形式を、速総別王たちの逃避行の心情表現への転換、山の嶮しさの写実的表現のために「草取りかねて妹が手を取る」を「岩懸きかねて我が手取らすも」と改作したのである。この原歌が『風土記』逸文に記録されているために、それがどのような手続きで『古事記』の中に物語化されたかを具体的に知ることができるのは、まことに偶然な幸運といわねばならない。

として、九州、肥前の国の「民謡」が『古事記』筆録者によって採録、改作されて『古事記』の中に見えるのだ

とする。土橋の論理構造を受け入れるのであれば、「独立歌謡」かつ「民謡」である『風土記』歌謡が、もとあった地域から『古事記』にも、『万葉集』にも形を変えて採録されたということになる。土橋の分類からいえば、「宮廷歌謡」にはあてはまらぬものとなる。ただ、土橋の議論に対しては、神野志隆光から

実体的直接的に民謡との関係においてのみ捉える必然性が、民謡と、これを「転用」したり、歌い替えて「物語歌」をつくったりする者との通路の問題としてはたしてあるのだろうか。つまり、そのまま「転用」するにせよ、歌い替えの形で「物語歌」をつくるにせよ、民謡としての実態を認めつつそれとの直接的なかかわりにおいて考えることが、特殊な個別の事例と言うようなことでなく、うたの状況の問題として説得的に論理化されているであろうか（「歌謡物語」『古事記の達成』）

という反論も提出されており、現在、「民謡」が直接転用されたとする土橋の論理構造をそのままに受け入れる論者は少ない。だが、そういった歌謡がどこから「記紀、風土記」に持ちこまれたのか、ということには様々な立場が存在する。山路平四郎は『記紀歌謡評釈』において

およそ物語を潤色する方法に、地名起源説話をもってするものと、歌謡をもってするものがある。勿論、地名説話を随伴させる心理は単一ではなかろうが、その中には、物語の信憑性の実証と云うことが含まれていよう。地名とは、現に目前にあるものである。現にあるものに寄りかかって物語を展開することは、その物語があったと云うことの説き明かしとなろう。そう考えれば、物語を潤色する歌謡も亦、現に謡われている歌謡でなければ意味をなすまい。おそらく、『古事記』の歌謡は物語の成立時点で、宮廷内に保存されていた歌曲か、普遍性をもっていた歌謡であったろう。『古事記』が『書紀』に比して、「大歌」の名称を明記することが多いのは、氏の出自に関して饒舌であることと共に、『書紀』に比して、より多く私的な口頭伝承によった実証性の薄弱さを、外に対してカバーする示威であったようにも思われる。

としている。『古事記』の歌謡が全て宮廷においてなにがしかの蓋然性を獲得していたものでなければならないとする議論である。山路の論理を受け入れるのだとすれば、いわゆる「記紀歌謡」は全て「宮廷歌謡」という定義が可能であるということになる。

山路の構造をおおむね引き継ぎながら、都倉義孝は『古代王権の語りの仕組み』の中で「杵島曲」に関して以下の様に論じている。

仮にこの万葉歌の原型が風土記歌謡であるとするならば、地方歌謡が朝廷に奉献され、宮廷歌謡となった段階で、表現を活性化せしめていた根生いの場の衝撃が喪失したということが想像できるであろう。共同体的場からひきはがされることで、場によって規制され場に密着した表現部分が死に、本旨の部分が新たな知の文化の場（宮廷社会）で孤立し観念化・普遍化→感情化され、歌謡が新しい場で独り歩きしだすのである。この仮定をはずしても、仮定によって導き出された想像、地方歌謡の宮廷歌謡化によって個の情の表白としての読み換えの可能性が胚胎する、という過程は多くの歌謡の場合に当てはまるということがおよそ考えられるであろう。

都倉の想定しているのは、元来、地方にあった歌謡であっても、宮廷に一旦入ることによって「宮廷化」し、「宮廷歌謡」となるということである。もとは様々な位相にあった歌謡が一旦「宮廷歌謡」となる過程を経て「記紀歌謡」の素材となったということであろう。山路や都倉のこれ等の発想が成り立つ根拠として、『日本書紀』の

二月乙亥朔癸未。勅大倭。河内。摂津。山背。播磨。淡路。丹波。但馬。近江。若狭。伊勢。美濃。尾張等国曰。選所部百姓之能歌男女。及侏儒・伎人而貢上（『日本書紀』天武天皇四年）

という記事が指摘できる。地方にあった歌謡が宮廷に摂取される過程が想定できるのである。ただ、同じ記事を

根拠としながら、「記紀歌謡」の違ったありようを想定する論者も存在する。神野志は前掲の著書の中で

共同体を解体・再編する王権の展開において生まれてくる個人（貴族社会を中心として見るべきであろう）は、すでにあるうたを再生産しつつ、自らのうたとする形でうたっていくしかない。同じうた、同じ発想・表現を共有しつつ、しかしただ重なっておわってしまうのでなく、改修を加えたりして洗練を獲得し、個性化し内面化する

として、「記紀歌謡」の母胎を、宮廷社会に保存された歌謡ではなく、宮廷社会にある「個人の歌」と想定する。個として目覚めつつあった記紀編纂当時の宮廷人たちが、「天武紀」の記事にあるような地方の歌の奉献を受け、その表現を使用しながら自身の個的な表現として歌い直したものが「記紀歌謡」のもととなっているというのである。神野志の想定しているものを「宮廷歌謡」と呼称してよいかどうかは難しい問題である。実際、神野志は「個人のうた」という表現をしており、「宮廷歌謡」という用語のレベルを想定していないであろう。ただ、「記紀、風土記歌謡」の母胎として「宮廷歌謡」を想定する議論が多い中で、違う位相にその母胎を想定する議論としてここに掲げておくものとする。

「杵島曲」と同じく『古事記』と『風土記』に類歌がある例として「仁徳記」黒日売の段の歌謡を見てみる。

倭方に　西吹き上げて　雲離れ　退き居りとも　我忘れめや

これは、『古事記』では、仁徳を倭に送る黒日売の歌として、おなじく「やまとへに」という歌い出しをもつ歌謡と並べられている。『丹後国風土記』逸文には、浦嶋子伝説のなかに

大和へに　風吹きあげて　雲放れ　退き居りともよ　吾を忘らすな

という類歌が見える。これは浦嶋子伝説の中で神女と読み交わした歌群の中にあって物語内部での他の歌との結びつきも強く、『風土記』（地方）から中央に奉献され、それが『古事記』にも使われたとは断言しづらい例であ

る。これらと類同の歌謡が宮廷にあり、それが『風土記』にも『古事記』にも用いられたと考える方が説明をつけやすい例としてあげておく。『風土記』歌謡もまた「宮廷歌謡」の提供を受ける、あるいはその影響下にあると考えた方が理解しやすい場合もあることを確認しておく。

ここまで見たのは言葉としては「宮廷に保存された歌謡」、と定義され、その理解には揺れが発生しにくい「宮廷歌謡」という用語であるが、その「宮廷に保存される」という点に関し様々な理解があり、それが「記紀、風土記の歌謡」にどのように影響を与えていると考えられているか、という内容である。ここではあえてそれらに対し価値判断を付す事はしない。研究用語のまとめとして参照されたい。（山崎）

琉球歌謡

琉球文学のうち主流をなすものは、人びとによってうたいつがれてきた歌謡である。琉球の歌謡は、方言の著しいシマ（地域）ごとに、あるいは歌謡を育んだ時代ごとに、その呼称や形態が異なり特色がみられる。日常語とは異なった韻律をもつ詞章が、多く儀礼や祭式の場でシマジマの方言によって生成、発展してきた。その発想や内容、表現などがじつに多彩であるが、全体的に呪禱的な性格が強い。神のことばとして、あるいは神への崇拝のことばとして、またあるいは神に祈願することばとして、唱えられたりうたわれたりした韻律をもつ詞章は、琉球のシマジマで今でも豊かにみられる。

詩形は全体的に不定型である。なかには『おもろさうし』に記載されたオモロのように「一」「又」をそなえた独自の様式をもつものや、琉歌やシマ歌のように定型化したものがあるが、一般には不定型短詩形のものや、叙事的な展開をもつ不定型長詩形のものまであって、短いもので二、三行、長いものになると数百行におよぶ。現在残るもっとも長い歌詞はクェーナの「ヤラシー」で、六五二句から成る。古くは総じて長詩形のウタがよく発達していたと推測される。修辞の面では、対語・対句の多用が際立つ。対語・対句を用いて事象を羅列し、反復していく技法は、記紀歌謡や『万葉集』の長歌にもみられるが、琉球の歌謡においていっそう顕著で、長詩形の歌謡だけでなく、短詩形の歌謡においても対語・対句がよく用いられている。

琉球文学において明確に系統立てて分類をする方法は研究史上模索されてきたが、形態・内容・機能等が充分に勘案された「歌謡」の分類はいまだにでていないのが現状である。なかでも特筆できるのは、池宮正治が琉球文学を内容から「古謡／物語歌謡／短詞形歌謡／劇文学／和文学／漢文学」に区分する分類である。琉球文学の中心である琉球語による文学形象を中心軸として、古謡、物語歌謡、短詞形歌謡（抒情詞）があり、その外縁に和文学、漢文学があるという位置づけである。その枠組みをふまえ、文学が担われ伝えられた主体に注目して、琉球文学を主に村落に伝わる口頭による文学と、琉球王府の編纂によって書かれた宮廷の文学とに大別することができる。もちろん、二つは別個に存在するものではなく、基本的なあり方として、村落の文学は宮廷の文学の基層を支えており、宮廷の文学は村落の文学に影響しているという関係になっている。しかし、村落と宮廷の文学が存在しているというところに琉球文学の特徴がある。ここでは、ひとまず村落と宮廷の文学に分けて考えてみたい。

まず村落の文学は、祭祀を含めた生活の中に存在する歌謡群が中心を占める。古謡、物語歌謡、短詞形歌謡、うわさ歌等がここに含まれる。ここでいう古謡とは、マジカルな力を持ったことばによって形象されたもので、多くは祭式や儀礼に保存されたウタであり、神々や英雄の物語をうたった叙事的歌謡も含まれる。長詞形の歌謡は、方言差の著しいシマごとに、その呼称や形態が異なる。奄美諸島ではクチ、ターベェ、オモリ、ナガレ等、沖縄諸島ではマジナイグトゥ、ミセゼル、オタカベ、ヌダテグトゥ、ティルクグチ、ティルル、クェーナ、ウムイ、オモロ等、宮古諸島ではマジナイグトゥ、ニガリ、フサ、タービ、ピヤーシ、ニーリ、アーグ、クイチャー等、八重山諸島ではカンフチィ、アヨー、ジラバ、ユンタ等である。これらは主に祭祀の場で唱えられ、うたわれる。特に、短詩形歌謡を発達させた奄美・沖縄諸島ではその傾向が著しく、長詩形歌謡が祭祀歌謡の中に限定されるようにして存在しており、これと引き替えるようにして日常の場においては短詩形歌謡がさかんである。短詞形歌謡は、宮古のトーガニやシュンカニ、八重山のトゥバラーマやションガネなどの不定形の抒情詩や、沖縄本島の琉歌や奄美のシマ唄のような四句体八八八六音を中心とした定型の抒情詩を含んでいる。しかしウタ掛け（男女によるウタによる掛け合い）がさかんな奄美地域や、沖縄本島地域の旧暦七月や八月に女性によってうたわれる臼太鼓とよばれるウタは、八八八六音になっていないウタが少なからずみられる。これは、琉歌が基本的には謡い物、歌謡としての性格をもつことを物語るもので、囃子を含めたうたい方によって音数（拍数）を柔軟に調整することによる。

一方、宮古、八重山諸島においては、日常の場においても長詩形歌謡がうたわれることがあり、祭祀の場だけではなく祭祀の外においても生きたウタとして存在している。特に八重山の歌謡には、主人公を庶民的な人物とする物語歌謡といわれるウタが、ユンタやジラバ等の中にみられる。また、八重山には、長詩形の歌謡を三味線にのせてうたう節歌と呼ばれるウタもある。これは、古謡に比べて新しいウタである。対して、宮古の歌謡は、ニーリやアヤゴにみられる祖先の系譜、祖先の偉大な業績を歴史的に順序だてて叙述する史歌的性格をもったウタや、タービなどにみられる自らが祭る神の立場に立った一人称表現でその神の事績をうたう（「よむ」）ウタがある。総じて、宮古島の歌謡に対して八重山の歌謡は俗謡に傾く傾向を持つ。

村落の文学に対して、琉球王府が関わる歌謡は、宮廷歌謡集である『おもろさうし』に収録されたオモロを中心に、琉球侵攻からほぼ百年を経て集中的に始まる王府が編纂した『琉球国由来記』に記載されたオタカベ、ミセゼル、御唄がある。『琉球国由来記』、『琉球国旧記』の編纂は、地方から収集された「由来記」（『八重山嶽々由来記』等）「旧記」（『仲里間切旧記』、『雍正旧記』等）をもとにすすめられた。また、王府が編纂した書ではないが三線の楽譜（工工四）とその歌詞を記した『屋嘉比工工四』や琉歌を記した『琉歌百控』も存在する。

宮廷の文学の中心的な存在であり、琉球文学のなかでもっとも研究の蓄積があるのが、『おもろさうし』である。一五三一年に第一巻が成立した『おもろさうし』（全二二巻）は、書かれた文学として最古の宮廷歌謡集である。これに収載されている歌謡をオモロとよぶ。第二巻が一六一三年、第三巻以降が一六二三年に編纂され成立している。一七〇九年に王城が炎上した際に『おもろさうし』は焼失、翌年に急遽、再編纂が行われた。この時二本が作られ、今日伝わる『おもろさうし』はこの時の編纂によるものである。再編纂とともに『混効験集』（一七一一年）というオモロのことばを中心とした辞書がつくられた。これには、『源氏物語』、『伊勢物語』、『徒然草』等の和書、『呉竹集』、『邇言便蒙抄』、『節用集』等の近世の古辞書類が多く引用されており、『混効験集』の編纂の際に直接的、間接的な影響があったことがうかがえる。

オモロの内容は、神女による国王賛美や霊力の付与、いわゆるヲナリ神信仰に関わるものや地方の城や城主を賛美するウタが多い。また船や航海に関わるオモロが多いことも大きな特徴である。オモロの表現の特徴としては、敬語表現が豊富であること、別語（異称）によって対象を誉め称えて表現した言葉、すなわち美称語が発達していることである。さらにいうと、美称語には、通常の上接するかたち（接頭語）と、下接する美称語ともいうべきかたちがある（「げらへ綾鼓」「雪げらへ」）。これは、折口信夫がいう、いわゆる「逆語序」にあたる。ただし、これらは、オモロ以外の歌謡には多くは見られない。このような敬語や美称語の発達は、オモロが宮廷歌謡としてあったことを示している。

琉歌は、村落の文学では、祭祀や儀礼の場から離れた日常的な世界で自らの思いや男女の思いを多くうたい、短詩形の抒情歌謡としての存在であると述べた。しかし琉歌は抒情歌謡としてのみ存在するわけではなく、王府の儀礼の場でもうたわれ、儀礼歌としての側面を充分に持ち合わせている。祝い歌として代表的な嘉謝手風節、航海安全を予祝する旅嘉謝手風、稲の豊穣の祝い歌の作田節等がそれである。また琉歌はうたわれるだけではなく、詠まれる琉歌も宮廷では存在し、和歌が作られる琉歌の背景をなして、両者の関係は緊密である。琉球には早くから本土文芸が入り、和歌の影響が浸潤した近世期にはうたう琉歌だけではなく、首里の士族階級において詠む琉歌が広く浸透していった。特に中風（仲風）と呼ばれる形式（七五八六、五五八六等）は、和歌と琉歌の韻律を前提にして成立したものである。組踊の地の文としても琉歌が採用されており、近代になって成立した琉球歌劇への影響も大きい。組踊や古典音楽と言われる歌三味線、この詞曲に振付けた古典舞踊も琉歌詞形が重要な役割をはたし、これらも王府内で成立した文学であるといえる。三味線音楽は、琉歌の定型化、歌謡としての抒情的表現へ質的な変化をもたらし、玉城朝薫の組踊創作（「執心鐘入」「二童敵討」等）は、三味線音楽の影響のなかから生まれたものである。

（綱川）

三　歌のありよう、テーマ

——大歌・禁忌・神婚・歌垣・国見・村建て（島建て）・英雄叙事・葬送歌・旅歌

これより、実際に各書の中に見える歌謡が、どのようなありようをしているものであるのか、いちいち具体的に挙げながら見てゆく。始めに、一般名称として使われる「大歌」を立項し、その後に歌謡のテーマとしてよく指摘されるものをいくつか類例として取り上げて立項する。断っておくが、ここに挙げるものが歌謡の持つテーマの全てではないし、その歌謡を、テーマとして掲げた内容に従って読み解くことの蓋然性を論証しようとするものではないということである。あくまで、ここには一般的に歌謡にどのようなテーマがあると考えられているか、その具体例としてどのような歌謡があり得るのかを、今後の研究のための資料として示すに過ぎない。ここに挙げるもの以外にもそのテーマをよく表す歌謡は存在するであろうし、おおいに議論さるべきものと思われたい。

（山崎）

【大歌】

「大歌」とは「大歌所」に伝えられたもので、宮中の行事に際し奉納される歌謡のことを言ったらしい。「大歌」の語が史書に最初に見えるのは「続日本紀」桓武即位の天応元年（七八二）一一月、大嘗祭が行われてユキスキの土風の演奏が行われた二日後にある、

宴五位已上奏雅楽寮楽。及大歌於庭。

との記述である。これを見ると、「雅楽寮」に伝わるものと「大歌」とが行事の中で区分されている事がわかる。「大歌所」との関連が指摘される「歌儛所」であるが、『万葉集』巻六、一〇一一、一〇一二の題詞に

冬十二月十二日、歌儛所之諸王臣子等、葛井連廣成家宴歌二首
比来古儛盛興、古歳漸晩。理宜共盡古情、同唱古歌。故擬此趣、輙獻古曲二節。風流意氣之士、儻有此集之中、争發念、心々和古體

とあるばかりで、実態は定かではない。ただ、これらの歌が古曲二節、と表記されたり、一〇一一の歌詞が『古今集』六九二と類似するなど、口承、歌舞というレベルでなおこのあたり考察、議論が待たれる。

「大歌所」が史書に最初に見えるのは大分時代が下って『日本文徳実録』嘉祥三年十一月の興世書主の死亡の記事で、その中に

能彈和琴。仍爲大歌所別當。常供奉節會。新羅人沙良眞熊。善彈新羅琴。書主相隨傳習。遂得秘道。

との記述があり、「大歌所」の役人が常に節会の際に演奏を供奉していたことがわかる。

伝えられた大歌の実態としては、『古今集』巻二〇が「大歌所御歌」を伝えており、「大直毘のうた」から始まり「近江ぶり」「古き大和舞のうた」「神遊びのうた」「東歌」という構成になっている。しかし、『古今集』の「大歌所御歌」は全て五七五七七の短歌体に統一されているという点には注意を払いたい。一九二四年、陽明文庫蔵の写本として発見された『琴歌譜』は、「大歌」の和琴による伴奏譜である。『古事記』歌謡とほぼ同じ物を載せていたり、『古事記』に見える歌曲名が確認できたりする点で、大歌の古い実態を掴むための貴重な資料といえる。それぞれの歌が縁起を伴って記載されている点にも注意を払いたい。

なお、『古事記』歌謡に多く付される歌曲名であるが、『琴歌譜』で確認されたことにより「大歌」の歌曲名であるとするのが一般的である。ただ、その名称は歌の歌詞内容から名付けられていると思しき物、歌い方を指定していると思しき物、宮中に用いられた儀式を指していると思しき物と、さまざまである。又、研究者によって、それを歌曲名として認めるかどうかの差異もある。

例をあげよう。上巻、八千矛の神謡の後に、「此謂之神語也」という叙述がある。八千矛の歌謡の歌い収めが「ことの　かたりごとも　こをば」で統一されている事、同じ歌い収めで統一される「雄略記」の三つの歌謡が「此三歌者、天語歌」という記述で「天語歌」とされることから、この八千矛の神謡をも「神語歌」と呼称する研究者も存在する。なお、「天語歌」の呼称は、一首目、雄略の歌の歌詞の「上つ枝は　天を覆へり」の歌詞から来たものとする説などがあるが、定かではない。

又、「景行記」、ヤマトタケルの御葬の際に歌われたとされる歌に関して、「是之四歌者、皆歌其御葬也。故、至今、其歌者、歌天皇之大御葬」という記述があり、「大御葬歌」という呼び習わし方をする研究者もいるが、これを歌に関する説明としてしかとらえず、歌曲名としては認めない立場もある。

なお、あげた以外にも歌曲名は「志都歌」「志良宣歌」など様々あるが、『古事記』内部においては、歌曲名の振られる歌謡は、多く、「仁徳記」「雄略記」、「景行記」のヤマトタケルの段、「允恭記」の軽皇子の段に集中している事を指摘しておく。又、それ以外のテキストで言えば、曲名のみでその実態を直接は確かめられないものの、『続日本紀』、天平七年の、天皇が歌垣を見た、という記事の中に「難波曲」「倭部曲」「浅茅原曲」「広瀬曲」「八裳刺曲」などの名称が確認できることも付記しておく。

（山崎）

【禁忌】

禁忌に関する内容を歌ったとされる歌謡がある。具体例をまず挙げよう。『古事記』「允恭記」安康即位前記の中に、兄妹婚の禁忌を犯し、人臣が離反した軽皇子を屋敷に匿った大前小前宿禰が穴穂皇子（安康天皇）に向かって歌った歌が記されている。

爾に其の大前小前宿禰、手を挙げ膝を打ち、儛ひかなで、歌ひ参来つ。其の歌に曰ひしく

宮人の　足結《あゆひ》の小鈴　落ちにきと　宮人とよむ　里人はゆめ

『古事記伝』は「ユメ」を禁止の辞として「宮人も里人も響む。宮人も里人も響むなゆめ」の意であるという。折口信夫は、この「宮人」を『令義解』によって女性官人ととらえ、その巫女の脚結に関する宗教的な恐れがあって、その鈴が失われることによるさらなる宗教的な恐れになっていたであろうと指摘する。「ユメ」を禁止の辞として理解することは各注釈書変わらず、その禁止が、なんらかの宗教的恐れから来ているとする折口の見方は、西郷信綱『古事記注釈』山路平四郎『記紀歌謡評釈』などが引き継いでいる。

この歌謡に関して言えば、騒ぐ行動に対する禁止は読みとれるものの、実際にそれがどのようなモチベーションからなされている禁止なのかは判然としがたい。しかし、この例以外の「禁忌」をテーマとした歌謡の表現

は、ほとんどが「女」に対する侵犯の禁忌に関する表現となっている。多田一臣に「禁忌性の表出とは、ことばを換えれば、神の女に対する断絶と畏怖の意識のあらわれでもある」(多田一臣「歌謡から和歌へ」『歌の発生と万葉和歌』和歌文学論集Ⅰ　風間書房　一九九三年)という言葉があるが、それを踏まえたうえでいくつかの例を見てみよう。

『古事記』「雄略記」の赤猪子説話に、赤猪子が年を取っている為に婚を成せないことを雄略が嘆いた歌として

a　御諸《みもろ》の　厳白檮《いつかし》がもと　白檮がもと　ゆゆしきかも　白檮原童女《かしはらをとめ》

という歌があり、又それに答えた赤猪子の歌として

b　御諸に　つくや玉垣　つき余し　誰にかも依らむ　神の宮人

という歌がある。共に「ミモロ」という言葉を含む点から、三輪山にまつわる伝説歌、あるいは三輪地方の歌垣の歌という説もあるが、断言はできない。ただ、歌の表現する内容としては、男性からの「ヲトメ」に対する侵犯の禁忌性を歌うのがaである。bは「つきあます」という語の解釈に幅があるが、下の句では神の宮人であるが故に頼る相手がいないことを歌っている。その意味では、女の側から、神に仕える身が男と通じることの禁忌性を歌っているということになり、aに歌われた、神に仕える女に対する侵犯の禁忌が、表現する立場を変えて表出されているものと考えることができよう。

神女に対する侵犯を禁忌として歌うと考えうる例は、『神楽歌』『催馬楽』にも見出すことができる。

c　我妹子に　や　一夜肌触れ　あいそ　誤りにしより　鳥も獲られず　鳥も獲られずや

d　得選子《とくせりこ》が閨《ねや》なる　や　標《しも》結ふ檜葉《ひば》を　誰かは手折りし　得選子や　たたらこきひよや　誰かは手折りし
　得選子

e　竹河の　橋の詰《つめ》なるや　橋の詰なるや　花園にはれ　花園に　我をば放てや　少女《めざし》たぐへて

cは『神楽歌』「我妹子」の本、dは「得銭子」の本。eは『催馬楽』「竹河」である。cは、「一夜肌触れ」たことが「誤り」であったために鳥も獲ることができない、と歌う。臼田甚五郎は「表現の重さからして、信仰にかかわることとみるのがよい。それにしても、物忌みにいるのは女とするほうがよかろう。その女と共寝するという禁忌を犯したので、神に供えるべき鳥がとれなくなったと嘆いているのである」(『神楽歌　催馬楽　梁塵秘抄　閑吟集』新編日本古典文学全集　小学館　二〇〇〇年)とする。

dは「得選」の役にある女への侵犯の禁忌を歌っている。「得選」は、『枕草子』にも記述が見え、下級の女官としての扱いを受けているが、本来は采女の中からとくに選ばれて御厨子所に勤めた女官で、采女というその性質上、本来的には天皇に占有されるべき女性である。「標結ふ檜葉」とはそういった不可侵性を表すための語であろう。「たたらこきひよや」は意味が判然としないが、そのように「標」として結われた「檜葉」を、誰が手折ったのか、というのは、その女性の不可侵性という禁忌を、誰が侵犯したのか、という問いかけになっている。天皇の占有になる女が、神の女と同じように禁忌として扱われる例は、『古事記』にも見える。

f　大君を　島に放《はぶ》らば　舟余り　い帰り来むぞ　我が畳ゆめ　言をこそ　畳といはめ　我が妻はゆめ

この歌は、伊豫に流されることになった軽皇子が歌ったということになっている。『古事記』の文脈上軽皇子は天皇にはならないが、歌の表現としては、「大君、天皇」である自分は流されても帰ってくる、と宣言して、自分の妻の不可侵性を明示している。天皇の女も、神の女と同様の文脈で禁忌性を考えることが可能であることを示す例と考えられよう。

eは内容が確定しづらい歌であるが、折口信夫以来、「竹河」という伊勢の地名から、斎宮周りの女官に対する侵犯の禁忌に触れること、その禁忌に触れたものが橋のたもとより放逐されることを歌ったものだとする見解がある程度受け入れられている。

ここで注意しておきたいことは、「禁忌」をテーマとしているからといって、必ずしもその禁忌は絶対のもの、厳粛に受け止めなければならないものとしては扱われていないという事である。記紀に現れるa、bは、確かに「神の女に対する侵犯」が禁忌であることを歌う事で、現実に赤猪子と婚が成せないことを示している事は動かない。fも、そういった禁忌を犯すなよ、というメッセージとして機能している。

しかし、『神楽歌』『催馬楽』を見るとどうであろうか。cでは「誤りにしより」と、既に禁忌は犯されてしまったことを歌っている。しかも、その末は「そうはいっても我が背の君、あなたはいくつもいくつも鳥を取ったでしょう」とからかう、或いは挑発するような調子となっており、そこには「侵犯の禁忌」を犯してしまった厳粛さは感じられない。

dは、言葉の上でこそ「標結ふ檜葉」と言っているものの、内容は「あの子には誰が手を出したのか」という歌い方にしかなっていない。末も「自分こそが檜葉を手折ったのだ（手を出したのだ）」ということを言い立てるだけで、そこに罪を感じる意識が現れていると考えることは難しい。「標結ふ檜葉を手折る」という表現は、その行為が禁忌性を伴う事を言葉上は表すものの、その禁忌性を乗り越えた上で女を侵犯するということが、歌表現全体の前提となっているといってよい。

eも、折口に従って伊勢の女官に対する禁忌を歌っているものとしても、内容としては「われをば放て」と、自身が既に禁忌を犯してしまった、或いはこれから禁忌を犯すものとして、その放逐の罰を受けることを歌っており、禁忌はやはり、侵されることが必須である。

これらc、d、eの表現を踏まえて考えるに、これらに対する侵犯が「禁忌」として示されることは、その「禁忌」が乗り越えられるべきものという提示が行われていることと不可分であると言って良い。多田は、前掲論文の中で「人妻」という語に焦点をあてながら「要するに「人妻」という禁忌性のまとわりついたことばには、きわめて高度な挑発性がそなえられていたのである」としている。多田は「我や人妻」という表現を中心として考察しているため、結論として導かれるのがその「人妻」という語のありように関する説明となるが、普遍化すれば、禁忌性を持つ表現が、その禁忌性ゆえに挑発性を持つということになる。

ここまで見てきた例について概括すると、「禁忌」をテーマとして持つ歌謡は、多く、「神、天皇に属する女性に対する侵犯の禁忌」を共通のテーマとして持ち、また、その禁忌は、純粋に禁忌であることが示されるだけでなく、禁忌であることを示すことによって、それが侵犯されるべき存在であることを示し、侵犯に対する挑発性をはらむ表現になる、ということであった。これらのテーマを持つ歌謡の研究に際する料とされたい。（山崎）

【神婚】

神婚、神の、あるいは神との婚姻が歌われるということがある。こうした場合に、女の神に男が通じる、というパターンはなく、女のところに神が訪れることが歌われるのが一般的である。『古事記』に、オオクニヌシ、八千矛が、沼河比売《ぬなかはひめ》と交わした求婚のやりとりが歌として記載されている。

a　八千矛《やちほこ》の　神の命《みこと》は　八島国《やしまくに》　妻娶《つまま》きかねて　遠々《とほとほ》し　高志の国に　賢《さか》し女《め》を　有りと聞かして　麗《くは》し女を　有りと聞こして　さ呼ひに　有り立たし　呼ばひに　有り通はせ　太刀が緒も　未だ解かずて　襲衣《おすひ》をも　未だ解かねば　嬢子《をとめ》の　寝《な》すや板戸を　押そぶらひ　我が立たせれば　引こづらひ　我が立たせれば　青山に　鵼《ぬえ》は鳴きぬ　さ野つ鳥　雉《きざし》は響《とよ》む　庭つ鳥　鶏《かけ》は鳴く　心痛《うれた》くも　鳴くなる鳥か　此の鳥も　打ち止めこせね　いしたふや　天馳使《あまはせづかひ》　事の　語り言をも　此をば

b　八千矛《やちほこ》の　神の命　萎《ぬ》え草の　女《め》にしあれば　我が心　浦渚《うらす》の鳥ぞ　今こそば　我鳥《わどり》にあらめ　後《のち》は　汝鳥《などり》にあらむを　命《いのち》は　な殺《し》せたまひそ　いしたふや　天馳使《あまはせづかひ》　事の　語り言をも　此をば　青山に

日が隠らば　ぬばたまの　夜は出でなむ　朝日の　笑み栄え来て　栲綱《たくづ》の　白き腕《ただむき》　沫雪《あわゆき》の　若やる
胸を　そ叩き　叩き愛《まな》がり　真玉手《またまで》　玉手《たまで》差し枕《ま》き　股長《ももなが》に　寝《い》はなさむを　あやに　な恋ひ聞こし
若草の　妻の命《みこと》　事の　語り言も　此をば

ａは、八千矛が沼河比売の家に到って歌った歌、ｂは扉を開けずに室内より沼河比売が応えた歌となっている。人称の転換の問題などがつとに指摘される歌ではあるが、内容に限ってみると、八千矛の神が、遠く越の国まで妻を求めてゆき、外に立っているうちに夜が明けてしまった、時間の経過を声で伝えるその鳥を撃ち殺してしまえ、という内容になっている。ｂはそれを受けて、まず、女が求愛を受け入れる意思のあることを示し、次の夜には共寝をするから、と、その具体的な状況を示し、そんなに性急に求めなさるな、と相手を鎮める内容となっている。その、歌詞に示される個別的な状況ではなく、一般化しうる内容を考えてゆくと、遠くから訪れる神があり、その荒ぶる状態を、共寝をもって鎮める女という構図が抽出されてくる。折口信夫に、以下の言説があることと併せると理解しやすいであろう。

一体、神に仕へる女といふのは、皆「神の嫁」になります。「神の嫁」といふ形で、神に会うて、神のお告げを聴きだすのであります。～中略～其で、神が来臨する祭りの夜は、男は皆外へ出払つて居つて、巫女たるべき女が残つて居る。さうした家々へ神人が行く。饗応をも受ければ、床も共にして、夜の明けぬ前に戻る。（「古代生活に見えた恋愛」）

折口は、祭りの夜には、男たちは神の資格を以て女のもとを訪れ、女が巫女として神（の資格で訪れた男）を饗応し、明ける前に返す、という、特殊な状況としての祭りの夜の男女関係を説明しているのであるが（万葉三四六〇参照）、これを、そういった状況があった、という説明だけで理解すると、神婚が歌われるということに対する理解につながらない。歌は、始原のことを歌い、人はその神の始原のありようを真似ることによって初めてそのありようを社会的に許容される。従って、男が女を訪れる際には、神の資格を装ってでなければならない。その装いをとるための手段として、初めて神婚を歌うことの意味が説明できるといってよい。男が、神として女のところを訪れることを歌い、女が、巫女の立場で男の訪れを受け入れることを歌うことで、その夜の通いは神婚に擬せられ、ありようを認められるのである。逆説的に云えば、祭りの夜に神が来臨することは、女を訪れる形で歌われることになる。『神楽歌』、採物の「篠」の末に

c　篠分けば　袖こそ破れめ　利根川の　石は踏むとも　いざ川原より　いざ川原より

とある。万葉三三一一、三三一三、三四二五など見ると、石を踏んで川原を通ってくることが、女のもとへ通う表現としてあったらしいことがわかる。cもまた、女のもとへ通う男の表現であろう。だが、これが神楽の採物の中にあることをみれば、ここでやってくると考えられているのは神であろう。もちろん、神楽の場で神婚に擬した性交があったというのではない。神が、女のもとへ通ってくる、と歌うことが、神楽の採物の中で、神が饗応の場にやってくることを歌うことになった、ということである。

以上見てきた例に従えば、男が女を訪れると歌うことはすべて、始原的には神婚を歌っていたのであるという言い方が出来る。其の中で、特に、国家の神話として個別的な具体性を持たせられた例として、a、bのやりとりなどを考えることが出来るであろう。「神婚」が歌われることを考える際の料とされたい。（山崎）

【歌垣】

歌垣の歌、或いは歌垣のことを歌ったとされる歌謡がある。最も有名なものは、『古事記』「清寧記」、『日本書紀』「武烈紀」にある、以下の部分であろう。

故《かれ》、天の下治《し》らしめさむとせし間に、平群臣《へぐりのおみ》の祖《おや》、名は志毘臣《しびのおみ》、歌垣に立ちて、

其の袁祁命《をけのみこと》の婚《よば》はむとしたまふ美人《をとめ》の手を取りき。其の嬢子《をとめ》は菟田首等《うだおびとら》の女、名は大魚《おふを》なり。爾《ここ》に袁祁命も亦歌垣に立ちたまひき。是に志毘臣歌曰《うた》ひしく、

a　大宮の　彼《をと》つ端手《はたで》　隅傾《すみかたぶ》けり

とうたひき。如此《かく》歌ひて、其の歌の末を乞ひし時、袁祁命歌曰《うた》ひたまひしく、

b　大匠《おほたくみ》　劣《をぢな》みこそ　隅傾《すみかたぶ》けり

爾に志毘臣亦歌曰ひしく

c　大君の　心を緩《ゆら》み　臣の子の　八重の柴垣　入り立たずあり

是に王子《みこ》、亦歌曰ひたまひしく

d　潮瀬《しほせ》の　波折《なをり》を見れば　遊び来る　鮪《しび》が端手《はたで》に　妻立てり見ゆ

爾に志毘臣愈《いよいよ》忿《いか》りて、歌曰ひしく、

e　大君の　御子の柴垣　八節縛《やふじま》り　縛《しま》り廻《もとほ》し　切れむ柴垣　焼けむ柴垣

爾に王子《みこ》亦歌曰ひたまひしく、

f　大魚《おふを》よし　鮪突く海人よ　其があれば　心恋《うらこ》ほしけむ　鮪突く鮪

如此《かく》歌ひて、闘《かが》ひ明かして各退《おのおのもまかり》き。

（「清寧記」）

太子、恨みを懐《うだ》き、忍びて顔《みおもて》に発《いだ》したまはず。果して、期りし所に之《ゆ》きて、歌場《うたがき》の衆《ひとなか》に立たして歌場、此には宇多我岐と云ふ。影媛が袖を執へて、躑躅《てきちょく》し、従容《しょうよう》したまふ。俄《しばら》くありて鮪臣《しびのおみ》来りて、太子と影媛の間を排《おしはな》ちて立てり。是に由りて、太子、影媛が袖を放ち、移り廻り前に向《すす》みて立ちたまひ、直《ただ》に鮪に当《むか》ひて、歌《みうたよみ》して曰《のたま》はく、

g　潮瀬《しほせ》の　波折《なをり》を見れば　遊び来る　鮪《しび》が端手《はたで》に　妻立てり見ゆ　一本にしほせを以ちてみなとに易ふ。

とのたまふ。鮪、答歌《かへしうた》して曰《まを》さく

h　臣の子の　八重や韓垣　許せとや御子

とまをす。太子、歌して曰はく、

i　大刀《おほたち》を　垂れ佩き立ちて　抜かずとも　末果たしても　会はむとぞ思ふ

とのたまふ。鮪臣、答歌して曰さく

j　大君の　八重の組垣　かかめども　汝をあましじみ　かかぬ組垣

とまをす。太子、歌して曰はく、

k　臣の子の　八節《やふ》の柴垣　下動《したとよ》み　地震《なゐ》が揺《よ》りこば　破れむ柴垣　一本にやふのしばかきを以ちてやへからかきに易ふ。

とのたまふ。太子、影姫に歌を贈りて曰はく、

l　琴頭《ことがみ》に　来居《きゐ》る影媛　玉ならば　我《あ》が欲《ほ》る玉の　鰒《あはび》白玉

とのたまふ。鮪臣、影媛が為に答歌して曰さく、

m　大君の　御帯《みおび》の倭文織《しつはた》　結び垂れ　誰やし人も　相思はなくに

とまをす。太子、甫《はじ》めて鮪が曾て影媛を得たることを知り、悉《ことごとく》に父子《おやこ》の無敬《ゐやな》き状《さま》を覚《さと》り、赫然《おもほて》りして大きに怒りたまふ。（「武烈紀」）

これら、a～f、g～mの歌謡群は、よく似た状況設定をされ、かつ、共通の歌謡を含むことを繰り返し指摘されている。ただ、この二つの歌謡群は、ともに、歌の内容を見ただけでは、歌垣という場が浮かんでくるわけでもなく、その実態はよくわからないということには注意しなければならない。歌だけでは、「歌垣」というその場の実際のありようも、そもそもがこれらの歌謡が実際に「歌垣」に由来するのかもわからないのである。土

橋寛などは、これらも含め、そのほかにも「歌垣」由来の歌だとするものをいくつも設定するのであるが、実際に確かな記述として「歌垣」というものが確認できる例は極めて少なく、その中から「歌垣」がどのような場であるのか論理的に推定してゆくのは大変に難しい。『常陸国風土記』「香島郡」の童子女松原の話の中で、二人が出会う場所として「嬥歌　俗云宇太我岐、又云加我比也」という説明があるが、そこで交わしたという歌は

　いやぜるの　安是《あぜ》の小松に　木綿垂《ゆふし》でて　吾《あ》を振り見ゆも　安是小島はも
　潮《うしを》には　立たむと言へど　汝背《なせ》の子が　八十島隠《やそしまがく》り　吾《あ》を見さ走り

と、難解なやり取りとなっており、ここから歌垣の実態を推定していくというのは困難である。同じく『常陸国風土記』「筑波郡」の中に、筑波岳の記述として

　坂より東の諸国の男女、春の花の開くる時、秋の葉の黄づる節、相携《たづさ》ひ駢闐《つらな》り、飲食《をしもの》を齎賷《もちき》て、騎にも歩にも登臨《のぼ》り、遊楽《たの》しみ栖遅《あそ》ぶ。其の唱にいはく
　n　筑波嶺に　逢はむと　いひし子は　誰が言聞けば　神嶺《かみね》　あすばけむ
　o　筑波嶺に　廬《いほ》りて　妻なしに　我が寝む夜ろは　早やも　明けぬかも
　詠《うた》へる歌甚多くして載車《のす》るに勝《た》へず。俗《くにびと》の諺にいはく、筑波嶺の会《つどひ》に娉《つまどひ》の財《たから》を得ざれば児女とせずといへり。

とあり、この「会」が「歌垣」だとする理解も多いが、直接の記載はない。万葉一七五九に、

　筑波嶺に登りて、嬥歌《かがひ》の会《つどひ》を為し日に作れる歌一首
鷲の住む　筑波の山の　裳羽服津《もはきつ》の　その津の上に　率《あども》ひて　娘子壮士《をとめをとこ》の　行き集ひ　かがふ嬥歌《かがひ》に　人妻に　我《わ》も交《まじ》はらむ　我が妻に　人も言問へ　この山を　領《うしは》く神の　昔より　禁《いさ》めぬわざぞ　今日のみは　めぐしもな見そ　事も咎むな（嬥歌は、東の俗語に「かがひ」と曰ふ）

とあり、この題詞の「会」の字と共通とするのであれば、風土記にあるこの「会」も、歌垣だと認めても良いということになる。ただ、その実態というとこれもまたよくわからない。万葉歌にあるように既婚の男女まで含めた性的解放が「かがひ」という行事なのだと理解する向きもあるが、『風土記』を見ると、未婚の男女が結婚相手を見つける行事、とも取れる。歌う歌も、n、oを見ると、相手の約束違いを恨む、共寝の相手がいないことを嘆く内容となっており、これが、一般に理解されるように歌を掛け合う「歌垣」の際の歌なのかと考えても疑問が残る。又、仮にそうであったとしても、男の側の歌だけであるため、どのようなやり取りが行われるかを想定するには無理がある。万葉歌に関しては、多田一臣に「むしろ、東国の異風を一種のエキゾチシズムとして感じさせようとする意図が強くあったとみるべきであろう」とする指摘に従うのが現実的であろうし、「筑波郡」の筑波山の記述を歌垣の歌として認めたとしても、実際の場の推定の資料としては情報が圧倒的に足りないということになってしまう。

宮中の記録では、『続日本紀』天平六年に、聖武天皇が「歌垣」を見た、という記述がある。

二月癸巳朔。天皇御朱雀門、覧歌垣。男女二百余人。五品已上有風流者、皆交雑其中。正四位下長田王。従四位下栗栖王。門部王。従五位下野中王等為頭。以本末唱和。為難波曲。倭部曲。浅茅原曲。広瀬曲。八裳刺曲之音。令都中士女縦観。極歓而罷。賜奉歌垣男女等禄有差。

しかし、これは実際に民間に行われた「歌垣」を見た、というのではない。男女二百余人の出自はわからないが、その中に「五品已上有風流者」が混じり、其の上で本末の歌を唱和したとある。その歌った歌とは、いくつもの歌曲名が挙げられていることから見れば、宮中に公的に保存された歌であったろう。つまり、この記述は「歌垣」という風俗を、天皇がご覧になるために、天皇の前で行われてもよいようなものを朝廷が作り上げたことを記事としているのだと考えられる。歌垣の実態を考える資料としては不確かなものであろう。

ここまで、「歌垣」の歌を見てきたが、実際に歌垣という場を想定してよいであろう資料が、きわめて限られることが見えてくる。歌垣という場の実態よりも、多田の指摘にあるように、「歌垣」という場がどのようなものだというイメージを持って宮中に受け入れられていたのかということを想定していくほうが、テキストに残るものを分析していく方法としては穏やかであろう。参照されたい。

（山崎）

【国見】

いわゆる「国見歌」と呼ばれるものがある。万葉集冒頭、二番の舒明の国見歌が典型的といえるが、国見をすると、これこれのものが見える、として国誉めをしてゆくその形は、歌謡にも散見される。『古事記』『日本書紀』に、同じく応神天皇条に近江の国に行ったときの歌として

千葉の　葛野《かづの》を見れば　百千足る《ももちだ》　家庭《やには》も見ゆ　国の秀《ほ》も見ゆ

がある。まず、「見る」行為があり、そうすることによって国の優れた様子が「見ゆ」のである。この形式を土橋寛などは「見れば〜見ゆ」の形式などという言い方をするが（『古代歌謡全注釈』）、国、土地を誉めるひとつの様式としてあったと考えてよいであろう。『古事記』「仁徳記」には

おしてるや　難波の崎よ　出で立ちて　我が国見れば　淡島　淤能碁呂島　檳榔《あじまさ》の　島も見ゆ　さけつ島見ゆ

という歌があるが、これなども典型的な現れようであろう。ただ、こういった、「見る」ことによって「見ゆ」という典型以外に、どのような歌を「国見歌」と捉えていくかというところに問題が残る。土橋は、国誉めの内容を含む歌をすべてその射程に捉えてゆく。ヤマトタケルの国思歌

大和は　国の真秀《まほ》ろば　畳《たた》なづく　青垣　山籠もれる　大和し美《うるは》し

『日本書紀』「雄略紀」に、天皇が泊瀬に遊んだときの歌としてある

隠国《こもりく》の　泊瀬《はつせ》の山は　出で立ちの　宜しき山　走り出の　宜しき山の　隠国の　泊瀬の山は　あやに
うら妙し　あやにうら妙し

なども「国見歌」の範疇とするのである。「雄略紀」の歌は、散文において「天皇が景色を見て心を動かして詠んだ」と説明したあとに続くので、「見れば」という前提を備えているのかもしれないが、自分が「見ると」これこれのものが「見える」という形式にはまっているのかどうかはよくわからない。こういったものを「国見歌」の中で考えてゆくのかどうかはこれからの議論に任せるべきであろう。

逆に、歌全体としては国見歌にはなっていないものの、歌い方の様式を踏まえているのではないかと考えられるものも指摘できる。『日本書紀』継体天皇条に、安閑天皇の歌に応えるとして春日皇女の歌がある。

隠国《こもりく》の　泊瀬《はつせ》の河ゆ　流れくる　竹の　いくみ竹よ竹　本辺《もとへ》をば　琴に作り　末辺《すゑへ》をば　笛に作り
吹き鳴《な》す　御諸《みもろ》が上に　登り立ち　我が見せば　つのさはふ　磐余《いはれ》の池の　水下経《みなしたふ》　魚《うを》を　上に出て　嘆く
やすみしし　我が大君の　帯ばせる　ささらの御帯の　結び垂れ　誰やし人も　上に出て嘆く

歌の内容はわかりづらいが、「のぼりたち　我が見せば」以後で、「見ると」これこれが見える、という形式になっていることは理解できる。ただ、その後に国誉めが続くのではなく、魚も、また人が誰であろうとも「嘆く」、（この場合は賞嘆していると考えるのがよいだろう）、と続く。賞嘆する対象は序詞の一部として用いられた「やすみしし　我が大君」であろう。つまり、三輪山に上って「見ると」、人々が大君を賞嘆しているのが「見える」という歌の構造になっている。国見歌の様式を踏みながら、大君への賛美に転換しているということになる。このように、「土地、国を誉める」という歌の内容に限定せず、様式としての「国見歌」の構造を考えてゆくことも又、「国見歌」という枠組みを考えてゆく料となるであろう。参照されたい。

（山崎）

【村建て（島建て）】

琉球弧における村建ては、ウタによる創世神話であることが最大の特徴である。降臨した神が巡行の末に泉を発見し、そこにシマが形成されることや、神が作るシマ（集落）の創世をモチーフとした壮大なウタがある。泉の発見をモチーフとするウタの代表的な例は、宮古島の「祓《はら》い声《ぐい》」、「舟《ふな》んだき司《つかさ》のタービ」等にみられる。「祓い声」は、神の降臨、巡行、国見、村建てを内容としている。まずカンナーギ（神名揚げ）、次に狩俣の草創神であるンマヌ神（母なる神、女神）が村を創立するために水源の良質な泉を求めて、宮古島の北部を遍歴し、最後にイスガ井にたどりつき、そこに村建てをすることをうたっている。「祓い声」では、泉の発見が村立てになる。泉を探し求めて四番目の泉を探し当てたところから、最後の部分を以下に挙げてみる。

32 シまシずざ　さだみ　　島の頂を定めて
ふんシずさ　さだみ　　国の頂を定めて
33 いソがジーん　うりてぃ　　磯井の地に降りて
かんぬかーん　うりてぃ　　神の井戸に降りて
34 いソがーかぬ　みジざ　　磯の井戸の水を
かんぬかーぬ　ミジざ　　神の井戸の水を
35 シるまふチ　うきてぃ　　白い真口に受けて
かぎまふチ　うきてぃ　　美しい真口に受けて
36 いシがーぬ　みずざ　　磯の井戸の水は
かんぬかーぬ　みずざ　　神の井戸の水は
37 みず　いきりゃがりばまい　　水量は少ないけれど

ゆー　いきりゃがりばまい　湯〈水〉量は少ないけれど
38 みず　んまさやりば　水は旨いので
ゆー　んまさやりば　湯〈水〉は旨いので
39 シとぅギみず　なりよ　楽水になるのだ
いのイみず　なりよ　祈り水になるのだ
40 ジジむゆーイ　のよりよー　頂杜に登って
ジジざキん　ノゆりよー　頂崎に登って
41 シまにまイ　トりょり　島根の方をとって
むらにまイ　トりょり　村根の方をとって
42 うイジみさやイシが　居り心地はよいのであるが
ふんジみさやイシが　住み心地はよいのであるが
43 とぅらぬふぁぬ　かじぬ　寅の方の風により
かんぬにーぬ　かじぬ　神の根から吹く風により
44 いんなイぬ　オトロ　海鳴りが恐ろしい
シーなイぬ　オトロ　潮鳴りが恐ろしい

このタービを含む狩俣の神歌群は、祭祀自らが祭る神の立場に立った一人称表現で、その神の事績をうたう（タービをうたうことを「よむ」という）ウタとして、研究史上注目され論じられてきた。

もうひとつのモチーフであるシマの創世をうたうウタは、沖縄本島大宜味村喜如嘉の「シバサシのオモイ」、座間味村の「嶽ねーいぬうむい」に代表される。どちらのウタも、琉球神話上の開闢神であるアマミキヨ・シネリキヨのシマの創世をモチーフにしている。以下にあげる「嶽ねーいぬうむい」は、二月の麦の穂祭りのときに唱えるウムイである。

あまみちゅが　しぬみちゅが　　　　アマミキョが　シヌミキョが
しちゃとうたる　ぬらとうたる　　　仕立てた　宣立てた
たきねーい　むいねーい　　　　　　嶽ねーい　森ねーい
くぬしま　くぬくねー　　　　　　　この島　この国は
うちくさ　ゆいくさる　やゆる　　　浮き草　寄り草である

国土創造を述べ、または水田を開き、稲を植えつけ、その過程についてうたっている。「うむい」は、穂祭りに捧げられる麦穂の神話的始原をうたっていると理解される。

奄美諸島沖永良部島のユタの呪詞「シマダテシンゴ」は、国土の創造、人類の起源、農耕の起源を一連の叙事でうたい上げる創世神話である。ユタが行う祈願の呪詞を唱えたあとでさらにその祈願を確定する意味を持って、またその呪力を増加させることも目的として唱えられる。琉球には、神話がうたわれる儀礼の現場が、存在するのである。この「シマダテシンゴ」と同じ話が、「島建国建」の民間説話として伝えられている（山下欣一『奄美説話の研究』一九七九年）。

（綱川）

【英雄叙事】

琉球弧のウタには、共同体の祖神の系譜を伝え、祖先や英雄的人物の事績などを称える叙事的歌謡がある。宮古島の狩俣に伝わるニーラーグや仲宗根豊見親に関わるアヤゴなどがそれである。狩俣のニーラーグも、共同体において神女が中心であった時代から男性（英雄）が登場し、それが中心的な役割をする「歴史」がうたわれていることが注目される。「狩俣祖神のニーリ」は、五章にわたる狩俣の神々の事績をうたう壮大な神歌であり、狩俣の歴史をうたった「史歌」でもある。第一章で狩俣の祖神をうたい、第二章、第三章前半までは女性を中心とした神の事績をうたい、第三章後半から英雄的存在となるマブコイが登場する。

36 まやぬまーぶ　　　　　　　　　真屋のマブコイ
　とぃゆんまーぶくジざ　　　　　鳴響むマブコイは
37 みやくとぅなぎ　シまとぅなぎ　ミヤコが永久にある限りシマがある限り
　とぅゆたり　　　　　　　　　　鳴響んだ
38 うキながみ　うまいがみ　　　　沖縄まで御前〈王〉まで
　とぅゆたり　　　　　　　　　　鳴響んだ
39 にシまがみ　しらチがみ　　　　根島までシラ地まで
　とぅゆたり　　　　　　　　　　鳴響んだ
40 とぅゆんとぅーり　　　　　　　鳴響みつづけ
　みゃがイとぅーりうらまち　　　名揚がり続けてください

これ以降、第四章で大城殿とよばれる英雄が出現し、井戸の開掘、鉄製の大槌、手斧をもたらしたことをうたい、第五章で大城殿のあとを承けたユマサズによって、築城、建築、造船、航海、貿易等の社会的事業がつぎつぎに進められ、彼の評判は沖縄まで知られるようになったという構成となっている。このように狩俣のニーラーグの英雄的人物の社会的な活動をうたう部分が、「歴史」として強く意識され、それを素地として、一五世紀末に登場する仲宗根豊見親を含む英雄叙事のアヤゴが作られていったのだろう。

宮古島から王府へ提出された『雍正旧記』（一七二七年。宮古島の間切やシマごとの公事や御嶽・拝所・旧跡の由来や旧記を記した王府の編纂事業の一環で作成された）には、九首のアヤゴが収められている。このうち五首は宮古島の英雄的人物である仲宗根豊見親にかかわる事績をうたった一連のウタで、宮古島の歴史（宮古島の統一、宮古・八重山が首里王府の下に編入される時代）をうたった「史歌」でもある。「弘治年間之頃同人（仲宗根豊見親のこと、筆者注）嶋の主成候付あやこ」、「同人定納相調初而琉球へ差上候時あやこ」の二首は、仲宗根豊見親が宮古島の統治者になって首里王府に年貢を納めた事績を述べている。あとに引用する「同人八重山入の時あやこ」は、仲宗根豊見親が首里王府の「八重山侵略」に参加し活躍をしたことを称えるウタである。「同人八重山入之時嫡子仲屋の金盛豊見親捕参り候女のあやこ　但鬼とらか娘」は、仲宗根豊見親の嫡子である金盛が与那国の首領、鬼虎の娘を捕らえた事績をうたい、「加那浜橋積為申由候時之あやこ」は、仲宗根豊見親が村落を巡遊した際に橋を架けた事績をうたう。このように五首全体を通して、仲宗根豊見親を中心とする親子二代に亘る英雄賛歌とよむことができる。

一　空広が豊見親のあやごとそ	空広の豊見親のアヤゴをうたおう
一　おきなから美御前から美御声	沖縄から国王からの御命令で
一　空広よ宮古となめてやまれわ	空広よ宮古を平らかに治めているので
一　豊見親を島となめてやまれわ	豊見親よ島を鎮めているので
一　我宮古む大宮古むさかやん	我が宮古は大宮古は栄えている
一　大八重山の下八重山の人のよ	大八重山の下八重山の人を
一　返せ見ま戻せ見まてりいは	返してみろ戻してみろといえば
一　返せの戻されのねたさから	返せの戻されのできない無念さから
一　十百その十百さの中から	千人の十百人の中から

一　手まさりやば手となめやは撰　　武術優れた人武勇傑れた人を選び
一　大平良大むかねからやた　　大平良大三宗根からは
一　中屋かね兄の金盛とよ　　中屋の嫡男金盛と
一　堀川里こむり里ならとよ　　堀川里こむり里ならと
一　上ひ屋里東里ならとよ　　上比屋里東里ならと
一　大川盛与那覇む丶たらとよ　　大川盛与那覇百太郎と
一　崎原の西崎のかあらもや　　崎原の西崎の頭モヤと
一　すみや大つ丶の主つかさと　　住屋大頂の主司と
一　あれや生りほこりとの大ほちと　　ありや生まれの保久利殿大祖父と
一　金志川の豊見親金盛とよ　　金志川の豊見親金盛と
一　城なき弟なきたつとよ　　城ナキ弟ナキタツと
一　砂川おほかめつ丶の主とよ　　砂川のあふかめ頂の主と

（以下略）

「空広（仲宗根豊見親の童名）という豊見親のアヤゴをうたおう」という冒頭の詞章から始まり、国王からの仰せによって、空広が宮古島を平定し宮古島が栄えること、仲宗根豊見親が率いる各地域の勇者たちが二四人にのぼる名を連ねる。二四人の名乗りはまさに叙事詩的で、続く戦闘の場面とともに、英雄叙事歌にふさわしい歌謡であるといえる。

（綱川）

【葬送歌】

琉球弧でのシマジマでは、死者に対して声をあげて泣き、語りかけることは、別れに必要不可欠な行為とされた。死者との別れをうたうウタは、葬送の場以外でうたうのを不吉とするタブー性から、録音も採譜もほとんどなされず、共同体の中で口づてに伝承されてきた。これまで採譜、記録されたウタは、国頭地方（「カンサガ節」）と久高島、久米島（「久米島の君南風の葬式のオモリ」）のウムイ等がわずかにみられる。負の世界をうたわないオモロには一首も散見されない。近年、琉球弧の葬送歌に関する研究は酒井正子によって進められ、葬送歌を「死後四十九日頃までに直接関わってうたわれる、無伴奏の歌謡群」とし、葬儀での儀礼的な「供養歌」と死者に語りかける個人的な「哀惜歌」とに分類した。徳之島のクヤ（供養歌）、沖永良部島や国頭のクォイ、与那国島のカディナティ（風泣き）等を報告している。ひとつ例をあげると、「供養歌」は遺体へ直接声をかける二人称で語りかける。与那国島では、「別れてどいちゅる　ぬぬ情けくいるが／歌に声かけて　うりどぅ情け（別れていくのに、何の情けをくれようか／歌に声かけて、それこそが情け）」とうたうという。「みらぬ歌」や「スンカニ」でうたわれてきた歌詞でもある（『奄美・沖縄　哭きうたの民族誌』二〇〇五年）。

国王やノロの場合以外、神人は原則として葬儀には関与せず、庶民の場合、個々にムヌイーナチ（物言い泣き）はなされるが、神歌のように同じ節に声をそろえてうたうことはなかったと酒井は指摘している。ノロの葬儀に神人がうたうウムイの例をあげる。亡くなった神女と新しい神女の交代のときにうたう「祝女《ぬる》の葬式のうむい」（大宜味村謝名城）である。

1　イェーイー　イェーイー〈以下略〉　　イェーイー　イェーイー
　つーふ祝女《ぬる》がなし　　ツーフ祝女加那志
2　月坂《ちきばんた》　越《く》しみそち　　月端を越しなさって

3　太陽坂《ていらばんた》　越《く》しみそち　　太陽端を越しなさって
4　乗《ぬ》い板《いちゃ》に　乗《ぬ》いみそち　　乗り板に乗りなさって
5　わき板《いちゃ》に　込《く》みらいみそち　　脇板に込められなさって
6　石《いし》や門《ぞ》に　石《いし》や門《ぞ》に　送《うく》やびら　　石門に石門に送りましょう
7　金《かな》さ門《ぞ》に　金《かな》さ門《ぞ》に　送《うく》やびら　　金門に金門に送りましょう

ここでいう「月坂《ちきばんた》」、「太陽坂《ていらばんた》」の「ハンタ」とは急な坂・端・断崖のことで、ノロを月が昇るところ、太陽が昇るところへ送り出すことを内容としている。「石や門」、「金さ門」はその送られた死後の世界、現実には墓の門のことである。遠い異界へと境界をこえてゆく表現は、ノロの葬送歌に特徴的にみられる表現である。このような葬送歌の表現の様式がヤマトタケル葬歌四首の境界の場所の問題と通ずる（居駒永幸『古代の歌と叙事文芸史』二〇〇三年）。　（綱川）

【旅歌】

琉球弧における旅は、船の旅が中心でそれに伴い、航海に関わるウタが非常に多い。例えば、沖縄本島では、「旅グェーナ」、「ヤラシー」、節グェーナ（「ウリジングェーナ」「兼城グェーナ」「大城グェーナ」等）、短詩形歌謡の「旅嘉謝手風節」「白鳥や節」、宮古では、「旅パイヌアーグ」、「かぎぱいのあやご」、八重山では、「旅カロイアヨウ」、「石垣船ユンタ」、「浦船ジラバ」等が挙げられる。オモロでは、第十三「船ゑとのおもろ御さうし」を中心に、航海に関わるオモロも多くは旅歌に含まれるといってよい。「真南風《まはゑ》　乞《こ》うて　走《は》りゃせ」、「吾《あん》　守《まぶ》て　此《こ》の渡《と》　渡《わた》しよわれ」は、航海に関わるオモロに多くみられる表現で、ヲナリ神に海上の安全、順風が吹くようにこいねがう表現である。このように旅歌では、ヲナリ神が航海者であるヱケリを守護することをはじめ、沖縄から大和、宮古島（八重山）から沖縄など船の行く先々の航路に関連する地名やその地の神を崇める一種のカンナーギ（神名揚げ）がうたわれ、船が一晩で着くなどといった理想的な航海を予祝することがうたわれる。また、「花風節」に「三重城にのぼて　手巾持ち上げれば　走船のならひや　一目ど見ゆる（三重城に登って手巾を振ったが、走る船は速くて、一目見えただけだった）」というウタがある。これは、旅にでる男性を見送る恋歌であるが、理想的な航海をうたう表現に恋心を重ねている。

旅歌は航海時だけでなく、祭祀儀礼の中でもうたわれる。首里では、旅人のいる家の女性たちが行う儀礼を「踊合」といい、大長編のクェーナをうたい踊る。「旅グェーナ」は、王府の命を受けて大和や中国に旅立つ人の、航海の安全を祈願するウタである。その内容は、大和旅の拝命、ヲナリ神への航海守護の祈願、出発にさいして国王への報告、聞得大君の管掌する神々への祈願を謡い、さらに、那覇港を出て鹿児島に上り、無事沖縄に戻ってきて、国王への帰還の報告をするという、これから起こることを先取りしてその理想的展開を叙事的にうたいあげる。以下引用の部分は、ヲナリ神の霊力によって旅の無事を守護することを述べている。

31 昔《んかし》ゆい　　昔より
32 うしぢまさて　　御シヂ勝って
33 しゅしたりめ　　主したり前の
34 まぶる神《かん》　　守る神
35 うみないが　　姉妹の
36 まぶるしぢ　　守るシヂ〈霊力〉
37 くんであーち　　組手を合わせて
38 今日《ちゅう》ん明日《あちゃ》ん　　今日も明日も

39 しゅしたりめ　　主したり前
40 みまぶように　　見守るように
41 ぎみみしょうり　　実に下さい
42 あねりわど　　そうすればこそ
43 お肝《うぢむ》ぶくい　　御肝誇り
44 いぐまちょうて　　賑わして
45 大和《やまとう》しゅがい　　大和への御支度を
46 ぎみみせーさ　　実になさるよ

また、「ウリジングェーナ」は、芭蕉布の〈生産叙事〉がうたわれるが、後半部分にその芭蕉布で作った着物を召して旅をすることで旅人の長寿を言祝ぐ表現が添加され、旅の安全を願うウタとしてうたわれる。一方で、旅の予祝の表現が、神送りの場でうたわれる例もある。狩俣の「旅栄えのアーグ」は、カンナーギが主眼におかれ、豊穣祈願の際にうたわれるという（上原孝三「航海をめぐる歌謡——タビパイ（旅栄え）のアーグについて」二〇〇二年）。

短詩形歌謡の「旅嘉謝手風節」の代表的な一首は、「たんぢゆかれよしゃ　撰て差召る　御船の縄取は　風や真艫（本当に幸多き船出は吉日をお選びになっさている　船の綱をとって船出をすると順風の風が吹く）」である。これは、儀礼的な場でも、民謡の中でもうたわれ広がりがみられる。先の「踊合」でもうたわれるし、王府の命を受けて旅立つ役人が王の餞別を受ける際に行われる王府儀礼の中でもうたわれ、男女問わず広くうたわれていたようである。「旅嘉礼」や、「かりゆし」をうたいこめる表現は、琉球弧全体にみることができる。

（網川）

四　歌の表現、様式

歌謡は一般に「和歌」に先立つものとされる。五七五七七という定型の成立が新しいものであろうことは、万葉集を見ても容易に推察される。逆に言えば、歌の、もっと言えば文学の発生を問うことと、歌謡と呼ばれる歌表現の成立を問うことは近しい関係にあるといってよい。ただ、ここに注意したいのは、先の宮廷歌謡に関する説明で触れたとおり、我々が現在テキストとして扱いうるものの中にある歌謡と呼ばれる歌表現は、直接に始原的なものとして扱い得ないということである。これらを直接、歌表現の発生地点を問う素材として考えるのであれば、その発想は、土橋寛が、始原的なものとしておいた「民謡」という概念と重なってくるように思われる。つまり、今考えうるのは、現にテキストに残る歌謡が、言語表現の様式としてそこに成立し、機能している現状が、どのように発生してくるに至ったかを論理化してゆくことである。それが、歌表現の発生、そして文学の発生を考える道筋といえる。そのような試みをいくつか引きながら、歌謡の表現の様式について現存の学説を整理する。（山崎）

歌の発生

まず、歌表現の発生に関してまとまった議論を試みたのは折口信夫である。「古代研究」において、折口は繰り返し「国文学の発生」を論じた。その第一稿に、折口は「律文」を保存し、発達させた力、を論じている。ここでは「律文」という言い方になっているが、ここで折口が意識しているのは歌表現であろう。折口は、「散文は、口の上の語としては、使ひ馴らされて居ても、対話以外に、文章として存在の理由がなかつた」という。それらを記録するという段階の不足を考えても良いが、折口が指摘しているのは、それが保存されるに至る必然性の問題である。折口は、その律文が保存されるのは、「神語（かみごと）」、神の一人語りであったからだと説明する。恍惚状態の巫覡が、神の独り言として、自分自身や、種族や土地の来歴を述べる、その言葉は、繰り返しや律動を伴った「律文」となる。これが、神の言葉として伝承される中で律文として修辞や繰り返しなどが添加されていくと、「神語」として整理されていく、というのが、折口の考える、律文が保存、伝承される必然性である。「律文」という言葉を、歌、歌謡と置き換えても良い。しかし、この考えを、大きく概念化すると、「信仰によって文学が発生した」となってしまう。折口も、自身の言葉で「口頭の詞章が、文学意識を発生するまでも保存せられて行くのは、信仰に関連して居たからである。信仰を外にして、長い不文の古代に、存続の力を持ったものは、一つとして考えられないのである」という言い方をしており、「信仰が文学を発生させた」というような、一種呪的なものの考え方をしているかのように受け取られてしまっていることもあるだろう。折口は、歌という様式が、口頭で伝えられ、文学テキストの成立にまでつながってくるということはなぜ起こりうるのかを、その様式が発生してくる地点を、巫覡による神の言葉に置いてみせ、それによって伝承される必然性を説明してみせたに過ぎない。

これを違った形で受け取って、再構成しようと試みたのは西郷信綱である。西郷は、『詩の発生』において、折口の「信仰起源説」では、信仰の何が文学を発生させたのかわかりづらい、という批判から始め、信仰、宗教以前の「魔術」という概念を設定して、「詩」（西郷は、発生はウタだと言っている）の発生を説明していく。共同体として、現実を超克してゆかねばならない状況に置かれたとき、その共同体の巫女が、その現実を超克するための魔術的言語を行う。その魔術の言葉のリズムパターンが五七、七五であったのであろうというのである。西郷が論の根本においているのは、詩、つまり歌が共同性を持つものであるならば、それが共同体的なありようをしていることを、原理的に説明できなければならない、ということである。そのために、集団的魔術（豊作の祈念など）を行う集団を想定し、その中心に魔術的言語を発する巫女を想定する。巫女の言葉は魔術の言葉のリズムパターンにのっとるものであろうし、又、集団を貫く共同性を持つものでなければならない。この魔術言語を、詩、歌の母体として置いてみたとき、現にある歌に共同性が存すること、五七五七七というリズムパターンを持つことを原理的に説明できるということを示しているのである。

これらを受けながら、現にある歌が、特定の様式を持っていること自体を、必然性を以て説明しようと試みているのが古橋信孝である。古橋はオキナワに残る村立ての神謡などに着想を得、歌の始原のものとして「神謡」という概念を立ててみせた（『古代歌謡論』）。これは、来歴や歴史を語る、とした折口の「神語」とも共通するようであるが、それが伝承されることで「律文」が保存されていった、とする折口とは根本的に異なるところがある。というのは、古橋は、この「神謡」を、現在に残る歌と、直接的な地続きのところに捉えていない、ということである。古橋が立てた「神謡」という概念は、神が始原のものとして来歴や、ものの起源などを歌う、という意味では折口の「神語」と同様であるが、人が自身のことを歌う際に、つまり、現在まで残る歌が歌われる際に、この神謡がどのように意味を持つのか、というところまでを論理化しているところに大きな違いがある。

古橋の立てた「神謡」は、神そのものの歌、ではなく、神を装ったことばの表現であった。神の言葉を装うのであれば、その内容は共同体にとって、始原であり、理想である。逆に言えば、そのありようから外れるということは共同体から外れるということになってしまい、許されない。しかし、人は、共同体に所属しながらも、共同体から離れて個人的なことをも志向していく二面的な存在であるから、理想とされた神謡のありようから離れた、個人的なありようを示してしまうこともあるし、時代が下り、共同体が大きくなるに従って、その、理想から外れたありようがますます大きくなってしまう。その際に、共同体から外れてしまったそのありようを共同体の内部に回収するために、「神謡」の様式を以て歌うということが為された、というのが古橋の説明である（『古代和歌の発生』）。神謡の様式で歌うことで、つまり、神の歌い方の様式を踏んでみせることで、それが本来の神謡の内容とは異なる内容を持ったとしても、その内容は、共同性を持つことができた、というのが論の骨子である。この議論は、歌が、個別的な内容を志向しながらも、歌という共通の形式、あるいは歌い方の様式を踏襲していくという、一見矛盾している状況を、「神謡」の様式を踏まえることで、個別的なありようが共同性を担保されるという形で説明し、その矛盾しているように見える状況に必然性を持たせたところに大きな意義があるといえよう。

ここまでに、歌、歌謡が、発生してくる必然性を説明した議論を概観したが、これらも又、統一的な文学発生論がまとめられるに際し、料とされたい。（山崎）

叙事（生産、巡行）

歌謡が、どのように発生してきたと考えられてきたかを概括したが、その発生を考えるに伴って、歌謡が示すものとは何なのか、ということが考察されてきた。従来、テキストの中に置かれた歌謡が叙情表現であることは当たり前であるとされ、歌謡転用論にせよ、それ以後のテキスト論にせよ、記紀歌謡が抒情詩であることの証明を、手段を変えながら繰り返してきたといってよい。ただ、文学の発生論を考えてくると、違った枠組みからの発想が生まれてくる。折口は、神の言葉から律文が生まれてくる、としたが、その順で考えてゆけば「わが国に繰り返された口頭の文章の最初は、叙事詩だったのである（「国文学の発生」第一稿）」ということになる。神が（神が憑いた巫覡が）、神自身の来歴や共同体の来歴などの物事を語るということを、伝承される文学の発生と捉えるのであれば、歌の発生は「叙事詩」であった、という折口の枠組みは認めざるを得ない。ただ、折口以後、このがいる。

発想は長年放擲されたままであった。発生論以外の立場から「叙事詩」という枠組みを考えたものに高木市之助

和歌とは叙情詩ではなくとも、叙情詩的な或る文學と言へはしないか、このような和歌的なものが日本の文学をどこまで遡っても支配的であるとすれば、それはそのまま日本の文学が本来叙情詩的であって叙事詩的ではあり得ないことになる〜中略〜具体的にいえば、我々が記紀歌謡以前に遡って日本文学の実在を実証することが許されない以上、それはもし記紀歌謡の世界まで遡ってもなお和歌的なものが支配的ならばという事でしかない。つまり問題は記紀歌謡は和歌的抒情詩的な一色に塗りつぶされているかどうかということなのである。（「叙事詩の伝統」昭和二十年）

高木の問題意識は、「抒情詩」「叙事詩」という西洋近代が抱えている枠組みを、日本文化に適応したときに、「和歌」が「抒情詩」であることは必然と捉えて、「叙事詩」に当たるものは日本には存在しないのか、という観点から、記紀歌謡の中の一部に、それを見出そうとしたものである。

折口の立てた「叙事詩」の概念を論理化したのは古橋信孝である。古橋は、オキナワの神謡にある「生産叙事」に着目した。「生産叙事」という言葉は、小野重朗の用語であり、稲などの生産の過程を、神に与えられたものであることを歌うことで、始原のもの、最高のものとして誉める表現を概念化したものである。この、「生産叙事」の様式を踏まえるものが、日本の古代の歌表現に見出せるというのである。例を見よう。

吉野の白檮の上に横臼を作りて、其の横臼に大御酒を釀みて、其の大御酒を獻りし時に、口鼓を撃ちて、伎を為て、歌ひて曰はく

白檮の生に　横臼を作り　横臼に　釀みし　大御酒　美味らに　きこしもちをせ　まろが父

此の歌は国主等が大贄を献る時々に、恒に今に至るまで詠ふ歌ぞ

これは先にもあげた吉野国主の歌であるが、「生産過程をうたうのが最高にすばらしいものであることの表現であることを、文脈上も明らかにしている（「歌の叙事」『古代和歌の発生』）」と考えられる。つまり、神授のものとして、物の生産過程を歌うことでそれが最高にすばらしい、とする神謡があり、それを踏まえて生産過程を歌いこむことが、ものを最高にすばらしいもの、とする様式が成立していた、とするのである。たしかに、次に掲げる万葉三二三二などは、特に、物の生産過程を読み込んで称える様式があったということを想定しなければ、歌の意味だけから考えたときに、明らかに不必要に物の生産過程が読み込まれているということになってしまう。

斧取りて　丹生の桧山の　木伐り来て　筏に作り　真楫貫き　礒漕ぎ廻つつ　島伝ひ　見れども飽かず
み吉野の　瀧もとどろに　落つる白波

「生産叙事」という神謡の断片が組み込まれることで、歌という表現様式として成立していると考えるのである。これを古橋本人の言葉で言うと「表現の様式があり、それに則ってうたわれていたと考えねばならない。いわば型が内容に優先している。それはむしろ当然の事で、始原を想定すれば、神のことばは人間のことばと区別されるべきもので、その神のことばを起源として歌は発生したのである。だから、歌であることを保証するのは内容ではなく型とみるべきである」となる。古橋は、この「生産叙事」と同じように、神が巡行していって、最高の土地を見出す、「巡行叙事」という概念も想定する。

つぎねふ　山代川を　川上り　わが上れば　川の辺に　生い立てる　烏草樹《さしぶ》を　烏草樹の木　其が下に
生い立てる　葉広　斎《ゆ》つ真椿　其が花の　照りいまし　其が葉の　広りいますは　大君ろかも

『古事記』「仁徳記」の、石之日売の歌謡であるが、このように、道中において見出したものを最高のものとして誉める様式は、神の巡行から村立てに至る神話の謡がもととなっているとするのである。巡行して最高の土地を見出して村立てした神の謡の様式が、巡行して見出したものを最高のものとして誉める様式となって、その様式を踏まえる歌のありようを支えている、という理解である。

これらのように、具体的に例を多く抽出できる「生産」「巡行」に関してはそれぞれ概念を立てた古橋であるが、それ以外にも謡は叙事を持ちえたはずである、とする。

〈歌の〉具体的な叙述部は、すべて〈叙事〉といえるかもしれない。神話の具体的な叙述部は神の行動なのだから、当然だろう。(「歌の叙事」前傾同書)

ここで古橋が言っているのは、すべての歌の叙述部分が、神に由来するものであるなどということではない。歌という言語表現が成立し、保存されるためには、まず、神の語ったことば、という装いが必要であるから、神が自身の行動を歌った歌、古橋の言葉で言えば「神謡」、折口のことばでいえば「神語」(古橋が「神の言葉を人が装う」ということと、折口が「巫覡の恍惚時の空想として神の独り言が語られる」とするのは本質的に同値である) が始原の、理想的な状態を語った言語表現として成立しなければならない。ただ、共同体がその規模を拡大するにつれ、個人のありようは多様になってゆくから、そのありようを、従来の「神謡」だけでは掬いきれなくなる。しかし、掬いきれないままでは共同体は崩壊してしまうから、その多様なありようを、共同性をもって表出することで、共同体の中に回収しようとする言語表現、歌が成り立ちうる。そうすると、歌はそもそも個別性と共同性、二つのものを志向する矛盾した表現とならざるを得ない。その共同的なありようを保証するのが、つまり、歌が「歌」たりえる根拠となるのが、「神謡」に由来した表現様式に従って歌われることだというのである。「神謡」は神の言葉を装ったものなのだから、その様式を真似ることによって、歌っている内容は個別的なことであっても、歌われたもの自体は神の言葉を装った表現として成立する。その表現様式を真似るだけで神の言葉としての共同性が保証されることが一般性を持つと、それが神の言葉を装ったものだ、という意識がなくとも、その様式を踏襲して表出するだけで、個別的な内容を、共同性をもった「歌」とすることができるのだ、というのが古橋の説明である。その様式の根拠となる「神謡」は、神の行動に関して歌ったものであるのだから、「歌」の共同性を支える様式として成立しうる型は、「生産」「巡行」に限定されず、すべてなんらかの物事に関する叙事の形式であるはずではないか、というのが引用部のいっていることとなる。

この考えを敷衍したときに出てくるのは、歌が、共同性を持って成立している根拠は、すべて「神謡」を根拠とした「叙事」の様式をふまえていることにあるのであるから、歌の本質は「叙事」にある、ということになる。折口の発想だけでは、始原的にある歌のありようが「叙事詩」の型に還元されるということは説明できても、それが今残っている歌表現にどのように接続されているかがあいまいであった。古橋が始原のものとしての「神謡」と、それが根拠となって成立する歌という表現様式を想定することによって、初めて、折口の立てた概念が実際に残る歌表現に具体的に接続することになったと考えうる。

居駒永幸は、この「叙事」ということばを使って、実際の『古事記』『日本書紀』の歌と物語を読むことを試みている。居駒は「叙事歌」という研究概念を設定している。この「叙事歌」というのは居駒独自の用法であるため、注意して扱わなければならない。次にあげるのは「叙事歌」に関する居駒自身の説明である。

神々や物語人物の行動を当事者の立場からうたう歌、またそれらを第三者の立場から距離を置いてうたう歌の二つが〈叙事歌〉のうたい方としてあって、そのようなうたい手の位置が歌の叙事に表れてくるのである。(「叙事歌としての記紀歌謡」『古代の歌と叙事文芸史』)

ここで言っている「歌の叙事」も、「歌の歌詞に現れる具体的な叙述」をさしているのではなく、「歌とともに伝承された、あるいは歌から生成された物語的叙述」をさしているため、少し一般的な概念とは異なってくる。

居駒はこのように、歌が伴う物語的叙述を、「歌の持つ叙事」と定義することによって、物語そのものの読み方というよりも、記紀に置かれる物語が、どのようにして現在ある形に生成されてきたのか、ということに新見を拓いている。すなわち、従来物語の筋の展開の中で、歌がどのように機能しているか、どのような意味を持つか、という視点からの議論にとどまっていた状況に対し、歌が持つ叙事によって、テキスト中の物語が生成されてきた、という正反対の視点を導入することによって、その具体的な物語のありようの説明が変わってくる。散文がこのようにあるから、その中で歌が持つ意味を歌詞に従って決めてゆく、という手順が固定化されるのではなく、歌謡が持つ、或いは通うから導かれる物語を想定することによって、歌詞のどのような部分から、散文のこれらの部分が導かれたのか、そしてそれによってどう読めるのかを議論することが可能になってゆくのは、ひとつのパラダイムの転換といえる。

ここに見たのは、「叙事」「叙事詩」という概念を立てて歌謡をとらえる立場の議論である。現状、決してメジャーな論調とは言えるわけではないが、さまざまにパラダイムが立てられるための料として参照されたい。（山崎）

生産叙事

琉球の歌謡研究に「生産叙事」ということばを用いたのは、小野重朗である。小野は八重山の「稲が種アヨー」、沖縄本島の「天親田」、座間味島の「嶽ねーいのウムイ」等の「叙事的歌謡」を「稲作叙事歌は本来、創造神が稲を作り始めた神話」だとした（「生産叙事歌をめぐって」一九七七年）。まさに、ウタによる神話の存在を小野は指摘したのである。小野に刺激を受けた古橋信孝はこれを表現の問題として取り出し、「〈生産叙事〉は本来始源の神授の製法をうたうことで、そのものが神のもの、つまり最高にすばらしいものであることを表現したものだった」とした（「古代のうたの表現の論理――〈生産叙事〉からの読み――」一九八三年）。これらを受けて、島村幸一は〈生産叙事〉を「もの始源に遡って誉め称える表現とし、その基本は誉め称えるものを神や神の立場に立つ者に捧げる表現」と捉えた（「琉球弧の「生産叙事」歌謡――その表現を中心にして――」一九九〇年、「琉球弧における〈生産叙事〉表現の諸相」一九九一年）。島村は琉球の古謡だけでなく、オモロの表現構造とその様式、語彙の面から「生産叙事」を論じオモロの表現論を深化させた（「オモロの表現――〈生産叙事〉の視点から――」一九九二年）。内容は稲作、紡績、造船、新築、漁労、狩猟、鼓作り等の広い分野にわたっている。謡われている地域は、宮古諸島に希薄な傾向がみられるものの琉球弧全体に分布しており、生産叙事歌は普遍的な表現をもつウタとして各地域でうたわれている。

そのなかのひとつ、紡織の「芭蕉ナガレ（大島龍郷町秋名）」を以下に引く。

1 てぃんから　うるされたん　きょらばしゃ　　天から降ろされた美しい芭蕉
2 てぃんさしじ　むち　　天の指図によって
3 わが　うぃたる　きょらばしゃ　　私が植えた美しい芭蕉
4 てぇーでぇーば　ぬぶてぃ　　嶽々を登って
5 みやま　ふかざく　うるされぃてぃ　　深山深迫（谷）に降ろされて
6 うーあがれ　きょらとぅばる　　大東の美しい平地に
7 わが　うぃたる　きょらばしゃ　　私が植えた美しい芭蕉
8 あおば　たらたらとぅ　　青葉ゆらゆらと
9 おをば　あおあおとぅ　　青葉青々と
10 あがんがれぃ　きょらさる　　あんなにまで美しい
きょらばしゃ　　美しい芭蕉
11 むとぅば　きりはがし　　根元を切り剥がし
12 すらば　きりはがし　　末を切り剥がし

13　なぎん　なぎきゅらさ　　薙ぎに薙いだ美しさ
14　きりん　きりぎゅらさ　　切りに切った美しさ
（中略）
31　うみだしゃる　きゅらばしゃ　　績み出した美しい芭蕉
32　うみん　うみぎゅらさ　　績みに績んだ美しさ
33　さぎぃん　さぎぃぎゅらさ　　下げに下げた美しさ
34　ななひるぬ　かし　かきぃてぃ　　七尋の綛糸を機に掛けて
35　こそでぃ　このでぃ　　小袖を仕立てて
36　ここのひるがし　かきぃてぃ　　九尋の綛糸を機に掛けて
37　ふうすでぃ　このでぃ　　大袖を仕立てて
38　あけれぃ　あけれぃ　　開けよ開けよ
39　かみがじょ　あけれぃ　　神の門を開けよ
40　あけれぃ　あけれぃ　　開けよ開けよ
41　きみがじょ　あけれぃ　　君の門開けよ

生産叙事歌の表現は、構造的に大きく二つに分けて据えることができる。それはウタの前半部の聖なる芭蕉の出自を含んだ理想的な生産過程をうたった表現と、それ以降のできあがった布がうたわれる後半の表現である。この「芭蕉ナガレ」で示せば、三節から五節ごとに入る「〜きゅらばしゃ」で整序されて展開していく三四節までの生産過程の叙事と、三五節以下の表現ということになる。またこれはユタが儀礼の場でうたうウタである。稲の豊穣を予祝した歌謡は各地に多く、稲の由来・田作り・稲の成長・稲の収穫といった、稲の出自と生産過程が叙述的に描写されている。
「米ぬナガレ」（奄美）、「天親田《アマウエーダー》」（沖縄）、「ティルクグチ」（伊是名・伊平屋）、「稲《いに》が種子《だに》アヨー」（八重山）等、それ以外にも二〇篇以上ある。また芭蕉布作り（「芭蕉ナガレ」（奄美）、「ウリジングェーナ」（沖縄）等）や船造り（「七月折目のウムイ」（沖縄）等）、築城（「大城グェーナ」、「兼城グェーナ」（沖縄）等）の作業過程を克明にうたったものも多く、それらは対語・対句を重ねて叙事的に展開している。シマの創世をうたう「シマダテシンゴ」（沖永良部）や「シバサシのオモイ」（沖縄本島大宜味村）もウタとしての神話つまり「生産叙事歌」である。外にも、土器作り（「パナリィ焼アヨウ」）、クネブ玉作り（「北夫婦ヌフニブ木ユンタ」）、粟作り（「上城金殿がニル」）、タバコ作り（「煙草ナガレ」）を内容とした「生産叙事歌」がある。

（綱川）

巡行叙事

小野重朗のいう「生産叙事歌」を文学表現の概念として捉え直し、さらに「巡行叙事」という概念を古橋信孝が提出した。古橋は「巡行叙事」について、「神が巡行し見出したものをうたう一人称語りの〈巡行叙事〉があった。それは始源的には村立ての起源を語る神謡としてあった」と述べ、この表現は「神の巡行をうたい、その途中に神によって見出されたものをうたう。それはそのものが最高にすばらしいと讃美する表現だった」と述べている（「古代の歌の表現の論理――〈巡行叙事〉――」一九八四年）。これを受け、島村幸一は「〈巡行叙事〉は、神や神の立場に立ち、ものが移動する表現」と捉え、ウタの表現様式から馬による陸行の「巡行叙事」と船による海上の「巡行叙事」が類型的表現としてあることを提示したのである（「琉球弧のウタにあらわれた〈巡行叙事〉表現」一九九二年）。

ただし二つの「巡行叙事」は、馬による巡行、美しく飾った装いの馬の表現は、琉球弧全体にわたって類型的にみられるが、船による海上の巡行の表現は、オモロと一部の沖縄本島周辺の離島のウタしかみられないという特徴がある。馬の巡行の表現は、祭りの期間に訪れた神を送るときにうたわれるウタ（「のりがみのオモリ」（奄美）、「急げ急げ神金」（粟国島））やユタの成巫儀礼の道行きの呪詞（「生れ語れ」（奄美））等に見られる。

例に「のりがみのオモリ（大島名瀬市大熊）」を以下に引用する。

1　おぶちとき　しなて　　オボツ時に撓て（合わせて）
2　かくらとき　しなて　　カクラ時に撓て（合わせて）
3　のろのりま　のり　　ノロは乗り馬に乗れ
4　ざはのりま　よせれ　　ザハ（馬引きの名か）は乗り馬を寄せよ
5　おがねあん　かけて　　黄金鞍掛けて
6　なむざあん　かけて　　銀鞍掛けて
7　まはるびや　まをのそ　　真腹帯は真苧の糸
8　ましりげや　げおのそ　　真鞦はけおの糸
9　あぐみ　よらよらと　　鐙ゆらゆらと
10　たぢな　よらよらと　　手綱ゆらゆらと
11　のろやうまのりあわし　　ノロは馬に乗り合わせ
12　さき　なをそ　ひきはせ　　先に七十人引き合わせ（引き従え）
13　あと　ももそ　ひきはせ　　後に百人引き合わせ（引き従え）
14　ぢらてんのとまり　　ヂラテンの泊
15　ぢらてんのみなと　　ヂラテンの港

16 うだ　もどせ　もとろ　　　　　　　　さあ戻せ戻ろう
17 うだ　かえろ　かえろ　　　　　　　　さあ帰ろう帰ろう

これは祭りの期間訪れた神を、送り出すときのオモリいわゆる神送りのウタである。〈巡行叙事〉の表現は、三節から一三節であるが、類型表現として抽出できるのは五節から十節である。黄金や銀の立派な鞍、真苧の糸の腹帯、美しい、立派な糸の紐の鞦、ゆったりと揺れている鐙や手綱の様子をうたい、全体に美しく飾った馬の表現である。このオモリは神が美しく飾った馬に乗り、彼岸の世界に戻っていくことをうたっている。オモロでは、神や神女の道行きをうたう第十「ありきゑとのおもろ御双紙」を中心に、美しく装った馬の表現（第十―五一四）がみられる。浜・港に降りるまでが馬による巡行のウタで、その浜・港から神（神女）が彼岸の世界へ行くまでの儀礼的な航海つまり海上の巡行をうたうウタ（第十―五五二、五五三等）なのである。これは、彼岸の世界が海上彼方と考えられていることによる。

一方、宮古、八重山の「巡行叙事」の特徴は、女性に出会う場面の道行きウタの中に馬の巡行の表現がみられることである。登場するのは庶民や英雄で、「巡行叙事」が恋人のところに赴く恋歌的な表現になっている。これは、奄美・沖縄の始源的な馬の「巡行叙事」とは決定的に異なる点である。宮古では、「ばかがムぬエーグ（若神のアヤゴ）」（多良間島）、「砂川ブナ」、「東川根盛加越」、八重山では、「あかんにゆんた」（石垣島）、「ままらまゆんた」（竹富島）、「ぴやんな島ゆんた」（新城島）、「ふんかどゆんぐと」（小浜島）等に「巡行叙事」の表現が見出せる。

（綱川）

参考文献

・居駒永幸『古代の歌と叙事文芸史』笠間書院、二〇〇三年
・折口信夫『折口信夫全集』中央公論社、一九六五年
・神野志隆光『古事記の達成』東京大学出版会、一九八三年
・西郷信綱『古事記注釈』平凡社、一九七五年より
『詩の発生』未来社、一九六〇年
・高木市之助『吉野の鮎』岩波書店、一九四一年
・武田祐吉『記紀歌謡集全講』明治書院、一九五六年
・多田一臣『万葉集全解』筑摩書房、二〇〇九年より
『うたの発生と万葉和歌』和歌文学論集Ⅰ　風間書房、一九九三年
・土橋寛『古代歌謡の世界』塙書房、一九六八年
『古代歌謡全註釈　古事記編』角川書店、一九七二年
『古代歌謡全註釈　日本書紀編』角川書店、一九七六年
・都倉義孝『古代王権の語りの仕組み』有精堂、一九九五年
・藤井貞和『古日本文学発生論』思潮社、一九七八年
・古橋信孝『古代歌謡論』冬樹社、一九八二年
『古代和歌の発生』東京大学出版会、一九八八年
・山路平四郎『記紀歌謡評釈』東京堂出版、一九六八年
・新訂増補国史大系『日本後紀・続日本後紀・日本文徳天皇実録』吉川弘文館、一九二九年より
・神道大系『西宮記』神道大系編纂会、一九九三年
・新日本古典文学大系『続日本紀』岩波書店、一九八九年より
・新編日本古典文学全集『古事記』小学館、一九九七年
・新編日本古典文学全集『日本書紀』小学館、一九九四年
・新編日本古典文学全集『風土記』小学館、一九九七年

・新編日本古典文学全集『神楽歌　催馬楽　梁塵秘抄　閑吟集』小学館、二〇〇〇年
（以上、山崎）

・池宮正治『琉球文学論』沖縄タイムス社、一九七六年
『琉球文学の方法』三一書房、一九八二年
・居駒永幸『歌の原初へ　宮古島狩俣の神歌と神話』おうふう、二〇一四年
・伊波普猷、東恩納寛惇、横山重『琉球史料叢書』東京美術、一九七二年
・小川学夫『奄美民謡誌』法政大学出版局、一九七九年
・沖縄文学全集委員会編『沖縄文学全集　第二〇巻　文学史』国書刊行会、一九九一年
・小野重朗『南日本の民俗文化Ⅶ　南島歌謡』第一書房、一九九五年
『南日本の民俗文化Ⅷ　南島の古歌謡』第一書房、一九九五年
・おもろ研究会『おもろさうし精華抄』ひるぎ社、一九八七年
・嘉手苅千鶴子『おもろと琉歌の世界―交響する琉球文学』森話社、二〇〇三年
・狩俣恵一『南島歌謡の研究』瑞木書房、一九九九年
・久保田淳、藤井貞和他編『岩波講座日本文学史　第十五巻　琉球文学、沖縄の文学』岩波書店、一九九六年
・小島瓔禮『神道大系　神社編五十二　沖縄』神道大系編纂会、一九八二年
『歌三絃往来―三絃音楽の伝播と上方芸能の形成』榕樹書林、二〇一二年
・酒井正子『奄美・沖縄　哭きうたの民族誌』小学館、二〇〇五年
・島村幸一『「おもろさうし」と琉球文学』笠間書院、二〇一〇年
『コレクション日本歌人選　おもろさうし』笠間書院、二〇一二年
・清水彰『琉歌大成』沖縄タイムス社、一九九四年
・末次智『琉球宮廷歌謡論』森話社、二〇一二年
・畠山篤『沖縄の祭祀伝承の研究―儀礼・神歌・語り―』瑞木書房、二〇〇六年
・波照間永吉『南島歌謡祭祀の研究』砂子屋書房、一九九九年

・福田晃『南島説話の研究』法政大学出版局、一九九二年
・古橋信孝編『日本文芸史　第一巻　古代Ⅰ』河出書房新社、一九八六年
・外間守善、玉城政美『南島歌謡大成Ⅰ　沖縄篇上』角川書店、一九八〇年
・外間守善、比嘉実、仲程昌徳『南島歌謡大成Ⅱ　沖縄篇下』角川書店、一九八〇年
・外間守善、新里幸昭『南島歌謡大成Ⅲ　宮古篇』角川書店、一九七九年
・外間守善、宮良安彦『南島歌謡大成Ⅳ　八重山篇』角川書店、一九七九年
・外間守善、田畑英勝、亀井勝信『南島歌謡大成Ⅴ　奄美篇』角川書店、一九七九年
・外間守善、波照間永吉『定本　琉球国由来記』角川書店、一九九七年
『定本　おもろさうし』角川書店、二〇〇二年
・山下欣一『奄美説話の研究』法政大学出版局、一九七九年
・横山重『琉球神道記　弁連社袋中集』角川書店、一九七〇年

（以上、綱川）

VII

古代歌謡研究会記録

この研究会は特殊なあり方をしている。居駒永幸さんと相談して、近藤信義さん、森朝男さん、三浦佑之さん、島村幸一さん、そして多田一臣さんに呼びかけて、それぞれの勤める大学の院生を集めて古代歌謡の研究会を始めようと考えたことによって始まった。学会は停滞しており、大学ごとに研究会がもたれ、院生が大学や指導教授に抱え込まれているような状況では、研究が停滞するのは当然だ。そういう状況を打開するには院生が自由に考え、発言できる場を作り、大学を超えた交流をしていけるようにしていくことが意味をもつと考えたのである。

このようにして発足した研究会はおおまかに六十以上と、二三十の世代と二つの世代に分かれて構成されているという珍しいものになった。院生たちからは集団指導体制とみえたかもしれない。それでもいい。自分の所属する大学の教授たちと異なる発想、方法があることを知ることによって、自分たちが身につけてきた方法が絶対的なものではないと知ることになるはずだ。そこからそれぞれが考えていけばいい。

というようにして研究会は始まった。

研究会の発足以来、会を活性化させる意図で「便り」を出し続けた。事務局を私が勤務する武蔵大学で引き受けたので、「便り」も私と博士後期課程の石川久美子とで担当した。「便り」の誌面で会員が自由に発言し、議論になったりすることを望んでいたが、それはかなわなかった。

「便り」は発表の概要、議論になったこと、発表後の発表者の感想など、次回の予告、そして私の、研究の立場が批評に近いことを示すという意図をもって、研究発表についてのコメントと同時に時評的なことなど書いた。研究者は知にかかわるものだから、批評意識をもつのは当然であることを示したかったのである。

発表の概要などは石川が書いた。石川には常に会全体のことを考えること、要するに共同性の側から考えることを強いた。けっこう負担は大きかったが、そのぶん成長したと思う。

本書に「便り」を載せるについては会員の意見を求めた。私的な研究会の出すものでは学会に認められないというような意見もあったが、今の学の状況のなかで、学会や大学を離れて真摯に研究会を続けることに意味があり、その成果を研究会のものとして出したいと考えているので、その記録として全号載せたかったが、反対意見もあり、妥協案として一部の号だけ載せた。　（古橋信孝）

研究会開催記録

第１回　平成 23 年 6 月 11 日（土）
古橋信孝「古代歌謡研究会に向けて」、居駒永幸「古代歌謡と記・紀の歌――研究史と今後の課題――」／司会　古橋信孝

第２回　7 月 23 日（土）山口直美「『古事記』の反乱物語と王権――当芸志美々命反乱物語を中心に――」／司会　居駒永幸

第３回　8 月 26 日（金）安井彰浩「うたう猿」／司会　関口一十三。関口一十三「『童謡』研究史」

第４回　9 月 19 日（月／祝）井上隼人「八千矛神の国作り」／司会　倉住薫

第５回　10 月 15 日（土）古橋信孝「研究史の方法」／司会　森朝男

第６回　11 月 26 日（土）居駒永幸、島村幸一〈談論〉「日の御子」と「てだこ」／司会　近藤信義

第７回　12 月 24 日（土）綱川恵美「近世琉球における渡唐儀礼」／司会　島村幸一。坂根誠「『民謡』の定義と古代歌謡研究におけるその適用」

第８回　平成 24 年 1 月 28 日（土）田中美幸「有間皇子挽歌群に関する一考察」／司会　居駒永幸。遠藤集子、田中美幸、山口直美「歌謡と和歌」

第９回　2 月 25 日（土）森朝男「記紀の結婚伝承に伴う歌謡をめぐって」／司会　横倉長恒

第10回　3 月 30 日（金）石川久美子「古代歌謡が語る歴史――応神の時代――」／司会　関口一十三

第11回　4 月 28 日（土）山崎健太「日向女の獲得――歌謡分析から見た髪長媛獲得の意義――」／司会　洪聖牧。島村幸一、綱川恵美「琉球文学――『おもろさうし』を中心に――」

第12回　5 月 26 日（土）近藤信義「武蔵国の防人歌から和歌・歌謡の伝承的背景を考える」、渡邊明子「神事と恋歌」、加藤千絵美「追憶される宇治若郎子」／司会　井上隼人

第13回　8 月 21 日（火）坂根誠「東歌にみる民謡的性格」、倉住薫「万葉集巻十三の歌と古事記・日本書紀の世界」／司会　近藤信義

第14回　9 月 22 日（土）横倉長恒「『日本書紀』斉明四年条の歌謡を巡って」／司会　森朝男

第15回　11 月 10 日（土）鈴木崇大「伝承と詠作と――『真間の手児名』関係歌をめぐって――」／司会　山崎健太

第16回　12 月 15 日（土）洪聖牧「古代朝鮮半島の歌、郷歌」／司会　山崎健太

第17回　12 月 21 日（金）山崎健太「古代歌謡の研究史――叙情と叙事――」／司会　洪聖牧

第18回　平成 25 年 1 月 26 日（土）高桑枝実子「記紀歌謡と万葉集――挽歌成立の問題として――」／司会　萩野了子。石川久美子「『時人』研究史」

古代歌謡研究会に向けて

平成23年6月11日　古橋信孝

今、なぜ古代歌謡研究会か

1990年以降、21世紀、知の世界は新しい方向を見出せないでいる。この東日本大震災において、未来像を出せないことが、大連立内閣という挙国一致体制がイメージされたことに象徴されるように、現実的なその場の対応という方向を優先させていく状況をもたらしている。こういう状況にあっては、社会を原型に戻って考察してみる必要があると思う。

もちろん社会の問題はそのまま文学研究においてもあてはまる。方法が優先されることでその当て嵌めが論文となり、それを嫌うと些末な実証主義的なものとなる。そして相変わらず、時代のものでしかない自分の感性が検証されることなく、作品の読みに投影される。

1970年代から80年代は方法の時代だった。古代に関していえば、研究者それぞれが研究の方法を求め、伊那谷の村々の祭を見て歩き、沖縄の村々を訪ね廻った。古代文学研究が文学の発生論を抱えたのである。

私自身についていえば、『古代歌謡論』（冬樹社、1982年）において、文学の未分化状態を考えていた。発生論は文化、社会、民俗、言語などを抱え込んで、文学を考察することなのだ。つまり、70年代後半からの方法の時代は、文学を社会のなかに位置づける方法でもあった。あるいは、人間を全的に捉えようとする方法でもあった。私自身は、さらに歴史を考えていた。それは発生を個体の幻想として考えると同時に、より普遍化する方法であった。

方法の時代は当然のことながら方法論議をもたらし、それが党派化して対立することに意味を見出すようになって衰退していく。80年代後半あたりには、欧米の見方が直輸入的に古典に適用されていくことになった。この直輸入的な思想は知を、見方を変えれば違って見える程度の軽いものにしていった。それにともない、人間や社会を丸抱えに考えようという方向は薄れていく。経済のいわゆるグローバル化も重なって、その場における対応がもっとも重要な問題として意識されるようになった。知の中心にあるはずの大学は少子化に対応し入学者を確保するためと称し、入試制度が多様化し、負担が増えていき、肝心の教育に関してはマニュアル化していくことで水準を保とうとすることになっていった。

小熊英二『1968年』（新曜社、2009年）はそういう目から70年代を説明しよう

としたものだ。全共闘運動は具体的な獲得より自己の変革を中心にした、思想的な運動としてあったが、小熊は政治的な獲得がなかったことのほうに論をもっていっている。対症療法的な発想が優位になっている。

東日本大震災には多くの人々が心を揺さぶられ、「自分に何かできるか」という発言が飛び交った。考えてみれば、2001年9月11日のテロもそうだった。ほんとうは、どういう社会にも問題はたくさんあり、「自分に何かできるか」は今の自分の直面している状況のなかで問われる問いのはずだ。

そこで、古代歌謡研究会である。今こそ、社会や人間、文学や言語などを全的に考えてみよう。それには、日本語のもっとも古い表現、たぶん無文字時代から伝えられてきている表現をも含む古代歌謡を対象にしてみるのがいいのではないか。古代歌謡はさまざまな視点を許容するから、各人がそれぞれのモチーフをもって考えていくことが可能に思う。そのモチーフはきわめて個的なものでかまわない。というより、個的なモチーフが集まることによって浮かび上がる全体を求めてみたい気がしている。

研究会の大枠

1．村山絵美と私が後2年で会場にしている武蔵大学を退任するので、とりあえずこの2年で締め括りたい。以降は、集まっている若手が主体的に続ける意志が育ち、かれら中心の会になっていければと望んでいる。

2．主体的に加わる意志を表明すれば、誰でも参加できるようにしたい。また、こういう人がいたほうが会にとっていいという場合は積極的に勧誘したい。

3．この2年の成果をまとめとして刊行することを目指す。実質的に18か月しかないので、毎月開催したい。

方針の大枠

1．古代歌謡を中心に据え、広く考える。

2．参加者が古代歌謡と自分のモチーフとを関係づけられるテーマをもつなら、直接古代歌謡を対象にしていなくても受け容れたい。

3．学的つまり実証的な方法と、思想的な方法とを等価に許容したい。

4．研究会なので、遠慮のない真摯な議論をしていきたい。

5．参加者は各人の個的なモチーフを重く考えながら、全体のことを考える態度をもちたい。

6．本にすることを考えるなら、全体の構想をもつ必要がある。一年後に決めたい。

7．本は個別的な発想によるものと、古代歌謡研究の名のもとに必要なものとを組み合わせて全体を構想したい。

8．本にする際、全員が執筆できるとは限らないが、全体の構想のなかで考えることにする。その意味でも、会の持続が望まれる。

古代歌謡研究会便り

創刊号

平成23年7月6日（水）

１．６月発表内容（第１回）（司会　古橋信孝）

発表者　**居駒永幸「古代歌謡と記・紀の歌――研究史と今後の課題――」**

※課題：歌と散文の間の「表現空間」をどのようにみていくか。

Ⅰ、記紀歌謡は「叙事に向かう歌」

①神、人名

②歌曲名→＊歴史叙述であることを背負っている。だから歌曲名になる。

Ⅱ、「古代歌とは何か」

①歌体→短歌体化

②場→事件、伝説、宴席の場で醸成

→ⅠⅡを踏まえると…

歌謡は叙事に向かう表現であると同時に短歌体化している歌

※研究の立ち位置：歌と散文をテキストの中に押し込めるのではなく、他のものに当たり、広くアプローチを試みる。その作業を通じて、歌の背景を見る。

２．発表を踏まえての主な議論内容、今後の課題

○和歌と歌謡

＊和歌と歌謡の違いは何か→固有名詞を知っているか否か

「歌謡」は固有名詞を知っている人々に閉じられる。

○場の問題

＊宴、問答、唱和

○国家と歌謡、定型の成立

＊「5,7,5,7,7」という定型は意味をもって７世紀後半、律令国家の中で成立し、広まる。

＊「5,4,5,4…」というおもろの定型の特殊性

○歌謡と歴史

＊語り手、時人

＊うわさ歌←物語との関係、歌の自己増殖

○叙事と抒情

３．次回発表

・日時　7月23日（土）14:00～

・場所　武蔵大学7号館1階（7113教室）

・発表者　**山口直美**

・司会　居駒永幸

・発表内容　「**『古事記』反乱物語と王権——予見のモチーフを中心に——**」

『古事記』には様々な反乱物語が語られている。その多くは、皇位簒奪の企てを発端とする、王権の内部で繰り返される争いの物語である。反乱物語には反乱を起こす相手側の企てを、王権側が先に察知する描写があり、既に指摘されている。特に中巻ではこの傾向が顕著に表れており、類型のひとつと考えられる。そこで本発表では、これを「反乱の予見」と捉え、歌を介して反乱を知る、当芸志美々命の反乱物語を中心に、このモチーフが反乱物語においてどのような機能を果たすのか検討をする。そして、モチーフの考察を通して、『古事記』の描く王の姿に言及するものである。

４．予習

〈資料〉『古事記』

中巻　①当芸志美々命の反乱、②建波迩安王の反乱、③沙本毘古王の反乱、④香坂王・忍熊王の反乱、⑤大山守命の反乱

下巻　⑥女鳥王・速総別王の反乱、⑦墨江中王の反乱、⑧穴穂御子による軽太子の流刑、⑨目弱王による安康天皇殺害、⑩大長谷若建御子による目弱王討伐

〈論文〉

メインテーマは以下の論文と関係します。全てだと大変だと思いますので○の論文を中心にしていただければと思います。

○森朝男「スサノヲの泣哭——または、声とことばと——」『日本文学』43号　1994年6月

・古橋信孝「〈聞く〉ことの呪性」『古代和歌の発生』東京大学出版会　1988年1月

・三浦佑之「聞く天皇」『日本文学』44号　1995年5月

・山田直己「古代の音——「向こう側」への回廊——」『日本文学』44号　1995年5月

・近藤信義「異界の〈音〉と表現の世界——〈音〉喩の論のために——」44号『日本文学』1995年5月

・居駒永幸「仁徳記・枯野のうた——琴の起源」『日本歌謡研究——現在と展望』1994年3月

〈関連〉

参加されている方の研究テーマで関連があるもの。

・童謡　　・万葉集② 133（人麻呂）　　・反乱物語

〈持ち物〉

①『古事記』、②『日本書紀』

5．提案

さっそく会の翌日から二つの提案が寄せられました。

①まず近藤さんから。基礎的な知の共有が必要ではないかということです。たとえば、沖縄の歌謡です。そういう共有すべき知について、現在四つの大学の院生がいるから、大学ごとに分担して整理したらどうかという提案です。次回にみんなで考えましょう。

②居駒さんから。山形県遊佐町杉沢の熊野神社の、修験の芸能を見学。8月8日、15日、20日とある。どれかを見て宿泊、翌日研究会はどうかという提案です。私も若い頃、伊那谷の霜月祭、花祭、雪祭を見て考えさせられたことがありました。次回に居駒さんから詳しい説明を聞きましょう。（古橋）

◆事務局消息

・会を盛んに活き活きさせるために、皆さんからの提案を随時受け付けています。どのような提案も歓迎します。

・感想や意見もメールで送り合いましょう。

・今後「古代歌謡研究会便り」は各自印刷し、毎月ご持参下さい。毎号ファイルに閉じて持参することをお勧めします。
※研究会参加者の認識の統一、会の持続、会全体と個人研究の位置づけを明瞭化させるため。

・十数人集まればと思っていたところ、二十数人も集まりました。人数で喜ぶのはデモみたいですが、もちろん政治は峻拒します。社会のことを考えるのは政治ではなく、思想の問題です。世の中は原発や放射性物質で騒がしいですが、目にみえないもので怯えるのは愚かな気もします。しかし幽霊もお化けも見えるものではありません。文化が像を作り出すのです。古代歌謡へ接近したいという想いも、見えないものへの関心に近い。われわれの社会の表現との違いに気づけば、恐怖にだってなりかねないでしょう。社会を撃つことになりえますから。

今度の大震災、大津波への対応によって明らかなように、われわれの社会は共通する未来像を抱けなくなっています。そういう時こそ、原型から思考を積み重ねてみることが要求されます。表現が軽くなり、リアルな言葉を失っている状態は前から続いています。古代歌謡はそういう状況へ対置されるかもしれません。私は若い頃からリアルな言葉が欲しかったのでした。（古橋）

第２号

平成23年8月12日（金）

１．７月発表内容（第２回）（司会　居駒永幸）

発表者　**山口直美「『古事記』の反乱物語と王権――当芸志美々命反乱物語を中心に――」**

※当芸志美々命の反乱を知らせる伊須気余理比売の歌二首

A、狭井河よ　雲立ち渡り　畝火山　木の葉さやぎぬ　風吹かむとす

B、畝火山　昼は雲とゐ　夕されば　風吹かむとそ　木の葉さやげる

・研究史を踏まえての見解：叙景歌、童謡ではない。

・「安定した状態から不安定な状態への変化を歌うことで、警戒の歌となる」。

・この歌を「聞き分ける」ことは、反乱の予見を理解したということである。それは皇位継承者の条件の一つである「知力」を備えることになる。また当芸志美々命を討つことによってもう一つの条件である「武力」が備わる。二つの条件を備えることによって神沼河耳命は綏靖天皇になることができた。この名前にある「耳」は「聞く力」を示している。

※『古事記』において、歌によって皇位につくという例は他に見られない

２．発表を踏まえての主な議論内容

・「反乱」とは→王権の内部で起こった問題／兄弟、肉親→「反乱」　臣下が加わると→「謀反」　※常に歴史とは、勝者の側から見る。

・皇位継承問題

①エジプト：母親と結婚によって王位に就く／日本：その例に当たる。継母との結婚しようとしたタギシミミ。

②神武天皇の時には確定していない。この歌を経て「理想の人」が確定していく。

・何故二首あるのか。内容としては同じ。

→歌の型としての違いがある。A：二句ごとの繰り返しがあり、日本語文化圏の古くからの型。B：「現在」に焦点が当てられており、叙景歌的である。

・「耳」：祭祀に関わる能力

・歌を「聞く」享受者の問題。我々は歌をつくる側に力点を置きすぎるか。

３．発表者コメント

トップバッターということで緊張の報告となりましたが、終わってみれば、皆様のおかげで楽しく報告をすることができました。ありがとうございました。

そもそも「反乱」という言葉をどのように定義して使うか、歌われる「雲」「風」

は、他の類例と比較した場合はどうか、この場面で本当に二首の歌は対比していると考えられるのか、前段の大久米命との歌のやりとりと繋がりがあるのではないか等、多くのご指摘を頂きました。特に、歌の用例や表現を押さえることが足りなかったと感じました。歌についてもっと丹念に取り組んでいこうと思います。

大学を出て野に下りましたが、幸いにも本文を読み、論文を読み、考えを書く時間を作れば研究を続けることはできます。しかし、自分の考えを発表し、他の方々のお話を伺い、時に議論をすることでより深まるのだと身をもって知りました。欠けているものは自分では気づけないものです。このような機会を頂きありがとうございました。皆さまのご指摘を活かし、今後も「聞く」というテーマを中心として研究をしていきます。今後ともご指導よろしくお願い申し上げます。　（山口直美）

4．次回発表

・日時　8月26日（金）14:00～
・場所　武蔵大学7号館1階（7113教室）
・発表者　**安井彰浩**
・司会　関口一十三
・発表内容　**「うたう猿」**

『日本書紀』皇極天皇三年六月条には不思議な歌がある。とある人が三輪山で猿を見つけた。その猿は寝言で歌をうたっており、聞いた人は驚いて逃げた。その後、この歌は後に起きた出来事の予兆としてとらえられている。これは、他の『日本書紀』の童謡とされる例と同じ構造を持つ。よって、猿がうたった歌は「童謡」の一種であると考えられる。なぜ歌をうたうのが猿なのであろうか。猿である意味と動物の声を中心に考察する。

5．予習

〈資料〉

『日本書紀』皇極天皇三年六月条の猿の歌周辺

〈持ち物〉

扱う資料は基本的にすべて提示する予定。『日本書紀』の皇極紀と『万葉集』があればなおよい。

6．提案報告

①基礎的な知の共有、整理をした方がよいという近藤提案に対して、会の了解が得られ、以下のように決まりました。

A、沖縄の歌謡→立正大学　　B、民謡→國學院大学
C、歌謡と和歌→明治大学　　D、童謡、時人→武蔵大学

②居駒提案である山形県遊佐町杉沢の熊野神社の修験芸能（山伏神楽）見学が以下

のように決まりました。

8月15、16日（一泊二日）※見学は15日

居駒先生から歌がうたわれている場を見ておくのもよいのではなないかというというお話があり、自由参加ですが、なるべく参加しましょう。

◆事務局消息

・発表者の方へ

①発表要旨（250字程度）、②予習資料（文献、論文含）、③持ち物を研究会の二週間前までにメールにてお知らせください。当日のレジュメはＢ４サイズにしましょう。また発表後、コメントを500字程度でお願いします。（こちらも次回研究会の二週間前までにメールにてお送りください。）今回は山口さんが書いてくださいましたが、恒例化しましょう。

・メーリングリストを作成しました。現時点でまだ13名の方しか登録されておりません。登録されていない方はメールが届きませんので、「承認」をお願いします。（石川）

・第二回になりました。山口さんの発表は「歌を聞く」という論点がこれからの可能性を感じさせました。作品を読む視点は意外に曖昧です。私は徹底して作る側から考えるようにしています。そうすると、集団とか個性とか心情などといういい加減な論点は排除できます。

そして、「歌を聞く」は、伝承されてきた歌だけでなく物語に対する受け取り方の問題にも通じます。歌謡研究会の最初の研究発表としてふさわしいものでした。

・近藤提案が受け止められ、各大学ごとに分担して、四つの項目の基礎知識、学説、研究史などの整理をし、共通理解をもとうということになりました。研究の場が身近な場としても動き出し、その成果が全体に繋がっていくわけで、この研究会活動をより活性化させていく気がします。これからもそういう提案を受け容れたいと思います。

・事務局からいくつかの提案をしましたが、この研究会は主体的な関わり方をそれぞれが考えていって欲しいので、ゆるい組織にしています。事務局の石川さんもこの「便り」のためのメモ取りから始まり、発行まで無償の行為、いわば「贈与」の立場にいます。われわれの暮らしている近代資本主義社会は「交換」の関係を基本としています。今度の大震災は多くの人々がボランティア、義援金など「贈与」の関わり方を積極的にしました。社会が「交換」を壊すことに飢えているのだと思えます。原発災害に保証金ですませようという発想も「交換」です。研究というような行為に魅せられるのも無償の「贈与」ではありませか。職業化

した学者は「交換」では。無償の「贈与」の豊かさを。（古橋）

・「便り」も二号目になりました。この「便り」が研究会を支えるものになればよいと心から思っています。（石川）

第７号

平成24年1月15日（日）

１．12月発表内容（第７回）（司会　島村幸一）

発表者　**綱川恵美「近世琉球における渡唐儀礼」**

『おもろさうし』には次のような歌がある。

しよりゑとのふし
一赤金《あかかに》が　船遣《ふなや》れ
　げらへ　金富《こがねとみ》
　大君《ぎみ》に
　真南風《まはい》　乞《こ》うて　走《は》りやに
又げらへ　金富《こがねとみ》
　赤金子《あかかにこ》　船頭《せど》　し遣《や》り
又唐渡《たうと》　出《い》でて　走《は》り居《よ》れば
　唐《たう》の菩薩《ぼうさ》　崇《たか》べて　（第13―764）

・この「唐《たう》の菩薩《ぼうさ》」に注目し、中国の航海守護の女神である媽祖《まそ》であると考え、その具体的な信仰のあり方を「田里筑登之親雲上《たさとちくどぅんぺーちん》渡唐準備日記」（1850年）を中心の資料とし、琉球から北京に向かう進貢船の儀礼を通じて考察した。

・琉球から大和へ向かう楷船にも媽祖《まそ》が祭られていたらしい。ただし媽祖は沖縄の民間信仰の中では見られないことから、外国への公的なものと位置づけられていたことがわかる。

・この歌には、琉球の最高女神である聞得大君《きこえおおぎみ》も航海守護神として登場している。それはオナリ神信仰に基づいているためと考えられる。オナリ神とは家族内の男性を霊的に守る女性の神である。つまり琉球王のオナリ神として聞得大君が登場するということである。

２．発表を踏まえての主な議論内容

・「田里筑登之親雲上渡唐準備日記」の読みや渡唐儀礼についての質疑が多かった。

・『おもろさうし』の歌の構造は、大和の歌謡の構造を考える手がかりになるか。

オモロの反復部が大和の歌謡の場合にないことが考えられ、歌謡の読み取りの可能性を思わせる。

・琉球国王のオナリ神である聞得大君が航海神になっていることは、家族がオナリ神を通じて外の社会と繋がる方法であると考えられるのではないか。大和の場合、ヤマトタケルとヤマトビメの関係が琉球のその関係に比定されるかもしれない。ただし親族呼称と呼ばれるものが、もとは共同体の人間関係を示す言葉である可能性がある。それが親族呼称になったのかもしれない。

３．発表者コメント

年の瀬のお忙しい中、発表を聞いていただきありがとうございました。私が発表・議論を踏まえて考えたことは、ウタが歌われる「場」についてです。「田里日記」には男たちが三味線を弾き旅歌を歌う、女たちが鼓を打ちクェーナを歌い踊るなど、さまざまな場面が出てきます。女踊りを例に挙げれば、女性が旅立つ人の家に集まり、円陣をつくり、手拍子や鼓で囃しつつ、旅グェーナやヤラシー（これもクェーナの一種）を歌いながら踊るもので、夜を徹して踊ったと伝えられています。これは男たちの航海を祝福・安全を祈って歌われるものです。では男たちの歌う場は、祝宴の席や、厳粛な儀礼の場でもあったことでしょう。どの歌がどんな場で歌われるのかという具体像を明確にしていくことで、祭祀儀礼の意図するものが明確に見えてくるように思います。

また、議論の中で指摘していただいた歌に詠まれる動物や昆虫の話に通じて、オナリ神が蝶の姿になって現れるオモロを挙げましたが、白鳥の姿になって守護するという琉歌を最後に紹介させていただきます。

御船《おね》の高艫《たかとも》に白鳥《しらとや》が居《ゐ》ちよん　白鳥《しらとや》やあらぬおみなりおすじ
（船の高艫に白鳥が止まっている　白い鳥ではない姉妹の生御魂だ）　（綱川恵美）

４．坂根誠「『民謡』定義と古代歌謡研究におけるその適用」

・最古の用例は中国『佩文韻府』に載る劉孝威（496〜549）の詩の中に見られる「楽飲盛民謡」である。日本においては『三代実録』である。

・明治期に独語や英語の翻訳語として現在使われているような意味の「民謡」が登場し、使用されるようになった。

・民俗学の成立やマルクス主義の大衆への関心と関わって、大正期から昭和初期にかけて北原白秋らによって新しく創作された「新民謡」の運動が起こる。

・昭和初年代に柳田国男が初めて民謡を学の対象にした。

・戦後、NHKが民謡を定時番組に取り上げた。

・古代歌謡研究においては、戦後万葉集の東歌や巻11、12の古今相聞往来などを民謡という視点から解釈する流れが始まり、昭和三十年以降、武田祐吉、土橋寛

らが学の対象とするようになった。

5．次回発表

・日時　1月28日（土）14:30～

・場所　武蔵大学3号館1階（3104教室）

・発表者　**田中美幸**

・司会　居駒永幸

・発表内容　**「有間皇子挽歌群に関する一考察」**

『万葉集』巻二にある有間皇子挽歌群は有間皇子が詠んだとされる二首の歌と、その追和歌四首からなる歌群である。『万葉集』の挽歌の冒頭部に配置されたこの歌群については、その配置の意味とともに、挽歌とは思えない皇子の二首の歌の内容や作歌過程に焦点を当てて多く論究がなされてきた。今回は、皇子の歌二首を含む「有間皇子挽歌群」として追和歌まで含んだ「歌群」を捉えなおし、改めてこの挽歌群の『万葉集』における意味について考察したい。

6．予習

『万葉集』巻2の有間皇子挽歌（141～146番）に目を通しておいてください。

7．持ち物

『万葉集』

8．提案

・発表に関連した意見、感想、気づいたことなどを「便り」やメールに寄せましょう。

◆事務局消息

・今回は綱川恵美さんが琉球王国の進貢船の儀礼についてレポートしました。知らないことが多く、史料から探っていくのが知的な興奮を誘いました。人間の他の動物との違いは多様な言葉をもったおかげで、考えることができることです。したがって、最も人間的な行為の一つに考えることをあげることができます。情をもつのは他の動物でもあります。しかし、恨みや妬み、憎悪などの負の情は人間しかありませんから、最も人間的な情は負の情といえます。知の場合は負ということはありません。そして、知の領域は必然的に普遍性を志向しますから、誰でもが共有できるはずのものです。つまり、知は人間の財産になるものです。知の世界に夢中になるのはとても人間的な行為ではありませんか。

・古代歌謡研究なんて現実にはほとんど役にも立たないものを中心に据えて研究会を作り、すでに半年も持続してこられたのも、知の価値を共有しようという想いでしょう。今年は具体的に成果を考えなければならない年ですが、まず持続を言祝ぎましょう。

・研究の具体的な成果は論文というかたちになりますが、一本の論文には書かれていない多くの知の蓄積が踏まえられています。直接的に関係するものもあれば、発想や文体などに関係しているものもあります。私の経験でいえば、学校で習った知識やいろいろの書物を読んで考えてきたこと、さまざまな体験がそれらを形成しています。それは一生続くことになるでしょう。ですからなるべく広く受け容れる態度が重要だと思えます。その意味で、直接的に古代歌謡にかかわらない発表もどんどんあればいいと思っています。
・私は今卒論の口述試験中です。十本以上の論文を読みましたが、今年は読むのが辛かった。論文の文体になっていないものが多かったこともありますが、どうしてこんなことを考えるのか分からないものが多かったのです。たぶん考えることが身についていないのだと思います。大学でも分かり安い講義が強いられていますから、学生は与えられたものを外在的に受け容れ、考えることを求められません。演習も、圧倒的な知識の差による一方的な教員の主導か、学生が自分勝手な意見をいうことに満足することで成り立っている場合が多いようです。意見をいうには、知識と論理的な思考、それをみんなに分からせる言葉が必要です。
大学だけでなく、教育全体を見直さなければならない気がします。
・われわれはせっかく研究会を作ったのだから、それぞれが抱えている問題を共有できるようにしていきたいと思っています。今年を充実した年にしていきましょう。

（古橋）

第９号

平成24年3月17日（土）

１．２月発表内容（第９回）（司会　横倉長恒）

発表者　**森朝男「記紀の結婚伝承に伴う歌謡をめぐって」**

雄略時代の天語歌は神代の神語と類似点が見られる。ということは天語歌の奥に神と人との結婚伝承を想定できる。迎える女は神の名を明らかにすることでその神を祭ることができる。それが神と女の神婚にあたる。そこから見れば、天皇を讃える天語歌は雄略が天皇であることを認め、それによって天皇の資格を与えているという読み方もできる。

この視点から見ると、万葉集巻頭の歌も雄略に天皇であることを名告らせる女の歌があったことが想定できる。

2．発表を踏まえての主な議論内容

・天語歌をうたった采女は、宮廷の中でどのような役割を担っているか、天皇との関係など議論があった。

・求婚の拒否、嫉妬などについて議論があった。特に仁徳の皇后石之日売は嫉妬で怒るが、怒りは神の側の行為であり、そのような石之日売を后にもつ仁徳を讃えることになっているのではないかという意見があった。

3．発表者コメント

まるで構想だけのツメの足りない発表を聞いていただき、有益なご意見に接し感謝に堪えません。若い人たちの良い発表が続いてきていたので、会員の多くの発表や関心と接点を持たせたいという思いもあって、勇み足が私にはあったのですが、求心性を欠いて雑駁になり過ぎました。①采女の像の明確化、②〈女の誘い歌から男の歌へ〉のさらなる論証。③宴のおもろの考察、④石之比売嫉妬伝承の克服されない対立をどう論理化するか、⑤万葉集雄略歌の文脈形成に係わる再検討、⑥違和としての神と人、男と女の同定の論理化、その他、今後引き続き考えて行こうと思っています。

（森朝男）

4．次回発表

・日時　3 月 30 日（金）14:30〜

・場所　武蔵大学　3 号館 2 階（3214 教室）

・発表者　**石川久美子**

・司会　関口一十三

・発表内容　「**古代歌謡が語る歴史——応神の時代——**」

『古事記』には神武から推古まで 33 代の天皇の時代があり、歌謡も 113 首記載されているが、10 首以上の歌謡が載せられている時代は 6 人の天皇に集中している。

そのうちの一人である応神は、西郷信綱氏が「人と神の世」と位置づける『古事記』中巻最後の天皇である。その時代を歌謡を中心に見た場合、どのような時代として語られているかを考察する。

5．予習

①『古事記』、『日本書紀』の応神の時代

②石川「古代歌謡が語る歴史——石之日売歌謡群と万葉集——」『武蔵大学人文学会雑誌』第 43 巻第 2 号　2011 年 11 月

以上をお読みいただけたらと思います。

6．持ち物

古代歌謡集　※資料はすべてレジュメに載せるつもりです。

７．提案報告

本刊行に関するアンケートを行いました。メールでは３月20日まで受け付けています。まだアンケートを出されていない方はよろしくお願いします。その結果を踏まえて次回の研究会で話し合いを行いたいと思います。

◆事務局消息

・森さんの発表は、最初の著書『古代和歌と祝祭』が抱えられたモチーフが息づいていると感じられました。最初のモチーフは重要です。若い頃の書くものには自分にとって文学研究によって何が知りたいのかが見えます。それは自分の存在や内面を曝すことになります。恥ずかしいですが、そのくらいの覚悟をもっていきましょう。

それにしても、森さんの持続力には感心します。知の世界は常に若々しいということだろうと、少し内省しました。

・私は、この人がいる限りこの世界は捨てたものではないと思う人が何人かいます。その一人である吉本隆明が昨日（３月16日）永眠しました。我々の世代がもっとも影響を受けた思想家といっていいでしょう。しかし、報道がいうように、『共同幻想論』を若い人みんながバイブルとして持っていたわけではありません。だいたい「思想の自立」を説いている著書を読んで影響を受けた者が著者を神として崇めるはずがない。出典は忘れましたが、吉本自身、影響とは俺は俺、お前はお前と知ることだというようなことをいっています。吉本は私を信じろとは最も遠いところにおり、それぞれが自分で考えろ、根拠は生活者としての自分たち一人一人だといっていたのです。そのように考えるようになった根底には、軍国少年だったとはいわないまでも、自分を戦争に駆り立てる思想を振りまいた知識人への不信があります。

吉本が私に与えた影響は、その生活思想と、観念を幻想と言い換えることで、観念は変わるものであること、その幻想には共同幻想、対幻想、個幻想があるということでしたが、私はこの幻想論を、誰でもが自分に向かう心の動き、対に対象に向かう心の動き、みんなに向かう心の動きをもっているというように読み換えることで、人の心の基本が分かるようになりました。一番わかりにくいのはみんなに向かう心でしょう。今度の大震災で、多額の義援金や支援物資が東北に送られたのも、そうです。

人は何人かが集まっている時、たとえばどこで食事するかなど、たいてい考えてくれる人がいるものです。私たちのつき合いでそうしてくれるのは近藤さんでした。みんな近藤さんを信頼していて、それぞれ別のことを話したりしながら、近藤さんについていくだけになります。こういう場合、近藤さんはみんなの共同

の意志を担ってくれているわけです。

生活思想といったのは、吉本の普通の人々の生活に対するあたたかな眼差しです。最先端にいる者が評価の対象になりますが、それはいわば共同性の象徴です。その意味で、柳田国男の民俗学と通じるところがあります。ただ、吉本は生活者としては庶民に徹しようとしていました。そういうところからの思想なのです。

・1980 年代に、吉本批判が始まりますが、あらゆる思想は批判されていくわけで、吉本の思想に価値がなくなったのではありません。以降の思想家たちが欧米の新しい思想に頼ったのに対し、吉本は、ヘーゲルやマルクスを学びつつ、自前の思想を生み出した、20 世紀の日本の最大の思想家です。これを機会に読んでみて欲しいと思います。

・近藤さんから、歌謡が生まれる場、状況みたいなものを探れないかという問題提起がなされています。研究史で民謡と歌謡を整理した國學院の院生全体の問題として、考えることを提案しているようです。

こういうやり方があるということです。本にする時に活かせると思いました。次回にはその近藤さんの問題提起的な発表が期待されそうです。

・大震災から一年。この研究会の一つのきっかけでもありました。この一年を振り返って、何があったか、何が必要か、何を考えねばならないかなど、改めて考えてみましょう。

（古橋）

第14号

平成24年9月14日（金）

1．８月発表内容（第 13 回）（司会　近藤信義）

①発表者　**坂根誠「東歌にみる民謡的性格」**

東歌は東国の多くの地域の歌を集めているが、違う地域にしばしば類歌が見られる。それはある地方の歌が中央に伝えられ、またそれが別の地域に伝えられたからではないか。

②発表者　**倉住薫「万葉集巻十三の歌と古事記・日本書紀の世界」**

巻 13 には伝承されてきている歌が多く集められており、その内の「くくりの宮」の歌は『日本書紀』景行天皇条との関連がいわれているが、万葉集からその歌の句の用例を出すことによって『日本書紀』の伝承とは異なり、宮讃めの歌であること

を論じた。少なくとも景行の「くくりの宮」の伝承は二つ見られることになる。このように巻13の歌を一つ一つ検討する必要があるのではないか。

２．発表を踏まえての主な議論内容

①・古代に「民謡」という概念を立てることに意義があるかということが議論になった。

・「東歌」と特別に部立てが立てられている意味が話題に上がった。

・議論はされなかったが、坂根発表の、中央に地方の歌が伝えられ、さらにまた地方へ伝えられるという構造は【資料10】の東歌の類歌が「柿本朝臣人麻呂歌集出」として他の巻に見られること、さらに巻14に「未勘国」歌があり、そこに「柿本朝臣人麻呂歌集出」とあることが証拠になるかもしれない。人麻呂のような存在が、諸国を巡り歌を伝えていたことが想定される。（事務局）

②・万葉集の歌は景行紀の弟媛が「くくりの宮」に向かうときの歌として伝承されているのではないかという意見があった。（こう見ることが伝承を方法とすることではないのか。—事務局）

・漠然とした「伝承」を我々が問題にするには「いつ、誰が、どうして、どのように」というように具体的に考えていく必要があるのではないか。

３．発表者コメント

①先日は発表の機会を与えていただき、また研究会において多くのご指摘をいただき、ありがとうございました。

國學院チームでの報告を行った「民謡」の内容を踏まえた発表となるよう努力したつもりでありましたが、私自身の「民謡」の定義が曖昧であったため、水島義治の先行研究を無批判に肯定していた点、大きな反省点と考えております。

今後は、近藤先生の防人についてのご発表における、類歌からみる地域性という観点を、東歌にある、国を越えた類歌の存在という点から関連させて論をまとめてみたいと考えております。（坂根誠）

②万葉集と記紀とのつながりを考えるうえで、万葉集の中でも、そのつながりが強いとされる巻13の歌をとりあげました。当該歌は、内容が不明瞭な難訓歌です。訓読を定め、歌表現を分析することで、当該歌は、「くくりの宮」の宮ほめの歌であると結論づけました。日本書紀に記載された「くくりの宮」伝承として、当該歌がよめるのか、よめないか、という問題を、万葉集の歌表現を追うことで明らかにしたいという思いがありました。記紀の伝承と万葉集の伝承とがどのように近接するのかについては、その作品ごとに異なるのではないかと思っています。

質疑でご指摘いただいた、その伝承は、いつ・どこで・だれが・どのように（何のために）伝えたのかについては、丁寧に考えていきたいと思います。また、万葉

集巻13の在り方については、長歌で独立しているもの・反歌が加えられたものがなぜ混在しているのか、巻14の東歌がある理由も合わせて、「宮廷」と「伝承」という視点からも考えていかなければならないと感じています。発表の機会をいただきありがとうございました。さまざまなご意見から、今までとは違った視点で歌を見る必要があると実感しました。今後ともよろしくおねがいいたします。(倉住薫)

4. 次回発表

・日時　9月22日(土)14:00～

・場所　武蔵大学　7号館1階(7113教室)

・発表者　**横倉長恒**

・司会　森朝男

・発表内容　「**『日本書紀』斉明四年条の歌謡を巡って**」

『日本書紀』斉明四年条には、五月の皇孫建王薨去に伴う斉明天皇の歌が六首掲載されている。五月の三首は、「天皇、時時に唱ひたまひて悲哭す。」とあり、十月の三首は、「秦大蔵造萬里に詔して曰はく、『斯の歌を伝へて、世に忘らしむること勿れ』とのたまふ。」と記されている。私はこのように記されている背後に、「伝承」の必然性に於ける大きな変更があったのではないかと考えている。

しかるに、折口信夫の「発生論」、古橋信孝の「発生論」は、基本的に「神」に関わって意味をなすものであり、「伝承」の必然性に関しては、所謂「個人」(個幻想)に基づくものではなく、共同体(共同幻想)に因るものとされている。キーワードは「後世に残らなければならない」こと、「伝えられ残されてきた」ことであった。これらを肯定的に受け入れるとすれば、特に「秦大蔵造萬里に詔して曰はく、『斯の歌を伝へて、世に忘らしむること勿れ』とのたまふ。」とあるのを、どう捉えればよいのか、考えてみたい。『日本書紀』を御用意いただきたい。(古橋氏の研究史を学んだものとして、私自身はどうおさえるのか、大まかな捉え方になるものと思われるが、少し触れられればと考えている。)

5. 予習

『日本書紀』斉明天皇条を読んでくる。

6. 持ち物

『日本書紀』

7. 提案報告

本刊行に際し、編集部を作ることが研究会で承認されました。

◆事務局消息

・まだ発表されていない方はなるべく早くお申し出ください。

・暑い夏でしたが、先月の研究会も20名以上が集まり、4時間近く、二本の発表

と議論がありました。近藤さんが提起し、國學院の方たちが「伝承」という問題をさまざまな角度で取り上げ、会に方法を投げかけたと受け止めています。懇親会も10名以上参加して、けっこう「伝承」が話題になりました。

もう30年以上前、古代文学会の研究者運動としてやはり「伝承」がテーマだった記憶があります。どういう成果があったか定かではありませんが、熱っぽく議論したことだけ覚えています。1970年代は方法の時代だったといってもいいと思います。どのようにして、千年前の作品を読めるかが深刻に問われました。この研究会の上の世代はその頃議論した人たちです。ひたすら真剣に考え、議論しましたから、今でも信頼しているし、またけっこう気楽に話せます。若い世代もそうなっていって欲しいと願っています。この研究会を始めたモチーフの一つです。

「伝承」は少なくとも中世以前は文学にとって本質的な問題でした。特に古代文学はそうです。われわれは作品を近代の文学と同じに完成体として捉えてしまいがちですが、たとえば万葉集の類歌の多さは「伝承」を考えていいでしょう。むしろ積極的に「伝承」ゆえなのだと考えると、方法的になります。

「伝承」というと漠然としていますから、具体的に考えたほうがいいと思います。誰が、どうして、何を伝承したかというような問を続けてみるのがいいかと思います。会として考えたいと思っています。（古橋）

第15号

平成24年11月2日（金）

1．９月発表内容（第14回）（司会　森朝男）

発表者　横倉長恒　「『日本書紀』斉明四年条の歌謡を巡って」

『日本書紀』斉明四年条には、五月の皇孫建王薨去に伴う斉明天皇の歌が六首掲載されている。

十月の三首に「秦大蔵造萬里に詔して曰はく、『斯の歌を伝へて、世に忘らしむること勿れ』とのたまふ」と記されていることから、①折口信夫、②小野重朗、③古橋信孝の論に触れながら、歌が「残されること」という問題を取り上げた。斉明時代に伝承の変容があったと考えられ、その根拠をこの時代、「童謡」が流行したことに見られるような「漢籍との出会い」に求めた。

2. 発表を踏まえての主な議論内容

・タケルノミコは天皇ではないから「大御葬歌」は歌えない。そのため、個別的な歌になるのではないか。

・埋葬の儀礼としてうたわれていても、個別なものとして装われているということではないか。

・「斯の歌を伝へて、世に忘らしむること勿れ」は個別的な殯宮を問題にしているということであり、これは『万葉集』の挽歌を集めるきっかけである可能性がある。

・歌謡から万葉集の和歌に繋がる過程についてのさまざまな議論があった。宮廷が成立し、そこに新たな伝承、歌が生まれ得たのではないか等。

3. 発表者コメント

発表時には、多くの御批判を戴き、ありがとうございました。今後どのように方向を定められるのか、揺れておりますが、その後を記しておきたいと思います。

発表内容は、以下のようなものでした。

「『日本書紀』齊明四年条の歌謡を巡って」

『日本書紀』斉明四年条には、五月の皇孫建王薨去に伴う斉明天皇の歌が六首掲載されている。五月の三首は、「天皇、時時に唱ひたまひて悲哭す。」とあり、十月の三首は、「秦大蔵造萬里に詔して曰はく、『斯の歌を伝へて、世に忘らしむること勿れ』とのたまふ。」と記されている。私はこのように記されている背後に、「伝承」の必然性に於ける大きな変更があったのではないかと考えている。

しかるに、折口信夫の「発生論」、古橋信孝の「発生論」は、基本的に「神」に関わって意味をなすものであり、「伝承」の必然性に関しては、所謂「個人」(個幻想)に基づくものではなく、共同体(共同幻想)に因るものとされている。キーワードは「後世に残らなければならない」こと、「伝えられ残されてきた」ことであった。これらを肯定的に受け入れるとすれば、特に「秦大蔵造萬里に詔して曰はく、『斯の歌を伝へて、世に忘らしむること勿れ』とのたまふ。」とあるのを、どう捉えればよいのか、考えてみたい。

発表の帰り道、意味があったのかなと反省を込めて振り返りました。

神が共同体を維持するものとして、個幻想を押える力を持っていたとするならば、神に関わる言葉は、残されなければならなかった。しかしながら上記の資料の「残す」理由に、「神にかかわる」ことは無い。しかし「齊明」の在り様を思う時、そう言い切れるのかどうか、簡単には断定できない。ただし「齊明紀」には、「齊明・中大兄皇子・建王」の私的な関係が垣間見られる。しかも「死」を巡って。「死が私的状況を紡ぎ出したのかもしれない…」等々。

一月過ぎて今考えておりますことは、歌の解釈をも検討した上での立論が必要であったということです。皆様の御批判を承けて、自らの限られた研究資料の中で、細部に渡る研究史の探索を怠り、歌歌の解釈に、様々なものがあることさえもチェックしなかったのを悔いています。居駒さんの御指摘で、「口號」について改めて辞書を繰りますと、「文字に書かず、心に思い浮かぶままに吟じられた詩。梁の簡文帝に始まり、唐に多く行われた」等と記されているのに出くわします。確か『万葉集』にも「口號」があったはずです。『日本書紀』が書きあげられた七二〇年時分、「口號」は漢籍に依っていたことも意識する必要があるようです。

それに加えて、「齊明」の位置づけこそは何よりも大事なことと考えております。壬申の乱後に「大君は神にしませば」と歌う者が現れたことを頼りに、「『斯の歌を伝へて、世に忘らしむること勿れ』とのたまふ」た「力」の由来を位置づけることが出来れば、「変容」を言えるのではないかと思われます。

年末を一区切りに、探り続けたいと思います。

4．次回発表

・日時　11 月 10 日（土）14:30～

・場所　武蔵大学　3 号館 1 階（3104 教室）

・発表者　**鈴木崇大**

・司会　山崎健太

・発表内容　**「伝承と詠作と――『真間の手児名』関係歌をめぐって――」**

『万葉集』中には、「真間の手児名」伝承に就いて詠まれた歌々が収められている。山部赤人の歌（三・四三一～四三三）、高橋虫麻呂の歌（九・一八〇七～一八〇八）、東歌（諸説あるが、さしあたり十四・三三八四～三三八七と捉えておく）の三群である。しかし、これらの歌々が表現をそれぞれ異にしていることは注目されて良い。一つの伝承に対してこれ程までに異なった表現をしている例は集中には存しない。そこで、当該伝承歌群を見ていく中で、伝承と和歌の詠作という営みの関係、その様々な諸相を明らかに出来るのではないかと考えた。そして延いては、この諸相から、伝承というもののあり方（いつ・どこで・誰が・何の為に伝えたのか）へと遡源していきたい。

5．予習

『万葉集』当該歌群を読んでくる。

6．持ち物

『万葉集』

◆事務局消息

・10 月 27 日（土）に明治大学古代学研究所・宮古島の神と森を考える会主催のシ

ンポジウム「宮古島の神とシャーマン」が明治大学で行われ、我々も一日がかりで参加した。そこで神話や歌が生きている世界を垣間見た。是非宮古島で見てみたいと思わされた。（石川）

・横倉さんの発表は、歌の母胎である神の呪言は神のものであるゆえに拘束力をもち誤りなく伝承されるという折口信夫の発生論の、その歌の伝承されていくという問題を、『日本書紀』の斉明天皇の建皇子の死を嘆く歌を残すという言葉に、新たな歌の伝承の始まりを見、その契機に漢籍を考えるというものでした。

古代歌謡から万葉集の和歌への歌の変質を、伝承というレベルで考えようとしたものといえますが、天皇の言葉に伝承の画期を考えているところに興味を覚えました。川尻秋生『揺れ動く貴族社会』（日本の歴史 4、小学館、2008 年）が宇多天皇が歌を強制的に詠ませることで歌が広まり、『古今和歌集』が編まれるようになるというようなことを述べていますが、王者とはそういう存在といっていいでしょう。ただし、王者は社会の共同性を体現するものだということが川尻にはないという批判をもたなければなりません。横倉さんは違っていて、時代を斉明に象徴させていると思われます。

・伝承といえば、國學院の方たちの発表と重なるもので、古代文学にとって伝承というものが大きな問題であることがあらためて思われます。

古典文学研究において、伝承はしばしば中心的な問題として取り上げられてきました。しかしいつも何か重要なことが欠けている気がしていて、私の関心でいえば、作品を個人の独自性に還元しない根拠でもあるわけですが、ずいぶん前に古典集成の『説経集』を読んで、表現というレベルで何か拓けた感じを抱いたのを思い出しました。私は神謡論もそうですが、文学については常に言語表現を中心に据えて考えてきたつもりです。文学研究は決して言語を手放してなりません。その意味でも、横倉さんのモチーフが成果をもたらすことが期待されます。

・さらに伝承ともかかわって、居駒さんが会長を務める「宮古島の神と森を考える会」のシンポが明治大学でありました。われわれの会に呼びかけてくれて、10 名が参加しました。会場校として運営にかかわっていた明治大学の遠藤、田中、山口さんをいれると 13 名になりますから、例会の出席者平均の半数近くの方がこういう会に感心をもっていることになります。うれしいことです。私は遅れて参加したため聴いていないのですが、神に憑かれた方たちの話は迫力があったと思います。何人かのカンカカリャ（神憑り人）に直接聞いた体験でいえば、神に憑依されるとはどういうことか、とても恐ろしい想いを抱きました。この恐ろしさは古代社会を支えているものと関係する気がします。

宮古に伝承されている歌が地元の方によって披露される部もありました。

居駒さん、遠藤さん、田中さん、山口さん、ご苦労さまでした。（古橋）

第17号

平成25年1月18日（金）

1．12月発表内容（第16、17回）

①発表者　**洪聖牧「古代朝鮮半島の歌、郷歌」**（司会　山崎健太）

郷歌《ヒャンカ》は新羅時代〈7世紀～10世紀前半〉のもの（8世紀中頃もっとも盛ん）であり、『均如伝』（11世紀後半）に11首、『三国遺事』（13世紀後半）に14首、あわせて25首のみ現存しているが、今回は以下の4首を取り上げた。歌は日本の万葉仮名に似た「郷札《ヒャンチャル》」で表記されている。

ａ、薯童の謡

身分の低い男が姫君を妻とするという歌が子どもたちによってうたわれ、それが現実のものとなる。これは「童謡《わざうた》」に対応する。ただし男は元々神の子であった。

ｂ、怨みの歌

王は以前、栢（朝鮮松）の下で信忠という臣下に対し、お前を忘れはしないと言ったにも関わらず、その約束を忘れてしまう。信忠はそれを怨み、王が変わってしまったこと、この世が空しいということをうたい、それを木に貼った。すると木は枯れてしまう。ここには王と信忠との約束だけでなく、栢との約束がある。そして悲しみの心に木が枯れるという例は『蒙求』にも見える。

ｃ、亡き妹を齋《まつ》る歌

亡くなった妹のために兄は歌をつくる。歌には先に往生した妹が兄を救うという詞章が見られ、琉球のオナリ神のように妹が兄を守るという考え方が見える。

ｄ、處容《チョヨン》の歌

處容の妻は大変美しかったため、疫神が恋焦がれ、人の姿に変えてその妻と共寝した。處容が寝所の二人を見てしまうが、脚が四本あるとうたいその場を去る。疫神は處容の美徳に感服し、あなたの形容を描いたものを見れば、中に入らないと誓う。これによって国内の人は處容の絵姿を門に貼るようになった。

②発表者　**山崎健太「古代歌謡の研究史――叙情と叙事――」**（司会　洪聖牧）

高木市之助は、古代歌謡が英雄時代のものであるなら叙事詩であるはずなのに、抒情詩となっていることを指摘している。続く土橋寛も同じ見方をしているが、歌謡の先に抒情詩の成立を考えている。吉井巌は、日本の場合、本来歌は叙事として

語られるものが早く叙情的性格を確定し、その叙情的性格を生かしながら物語るという形式として求められてきたと述べている。都倉義孝は、歌謡が共同体的な場から引き出されることでそれが独り歩きし、個の情の表白としての読み換えが可能になったと言っている。森朝男は益田勝実の「プレ抒情」を受け、「民謡の原態が包蔵する、詩的根源性とでもいうべきものにひき比べ、それを母体としての個我の叙情歌の形成史は、ある意味からすれば、詩的生命の枯渇への傾斜であった」と述べている。神野志隆光は、土橋の叙情詩成立論を批判し、「共同体を解体・再編する王権の展開において生まれてくる個人（貴族社会を中心として見るべきであろう）は、すでにあるうたを再生産しつつ、自らのうたとする形でうたっていくしかない。同じうた、同じ発想・表現を共有しつつ、しかしただ重なっておわってしまうのでなく、改修を加えたりして洗練を獲得し、個性化し内面化する」と言っている。身崎壽は叙事、叙情という言葉を先行させるのではなく、「モノガタリの叙述のしくみ、あるいは文体の一つのこころみとして、単なる〈叙事〉の方法をはなれて、ウタを含むモノガタリの構成の方法が選びとられたのではないか—というのが、わたくしの基本的な見方です。つまり、表現のわくぐみ、モノガタリの構成の問題として、ウタのありようをかんがえていく、ということ」と述べている。居駒永幸は、古代歌謡が出来事をうたう叙事を前提として心情が吐露されているものであるとし、歌自体が歴史叙述の機能をもつと述べている。したがって歌を起点とする散文叙述という視点が必要であると指摘している。多田一臣は、語り（叙事）は異界を取り込むことによって、呪力の発揮を期待するものとしてあると述べている。古橋信孝は叙事こそが歌の本質であると述べ、歌謡全体を叙事から見ようとしている。

以上山崎氏の整理を、発表後の討論を踏まえながら叙情、叙事を軸とした流れとして位置づけ直してみる。

「演劇→叙事詩→抒情詩」と発達するという見方が西欧から入り、日本の古代歌謡をその中に位置づける方向が示された。高木、土橋、吉井、都倉は、この見方によって抒情的に見える歌謡の前に叙事詩を想定したのである。しかし70年代に森は、叙事詩から抒情詩が生まれるという考え方とは異なって、歌謡には最初から抒情的要素があるのだと論じた。それに対応するように古橋は神謡論を立てることで、歌謡をすべて叙事から読み直すことをしていった。その流れの中に多田、居駒が出てくる。

（石川）

2．発表を踏まえての主な議論内容

①・aの話は『宮古史伝』に収録されている「飛鳥翁《とびとりおう》と思千代按司《うみちよあず》」に類似しているという指摘がされた。このような話は古代歌謡には見られないが、別の視角

から「童謡」を考える手がかりになるのではないか。

・残されているのは数少ない資料であり、また400年後に記録されたもので実態がわからないので、今後新資料の発見が待たれる。

②・抒情の成立に関していえば、日本が近代社会を形成していく過程で「集団から個」や「叙事から抒情へ」という西欧の思想が直輸入的に入った。しかし人間は誰でも共同体に向かう心の動きと自分に向かう心の動きをもっており、そのような見方は成り立たない。

3．発表者コメント

①先日は発表の機会を与えてくださいまして、誠にありがとうございました。
また多くのご指摘をいただきまして大変勉強になりました。
日本にあまり知られていない、郷歌という古代朝鮮半島の新羅時代の歌について、4首をとりあげ、歌の解釈とその歌がつくられた背景を紹介しました。

これらは朝鮮半島に固有文字がなかった時代の歌なので、日本の万葉仮名に似た郷札で表記されています。

そのため、歌の解釈がいまだに確立されておらず、歌の内容にあまり触れることができなかったのが反省点でした。

この点だけは、自分の力ではどうしようもなく、古代朝鮮半島の資料の足りなさを痛感しました。

今後は、韓国内における最新の郷歌研究成果を確認しつつ、新しい資料が発見され、郷歌の解釈が一歩進んだら、また報告と発表をしてみたいと思います。

(洪聖牧)

②先日は発表の機会を与えて下さりありがとうございました。
叙情詩、叙事詩と言った概念に関する研究史の概括を試み、更に引き続いて卑見も述べさせていただきました。

叙情、叙事といった概念を丁寧に扱っていこうとすると、歌というものに対する、我々の側からのあまりに不用意なアプローチに気づかされます。こちら側からの枠組みをもちこまず、フラットに表現を見ていこうとしているにも関わらず、無前提に自身の内側に存在しているバイアスのいかに多い事か。偉そうに人の手法を切り捨てる前に、私がそれらと向き合わねばならないはずなのですが、つい調子に乗った事ばかり口にしてしまい、恥ずかしいばかりです。

発表の準備をし、さらに会場でお話しを伺って、今考えているのが、「歌」という言葉の枠組みです。直近では「歌謡」という枠組みでもあります。表現が集団的な方向と個的な方向と双方に向かい得るという古橋先生のお言葉をいただいてから、「歌謡」と「歌」という枠組みを別に立てることの必要性にも疑問をもってよ

いのではないかと考え、叙事という方向性からアプローチしていけないかという問題を頭においてあります。未だ形になるかはよくわかりませんが、常に枠組みに対して本当にそうであるのかを考え続けるのが学問だとするなら、私が現在自分の研究分野として無前提に置いてしまっている「歌謡」という言葉にも疑念が向けられたら、と思った次第です。

先生方が既に考えられている枠組みへの疑問や論理を追いかけるだけで精いっぱいの現状ではありますが、今後ともご鞭撻のほどよろしくお願い致します。

（山崎健太）

4．次回発表

・日時　1月26日（土）14:30～

・場所　武蔵大学　3号館2階（3214教室）

・発表者　①**高桑枝実子**　②**石川久美子**

・司会　萩野了子

・発表内容①「**記紀歌謡と万葉集——挽歌成立の問題として——**」

古橋信孝氏は、記紀歌謡から万葉挽歌が成立する過程を【葬の儀礼→葬の謡→抒情詩（＝万葉挽歌）の確立】と捉え、謡が抒情詩へと上昇するために重要だったのは「『あはれ』のような感動詞が内面を表出する言語として形容詞化し、内面描写をも可能にしたこと」であったと説いている（「記紀と万葉―挽歌の成立の問題」『万葉のことば〈古代の文学2〉』　武蔵野書院　昭和51年）。本発表では、氏が提示した論点に添う形で、記紀の葬の歌謡と万葉挽歌の違い（または同質性）について考察していきたい。

・発表内容②「**時人」研究史**

「時人」の研究史を、時代を追って整理してみたい。

5．予習

①古橋先生の前掲論文をお読みいただければ幸いです。

※ただし、発表時に配るレジュメにも必要箇所を載せるつもりです。

②一応、時人の用例を見ておいていただきたい。

6．持ち物

①古代歌謡集　※ただし、必要な資料はすべてレジュメに載せるつもりです。

②『日本書紀』

◆事務局消息

・十二月は二回の発表がありました。最初は洪さんの郷歌についてでした。郷歌は万葉仮名のように、漢字の音を借りて朝鮮語の歌を表記した、新羅時代の歌とされています。ただ朝鮮半島はハングルという固有の文字をもつまで、口語をうつ

す表記がほとんどなされておらず、郷歌の研究が止まっているようです。万葉集の時代と重なる朝鮮半島の歌が明らかになって欲しいと思うのですが、なかなか難しい。とりあえず、洪さんによって、現在の研究の成果を踏まえた郷歌の紹介がされ、会に共有されたことは会の幅をひろげたといっていいと思います。

古代歌謡は世界中にあったわけで、それらを知っていることは日本の古代歌謡を読むうえで必要だと私は考えています。古代という世界の共通性の側から読む視点があるべきだと思うからです。研究はいつも開かれてあるべきです。

・もう一本は山崎さんの、古代歌謡の研究史を叙事、抒情という軸で整理するものでした。ほとんど抒情的だという前提で読まれてきた日本の古代歌謡に叙事という視点を持ち込んでみたことに斬新さがありました。

たぶん叙事として読む方法は私の神謡論から始まると思います。亡くなった奈良橋善司さんが、私のこの仕事を、折口信夫が叙事ということをいっているが、誰もやってこなかった、君だけだとほめてくれたことを思い出します。奈良橋さんはすぐれた読書家で、ずいぶん力づけられたものでした。

私が叙事をいい始めたのは、神話は具体的には神謡と呼んでいい表現だったという見方から考えていったものです。文学の発生論と切り離せません。国家の編纂になる古事記以前の日本語の文学を知りたかったのです。詩を取り戻したかった。しかし抽象論では意味がない。それで宮古や八重山の古謡を読み、歌われている場を見、土地の人々から話を聞き、一方で日本の古典類に戻りということを繰り返し、というようにして、神謡論を展開していきました。それには古代という世界性のなかで考える視点が必要でした。それで文化人類学を勉強しました。ですが、日本語の詩という具体性を常に意識していました。私は具体的な表現を手放したことはありません。文学は言語表現の美、つまり芸術です。内面がどうこうというものではないと考えていたからです。

多田一臣さんがこの会の意義を汲み上げてくれて、『国語と国文学』に提案して、「古代歌謡の現在」という特集を組んでくれました。私も原稿を依頼されましたが、会のことと発生論に帰ってみていいのではないかということを書きました。われわれの手に文学を取り戻したいと改めて思います。この会がそういうモチーフを共有できたらと願っています。　（古橋）

・今回で一区切りしますが、会を存続させる方向で考え、何人かの方とそういう話をしています。後日我々若手で話し合いをしますが、今後どのようにしたいかなど、ご意見あれば私までお寄せください。　（石川）

第18号（終刊号）

平成25年2月16日（土）

1．1月発表内容（第18回）（司会　萩野了子）

①発表者　**高桑枝実子「記紀歌謡と万葉集――挽歌成立の問題として――」**

古橋信孝の挽歌論を受け、「はも」「はや」という文末にくる助詞に注目し、『万葉集』挽歌の成立を考察した。

『古事記』、『日本書紀』において「はも」「はや」は、はじめ普通の言葉として使われていたが、のちに歌にうたい込まれるようになった。そして「問ひし君はも」のように、助動詞の「き」を伴って特別な相手への想いをうたうようになり、歌として上昇した。『万葉集』において「はも」で終わる歌27首を見てみると、防人歌や東歌に多く、有名な歌人の歌には少ないことから、この型は古く稚拙なものとして捉えられていたと考えられる。またその27首のうち挽歌は2首しかない。つまり挽歌成立には歌謡だけでなく、漢籍の影響があるのではないか。

②発表者　**石川久美子「『時人』研究史」**

戦後、皇国史観を離れ、『古事記』や『日本書紀』が文献として読まれ出す中で、『日本書紀』特有の「時人」の問題が浮上する。それは『日本書紀』編纂の問題と通じていると考えられた。武田祐吉（1956年）や相磯貞三（1962年）が「時人」は「後人」であり、「第三者」の「批評」と述べているのはそのためである。その流れの中でも、土橋寛（1968年）は中国の文献からの影響を考え、山路平四郎（1973年）は「物語の語り手の心」という新たな視点を出した。一方斉藤英喜（1985年）は、編纂の問題を離れ、古橋信孝の童謡論を受けながら「時人」は「語り手」であると論じた。

2．発表を踏まえての主な議論内容

①・漢籍の影響とは別の視点が立てられないか。

・歌謡において「はや」「はも」がヤマトタケルの東征と関わって出でくることは、万葉集の東歌、防人歌に用例が多いということと関わるのではないか。

・万葉の時代に「はや」「はも」にあたる文末表現はないか。例えば「かも」は「はや」「はも」とどう違うのか。

3．発表者コメント

①この度は、貴重な発表の機会をお与えいただき有り難うございました。

発表の際にも申し上げましたように、これまで記紀歌謡の葬歌から万葉挽歌への流れを考えるという方法を意図的に避けて参りましたので、今回初めて取り組んで

みた次第です。そもそも、記紀歌謡自体もあまり研究の対象としたことがなく、どのように扱えばよいのか分からない中での発表となってしまいましたが、主に記紀をご研究されている方々から様々なご意見を頂戴し、とても勉強になりました。今後、進めていく研究の方向が見えてきたように思います。具体的には、「はも」が東国に関連する語かもしれないというご指摘や、「離別」の哀惜表現と捉えられるというご指摘は、全く考えていなかったので新鮮でした。また、文末助詞の「はや」「はも」が、後代にどのような助詞に変化していくのか（例えば「かも」など）というご指摘も、そこまで考えが至っておりませんでしたので、今後調べていきたいと思います。また、挽歌への視点ということでいえば、過去を回想する歌い方と「はや」「はも」がどのように関わるのか、また、辞世歌の系譜のあり方など、今後調べてみたいことがいろいろと出て参りました。近藤先生からご指摘いただきましたように、安易に「中国詩の影響」という結論に逃げることなく、万葉挽歌の表現の成り立ちを今後も追究して参りたいと思います。　（高桑枝実子）

②「時人」の研究史をまとめてみました。土橋寛の論に悩まされ、また論文は本数自体少なく、流れとしても明瞭なものが見えません。ただ『日本書紀』編纂の問題をずっと抱えていることは確かです。しかし「時人」は『日本書紀』の編纂の問題に収斂され得るものなのでしょうか。編纂の問題は、書き手の問題と区別されるべきなのではないでしょうか。皆様からご指摘いただいた点を踏まえ、研究史をまとめると同時に、今後の「時人」論の可能性を探っていきたいと思います。　（石川久美子）

◆事務局消息

・高桑さんの挽歌の成立の発表を最後に「古代歌謡研究会」の発表は終わります。
　後は本が出ることです。締め切りを守って予定通りに刊行しましょう。
　みなさん、ご苦労さまでした。

・高桑さんの発表で興味をひかれたのは、感動詞とでもいっていい「はも」「はや」が万葉集においては古い稚拙な表現だったという指摘で、私は、では万葉集では同じような言い方はないかということを思いましたが、この古い言い方、新しい言い方、稚拙な言い方というような表現の問題はもっと詰められていいと思いました。相聞、挽歌というような括り自体とかかわっているのではないかと思ったのです。　（古橋）

【本刊行、論文について】

・本の目次に関しては別紙を参照してください。

・論文は一人<u>**30 枚**</u>目安（研究史、用語は別）です。その論文をメール添付し、<u>**3 月 15 日**</u>までに石川までお送りください。なるべく早目に出していただけると、編集委員が読んで各執筆者に意見を言う機会が早められます。

・4、5月に編集部による原稿チェックが行われ、6月に出版部へ提出します。三週間後、校正が始まりますが、二校までです。そして10月、学会時期に合わせ刊行予定となっています。

【研究会総括】

◆古代の詩＝歌謡という地平へ——古代歌謡研究会の1年半

古橋さんから誘われて古代歌謡研究会（1回欠席）に参加してきたが、私は最初の研究会で、古橋さんの『古代歌謡論』『古代和歌の発生』が提示した成果を踏まえて、どのような新たな枠組みに達することができるかという、漠然とした見通しを考えていた。「民謡」とか「歌謡と和歌」「童謡」などの研究史をたどる作業は、まさに新たな枠組みへの模索作業だった。そこに集まった若い研究者は精力的に発表し、発言し、古代歌謡研究の新しい水準を確実に構築しつつある。

古代歌謡研究の新たな枠組みを示す用語として、研究会では「叙事」と「伝承」が注目されてきたように思う。つまり、「叙事」と「伝承」を方法として古代歌謡を読み解くということだ。「叙事」については、古橋さんが「便り」17号に「叙事として読む方法は私の神謡論から始まる」と述べているように、『古事記』以前の古代の詩＝歌謡の表現は「叙事」から見ていくことが有効だと私も考えている。だからといって、「呪祷」「叙事」「叙情」というステレオタイプの議論を持ち出すつもりはまったくない。

この点については、すでに小川学夫さんが奄美歌謡から言っているように、それぞれ並行して発生したと考えるべきであろう。進化論的に史的につなげてはならないのだと思う。宮古島狩俣に壮大な史歌があると同時に、他地域では叙情的な短詞形のトーガニがうたわれることを見ただけでそれは十分に理解できる。史歌のニーラーグから恋歌のトーガニが出てくるわけはないのだ。

私は『古事記』の歌と散文の表現空間を解読しようとここ十数年格闘してきたが、この研究会に参加して、あらためて『古事記』の歌とは何かという課題をつきつけられたように思う。たとえば、

倭の　高佐士野を　七行く嬢子ども　誰をしまかむ

という神武記の求婚歌はよくわからない。相手の女性に歌い掛けているのではないからだ。何らかの叙事を抱えた歌と見るべきではないか。少なくとも歌垣的な恋の掛け合いと単純に見ることはできない。それだけに興味を引く歌である。

この歌について、吉本隆明が亡くなる二年前に詩歌の起源として取り上げたということを、新海あぐりさんが『短歌研究』2月号に書いている（「吉本隆明・最後の仕事『詩歌の潮流』」）。吉本はこれを「掛け合いの問答歌」ととらえているようだが、私はそうは考えない。やはり叙事的な背景をもつ歌の発生をここに見たい。

それはともかく、吉本が晩年に「始原への執着」をもっていたことを知って何か心がふるえた。吉本と言えば、『初期歌謡論』を読んで、どこか違和感をもちつつそのスケールの大きな発想に圧倒された思いがあったからだ。

古代の詩＝歌謡という地平へ達するために、あらためて読みの方法や枠組みを模索することが求められる。古代歌謡研究会の１年半はその準備、あるいは助走として確実な成果を刻んだと思う。　（居駒永幸）

◆・参加者のほぼ全員がなんらかの発表をしたことは意味があったと思う。全員が主体的にかかわったということになるからだ。

・しかし、去年の夏過ぎから参加者が減った。それぞれが会に価値を見出せる度合いが薄くなったのだと思う。その理由はみんなの意見を訊きたいと思っているが、呼びかけこの会を始めた側からいえば、会の方向が見えてこなかったということだと思う。ただ、近藤さんが「伝承」という方法を國學院の方たちの共通のテーマとして提起してくれたことで、以降一つの方向がみえたと考えている。

とはいえ、会としての焦点がぼけていたことは否定できない。個別発表の羅列では学会と同じだからだ。研究会としては、共有する方法をもつ方向に向かう努力をすべきだったと思う。それはわれわれが責任を負うべきことと考えている。

私自身、この会をみんなで方法をこそ問うものにして欲しかったのだから。それぞれが対象に迫るには方法が必要であり、その方法が自分にとって外在的なものかどうかは常に問われてもいいはずだ。内在的になることで、研究がそれぞれにとってリアルになるのではないか。そしてそうすることで、研究が確かに共有されるものになるのではないか。

・その意味でも、近藤さんが提起した「伝承」をもっと突き詰めていくことはできたのではないかと思っている。方法とは、大きな概念として不明瞭なものを立て、会として、そこから見ればどういうものが見えてくるかを、一人一人が無理してでもやってみることによって獲得できるものと思う。もちろん、われわれは古典資料を対象にしているのだから、繰り返し資料に戻らねばならない。しかし資料に縛られすぎてはならない。特に古代歌謡は資料が限られているから、厳密な実証主義は、たとえば古事記に閉じられてしまうだろう。だから方法なのだ。

・今期の会の成果の一つは研究史をやったことだと思う。特に國學院の民謡を廻る研究史は教えられることがおおかった。研究史は現在われわれがいる位置を自覚するためのものである。研究史によって、時代、ジャンルを超える共通性

がみえる。なぜなら社会の動向とかかわるからだ。つまりわれわれは研究史によって、われわれの研究が歴史的なものだと知ることになる。それはわれわれが歴史的な存在であることを自覚することにもなる。それゆえ研究が文化的な遺産になっていくのだ。

・以上の総括をふまえて、私個人は第二期古代歌謡研究会が発足すればいいと願っている。そして第一期の反省をふまえて活性化し、あらたに研究を生み出していくようになりたい。そのため、沖縄の古謡、平安歌謡、中世歌謡、アイヌの歌謡なども抱えられるのもいいかもしれない。ほかにもいろいろ考えられそうだが、特に若手の方々が主体的に会を盛り立てることを考えて欲しいと願っている。（古橋信孝）

◆事務局より本研究会の総括をとのご依頼を受けました。私自身、多くのことを学ばせていただいた立場でしたので、まとめを述べるような立場ではないのですが、得たこと感じたことを記させていただきます。

本研究会で得ることができた大きな視点として、研究史の取り扱いがあります。研究史を捉える際に、その時代・社会のもつ大きな流れや思想の影響を捉える必要があることは充分に理解しているつもりでおりましたが、多くの方々の研究発表を伺うなかで、その重要性をより強く感じることができました。研究方法の継承という縦に流れる研究史と、各時代の持つパラダイムの中での研究史という、まさしく研究史が編まれていく経緯という視点を得ることができたこと、また、相対化される各時代の研究のふまえたうえで、自身の研究をどう位置づけていくのかという視点を得ることができたことが、私にとっての一番の収穫でありました。

本研究会では、歌謡に関わる用語・概念についての考察がなされました。近藤先生が端緒となって下さった「伝承」の問題、山崎さんが問題提起された「叙情」と「叙事」など、その多くを近代における研究の成果から我々は享受してきたと考えます。これらを土台として歌謡を考える際に、やはり、現代を生きる我々という視点からの検討の必要性を強く思わされます。研究史という観点から相対化される、我々の時代の普遍性を提起することが、新しい研究史の展開を生むと感じさせられました。

学内や限られた学会のみでの研究に終始しておりました私にとって、研究分野や大学、学会の枠を越え、先達の先生方にご鞭撻いただき、私を含め若手の研究者が意見を示し合うという、学際的な研究の場が与えられたことは、大変僥倖でありました。次年度に向けて、私たち若手研究者も話し合いの場を持ちます。このような研究の機会を、より発展させていくアイディアを持ち寄り、共に建てあげて参りたいと思います。（坂根誠）

◆研究は歴史的なものです。と同時に研究は自分のリアルな問題であるはずです。古橋先生は二年前、この会を開くにあたり「自分の抱えているものを手放さないこと」とおっしゃいました。おそらく我々若手はその通りにやってきたと思います。学会ではなく、研究会というレベルで学外の研究に触れられたことは、自分（たち）の研究を改めて見つめ直すという点で意義のあったことと考えています。しかし会として発表者が何故このようなことを問題するのか、何を欲しがっているのかをあまり考えられなかった点が心残りです。それはその発表を会全体がどう掬い上げていけるのかということと繋がります。大学によって対象へ迫る手法が違ったり、個々によって見ようとしているものは違って当然かもしれません。しかし「違い」にであった時の「違和感」にもっと踏み込めたらよかったと思うのです。その「違和感」を切り捨てたり、一方的に批判するのではなく、もっとその違和感を掬い上げられたらよかった。それは、そこに我々世代の共通性を見いだせる可能性を感じるからです。その共通性はきっと、我々の世代にとってリアルな問題のはずです。そしてその共通性が若手を束ねてくれるかもしれない。

ただし会全体の問題として、歌謡とは何か、抒情とは何かなど本質的な問題に迫れたことは確かで、その点は評価されていいと思います。

古典研究の行き詰まりのようなことを耳にします。先生方が問題にし、取り組まれてきたことを受け、我々の世代はどのような研究を立て、その「行き詰まり」を打破することができるでしょうか。先生たちの背中が大きすぎることは確かです。しかしそのもとで二年間学んだ若手たちなら何か掴める気がします。ですからここで終わってしまうのは半端で勿体ないと思えます。もう少し研究会を続け、突き詰めてみたいのです。そのためにも大学を超えた同志が必要です。力をつけることが必要です。今後も先生方に育てていただきたい。そして若手たちでそれぞれを育て合いたい。そのために時には大いに批判し合い、議論し合うことも必要でしょう。そういう中で自分も研究も自立させていき、さらに会としても、今後の文学研究や古典教育に新たな風を吹かせられたらと思います。（石川久美子）

山口直美（やまぐち　なおみ）
1983年神奈川生まれ。明治大学大学院博士後期課程在学中。「当芸志美々命反乱物語—予見のモチーフを中心に—」（『文芸研究論集』第35号、2011年11月）

山崎健太（やまざき　けんた）
1983年秋田生まれ。東京大学大学院博士後期課程在学中。「笹葉に　打つやあられの—歌謡の担う叙事に関して—」（『国語と国文学』第90巻第5号　2013年5月）

横倉長恒（よこくら　ながつね）
1945年会津生まれ。早稲田大学大学院博士課程満期退学。長野県短期大学名誉教授。早稲田大学エクステンションセンター非常勤講師。『古代文学私論』（武蔵野書院、1992年）、共著『初期万葉』「磐姫皇后歌」（早稲田大学出版部、1979年）

●執筆者略歴（五十音順）

石川久美子（いしかわ　くみこ）
1984年東京生まれ。武蔵大学大学院博士後期課程在学中。日本学術振興会特別研究員。「古代歌謡が語る雄略の時代―『天語歌』を中心とした景行の時代との関連―」（『国語と国文学』第90巻第7号、2013年7月）

遠藤集子（えんどう　しゅうこ）
1985年福島生まれ。明治大学大学院博士後期課程退学。団体職員。
「『歌謡』と『和歌』研究史」（『古代歌謡とはなにか』笠間書院、2015年）

倉住　薫（くらずみ　かおる）
1978年福岡生まれ。國學院大學大学院博士課程修了。博士（文学）。大妻女子大学専任講師。『柿本人麻呂―ことばとこころの探求―』（笠間書院、2011年）、「初期万葉一〇一・一〇二番歌の解釈―実ならぬ「玉葛」という景―」（『大妻国文』第42号、2011年3月）

近藤信義（こんどう　のぶよし）
1938年東京生まれ。國學院大學大学院博士課程修了。博士（文学）。立正大学名誉教授。『枕詞論―古層と伝承―』（おうふう、1990年）『音喩論―古代和歌の表現と技法―』（おうふう、1997年）

坂根　誠（さかね　まこと）
1979年埼玉生まれ。國學院大學大学院博士課程後期満期退学。浦和学院高等学校非常勤講師。「『古事記』八咫烏の先導段における発話文」（『古事記年報』第53号、2011年1月）、「『古事記』国譲り段冒頭部の解釈―「言因賜而」の訓読を中心として―」（『古事記年報』第50号、2008年1月）

島村幸一（しまむら　こういち）
1954年神奈川生まれ。法政大学大学院人文科学研究科修士課程修了。博士（文学）。立正大学文学部教授。『「おもろさうし」と琉球文学』（笠間書院、2010年）、『コレクション日本歌人選　おもろさうし』（笠間書院、2012年）

鈴木崇大（すずき　たかお）
1977年福島生まれ。東京大学大学院博士後期課程在学中。「山部赤人の神亀三年印南野行幸従駕歌」（『東京大学国文学論集』第9号、2014年3月）

関口一十三（せきぐち　ひとみ）
1979年栃木生まれ。武蔵大学大学院博士後期課程単位取得退学。博士（人文学）。埼玉県立浦和工業高等学校教諭。「日本霊異記の優婆塞像」（『上代文学』98号、2007年4月）「大祓の詞の成立―日本古代の薬師経受容をめぐって―」（山口敦史編『聖典と注釈―仏典注釈から見る古代』武蔵野書院、2011年）

高桑枝実子（たかくわ　えみこ）
1972年千葉生まれ。東京大学大学院博士課程修了。博士（文学）。武蔵大学・聖心女子大学非常勤講師。「有間皇子自傷歌群の示すもの―挽歌冒頭歌とされた意味―」（『上代文学』第83号、1999年11月）、「憶良『日本挽歌』の表現―『石木をも　問ひ放け知らず』をめぐって―」（『国語と国文学』第88巻第7号、2011年7月）

田中美幸（たなか　みゆき）
1982年東京生まれ。明治大学大学院博士後期課程在学中。「大伴家持の『すめかみ』―大伴池主の表現との比較から」（『明治大学大学院文学研究論集』第35号、2011年10月）

網川恵美（つなかわ　えみ）
1988年栃木生まれ。立正大学大学院博士後期課程在学中。「〈日記〉史料からみる渡唐儀礼」（島村幸一編著『琉球―交叉する歴史と文化―』勉誠出版、2014年）

森　朝男（もり　あさお）
1940年東京生まれ。早稲田大学大学院文学研究科博士課程修了。博士（文学）。フェリス女学院大学名誉教授。『古代和歌の成立』（勉誠社、1993年）。『恋と禁忌の古代文芸史』（若草書房、2002年）

●編者紹介

古橋信孝（ふるはし　のぶよし）
1943年東京生まれ。東京大学大学院博士課程修了。博士（文学）。
武蔵大学名誉教授。
『古代和歌の発生』（東京大学出版会、1988年）、『神話・物語の文芸史』（ぺりかん社、1992年）、『和文学の成立』（若草書房、1998年）、『日本文学の流れ』（岩波書店、2010年）

居駒永幸（いこま　ながゆき）
1951年山形生まれ。國學院大學大学院博士課程修了。博士（文学）。
明治大学教授。
『古代の歌と叙事文芸史』（笠間書院、2003年）、『日本書紀【歌】全注釈』（共編、笠間書院、2008年）、『歌の原初へ 宮古島狩俣の神歌と神話』（おうふう、2014年）

古代歌謡とはなにか　読むための方法論

2015年（平成27）2月10日　初版第１刷発行

編　者　古橋信孝
居駒永幸
装　幀　笠間書院装幀室
発行者　池田圭子
発行所　有限会社 笠間書院
〒101-0064　東京都千代田区猿楽町 2-2-3
電話 03-3295-1331（代）FAX03-3294-0996

ISBN978-4-305-70756-7　C3092　シナノ

http://kasamashoin.jp